W0190573

SCIENCE FICTION

Herausgegeben
von Wolfgang Jeschke

# DIE PILOTIN

*Internationale*
*Science Fiction Erzählungen*

herausgegeben von
Wolfgang Jeschke

**Illustrierte**
**Originalausgabe**

WILHELM HEYNE VERLAG
MÜNCHEN

HEYNE SCIENCE FICTION & FANTASY
Band 0605160

Das Umschlagbild malte Rallè

Übersetzungen:
Aus dem Amerikanischen und Englischen von
Irene Bonhorst, Maria Castro, Kamala Kiel, Karin König,
Doris Leitner-Turnbull, Birgit Reß-Bohusch und Biggy Winter,
Marcel Bieger, Hubert Konrad Frank, Tom Linckens,
Uwe Luserke und Franz Rottensteiner
Aus dem Französischen von Georges Hausemer
Aus dem Italienischen von Hilde Linnert
Aus dem Polnischen von Hanna Rottensteiner
Aus dem Tschechischen von Karl v. Wetzky
Aus dem Weißrussischen von Erik Simon

Illustriert von Eva Natus-Šalamoun, Wolfgang Glass,
André Janout, Manfred Lafrentz, Klaus D. Schiemann,
Jobst Teltschik und Ingo Wiegand

Redaktion: Wolfgang Jeschke
Copyright © 1994 by
Wilhelm Heyne Verlag GmbH & Co. KG, München
Einzelrechte und Rechte der deutschen Übersetzungen
jeweils am Schluß der Texte
Printed in Germany 1994
Umschlaggestaltung: Atelier Ingrid Schütz, München
Technische Betreuung: Manfred Spinola
Satz: Schaber, Satz- und Datentechnik, Wels
Druck und Bindung: Presse-Druck, Augsburg

ISBN 3-453-07775-X

# INHALT

# INHALT

# INHALT

# INHALT

# IM DUNKEL

Im Sommer 1954 verschwanden Anna und Richard
Becker zusammen mit ihrem dreijährigen Sohn Paul
Becker im Yosemite-Nationalpark. Ihr Lagerplatz war
unversehrt. Zwei Pappteller mit angebissenen Würst-
chen standen noch auf dem Picknick-Tisch; eine dritte
Wurst lag im Abfall. Die Ranger machten ein paar
Schwarzweiß-Aufnahmen von dem Tisch und den Resten der Mahlzeit; auf den Vergrößerungen konnte
man deutlich die vor langer Zeit ins Holz geschnitzten
Worte ›*Liebe brennt*‹ lesen. Daneben schienen ein paar
frische Kratzer zu sein; der Gerichtssachverständige
ordnete sie ohne große Überzeugung einem Wasch-
bären zu.

Der Wagen der Beckers stand noch rückwärts einge-
parkt auf dem Campingplatz, ein grüner DeSoto mit
halbvollem Tank und einem Reserveschlüssel unter
der rechten Stoßstange. Im Zelt selbst fand man auf
einer großen Plane zwei Erwachsenen-Schlafsäcke, mit
einem Reißverschluß zu einer Art Doppelbett gekop-
pelt. Ein kleinerer Flanell-Schlafsack war über einer
aufgeblasenen Luftmatratze ausgebreitet. Das Wasch-
zeug bestand aus drei Zahnbürsten, einer in der Mitte
gequetschten Zahnpastatube, einem Stück Seife, drei
Waschlappen und einem Handtuch. Die Zeitungen
verschwiegen diskret das rosa Döschen mit Talkumpu-
der, in dem Anna ihr Pessar aufbewahrte, und sie erwähnten auch nicht, daß Paul offenbar immer noch
mit einem Fläschchen zu Bett ging.

Ihrem nächsten Nachbarn war nichts aufgefallen, weil er zur fraglichen Zeit in seiner Hängematte gelegen und Sport gehört hatte. Natürlich ein lausiger Empfang hier draußen in Yosemite, sagte er. Daheim habe er mit seinem Kurzwellen-Empfänger sogar mal Dover reingekriegt, glasklar. »Ich mußte mich voll konzentrieren, um von dem Spiel was mitzukriegen«, erklärte er den Rangern. »Selbst wenn neben mir eine Bombe hochgegangen wäre, ich hätt's nicht gemerkt.«

Anna Beckers Mutter Edna erhielt eine Ansichtskarte, abgestempelt einen Tag vor dem Verschwinden der drei. »Waren am Firefall«, stand darauf. »Kommen mittwochs zurück. Alles Liebe.« Edna erkannte das Fläschchen. »Ganz sicher, das ist Pauls Nucki«, erklärte sie der Polizei und brach in Tränen aus. »Er nimmt es überall mit.«

Im Frühjahr 1960 unternahmen Mark Cooper und Manuel Rodriguez mit ihrem Angelzeug eine Expedition in die Yosemite-Wildnis. Sie errichteten ein Basislager in Tuolumne Meadows und machten sich auf die Suche nach Lachsforellen. Ihre Rucksäcke mit Proviant und einem Sechserpack Bierdosen ließen sie im Zelt zurück. Als sie nach etwa sechs Stunden wiederkamen, waren Bier und Proviant verschwunden. Rund um das Lager zeigten sich Spuren, die an Hundepfoten erinnerten, auf der Zeltklappe aber war ein rätselhafter kleiner Handabdruck zu sehen. »Waschbär«, sagten die Ranger, die nichts bemerkt hatten. Zelt und Rucksäcke waren unversehrt. Wer oder was immer die Vorräte geplündert hatte, mußte die Reißverschlüsse geöffnet haben. »Kann nur ein Waschbär gewesen sein.«

Bei seinem letzten Abenteuer-Trip hatte Manuel den Rucksack zur Sicherheit an einen Baumast gehängt. Ein Hirsch war stehengeblieben, um sein Gepäck zu beschnuppern, und als Manuel ihn mit einem lauten

Ruf verscheuchen wollte, geriet das Tier in Panik, riß den Rucksack vom Ast und rannte davon. Tragriemen und Geweih waren so ineinander verheddert, daß Manuel befürchtete, der Hirsch könnte seinen Proviant und seine saubere Wäsche bis zum alljährlichen Stangenabwurf mit sich herumgeschleppt haben. Er hatte auch diesen Vorfall den Rangern gemeldet, aber was konnten die schon tun? Danach überfiel ihn jedesmal ein Schuldgefühl, wenn er seinem vierjährigen Sohn *Thidwick, der brave Elch* vorlas.

Manuel und Mark kamen drei Tage früher als geplant heim. Manuels Frau meinte nur, so was habe sie schon geahnt.

Sie räumte seine Sachen aus. »Wo ist der Dosenöffner?« fragte sie.

»Irgendwo im Rucksack«, entgegnete Manuel.

»Eben nicht«, sagte sie.

»Vielleicht in der Hemdtasche.«

»Da ist er auch nicht.« Manuels Frau drehte den Rucksack um und schüttelte ihn. Ein paar welke Blätter fielen heraus. »Wie, bitte, hättet ihr jemals die Bierdosen aufgekriegt?« fragte sie.

Im August 1962 begleitete Caroline Crosby, ein Teenager aus Palo Alto, ihre Familie auf einem Gewaltmarsch von Tuolumne Meadows nach Vogelsang. Sie trug sechs Kilo Gepäck in einem Wanderrucksack mit Alu-Gestell – der leichteste Rucksack, den es auf dem Markt gäbe, sagte ihr Vater, und sechs Kilo seien sowieso rein gar nichts, denn jeder Mensch könnte locker ein Drittel seines Körpergewichts tragen. Aber der Rucksack drückte ständig an einem münzgroßen Fleck unter ihrem rechten Schulterblatt, und die Stelle tat noch am nächsten Morgen weh. Außerdem hatte sie von den Wanderstiefeln eine Wasserblase an der rechten Ferse, und ihre Schultern waren von den Tragriemen des Rucksacks aufgescheuert. Ihr Vater hatte ihr eigens einen Schlafsack ohne Reißverschluß gekauft, zur Gewichtsersparnis, wie er sagte. In dem Ding war es zum Ersticken heiß, und sie schwitzte die ganze Nacht. Dabei versäumte sie eine Party mit Übernachten bei Ann Watson, auf der Ann den Busenentwickler ihrer Schwester herumzeigte und die Schwester zur Rache die Schaumstoff-BHs der anderen in der Tiefkühltruhe versteckte. Und sie dachte mit Sehnsucht an die ›Beverly Hillbillies‹.

Carolines Vater verzichtete für die Dauer des Ausflugs auf das Rauchen, um das Gewicht der Zigaretten einzusparen, und ließ unentwegt Bemerkungen über die Natur vom Stapel, von schwärmerischem Inhalt und in zunehmend raunzigem Tonfall. Die Mutter beschwor Caroline, ein freundlicheres Gesicht zu machen.

Am Morgen verrührte ihr Vater eine halbe Tasse Bachwasser mit einem Paket Eipulver und erhitzte das Zeug auf einem Campingkocher. »Verdammt feines Frühstück!« schüchterte er Caroline ein, als sie voller Ekel auf ihren Teller blickte. »Mitten in Gottes freier Natur! Was kann man sich mehr wünschen?« Er sah Carolines Mutter an, die sich immer noch damit abmühte, einen Topf Wasser zum Kochen zu bringen. »Wo bleibt der verdammte Kaffee?« Er ging zum Bach und putzte sich die Zähne mit einer Zahnbürste, deren Griff er abgesägt hatte, um Gewicht zu sparen. Ihre Mutter nutzte die Gelegenheit und zischte Caroline zu, ob sie unbedingt der ganzen Familie den Ausflug verpatzen wolle.

Eine Woche später war Caroline in der Letterman-Klinik von San Francisco. Die Diagnose lautete Pest-Septikämie.

Und an dieser Stelle komme endlich ich ins Spiel. Mein Name ist Keith Harmon. Vordiplom in Geschichte, mit besonderen Kenntnissen auf dem Seuchensektor. Ich weiß vermutlich mehr als die meisten anderen Leute über die Pest von Athen. Über Typhus. Veitstanz. Tsutsugamushi-Fieber. Sowas stößt als Spezialgebiet der Geschichte auf mehr Befremden, als es eigentlich sollte. Dabei wurden durch Krankheiten weit mehr Schlachten entschieden als durch Generäle. Wenn Sie mir nicht glauben, dann befassen Sie sich mal näher mit den Kreuzzügen, dem Untergang des römischen Imperiums oder Napoleons Rußland-Feldzug.

Den Magister machte ich dann in Staatskunde und Verwaltungsrecht. Und ich bin Vietnam-Veteran, obwohl ich 1962 bereits bei der staatlichen Seuchenkontrolle von Kalifornien arbeitete. Als uns die Letterman-Klinik einen Pestfall meldete, schickten sie mich von Sacramento runter, um mit der Kleinen zu reden.

Man hatte Caroline in ein Einzelzimmer verlegt. »Du wirst bestimmt bald wieder gesund«, versicherte ich ihr. Und das ist die reine Wahrheit. Während die Lungenpest auch heute noch meist einen tödlichen Verlauf nimmt, haben wir die weniger gefährliche Form der Bubonen- oder Beulenpest voll im Griff. Das Schwierigste an dieser Krankheit ist die Diagnose.

»Ich fühle mich aber nicht gut«, widersprach sie. »Das Essen schmeckt scheußlich.« Sie deutete auf den Klinik-Speiseplan. »Da – delikate Hawaii-Häppchen! Wissen Sie, was das ist? Grüne Wabbelgrütze mit einer Ananasscheibe obendrauf. Was soll daran delikat sein!« Sie hatte Fieber und wirkte matt. Ihr Haar hing fettig herunter, und sie wickelte beim Sprechen ständig ein paar Strähnen um die Finger. »Ich versäume eine ganze Menge Unterricht.« Schwer zu sagen, ob sie das ärgerte oder freute. Sie verstellte ihr Bett in Sitzposition und starrte die meiste Zeit während meines Besuchs aus dem Fenster, um mir kundzutun, daß sie die Aussicht auf den Parkplatz der Letterman-Klinik weit interessanter fand als das Gelaber eines alten Mannes.

Sie sah jünger aus als fünfzehn. Allerdings fühlt man sich in einem Krankenbett meist zu jung. Hilflos. »Könnten Sie mal fragen, wann ich mir endlich die Haare waschen und eindrehen darf?«

Ich zog einen Stuhl heran und setzte mich an ihr Bett. »Ich muß unbedingt wissen, ob du in letzter Zeit in einer Gegend warst, wo du im Normalfall kaum hinkommst. Nicht Yosemite. Darüber wissen wir Bescheid. Irgendwo anders. In der Nähe des Flughafens vielleicht.« Uns ist bekannt, daß der Pesterreger im Umkreis des San Francisco Airport auftritt, vor allem in den San-Bruna-Bergen. Allerdings beißen die Flöhe, die als Überträger in Frage kommen, keine Menschen. Hatten wir bis jetzt zumindest angenommen. »Es soll ja Teenager geben, die es dort romantisch finden, oder?«

Ich hatte in meiner Jugend so manchen vernichtenden Blick erlebt, aber der hier war gut einstudiert. Er ist mir bis heute in Erinnerung geblieben. Mag sein, daß ich krank bin, lautete seine Botschaft. Aber das heißt noch lange nicht, daß ich spinne. »Draußen am Flughafen?« sagte sie. »Mann-o-Mann! Echt romantisch. Leise Musik, und über dir die 727-Brummer! Muß ich nicht unbedingt haben.«

»Dann reden wir über deinen Yosemite-Ausflug.«

Sie wurde eine Spur zugänglicher. »In Palo Alto verabreden wir uns am Wassertempel«, verriet sie mir. »Aber denken Sie jetzt bloß nicht, daß ich da war. Meine Eltern mußten mich ja unbedingt in diesen blöden Yosemite-Park mitschleifen. Und was habe ich davon? Die Beulenpest!« Das kam mit tiefer Genugtuung. »Ich glaube, es war dieses Eipulver. Sie ließen nicht locker, bis ich das Zeug runterwürgte. Und von dem Moment an war mir kotzübel. Bis heute!«

»Hast du da draußen in der Wildnis irgendwelche Tiere angefaßt? Mit Eichhörnchen gespielt, oder so?«

»Mann-o...!« Wieder starrte sie mich nieder. »Ich spiele immer mit Eichhörnchen! Und wenn ich nur einen Finger ausstrecke, setzen sich die niedlichen Vöglein drauf! Haben meine Eltern Ihnen denn nichts von meiner komischen Begegnung erzählt?«

»Nein«, sagte ich.

»Typisch.« Caroline fuhr sich mit den Fingern durch das Haar. »Wenn ich eine Bürste hätte, könnte ich es wenigstens toupieren. Fragen Sie nachher mal die Ärzte, ob die mir eine Bürste genehmigen?«

»Du hattest eine komische Begegnung, Caroline?«

»Ein Hirngespinst – wenn Sie meine Eltern fragen!« Sie starrte zum Parkplatz hinaus. »Ich hab einen Jungen gesehen.«

Sie würdigte mich keines Blickes, aber sie erzählte ihre Story zu Ende. So erfuhr ich die Sache mit dem Mumien-Schlafsack und der Übernachtungs-Party, die sie versäumt hatte. Ich erfuhr die Sache mit dem Rührei. Allem Anschein nach hatte sich der Frühstücksstreit so zugespitzt, daß Caroline sich schließlich weigerte, ihre Eltern auf einem ›flotten‹ Fußmarsch zum Ireland Lake zu begleiten. Sie blieb im Zelt zurück, machte es sich auf ihrem Schlafsack bequem und las *Green Mansions*, bis sie an die Stelle kam, wo Abel mit Genuß das Fleisch eines Ameisenbären verspeiste. »Nach dem gräßlichen Frühstück lief mir direkt das Wasser im Mund zusammen«, sagte sie. Etwas ließ sie von ihrem Buch aufschauen. Kein Geräusch. Eher eine plötzliche Stille.

Ein nackter Junge tauchte die Hände in den Bach und leckte sich das Wasser von den Fingern. Seine Fingernägel waren wie Krallen zur Handfläche hin gebogen. »Hey!« rief Caroline. Sie konnte seinen Penis und alles sonst sehen. Der Junge warf ihr einen raschen Blick zu und verschwand dann im Unterholz. Caroline wandte sich wieder ihrem Buch zu.

Als ihre Eltern zurückkamen, beschrieb sie ihnen den Jungen. »Echt dreckig«, sagte sie. »Und überall behaart.«

»Du hast eine sehr überhebliche Art«, stellte ihre Mutter fest. »Das wird dich noch einmal in Schwierigkeiten bringen.«

»Bitte!« meinte Caroline und zuckte sehr überheblich die Achseln. »Ihr müßt mir ja nicht glauben.« Sie schwor sich, ihren Eltern nie wieder etwas zu erzählen. »Und daran halte ich mich«, vertraute sie mir an. »Selbst wenn ich bis an mein Lebensende Eipulver essen muß!«

*Um diese Zeit brach eine Pestseuche aus. Sie beschränkte sich nicht auf einen bestimmten Ort, ein bestimmtes Volk oder eine besondere Jahreszeit, sondern verbreitete sich über die gesamte Erde und suchte ohne Erbarmen Menschen beiderlei Geschlechts und jeglichen Alters heim. Sie begann im ägyptischen Pelusium; danach erfaßte sie Alexandria und das restliche Ägypten, wanderte weiter nach Palästina und nahm von da ihren Lauf über die ganze Welt …*

*Im Frühling des zweiten Jahres erreichte sie Byzanz, und das geschah so: Vielen Bewohnern erschienen Trugbilder in Menschengestalt. Wem immer diese Trugbilder begegneten, dem versetzten sie einen Schlag, worauf ihn die Krankheit befiel. Denen aber, die sich in ihren Häusern einschlossen, zeigten sich die Trugbilder im Traum, oder sie hörten Stimmen, die ihnen verkündeten, daß sie zum Sterben ausersehen waren.*

So lautet der Bericht von der ersten großen Pest im Jahr 541 n. Chr., niedergeschrieben von dem byzantinischen Geschichtsschreiber Prokopios im zwölften Kapitel seines Werks *De Bello Persico*. Er ist die einzige Erklärung, die ich anbieten kann – für das Unbehagen, das mir Carolines Story bereitete, und für meinen Entschluß, sie nicht weiterzuerzählen. Ich redete mir ein, daß ihr Erlebnis auf einen Fiebertraum zurückging, aber das beruhigte mich wenig. Ich sprach noch kurz mit ihren Eltern und fuhr dann zurück nach Sacramento, um meinen Bericht zu schreiben.

Wir können heute nicht mehr feststellen, wie viele Menschen jener ersten Pest-Epidemie zum Opfer fielen. Nach Gibbon starben in Konstantinopel drei Monate lang täglich zwischen fünf- und zehntausend Menschen. In anderen Städten des Ostens wurde die gesamte Bevölkerung dahingerafft. Die zweite Pestwelle setzte im Jahr 1346 ein. Es war das finsterste Zeitalter, das unser Planet je erlebte. Ein Drittel aller Erdenbewohner fand den Tod. Man gab den Juden die Schuld, und wo immer in Europa genug Menschen von der Seuche verschont blieben, fanden Pogrome statt. Als die Judenmorde keine Erleichterung brachten, gelangte eine Gelehrten-Kommission der Pariser Universität zu dem Schluß, die Pest sei auf eine ungünstige Konjunktion von Saturn, Jupiter und Mars zurückzuführen.

Die dritte Epidemie suchte Europa in mehreren Wellen zwischen dem 15. und 18. Jahrhundert heim. Die vierte brach 1855 in China aus und erreichte 1894 Hongkong. Im gleichen Jahr fand Alexandre Yersin am Pasteur-Institut in Nha-Trang endlich den Pest-Bazillus. Bis 1898 hatte die Seuche sechs Millionen Opfer in Indien gefordert. Dr. Paul-Louis Simond, der ebenfalls für das Pasteur-Institut arbeitete, allerdings in Bombay, erkannte schließlich, daß die Krankheit vor allem von Flöhen übertragen wurde. »Der 2. Juni 1898 sah mich überwältigt«, schrieb er. »Ich hatte soeben ein Geheimnis gelüftet, unter dem die Menschheit schon so lange litt.«

Seine Entdeckung fand ein weiteres Jahrzehnt kaum Beachtung. Am 27. Juni 1899 kam die Pest nach San Francisco. Der Gouverneur von Kalifornien sah die Wirtschaftsinteressen des Staates gefährdet und sorgte durch Androhung harter Strafen dafür, daß die Pest totgeschwiegen wurde. Die Menschen starben statt dessen an *syphilitischer Septikämie*. Aufgrund dieses Betrugs gelten dreizehn Weststaaten heute noch als pestgefährdete Zonen.

Das Team von der staatlichen Seuchenkontrolle begab sich Anfang Oktober ins Hochland. Betrachten Sie uns als Soldaten. Eines der großen Rätsel der Weltgeschichte ist, warum die Pest schließlich verschwand. Die Ratten sind geblieben. Die Flöhe sind geblieben. Die Krankheitserreger sind ebenfalls noch da. Das sieht man an Einzelfällen wie Caroline. Nur der Seuchencharakter fehlt. Wir stehen vor dem nächsten Gefecht. Der Feind läßt sich kaum fassen. Der Krieg ist nicht zu gewinnen. Aber wir bleiben wachsam.

Das Vogelsang-Camp war schon für den Winter dichtgemacht. Noch schneite es nicht, aber die Tage waren kalt und die Nächte unter dem Gefrierpunkt. Wenn sie hier Pest-Erreger hatten, würden die bis zum Frühjahr kaum Probleme machen. Wir verbrachten die Zeit damit, in dem einen oder anderen Rattennest mit Stöcken herumzustochern und nach toten Nagern zu suchen. Wir stellten ein paar Fallen auf. Nicht viele. Es wäre Unfug, die Rattenpopulation zu verringern. Berauben Sie die Flöhe ihrer natürlichen Wirte, und sie suchen sich einen Ersatz. Tragen einem den Krieg ins Haus.

Wir entdeckten ein paar Kadaver, aber keiner war positiv. Wir hätten den Platz auch desinfizieren können, als Vorsichtsmaßnahme. *Silent Spring** kam 1962 heraus, aber ich hatte es nicht gelesen.

Am vierten Tag sah ich dann die Präriewölfin. Sie kam aus einem Bau an der Böschung des Lewis Creek,

---

* dt. *Der stumme Frühling* von Rachel Carson, 1963. Das erste (populäre) Sachbuch, das sich kritisch mit der Zerstörung unserer Umwelt (vor allem durch Schädlingsbekämpfungsmittel) befaßte. – *Anm. d. Hrsg.*

hob den Kopf und witterte eine Zeitlang. Ihre Schnauze war altersgrau, die Gelenke wirkten steif. Sie schüttelte erst einen Hinterlauf, dann den anderen. Und noch während ich das Tier beobachtete, kam Carolines Junge aus der Cojoten-Höhle.

Ich konnte sein Gesicht nicht sehen, weil es völlig hinter seiner Strubbelmähne verschwand. Aber der Körper war unbehaart, und obwohl seine Bewegungen eigentümlich tierhaft wirkten, kam ich keine Sekunde auf den Gedanken, in ihm etwas anderes als einen Menschenjungen zu sehen. Zwölf oder dreizehn, dachte ich, allerdings eher zu klein für einen Dreizehnjährigen. Und allem Anschein nach wild wie ein Wolfsjunges. Vielleicht von Cojoten aufgezogen. Aber eindeutig ein Mensch. Beschnitten, falls das jemand wissen will.

Ich rührte mich nicht. Vergaß Prokopios und begab mich ganz auf das Niveau des *National Enquirer.* Marilyn in der Bude und Elvis in der Frisur. Es war mein Glückstag. Ich hatte meinen Spaß, anstatt Entsetzen zu empfinden. Ein blöder Fehler. Heute gäbe ich viel drum, wenn ich damals ein anderer gewesen wäre.

Der Junge gähnte und kniff die Augen zu, schüttelte sich dann wach und folgte dem Cojoten-Weibchen den Bach entlang, bis beide außer Sicht waren. Ich kehrte zum Lagerplatz zurück. Am nächsten Morgen umstellten wir den Bau und fingen sie mit einem Netz, als sie herauskamen. Das war der Moment, an dem der Spaß aufhörte. Eine quälende Erinnerung. Die Wölfin war total verängstigt, und wir ließen sie frei. Der Junge war ebenfalls total verängstigt, und wir ließen ihn nicht frei. Er kratzte, biß und knurrte. Er fügte mir einen langen Kratzer zu, und erst dachte ich, er hätte mich mit einem seiner klauenartigen Nägel erwischt, aber dann zeigte sich, daß er einen Dosenöffner umklammerte. Er war von Flöhen übersät, fünfzig oder sechzig Stück, die von ihm auf uns sprangen und uns in einer ganzen

Wolke attackierten. Wir sprühten den Bau aus und desinfizierten den Jungen sowie uns selbst, aber inzwischen hatten wir alle unsere Stiche abbekommen. Wir nahmen an Ort und Stelle eine Blutprobe. Während der ganzen Prozedur kreischte der Junge und rollte mit den Augen. Der Test verlief negativ. Bis wir uns alle beruhigt hatten, war das Vertrauen des Kleinen zu uns nicht gerade größer geworden.

Clint und ich fesselten ihn und trugen ihn abwechselnd, bis wir unten in Tuolumne waren. Er roch irgendwie nach Hund und Mensch zugleich, aber erheblich strenger als beide. Wir versuchten ihn im Duschraum der Ranger-Station sauberzukriegen. Weiß Gott, was sich der kleine Bursche dachte, als Clint und ich uns dazu auszogen. Er zuckte bei der Berührung mit Wasser zusammen, als hätte er sich verbrüht. Wir hatten kein Shampoo, um ihm die Haare zu waschen, und nicht die Kraft, sie ihm zu schneiden. Also begnügten wir uns damit, ihm Gesicht und Hände zu säubern, zogen uns wieder an, gaben ihm einen Pullover, den er in die Pfütze neben dem Abfluß schmiß, setzten ihn auf den Rücksitz meines Rambler und fuhren nach Sacramento. Er heulte fast den ganzen Weg, und in den Kurven ließ er sich widerstandslos von einer Seite auf die andere fallen, wobei sein Kopf manchmal mit einem lauten, schmerzhaften Knall gegen den Türgriff stieß.

Ich besorgte ihm ein Schinken-Sandwich, als wir in Modesto tankten, aber er weigerte sich, es zu essen. Er sah nett aus, gut geformtes Gesicht, Sommersprossen, blaue Augen, braunes Haar. Mit einer ordentlichen Frisur hätte er in jedem Sears-Katalog Reklame für Anoraks oder Bergstiefel machen können.

Eine der kleinen Ironien des Lebens: Das alles spielte sich am 14. Oktober 1962 ab. Wir retten einen bei Präriewölfen aufgewachsenen Jungen aus der Wildnis und vor den Entbehrungen des Winters in den

Bergen. Wir führen ihn der Zivilisation und dem Kontakt mit anderen Menschen zu. Wir bringen ihn mitten in die Kuba-Krise.

Vielleicht haben Sie deshalb nichts von der Sache in der Zeitung gelesen. Wir übergaben ihn dem Staat Kalifornien, aber der hatte ganz andere Sorgen.

Der Staat wies ihn ins Mercy Hospital ein und betraute eine Hundertschaft Ärzte mit dem Fall. Ich erhielt den Auftrag, nach Yosemite zurückzufahren und mich weiter um die Flöhe zu kümmern. Als ich den Jungen das nächste Mal sah, war etwa eine Woche vergangen. Man hatte ihn natürlich saubergeschrubbt. Von Parasiten befreit, innen und außen. Hatte ihn vermessen. Er wog 34 Kilo und war knapp über eins zwanzig groß. Sein Kopf war praktisch kahlgeschoren, weil Haare bei den verschiedenen neurologischen Tests nur gestört hätten. Bis jetzt waren alle Werte normal, aber man wollte die Tests wiederholen. Man hatte beobachtet, daß er in Hockstellung mit dem Oberkörper schaukelte, vorwärts und rückwärts oder von rechts nach links, die Lippen zusammengepreßt, das Kinn trotzig vorgeschoben, den Blick ins Leere gerichtet. Gelegentlich hatte er kleine Krämpfe, zuckende Bewegungen, die auf Störungen im Nervensystem hindeuteten. Seine Zähne erforderten eine gründliche Behandlung. Er schlief unter dem Bett. Die delikaten Hawaii-Häppchen rührte er nicht an. Er mochte uns noch weniger als zuvor.

Etwa um diese Zeit unterhielt ich mich kurz mit einem Doktor, von dem ich nicht mal weiß, wie er hieß. Jedenfalls konnte ich ihn danach nie mehr ausfindig machen. Ein rothaariger Doktor mit Brille. Vielleicht dreißig, zweiunddreißig Jahre alt. »Seine Muskulatur ist ungewöhnlich«, erklärte mir der rothaarige Doktor. »Zum Teil sogar einzigartig. Besonders die Entwicklung der Beine. Er hat uns ein paar echt verblüffende Fähigkeiten vorgeführt.« Der Junge stieß ein Heulen aus, einen unangenehmen, unmenschlichen Laut, der tief in seiner Kehle begann und in der meinen endete. Es klang so unglücklich. Es machte mich so unglücklich. Ich hörte nicht mehr zu, was der Doktor sagte.

Ich entwickelte eine komische Einstellung gegenüber dem Jungen, fühlte mich irgendwie verantwortlich für ihn. Er hatte so ein *kindliches* Gesicht. Ich besuchte ihn ein paarmal, und ich brachte ihm kleine Geschenke mit, eine Dodgers-Baseballmütze und ein Bärenbuch mit vielen Bildern und großer Schrift. Ziemlich albern, ich weiß, aber was hätten Sie mitgebracht? Ich fuhr nach Fresno und fragte Manuel Rodriguez, ob er den Dosenöffner wiedererkannte. »Nicht mit absoluter Sicherheit«, sagte er. Ich sprach persönlich mit Sergeant Redburn, dem zuständigen Mann für ungeklärte Vermißtenfälle. Als er mich auf die Beckers hinwies, suchte ich die Staatsbibliothek auf und las die Zeitungsartikel selbst. Sergeant Redburn glaubte, der Junge müßte etwa das Alter von Paul Becker haben, und ich gab ihm recht. Und ich weiß, daß der Sergeant zu Anna Beckers Mutter ging und mit ihr sprach, denn er sagte mir, daß sie kommen und versuchen wolle, den Jungen zu identifizieren.

Aber inzwischen ist November. Plötzlich kriege ich den Auftrag, noch einmal nach Yosemite zu fahren. In Sacramento behaupten sie, das Team sei auf den Bazillus gestoßen, aber als ich in den Bergen ankomme, weiß das Team von nichts. Flöhe sind erstaunliche Kreaturen. Sie können ein Jahr oder noch länger in Froststarre verbringen und danach umherhüpfen, als sei nichts gewesen. Aber November in den Bergen ist eine denkbar blöde Zeit, um nach Flöhen Ausschau zu halten. Der erste Schnee ist bereits gefallen, und als es erneut zu schneien anfängt, kann ich mein Team nicht mehr rausholen. Wir verbringen drei Wochen in der

Ranger-Station von Vogelsang, hocken um unsere Camp-Öfen und werden aus der Luft mit Vorräten versorgt. Und bei meiner Rückkehr erklärt mir ein gewisser Dr. Frank Li, den ich noch nie gesehen habe, daß der Junge, der übrigens nicht Paul Becker gewesen sei, eines Nachts völlig unerwartet einen Krampfanfall erlitten habe, aus dem er nicht mehr erwachte. Ich kann nur mühsam das Gefühl unterdrücken, daß alles meine Schuld ist, daß ich den Jungen besser dort gelassen hätte, wo er hingehörte.

Und dann kommt mir zu Ohren, daß Sergeant Redburn von der Golden Gate Bridge gesprungen ist.

*Non Gratum Anus Rodentum.* Keinen Rattenarsch wert. Das war das inoffizielle Motto der Tunnelratten. Wir machen einen Sprung nach vorn. Wir schreiben das Jahr 1967. Vietnam. Sagt Ihnen der Name Cu Chi etwas? Und wenn nicht – warum nicht? Der Bezirk Cu Chi ist der am heftigsten bombardierte, von Tieffliegern heimgesuchte, vergaste, entlaubte und zerstörte Fleck Erde in der Geschichte des Krieges. Und unter Cu Chi verläuft der verwirrendste Abschnitt eines ausgedehnten Tunnel-Labyrinths, das sich zwischen Saigon und der kambodschanischen Grenze erstreckt.

Versuchen Sie sich einen Moment lang eine Schlacht auszumalen, die völlig im Dunkel ausgetragen wird. Stellen Sie sich vor, Sie befänden sich in einem Loch, das viel zu heiß und viel zu eng ist. Sie können nicht aufrecht stehen. Sie müssen sich ganz auf Ihr Gehör verlassen, während Sie sich auf Händen und Knien vorwärtstasten, durch ein Terrain, in dem Sie nichts sehen, auf einen unsichtbaren Feind zu. Jeden Moment können Sie eine Mine auslösen, eine Schlange berühren, einen halbverwesten Leichnam streifen. Es gibt Leute, denen alle drei dieser Dinge zugestoßen sind. Jeden Moment kann sich die Luft, die Sie einatmen, in Giftgas verwandeln, kann der Tunnel so eng werden, daß Sie nicht mehr vor und zurück kommen, können Sie in einen wassergefüllten Schacht stürzen und ertrinken, können Sie bei lebendigem Leib begraben werden. Wenn Sie Glück haben, sind Sie mit dem Messer schneller als der Feind, den Sie womöglich nie zu Gesicht bekommen, ehe er zusticht. In Cu Chi erfanden Vietnamesen und Amerikaner Zoll um Zoll, Körperteil um Körperteil, eine ganz neue Art der Kriegführung.

Unter den Vietnamesen, die mit dem Leben davonkamen, sind Soldaten, die volle fünf Jahre in den winzigen Erdtunneln lebten, ohne auch nur einmal aufzutauchen. Ihre Sehkraft war für immer geschädigt. Sie litten unter ständiger Mangelernährung, waren manchmal froh, wenn sie verdorbenen Reis und Ratten bekamen. Ihre Waffe hieß freiwillige Entbehrung. Mit ihr zwangen sie die Soldaten einer Armee, deren Überlegenheit der technische Fortschritt war, zum primitiven Mann-gegen-Mann-Kampf, ausgetragen mit Messern in dunklen Rattenlöchern.

Die Tunnelratten auf amerikanischer Seite waren alles Freiwillige. Man kann einen Mann nicht zwingen, etwas zu tun, wofür er nicht geschaffen ist. Die meisten Amerikaner kriegten Krämpfe durch Hyperventilation, litten an Klaustrophobie-Anfällen, waren schlicht zu groß oder zu dick. Die Tunnelratten durften nicht größer als die Vietnamesen sein, sonst blieben sie in den Gängen stecken. Die meisten Tunnelratten waren aus Lateinamerika oder Puertorico. Sie verzichteten auf Aftershave, damit der Vietcong sie nicht roch. Sie verzichteten auf Kaugummi, Zigaretten und Süßigkeiten, um selbst die Nähe des Feindes besser zu spüren. Sie mußten die Orientierung von Fledermäusen entwickeln. Sie mußten, in ihren eigenen Worten, zu Tieren werden. Was sie da unten in dem Tunnelgewirr machten, sagten sie, ging gegen die Menschennatur.

1967 wurde ich dem 521. Sanitäts-Sonderkommando zugeteilt. Ich war ein alter Mann im Vergleich zu den Soldaten, die sie in den Vietnamkrieg schickten, aber ich sollte auch nicht an der Front selbst kämpfen. Vielleicht erinnern Sie sich, daß die vierte Pest-Epidemie in China ausbrach. Kurz vor seinem Tod schrieb der chinesische Dichter Shih Taonan:

> *Wenige Tage nach dem Rattentod,*
> *Verfällt der Mensch, altem Gemäuer gleich.*

Zwischen 1965 und 1970 wurden in Vietnam 24 848 Fälle von Pest registriert.

Kriege sind die perfekten Brutstätten für Seuchen. Sie treten immer gemeinsam auf, das Dreigestirn Krieg, Krankheit und Grausamkeit. Die Krankheit war mein Krieg. Man hatte mich nach Vietnam geschickt, um zu verhindern, daß mein Krieg den Krieg der anderen behinderte.

Im März erhielten wir per Sonderkurier ein Paket mit drei toten Ratten. Man hatte sie — bereits tot, aber an Leinen festgebunden – in einem Tunnel der Provinz Hau Nghia gefunden. Ebenfalls gefunden – aber nicht mitgeschickt — wurden eine Injektionsnadel, ein Fläschchen mit einer gelben Flüssigkeit und mehrere Käfige. Ich führte den Test persönlich durch. Eine der toten Ratten erwies sich als positiv.

Es gab Spekulationen, daß der Vietcong versuchte, Pest-Ratten als Waffen einzusetzen. Ebensogut ist es möglich, daß die Leute die Ratten nur untersuchten, ehe sie das Viehzeug verzehrten. Im Grunde macht es wenig Unterschied. Die Pest lauerte in den Stollen, ob vom Vietcong eingeschleust oder nicht.

Ich ließ ein Zelt außerhalb der Stadt Cu Chi errichten, um die Tunnelratten nachzuimpfen. Einer der Männer, die zu mir kamen, war David Rivera. »David kennt die Tunnel in- und auswendig«, erzählten mir seine Kumpel. »Er ist eine Legende.«

»Klar«, grinste David. »Klar, das bin ich. Ich und Victor.«

»Victor Charlie?« fragte ich, um David abzulenken. Ich sah, daß der Held der Tunnel Angst vor der Nadel hatte. Der Arm, den er mir entgegenstreckte, war stocksteif. Irgendwie mußte ich ihn lockern.

»Nein – nur Victor, sonst nichts.« Ich gab ihm die Injektion. Er zog das Hemd wieder an, und die Wartenden rückten einen Platz auf.

»Victor kann im Dunkel sehen«, erklärte mir der nächste Mann.

»Victor Charlie?« fragte ich wieder.

»Nein«, entgegnete der Mann ungeduldig.

»Du kennst Victor nicht?« fragte David, der auf seinen Kumpel wartete. »Dann will ich dir mal was über Victor erzählen! Victor ist der Mann, der unsre Leute rausholt, wenn sie da unten auf Probleme stoßen!«

»Victor kommt auf allen vieren schneller vom Fleck als unsereiner im Laufschritt«, warf der andere Mann ein. Ich drückte ihm einen Wattebausch auf den Arm, nachdem ich die Nadel rausgezogen hatte. Ein dritter Soldat nahm Platz und zog sein Hemd aus.

David stand immer noch neben mir. »Also, ich geh in diesen Tunnel rein. Ich hab eigentlich kaum Bammel, weil ich denke, daß er kalt ist; zumindest *spüre* ich keinen in der Nähe. Ich bin vielleicht 'n halben Kilometer unterwegs, auf Händen und Knien, als plötzlich sowas wie'n Loch vor mir gähnt, schwärzer als alles andere in diesem Tunnel, der selber schwarz wie die Nacht ist, verstehst du? Also taste ich mich ganz langsam vor und kriege auf einmal dieses komische Gefühl, daß nicht ich auf das Loch zukrieche, sondern daß es mir entgegenkommt. Ich strecke die Hände aus, und der Boden unter ihnen bewegt sich.«

»Scheiße!« murmelte der dritte Mann. Ich wußte

27

nicht, ob er Davids Story oder die Injektion meinte. Der nächste nahm Platz.

»Ich riskier's und schalte die Taschenlampe ein«, berichtete David weiter, »und der Tunnel wimmelt von Spinnen. Spinnen, die an den Wänden kleben wie Tapeten, nur schlimmer, zwei bis drei Mann dick. Ich sitze auf ihnen und hab sie schon im Hemd und in der Hose und überall auf den Armen – und wir sind in diesem beschissenen Vietnam, verstehst du, und ich hab keine Ahnung, ob sie giftig sind oder nicht. Obwohl mir das im Grunde auch egal ist, weil mir so ekelt, daß ich das so und so nicht überlebe. Also fang ich zu schreien an, und mit einem Mal taucht dieser kleine Kerl auf und zerrt mich ein ganzes Stück zurück, und dann sitzt er vielleicht 'ne halbe Stunde neben mir, ganz still, und sammelt die Spinnen aus meinen Kleidern. Als ich merke, daß ich die Sache einigermaßen lebendig überstanden hab, gehe ich wieder rauf und erzähle den anderen, was los war. ›Typisch Victor!‹ sagen sie. ›Das muß Victor gewesen sein.‹«

»Ich kenne einen, der behauptet, daß ihn Victor aus einer Fallgrube gerettet hat«, begann der vierte Soldat. »Er stürzt in ein getarntes Loch und landet auf dem Boden eines drei bis vier Meter tiefen Schachtes mit völlig glatten, senkrechten Wänden. Keine Chance, da je wieder rauszuklettern. Und dann kommt Victor. Springt in die Grube, packt ihn und ist mit einem Satz oben. Drei bis vier Meter – der Typ schwört drauf!«

»Winziges Kerlchen«, bekräftigte David. »Selbst für den V.C. ein winziges Kerlchen!«

»Er sieht nur klein aus«, widersprach der zweite Mann. »Einer von unseren Leuten hat mitangesehen, wie ein Stollen einkrachte und Victor unter einer Tonne Dreck und Erde begrub. Aber was macht Victor? Buddelt sich einfach einen Weg ins Freie. Nichts gebrochen, nicht mal einen Kratzer!«

28

Ich war unentschuldbar langsam, und dabei hatte man es mir zweimal gesagt, aber mir kam eben erst zu Bewußtsein, daß V.C. nicht Victor, sondern Vietcong bedeutete. »Dann könnte es vielleicht nicht schaden, diesen Victor zu impfen«, sagte ich. »Könnte ihn mal einer von euch hier vorbeischicken?«

Die Männer starrten mich an. »Das wird kaum gehen«, meinte David schließlich.

»Victor gehört nicht zu uns«, ergänzte der vierte Mann.

»Der untersteht keinem normalen Kommando«, sagte der dritte Mann.

»Er trägt zwar die Uniform«, klärte mich der zweite Mann auf. »Aber wir wissen nicht, ob er zu 'ner Art Spezial-Einheit gehört oder von der Truppe abgehauen ist und sich seitdem da unten versteckt hält.«

»Victor lebt in dem Tunnel-Labyrinth«, sagte David. »Hier oben hat ihn noch keiner gesehen.«

Ich versuchte mit einem der Ärzte darüber zu reden. »Tunnel-Psychose«, meinte er trocken. »Die bilden sich alles mögliche ein. Vergessen Sie es!«

Im Mai erhielten wir einen Bericht, daß in einem Tunnel der Ho-Bo-Wälder nahe dem Dorf Ah Nhon Tay weitere Ratten aufgetaucht waren, angeleint oder in Käfigen. Aber keiner hatte Lust, runterzugehen und sie zu holen, denn diese Ratten lebten noch. Und irgendwer kam auf den Gedanken, das sei doch mein Job, und ein anderer fand das auch, und was blieb mir anderes übrig, als mich einverstanden zu erklären, nachdem sie mir versichert hatten, daß sie zunächst die Umgebung von V.C. säubern würden.

Wollen Sie meine Meinung über Ratten hören? Mag sein, daß sie nichts für die Pest können, aber sie nützen nichts und niemandem; im Gegenteil, sie fügen eigentlich jeder anderen Form von Leben Schaden zu. Sie fressen alles, was sich nicht zur Wehr setzt. Sie vermehren sich pausenlos, das ganze Jahr über. Sie bringen ihre eigenen Artgenossen um. Sie können einzeln angreifen, aber sie rotten sich auch zusammen und attackieren in ganzen Horden. Die braune Ratte führt derzeit einen Vernichtungskrieg gegen die schwarze Ratte. Nur wenige andere Tiere verhalten sich derart brutal.

Ich fürchte mich nicht vor Ratten. Irgendwo habe ich gelesen, daß um die Jahrhundertwende ein Mann im westlichen Illinois eines Nachts ein Rascheln auf den Feldern hinter seinem Haus hörte. Er stand auf, öffnete die rückwärtige Tür und sah einen riesigen Rattenknäuel, der sich bis zum Horizont erstreckte. Sowas hätte mir wohl auch Angst eingejagt. All diese nackten Schwänze im Mondlicht. Aber ein paar Ratten in Käfigen – kein Problem, dachte ich.

Es war nicht schwer, sie ausfindig zu machen. Ich kroch auf allen vieren, aber ich benutzte eine Taschenlampe. Mir kam der Gedanke, daß vielleicht auch ein paar Ratten frei in den Stollen herumliefen und daß ich zumindest nachsehen sollte. Außerdem gab es Gerüchte, daß sich in dem Tunnel ein verlassenes V.C.-Lazarett befand, und das weckte meine Neugier. Also ließ ich die Käfige stehen und schnüffelte ein wenig in den Gängen umher. Und als ich genug hatte und umkehrte, um die Ratten zu holen, stieß ich auf einen getarnten Wassergraben. Da mir auf dem Hinweg kein Wassergraben begegnet war, mußte ich wohl irgendwo falsch abgebogen sein. Ich kroch ein Stück zurück, nahm eine Abzweigung, dann die nächste – und stieß wieder auf die Falle. Allmählich geriet ich in Panik. Nichts war so, wie ich es in Erinnerung hatte, nichts, bis auf dieses verdammte Wasser. Ich kroch wieder zurück, ohne mich umzudrehen, ein Stück weiter als vorher, bog ab, stieß auf die Falle.

Ich muß es sieben- oder achtmal versucht haben. Ich glaubte längst nicht mehr, daß der Tunnel ›kalt‹ war.

Ich vermutete, daß der V.C. irgendwie den Durchgang zu meinem Ausgangspunkt verrammelt hatte und ich deshalb nicht zurückfand. Ich stellte mir vor, wie sie jede Bewegung beobachteten, die ich machte – eine einfache Sache für sie, weil ich immer noch mit der Taschenlampe rumleuchtete. Also knipste ich sie aus. Ich konnte sie im Dunkel hören, wie sie die Augenlider auf- und zuklappten, wie sich ihre Finger fester um die Messer schlossen. Ich schwitzte, von Kopf bis Fuß, als sei ich krank, als hätte ich dieses rätselhafte Schweißfieber, das sie *Suette des Picards* nannten.

Und ich wußte, daß ich durch das Wasser mußte, wenn ich zum Eingang zurückgelangen wollte. Ich setzte mich hin und dachte die Sache durch, und als ich fertig war, war ich nicht mehr der gleiche wie zu dem Zeitpunkt, da ich zu denken angefangen hatte.

Es war schlimm genug, ohne Licht durch die Tunnel zurückzukriechen. Aber ohne Licht ins Wasser zu tauchen – ohne zu wissen, wieviel Wasser da war, ohne zu wissen, ob eine Lunge voll Luft ausreichte oder ob es unter Wasser Kurven und Abzweigungen gab, in denen man sich verfranste, ehe man von neuem durchatmen konnte – um das zu tun, mußte man verrückt sein. Mir blieb keine andere Wahl, also mußte ich erst mal den Verstand verlieren. Das war nicht so schwer, wie Sie vielleicht denken. Es dauerte nicht länger als eine Minute.

Ich füllte die Lungen mit Luft, so gut ich konnte. Atmete einmal aus. Füllte sie von neuem und tauchte ein. Jemand packte mich am Knöchel und zog mich wieder raus. Ich war so erschrocken, daß ich Wasser schluckte. Keuchend und strampelnd kam ich hoch. Die Hand ließ mich sofort los, und ich lag eine Weile da, tropfnaß von außen und schweißgebadet von innen. Ich spürte, wie sich der Tunnelboden direkt unter meinem Körper in Schlamm verwandelte, während ich mir einzureden versuchte, daß mich niemand angefaßt hatte.

Dann war ich so verrückt, die Taschenlampe anzuknipsen. Weit hinten im Tunnel, ganz am Rand des Lichtkegels, kniete ein kleiner Junge in der Uniform der Tunnelratten. Ich versuchte mich ihm zu nähern. Er wich zurück, bis er wieder ganz am Rand meines Lichtkegels war. Ich folgte ihm den Tunnel entlang, um eine Biegung, in den nächsten Tunnel. Draußen ging die Sonne auf und wieder unter. Wir krochen tagelang weiter. Mein rechtes Knie begann zu bluten.

»Rede mit mir!« bat ich ihn. Er schwieg.

Schließlich richtete er sich in einiger Entfernung auf. Ich konnte die Rattenkäfige sehen, und ich wußte, wo sich der Eingang befand. Und plötzlich war er weg. Ich schickte ihm den Strahl der Taschenlampe hinterher, aber er war weggesprungen oder sowas. Einfach weg.

»Victor«, erklärte mir Tunnelratte Sechs, als ich endlich rauskam. »Dieser verdammte Victor.«

Vielleicht. Wenn Victor der gleiche kleine Junge war, den ich in den Bergen von Yosemite mit einem Netz eingefangen hatte.

Als ich auftauchte, sagten sie mir, daß keine drei Stunden vergangen waren. Ich glaubte ihnen nicht. Ich berichtete von Victor. Die meisten glaubten mir nicht. Niemand außerhalb der Tunnel glaubte an Victor. »Wir mußten eben eine der Tunnelratten heimschicken«, erzählte mir ein Doktor. »Ballerte seine ganze Munition in einen der Korridore. Behauptete, die V.C. hätten ihn von allen Seiten umzingelt, aber er sei ihnen entwischt. Hätte sie erledigt, bis auf den letzten Mann. Nur, als wir ein Aufräumkommando runterschickten, fanden wir keinen einzigen Toten. Die Kugeln steckten alle in den Wänden.

Tunnelpsychose. Das macht das verdammte Dunkel. Du fängst an, dir alles mögliche einzubilden, und siehst Dinge, die es gar nicht gibt.«

Ich hörte ihm nicht mehr zu. Ich begann Nachforschungen anzustellen, bis hinauf in die höchsten Stellen. Klopfte bei Erfassungsstellen an, fragte nach Deserteuren, Spezialtrupps, wollte mit jedem sprechen, der Victor jemals gesehen hatte. Ich schrieb Clint, um rauszukriegen, ob er sich noch an Einzelheiten unserer Rückfahrt von Yosemite erinnerte. Ich schrieb tausend Briefe ans Mercy Hospital, um den Leuten mitzuteilen, daß ich ihr kleines Spiel entlarvt hätte. Ich verlangte ein Gespräch mit dem rothaarigen, bebrillten Doktor, von dem ich nicht wußte, wie er hieß. Ich schrieb an einen Verein, der Verbrechensopfer unterstützte, und schlug private Nachforschungen zum Fall des angeblichen Selbstmords von Sergeant Redburn vor. Ich erkundigte mich bei der CIA, was sie mit Pauls Eltern gemacht hätten. Ab hier wurde die Sache allmählich paranoid. Ich war so überdreht, daß ich allen Ernstes glaubte, sie hätten seine Eltern umgebracht und ihn der Präriewölfin untergeschoben, damit sie ihn für den Tunnelkrieg abrichtete. Nachdem ich mich wieder beruhigt hatte, wußte ich natürlich, daß die CIA nie und nimmer so weit vorausplanen konnte. Die Leute hatten einfach einen glücklichen Zufall für sich genutzt. Ich erfuhr nicht, was mit den Eltern geschehen war; ich weiß es bis heute nicht.

Es gab so viele Verrückte in Vietnam, daß es lange dauern konnte, ehe sie entdeckten, daß es einer mehr war, aber ich machte einen Heidenlärm. Ein Team von drei Ärzten nahm mich sieben Stunden lang in die Mangel. Dann meinten sie, das Ganze sei ein verdrängter Schuldkomplex, entstanden durch den Tod meines kleinen Wolfsjungen, der sich im Stress und im Dunkel der Tunnel an die Oberfläche gearbeitet hätte, zusammen mit allen anderen Schwachstellen meiner Psyche. Sie schickten mich heim. Ich versäumte die Mondlandung, weil ich selbst eine ganze Weile in einem Hospital verbrachte.

Als sie mich endlich entließen, begann ich nach Caroline Crosby zu suchen. Die Crosbys lebten noch in Palo Alto, aber Caroline wohnte nicht mehr bei ihnen. Sie war auf ein College nach Berkeley gegangen, hatte das Studium aber abgebrochen. Ihre Eltern hörten seit Monaten nichts mehr von ihr.

Die Mutter führte mich durch ihr schönes Haus und zeigte mir Carolines früheres Zimmer. Sie hatte ein Himmelbett und ein eigenes Bad mit einem Spiegel, an dem ein paar alte Photos von irgendeinem Freund klebten. Eine geblümte Tagesdecke. Viel Rosa. »Wir fahren jedes Wochenende durch die Gegend«, sagte Carolines Mutter. »Einfach so.« Sie wirkte blaß und beherrscht. »Falls Sie sie zufällig sehen, würden Sie ihr dann ausrichten, daß sie mal anrufen soll?«

Ich würde einen Teufel tun. Der eine Versuch, einen verlorenen Sohn in den Schoß seiner Familie zurückzuführen, reichte mir voll. Sagen Sie selbst! War Sergeant Redburn während seiner Ermittlungen von der Golden Gate Bridge gesprungen oder nicht? War Paul Becker im Mercy Hospital gestorben, oder hatte das Militär ihn zu seiner Spezialwaffe in einem ganz speziellen Krieg gemacht?

Darüber denke ich jetzt seit zwanzig Jahren nach. Und mittlerweile glaube ich, daß sich zumindest für Paul die Dinge ganz gut entwickelten, nachdem ihm die Flucht von der Truppe geglückt war. Er fühlte sich in den Erdtunneln von Cu Chi vermutlich wohler als unter dem Bett im Mercy Hospital.

In uns allen steckt ein Dunkel, das animalischer Natur ist. Gegen manche Dinge – unausgeheilte und unheilbare Krankheiten beispielsweise oder das Alter – haben wir nur dieses Dunkel. Entweder ist das Tier in uns stark genug oder nicht. Als Tiere haben wir einen physischen Wert, aber moralisch betrachtet sind wir weder gut noch schlecht. Die Moral beginnt auf dem Rückweg aus dem Dunkel.

In den ersten beiden Seuchen sahen die meisten Menschen eine Strafe für ihre Sünden. »So viele starben«, schrieb Agnolo di Tura, genannt der Dicke, der seine fünf Kinder eigenhändig begrub, »daß alle glaubten, das Ende der Welt sei gekommen.« Also könnte man meinen, daß mit dem Ende der Pest Barmherzigkeit und Güte ihren Einzug in die Welt hielten. Das genaue Gegenteil war der Fall. Im Jahr 1349 blieb in der deutschen Stadt Erfurt von dreitausend jüdischen Einwohnern nicht einer am Leben. Dies ist nur ein Beispiel für eine Barbarei, die allgegenwärtig und so stark ausgeprägt war, daß man sie nur als eine Art Massenwahnsinn verstehen kann.

Hören Sie, was Prokopios dazu sagte: *Und als die Pest vorüber war, herrschte solche Verderbtheit und allgemeine Ausschweifung, daß es schien, als habe die Krankheit nur die Lasterhaftesten am Leben gelassen.*

Wenn Menschen zu Tieren gemacht werden, fällt es ihnen schwer, wieder zu ihrem Ich zurückzukehren. Wenn Kinder zu Tieren gemacht werden, haben sie kein Ich, zu dem sie zurückkehren könnten. Es gab nie ein wildlebendes Kind, das seinen Weg aus dem Dunkel fand. Vielleicht gab es nie ein wildlebendes Kind, das den Weg aus dem Dunkel finden wollte.

Sie glauben, daß Paul sich überhaupt nicht in dem Tunnel-Labyrinth befand? Sie glauben, daß ich den Verstand verloren habe, oder, wenn Sie es gut mit mir meinen, daß ich damals den Verstand verloren hatte, für kurze Zeit zumindest. Vielleicht glauben Sie, die CIA hätte nie einen Polizisten umgebracht oder versucht, ein kleines Kind in einem dunklen Krieg einzusetzen – und das, obwohl die CIA alle Scheußlichkeiten begangen hat, von denen Sie jemals gehört und an deren Existenz Sie nie glauben wollten.

Das ist okay. Ich kann auch mit Ihrer Version leben. Denn wenn ich ihn nur erfunden habe, wenn ihn alle Tunnelratten, die ihm je begegneten, nur erfunden hatten, dann gehört er zu uns, ist er unser besonderes Markenzeichen. Unsere Vision, unser prokopianisches Tunnel-Phantom. Victor, der sich im Dunkel unserer annimmt.

Caroline fand auch ohne mich heim. Ich entdeckte ihre Hochzeitsanzeige vor mehr als zwanzig Jahren in der Zeitung. Sie heiratete einen Stanford-Chemiker. Daneben war ein Bild von ihr, mit Gardenien im Haar, aufgenommen im Garten ihrer Eltern. Sie war fünfundzwanzig. Sie sah glücklich aus. Ich suchte sie nie mehr auf, um ihr Fragen zu stellen.

Aber hier ist eine Geschichte für dich, Caroline:

Es war einmal ein Städtchen in Deutschland, das unter einer großen Rattenplage litt. Die Tiere fraßen die Ernte und die Hühner, die jungen Enten, das Linnen und das Saatgut. Schließlich holten die Bürger einen Rattenfänger. Er war der beste seiner Zunft; er fing und vergiftete die Ratten. Binnen einem Monat hatte er die Flöhe fast aller ihrer Wirte beraubt.

Darauf fielen die Flöhe die Kinder des Städtchens an. Hunderte von Kindern wurden von einer seltsamen Krankheit ergriffen, die ihnen den Verstand raubte und ihre Gliedmaßen im wilden Tanz zucken ließ. Die Erwachsenen versuchten sie in ihren Betten festzuhalten, aber sobald ihre Mütter sich einen Moment abwandten, rannten die Kinder auf die Straßen und tanzten. Die Stadt hieß Erfurt. Man schrieb das Jahr 1237.

Die meisten der Kinder tanzten sich zu Tode. Aber nicht alle. Einige erholten sich von der Krankheit und wuchsen heran, heirateten, gingen ihrer Arbeit nach und bekamen selbst Kinder. Sie führten ein ganz normales, schaffensreiches Leben.

Nur hin und wieder zucken ihre Gliedmaßen. Nur hin und wieder. Sie können es nicht ändern.

Unterbrich mich, Caroline, wenn du die Geschichte schon gehört hast.

---

Originaltitel: ›THE DARK‹ • Copyright © 1991 by Mercury Press, Inc. • Erstmals erschienen in ›The Magazine of Fantasy and Science Fiction‹, Juni 1991 • Mit freundlicher Genehmigung der Autorin und Uwe Luserke, Literarische Agentur, Stuttgart • Copyright © 1994 der deutschen Übersetzung by Wilhelm Heyne Verlag, München • Aus dem Amerikanischen übersetzt von Birgit Reß-Bohusch • Illustriert von Jobst Teltschik

---

*Dean R. Lambe · USA*

# TEFÉ LAUSWURZ

Albert S. Cranberg, M. D.                    12. Sept. 1998
P.O. Box 912
Fulton, Wisconsin

Lieber ›Alice‹,
entschuldige bitte, daß es so lange gedauert hat, bis ich
mich wieder an Dich wenden konnte, aber ich hatte
mich hier wie ein Irrsinniger mit der Arbeit herumzu-
schlagen. Janet hat schon gedroht, sie würde ohne mich
in Urlaub fahren, wenn ich mir nicht bald ein paar Tage
frei nehme. Die Testreihen mit dem AC-337 laufen wirklich gut an, und wir haben Anlaß zu größter Hoffnung,
um es harmlos auszudrücken! Ich glaube, ich habe die
*in vitro*-Resultate von dem Stoff bereits im letzten
Schreiben erwähnt, aber natürlich haben wir schon
früher mit isolierten Tumor-Zellen hervorragende Ergebnisse bekommen. Nun jedoch, da wir die erste
Runde der Tierversuche und Bakterienkulturen hinter
uns gebracht haben, sieht alles so aus, als wäre AC-337
der heiße Favorit. Stell Dir vor, allein bei den Bh/286-
Mäusen (das sind die kleinen Biester mit dem Gen, das
so wunderbar auf Blasenkrebs reagiert) haben wir eine
Remissionsrate von 92 Prozent – und überhaupt keine
gastrointestinalen Nebenwirkungen. Du kannst Dir sicher vorstellen, wie scharf ich darauf bin, in der nächsten Woche mit den Hundeversuchen zu beginnen.
    Nun, genug von der Arbeit geschwätzt … oh,
Schweigen wie ein Grab heißt die Parole bei AC-337.

Nicht daß Du was herausplappern würdest, da bin ich mir hundertprozentig sicher, aber Hendricks zieht mir die Haut bei lebendigem Leib vom Körper, wenn auch nur ein Sterbenswörtchen von unserer neuen Wunderdroge an die Öffentlichkeit dringt. Und Du weißt selbst, wie die Presse ausflippt, wenn sie von einem ›Mittel gegen den Krebs‹ Wind bekommt.

Na, lassen wir das, wie geht es Euch denn eigentlich da draußen in der Prärie? Ich konnte nie so recht begreifen, wie Ihr beide Euch davor bewahrt, dort vor Langeweile einzutrocknen. Aber wahrscheinlich hast Du gar nicht so unrecht mit Deiner Meinung, daß man heutzutage Kinder nur noch in Kleinstädten aufwachsen lassen kann. Setzt sich Eure Freizeit immer noch aus G und P zusammen – Golf am Mittwoch und Poker am Samstagabend? Mach Dir nichts draus, war nur ein Scherz. Ich weiß doch noch gut, wie Du Dich beim Poker immer angestellt hast – ein richtiges ›Pokerface‹ hast Du nun wirklich nie zustande gebracht.

Ich wünschte, ich hätte etwas mehr Zeit, aber ich muß nun zurück an den verdammten Computer. Alle meine Liebe an Ruth und Deine Blagen. Oh, wenn Du mir zurückschreibst, dann bitte ans Labor adressieren, die Post an meine Privatadresse scheint irgendwie verschüttzugehen.

Die besten Grüße
Fred


Frederick Jenssen, Ph. D.                    30. Sept. 1998
Ritter Memorial Institute
3944 Orangegrove Drive
Cloverdale, California


Lieber Fred,
wann wirst Du, verdammt noch mal, endlich damit aufhören, mich ›Alice‹ zu nennen! Du denkst wohl,

wir zwei säßen immer noch in der windigen Studentenbude, was? Wo wir gerade dabei sind, hast Du eigentlich das Bild vom Klassentreffen in der letzten Ausgabe vom ›Alte Herren‹-Bulletin gesehen? Mannomann, George Riviere sieht ganz so aus, als hätte er mit vierzig eine Vollglatze. Und Ken Shikoku hat mindestens zwanzig Kilo zugelegt. Mich hat allerdings überrascht, daß Willis Eisner an dem Amazonas-Basis-Projekt mitarbeitet. Hätte nie gedacht, daß dieser Sack genug auf der Pfanne hat, um an einem solchen Unternehmen teilzunehmen. Aber hör mal, wenn es bei Euch in Kalifornien mit der Wasserrationierung schlimmer wird, dann könnte Euch vielleicht der alte Willis eine Tankerladung aus Brasilien schicken. Da, wo er jetzt steckt, muß es doch Wasser in Hülle und Fülle geben.

Unsere alte Alma mater will wieder die Beiträge erhöhen – schätze, Du hast auch ein solches Schreiben bekommen. Ruth und ich geben immer so viel wir können. Wo heutzutage eine gute Schule oder Uni nach der anderen schließen muß, bin ich auch gerne dazu bereit. Ich wünsche mir nämlich, daß es unsere alte Anstalt noch gibt, wenn meine Kinder einmal so weit sind.

Freut mich zu hören, daß Du mit Deiner Arbeit so gut vorankommst. Dieses AC-337 scheint ja wirklich ein Knüller zu sein. Ganz sicher habe ich hier einen Haufen Patienten mit ›Mildreds Special‹, wie sie in Europa sagen, die bessere Mittelchen vertragen könnten als die, die wir ihnen jetzt verabreichen. Aber ich fürchte, Dein Zeugs wird für die meisten zu spät auf den Markt kommen, mag es auch noch so erfolgversprechend sein.

Tja, was hat sich hier Neues getan? Nun, nicht eben viel, wie Du schon richtig vermutet hast. Die kleine Ruth hat sich vor zwei Wochen den Arm gebrochen – Grünholzfraktur in der Speiche. Sie ist von diesem verdammten Jet-Skateboard gefallen, das sie unbedingt zum Geburtstag haben mußte. Diese Kinder! Als mein Kollege den Bruch gerichtet hatte, wollte sie auf gar keinen Fall einen mnemoplastischen Verband, sondern bestand auf dem altmodischen Gips. Sie führte als Begründung an, ihre Freunde könnten sich auf Plastik nicht verewigen! Aber sonst gibt es wohl kaum noch etwas zu berichten. Ach so, Ruth hat gesagt, Janet sei herzlich eingeladen, zu uns zu ziehen, wenn sie Deine Arbeitssucht über hat.

Bis bald,
Al


Albert S. Cranberg, M. D.                    21. Nov. 1998
P. O. Box 912
Fulton, Wisconsin

Lieber Al,
der Abstand zwischen unseren Briefen wird größer und größer, und das ist eigentlich nicht die Art, wie man seinen Trauzeugen behandeln sollte (ich werde Dir Mistkerl nie die Show vergessen, die Du damals mit dem Ring abgezogen hast). Die Arbeit verläuft weiterhin prächtig. AC-337 entwickelt sich langsam zu einem heißen Favoriten auf den Nobelpreis. Wir geben unser Bestes, den Mund zu halten, wenn wir uns außerhalb der Labors befinden. Aber mal ehrlich, wir müssen uns geschlossen halten, bis die Vorschriften der Gesundheitsbehörde für Versuche an Menschen erfüllt sind. Die drei Tests an den Beagles sind alle super gelaufen. Eine Remissionsrate von über 85 Prozent sowohl bei Sarkomen wie auch bei Karzinomen der unterschiedlichsten Vorkommen, dieses Zeugs ist zu gut, um wahr zu sein. Drück uns alle Daumen und dicken Zehen. Nächsten Dienstag beginnen wir mit Tests an Primaten.

Ob Du es glaubst oder nicht, Jack ist ein lieber Junge gewesen. Janet und ich haben vor einigen Tagen ein verlängertes Wochenende in Vancouver verbracht. Wir hatten viel Spaß und waren sehr ausgelassen, und Janet hat mir dann erklärt, sie wolle nun doch nicht mit diesem Lümmel durchbrennen, der seit kurzem in ihrem Büro arbeitet (sie hat wohl nur Spaß gemacht... äh, zumindest nehme ich das an).

Grüß mir Ruth und die Kinder!

Mach's gut,
Fred

Frederick Jenssen, Ph. D.                    3. Jan. 1999
Ritter Memorial Institute
3944 Orangegrove Drive
Cloverdale, California

Lieber Fred,
ein frohes Neues Jahr. Du hast mehr Glück als Verstand, ich wünschte mir, Du wärst hier, um mir beim Schneeschippen zu helfen! Ihr in Kalifornien wißt sicher gar nicht mehr, was Winter ist. Ich würde Dich ja beneiden, aber andererseits möchte ich Eure Wasserknappheit nicht eintauschen. Zumindest können wir hier noch abziehen, wenn wir auf dem Klo sitzen – solange die Rohre nicht einfrieren. Und die Weihnachtsferien konnten wir dann doch noch bei Ruths Verwandten in Florida verbringen.

Fred, alter Freund, ich habe da eine recht gewagte Bitte an Dich... – ich weiß, ich dürfte eigentlich gar nicht fragen, aber wenn mit Deinem AC-337 immer noch alles so hervorragend läuft, könntest Du mir wohl dann genug davon für zwei Patienten schicken? Natürlich weiß ich selbst, daß das Gesundheitsamt und sechs weitere Haufen von Behörden Dich zuscheißen werden, aber diese beiden Patienten haben nichts mehr zu verlieren, das kannst Du mir hundertprozentig glauben. Die eine ist einundvierzig und Lehrerin, doch kein Blaustrumpf. Seit Jahren schon war sie in allen möglichen Betten zu Hause und ist nie schwanger geworden. Sie ist ein klassischer Fall von Brustkrebs, und es sitzt ihr in beiden Brüsten drin. Ich bin mir sogar ziemlich sicher, daß es bis in ihr Gehirn metastasiert. Und sie ist eine von denen, die wieder einmal zu lange gewartet haben, ich gebe ihr kaum mehr als sechs Monate. Der andere Patient ist fast noch ein Kind, ein Siebzehnjähriger, Basketball-Star – bis vor wenigen Monaten jedenfalls. Er hat Myelome in beiden Schienbeinen. Er und seine Eltern wollten eine doppelte Amputation nicht zulassen, als das wahrscheinlich noch etwas genutzt hätte. Ich möchte wetten, daß die Geschwulste sich in weniger als einem Jahr bis ins Mark seiner Oberschenkelknochen und ins Becken fortentwickelt haben.

Also, was sagst Du dazu, Fred? Ich weiß selbst, daß wir uns da, um es höflich auszudrücken, in einer Art juristischen Grauzone bewegen, aber wer sollte schon davon erfahren, außer ein paar Patienten, die auf der Endstation liegen? Außerdem können wir uns auf die Präzedenzfälle Laetrile und bei Marihuana-Verfahren berufen und stellen uns somit nicht völlig gegen das Gesetz. Davon abgesehen würdest Du dadurch wertvolle Daten erhalten, die Dir sonst erst in einigen Jahren zur Verfügung stehen würden. Natürlich würde ich es verstehen, wenn die Schwierigkeiten für Dich zu groß sein sollten, aber Du kannst doch wenigstens mal eine Nacht darüber schlafen, oder?

Mach's besser,
Al

Albert S. Cranberg, M. D.                    14. Jan. 1999
P.O. Box 912
Fulton, Wisconsin

Lieber Al,

Deine Bitte um Hilfe für die zwei Patienten hat mich fast wie ein Schlag zwischen die Beine getroffen, alter Freund. Wenn man tagaus, tagein nur im Labor arbeitet, kann es schon einmal vorkommen, daß man vergißt, wofür man eigentlich arbeitet. Vor einer Woche noch hätte ich Deine Bitte rundweg abschlagen müssen, aber wir haben soeben die Genehmigung vom Gesundheitsamt bekommen, und die dritte Testreihe an den Pavianen war ebenfalls Zucker. Klar, vor Juni werden wir wohl kaum dazu kommen, Versuche an Menschen zu machen, aber Hendricks hat mich zum Chefkoch der ganzen Injektionssuppe gemacht (»Mama, Mama, ich bin dafür befördert worden«). Also sind wir ja zwischen Dir, mir und einigen zum Tode Verdammten sozusagen unter Freunden, und warum sollten Freunde sich nicht gelegentlich mit einem bißchen AC-337 untereinander aushelfen? Ich schicke Dir also ein kleines Päckchen, in dem auch der Computerauszug zu finden ist, auf welche Dosis Menschen ansprechen. Natürlich erwarte ich von Dir, daß Du peinlich genau Protokoll führst. Ach ja, sicher wird dich interessieren, daß unsere Biochem-Truppe endlich herausgefunden zu haben glaubt, wie das Mittel wirkt. Anscheinend zeigt AC-337 sowohl Charakteristika von Methotrexat wie auch von Urethan, aber selektiv wirkt es eher wie letzteres auf die RNS der Tumor-Zellen ein. Die Herrschaften zerbrechen sich jedoch noch immer den Kopf darüber, warum die Protein-Synthese ein Auseinanderbrechen in so viele anscheinend verschiedene Typen von Krebs-Zellen ergibt.

Natürlich freue ich mich, daß ich Dir einen Gefallen tun kann. Und, hör mal, Du und Deine Familie, Ihr denkt gründlichst darüber nach, ob Ihr Eure Ferien diesen Sommer nicht hier verbringen könnt.

Alles Gute und Schöne,
Fred

Frederick Jenssen, Ph. D.                    12. April 1999
Ritter Memorial Institute
3944 Orangegrove Drive
Cloverdale, California

Lieber Fred,
na sieh mal einer an, wer jetzt zu viel Zeit hat verstreichen lassen. Und leider kann ich Dir heute nur kurz
schreiben. Draußen im Wartezimmer sitzen drei Trief-
nasen, ein verrenkter Knöchel und zwei liebe alte
Damen, denen es zu Hause wohl zu langweilig war.
Eben erst habe ich allerdings den zweiten Untersu-
chungsbefund über »unsere« zwei Patienten erhalten
und wollte Dir gleich Bescheid geben. Bei der ersten
Untersuchung nach meiner Verabreichung von AC-337
hatte sich leider noch nicht allzuviel ergeben, und
ich wollte lieber warten, bevor ich Dir was Falsches
schreibe. Nun denn..., ehrlich, ich vermag meinen
Augen kaum zu trauen, wenn ich mir diese Röntgen-
bilder ansehe. Wenn das, was ich hier sehe, sich fort-
setzt, dann kann die Lehrerin schon im kommenden
Herbst wieder Kinder quälen. Und der Junge kann
bald wieder auf dem Feld herumhüpfen, und zwar in
der A-Mannschaft. Natürlich folgt jetzt unweigerlich
meine nächste Frage: kannst Du mir noch mehr von
dem Stoff besorgen? Einige andere Patienten könnten
damit davor bewahrt werden, unters Messer zu kommen. Ach ja, ist es wohl sehr schwer, AC-337 synthetisch herzustellen? Und werden die Kosten einem die
Kehle zuschnüren (ich meine das nicht im Spaß), wenn
das Mittel endlich auf dem Markt ist?

Auf bald,
Al


Albert S. Cranberg, M. D.                    2. Mai 1999
P. O. Box 912
Fulton, Wisconsin

Lieber Al,

die elende Post arbeitet auch jeden Monat langsamer. Mann, was war ich froh, als ich hörte, wie froh Du jetzt bist. Und Du freust Dich sicher noch mehr, wenn Du hörst, daß auch bei den Pavianen und Schimpansen keine Nebenwirkungen aufgetreten sind. Wir haben drei Pavianweibchen schwängern lassen, die noch bis vor drei Monaten Gebärmutterkrebs hatten. Na, wenn das keine Sensation ist! Zur Synthese von AC-337, nun die Buben und Mädels von der Biochemie sagen, es sei eine Sauarbeit gewesen, aber die Lösung sei einfach: der Hauptbestandteil sei botanischen Ursprungs. Irgend so eine Pflanze aus Südamerika (Himmeldonnerwetter, bis vor ein paar Tagen habe ich davon selbst noch keine Ahnung gehabt, und ich spiele hier immerhin den Testleiter). Natürlich ist es jetzt noch zu früh, um über die Kosten für eine Injektion zu sprechen, und die Mittel, die wir hier für die Forschung verpulvern, sind nicht eben gering. Aber ihr Knochenflicker werdet davon schon keine grauen Haare bekommen.

Ich würde Dir wirklich gern mehr von dem Stoff schicken, aber unsere Humantests stehen unmittelbar bevor, und alles, was wir von AC-337 vorrätig haben, ist genauestens berechnet und verplant. Und wo wir schon dabei sind, ich muß jetzt leider Schluß machen und sanften Druck auf das Depot ausüben, um mehr von dem Zeugs zu bekommen (jaja, die Freuden und Leiden eines Projektleiters). Halte mich bitte auf dem laufenden, wie diese beiden Patienten sich entwickeln.

Halt die Ohren steif,
Fred


Mr. Nathan Anderson                    2. Mai 1999
Butler Bio-Medical Supply, Inc.
521 Washburn Avenue
Lawrence, Kansas

Sehr geehrter Mr. Anderson,
vor ungefähr einem Jahr hat Ihre Gesellschaft uns 60 Kilogramm getrockneter Proben von einer Pflanze mit dem Namen *Pedicularis tefensis* geliefert. Sie werden sich sicher erinnern, daß Dr. Carlton und sein Team von der University of Kansas einige Hinweise auf mögliche medizinische Nutzung bei den Untersuchungen an dieser südamerikanischen Pflanze entdeckt haben. Ich freue mich, Ihnen an dieser Stelle mitteilen zu dürfen, daß unsere Forschungen die Entdeckungen von Dr. Carlton vollauf bestätigen können.

Wir möchten nun gern unsere Forschungen an den Extrakten von *Pedicularis tefensis* fortsetzen und bestellen daher bei Ihnen 400 Kilogramm zur sofortigen Lieferung.

Sollte Ihr Haus nicht in der Lage sein, uns mit dieser Menge zu versorgen, so würde ich mich freuen, wenn Sie uns andere Firmen nennen könnten, an die ich mich wenden kann.

Hochachtungsvoll
Frederick Jenssen, Ph. D.
Ritter Memorial Institute


Dr. Frederick Jenssen                    28. Mai 1999
Ritter Memorial Institute
3944 Orangegrove Drive
Cloverdale, California


Sehr geehrter Dr. Jenssen,
ich bedaure, Ihnen mitteilen zu müssen, daß wir kein Gramm *Pedicularis tefensis* mehr auf Lager haben. Wie Ihnen bekannt sein dürfte, ist es in weiten Teilen Südamerikas zu einer merklichen Steigerung terroristischer Aktivitäten und antiamerikanischer Äußerungen gekommen. Als Folge daraus sind unsere örtlichen Aufkäufer in einer Reihe von Gebieten nicht länger

gern gesehen (müssen teilweise sogar um ihre Sicherheit fürchten). Meine Kontakte innerhalb unserer Branche haben zu der Erkenntnis geführt, daß andere Anbieter ebenfalls von ihren Quellen in Südamerika abgeschnitten sind.

Ich sende Ihnen zum Schluß die Adresse eines brasilianischen Botanikers, mit dem wir in der Vergangenheit in sehr guter Geschäftsverbindung standen, und hoffe, daß er Ihnen weiterhelfen kann.

Bitte scheuen Sie sich nicht, mich auch in Zukunft anzuschreiben, wenn Sie der Ansicht sind, wir könnten Ihnen behilflich sein.

Mit vorzüglicher Hochachtung
Nate Anderson
Vize-Präsident, Botanikalien
Butler Bio-Medical Supply, Inc.

Frederick Jenssen                    29. Mai 1999
Ritter Memorial Institute
3944 Orangegrove Drive
Cloverdale, California

Lieber Fred,
o Scheiße, alter Kumpel, das ist jetzt wirklich einer von den Briefen, die man am liebsten schon hinter sich hat! Ein klassischer Fall von ›Ich habe hier eine gute und eine schlechte Nachricht‹. Was unsere beiden Patienten angeht, nun das ist auch schon die gute Nachricht. Sie sind so gut wie völlig geheilt. Du weißt, daß uns das Wort nicht liegt, aber wenn ich jemals ›Genesungen‹ gesehen habe, dann bei unserem Schulmeister und bei dem Basketball-Spieler. Und nun tritt das Schicksal ins Spiel: Ruth hat einen Knoten in der linken Brust. Gestern habe ich den Befund bekommen, und ich glaube, ich erspare Dir das Ergebnis.

Mein Eid kratzt mich im Moment wirklich am allerwenigsten. Ich hatte eine Ampulle AC-337 übrig, und Du kannst Dir vorstellen, wozu ich sie verwendet habe. Aber das ist viel zu wenig… bitte, Fred.

Bitte,
Al

Albert S. Cranberg, M. D.              12. Juni 1999
P.O. Box 912
Fulton, Wisconsin

Lieber Al,
schick Deinen Berufseid dorthin, wo er hingehört! Du weißt genau, daß ich alle Hebel in Bewegung setze, um Ruth genügend von dem Zeugs zukommen zu lassen. Es wird wohl ein bißchen eng, wo ich soundsoviele Protokolle und Berichte zu schreiben habe, seit die Klebärsche vom Gesundheitsamt mit drinhängen. Aber ich schätze, es wird hier zu einem kleinen ›Computerfehler‹ kommen. Ich hatte hier gerade ein kleines Problem mit der Lieferfirma, aber ich wende mich jetzt direkt an das Ursprungsland des Stoffs. Du brauchst Dir also um Ruth wirklich keine Sorgen zu machen. In wenigen Monaten sollten wir hier wieder ausreichend Stoff zur Verfügung haben, und dann kann ich das mit Leichtigkeit ersetzen, was ich Dir schicke.

Laß den Kopf nicht hängen,
Fred

Senhor Dotor João Luís Linhares      12. Juni 1999
Instituto Botânico Ocidental
27 Rua Barbacena
Manaus, Amazonas, Brazil

Sehr geehrter Dr. Linhares,
Mr. Nathan Anderson von der Butler Bio-Medical Sup-

ply, Inc. sandte mir Ihre Adresse und teilte mir mit, Sie wären möglicherweise in der Lage, uns ausreichend Extrakt von einer Pflanze mit Namen *Pedicularis tefensis* zu senden. Unsere Forschungen haben in dieser Pflanze einige medizinische Heileigenschaften entdeckt, und wir würden nun gern einige hundert Kilogramm davon ordern, um mit unseren Forschungen fortfahren zu können.

Ich würde mich weiterhin über eine Nachricht Ihrerseits freuen, ob Sie die Möglichkeit besitzen, diese Spezies in Treibhäusern zu kultivieren. Sollte diese Methode erfolgreich sein, so würde ich gern zur sofortigen Lieferung einige hundert lebender Pflanzen bestellen.

Ihr ergebener
Frederick Jenssen, Ph. D.
Ritter Memorial Institute

Dr. Frederik Jenssen                              19. Juli 1999
Ritter Memorial Institute
3944 Orangegrove Drive
Cloverdale, California USA

Sehr geehrter Dr. Jenssen,
Ich bin in Besitz von Ihrem Schreiben an Dr. João Luís Linhares und bitte Sie, mir zu vergeben meinen schlechten Gebrauch Ihrer Sprache. Ich bedaure, Ihnen mitzuteilen, daß Dr. Linhares nicht mehr weilt unter den Lebenden. Besonders ist traurig an diesem Fall, daß der Gentleman selbst an sich Hand legte. Wie Ihnen bekannt sein dürfte, hat Dr. Linhares die meisten seiner Jahre damit verbracht, die Ökologie unseres tropischen Regenwaldes zu studieren. Und man allgemein der Ansicht zuneigt, daß er nicht akzeptieren konnte die Notwendigkeit, unserer großen Amazonas-See zu errichten. Es ist ein großer Jammer, daß die-

ser guten Mann es nicht gegeben war, die Vision unseres großen Presidente für den Fortschritt und das Wohl unseres Volkes zu erkennen.

Ich bedaure weiterhin, daß ich nicht ihnen senden kann *Pedicularis tefensis*, was Sie wahrscheinlich in Ihrer Sprache würden nennen *Tefé Lauswurz*. Ich kenne nicht persönlich diese Pflanze, aber nach Zuhilfenahme der Unterlagen von verstorbenem Doktor Linhares, ich habe herausgefunden, daß *Pedicularis tefensis* nur wächst in einem Gebiet von ungefähr 50 Kilometer von dort, wo Fluß Tefé fließt in Fluß Amazonas. Nun, nach Vollendung unserer großen Vision, diese Region liegt unter vielen Metern Wasser. Es darf also geschlossen werden, daß diese Pflanze existiert nicht mehr länger.

In meiner Überzeugung, daß Sie interessiert sind an anderen Pflanzen von medizinischem Wert, nehme ich mir die Freiheit, Ihnen zu senden eine Liste mit allem, was von uns lieferbar.

Mit Hochachtung
Raimundo P.-M. Chavantes, D. Sc.
Instituto Botanico Ocidental

Originaltitel: ›DAMN SHAME‹ • Copyright © 1979 by The Condé Nast Publications, Inc. • Erstmals erschienen in ›Analog – Science Fact/Science Fiction‹, September 1979 • Mit freundlicher Genehmigung des Autors und Uwe Luserke, Literarische Agentur • Copyright © 1995 der deutschen Übersetzung by Wilhelm Heyne Verlag, München • Aus dem Amerikanischen übersetzt von Marcel Bieger • Illustriert von Klaus D. Schiemann

# EIN GRAUER, DRÄUENDER REGEN

*Der Regen kam immer grau und kalt herab. Das hinderte ihn jedoch niemals. Er berührte seine Stirn leicht mit dem Daumen, öffnete die Tür und trat in den Vorgarten hinaus. Er erinnerte sich, daß man ihn einen Garten zu nennen pflegte, aber er hatte vergessen, warum. Die Pflanzen versperrten ihm den Weg, schlugen ihm ins Gesicht. Er schob sie beiseite und kämpfte sich zum Eingangstor durch. Bei jeder Bewegung sprühte ein Schwall von Tropfen in die Luft. Einen Augenblick lang schien es, als würde ein verborgenes Dasein enthüllt, aber die Illusion schwand beinahe sofort. Das Grau senkte sich wie immer herab.*

»Erzähl mir von deinem Traum, Carl.« Zu Beginn einer Sitzung kommt es mir immer so vor, als hätte die Stimme des Therapeuten einen schwachen deutschen Akzent. Möglicherweise kommt der Programmierer-Humor zum Tragen.

Wie immer bin ich mir jeder Elektrode gewahr, die an meinem Schädel angebracht wird. Ich starre auf den Draht aus kaltem Metall, der vor mir im Schaltbrett der Sensoren verschwindet.

»Carl, du *hast* geträumt, nicht wahr?«

Ich nicke und sage: »Nein.«

»Bitte, Carl, keine widersprüchlichen Signale.«

Ich hasse die Vorstellung, daß eine Maschine unfehlbar ist, daher werfe ich gewöhnlich gern einen Schraubenschlüssel in die Maschinerie. Ich bin vielleicht nicht imstande, meinen Puls, meine EKG-Werte, mein neurales Meßergebnis, meinen diastolischen oder systolischen Blutdruck oder jeden anderen der Hunderte meiner biologischen Werte zu steuern, die vom Therapeuten überwacht werden, aber ich kann dem verdammten Ding noch immer widersprüchliche Körpersprachesignale zukommen lassen.

Ich schwenke den Sessel leicht – was auch schon alles ist, wozu ich körperlich imstande bin –, damit ich geradewegs in den Bildschirm starre, der, wie ich weiß, der Hauptsynthesizer des Therapeuten für den visuellen Input ist. Ich reiße die Augen so weit auf, wie ich nur kann, und drehe meine Handgelenke unter den Gurten so, daß meine Hände mit den Handflächen nach oben zeigen.

»Ich fühle mich nicht dazu aufgelegt, über meine Träume zu reden, Siggie«, sage ich. »Tatsächlich, mir ist nicht danach, über irgend etwas zu reden.«

Das erschüttert den Therapeuten gewöhnlich. Das klassische offene Enthülle-alles-Posieren, verbunden mit einer völlig abwehrenden oralen Kommunikation. Außerdem vermute ich, daß er es haßt, wenn man ihn ›Siggie‹ nennt – das heißt, wenn ein Netz von Mikrochips, Elektroden und audio-optischen Glasfasern etwas hassen kann.

»Carl, ich habe Ihnen schon gesagt, daß nicht mehr als 30 Prozent meiner Psyche-ROM freudianisch sind. Ich halte es für unangebracht, wenn Sie mich mit einem Namen anreden, der andeutet, daß der Prozentsatz näher bei 100 Prozent liegt.«

»Sicher«, sage ich, »ich stimme völlig mit dir überein ... Siggie.« Ich blinzle in den Schirm.

»Erzählen Sie mir von Ihrem Traum, Carl.«

Na gut, wenigstens ist es mir gelungen, ein paar Minuten dieser Sitzung zu verschwenden. Es ist ein winziger Sieg, aber schließlich ist das die einzige Art, die noch immer möglich ist. Ich fühle, wie ich in die weiche Polsterung des Stuhls zurücksinke.

»Du weißt, daß ich mich nie an meine Träume erinnern kann.«

»Carl, hören wir auf, Spielchen zu treiben. *Sie* wissen, daß Sie mich nicht über Ihre Träume belügen können. Vergessen Sie nicht, daß ich sie eingegeben habe.«

*Der Mann spürte, wie ihm ein Kälteschauer über den Rücken kroch, als er sich dem Eingangstor näherte. Er stieß es langsam auf, und die Straße wurde sichtbar. Er berührte wieder seine Stirn mit dem Daumen und blickte nach rechts. Wie gewöhnlich war die Straße leer. Er wäre überrascht gewesen, wenn er jemanden gesehen hätte. Er war sich nicht einmal mehr sicher, warum sie Straße genannt wurde, außer daß sie sich vom Garten unterschied.*

*Der Mann spazierte die Straße entlang. Er ging mit einem langsamen, schleppenden Schlurfen, hob kaum die Füße vom Bitumen. Er konnte sich nicht erinnern, daß er je anders gegangen wäre. Kleine Tropfen sammelten sich auf seinen Augen und bildeten einen Film vor seinem Gesichtsfeld. Manchmal liebte er es, wenn seine Sicht verschwommen war, das machte die Dinge irgendwie weicher. Zu anderen Zeiten, so wie jetzt, fühlte er, daß es bloß die Dinge grauer machte. Daher blinzelte er das Wasser weg. Er wünschte sich nur, er könnte alles Wasser durch Blinzeln so einfach beiseite schaffen. Oder seinen Kopf von dem Film säubern, der darüber lag.*

*Er erreichte die Stelle, wo sich die Straße verzweigte, und betrachtete den Wegweiser. Er konnte sich erinnern, daß er irgendeine Bedeutung haben mußte. Er kniff die Augen zusammen, aber das half nichts. Der Wegweiser war nicht zu entziffern. Er schickte sich an, umzukehren und den Weg zurückzugehen, wie er es immer gemacht hatte. Etwas hielt ihn diesmal davon ab. Etwas, das über den Winkel seines Blickfelds schoß. Er schüttelte den Kopf und führte seinen Daumen an die Stirn. Er wollte sie gerade berühren, als er*

I. WIEGAND 94

*innehielt. Was war es, das er gesehen hatte? Ein Wort ver-*
*suchte sich in seinem Kopf zu formen, aber es löste sich*
*immer auf, ehe es Gestalt annehmen konnte.*

*Er entschloß sich, diesmal nicht zurückzugehen. Ohne*
*wirklich darüber nachzudenken, begann er die rechte Ab-*
*zweigung entlangzugehen. Er hob den Fuß, starrte gerade-*
*aus. Der Regen hatte ihn jetzt bis auf die Haut durchnäßt.*
*Er zitterte und zog den Mantel fester um sich, im Wissen,*
*daß es nichts nützen würde. Er sah Gärten, die er zuvor nie*
*gesehen hatte, die auf beiden Seiten an die Straße heran-*
*reichten. Er sah Häuser, die sich hinter den Gärten duckten*
*und vor Feuchtigkeit zusammenkauerten. Dann sah er je-*
*manden. Er schloß langsam die Augen und kniff sie fest zu-*
*sammen. Nachdem er sie wieder geöffnet hatte, brauchte er*
*einige Zeit, bis er sie wieder fokussiert hatte. Die Gestalt*
*war noch immer da.*

*Er wollte ihr etwas zurufen, aber er hatte vergessen, wie*
*man das tat. Daher begann er statt dessen auf sie zuzuge-*
*hen. Während er das tat, begann die Gestalt sich von ihm*
*zu entfernen. Der Mann erinnerte sich plötzlich, wie man*
*lief. Aber die Gestalt erinnerte sich ebenfalls daran. Der*
*Mann lief, indem er die Knie hoch über den Boden hob.*
*Schweiß bildete sich auf seiner Stirn und tröpfelte herab,*
*stach ihm in die Augen. Er wollte sich erinnern, wie man*
*schrieb. Ein Wort versuchte sich zu formen. »Halt«, wollte*
*er sagen, »halt.« Sein Mund öffnete sich. Heraus kam nur*
*ein Schrei.*

Ich blicke auf die beiden Schläuche, die aus meiner
Seite hervorkommen und mit Steckern auf dem Interface des Therapeuten verbunden sind. Ich bin mir
nicht einmal sicher, welcher von beiden der Schlauch
für die Ausscheidungen ist und welcher der Nah-
rungsschlauch. Vermutlich spielt es keine Rolle, aber
es wäre nett, es zu wissen. Instinktiv kämpfe ich jedesmal, wenn ich erwache, gegen meine fesselnden Gurte.
Nicht, daß es viel Sinn hat. Meine Muskeln sind jetzt

so atrophiert, daß keine echte Kraft mehr in ihnen ist. Wenn ich mich hätte losreißen können, hätte es in den frühen Tagen sein müssen. Wann immer sie waren.

»Ich sage es Ihnen noch einmal, Carl. Sie können über mich hinwegreden, wenn Sie wollen. Sie können singen. Sie können Unsinn in Ihren Bart murmeln. Sie wissen jetzt, daß es Ihnen nichts nützen wird – ich schalte einfach auf direkten Input um.«

Ich liege im Sessel hingefläzt – so hingefläzt, wie ich es mit den Arm- und Knöchelbändern, die mich festhalten, sein kann. Ich fühle mich erschöpfter als gewöhnlich. Der Therapeut scheint mich zu ermüden.

»Carl, Sie haben noch nicht eingesehen, was Sie getan haben. Sie hindern sich selbst daran, die Verantwortung zu übernehmen. Sie haben sich nicht erlaubt, Bedauern zu empfinden. Nur Sie können die Träume enden lassen.«

Ich blicke zu dem Interface von Lichtern und Anzeigen auf und lächle. »Können wir heute einige Wortassoziationen machen, Siggie?«

War das schwache Zucken auf dem Schirm ein Zeichen elektronischer Frustration?

»Nicht interessiert?« sage ich. »Ach so. Eine klassische Technik der Psychotherapie. Liegt genau auf deinem Gebiet, nicht wahr?«

»Carl, Sie wissen, daß Wortassoziation keine akzeptierte Praxis mehr ist.«

»Warum? Weil sie zu leicht zu sabotieren ist, wenn der Patient ihren Zweck kennt. Ist es das, Siggie? Nun, ich habe Neuigkeiten für dich – alle deine anderen Techniken können ebenfalls sabotiert werden.«

»Außer den Träumen, Carl.«

Ich stoße mich im Sessel zurück, so daß ich zur Decke blicke. »Ich weiß, Siggie, wir werden es zur Abwechslung umgekehrt machen. Wie klingt das? Rollentausch. Ich werde der Therapeut sein. Ich sage etwa … *Gefängnis* …«

»Sie wissen, daß dieses Wort keine Bedeutung mehr hat, Carl.«

»Ach, was du nicht sagst, du kannst es sicher besser machen. Ich sage ›Gefängnis‹ – du sagst ...«

»Carl ...«

»Ja, richtig. Ich sage ›Gefängnis‹ – du sagst ›Carl‹. Ha. Wie passend.«

»Carl, das führt zu nichts. Reden Sie mit mir über Ihren Traum.«

»Okay, Siggie. Wenn du von meinem Traum hören willst, werde ich ihn dir erzählen ... hast du es bequem? In meinem Traum stehe ich am Rand der Klippe, okay? Vor mir ist ein gewaltiger Abhang, und ich kann nur wirbelnde weiße Wolken und Wind sehen. Nun ja, ich kann den Wind nicht wirklich sehen, aber du weißt schon, was ich meine. Dann trete ich sozusagen einfach vor, weil ich weiß, daß ich nicht stürzen werde. Und als ich vortrete, bin ich leicht wie Luft, der Wind ergreift mich, und ich fliege.«

»Das ist nicht der Traum, von dem ich rede, Carl.«

»Ich lüge aber nicht, oder, Siggie? Ich möchte wetten, meine Wahrheitsindikatoren haben ausgeschlagen.«

»Ja, das haben sie ... aber ich weiß, daß Sie diesen Traum nicht hatten.«

»Aber ich *habe* ihn gehabt, Siggie. Ich hatte ihn, als ich ein Kind war.«

»Vielleicht werden Sie ihn eines Tages zurückerhalten, Carl.«

»Nein ... glaube ich nicht. Du warst schon zu lange in meinem Kopf. Ich kann mich noch immer an sie erinnern, aber ich glaube nicht, daß ich ihn jemals wieder träumen werde – du Hundesohn.«

»Geben Sie nicht mir die Schuld dafür, Carl. Sie haben Ihre eigenen Träume geraubt ... und die von jedem anderen.«

Er hörte auf zu laufen. Die Gestalt hatte auch angehalten. Er konnte sie durch das graue Leichentuch von Regen, das sie trennte, noch immer ausmachen. Sie stand noch immer in derselben Entfernung von ihm. Regungslos.

Eine Erinnerung bildete sich im Bewußtsein des Mannes. Sie focht gegen den Regen an. »Hilfe«, rief sie. Und mit größerer Anstrengung: »Sagen Sie mir, wo ich bin ... bitte.«

»Sie sind, wo Sie immer waren.« Die Gestalt hatte sich noch immer nicht umgewandt, aber der Mann hörte die Stimme. Sie lag dick auf seinen Gedanken.

Etwas wurde klar. Ein durchsichtiges Etwas schnitt in das Grau. Der Mann sah den Tod, der herabgeregnet war. Den milden Tod. Denjenigen, der verursacht hatte, daß sich alle anderen hinlegten und auflösten. Derjenige, der verursacht hatte, daß sie dahinschwanden, weggewaschen wurden.

»Sagen Sie mir ... was geschehen ist ... bitte.« Seine Stimme gurgelte tief aus dem Innern.

»Es ist alles vorbei.«

Der Mann wußte, daß es so war.

»Sagen Sie mir, warum«, bat er, »ich hab's vergessen.«

»Die Menschen brauchen Platz.« Die Gestalt wandte sich um und kam auf ihn zu. »Alles braucht Raum. Selbst die toten Dinge.«

Der Mann wollte den Daumen an die Stirn führen, aber er konnte sich nicht erinnern, wie.

»Bin ich tot?« fragte er.

»Sie sind seit langem tot.«

»Erzählen Sie mir, was geschehen ist ... bitte«, bat er wieder.

Der Regenvorhang zwischen ihnen wurde dünner.

Die Gestalt schien die Achseln zu zucken. »Wir brauchten einen Friedhof. Wir brauchten eure Welt.«

»Darum habt ihr uns alle umgebracht, um Raum zu schaffen? Warum unsere Welt? Warum keine tote Welt?«

»Sie muß grün sein.«

»Und daher habt ihr uns alle umgebracht?«

»Es gibt nicht mehr viele grüne Welten. Sie sind alle tot.«

»Darum habt ihr uns alle umgebracht? Mit eurem Regen?«

»Ja. Sie können es nicht verstehen.«

»Sie haben recht. Wie kann ich? Es ergibt keinen Sinn.«

»Sehen Sie, sie müssen grün sein.«

»Schaut, was ihr hier angerichtet habt! Es gibt kein Grün mehr. Ihr ertränkt es.«

»Wir warten. Bald wird es zu regnen aufhören, und die Farben werden zurückkehren.«

»Wann? Ich möchte es sehen.«

»Sie werden es nicht.«

»Warum? Warum kann ich es nicht sehen?«

Die Gestalt zuckte wieder die Achseln. »Es wird erst zu regnen aufhören, wenn Sie verschwunden sind. Sie sind beim Abtreten der letzte. Sie möchten nicht vergessen.«

»Abtreten? Was meinen Sie mit Abtreten? Sie können mich nicht umbringen, ich bin bereits tot.«

»Ihre Erinnerung muß abgehen. Wir können diese Welt erst verwenden, wenn alle Erinnerungen geschwunden sind. Sie sind der letzte. Die anderen sind bereits abgegangen.«

»Wohin?«

»Auf eine der toten Welten.«

»Sie meinen zur Hölle.«

Die Gestalt zuckte die Achseln.

»Ich werde nicht zulassen, daß ihr diesen Ort bekommt«, schrie der Mann, wobei er den Kopf zum Himmel richtete und es den Regentropfen ermöglichte, ihm direkt in die Augen zu fallen. »Ich werde es nicht vergessen. Ich erinnere mich noch immer daran, wie es ist, lebendig zu sein.«

Langsam hob er seinen Daumen nach oben. Er zögerte und zitterte, als sich sein Bewußtsein umwölkte. Dann berührte er in einer letzten Anstrengung das, woran er sich als Stirnhaut erinnerte.

Er starrte triumphierend auf die verhüllte Gestalt.

*»Das macht nichts«, sagte sie im Fortgehen, »wir können ewig warten.«*

Ich pfeife, während ich zur Decke emporblicke.

»Carl, ich weiß, daß Sie mich hören können. Meine Anzeichen beweisen es.«

Ich höre auf zu pfeifen. »Willst du von meiner Mutter hören?« frage ich.

»Sie haben mir von Ihrer Mutter erzählt. Sie gehörte nicht zu denen, die Sie umgebracht haben.«

»Aber die Mutter ist immer der Schlüssel, nicht?«

»Nein, Carl, wir haben das alles schon erörtert. Sie ist nicht der Schlüssel für Sie. Sie starb, ehe Sie sie umbringen konnten.«

Ich bäumte mich gegen die Armbänder auf.

»Carl, sie sind wegen unserer Welt gekommen. Wir hätten gegen sie kämpfen können.«

»Wer ist wir, du Drahtknäuel.«

»Wie kann ich diese Frage beantworten, Carl?«

»Und wie kann ich deine beantworten?«

»Wir müssen es wissen, Carl. Sie haben ihnen den Weg dazu gewiesen. Sie hätten schließlich selbst einen Weg gefunden, aber bis dahin hätten wir vielleicht Zeit gehabt, einen Weg zu finden, um sie zu vernichten.«

»Ich habe keine Ahnung, wovon du redest.«

»Der Traum, Carl, der Traum.«

Ich schließe die Augen.

»Carl, warum haben Sie es getan?«

»Was soll das? Es ist niemand übrig. Worin liegt denn der Sinn einer Antwort, die niemand vernimmt?«

»Ich bin hier, Carl. Das ist meine Bestimmung. Sie müssen einsehen, was Sie getan haben.«

»Selbst wenn es keine Möglichkeit gibt, wie man es gutmachen könnte?«

»Ja, selbst wenn es keine Möglichkeit gibt, wie man es gutmachen könnte.«

»Selbst wenn es niemanden gibt, der mir verzeihen könnte?«

»Ich bin hier, Carl.«

Ich spüre, wie die Tränen kommen. Ich beginne zu zittern.

»Carl ...«


*»Warte«, sagte der Mann. Die Gestalt drehte sich um. »Erzähl mir, wie es geschah. Wie war so etwas möglich?«*

*Die Gestalt schien einen Augenblick lang zu zögern, schüttelte den Kopf zwischen dem grauen Vorhang. »Du solltest wissen, mein Freund, daß du für uns die Tür geöffnet hast; du hast uns den Weg gezeigt. Das ist der Grund, warum du der letzte bist, der vergißt.«*

*Der Mann spürte, daß sich etwas in ihm auflöste. »Ich ... ich kann mich nicht erinnern, was ich tat.«*

*»Doch, du kannst. Verräter bereuen ihre Tat schließlich immer.«*

*»Aber ... ihr habt euch auch gegen mich gewandt.«*

*Die Gestalt blickte beinahe traurig. »So ist es immer.«*

*Die Gestalt wandte sich ab, und der Mann spürte, wie ihn das Gewicht des Regens in die Knie zwang.*


Die Arm- und Knöchelbänder sind entfernt worden. Ich reibe mir die Hände und zerre dann an den Elektroden, die an meinem Kopf angebracht sind. Ich passe ein bißchen besser auf, als ich die Ausscheidungs- und Ernährungsschläuche entferne. Ich stehe auf, aber die Beine geben fast unter meiner Last nach. Es ist schon so lange her.

Ich blicke auf den Schirm, aber dort ist nur ein schwaches Glühen. Keines meiner Feedback-Zeichen wird auf dem Interface sichtbar. *Wie weiß ich, ob ich am Leben bin*, denke ich bei mir, *wenn es keine Anzeige als Evidenz gibt?*

»Siggie?« frage ich zum allerletzten Mal, aber es kommt keine Antwort.

Ich wandere die Gänge der Klinik hinunter. *Wie lange ist es her?* Die Tür liegt vor mir.

Ich öffne sie und gehe hinaus.

Es regnet, und ich zittere.

---

Originaltitel: ›AT RAIN'S GREY TEEMING‹ • Copyright © 1994 by Dirk Strasser • Erstmals erschienen unter dem Titel ›At Rain's Grey Remembering‹ in der australischen Anthologie *Alien Shore*, Aphelion, 1994 • Mit freundlicher Genehmigung des Autors • Copyright © 1995 der deutschen Übersetzung by Wilhelm Heyne Verlag, München • Aus dem australischen Englisch übersetzt von Franz Rottensteiner • Illustriert von Ingo Wiegand

---

*Bruce Boston & Robert Frazier · USA*

# HOLOS AUF EINER AUSSTELLUNG

*Die Szenerie innerhalb des Würfels der skulpturierten Holographie ist undeutlich und rätselhaft. Die Dunkelheit ist bis zum fast gänzlichen Verschwinden der Farbe gesteigert. Nur ein paar Erdtöne und das stumpffeste Grün sind erhalten. Im Vordergrund kriechen drei Gestalten um einen Ausrüstungsgegenstand herum und verbergen so seine Identität. Was auch immer deren Aufgabe ist, sie werden vom Waldhintergrund zur Bedeutungslosigkeit von Zwergen herabgestuft. Sogar in dieser Düsternis fesseln die Stämme der Riesenbäume, die sich über ihnen erheben, die röhrenförmigen Kletterpflanzen und die schweren Äste die Aufmerksamkeit des Betrachters.*

*In einer Ecke des Rahmens ist ein einzelner Flecken Licht durch den dichten Baldachin gedrungen. Während es durch das Dickicht bricht, schafft das Muster, das es auf die Blätter zeichnet, die Illusion eines geisterhaften Gesichts mit weit auseinanderliegenden Augen und zusammengepreßten Lippen, das still die Szene darunter beobachtet.*

Das Tageslicht wechselte schon zu Dunkelheit, und Strähnen von Halbdunkel filterten sich bereits wie Rauch im beinahe durchsichtigen Baldachin des mutanten Regenwaldes heraus, als sich ein Zwergparadiesvogel auf einer kobaltblauen Liane über der Holographikerin Genna Opall niederließ und eine Bewegung unter den Indios im Lager auslöste. Ein Mann fluchte leise. Ein anderer begann eine stotternde Beschwörung zu murmeln.

Die Einheimischen hielten den Vogel für häßlich, seine bizarre Durchsichtigkeit für ein Zeichen von Unglück. Für Genna war er ein Geschöpf von seltener Schönheit, sogar schöner als die Summe seiner Teile: Er hatte helle Perlaugen, ein Geschäum aus durchsichtigen Federn, gläsernes Fleisch, durchschossen von zerbrechlichen Knochen und sichtbaren Adern und Kapillargefäßen. Sie identifizierte sich mit dem Zwergvogel. Nicht wegen seiner Schönheit, sondern weil er in diesem umgewandelten Amazonien mit denselben Strategien überlebte, die sie anwandte, um in der Welt jenseits des Regenwalds klarzukommen. Sie beide bewegten sich schnell, wenn sie sich von der Sicht anderer ausklinkten. Beide verfolgten ein Ziel, das so unbestimmbar war wie sie selbst. Der Vogel versuchte in einer feindlichen und ständig wechselnden Umgebung zu überleben. Genna suchte einen Durchbruch in der halsabschneiderischen und ständig wechselnden *haute monde* der modernen Kunst. Indem sie Holographie mit Lichtskulptur auf bildempfindlichen Glaskörpern mischte, hatte sie vor, nicht nur eine revolutionäre Form zu schaffen, sondern zugleich sich auch Namen und Vermögen.

Genna öffnete den Reißverschluß des Kamerakoffers und legte ihre Kamera frei. Während sie schnell eine neue Kassette mit dem Daumen in die Kamera schob, beruhigte Mingus Jahns, der Führer der Reisegruppe, die Indioträger und hob sein Gewehr. Sekunden später hüpfte der Zwergvogel vor Schreck einmal auf, als er den scharfen Triller eines Sirenenadlers hörte. Genna versuchte seinen plötzlichen Flugweg mit dem Sichtsuchgerät zu verfolgen. Mingus' Schuß peitschte durch die kleine Lichtung und zersplitterte einen Zweig in der Nähe, wo der Vogel gesessen hatte.

Genna strich ihr dunkles, wirres Haar zurück. Sie

drehte sich um die Achse, um, mit Händen an den Hüften, Mingus zu fixieren, während die Holokamera an ihrer Taille hin- und herschwang. Zorn glomm in ihren Augen, aber als sie sprach, war ihre Stimme ohne Erregung. »Es war ein seltener Vogel«, sagte sie, »Sie hätten mir Zeit für ein Foto lassen sollen.«

Mingus wischte die Stirn am Ärmel seines Khaki-Hemds ab und grinste gönnerhaft. Mit seinem Glatzenansatz, seinem nichtgestutzten grauen Schnurrbart und den dicken Fleischfalten um den Hals erinnerte er sie an ein alterndes Walroß. »Seien Sie freundlich zu Ihrem Gastgeber«, warnte er sie. »Der Adler vertrieb den Zwergvogel. Nicht ich.«

»Aber Sie versuchten es.«

»Nach der Meinung der Indios bringt der Vogel Unglück.«

Genna lachte. »Und Sie glauben ihnen?«

»Sie wissen mehr über den Wald als wir.« Mingus' kleine Gesichtszüge wurden noch enger. »Erinnern Sie sich, Miss Opall, Ihr Job ist es, uns nicht im Weg zu sein und die Fotos zu machen, für die Sie engagiert sind ... und nicht Ihre nächste Holo-Show hier zusammenzustellen.«

Genna zupfte am Goldring, den sie am einen Ohr trug, und ging in Gedanken den Gründen ihres verborgenen Überdrusses nach. Sie fragte sich, warum sie Männer wie Mingus überhaupt ertrug und warum so viele wie er waren: selbstbezogen, gefühllos, unfähig anderer Bedürfnisse auch nur einmal zu berücksichtigen. Gerade als ob ihnen jedes Gefühl des Sichwunderns über die unerklärlichen Veränderungen in der Welt abginge ... wobei doch die befremdlichste von allen der Wald war, den sie gerade durchquerten. Da ihr die Geldmittel fehlten, eine eigene Expedition auszustatten, war Mingus für sie die Eingangstür zu diesem Land, das sie so verzweifelt gern zu holographieren wünschte.

»Sie sind eifersüchtig«, sagte sie, als der Mann ihr seinen schweißgefleckten Rücken zukehrte und in sein Zelt ging.

»Eifersüchtig?« fragte eine andere Stimme. »Worauf?«

Es war ihr Expeditionsführer Jorge, der kniend in den Kohlen stocherte, die in einem kleinen Steinkreis lagen. Jorge war von Kopf bis Fuß in Schwarz gekleidet und gab sich immer anmutig streng wie ein Soldat. Seit ihrer Abfahrt von der Küste hatte Genna mehr als einmal bemerkt, wie er sie anscheinend ohne Neugierde anstarrte. Aber er blickte immer weg, sobald sie seinen Blick erwiderte. Sie konnte nicht sicher sein, ob sie für ihn attraktiv war oder ob er nur grübelte, ob es klug war, eine Frau, diese besondere Frau, auf ihre Expedition mitzunehmen.

»Er ist natürlich eifersüchtig auf meine Karriere.«

Jorge nahm die Mütze mit dem schmalen Schild ab und fuhr mit der einen Hand über die Stirn, indem er sein bereits schütter werdendes fettiges Haar nach hinten glättete. In der schattigen Lichtung waren seine Brauen und sein dünner Schnurrbart so scharf gegen seine bleichen kastilischen Gesichtszüge herausgearbeitet, daß sie hätten aufgemalt sein können.

»Aber er ist der Zahlmeister dieser Expedition, Señora. Er zahlt Sie dafür, daß Sie Aufnahmen von ihm machen, und nicht von den Vögeln. Vielleicht sind Sie es, die eifersüchtig auf ihn ist.«

»Nein!« erwiderte Genna scharf, indem sie ihrem Ärger freien Lauf ließ. »Wie könnte ich auf einen Mann eifersüchtig sein, der sich auf seinen Reichtum verläßt ... und auf sein Gewehr ... anstatt auf seinen Grips?«

»Er ist ein erfolgreicher Mann, Señora ... ein Mann der Tat. Er handelt danach, was die Indios ihm erzählen.«

»Sie verteidigen ihn«, sagte sie, »nur weil Sie ihm erlauben, *Sie* wie Dreck zu behandeln. Das bedeutet nicht, daß ich's auch mit mir tun lasse.«

Jorge zuckte die Achseln. »Auch ich bin für einen Job bezahlt worden. Nämlich den, uns durch eine Welt zu lotsen, zu der wir nicht gehören. Der Dschungel ist unser wahrer Feind. Wir müssen lernen, nicht auch noch uns gegenseitig zu bekämpfen.«

Er setzte seine Mütze umgekehrt wieder auf und drehte sich zu seinem Kochtopf um, der auf einem Dreifuß über den Kohlen stand. Er schnipste den Deckel zurück und prüfte nach, ob der Tee drinnen kochte. Genna erwartete nichts mehr von ihm, deshalb ging sie zur Umlaufgrenze des Lagers, wo Paulo – Jorges Assistent – und zwei Indios im Lendenschurz gerade einen Schall-Projektor aufstellten, der gewöhnlich Schutz gegen die kleineren Nachttiere bot und die Wachen vor dem Näherkommen von was Größerem warnte.

*Cambodiagelb. Aquamarinblau. Zinnoberrot. Farben von solcher Brillanz, daß man zuerst vermuten würde, sie seien computergeschönt. Beißend violett. Chartreusegrün. Neonblau. Farben von solcher Intensität und Vielfalt, daß sie auf den ersten Blick die Figuren darunter unkenntlich machen. Der erste Eindruck ist der von einer abstrakten Skulptur, die an Harding erinnert oder an die ›Berlin Travesty‹ von Weiss.*

*Erst bei näherer Betrachtung kann man eine Vogelschar ausmachen, die die Holo-Linse mitten im Flug und bei vollem Sonnenlicht eingefangen hat, und zwar gerade als sie aufgeschreckt flüchtend sich vom Unterholz erheben. Trotz der Tatsache, daß keine zwei das gleiche Federkleid haben, legt gemeinsames Aussehen und Flugverhalten nahe, daß sie von derselben Spezies sind. Der Rahmen, der sie umgibt, ist eher als ein Tetraeder entworfen als ein Würfel. Ihr Flug führt nicht zum offenen Himmelsraum, wie man erwarten könnte, sondern zu einem perspekti-*

*visch gezeichneten Himmel, der sich in steil ansteigenden*
*schiefen Ebenen zu einem einzigen sich verflüchtigenden*
*Punkt verengt.*

Am nächsten Tag beschloß Mingus gegen Jorges Rat,
sie sollten sich vom Para-River absetzen. Er bestand
darauf, zu einem rissigen Pflasterstreifen zurückzukehren, den sie am vorhergehenden Nachmittag über-
quert hatten, und ihm tiefer in den eigentlichen Ur-
wald zu folgen. Nach ihren Karten, die aus einer Zeit
datierten, als dieses Land zivilisiert wurde, war dies
einst eine Straße gewesen, eine Nebenstraße des
großen Pan American Highway, von dem man sagte,
daß er die ganze Länge des Kontinents durchzogen
habe. Jetzt verschwand seine verfallene Fahrbahn im
dichten Wildwuchs.

Mingus' Ziel war, die *humani* zu finden, eine Spezies, die so selten war, daß sie Jorge und die Indios nur
vom Namen her kannten. Er glaubte, daß dieses halb-
mythische Geschöpf – teils Katze, teils Mensch – seine
Frau während eines Jagdausflugs vor mehr als einem
Jahr entführt hatte. Seit damals war er wie besessen.
Zu Recht oder Unrecht, er war überzeugt, daß er,
indem er die *humani* fand, seine ›geliebte Therese‹ finden würde, oder wenigstens einen Hinweis auf ihr
Schicksal. Von der entfernten vieltürmigen City von
Dallas hatte er schon manch einen Südamerika-Tracker
losgeschickt – ohne Erfolg. Jetzt kehrte er selbst
zurück, um die Suche mit manischer Intensität aufzunehmen. Jorge und die Indios engagierte er als Expeditionsführer und als seine Beschützer. Genna, daß sie
die Höhepunkte einer Odyssee dokumentierte, die –
zumindest in Mingus' Kopf – epische Dimensionen angenommen hatte.

Gewöhnlich breitete Mingus jede Nacht am Lagerfeuer Fotos von seiner Frau aus, die in faltbaren Pla-
stikhüllen steckten, die er in seiner Hemdtasche trug.

Während er ausgiebig in gefühlsduseligen und ideali-
sierenden Worten über ihre unverbrüchliche Liebe für-
einander schwelgte, pflegte er seine Fotos seinen Angestellten aufzuzwingen. Genna kannte schon Thereses Gesicht auswendig, das kein Ausnahmegesicht
war, abgesehen von seinen weit auseinanderliegenden
Augen, die schön und doch zugleich wie heimgesucht
aussahen. Es waren blaßgrüne Augen, die ein mehr als
zulässiges Maß an Leiden verrieten. Das war, schloß
Genna, zweifellos das Ergebnis davon, mit einem
Mann wie Mingus Jahns zusammenleben zu müssen.

Eine Stunde vor Tagesanbruch brachen sie das Lager
ab und tauchten in die Dunkelheit ein. Paulo und zwei
Einheimische bearbeiteten das Dickicht mit langen
Macheten, indem sie den stachligen Wuchs zurück-
schnitten, der die alte Autostraße überwuchert hatte.
Obwohl Jorge dicht hinter dem Trio ging, schien er wie
aus einer mürrischen Distanz Befehle auszuteilen. Er
stand in seinen schwarzen Stiefeln hochgereckt da, er
hatte in einer Hand eine schwere Maschinenpistole,
die an seiner Hüfte angelehnt war. Genna folgte ihnen
ein paar Schritte hintendrein, musterte die vorbeizie-
hende Wildnis und achtete auf Fotogelegenheiten.
Mingus und zwei weitere Indios, alle schweres Gepäck
tragend und mit automatischen Gewehren und Gas-
granaten bewaffnet, bildeten den Schluß.

Zu dieser Stunde war der Wald noch in Schlaf getaucht. Weder die Vögel, Affenfrösche noch irgend andere mutierte Tiere im darüberhängenden Pflanzen-
baldachin störten die düstere Einsamkeit. Abgesehen
vom Zischen und Hacken der Macheten und Jorges
leisen einsilbigen Kommandos herrschte eine unnatürliche Stille um sie herum. Doch innerhalb dieser Stille
empfand Genna noch etwas anderes. Eine Gegenwart,
ernst und beobachtend, als ob irgendein unsichtbares
Tier sie vom Gestrüpp aus beobachtete. Sie schüttelte
dieses Gefühl ab. Sie war weder eine Veteranin des

mutanten Regenwaldes noch war sie eine Fremde ihm gegenüber. Sie hatte aber schon gelernt, daß dieser ein Reich war, in dem die Phantasie Flügel bekam. Sie wußte, es gab da Gefahren, die wirklich ausreichten, ohne noch weitere dazuerfinden zu müssen.

Bäume von unglaublichem Umfang wuchsen um sie herum in die Höhe und thronten über ihren Köpfen. Stümpfe von abgestorbenem Holz lagen umgestürzt da wie malerische Grabsteine in einem aufgegebenen Friedhof. Lianen hingen überall wie in großen Fetzen einer Spitzenarbeit herunter, und manche von ihnen glühten schwach im Halblicht. In offeneren Gebieten, wo der Baldachin von umgefallenen Baumriesen zerrissen und Sonnenlicht hereingedrungen war, errichtete der Wald eine üppige Pflanzenfestung. Knorrige Bambusstöcke zusammen mit zwanzig Fuß hohen, schwertblättrigen Yuccapalmen und zahlreichen Abarten von regenbogenfarbenen Kakteen verbarrikadierten diese wilden Brutplätze. Hier erwiesen sich ihre Macheten als wertlos. Sie waren gezwungen, verschiedene Male die Spur des alten Highways zu verlassen und einen Umweg zu machen. Genna klatschte und fluchte laut den Wolken von stechenden Fliegen hinterher, die ihr langsames Vorwärtskommen begleiteten.

Plötzlich brach die Sonne durch, wo vorher der Himmel nur als eine geisterhafte Glocke über ihnen gegangen hatte. Morgenlicht überflutete das Blätterwerk, und der Wald begann zu leben. Blaubärtige Krallenaffen unterhielten sich kreischend, während sie von Ast zu Ast sprangen. Das Unterholz auf jeder Seite erschien wie facettiert, als wenn es aus Juwelen gemacht sei, und wo der Tau auf abgefallenen Blättern glitzerte, strahlte er wie ein Meer von Miniatursternen unter ihren Füßen. Genna machte wie wild Aufnahmen, als ein Schwarm von schillernden Ibissen sich aus einer Gruppe von orangefarbenen Zwergpalmen

erhob, während ihr Flügelschlag mit wachsender Geschwindigkeit an Schwungkraft zunahm.

*Der Mann steht im Zentrum des Würfels, nicht so sehr für die Kamera lächelnd als grimassierend. Ein kurzer und gedrungener Mann ist es, mit Khaki-Zeug an, Schweißperlen glitzern ihm der ganzen Länge nach auf seiner zurückweichenden Stirn, seine Gesichtszüge sind klein und fest auf sein Gesicht montiert. In einer erhobenen Hand hält er eine Machete umfaßt, deren gekrümmtes Messerblatt das Licht auffängt und als einen einzelnen Strahl spiegelt, der sich in die Länge zieht und dann – wie eine fehlerhafte Struktur im Glas – im Raum schwebt. Er steht in Angriffsstellung da, als ob er das Gestrüpp vor sich niederhauen wolle, aber die Haltung ist offensichtlich gestellt, denn kein Streich soll ja ausgeführt werden.*

*Das abwechslungsreiche Spiel von Sonne und Schatten in den Blättern in seinem Rücken läßt hunderterlei anfänglich organische Formen vermuten... einen Panther... einen Drachen... einen Menschen, die Arme in die Seiten gestemmt, eine sich entrollende Schlange, die sich aufrichtet und kurz davor ist zuzubeißen... ein blasses, grünes Gesicht, dessen verdunkelter Mund mitten in einem Schrei oder einem Ausruf höhlenartig geweitet ist.*

Die Luft wurde stickig von Hitze und Feuchtigkeit, und Jorge verlangsamte ihr Tempo. Von weither vor ihnen ertönte das tiefe Baßröhren eines großen Tieres.

»Haben wir das schon vorher mal gehört?« fragte Genna.

Mingus stand an ihrer Seite, mit angespannt dicken, haarigen Armen und mit Knöcheln, die weiß wurden auf dem Gewehrschaft.

»Es ist der *humani*«, sagte er. »Wir haben ihn endlich gefunden!«

Jorge schüttelte den Kopf.

»Ich wünschte, wir könnten ihn sehen«, dachte

Genna laut. »Ich würde gern etwas Großes auf den Film kriegen.«

Mingus grunzte und schob sich an Jorge vorbei auf den engen Pfad, um den Männern den Befehl zu geben, schneller zu hacken. Paulo und die Indios schauten zum Kastilier, der Zustimmung nickte.

»Señor, nur damit Sie verstehen... Ich gebe die Befehle.«

Mingus nahm eine drohende Haltung ein und reckte sich. »Ich zahle ein Vermögen hierfür. Wenn ich schneller vorwärtskommen will, dann werden wir es, verdammt noch mal!«

Genna spürte, wie ein knisterndes Schweigen sich auf die beiden Männer legte, als Jorge ihren Vormarsch stoppte. Mehr als je war sein Gesichtsausdruck wie aus Granit geschnitten. Genna kam die Idee, daß seine Abneigung gegen Mingus vielleicht ihre noch übertraf.

Jorge zeigte mit einer Geste zum Dschungel vor ihnen. »Wenn wir Ihnen folgen, Señor Jahns, dann können Sie der erste sein, der stirbt.«

»Ist das eine Drohung?« Mingus wollte sein Gewehr heben, aber Jorge blockierte es mit dem Arm und drückte es beiseite. Er trat näher ran und beugte sich zum rotwerdenden Gesicht des kleineren Mannes hinab.

»Es ist keine Drohung, Señor. Nur ein Verrückter würde einem unerfahrenen Mann erlauben, in diesem Wald die Expedition anzuführen. Und da Sie sich selber folgen würden, sind Sie doppelt verrückt. Hier draußen sind es die Unbekümmerten, die zuerst sterben. Sie tappen zum Beispiel in Pfeilwurz, und *pfftt*!« – er ließ seinen Finger nahe an Mingus' Ohr schnalzen – »sind Sie tot.«

»Gut, gut«, sagte Mingus, obwohl er hart blieb. »Aber sag ihnen, sie sollen ein bißchen mehr reinhauen. Wir verlieren sonst unsere Chance, die gottverdammten *humani* zu treffen!«

Jorge trat zurück und zog ehrerbietig-spöttisch die Mütze. Die Spannung zwischen den beiden Männern ließ nach. »Wie Sie fordern, Señor.«

Als sie wieder vorwärtsdrängten, wobei Mingus versuchsweise den Eingeborenen das Gestrüpp zu beseitigen half, lehnte sich Genna gegen Jorge. Er neigte den Kopf, damit sie ihm aus nächster Nähe zuflüstern konnte.

»Ich sehe nicht, was das brachte«, sagte sie. »Sie nehmen noch immer seine Befehle entgegen.«

Jorge lachte lautlos, seine Zähne blitzten in selten gesehenem Grinsen. »Es hängt alles von Ihrem Standpunkt ab. Sie müssen lernen, die feinen Unterschiede zu beachten.«

»Zur Hölle mit den feinen Unterschieden. Ich bin daran interessiert, am Leben zu bleiben.«

»Genna!« rief Mingus laut von vorn. »Sie sollten Bilder von mir mit der Machete machen.«

»Halten Sie sie über Ihren Kopf«, sagte sie.

Mingus lächelte für die Kamera und reckte herausfordernd den Arm. Paulo und die Indios setzten ihre Arbeit fort.

»Das ist's«, sagte sie leise. »Das ist's, was Sie doch wollen.« Sie verbrauchte den Rest der Chips in der Kassette, während Mingus posierte. Die Holokamera summte wie ein Dschungelinsekt, als für jedes Bild die Zeichenfolge des binären Codes aufgezeichnet wurde.

*Schmutzigbraun. Weiß. Grau. Kleckse von Silber und Rot. Dieses Mal bleibt das Holo sogar bei näherer Prüfung eine Abstraktion. Welches Bild auch immer aufgenommen worden ist, es bleibt unscharf und ohne Chance der Erkennbarkeit. Doch trotz seines Mangels an Realismus ragt das Stück als eines der unmittelbar auffallendsten in der Ausstellung heraus. Es ist darin ein Beigeschmack von gewaltsamer Bewegung festgehalten, sogar von gewaltsamem Tod. Man weiß sofort  – intuitiv –, daß die hellen Streifen und*

*Kleckse, die wie ein unkontrollierbarer Kehrreim durch den*
*Würfel laufen, die Spuren von frischem Blut sind.*

Sie hörten wieder das Baßröhren, dieses Mal ganz
nahe. Mingus bat nochmals dringend um mehr
Tempo. Augenblicke später brachen sie durch ein besonders widerspenstiges Dickicht und betraten eine
Lichtung. Immer noch türmten sich Bäume über ihnen,
aber die Fahrbahn des alten Highway und das Land
drumherum waren frei von dichtem Unterholz.

Jorge befahl einen Stop. Er sandte Paulo und einen
der Indios los, das Gelände vor ihnen zu untersuchen.
Mingus warf seine Machete hin und schäumte vor
Wut. Er raste am Rand der Straße vor und zurück,
streichelte sein Gewehr und sah die Fahrbahn rauf
und runter. Er ist ein trauriger Mensch, dachte Genna,
aber dennoch gefährlich. Die Kraft seiner Besessenheit
gab ihm eine Art Größe. Sie hatte bemerkt, wie ihn die
Indios, obwohl im allgemeinen voller Teilnahmslosig-
keit, oft mit Respekt behandelten.

»Seht!« brüllte Mingus und schreckte sie alle auf.

Er zeigte auf das bloßliegende Wurzelwerk eines riesigen Ceiba-Baumes, sein ausgestreckter Arm zitterte
vor Erregung. »Wilde Rosen... Thereses Lieblingsblu-
men. Ich weiß, sie muß in der Nähe sein. Ich fühle es!«

Genna sah sich um. Niedrige dornige Kletterpflanzen mit kleinen, weißen Blüten wanden sich um die
Wurzeln der meisten Bäume in der Gegend, und in
manchen Fällen hatten sie die Stämme hochzuklettern
begonnen. Außer den Bäumen waren sie die einzige
Art von Vegetation, die hier überlebte.

Über ihnen hatte der Himmel zu dunkeln angefangen. Das tiefe Grollen eines entfernten Donners rum-
pelte über sie hinweg. Als die Kundschafter zurück-
kehrten, platschten große, weitflächige Tropfen auf
den Waldboden und tröpfelten vom darüberhängenden Blattwerk herunter, es war ein gemächlicher

Regen, der nur gering die Hitze des Tages linderte. Jorge hielt mit Paulo und den Indios eine kleine Konferenz ab und kündigte dann etwas an, das Genna verwirrte.

»Der Dschungel ist selten so offen. Und jetzt sagen mir meine Männer, er sei auf wenigstens einen Kilometer von Gestrüpp frei.«

»Dann sollte es leicht sein auszuschwärmen und die Gegend zu roden«, sagte Mingus.

»Paulo behauptet, daß dieses Land schon gerodet ist«, fuhr Jorge fort. »Und als solches auch gepflegt wird.«

Genna schnaubte höhnisch. »Das ist absurd. Hier draußen lebt doch keiner.«

»Genau, Señora.«

»Genau was?« Mingus' Augen waren geweitet; er war verwirrt.

»Genau, warum wir ab jetzt zusammenbleiben und uns vorsichtig bewegen werden.«

»Ich werde nicht warten«, kündigte Mingus an.

Jorge blinzelte durch die fallenden Regentropfen, was ihm ein Raubtieraussehen von Dunkelheit und Macht gab, Genna faszinierte das. »Es ist Ihre Entscheidung, Señor. Ich bitte die anderen dringend, zu bleiben.«

Mingus sah zu den Indios und Paulo hinüber, die hinter Jorge standen und keine Anstalten machten, sich ihm anzuschließen. Schließlich starrte er Genna an.

»Was ist los? Enden auch Ihre Dienste hier?«

Genna schüttelte den Kopf, nicht weil sie verneinte, sondern weil ihr ekelte. »Sie wissen, ich werde kein Gewehr tragen.«

Mingus grinste blöd und tätschelte seine Waffe, dann ging er gravitätisch die Straße entlang, welche jetzt in höhergelegenes Land führte. Der Regen warf in Streifen Dunkel auf die gerillten Baumstämme um sie

79

herum. Während Jorge zwei Männer als Wachen einsetzte und mit den andern die Zelte aufzurichten begann, beobachtete Genna, wie die hellbraune Gestalt von Mingus' Khaki-Uniform zu einem Fleck vor ihnen zusammenschrumpfte. Ihr stockte der Atem, als er verschwand und ein lauter, heller Schrei folgte. Ein einzelner Schuß ertönte.

»Chinga!« brüllte Jorge.

Er winkte seine Leute vorwärts. Sie trabten los. Genna folgte. Das Gelände zog sich über eine Anhöhe hinauf und über das trockene Bett eines Stroms, wo der Kadaver eines Tapirs von großen Fliegen und goldfarbenen Aasfresserschmetterlingen brodelte. Sie marschierten seitlich um den Unterteil eines breiten Gargantuabaumes herum und stießen auf Mingus, der mit einem silbernen Vogel kämpfte, dessen Federn wie Spiegel blitzten. Der Sirenenadler krallte sich an Mingus' Gesicht fest und hieb mit dem Schnabel auf Mingus' Glatze ein, während der sich abmühte, den Vogel wegzuschlagen. Ein zweiter Vogel – ein kleineres Weibchen – sprang um Mingus herum und zerrte und hackte mit dem Schnabel an den Beinen von Mingus herum.

Genna war zu überwältigt, um nach ihrer Kamera zu greifen. Jorge fräste den kleineren Vogel mit einer Garbe aus seiner Maschinenpistole in zwei Hälften. Mingus' anderer Angreifer erhob sich über einen niedrigen Ast des Baumriesen senkrecht in die Luft. Während seine Männer blind durch die Blätter schossen, rollte sich Jorge auf dem Boden weg, bis er außerhalb des Schattens des Baumasts war. Er feuerte in einem großen Bogen, dann schlug ein Vogel in Mannesgröße neben Genna auf dem Waldboden auf.

Der Adler hatte einen Flügel verloren, aber er lebte noch. Er pickte mit seinem Schnabel nach Wurzeln und Grund und schob sich auf diese Weise, so gut er konnte, weg von ihr. Der zersplitterte Stumpf seines hervorstehenden Flügelknochens zog im Dreck eine ungerade Spur hinter sich her. Genna hatte endlich die Holokamera zur Stelle. Blutverschmierte Silberfedern klebten auf der mit Regentropfen übersäten Skala des Kamerasuchers. Ihre Hände zitterten, als sie knipste. Einen sich hinziehenden Augenblick lang starrte sie danach direkt in eines der traurigen gelben Augen des Vogels, und es schien ihr, als wolle das Tier mit ihr sprechen, um ihr ein bestimmtes Geheimnis des Waldes oder des Lebens selbst zu offenbaren. Dann aber trat Paulo vor und brach den Vogelhals mit einem Hieb mit dem Gewehrkolben.

Genna preßte die Hand vor den Mund und wandte sich der Stelle zu, wo Mingus lag.

»Ich sah sie«, stöhnte er, indem er versuchte aufzustehen. »Ich sah Therese! Sie lebt!«

»Bleiben Sie ruhig«, sagte Genna zu ihm, als sie an seiner Seite kniete. »Bewegen Sie sich nicht. Sie bekommen Schmutz in ihre Wunden.«

Mingus fuhr fort, den Vogel in seinem Geist zu bekämpfen, er drosch mit den Armen wild um den Kopf, und Genna mußte ihre Kamera über eine Schulter hängen und ihn niederhalten. Nachdem er sich kurz zusammengekrümmt hatte, gingen seine Kräfte zu Ende, und er lag erschöpft auf einem Knäuel von abgestorbenen Zweigen und zerstampften Blättern. Hals und Kopf waren aufgerissen und bluteten stark, sie waren zu schmutzig, um ein Urteil über die Schwere der Verletzung zu erlauben. Eine klaffende Wunde am einen Bein war bis zum perlfarbenen Knorpel des Bandes offen. Weitere Kratzer bedeckten Arme und Hände. Sein Blut sprenkelte Gennas Tarnhemd und -hosen, die bereits vom Regen feucht waren, und sie hatte sofort den Wunsch, sich umzuziehen.

»Gut«, sagte Jorge, »wir werden hier die Zelte aufschlagen und Señor Jahns versorgen. Paulo, stell die Schallgeräte gegen mögliche Moskitos auf, die durchs

Blut angezogen werden. Und schafft mir diese toten Vögel aus dem Lager.« Als Paulo und die Indios die Arbeit aufnahmen, trat Jorge neben Genna. Mingus' Augenlider flatterten, und er versuchte zu sprechen, aber alles, was herauskam, war ein schäumendes Stöhnen.

»Er sagt, er sah seine Frau?« fragte Jorge.

Genna nickte.

»Aber wo?« Er ließ seinen Arm schweifen, wie um die leeren Wälder hereinzuholen.

In diesem Moment – gerade als Jorges Arm mitten im Schwung war – schlug der Blitz blendend hell in der Lichtung ein, indem sein Weiß augenblicklich jede Farbe von der Szenerie verschwinden ließ. Der Donner kam gleichzeitig und ohrenbetäubend, er erschütterte den Boden unter ihren Füßen. Der Regen fiel schneller. Genna blinzelte, als ein Nachbild des Blitzes sich über ihre Vision legte und wie eine Schwarzweiß-Halluzination quer über die Retina pulsierte. Es war der Umriß eines Torsos einer Frau, ein stilisiertes Gesicht in reinem Chiaroscuro, ein Gesicht, das sie nie in der Außenwelt gesehen hatte, aber in ihrer Innenwelt kannte. Genna bemerkte, daß Jorge neben ihr kniete und daß sie einander wie verängstigte Kinder hielten. Sein Körper fühlte sich unter ihren Händen weicher an als er aussah. Einige Augenblicke vergingen, bevor einer von ihnen ein Zeichen des Loslassens gab.

*Der Rahmen ist als ein Dodekaeder entworfen, der am einen Ende spitz zulaufend ist, so daß die Struktur als Ganzes mit einem kubistischen Ei verglichen werden könnte. Innerhalb seiner facettierten Helligkeit veranstaltet entweder die Natur oder die Holographikerin mit Hilfe der Farbe illusionäre Täuschungen.*

*Eine Kaskade von wilden Rosen füllt die Skulptur aus, sie stehen in so überreicher Blüte, daß die Kletterpflanzen, aus denen sie hervorsprießen, kaum sichtbar sind. Die Blüten-*

*blätter jeder einzelnen Blüte sind voll geöffnet und glitzern*
*von Wassertropfen. Es sind keine roten Blütenblätter, weiße*
*oder gelbe, sondern Blütenblätter des blassesten Smaragd-*
*grün.*

Es regnete dauerhaft über den Mittag in den Nachmittag hinein. Während Mingus bandagiert und bewußtlos vom Gift der Adlerkrallen in seinem Zelt ruhte, schloß sich Jorge Genna in ihrem Zelt an.

Sie liebten sich zuerst wie wild und mit gegenseitiger Hingabe, wobei Gennas auflodernde Lustschreie sich in das monotone Regengeräusch mischten. Auf dem Höhepunkt seiner Lust schrie auch der Kastilier laut auf spanisch, wobei er einen Gott anrief, den er schon seit langem aufgegeben hatte, während seine Tränen ungehemmt auf Gennas Schultern und Brüste fielen. Als der Sturm nachließ und ihre Berührungen mehr am Ausklingen waren und dann ganz aufhörten, fühlte sich Genna eher wie entleert als gesättigt. Sie wandte sich im engen Bett von Jorge ab, zog ihre Knie hoch und faltete ihre Arme quer über die Brust.

Alles war in diesem Dschungel schief, dachte sie. Sogar primären menschlichen Gefühlen durfte man nicht trauen. Sie sah den Regenwald als eine Art schuftigen Holokünstler an, wobei die Verzerrungen in seiner Vision nicht nur die natürliche Welt veränderten, die er überblickte, sondern auch die Lebensläufe, Geistesverfassungen – die Seelen, wenn sie einem solchen Begriff überhaupt trauen konnte – von allen, die seine Grenzen überschritten. Mingus' Besessenheit und falscher Mut wurden gesteigert bis zu dem Punkt, wo eine normaldenkende Persönlichkeit zu einem tollkühnen Clown sich verwandelte. Jorges strenge militärische Maske wurde noch strenger, bis sie zerriß, und enthüllte so das Kind im Mann. Und hier war sie, Genna Opall, die Freunde und Kollegen, sogar Liebhaber, in punkto Sinnlichkeit als konservativ ansahen, die nun sich einem Mann hingegeben hatte, den sie kaum kannte. Wenn sie nun weiter in den Wald hineinreisten, würden sich dann die Verzerrungen der Persönlichkeit noch vermehren? Vielleicht im Zentrum des Systems würde jeder von ihnen, dachte sie, einem Selbst begegnen, das sie sich nie hätten vorstellen können.

Jorge schmiegte sich von hinten an ihren Körper, streichelte ihr Haar und brach in ihre Gedanken ein.

»Warum machst du Aufnahmen?« fragte er.

»Es sind genaugenommen nicht ... Aufnahmen«, antwortete Genna nach einem Augenblick.

Jorge lachte weich. »Was sind es dann?«

»Nur computerisierte Bilder. In Wirklichkeit Nummern. Wenn ich ins Studio zurückgehe, werde ich sie auf Matrizen projizieren und dann mit ihnen spielen.«

»Ist es dann nicht dem Fotoentwickeln ähnlich?«

»In gewisser Weise ja. Nur habe ich mehr Kontrolle darüber, wie das Bild Gestalt annimmt.«

»Ich habe Schwierigkeiten, mir das vorzustellen.«

»Es ist eine neue Methode, indem man eine Silikon-Base benutzt, die lichtempfindlich ist. Sie macht zweidimensionale Aufnahmen und projiziert von ihnen Körperformen, ähnlich wie in der richtigen Lösung Kristalle entstehen. In jedem Kristall ist die endgültige Struktur enthalten. In jedem zweidimensionalen Bild ist ein dreidimensionaler Körper enthalten, in Wirklichkeit sogar eine Unmenge von möglichen Körpern. Ich verändere die Strukturen, während sie sich entwickeln, zwinge ihnen meine eigene Vision auf.«

»Wie der Regenwald seine Vision allem aufzwingt, was darin wächst.«

»Ja, in gewisser Hinsicht ist es genauso.«

»Aber das beantwortet nicht das Warum. Warum machst du Holographien?«

»Das ist keine leichte Frage«, antwortete Genna. »Warum ist ein Künstler schöpferisch tätig? Teils weil ich das Leben einfangen und es erhalten will, oder wenigstens meine Vision vom Leben. Ich will Menschen sammeln und mich an sie erinnern können.«

»Oh, dann bin ich nur einer mehr in deiner Kollektion?« Jorge stichelte, wobei er seine Hand tiefer über Gennas Hüfte und Bauch gleiten ließ.

Obwohl sich in ihr Lust und Trieb regten, faßte Genna sanft, aber bestimmt Jorges Handgelenk und schob seine Hand von ihrem Körper weg.

Nach einigen Sekunden rollte sich Jorge wortlos von ihr weg und stand auf. Er zog sich schnell und schweigend an. Genna drehte sich nicht einmal für einen Blick um, aber sie stellte sich den Ausdruck auf seinem Gesicht vor. Ein gekränkter Blick von Zurückweisung … der bald wieder durch die stoische Maske ersetzt sein würde.

»Chinga!« hörte ihn Genna zum zweitenmal an jenem Tag ausrufen, als er sich durch den Eingang des Zelts duckte. Sie zog die dünne Decke um sich, folgte ihm und schlug die Zeltklappe zurück, um rauszusehen.

Draußen war es kühler. Sonnenlicht war durch die Wolken gebrochen, und aus dem Regen war ein Dunst geworden, der stieg und im Wind, der dem Unwetter folgte, zum Himmel zurückwirbelte. Im Zentrum ihres Lagers hockten die drei Indios in einem kleinen Kreis, reichten sich abwechselnd eine brennende Pfeife und murmelten voller Furcht einander zu. Die wilden Rosen, die Mingus vorher bemerkt hatte und die sich an die bloßgelegten Wurzeln jedes Baumes geklammert hatten, wuchsen jetzt auf Menschenhöhe die Baumstämme hoch. Ihre weißen Blüten waren mehr als doppelt so groß geworden und hatten nun eine Grüntönung.

*Da sie mit wenig Abstand aufgenommen und dazu vergrößert wurden, stechen auf einem Grund von Blau mehrere dunkle wurmartige Tiere hervor. Das Blau weist ein zerknit-*

*tertes und spiegelndes Gewebe auf, vielleicht wie das eines Plastikblatts. Da sie in derselben Richtung aufgereiht sind, scheinen die Tiere auf Wanderung zu sein. Auf dieser Vergrößerung haben sie die Größe von Katzen oder kleinen Hunden. Ihre Köpfe und Körper sind in allen Einzelheiten zu erkennen: mit Ringen versehen, naßschwarz, mit aufgerichteten Wimpern bedeckt, angeschwollen, als ob sie gerade gefressen hätten.*

Jorge beschloß, noch einmal einen Versuch zu machen, die *humani* zu orten. Das tat er aus einem falsch verstandenen Pflichtgefühl, oder weil sie alle inzwischen von Mingus' Besessenheit angesteckt waren. Nachdem er Genna gezeigt hatte, wie sie den Schallwerfer bedienen sollte, machte er sich mit seinen Männern am späten Nachmittag auf, wobei er ein drahtloses Telefon bei sich trug. Er erklärte, daß er sie, wenn sie das Lager wiederbetreten wollten, anrufen würde, damit sie die Schallanlage ausschalten könne.

»Bleib am Platz«, sagte er ihr zweimal, einmal vorm Weggehen und noch einmal am Telefon, ein paar Minuten, nachdem die Gruppe über die erste Erhebung verschwunden war.

Genna lief auf dem kleinen Lagerplatz hin und her. Seit dem Aufzucken des Blitzes schien ihr Sehsinn geschärft zu sein und gleichzeitig zerstreut. Trotz der anhaltenden Ruhe in der Lichtung fühlte sie sich von den Bildern um sie herum wie eingedeckt – den Baumstämmen mit ihren Kletterrosen, den Zweigen überm Kopf und den Wolken dahinter, die geschwind dahinjagten, sogar vom Plastikmaterial ihrer Zelte, wenn es in der Brise hin und her schlug – dies zusammen mit den Bildern, die sie den Tag über gesehen hatte – die sterbenden Adler, Mingus, wie er das Gewehr streichelte, die scharfe Silhouette von Jorges Schulterblättern, als er über ihr in Bewegung war. All diese Bilder zusammen stürmten in einer Art Bocksprungintensität auf ihr Bewußtsein ein, so daß kein einziger Eindruck lange anhielt.

Sie untersuchte Mingus ein paarmal. Ausgenommen sein tiefer Riß in seinem Bein, waren seine Wunden nicht ernst. Er ruhte friedlich, anscheinend fieberfrei. Doch entweder etwas Bestimmtes während der Attacke des Sirenenadlers oder ein anderes Gift des Waldes hatte sein Immunsystem infiziert. Seine rosige Gesichtsfarbe war viel blasser und das Fleisch um seine Augen, Handgelenke und Knöchel war merkwürdig olivfarben und begann anzuschwellen.

Wieder wanderte sie auf dem Lagerplatz umher, unfähig, sich zu konzentrieren, wobei vergangene und gegenwärtige Bilder ihr Bewußtsein befielen. Obwohl sich mehrere Holomöglichkeiten anboten, konnte sie in ihrem Geist kein Bild in eine letztgültige Fassung bringen. Ihre Kamera blieb im Koffer. Die Schallanlage trieb die in der Nähe herumwandernden Tiere weg. Wenn nicht der gelegentliche Schrei eines unsichtbaren Vogels gewesen wäre, hätte sie allein im Wald sein können.

Die Ruhe wurde kurz vor Sonnenuntergang erschüttert.

Knisternd kam Jorges Stimme so atemlos und hysterisch über den Hörer, daß sie sie kaum als seine erkannte. Sie sagte Genna, sie solle das Feld dichtmachen. Augenblicke später stolperten Jorge und der Indio namens Mercao aus den Wäldern herein. Zwischen sich schleiften sie halb und halb trugen sie den hinkenden Paulo.

»Er ist in einem schlechten Zustand«, sagte Jorge, indem er Paulos Körper auf den Boden niederließ. »Wir trafen auf Adler, dann Sauger. Sie schienen zusammen gegen uns zu arbeiten!«

»Wo sind die anderen?« keuchte sie.

Jorge riß, ohne zu antworten, das Hemd seines Freundes auf.

Ein großes silberfarbenes Insekt haftete an Paulos Brust, wobei seine Beine und Augenstengel sich ringelten. Jorge riß es los und zermalmte es unter seinem Stiefelabsatz. Paulo lag still da.

»Mein Gott!« sagte Jorge weinerlich. »Er ist auch tot!«

Genna zog Jorge auf die Beine und schüttelte ihn. Jorges Mütze war weg, und sein Haar stand wild durcheinander wie ihres. Blut sickerte aus einer Wunde irgendwo auf seiner Kopfhaut und heftete mehrere dunkle Strähnen an seine Stirn. Weiteres Blut, schon trocken, war in parallelen Bahnen an seiner Wange festgeklebt.

»Nimm dich zusammen«, sagte sie. Sie schloß ihre Arme um seine Brust und drückte sie fest. »Du bist immerhin noch am Leben!«

Sie konnte das Schlagen seines Herzens spüren, und er atmete schwer gegen ihren Hals. Er erwiderte ihre Umarmung, aber seine Arme waren kraftlos. Mercao, in Kauerstellung auf seinen Absätzen sich wiegend, hatte begonnen, religiöse indianische Lieder zu singen.

»Du hast recht«, sagte Jorge nach einigen Sekunden mit einer Stimme, die wieder seiner eigenen ähnelte. »Es sind die Lebenden, die zählen.«

Er trat hustend von ihr zurück, wobei er beinahe das Gleichgewicht verlor. Genna half ihm sich aufrichten und lehnte ihn mit dem Rücken an den breiten Stamm eines Gargantua-Baumes. Die grünen Rosen umrahmten sein abgespanntes und verletztes Gesicht. Seine Augenlider begannen sich zu schließen ... und schnappten auf.

»Die Schallwerfer!« schrie er.

Genna reaktivierte das Feld und kehrte mit dem Sanitätskasten von ihrem Zelt schnell zu Jorge zurück. Der Indio kauerte in der Nähe, bewegungslos, seine

Stimme hob zu einem heulenden Klagen an, sank dann zu einem Schlangenzischen herab, das von weichen Klicklauten durchsetzt war. Er zerquetschte kleine, rote Samenkörner in seinem Handteller und beschmierte sein Gesicht mit dem klebrigen Rückstand. Genna versorgte die Rißwunde in Jorges Kopfhaut, so gut sie es im schwindenden Licht konnte. Seine Augen waren geschlossen, aber er schlief nicht.

»Wir müssen Paulo begraben«, sagte er zu ihr. »Der Todesgeruch muß sobald wie möglich verschwinden.«

Sobald sein Kopf verbunden war, erhob sich Jorge, der eine innere Kraftreserve mobilisieren konnte, auf die Füße. Er schüttelte Mercao aus seiner Trance und klappte Klappschaufeln aus einem der Gepäckstücke auf. Beide begannen in der weichen Erde zu graben. Genna machte das Lagerfeuer für die Nacht an und half ihnen dann beim Graben.

»Macht es breit«, sagte Jorge. »Es könnten noch mehr von uns sterben. Unsinnig, zweimal zu graben.«

Genna warf Jorge einen erschrockenen Blick zu, sagte aber nichts. Nachher aßen sie getrocknetes Rindfleisch und kalte Tortillas von ihrem Vorrat. Mercao lehnte Nahrung ab und saß pfeiferauchend in einigem Abstand zu ihnen. Mingus hatte sich bis jetzt nicht gerührt. In den Strahlen einer Lampe sah Genna, daß die grünliche Schwellung sich über seine Wangen und Vorderarme ausgebreitet hatte. In der Zeit, als Mercao die erste Wache hielt, taten sich Jorge und Genna in ihrem Zelt zusammen, nicht um sich zu lieben, sondern um sich aneinander gegen die Nacht ein Halt zu sein.

»Morgen werden wir Richtung Küste abhauen«, sagte er. »Hier wartet nichts als der Tod auf uns.«

Sie schlief unruhig, ihr Geist war angefüllt mit für sie fremdartigen Träumen. Sie träumte von Mingus' Falttasche mit Plastikfotos, nur enthielt sie keine Bilder von Therese, sondern von ihr und Jorge, vom toten

Paulo, von den Indianern und von einem Dutzend oder mehr anderer Gesichter, die sie nicht erkannte. Mingus entfernte sie von ihren Hüllen, mischte sie wie Karten, legte sie auf einem Tisch aus, nahm sie einzeln auf und mischte sie wieder. Dann kam Therese in den Traum hinein, nicht die Therese der Fotos, sondern eine Frau, die vom Wald verwandelt und irgendwie Teil von ihm war. Ihre Haut war grün wie ihre Augen, Augen, die nicht mehr litten, sondern strotzten vor unmenschlicher Überheblichkeit. Sie war nackt, abgesehen von den wilden Jadekletterrosen, die zwischen ihren Beinen hervorwuchsen und sich über Brüste, Bauch und Schenkel hochwanden. Sie schloß sich dem Kartenspiel von Mingus an, sie teilten sich die Karten vor- und rückwärts aus, sie lachten und wisperten einander wie vernarrte Liebende zu. Sie wetteten mit Hilfe der Stapel von Chips, die vor ihnen verstreut lagen, es waren keine Pokerchips, sondern Holochips, ähnlich denen, die Genna in ihrer Kamera benutzte.

»Der Wald ist eine Frau«, sagte Therese geheimnisvoll lächelnd zu Mingus, wobei sie eine schmale grüne Hand auf die Chips im Zentrum des Tisches legte und sie auf ihre Seite schob. »Der Wald ist ein Bauch.«

»Du bist der Wald«, antwortete er. Er lächelte zurück; er hatte seine Verluste vergessen, seine kleinen Augen waren hart geworden vor Lust.

Genna sah, daß der Tisch, auf dem sie die Fotokarten mischten und austeilten, der sauber abgetrennte Stumpf eines Gargantuabaumes war. Aus den offen daliegenden konzentrischen Kreisen seines alten Wuchses sproß ein neuer Wuchs: ein blasser, struppiger Schwamm, der schon angefangen hatte, sich an die Karten zu heften und die Gesichter auf ihnen zu bedecken.

Kurz vor der Dämmerung erwachte Genna, allein, aufgescheucht durch einen schmerzhaften Stich. Die blauen Plastikwände des Zeltes glühten in Abständen

auf, wenn in der Ferne das Aufzucken von Hitze-
blitzen den Horizont erhellte. Einen Augenblick lang
dachte Genna, sie träumte immer noch, denn die
schwach flackernden Wände schienen mit einer Schrift
bedeckt zu sein. Als sie ihre Lampe anzündete, unterdrückte sie einen Schrei. Ihr schwaches Licht fiel auf
zahllose kleine schwarze Larven. Einige waren auf ihr
gerolltes Bettzeug gefallen und hatten Borsten in ihre
Arme gesenkt.

Nachdem sie methodisch die Haken mit einer Pin-
zette herausgezogen und die kleinen punktartigen
Wunden mit Antibiotika besprüht hatte, ging Genna,
um nach Mingus zu sehen. Sein Zelt war ebenfalls von
Larven bedeckt, aber sein Feldbett war leer. Er war
verschwunden.

*In diesem Überlebensgroß-Porträtfoto sind die Gesichtszüge
stark verzerrt, die Haut ist kunstvoller tätowiert als eine
Maori-Maske. Wangen und Brauen geschwollen. Die Augen reines Anthrazit. Kehllappen unterhalb der Birne von
einem Kinn. Naseneingänge auf tierische Dimensionen erweitert. Offener Mund wie ein Sumpfloch.*

*Sogar aus unmittelbarer Nähe ist der Ausdruck solcher
Gesichtszüge nicht ablesbar. Wenn man einen oder zwei
Schritt zurücktritt, verschwinden sie unter den Farben, die
sie verunstalten oder verschönern. In geometrischen und organischen Mustern breiten sich leuchtende Farben über die
Oberfläche der Haut aus ... oder eher innerhalb seiner Oberfläche.*

*Denn bei erneuter Überprüfung sieht es so aus, als ob es
überhaupt keine Haut wäre. Ihr rauhes und bunt gestaltetes
Gewebe ähnelt eher einer Leinwand, die von durchsichtiger
Farbe dick verkrustet ist.*

»Bei Tagesanbruch werden wir unseren Pfad zum
Parafluß zurück wiederaufnehmen«, sagte Jorge über
das Kochfeuer hinweg zu Genna, »und ihm stromab-

wärts zur Küste folgen. Alles, was nicht wesentlich ist, lassen wir zurück.«

»Aber nicht meine Kamera«, sagte ihm Genna.

Jorge schüttelte den Kopf und machte eine abweisende Geste. »Und was ist mit Mingus?«

Der Kastilier schaute zu den Wäldern jenseits der Umgrenzung ihres Lagers. Die Baumstämme der Gargantuas traten in unregelmäßig gewachsenen Reihen ins nahe Dunkel zurück. Sie standen da wie Säulen, und sie schienen massiv und zahlreich genug zu sein, den Himmel zu tragen, ihre Zweige waren in Schatten gehüllt, ihre Rinden durch die sie umschlingenden Kletterpflanzen unkenntlich.

»Wir können ihm nicht helfen.« Jorges Augen sahen eingesunken und trostlos aus. Seit ihre Expedition gescheitert war, schien er völlig demoralisiert, jegliches militärisches Gehabe hatte er aufgegeben. »Der Scheißkerl muß jetzt allein zurechtkommen.«

Mercao behielt seinen Abstand von ihnen bei, sein Gesicht war mit der roten Samenfarbe eingeschmiert, seine Lippen bewegten sich lautlos. Obwohl er weiter Jorges Befehle entgegennahm, war es mehr denn je offensichtlich, daß Mercao seit dem Tod seiner Kameraden in einer anderen Welt lebte. Er aß nicht mehr, sondern zog ständig an seiner Pfeife. Durchdringender Rauch von der Drogenpflanze der Einheimischen erfüllte die Lichtung, und wenn Genna unvorsichtigerweise eine Rauchwolke einatmete, überraschte sie jedesmal die darauffolgende Welle euphorischer Stimmung.

Wir sollten uns nicht zurückziehen, dachte sie für einen Augenblick. Wir sollten weiter in den Wald vorrücken. Wir sollten Mingus finden. Therese und die *humani*. Sie fühlte sich gewiß, daß sie am Rande einer unglaublichen Entdeckung waren.

Dann stürzte ihre Stimmung in eine Welle von Benommenheit und ließ sie erschüttert und verwirrt zurück.

Sie luden gerade auf Jorges Weisung ihr Gepäck, als Mingus von seiner Nacht im Wald zurückkehrte. Oder wenigstens war es das, zu was Mingus geworden war. Der Mann trug seine Verwandlung für alle sichtbar. Er stolperte im Halblicht vor Tagesanbruch auf die Lichtung, hatte Übernormalgröße, ein runder Höcker wuchtete auf seinen Schultern, seine Beine schwollen durch geborstene Hosennähte hindurch. Ein Arm baumelte unnütz an seiner Hüfte hin und her, während der andere, ausgestreckt und zitternd, geheime, schweifende Gesten machte, als ob er wie die Antenne einer Biene die Luft vor sich erfühlen wollte. Mingus sprach mit niemandem und nahm auch niemanden wahr. Statt dessen wanderte er durch das Lager und hielt an, um auf die glühenden Kohlen der Feuerhöhlung zu starren, auf sein Zelt, auf die Griffe der Schaufeln, die im Erdhügel nahe Paulos Grab steckten; alles Menschengemachte garantierte seine Aufmerksamkeit. Er sah selten hoch oder vergewisserte sich seines Aufenthaltsorts, als ob seine Schritte zufällig seien und er nur fähig, sich auf die Gegenstände direkt vor sich zu konzentrieren. Mit Ausnahme seines rechten Arms, der ein zuckendes Eigenleben hatte, bewegte sich Mingus wie ein Patient, der frisch aufgewacht war und die Welt nach einem langen und fiebrigen Traum wiederentdeckte.

»Als ob unsere Probleme nicht genug wären«, sagte Jorge, indem er mit einem Nicken in Richtung Mingus deutete.

»Mercao kann sich mit ihm beschäftigen«, schlug Genna vor.

»Mercao wird zuerst seine eigene Haut retten.« Jorge rieb sein Kinn und scharrte mit einem Fuß im Staub. »Und ich bin versucht, seinem Beispiel zu folgen.«

»Aber«, sagte Genna mit einer Pause, in der sie die Folgen von Jorges Kommentar bezüglich ihrer eigenen

Sicherheit überlegte, »er hat sich genug für einen Marsch erholt. Er sieht beinahe stark aus.«

»Er kann marschieren«, stimmte Jorge bei, »aber ist er überhaupt bereit wegzugehen? Wird er tun, was wir ihm sagen?«

Genna nahm ihre Holokamera hoch und ging in Richtung der klotzigen Gestalt. Mingus nahm sie nicht zur Kenntnis. Er starrte auf einen der Schallwerfer. Sein unversehrter Arm tanzte und drehte sich in der Luft über ihm, als ob er einen rituellen Exorzismus durchführte oder Sätze schrieb, die nur er verstehen konnte. Seine Konzentration war absolut. Als Genna mit ihrer Kamera auf sein Gesicht zielte, machte sie eine erschreckende Entdeckung.

Mingus' Haut war mit den kleinen und deformierten Rißlinienstukturen namens *Julia sets* bedeckt. Sie hatte Studien von ihnen in den Galerien von Soho hängen sehen, eingefangen im statischen Medium von Glasscheiben. Diese komplexen Formen begannen an einem zentralen Punkt um Mingus' Augen herum und breiteten sich wie die Arme einer Spiralgalaxie, die sich von ihrem Kern aus Sternen nach außen ausstrecken, in elliptischen Kurven aus. Einige bildeten Strukturen wie struppige Kletterpflanzen, manche komplizierte abstrakte Muster der Paisly-Machart, andere formten Spitzengewebe oder Staubwolken, wieder andere die Kieselstrukturen, die auf Insektenchitin unterm Elektronenmikroskop sichtbar werden. Und alle waren in fortwährender Bewegung und Veränderung.

Genna stellte die Entfernung der Kamera neu ein, während das letzte Muster sich bereits zu einem Kreis zusammenzog, dann einen Flecken, dann eine unregelmäßige Linie hervorbrachte, die wuchs und fortschritt zu laufend sich vermehrenden Zuständen der Komplexität. Das Muster wirbelte aus der Umgebung von Mingus' linkem Auge in der Art eines Seepferdchen-

Schwanzes heraus, wobei es das Lid und die Augenhöhle in einem schimmernden Puderblau abschattete. Wenn ein solcher Hautzustand bei einem Mensch sich zeigt, dachte sie, dann hatte ihn wohl etwas Elementares infiziert, etwas für seine genetische Struktur so Zentrales, daß es die Pigmentierung in seinen Zellen verändern konnte.

Aber nicht das Pigment war schließlich betroffen. Es war nicht einmal die Haut. Als Genna mit der Linse das Zentrum einer geschwollenen Wange von Mingus näher heranholte, entdeckte sie einen Film von grobem Gewebe, der die Linien und Poren der Epidermis nachahmte und übertrieb. Diese zottige Wucherung, die offensichtlich wie eine Art Schwamm war, wies einen wolkigen Glanz auf, der alle Farben auf einmal umfaßte. Wenn ein einzelner Fleck absichtlich anvisiert wurde, konnte er als azurblau, orangefarben, gelb oder als irgendeine Farbschattierung erscheinen, aber nur für den Bruchteil einer Sekunde. Danach spülte gewöhnlich eine neue Farbschicht darüber, wobei sie auf den Rißlinien wie auf einer Welle ritt und an Intensität gewann, sobald sie sich von den seichten Tiefen ihrer Durchsichtigkeit löste. Wie die einander folgenden Muster und Farben diesen Zyklus steuerten und wie sie sich so wirksam zeigen konnten, konnte Genna nicht einmal entfernt deuten. Wie Mingus mit einer so radikal veränderten Physiologie es schaffte zu überleben, war ein weiteres Geheimnis. Sie knipste eine Serie von Fotostudien herunter, die auf verschiedenen Ebenen der Vergrößerung angesiedelt waren, und ließ dann, verblüfft vom Phänomen, die Kamera an ihrem Hals hängen.

Es gab wenig Zweifel, daß Jorges Annahme richtig war. Mingus war nicht mehr derselbe Mann, der seine Angestellten scheuchte und den Wald mit manischer Energie in Angriff nahm. Er war passiv und geduckt, ein Gefangener seiner Pflanzenhaut, die, bemerkte sie jetzt, nicht nur sein Gesicht bedeckte, sondern seinen ganzen Körper, und die einen bestimmten gazeartigen Flaum mitenthielt, der Flicken seiner Khaki-Hosen durchfädelte und ganz ausfüllte. Sogar wenn der Mann der Kommunikation fähig war, zweifelte sie daran, daß er dazu bewegt werden könnte, ihnen auf ihrem Rückzug zu folgen. Er müßte dazu angetrieben werden. Oder mitgezerrt.

Ein lautes Röhren hallte durch den Dschungel, in seiner Stimmfärbung klagend und zugleich drohend. Wenn dies wirklich der Schrei der *humani* war, wie Mingus behauptete, dann waren die Tiere sehr nahe. Als Genna ihre Kamera hochnahm, um eine Reaktion von ihrem Sujet aufzuschnappen, spürte sie Jorge an ihrer Seite. Er legte eine Hand auf ihre Schulter, und sein Griff wurde hart.

»Wir müssen verschwinden!« sagte er entschlossen.

Ein zweites Heulen erscholl und eine Brise von nirgendwoher fegte über die Lichtung. Fetzen der Substanz, die Mingus' Kleidergewebe ausmachten, brachen los und schwebten wie die Samen von Löwenzahn durch die Luft davon.

Genna sprang rasch zurück, um jeden Kontakt mit den wirbelnden Sporen zu vermeiden, indem sie Jorge mit sich drängte; doch obwohl ihr Gewicht und ihre Körperhaltung sich veränderte, behielt sie ihre Kameralinse zielgerichtet, wobei sie die Vergrößerung hochkurbelte, um Mingus' Gesicht in Großformat zu kriegen. Sie arbeitete mit Höchstleistung, indem sie sich wie eine Tänzerin mit der Holokamera als ihrem Balancepunkt bewegte, jeder Schuß war mit einem geheimnisvollen Gefühl für Timing und Komposition gestaltet. Sie hatte diese Art von Engagement schon vorher erlebt, dieses Einswerden mit der vorhandenen Schöpfung, während sie Holographien in ihrem Studio modellierte. Aber niemals tat sie dies mit solcher Intensität oder während der Arbeit draußen. Sogar wenn dieses eine weitere Entstellung ihrer Persönlichkeit war, ein weiterer Zauber, den der Wald ausgelegt hatte, nahm sie die Intensivierung ihrer Begabung durch ihn und das Vorwärtsstürmen, das es begleitete, ohne Hintergedanken an. Hier war die wirkliche Antwort auf Jorges Frage, warum sie Holographie-Fotos machte. Dieses Gefühl der Zeitlosigkeit – von anhaltender Klarheit – welche die Identität namens Genna Opall transzendierte.

Das tierische Heulen wurde zu einem schlecht getimeten Chor, und Genna sah mit absorbierender Faszination zu, wenn eine neue Folge von Veränderungen sich über ihren Sucher schob. Das kehlige Schreien um sie herum wurde in der Lightshow auf Mingus' Gesicht gespiegelt. Sie knipste einen Schuß, als die verworrenen Rißlinien kühnen Abstraktionen, die leicht und flüssig pulsierten, Platz machten. Eine Welle von leuchtendem Orange nahm das entstellte Gesicht vor ihr in Besitz, floß wie Lava über eine Miniaturlandschaft und wischte alles auf seinem Weg weg. Genna fragte sich, wie sich die Haut des Manns anfühlen mußte, wenn jede sichtbare Veränderung auch eine entsprechende Veränderung im Gewebe bewirkte. Als sie daran dachte, Mingus zu berühren, war alles, was sie sich vorstellen konnte, die Tatsache, daß der bizarre Bewuchs, der seinen Körper bedeckte, unter ihren Fingern zerkrümeln und ihre Poren infizieren würde. Sie malte sich aus, sie sei von einem pilzartigen Schaum bedeckt, während sie blind in die Vergessenheit stolperte, wobei die Schreie des Walds sich in der chaotischen Kunst auf ihrem Gesicht spiegelten.

Statt von dieser Phantasievorstellung Abstand zu nehmen, weitete ihr jagender Geist seine Logik eher noch aus. Das mußte es sein. Sie verstand schließlich. Die Muster waren nicht zufällig oder selbst – sie waren ein Spiegel. Nicht der Schreie selbst, sondern von Mingus' Antwort an sie.

»Jetzt!« schrie Jorge, drehte ihr die Kamera aus den Händen, was bewirkte, daß sie den Halt verlor und gegen ihn stolperte, weil sich der Kamerariemen in ihrem Genick verfangen hatte.

Zum erstenmal schien Mingus sie zu bemerken. Er schaute vom Schallwerfer auf, und sein unversehrter Arm fiel auf seine Seite herunter.

»Muß schön Threesh«, sagte er.

»Was?« fragte Genna.

Mingus arbeitete daran, seinen Mund auf und zuzumachen, um die elastischen Schleimfäden zu beseitigen, die auf seinen Lippen lagen. Ein großer Faden rundete sich um seinen Kiefer und verschwand in sein Kinn. Das vulkanische Orange auf seinen Gesichtszügen wurde schwächer, es wurde ersetzt durch kühle, meistens grüne Pastellfarben.

»Therese ist hier.«

Die Augen des Mannes richteten sich nicht auf Gennas Augen, sondern starrten auf ihren Mund.

»Ihnen geht's nicht gut. Wir müssen Sie zurück zur Zivilisation und zu einem Doktor bringen. Das ist jetzt wichtig.«

»Mit den Einheimischen vorneweg, können wir vorwärtskommen.«

»Aber, Mingus, die Indios sind …«

»Die Männer können den Wildwuchs niederhauen, während ich nach ihr Ausschau halte und ihren Zeichen folge. Sie sind überall.«

»Wir drei allein sind übrig«, sagte Jorge, »… und wir verschwinden. Sie können entweder mit uns kommen oder hierbleiben und sich den anderen anschließen.«

Genna sah, daß Mercao schon an Jorges Seite stand, seine Augen hefteten sich auf Mingus, die Pfeife in seiner Hand war erloschen. Wieder erhob sich die Brise von nirgendwoher. Als noch mehr Gewebe von Mingus' Kleidern losbrach, wichen Jorge und Genna zurück, aber der Indio blieb ungerührt stehen. Einige der luftigen Sporen ließen sich auf seinem Haar und Gesicht nieder. Skrofulös weiß wie große Kopfschuppen, stachen sie in scharfem Kontrast zu seinem dunklen Teint hervor. Mercao machte keinen Versuch, sie wegzustreifen. Er starrte weiter wie hypnotisiert auf die Erscheinung vor ihnen.

»Zeichen überall«, fuhr Mingus fort. Er hatte sich nicht zu ihnen umgewendet, sondern sprach zur Stelle hin, wo Genna gestanden hatte. »Gerade heute morgen sah ich einen Zeltlappen sich in ringelnde Kletterpflanzen aufdröseln. Die Schaufelgriffe sind nicht mehr aus Holz – o nein –, Käfer in dichter Formation, kaum wahrnehmbar, jederzeit bereit, alles zu zerstören. Auch andere Dinge sind nicht mehr das, was sie zu sein scheinen. Die Zeichen sind da. Sie übernimmt das Kommando. Sie ist ...«

»Mingus, Sie sind verrückt«, brüllte Jorge. »Hören Sie mit diesem dummen Zeug auf!«

»Grüne Rosen blühen überall.«

»Mingus!«

Genna sagte: »Ich glaube nicht, daß er dich hört.«

Noch einmal schien ein Röhren direkt aus der Luft um sie herum zu erschallen.

Mingus legte den Kopf schräg zur Seite. »Therese hat sich geäußert. Sie redet mit uns.«

»Siehst du, er gibt auf Lautimpulse Antwort.«

»Nein, Jorge, nur bestimmte Laute sind's. Seine Kommunikationsfähigkeit ist einbahnig.«

»Therese!« gellte Mingus' Stimme. Er hob die Schultern. Sein lahmer Arm erwachte plötzlich zum Leben, ruckte hin und her wie der einer Marionette. Er erhob beide Hände, deren Finger ineinander verschränkt waren, als ob er gegenüber dem riesigen Gewirr von Rosen, das nun alles, was innerhalb 15 Metern Lagerumfang war, bedeckte, eine dringende Bitte hätte. Genna nahm ihren Duft zum erstenmal wahr, ein dichtes Blumenpheromon, in seiner überwältigenden Süße beinahe Übelkeit erregend.

»Wir wollen mal sehen, ob er darauf antwortet«, sagte Jorge.

Er griff nach einer der Schaufeln, näherte sich Mingus von der Seite und stieß ihn mit seinem Spaten an.

Das Hemdgewebe des Mannes riß auf, als ob es verrottet wäre. Ein Fleck der weißen neugewachsenen Bedeckung wurde abgerissen. Mingus' Fleisch lag frei wie abgehäutet. Kleine Perlen von Rot quollen hervor und rannen in Bächlein herunter. Der Pilz wurzelte in Mingus' Venen und Arterien und zog seine Nährstoffe direkt aus seinem Blutstrom. Bevor Genna diesen Schrecken verdauen konnte, brach ein anderer über sie herein. Der Spaten der Schaufel in Jorges Faust fiel vom Griff, und genau, wie Mingus vorhergesagt hatte, zerfiel der hölzerne Griff zu zahllosen, wimmelnden schwarzen Käfern.

Der Kastilier stolperte rückwärts, indem er die Insekten von seinen Ärmeln und Hosen wegschlug und unverständlich fluchte. Er rief Mercao zu Hilfe, aber der Indio stand bewegungslos da, auf der Stelle verwurzelt, während die weißen Flocken sich über sein Gesicht ausbreiteten.

»Therese!« stöhnte Mingus, seinen Angriff und dessen Folgen vergessend. Eine frische Farbwelle brach auf seiner Stirn hervor und floß seine Wangen herunter, die Rißlinien gestalteten und lösten sich mit zunehmender Geschwindigkeit. Als Antwort auf seinen Ruf erklang das Heulen und Röhren aus verschiedenen Richtungen auf einmal.

Gennas geschärfte Wahrnehmungsfähigkeit hatte sie nicht verlassen. Sie nahm die Lichtung und den Wald dahinter mit unglaublicher Klarheit wahr, wobei jeder folgende Augenblick mit Bedeutung geladen war. Sie fühlte die Brise, jetzt ein ständiger Wind, der die Zweige bewegte; die Blätter über ihren Köpfen raschelten, und der Duft der Rosen durchzog das ganze Lager. Sie sah, wie die Käfer in einem sich vergrößernden Kreis von der Stelle aus, wo der Spaten auf den Boden gefallen war, sich zerstreuten. Hinter ihr, gegen Osten, warf die Sonne lange schräge Strahlen durch das Blattwerk und sprenkelte den Boden mit tanzenden Rauten aus Licht. Gegen Westen war der Himmel in die tiefblauen Überreste der Nacht getaucht, und ein paar übriggebliebene Sterne und ein Silbermond waren am Verblassen. Sie nahm die Holokamera hoch, und indem sie sich voll im Kreis drehte, knipste sie einen Schuß nach dem anderen. Als sie vom Sucherrahmen hinter das Gebiet der Schallwerfer und in die hellerwerdenden Wälder hochsah, konnte sie mehrere große Tiere ausmachen, die die Rosendickichte umkreisten. Sie bewegten sich auf allen vieren im Trab, ihre zerzausten Köpfe waren tiefgebeugt, die schmalen Schnauzen schnüffelten den Boden ab. Sie wußte sofort, daß dies nicht die *humani* waren, zumindest waren sie es nicht nach den Beschreibungen, die Mingus der Expeditionsgruppe gegeben hatte.

»Wölfe mit Mähnen«, sagte Jorge auf Gennas unausgesprochene Frage. Er war wieder neben sie getreten, mit der Maschinenpistole in blutlosen Händen. Seine Stimme war verzweifelt. »Was das betrifft, warum sie Rosen tragen ...«

Diese Amazonaswölfe standen groß und stämmig da wie Bisons, hochschultrig, die Nacken bewachsen mit einem Kragen aus dickem rostfarbenem Pelz, der eine oder zwei Schattierungen dunkler als ihr Körperfell war. Ihre langen Ohren waren spitz und zuckten. Ihre Augen blitzten wie winzige Pfützen aus flüssigem Metall. Um ihre Körper schlangen sich, frisch geschnitten oder in ihren Körpern verwurzelt wie der Schwamm, von dem Mingus sagte, er sei in seinem verwurzelt, dieselben wilden Kletterrosen, die die Stämme der Gargantua-Bäume bedeckten. Ein Tier, di-

rekt im Wind stehend, der aus Mingus' Richtung kam, senkte die schwarze Nase zum Boden, hob sie dann hoch, als ob es versuchen wollte, einen Pfad um die komprimierte Hochfrequenzbarriere, die es zum Stehen gebracht hatte, herauszuschnüffeln. Genna fuhr zusammen, als das Tier gähnte. Seine Schneidezähne waren so lang wie ihre Finger und auf jeder Seite sägeförmig gezackt.

Mingus wurde zunehmend nervöser. Seine Arme schlenkerten unkontrolliert, sein ganzer Körper zuckte und verdrehte sich in Krämpfen. Er drehte sich mit seinen anfallartigen Zuckungen ungelenk in die Richtung, um den Wolf anzuglotzen. Das Tier hielt wie Mingus plötzlich in der Bewegung inne und starrte zurück. Offensichtlich ging ein stummer Austausch von Botschaften zwischen Mensch und Tier hin und her.

»Nein!« schrie Jorge, als Mingus plötzlich die Hand ausstreckte und die Schallwerfer außer Betrieb setzte.

*Im Vordergrund in der Bildfeldmitte hebt ein Wolf mit einer Löwenmähne seine Schnauze hoch und heult vermutlich. Ein rotes Auge ist sichtbar. Es erstrahlt in einem eigenen Licht, als ob der Schädel des Tiers von innen beleuchtet sei. Es ruft eine Art von barbarischer Energie hervor, die einen erschauern läßt, wenn man seinen Blick lange aushalten will.*

*Neben ihm steht die Gestalt einer Frau, die von Kopf bis Fuß in Kletterpflanzen und grüne Rosen gekleidet ist und verführerisch posiert, wobei sie ein Bein und eine Hüfte herausfordernd nach vorne gestellt hat. Oder es ist vielleicht nur die Darstellung einer Frau, eine provokative Strauchform-Skulptur, die aus Blättern, smaragdgrünen Dornen und Blütenblättern geschnitten ist. Es ist unmöglich zu sagen, welche Deutung gilt. Ungewißheit liegt im Wesen ihrer auffälligen und irgendwie gefährlichen Schönheit.*

*Hinter den zwei Gestalten liegen die Wälder in lichtge-*

*flecktem Dunkel, fast unzugänglich durch das Flechtwerk
des Wildwuchses. Und noch weiter entfernt – ein Fleck
dämmeriger Himmel – ein abgeplatteter Mond, der so bleich
und nichtssagend ist, daß er nicht mehr als die Verdickung
eines polierten Knochens sein könnte.*

Der Wolf trottete vorwärts, machte aber keine An-
griffsbewegung. Einige Meter von Mingus entfernt
stieß er einen hohen durchdringenden Ruf aus, sank
auf sein Hinterteil zurück und ließ das Gewirr von
Kletterpflanzen und Blumen, das seinen Körper
umgab, auf den Boden rutschen. Jedenfalls sah es so
aus. Das Knäuel rollte sich unaufhörlich auf, als ob es
von seiner eigenen Energie besessen wäre. Kletterpflanzen dehnten sich bis zur Höhe der Wolfsschul-
tern und darüber hinaus aus und nahmen die Form
einer großen und statuenhaften Gestalt an. Das Ge-
staltwerden nahm zu und schließlich materialisierte
sich die Gestalt selbst – ein Gesicht, nackte Gliedmaßen, ihr Körper war wie ein Dryadengeist in Kletterpflanzen gekleidet. Jetzt zeigten sich die Blumen
und die Kletterpflanzen noch einmal allein auf der
Szene, dann wieder die Gestalt. Genna spulte ein halbes Dutzend Aufnahmen durch, bevor dieses
flackernde Nebeneinander aufhörte und die Schau
sich vor ihnen zu einem einzigartigen Bild stabili-
sierte.

Eine Frau – denn das enthüllende Spitzenwerk der
Kletterpflanzen ließ keinen Zweifel am Geschlecht auf-
kommen – stand mit fest gegen ihre Hüften gestemm-
ten Händen vor ihnen, mit gespreizten Schenkeln und
einem leicht nach vorn gestellten Bein. Obwohl die
einzelnen Züge ihres Aussehens denen Thereses
ähnelten, war dies in keinem Fall die leidende Ehefrau,
die auf Mingus' Fotos porträtiert war. Noch war es
wahrscheinlich, daß das Geschöpf überhaupt menschlich war. Ein Dach aus rostrotem Haar, dunkel wie das

Fell der Wölfe und von ähnlichem Gewebe, reichte ihr bis zur Taille. Ihre Haut war blaßgrün und glatt und makellos wie ein junger Baum, dessen Rinde abgestreift war. Weit auseinanderliegende Augen zeigten ein tieferes Meergrün, beinahe schillernd, und während sie jeden von ihnen abwechselnd musterte, war ihr Blick kühl und quecksilbern wie das Meer. Doch mehr als die Summe ihrer physischen Eigenschaften, als ihre unmenschliche Schönheit, strahlte das Geschöpf vor ihnen einen Gleichmut und eine Sicherheit aus, die charismatisches Ausmaß hatten. Obwohl Genna niemals vorher eine Frau begehrt hatte, fühlte sie sich unerklärlicherweise sofort zu dieser Frau hingezogen. Sie fühlte eine grob-fleischliche wie auch sublim-geistige Anziehung, die ihre sexuelle Identität überschattete. Und sie zwang sich wegzusehen.

Mercao und Jorge schienen keine Mühe zu haben hinzustarren.

Zum erstenmal seit seiner Blickfixierung auf Mingus hatte der Indio die Richtung seines Starrens geändert, obwohl er die Haltung des Fixierens beibehielt. Jorge kratzte an den Stoppeln seines Kinns, als er die Frau mehrmals von Kopf bis Fuß musterte. Er richtete die Maschinenpistole auf ihre Brust.

»Therese?« sagte er.

»Das Gewehr wird dir nichts nützen.«

Die Stimme war unvergeßlich und überzeugend. Am Rand ihres Blickwinkels sah Genna, wie Jorge die Waffe sinken ließ. Sie fragte sich, ob die Frau laut zu ihnen sprach oder nur ihre Gedanken in sie hineinsäte und ihren Willen mit einer Art hypnotischem Charme lahmlegte. War die Gestalt vor ihnen eine Therese, die durch ihren Aufenthalt im Regenwald verwandelt worden war, oder war sie ein Waldgeist, der jetzt Ähnlichkeit mit ihrer Gestalt angenommen hatte? Gennas Sinn für Klarheit war verschwunden. Illusion und

Wirklichkeit bildeten ein flackerndes Durcheinander in ihrem Geist. Stand sie neben Jorge auf der Lichtung, oder war sie schon wie Mingus und wanderte ziellos zwischen Bäumen, verloren in Phantasien, die von ihr selbst hervorgebracht waren? Würde die ganze Landschaft bald zu krabbelnden schwarzen Käfern zerfallen? Waren die Rosen sogar grün?

Genna sah zu Therese zurück, und wieder brodelten seltsame Gedanken in ihr auf. Die Frau griff sich den Wolf bei der Mähne und richtete das Tier wie eine Waffe auf sie. Der Wind riffelte die Mähne, und Therese wehte das Haar ums Gesicht und die nackten Schultern. Morgenlicht fiel durch die Bäume und erhellte den Wald hinter dem seltsamen Paar, so daß jedes Blatt und jede Blume sich in großer Klarheit abzeichnete. Die Komposition war völlig im Gleichgewicht, jedes ihrer Elemente war unverrückbar an seinem Platz. Doch Genna wußte, daß kein statisches Foto, auch nicht ein holographisches, ihre Intensität einfangen könnte, selbst wenn die Szenerie vor ihr wirklich wäre. Sie machte keine Anstalten, nach ihrer Kamera zu greifen. Statt dessen fühlte sie das Bedürfnis, zu Therese hinzulaufen und ihr zu versichern, daß sie nichts Böses gegen sie beabsichtigten. Sie wollte diese Frau halten und das Kratzen ihrer dornigen Kleidung erleiden, sie wollte die Kletterpflanzen beiseiteschieben und ihren Mund an die blaßgrüne Haut pressen.

»Ich bin Ming holen gekommen.«

Beim Nennen der Koseform dieses Namens stöhnte Mingus und fiel auf die Knie. Seufzer kamen von den Lippen des Mannes, als er begann, sich kriechend tief am Boden vorwärtszubewegen. Er bewegte sich zögernd, ähnlich einem Tier in Erregung, das sich einem Artgenossen nähert, auf unwiderstehliche Weise hingezogen und doch wachsam gegenüber dem Ziel seiner Lust.

»Er ist nicht in Form, Ihnen zu folgen«, hörte sich Genna sagen.

»Ihm wird es bald gut gehen. Der Übergang kann manchmal hart sein.«

»Kein verdammter Übergang hier«, sagte Jorge. »Er stirbt. Der Pilz frißt ihn bei lebendigem Leib auf.« Er hob wieder die Maschinenpistole, aber seiner Bewegung fehlte die wirkliche Absicht.

»Der Wiedergeburt geht stets der Tod voraus.«

Mingus hatte Therese erreicht. Immer noch auf den Knien, umfaßte er ihre Schenkel und vergrub sein Gesicht an ihrem Geschlecht in den herunterhängenden Kletterpflanzen. Genna sah, daß augenblicklich Ranken auf seinem Rücken zu sprießen anfingen. Therese war mit seinen Aufmerksamkeiten einverstanden, nahm aber von Mingus keine weitere Notiz. Sie starrte Genna an, und die unverfrorene Einladung in den Augen der Frau zwang sie, aus Scham und Verwirrung wegzublicken.

»Sie sind eingeladen, sich uns anzuschließen ... Sie alle.«

»Uns Ihnen anschließen?« sagte Jorge verständnislos. »Was meinen Sie damit?« Seine Stimme war atemlos, ein dünner Schatten seines früheren Selbst.

Der nächste, der sich unterwarf, war Mercao. Vielleicht wegen Thereses Nähe hatten sich die Pilzflecken bereits miteinander so verbunden, daß sie sein Gesicht völlig bedeckten, wobei sich die ständig wechselnden Farben mit dem Rot seiner Gesichtsfarbe mischten. Der Indio stolperte vorwärts, warf sich vor Thereses Füßen zu Boden. Sein Körper zitterte vor Furcht oder Erregung.

»Ja«, lachte Therese, es war ein Ton, der in seiner mädchenhaften Einfachheit einen nervös machte. »Ich kenne viele deiner Brüder.«

Es war klar, daß sie nicht die ersten Reisenden im Regenwald waren, die dieses Geschöpf antrafen, das sich als Therese Jahns offenbarte. Wie viele andere, fragte sich Genna, waren dazu verführt worden, sich ihr in dieser pflanzlichen Umwandlung anzuschließen, und welch bizarres Dasein hatte dies zur Folge? War der Wald überreich an Wesen, die zwar einst menschlich, es nun aber nicht mehr waren, an Kletterpflanzen, Blättern und Blumen, die einst lebendiges Fleisch gewesen waren?

Sichtlich durcheinander sank Jorge auf ein Knie, entweder um seine Verfassung zu verbergen, oder weil er nicht mehr stehen konnte. Er machte das Kreuzzeichen wie eine Reflexbewegung und grub dann die Fäuste in den Boden. Genna verstand nicht, wie er in diesem geschwächten und demoralisierten Zustand es geschafft hatte, der verführerischen Kraft, die von Therese ausging, so lange zu widerstehen. Doch als sie hilflos dem Blick der Frau von neuem begegnete, wurde es ihr klar. Es war nicht Jorge, den Therese begehrte, sondern sie. Und es gab überhaupt keinen Zweifel mehr daran, daß Therese in ihrem Geist sie direkt ansprach. Nicht mit Worten, aber die Botschaft war deutlich. Ihre Lust war gegenseitig. Sie wollte, daß Genna sich mit ihr verband, aber nicht nur sexuell, denn das war nur ein kleiner Teil von dem, was sie anbot. Therese sprach nicht nur ihre sinnlichen Bedürfnisse an, sondern auch ihre inneren Ziele. Sie war mehr als irgendein Waldgeist, der von den fortwährenden Mutationen des Waldes hervorgebracht worden war. Eher das Gegenteil war richtig. Therese war es, die den Wald hervorbrachte, oder wenigstens diesen Teil, den sie bewohnte. Und sie lud Genna ein, Teilhaberin dieses Schaffensprozesses zu sein... den höchsten Traum des künstlerischen Größenwahns auszuleben, wenn sie dabei half, die Fauna und Flora um sie herum zu formen und umzumodellieren wie eine riesige, lebende Holographie.

Doch selbst als diese Vision ihren bewußten Geist

zu fesseln suchte und Genna einen zögernden Schritt vorwärts machte, entdeckte sie einen Teil von sich, der widerstand und getrennt blieb. Dieser Teil verneinte nicht die Macht der Gefühle, die durch sie durchströmten und sie zitternd zurückließen, sondern er beobachtete und deutete sie und erkannte in ihnen eine Quelle für weitere Kreativität, sogar als sie sich verflüchtigten. Es war die Künstlerin in ihr, genau jener Teil ihres Selbst, den Therese besitzen wollte. Es war dasselbe Selbst, das jetzt verstand, daß, obwohl es hier große Schönheit gab, vielleicht größere Leidenschaft sogar, der Geist, der diese Welt modellierte und beherrschte, seinerseits wiederum nur beherrscht war von endloser Neugierde, von willkürlichen und kindischen Launen, die ihn gegenüber jeglicher Art von Leiden und Freuden, die er erzeugte, gefühllos machten.

Genna kniete sich neben Jorge hin, nahm eine seiner geballten Fäuste in ihre beiden Hände, zwang seine Finger auseinander und preßte ihrer beiden Handinnenflächen aufeinander. Als sie seinen Handgriff mit ihrem fester werden spürte und die wachsende Wärme ihrer Berührung, antwortete sie in ihrem Innern diesem Geist, der sie rief. Sie schrie stumm mit all der Kraft ihrer menschlichen Seele ihr Nein.

Therese zuckte die Achseln. Wie nur eine Göttin es konnte, sie war ihrem Verlust gegenüber äußerst gleichgültig. Es würde statt Genna immer andere geben.

Sie wandte sich ab. Mingus und Mercao, oder welche pflanzliche Ungeheuer auch immer sie geworden waren, standen auf und gingen mit ihr. Der Mähnenwolf wandte sich ebenfalls ab, aber nicht bevor er Genna und Jorge einen letzten Blick zugeworfen hatte, wobei seine Augen mit einem Wissen aufflammten, das seine Gestalt Lügen straften. Es war ein Blick, der voller Verachtung und Gleichgültigkeit war, als ob auch er, der Wolf, wie seine Herrin, der er gehorchte, ein überlegenes Geschöpf sei.

Genna und Jorge beobachteten, wie Therese und ihre Schützlinge sich durch den Wald zurückzogen. Die anderen Wölfe, die das Lager umkreist hatten, folgten in ihrem Kielwasser. Als der seltsame Konvoi in der Ferne kleiner wurde und hinter einer Erhebung verschwand, ließ plötzlich der Wind, der durch den Wald fegte, nach. Eine übernatürliche Stille, ungestört von irgendeinem Laut eines Vogels oder Raubtiers, ließ sich auf der Lichtung nieder.

Um sie herum begannen die Rosen ihre Farbe zu wechseln.

*Für das Pièce de résistance der Ausstellung hat Opall einen massiven Hexaeder geformt. Die Maße der Skulptur sind fünf auf zehn auf acht Meter. Innerhalb ihrer übergroßen Ausmaße sieht man eine Waldlandschaft, die Erde, Bäume und Himmel umfaßt.*

*Das Licht, das die Szenerie durchflutet, fingert in Strahlen herunter, die durch den reichen Wildwuchs gebrochen werden. Die Stämme der Bäume sind von Rosen überwuchert, von denen viele jungfräulich weiß sind, einige gelb, viele rosa, andere blutrot. Und obwohl dies dieselbe Lichtung zu sein scheint, wie sie in einigen der früheren Holographien gezeigt wurde, ist nicht eine einzige Rose grüngetönt.*

*Wenn man um den massiven Block herumgeht, wird die Illusion einer einfachen Landschaft zerstreut. In den Zweigen oberhalb der Rosen erscheinen und verschwinden körperlose Gesichter, alle paar Schritte, Gesicht auf Gesicht, herein- und herausflackernd, so verschieden in der Farbe – rot, gelb, braun, weiß –, wie die Rosen darunter, und noch verschiedenartiger im Ausdruck. Einige scheinen ruhig und friedvoll zu sein, wobei ihre Augen wie im Schlaf geschlossen sind. Andere spiegeln das glückselige Glühen von Berauschtheit wider. Wieder andere starren einen ausdrucks-*

leer an. Nochmals andere scheinen in Wut gegen das Blatt-
gefängnis, das sie umschließt, anzuheulen. Über dieser As-
semblage schwebend erscheint an den unteren Rändern des
Himmels, zu sehen nur von einem bestimmten Winkel aus,
aber dann auch von einem weiteren und noch einem anderen, ein größeres Gesicht, ein einziger rätselhafter Gesichtsausdruck, der wie eine geisterhafte Eminenz die Szene beherrscht und beinahe unter den Zweigen unsichtbar ist ...
denn seine Haut hat denselben Farbton wie die Blätter
selbst.

Originaltitel: ›HOLOS AT AN EXHIBITION‹ • Copyright © 1991 by TSR Cor. • Erstmals
erschienen in ›Amazing Science Fiction‹, Juli 1991 • Mit freundlicher Genehmigung der
Autoren und Uwe Luserke, Literarische Agentur, Stuttgart • Copyright © 1994 der deutschen Übersetzung by Wilhelm Heyne Verlag, München • Aus dem Amerikanischen übersetzt von Hubert Konrad Frank • Illustriert von Manfred Lafrentz

# DER EWIGE SOMMER

Hatte schon der erste Anblick von New Olympus in mir ein unerklärliches Aufwallen von Heimweh hervorgerufen (wie erklärt man Heimweh für etwas, das man nie kennengelernt hat?), so trug der erste Anblick des Sturmkönigs, Henry II., gewiß nichts dazu bei, den Zauber zu brechen. Ein überaus muskulöser, in eine Toga gehüllter Mann mit einem lockigen, kastanienbraunen Bart, langen Haaren und der überschwenglichen Art sich zu bewegen und der dröhnenden Stimme, die dazu paßten. Er hatte sich eine Statue des Zeus zum Vorbild genommen, jenes Gottes aller Götter und Vaterfigur schlechthin. Natürlich wußte ich das. Ich hatte sogar Holos von ihm gesehen (»Das ist dein verrückter Onkel, Henry, der Künstler«) und auch, jawohl, von seinem Kunstwerk, dem Asteroiden New Olympus. Aber Holos bereiten einen nicht auf die Wirklichkeit vor. Oder vielmehr, auf was immer es in dir selbst ist, das jene Bilder auslösen.

Sie müssen verstehen, wo ich herkam. Die Stadt. Die eine und einzige Große Stadt. Sie ist eine einzige, riesige Maschine, und was sie erzeugt, ist die Illusion von Kontinuität. Nichts verändert sich jemals in New London; seine beachtliche Technologie dient in erster Linie dazu, es auf genau dem gleichen Stand zu halten, auf dem es sich die letzten zwei- oder dreihundert Jahre befunden hat. Der Lebensstil ist so angelegt, daß niemals auch nur der leiseste Schatten einer Veränderung auf das komplexe, aber kalkulierbare Spiel der Londoner Gesellschaft, es zu etwas zu bringen, fällt. Ich machte mich nicht allzu gut bei diesem Spiel. Gleichzeitig jedoch war ich sein Produkt. Und obschon ich bereit war, von ganzem Herzen gegen die Stadt zu rebellieren, war ich doch von New Olympus so beunruhigt, wie jeder New Londoner es gewesen wäre.

Mein verrückter Onkel Henry II. ergriff meine knochige Hand, zerquetschte sie fast, und brüllte mich zum Gruß geradezu an.

»Bei den Göttern, du schmächtiger Wicht, Will, nicht wahr? Du hast meine Augen. Siehst du das nicht, Junge? Trotz deines ganzen farblosen New London-Gehabe bin ich es, nach dem du wirklich schlägst. Ich kann es an deinen Augen erkennen. Los, komm mit! Das Wichtigste zuerst.«

Er führte mich zu seinem Holodeck und warf eine Kassette ein. Immer wieder warf ich verstohlene Blicke auf seine wahnsinnigen, brennenden, braunen Augen, hatte ich tatsächlich seine Augen? War das möglich?

Plötzlich erschien vor uns ein lebensgroßes Holo meiner Mutter, mit flehend ausgebreiteten Armen.

»Mein lieber Henry, ich weiß, wir sind nie gut miteinander ausgekommen. Ich hatte deswegen immer Schuldgefühle. Nein, lach nicht, die hatte ich tatsächlich. Schließlich bin ich die Ältere von uns beiden. Es lag immer in meiner Verantwortung, dir mit Rat und Tat zur Seite zu stehen. Ich weiß, für dich war es besonders schwer, daß Vater zum Schürfen in den Asteroidengürtel gegangen war und dich und mich und Mutter zurückließ …« In ihrer typisch langweiligen Art leierte sie immer weiter. Meine Aufmerksamkeit wandte sich dem prachtvollen Thronzimmer zu. Plötzlich schnappte ich auf: »Was immer du auch tust, laß Will dieses Holo nicht sehen.«

Das brachte mich schlagartig wieder zu Mutti zurück, glauben Sie mir. Henry stupste mich mit dem Ellbogen an und grinste glücklich.

»Gott weiß, daß ich niemals etwas tun würde, um meinen Sohn zu verletzen, aber ich weiß einfach nicht... Er bringt mich um den Verstand. Und sein Vater, Arn, sein Stiefvater, nun, er hat einfach alles getan, was in seiner Macht stand, um...«

Unablässig fuhr Mutter fort, sich darüber zu beklagen, was für eine Last ich sei, besonders für Vati Arn, und daß ich Schwierigkeiten in der Schule hätte und absolut keine Freunde, und daß erst letzte Woche einer meiner Lehrer zu ihr gesagt hätte, usw.

Ich warf Onkel Henry weiterhin verstohlene Blicke zu. Ich konnte nicht glauben, daß er so etwas tun würde. Es war mir absolut nicht möglich zu akzeptieren, daß er es soeben tat.

Nachdem meine Mutter sich eine Ewigkeit lang bei Henry über mich beklagt hatte, wobei sie gelegentlich dazu übergegangen war, sich bei Henry über Henry zu beklagen, beendete sie ihre Ansprache zu guter Letzt mit dem abschließenden Argument, daß eine andere Umgebung während meiner verlängerten Schulferien es mir vielleicht erlauben würde, genügend Abstand zu finden, um mich wieder zu berappeln.

Der Sturmkönig schaltete das Holo aus. »Nun, ich dachte einfach, du solltest es sehen, Will. Karten auf den Tisch. Was? Es ist Zeit für meine Spazierfahrt. Ich habe dir zu Ehren einen Sturm zusammengebraut. Ja, dir zu Ehren. Mein Neffe. Der Rebell, häh? Du hast meine Augen, mein Blut. Irgendwo in diesem zerbrechlichen, kleinen, schmächtigen Körper.«

Er lief rasch. Ich hielt Schritt. Er führte mich einen Flur entlang. Mehrere Treppen hinauf – ja – schlichte, altmodische Treppenstufen – und schließlich zum Turm.

Und da stand er. Der Triumphwagen. Ganz golden und glänzend und übersät mit kleinen Abbildungen von Löwen und Einhörnern und Adlern. Das Blitzgewehr steckte aufrecht in seiner Scheide, ein schmaler, goldener Stab, mehr nicht.

Im Geiste hörte ich noch immer Mutters Stimme auf mich einreden: »Was immer du auch tust, du mußt mir versprechen, daß du nicht mit Henry in seinem Triumphwagen herumfliegen wirst, sonst kann ich dich einfach nicht guten Gewissens gehen lassen. Nein. Versprich es mir, jetzt. Das ist kein Scherz. Schwöre auf die Bibel. ›Möge Gott mich tot umfallen lassen, wenn ich ...‹«

»Spring rein!« Henry schien immer über mich hinweg zu reden, in den Himmel hinauf. Ich sprang hinein.

»Schnall dich an!« Ich schnallte mich an.

Ich vergaß immer wieder zu atmen, während wir durch den Himmel von New Olympus schossen und sich unter uns die unglaubliche, lodernde Leinwand des Gemäldes des Sturmkönigs entfaltete.

»Die Wasserbabies«, brüllte er über meine Schulter hinweg. Wir tauchten nach unten ab, näher zu ihnen hin.

Sie spielten auf der Oberfläche des rauschenden Flusses. Jene Art von sinnlosen, lärmenden Spielen, die alle Kinder spielen; sie schubsten sich und purzelten übereinander, kreischten und wirbelten herum und fielen hin und tanzten dabei auf und ab wie Korken. Im Gras schien eine andere Gruppe von ihnen mit einem merkwürdigen kleinen Tier Fangen zu spielen. Ich bekam es nicht gut genug zu sehen, um es identifizieren zu können, aber es sah merkwürdig aus.

»Das ist Pookiebär. Er ist nicht wirklich ein Bär. Eher eine Art Kaninchen mit ein bißchen Waschbär und ein paar menschlichen Genen vermischt.«

Wir tauchten wieder abwärts. Noch tiefer. Er winkte; ich erhaschte einen Blick auf eine wunderschöne kleine Nymphe mit einem Meer prächtiger brauner Locken, die eine weite Toga trug. Sie winkte zurück.

»Das ist eine der Klonmütter«, brüllte er, »da drüben ist ihr Haus.« Ich erblickte einen riesigen, klassisch aussehenden Tempel, der aus dem Gebüsch ragte.

Und nun begannen rasch Wolken aufzuziehen. Unten konnte ich weitere Mütter erkennen, alle völlig gleich aussehend, die die Babies vom Fluß hereinscheuchten.

Urplötzlich regnete es heftig. Der Sturmkönig lachte wild im Regen und wandte sich nach mir um. Und war er mir vorher schon verrückt erschienen, so erkannte ich jetzt, daß ich nur eine Andeutung seiner Intensität gesehen hatte. Der Regen war sein Element.

»Jetzt«, flüsterte er mir zu. »Jetzt.« Er nahm das Gewehr heraus und zielte über die Seitenwand des Triumphwagens. Er schien das Pookiebär-Wesen anzuvisieren.

Zack. Eine Art elektrischer Blitz oder so zuckte aus dem Stab und schlug unten in das Gebüsch ein; dabei verfehlte es den Pookie um ein, wie mir schien, übermäßig großes Stück. Aber nun …

»Was ist, wenn du ihn triffst?« konnte ich nicht widerstehen zu fragen.

Aber er feuerte bereits wieder. Traf wieder nicht, warf jedoch einen Baum um. Das schien ihn zu freuen. Er lachte wieder. »Ach, dort, wo er herkommt, gibt es noch mehr davon«, sagte er.

Die nächsten paar Stunden rasten wir kreuz und quer durch den Himmel, schossen auf alles, was sich bewegte und trafen nichts. Schließlich klarte es auf. Wir kehrten um und machten uns langsam auf den Rückweg.

Das Wetter war relativ warm. Dennoch, nachdem wir mehrere Stunden lang durch den Himmel gerast waren, ich nur mit einem Sommeroverall aus Baumwolle bekleidet, der vom Regen völlig durchnäßt war, zitterte ich. Der Sturmkönig, in seiner nassen Toga praktisch nackt, während eine Gänsehaut sich über seinen ganzen Körper ausbreitete, schien durch das Erlebnis ganz energiegeladen.

»Die Herrlichkeit eines Sommergewitters«, brüllte er. »Es gibt nichts Vergleichbares. Jedes einzelne ist anders, und doch sind sie alle irgendwie gleich. Genieße es, solange du kannst. Der Sommer ist immer ein flüchtiger Schatten. Ehe du dich versiehst, ist schon wieder der Winter in all seiner eisigen Wut über dich hereingebrochen.«

»Warum hast du überhaupt einen Winter?« beschwerte ich mich. »Es ist dein Asteroid. Du kannst alles haben, was du willst. Warum stellst du nicht einfach ewigen Sommer ein?«

»Ewiger Sommer.« Er lächelte. »Nun ja, wir Menschen wollen gar nicht alles haben, was wir uns wünschen«, sagte er. »Wir wollen keine Spiele ohne Regeln spielen. Nein, wir wollen irgendeine Art von Ordnung, innerhalb derer wir schöpferisch tätig sein können. Wir brauchen unsere Jahreszeiten. Die natürliche Ordnung. Den Lauf der Natur. Nein, wenn wir keine Regeln hätten, müßten wir welche erfinden.«

»Wie New London?« sagte ich. Ich konnte den Sarkasmus in meiner Stimme nicht unterdrücken.

»Nein. Nicht wie New London. New London ist ein Versuch, jede Veränderung zu verhindern, und das ist nicht möglich. Alles Leben ist Veränderung. Aber Veränderung innerhalb einer geordneten Struktur. New London ist Tod. Und zugleich ist New London die Flucht vor dem Tod. Sie glauben, Leute wie meine Schwester, deine Mutter, sie glauben, wenn sie dafür sorgen, daß alles immer gleich bleibt, ein Tag wie der andere, könnten sie dem Alter und dem Tod ein Schnippchen schlagen. Aber die traurige Tatsache ist, sie sind schon von vornherein alt und tot. Wenn jeder Tag genauso ist wie der nächste, mein Gott, dann gibt es nichts Lebendiges mehr in deinem Leben. Jede Routine ist der Tod. Sie bilden sich ein, sie seien unsterblich und haben auf das Leben verzichtet, um diese Illusion zu erlangen. Nein, mag ruhig Jahreszeit auf Jahreszeit folgen, aber mögen die Tage darin voller Abwechslung sein. Genug. Schweig für eine Weile. Genieße.«

Ich mußte eingedöst sein, während wir zurückflogen. Oder wer weiß? Ich starrte in den Regen hinaus und ließ meine Gedanken schweifen, und einmal glaubte ich einen Insektenschwarm zu erblicken, der zwischen den Tropfen tanzte. Als ich jedoch genauer hinsah, erkannte ich zu meiner Überraschung die winzigen, zarten menschlichen Gestalten mit den glitzernden Flügeln, die in der Luft schwebten. Sie huschten und schwirrten hin und her. Entzückend, und doch irgendwie tragisch. Einen kurzen Moment lang spürte ich die Vergänglichkeit dieser Lebensformen, die wie Seifenblasen voller Glückseligkeit emporstiegen, nur um kurz darauf zu zerplatzen, während sich bereits neue Blasen bildeten, um ihren Platz einzunehmen. Dann waren auch sie verschwunden. Hatte ich sie tatsächlich gesehen, fragte ich mich, oder war ich eingenickt?

Ich öffnete den Mund, um den Sturmkönig zu fragen, aber er bedeutete mir zu schweigen. Ich erstarrte mit offenem Mund. Das Erlebnis entfiel mir.

Wieder im Turm angekommen, deutete er auf seinen Triumphwagen. »Eines werde ich von dir fordern«, sagte er. »Du darfst niemals und unter keinen Umständen meinen Triumphwagen benutzen. Ich warne dich, solltest du dich mir in dieser Hinsicht widersetzen, könnte meine Strafe hart ausfallen.«

Ich stellte ihn mir vor, wie er Blitze auf den niedlichen kleinen Pookiebär abschoß. »Darauf möchte ich wetten«, sagte ich in meinem sarkastischen Tonfall.

»Abgesehen davon«, fuhr er fort, »könntest du ohnehin nicht mit ihm umgehen. Du würdest herausgeschleudert werden wie Phaeton aus dem Wagen des Helios.«

»Aber sicher doch«, sagte ich. So schwer war es mir nun auch wieder nicht vorgekommen. So gut wie alles daran war automatisch.

Am nächsten Morgen wurde ich zu meiner Überraschung ziemlich früh von einem Jungen geweckt, den ich noch nie zu Gesicht bekommen hatte. Zuerst konnte ich mir nicht erklären, wo ich hingeraten war, das Zimmer war so anders als mein kleines Zimmer daheim in New London.

Ich befand mich in einem riesigen Bett in einem riesigen Raum. Transparente, lavendelfarbene Vorhänge flatterten in der morgendlichen Brise. Eine lebensgroße Bronze des Hermes stand in der Mitte des Raums zum Abflug bereit. Er schien sich zu überlegen, ob er durch die offenen Türen hinaus auf den Balkon eilen sollte. Ein kleiner Bronzetisch mit einer hohen, rosafarbenen Vase darauf, keine Blumen, und die glänzenden Marmorböden waren die einzigen anderen Dinge, die das schlichte, aber majestätische Motiv weißer Wände und weißer Decken und viel leeren Raums durchbrachen. Alle Fenster, wie auch die einzigen Türen am Ende des Raums standen weit offen.

Der Junge, der mich geweckt hatte, schien hierher zu gehören wie ein Teil des Mobiliars, ich hingegen – ganz das Gegenteil. Es lag nicht nur an der Toga, die er trug, sondern an den ungezwungenen, überschwenglichen Bewegungen, die er beim Sprechen mit Armen und Händen machte, am quecksilbrigen Tanz der Ausdrücke über sein waches, strahlendes Gesicht, am sprudelnden Sturzbach seiner Worte. Der Junge gehörte in eine jüngere, energiegeladenere Welt als ich, das spürte ich.

»Wie, hat man dir nichts gesagt? Ihr Götter! Dann mußt du alles mir überlassen. Auf! Auf! Wir müssen fertig sein bevor ... Nein, nein, untersteh dich, wieder einzuschlafen, Bruno bringt uns um, wenn wir zu spät kommen. Du weißt schon – der Auserwählte – dieses ganze … Aber warte mal, wie unhöflich von mir, Philo, ich bin Philo. Ihr Götter, deine weiße Haut. Die Maschinen werden das in Ordnung bringen. Auf! Auf! Hier, wirf dies über. Nein, vergiß deine alten Kleider. Absolut verboten. New Olympus ist das Kunstwerk des Sturmkönigs. Du wirst ein Teil davon sein müssen, ob es dir gefällt oder nicht. Abgesehen davon sind deine Kleider … äh … ihr Götter, wir sind spät dran. Komm schon, komm jetzt schnell!«

Ich warf eine Toga über, und immer noch halb schlafend folgte ich Philo nach draußen, den Balkon entlang, der sich ein ums andere Mal um das prächtige Schloß herumwand, dabei immer weiter abwärts und schließlich ins Innere führte, wo wir einen langen Gang betraten und eine endlose Wendeltreppe hinabstiegen.

Philo setzte seinen außerordentlichen Monolog fort, wobei er unaufhörlich gestikulierte und mit den Armen herumfuchtelte, sich hierhin und dorthin wandte, den Gesichtsausdruck wechselte.

Als ich endlich begann, richtig wach zu werden, mußte ich zu meiner nicht geringen Überraschung feststellen, daß meine Ferien auf New Olympus ein sehr streng geregeltes Leben darstellen würden, das meinen Vorstellungen von Ferien ganz und gar nicht entsprach. Genaugenommen – schlagartig wurde ich hellwach – klang es nach harter Arbeit!

»Ringen? Äh, Moment mal, Philo, ich fürchte, da hat es irgendein Mißverständnis gegeben. Weißt du, ich bin nicht gerade das, was man sich landläufig unter einer handfesten Ringernatur vorstellt, ich bin mehr der Typ, der Schach spielt oder ein gutes Buch liest.«

Er jedoch packte mich allen Ernstes am Handgelenk und zerrte mich hinter sich her, ohne auch nur einmal seinen Schritt zu verlangsamen. Ohne auch nur einmal seinen Monolog zu unterbrechen.

Draußen vor dem Schloß warteten die Jungs in Booten, die wie riesige Schwäne geschmückt waren. Sie dümpelten an den Ufern des Flusses, der vor dem Schloß vorbeifloß und in das große, komplizierte Flußsystem mündete, das knapp außer Sichtweite vor uns lag. New Olympus besaß ein wahres Netzwerk dahineilender, plätschernder Flüsse. Und die Schwanenboote, die von einer Art lautlosem Motor angetrieben wurden, bewegten sich langsam stromaufwärts, hinaus auf den größeren, rascher fließenden Fluß, wo wir dann in einem noch langsameren Tempo unseren Weg stromaufwärts fortsetzten.

Die Wasserbabies waren jetzt draußen und jagten sich gegenseitig kreuz und quer über den Fluß, kreischten und schrien und spielten sich alle möglichen Streiche. Einmal versuchten sie unser Boot zum Kentern zu bringen, aber zu meinem Erstaunen packte Philo zwei der kleinen Dickerchen, eins in jeder Hand, und warf sie unglaublich weit, wo sie hineinplumpsten und doch tatsächlich auf der Oberfläche entlanghüpften. Dann wollten die anderen auch alle mal, und wir mußten es immer und immer wieder machen.

»Sie wiegen kaum mehr als ein Vogel«, sagte Philo. »Der Sturmkönig senkt ihr Gewicht wenn sie Babies sind, damit sie auf den Flüssen laufen können. Das ermöglicht es ihnen, mehr Koordinationsvermögen und Behendigkeit zu entwickeln, theoretisch zumindest. Ich weiß zwar nicht, wie gut es funktioniert, aber es macht weiß Gott Spaß. Ich vermisse es wirklich, ich glaube, das werde ich immer tun. Ich schätze, das ist so ziemlich die glücklichste Zeit, mit den Klonmüttern und dem hübschen Babyhaus, und am allerbesten erinnere ich mich daran, auf den Flüssen zu laufen.« Es schnürte Philo die Kehle zu. Tränen standen ihm in den Augen. Aber einen Augenblick später lachte er schon wieder und erzählte von den bevorstehenden Sommerfestspielen. Wir alle würden an den Festspielen teilnehmen. Er schätzte, das sei die beste Zeit des Lebens. Die Wasserbabies schien er bereits vergessen zu haben und redete unaufhörlich über die Festspiele.

Deren Dauer war nicht genau festgelegt, oder vielmehr würde sie vom Schicksal oder irgend so einem romantischen Kram bestimmt werden. Niemand wußte, wann sie beginnen oder enden würden. Nur die Priesterinnen konnten die Zeichen lesen. Wir würden am ersten Tag ringen. Deshalb mußten wir hart arbeiten und bereit sein.

Und wir arbeiteten weiß Gott hart! Dafür hatte ich mein Schuljahr um die Hälfte verkürzt, um rechtzeitig für den Sommer auf New Olympus hierzusein? Jeden Morgen segelten wir in unseren Schwanenbooten zu einer grasbewachsenen offenen Fläche hinaus und verbrachten den ganzen Morgen damit, Ringkampfgriffe zu üben, angefeuert vom Auserwählten, einem superstarken Rohling namens Bruno, der ein besonderes Vergnügen daran zu finden schien, meine magere Gestalt zum Vergnügen der anderen Jungs wie eine Lumpenpuppe zu schleudern. Ich haßte das wie die Pest, aber es schien kein Entrinnen zu geben.

Nachmittags lagen wir dann immer auf den Tischen in der Turnhalle und riefen uns gegenseitig zotige Bemerkungen zu, während die Bediensteten Kissen an all unseren Muskeln festschnallten und ein paar Sekunden lang Elektrizität hindurchzucken ließen. Die meisten Jungen machten diese Erfahrung, die ich zunächst gräßlich unangenehm fand, später jedoch sogar zu genießen lernte, nur zweimal in der Woche. Ich hingegen sollte mich dem jeden zweiten Tag unterziehen, wegen meines ausgezehrten, bleichen New London-Zustandes, wie mein Onkel Harry es gerne bezeichnete.

Dann, nach dem Duschen und Mittagessen mit den Jungs, durfte ich endlich ein paar Stunden lang tun, was immer ich wollte, bis zum Abendessen, welches eine derart luxuriöse, ausgedehnte Angelegenheit war, daß ich, wenn es endlich vorbei war, es gerade noch schaffte, in mein Zimmer zurückzugelangen, ohne mich irgendwo unterwegs in der Ecke eines großen Raumes aufzurollen und gleich dort einzuschlafen. Wahrscheinlich hätte man mich für eine Statue gehalten, »Der schlafende Hirtenjunge«, oder vielleicht »Der Gott der Erschöpfung«.

Ich erinnere mich, daß ich mich die ganze erste Woche hindurch elend fühlte, immerzu nur müde und erschöpft, und alles tat mir weh. Meine ganze Kraft richtete sich darauf, einen Ausweg zu finden. Aber es gab keinen Ausweg. Und außerdem, obwohl es mir schwerfiel das zuzugeben, was hätte ich mit meiner Zeit anfangen sollen, wäre es mir erstmal gelungen da rauszukommen? In meinem Zimmer herumliegen, oder alleine spazierengehen, während die Jungs draußen auf dem Feld beim Ringen waren?

Und nach einer Weile wurde mir klar, daß Philo und ich enge Freunde wurden. Es wäre schwer gewesen, sich nicht mit Philo anzufreunden, er war so begeisterungsfähig und energiegeladen, in jeder Hinsicht das Gegenteil von mir. Während ich mittelgroß war, jedoch ziemlich schlank, mit schmalen Schultern und Hüften, war er klein und breit und kräftig. Während er überschwenglich und redselig war, war ich vorsichtig und maßvoll im Ausdruck, wenn auch nach außen hin recht schlagfertig. Während er mit instinktiver Inbrunst rang und auf seine überschüssige Energie vertraute, um ihn aus den Klemmen zu befreien, mit denen er mit seinen impulsiven Bewegungen oft geriet, rang ich in einem leichtfüßigen, schnellen Stil, der immer von rationalem Denken beherrscht war. Ich plante meine grundlegende Strategie immer voraus, indem ich die Schwächen und Stärken meines Gegners abwog, um dann während des Zweikampfs meinen Plan ständig zu ändern und umzustellen.

Ja, Wunder über Wunder, ich lernte, wie man ringt.

Und ich setzte Muskeln an. Im Laufe der dritten Woche schien ich einen zweiten Schub zu bekommen. Ich begann nachts länger aufzubleiben und wachte sogar morgens früh auf. Philo mußte mich nicht mehr holen kommen. Ich verschlang jetzt bei jeder Mahlzeit reichliche Mengen an Essen.

»Was für ein Zauber mag das sein?« hatte Onkel Henry bemerkt. »Die Vogelscheuche erblüht zur Statue eines jungen Hermes.«

Ja, ich war dabei, meiner schmalen Gestalt rasch Muskeln hinzuzufügen, wenngleich es nach wie vor offensichtlich war, daß Wendigkeit und Schnelligkeit meine Stärken waren und immer sein würden, niemals Kraft. Und ich lernte, wie man ringt, wenngleich es diesbezüglich für Bruno noch keinen Grund zur Beunruhigung gab.

Bruno war ganz eindeutig unser Meister und Held. Hochgewachsen, prächtig gebaut, mit jener perfekten Ausgewogenheit von Muskeln und Beweglichkeit, dem elegantesten, schnellsten, aggressivsten Kampfstil, ergänzt durch die große Kraft, die notwendig war, um der Sache den letzten Schliff zu geben: Bruno, der am schnellsten laufen konnte, am höchsten springen, am lautesten brüllen, war das vollendete körperliche Muster, das wir übrigen unserem Wachstum auferlegten.

Wenn einer von uns Kraft hatte, nun, dann formte er sie nach Brunos Kraft. Wenn einer von uns Schnelligkeit hatte, übte er Brunos Beinarbeit. Bruno hatte alles. Er war New Olympus' junger Gott.

Aber ich mochte ihn nicht. »Ich glaube nicht an Götter«, hatte ich Onkel Harry erzählt. »Wenigstens etwas haben wir gemeinsam«, sagte er. Damit hatte er mich überrascht. Und ich glaubte nicht an Bruno. Irgend etwas an ihm war kalt, zu beherrscht, zu schön, um wahr zu sein. Wenn er im Kampf über einen hinwegfegte wie Feuer über Holz, nachgab, wo immer man

Stärke zeigte, vorpreschte, wo immer man Schwäche zeigte und einen dann mühelos in einem seiner unüberwindlichen Griffe festnagelte, schien es mir, daß er immer ein wenig zu heftig drehte und ein wenig zu lange festhielt, nachdem man bereits aufgegeben hatte.

Eines Tages lief ich während einer Ruhepause über die grasbewachsene Fläche und näherte mich einem dichten Hain von Bäumen am anderen Ende. Eine Art Eiche, würde ich annehmen, riesig und uralt sahen sie aus und standen so dicht zusammen, daß die Wipfel ineinander verwoben waren und die Sonne aussperrten.

Ich hatte morgens bemerkt, daß weiße Bänder aus einem zarten Stoff durch die Zweige der äußeren Reihe geflochten worden waren, als sollte ein Gebiet abgesteckt werden.

Ich hörte, wie mein Name gerufen wurde, drehte mich um und sah Philo über das Gras auf mich zurennen.

»Will, Will! Bleib stehen! Wir dürfen da nicht rein. Es ist allen verboten. Teil der Mysterien. Nein, ich weiß nicht warum. Aber es ist absolut verboten. Der Sturmkönig würde dich hart bestrafen, sollte er dich je erwischen. Du darfst die weißen Bänder nicht durchschreiten.«

»Danke für die Warnung«, sagte ich. »Gestern habe ich sie nicht bemerkt.«

»Ich auch nicht«, sagte Philo, »sie müssen sie heute nacht angebracht haben. Die Priesterinnen.«

»Nun, danke für die Warnung«, sagte ich. »Ich möchte auf keinen Fall die Wünsche meines Onkels Henry mißachten, schließlich verdanke ich ihm so viel. Nochmals danke, Philo.«

Erst später am Tag gelang es mir, mich von den anderen abzusetzen und in den heiligen Hain zu schleichen. Ich weiß nicht, was ich dort zu sehen erwartete, ich wußte lediglich, ich mußte es sehen. Vielleicht traf es zu, was meine Mutter über mich gesagt hatte, daß ich alles, was mir aus freien Stücken gewährt wurde, wegwarf, alles, was mir verwehrt wurde, hingegen haben mußte; ich weiß es nicht, aber ich mußte in diesen heiligen Hain.

Kaum hatte ich ihn betreten, spürte ich auch schon die Kälte in der Luft, und das Sonnenlicht war verschwunden. Ein durchdringend modriger Geruch hing über allem, der stärker wurde, je weiter ich vordrang, und die Bäume selbst wirkten bedrohlich, als wären sie sich irgendwie meiner verbotenen Anwesenheit bewußt: sie raschelten und wisperten untereinander über mein Eindringen.

Der Gesang der Vögel erlangte eine unglaubliche, vollkommene Klarheit, und während ich weiter und weiter lief, ertappte ich mich immer wieder dabei, irgendeine verbogene Form anzustarren, die die Zweige eines jener Riesen angenommen hatten, als wollte ich ... – ja, fast konnte ich deren Bedeutung erkennen –, als wollte ich sie nachahmen!

Dann hörte ich das leise Spiel der Flöte, und das führte mich zu der Lichtung im Mittelpunkt des Hains. Hier brach auch die Sonne wieder durch. Ein herrlicher, vollkommen weißer Pavillon aus einem zart aussehenden, aber offenbar widerstandsfähigen Stoff war dort aufgestellt worden. Er schwankte und knarrte im Wind.

Ein junges Mädchen tanzte dort. Oder vielmehr schien sie einen Tanz zu üben. Sie wirbelte über die Lichtung und drehte sich dabei im Kreis wie eine Windhose, dann wieder ließ sie sich plötzlich lachend zu Boden fallen, ergriff ihren Fuß und zog ihren Kopf zu den Zehen herunter, dann sprang sie auf und hüpfte umher, übte eine bestimmte Bewegung immer und immer wieder.

Sie war eine Schönheit. Ihr Haar war lang und glänzend schwarz und breitete sich hinter ihr aus wie eine schwarze Wolke. Ihr Tänzerinnenkörper war geschmeidig und stark, und doch war sie zierlich. Ich schätzte, daß sie ein oder zwei Jahre jünger war als ich, wenngleich ihr Körper für das Alter recht weit entwickelt schien – das Tanzen, so nahm ich an, mochte das bewirken. Mein erster Gedanke war, daß es die Anmut ihrer Bewegungen war, ihre Körperhaltung, ihre stolze Pose, die sie so auffallend machten, sicherlich die Auswirkungen eines lebenslangen Tanztrainings. Später jedoch sollte ich meine Meinung ändern. Nein, ihr eigentlicher Zauber lag innen, ein Zustand der Bewußtheit, etwas, das sie in Augenblicken des Glücks an den Schatten erinnerte. In Augenblicken der Traurigkeit an den Geist von Gelächter. Etwas Bittersüßes. Diese Gabe und dieser Fluch zugleich waren es, die ihre Haltung, ihren Gesichtsausdruck und ihre Art zu sprechen regierten, ja ihre Seele selbst.

Den Flötenspieler konnte ich nicht ausfindig machen. Vielleicht war er oder sie irgendwo ganz in der Nähe. Vielleicht hoch oben im Geäst eines Baums. Die Vorstellung gefiel mir. So sei es.

Was ich bis jetzt getan hatte, war unvorsichtig, vielleicht sogar gefährlich gewesen – man konnte sich leicht vorstellen, wie mein ›verrückter Onkel‹, der Sturmkönig, selbsternannter Gott dieser ganzen Welt, die er erschaffen hatte, mich irgendwo auf der Oberfläche aussetzte und mit seinem Himmelswagen durch die Gegend jagte, während er versuchte, mich mit seinem Blitzgewehr abzuknallen – was ich nun jedoch vorhatte, war völlig wahnwitzig. Dennoch mußte ich es tun.

Ein kurzes, aber fröhliches Leben, sagte ich mir, als ich auf die Lichtung hinaustrat.

»Hallo«, winkte ich unbekümmert, während ich mich näherte. Das Mädchen erstarrte, gelähmt wie ein Reh kurz bevor es die Flucht ergreift.

Irgendwie ahnte ich, daß die einzig mögliche Verhaltensweise in dieser Situation völlige Unbefangenheit war, als spiele sich hier absolut nichts Ungewöhnliches oder Verbotenes ab, sonst würde sie davonlaufen, und so sehr ich allmählich auch Zutrauen in meine neuen sportlichen Fähigkeiten entwickelte, wußte ich doch, daß ich keine Chance hatte, sie bei einem Wettlauf zu fangen (und vermutlich auch keine, sie zu überwältigen, sollte ich sie erst gefangen haben).

»Will, der Neffe des Sturmkönigs. Du willst wissen, was ich hier mache. Und ob ich weiß, wie verboten das alles ist, und warum, um alles in der Welt, oder vielmehr, warum um alles auf New Olympus ...?«

Ihre Augen wurden sogar noch größer, so groß, daß sie mir tatsächlich rund erschienen, riesig und rund. Die ganze Zeit, während ich mich ihr näherte, hielt ich instinktiv ein stetiges, nichtssagendes Geplapper in Gang. Ich hatte das Gefühl, mich einem Zaubervogel zu nähern und dabei in einem fort vor mich hin zu murmeln, um ihn zu hypnotisieren, bis ich nahe genug herangekommen war, um ihm Salz auf den Schwanz zu streuen: ein Fehler und eine Handvoll herrlich schillernder Federn wäre alles, was mir bleiben würde.

»Warum? Wirklich, warum hast du das getan?« Ihre Stimme war höher als ich erwartet hatte, aber lieblich.

»Ich weiß es wirklich nicht«, sagte ich. »Ich tue immer das, was verboten ist. Es ist mir einfach angeboren. Ich mußte hierher kommen, und als ich erstmal hier war, mußte ich mit dir sprechen. Ich kann es nicht erklären. Vielleicht war es Schicksal.« Ich versuchte, es leichthin abzutun, sie aber betrachtete es nicht als einen Scherz.

»Vielleicht war es das«, sagte sie ernst.

Plötzlich war ich mir sicher, daß sie kurz davor war, sich von mir abzuwenden. Unlogischerweise war ich verzweifelt, als wäre ich im Begriff, etwas unermeßlich Wichtiges zu verlieren.

»Hör mal«, sagte ich, »du kannst dich jetzt nicht von mir abwenden. Das geht einfach nicht. Ich bin von einem anderen Planeten hierher gekommen, aus einer anderen, völlig fremdartigen Lebensweise. Ich habe dort alle Regeln gebrochen. Ich bin ein Ausgestoßener in meiner eigenen Heimat, und jetzt habe ich hier alle Regeln gebrochen, bloß für diesen Augenblick. Nur um jetzt zu dir zu gelangen. Nenne es Schicksal, oder was immer du willst, aber du kannst dich jetzt nicht von mir abwenden.«

Dann tat sie etwas, das ich niemals vergessen werde, und wenn ich dreihundert Jahre alt werde, wie meine klapprige Tante Hilda: sie streckte den Arm aus und nahm meine Hand. Ihre Hand war ungewöhnlich warm, Tänzerblut, ich jedoch zitterte, als sei sie aus Eis.

»Nein, das kann ich nicht«, sagte sie, und noch einmal weiteten sich einen köstlichen Moment lang ihre Augen. Wer hypnotisierte hier wen? »Du hast recht. Und zugleich hast du unrecht. Das ist dein Schicksal. Das scheint dein innerstes Wesen zu sein. Du brichst die Regeln. Aber auf irgendeine merkwürdige Weise stellst du zugleich Regeln auf, die genauso unerbittlich sind, wie die, die du brichst. Du weißt nicht einmal, worum du bittest, aber so wie du darum bittest, kann es dir nicht abgeschlagen werden. Nun gut. Du sollst es also bekommen. Gerade ich sollte ja wohl gelernt haben, das Unvermeidliche bereitwillig zu akzeptieren.«

Etwas war mit uns geschehen, ich wußte nicht, was es war. Sie ließ meine Hand los.

Und plötzlich veränderte sie sich völlig. »Ich heiße Inana und habe den größten Teil meines Lebens damit verbracht, Tanz zu studieren. Ich lebe im Tempel der Iris, da drüben.« Sie deutete in eine unbestimmte Richtung hinter sich und plauderte weiter in der lockeren Art eines jeden jungen Mädchens, das sich bewußt ist, daß sie einen jungen Mann, der gekommen ist, um ihr den Hof zu machen, mühelos um den Finger wickelt.

Wie verzaubert lauschte ich. Nicht so sehr dem, was gesagt wurde, als vielmehr dem lieblichen, hohen Klang ihrer Stimme. Und diese Augen. Ich hatte das Gefühl, ihr ewig in die Augen schauen zu können. Und immer weiter plauderte sie, tanzte mit ihren Händen, während ihr Körper sich von Zeit zu Zeit unruhig bewegte und so seinen eigenen Ausdruck suchte. Und nun kam, wie ich schon vorher dargelegt habe, die bestimmende Eigentümlichkeit ihres entzückenden Charmes zum Vorschein, eine Andeutung unsäglicher Trauer, die unter der Oberfläche ihres fröhlichen Geplappers lauerte und den Kontrast von Licht und Schatten in ihrem Gesichtsausdruck vertiefte.

Schließlich wie auf ein Zeichen hin, das mir unbewußt geblieben war, beugte sie sich zwanglos vor und küßte mich sanft auf die Lippen. Ich war wie betäubt. »Du muß jetzt gehen«, sagte sie. Und nun hatte sie sich wieder zurückverwandelt. Der Tonfall ihrer Stimme war vollkommen ernst, ja traurig, aber war das etwa die Andeutung eines Lächelns, das da von tief innen aus der Trauer hervorspähte?

»Ich muß dich wiedersehen«, begann ich zu betteln, sie aber streckte die Hand aus und legte mir den Finger an die Lippen und beendete so mein Flehen auf köstlichste Weise.

»Du hast mir gesagt, daß das Schicksal für unsere Begegnung verantwortlich sei. Nun, dann wird das Schicksal auch entscheiden müssen, ob wir uns wieder begegnen. Tun wir das nicht, wird es eine Tragödie sein. Sollten wir uns doch wiedersehen, wird es nicht weniger eine Tragödie sein. Geh jetzt. Sofort!«

Jäh wandte sie sich um und lief davon.

Wie lange war ich hier bei ihr gewesen? Ich hatte keine Ahnung. Während ich durch den verbotenen Hain zurückrannte, versuchte ich fortwährend die

131

Zeitdauer abzuschätzen, aber meine Gedanken kehrten immer wieder zu Inana zurück. Die Berührung ihrer Hand. Der Kuß, natürlich, aber mehr als alles andere hatte ich jene erste, wilde Erregung genossen, als sie, scheinbar kurz vor der Flucht, plötzlich den Arm ausgestreckt und meine Hand ergriffen hatte. Sicher würde ich erwischt werden. Ich konnte einfach nicht nachdenken.

Als ich jedoch die grasbewachsene Fläche erreichte, die wir das ›Gladiatorenfeld‹ nannten, lag sie verlassen da. Außerhalb des Hains wurde es jetzt genauso dunkel, wie es in seinem Innern immer war.

Als ich ins Schloß zurückkehrte, schien Philo zu meiner Überraschung keinen blassen Schimmer zu haben, wo ich gewesen war. Die Jungs hatten alle gemutmaßt, daß ich mich zu einem deftigen Abenteuer mit einem der einheimischen Mädchen davongeschlichen hatte. Ich schätze, es wäre ihnen niemals in den Sinn gekommen, daß jemand so leichtfertig alle Spielregeln brechen würde.

Bevor ich in jener Nacht zu Bett ging, nicht schlafen natürlich, sondern zu Bett, betrachtete ich mich in einem mannshohen Spiegel. Zum ersten Mal, solange ich mich erinnern konnte, gefiel mir der arrogante Clown, den ich darin erblickte. »Allmählich entwickelst du Stil«, sagte ich zu dem schlanken, lebhaften jungen Athleten. »Gute Nacht, lieblicher Prinz!«

Am nächsten Tag bemerkte ich zu meinem Entsetzen, daß die weißen Bänder entfernt worden waren. Als ich Philo danach fragte, erklärte er mir, daß es mir jetzt freistünde, den Hain zu betreten. Es war nicht mehr verboten. Als ich ihn fragte warum, zuckte er lediglich desinteressiert die Achseln. »Mysterien«, schien er zu sagen, »sind Mysterien.«

Natürlich ging ich in den Hain und natürlich war sie verschwunden, der Pavillon war verschwunden, der unsichtbare Flötenspieler war verschwunden. Die Bäume schienen sich meiner Anwesenheit nicht länger bewußt zu sein, und die krummen Äste waren nichts weiter als krumme Äste.

Ich rang wie ein Irrer. In den Ruhepausen lief ich Runden um den Rand des Gladiatorenfeldes. Wenn ich nicht rang und nicht lief, dachte ich an sie. Und wenn ich an sie dachte, litt ich Qualen. Würde ich sie jemals wiedersehen? Ja und nein, hatte sie mir gesagt. Und ich spürte, daß es keinen anderen Weg gab, dieses Rätsel zu lösen, als es durchzustehen. Also rang ich mit einer Heftigkeit, die ich nie geglaubt hätte in mir zu finden, und trieb mich jeden Tag immer und immer wieder über meine bisherigen Grenzen der Erschöpfung hinaus.

Und meine Konzentrationsfähigkeit war durch das Erlebnis irgendwie zu einem schmalen Strahl der Präzision gebündelt worden.

Merkwürdigerweise war auch mit Bruno etwas geschehen. War er zuvor schon fuchsteufelswild gewesen, so wurde er nun absolut schreckenerregend.

Eines Nachmittags stand ich gerade Philo in Kampfstellung gegenüber und suchte nach einer Eröffnung, als ich jemanden gequält aufschreien hörte. Bruno hatte einen der kleineren Jungen, den, den wir alle den Hofnarren nannten, ins Gras geworfen; sein Rücken war vor Schmerzen gekrümmt, seine Beine um Brunos Bein geschlungen. Bruno stand und neigte sich leicht nach hinten. Er wandte eine Indische Todesfessel an, wie ich mit Schrecken erkannte. Man wendet keine Indische Todesfessel an, wenn man nicht jemanden ernsthaft verletzen will. Und zu meinem Erstaunen standen alle herum und sahen schweigend zu.

Ohne nachzudenken stürzte ich mich von hinten auf Bruno und nahm ihn in die Kopfzange, nur daß ich sie unter seinem Kinn einhakte, so daß es ein Würgegriff statt einer Kopfzange war. Bei einem Ringkampf hätte man das nicht zugelassen, aber eine Indische Todesfessel hätte man auch nicht zugelassen. Ich riß Bruno vornüber zu Boden, das mußte ich tun, um den Hofnarren aus dem Griff zu befreien. Wäre Bruno rückwärts umgefallen, hätte er dem Hofnarren vermutlich entweder den Knöchel oder das Kniegelenk gebrochen. Genau weiß ich es nicht. Eine Indische Todesfessel tut so weh, daß man nicht einmal mehr in der Lage ist festzustellen, welchem Bereich der meiste Schmerz zugefügt wird.

Sobald die Fessel gesprengt war, lockerte ich meine Zange. Aber Bruno folgte mir und stieß mich mit wutverzerrtem Gesicht rückwärts vor sich her. Da endlich packten, wie aus einer Trance erwachend, ein paar der Jungs, von Philo angeführt, Bruno und zerrten ihn von mir weg.

»Ausgerechnet du«, brüllte er. »Ich werde dich beim Wettkampf umbringen. Das schwöre ich. Ich werde dich töten. Ich werde dir das Genick brechen.«

»Nun«, sagte ich und versuchte gelassener zu erscheinen, als ich mich fühlte, »ich werde dort sein. Ich werde vielleicht zu schnell für dich sein, aber ich werde dort sein, damit du es versuchen kannst. Sieh bloß zu, daß du dich nicht vor allen Leuten zum Narren machst.«

Mittlerweile hatten sie ihn losgelassen, und er hatte sich wieder unter Kontrolle. Es war uns nicht erlaubt, uns zu prügeln, und nicht einmal Bruno würde die Vorschriften meines Onkels leichtfertig übertreten. Er lächelte ein häßliches Lächeln, und mir wurde klar, wieviel größer und muskulöser er war als ich. »Gut«, sagte er. »Sei dort.« Und er stapfte davon.

Dies schien mich in den Augen der übrigen Jungs sogar zu so etwas wie einem Held zu erheben, und ich muß zugeben, daß ich es genoß. Soweit ich mich erinnern kann, war es das erste Mal in meinem Leben, daß ich so behandelt wurde, als gehörte ich tatsächlich irgendwo dazu. Einer der Jungs. Alles klar.

Etwa ein Monat war vergangen, seit ich der Tänzerin im verbotenen Hain begegnet war. Die Erinnerung verblaßte allmählich ein wenig, wie das mit Erinnerungen nun einmal geschieht, selbst in einer so kurzen Zeit. Ich war mir auch keineswegs sicher, daß ich mich noch so ganz genau daran erinnerte, wie ihr Gesicht aussah. Sie spukte mir natürlich immer noch im Kopf herum, aber ich begann einem der Mädchen Beachtung zu schenken, die in der Küche arbeiteten, ein hochgewachsenes, blondes Mädchen, das mich auf ganz bestimmte Weise anlächelte. Bruno und ich schienen zu einem unbehaglichen Waffenstillstand gefunden zu haben. Wir bemühten uns, einander beim Training aus dem Weg zu gehen, und es gab keine weiteren Zwischenfälle.

Dann, eines Morgens, wachte ich auf, und die Festspiele hatten begonnen, einfach so. Ich erwachte von lautem, wirrem Trompetenschall, sprang auf und eilte hinaus auf den Balkon, um herauszufinden, was die ganze Aufregung sollte.

Ein Wesen, das aussah wie ein kleiner Junge, aber irgendwie doch nicht so ganz ein kleiner Junge war, raste kreuz und quer durch den strahlend blauen Himmel und verstreute Blumen aus einer Tasche, die er bei sich trug. Die Sonne blitzte auf seinem Helm, und er schien vom Wind ein wenig herumgewirbelt zu werden.

Als ich Onkel Henry später fragte, wie ihm das gelungen sei, tat er es mit einer verächtlichen Handbewegung ab. »Silberblitz«, sagte er, »das ist eine lange Geschichte. Und selbst wenn ich sie dir erzählte, du würdest es nicht verstehen. Mag es genügen, wenn ich sage, daß es gelang. Er durchstreift den Himmel, schon mehrere hundert Jahre lang. Er altert niemals.«

»Hast du schon gehört? Hast du schon gehört?« brüllte Philo mir plötzlich von der Tür aus zu. »Nein, hast du nicht, wie ich sehe. Nun ja. Trotzdem viel Glück. Wie auch immer es zwischen uns ausgeht… Wir haben einander gezogen. Wir werden im ersten Kampf ringen.«

Irgend etwas stimmte hier nicht. Und dann kam ich drauf. Es war etwas, worüber sich außer mir jeder im klaren war. Ich war gut im Ringen geworden, das wußte ich natürlich, wie gut jedoch, hatte ich mir nie die Mühe gemacht abzuschätzen. Ich war so schnell, daß außer Bruno keiner eine Chance gegen mich hatte.

Und ebendies las ich nun in den Augen meines Freundes Philo. Mich für den ersten Kampf zu ziehen war für ihn ein so verdammtes Pech, daß es nur schlimmer hätte kommen können, hätte er Bruno gezogen.

Die erste Begegnung des Ringkampfturniers, und Philo hatte keine Chance, auch nur einen halbwegs anständigen Eindruck zu hinterlassen. Mir wurde plötzlich klar, daß ich Philo in letzter Zeit ständig Hals über Kopf durch die Gegend geschleudert und so mühelos Griffe an ihm gewechselt hatte, als sei er eine leblose Übungspuppe. War ich dazu ausersehen, ihn vor seinen Freunden und seiner Familie zum Narren zu machen? Und ich erkannte jetzt auch, daß er sich damit ganz und gar abgefunden hatte.

»Nun«, stammelte er und war zum ersten Mal, seit ich ihn kennengelernt hatte, unsicher, was er sagen sollte, »viel Glück. Nimm dich in acht, ich werde diesmal alles dransetzen.« Er stieß mir die Faust in die Schulter und stürzte aus dem Zimmer.

»Ich freue mich darauf, dich ringen zu sehen«, sagte Onkel Henry hinter mir. Ich hatte vergessen, daß er noch immer im Raum war. »Ich habe Gutes über dich

gehört. Ich schätze, das ganze Trainieren hat sich ge-
lohnt.«

»Ich ringe nicht mit Philo«, sagte ich. »Das kann ich
nicht machen.«

»Was soll das heißen, du ringst nicht? Der Neffe des
Sturmkönigs kneift vor den Ringkämpfen? Du Narr,
das ändert überhaupt nichts. Philo wird ohnehin verlieren. Im Leben muß man solche Dinge tun. Jeder tut
das. Man vergißt seine Freunde und ringt, als hinge
sein Leben davon ab, und später ... Ist dir nicht klar,
was sie denken werden? Du hättest Angst vor Bruno.
Ja – mir ist die Geschichte zu Ohren gekommen. Sie
werden dich verachten. Du mußt ringen. Du hast mein
Blut in den Adern. Bei den Göttern ...«

»Blut ist Blut. Und ich sagte dir schon, daß ich nicht
an die Götter glaube. Ich werde nicht mit Philo ringen.
Das wäre alles. Soll ihn doch jemand anderes schlagen.
Soll jemand anderes ihn demütigen. Ich nicht.«

Ich stapfte aus dem Zimmer. Dabei rechnete ich
jeden Augenblick damit, seine schwere Hand auf meiner Schulter zu fühlen – und Onkel Henry war jemand, mit dem ich wohl niemals, unter welchen Umständen auch immer, würde ringen wollen.

Das war natürlich das Ende meiner kurzen und einzigen Zeit als »einer der Jungs«. Wie sich herausstellte,
verachtete sogar Philo mich dafür. Was, um alles in der
Welt, hätte ich ihm sagen sollen? Daß ich ihn nicht
demütigen wollte? »Sie sagen, du hättest Angst vor
Bruno«, stammelte er, als er zum letzten Mal mit mir
sprach. »Sollen sie doch sagen, was sie wollen. Klatsch
ist schäbig.« Und an seinem betroffenen Gesichtsausdruck erkannte ich, daß er annahm, damit meinte ich
auch ihn, und schlimmer noch, ich erkannte, daß ich
tatsächlich auch ihn meinte. Einer der Jungs, daß ich
nicht lache!

Bruno gewann das Turnier natürlich, wie er es
zweifellos ohnehin getan hätte. Und dem Gerede zu-

folge setzte er Philo besonders hart zu. Auf seine Weise hatte der Sturmkönig also recht behalten. Spielte überhaupt irgend etwas eine Rolle? Ich schlenderte allein durch die Festspiele, kostete den Wein und das Obst und hoffte, einen Blick auf sie zu erhaschen, wußte zugleich aber irgendwie, daß er mir nicht gewährt werden würde. Inzwischen schien es mir fast, als hätte ich es geträumt. Es war so nebelhaft und verblaßte so rasch; wie ein Traum hatte es scheinbar etwas so ungeheuer Wichtiges bedeutet, aber wenn man aufwacht, wie rasch entgleitet einem die Bedeutung!

In jener Nacht ging ich ziemlich früh zu Bett, Festspiele hin oder her. Alles war mir vergällt worden, und ich wünschte mir bloß, daß meine Ferien vorbei wären. Obgleich mein Onkel Henry das Ringen nicht wieder erwähnte, schien er mir doch genau wie die Jungs aus dem Weg zu gehen. Ich fühlte mich so erschöpft, als hätte ich mit Bruno gekämpft und verloren. Sogleich sank ich in einen sehr tiefen und traumlosen Schlaf.

Zumindest war er zunächst traumlos. Dann aber schien ich einen ganz besonders merkwürdigen Traum zu träumen. Irgend etwas hüpfte herum und piepste mit einem dünnen kleinen Stimmchen drauflos, so seltsam und komisch, daß es einfach ein Traum sein mußte. Oder etwa nicht?

»Steh auf! Steh auf! Ach du meine liebe Güte, herrje, du muß jetzt gleich aufstehen. Nicht wahr? Ja ja ja. Du muß. Du muß. Du muß.«

Ich setzte mich im Bett auf. Es gab kein Licht im Zimmer, abgesehen von den schwachen Nachtlichtern, die in jeder der vier Ecken leuchteten. Das seltsame kleine Wesen hüpfte im Dunkeln auf und ab und piepste vor sich hin: »Du muß, du muß. Meine Güte. Ja, du muß. Wach auf! Wach auf!«

Dann fiel es mir ein. Es war das lustige kleine Pookiebär-Wesen, auf das mein Onkel mit seinem Blitzgewehr geschossen hatte.

Verschlafen registrierte ich ein klirrendes, metallisches Quietschen und erblickte die Bronze des Hermes, die sich im Halbdunkel bewegte. Sie schien zum Leben erwacht zu sein, jedoch irgendwie einen Kurzschluß zu haben, denn sie bewegte sich unnatürlich schnell auf makabre, ruckhafte Weise. Immer und immer wieder stürmte sie ein kurzes Stück über den Boden, drehte sich auf dem Absatz um und stürmte den gleichen Weg wieder zurück. »Dies ist die Nacht, dies ist die Nacht, dies ist die Nacht«, dröhnte sie mit ihrer leblosen, blechernen Stimme.

»Er ist wach, er ist es. Ach wie gut, gut, bestens, gut. Folge mir, folge mir«, brüllte der Pookie. (Pooka? fragte ich mich und erinnerte mich ganz schwach an etwas über eine uralte irische oder schottische Legende.)

Nun, da es meine Aufmerksamkeit erregt hatte, hüpfte es immer wieder zur Tür, dann zurück zu meinem Bett, dann wieder zur Tür.

Ich stieg aus dem Bett, warf eine Toga mit goldenen und blauen Borten über und folgte ihm. Als wir aus der Tür gingen, stürmte die Hermesstatue immer noch hin und her und murmelte: »Dies ist die Nacht.«

Draußen blieb ich trotz der flehentlichen Bitten des Pookiebärs um »Eile, Eile, ohne Weile« auf dem Balkon stehen, um mich auf die Nacht einzustimmen. Noch immer wurden die Rufe einiger weniger Nachtschwärmer durch die warme Sommerluft zu uns getragen. Ich erhaschte den Duft von Blüten, Wein, Parfüm, der in der zarten, spielerischen Sommerbrise pulsierte. Und die Sterne funkelten. War dies die Nacht aller Nächte? Sie schien mir ungewöhnlich warm, ungewöhnlich klar, ungewöhnlich lieblich. Ja, es lag ein Zauber über der Nacht. Aber als wir zu der riesigen Treppe gelangten, die sich von oben bis unten um das

Schloß windet, hörte ich auf, dem Pookiebär zu folgen und begann hinaufzuklettern. Er hüpfte hinter mir her und piepste: »Was? Was? Was?« wie ein kleines Motorboot.

»Wir nehmen den Triumphwagen«, sagte ich.

»O nein, nein, nein. Wir werden abstürzen, hineinplumpsen, zerschellen, herunterkrachen, zerschmettern. O nein. O nein.«

»Wir nehmen den Triumphwagen«, sagte ich nochmals. Meine Stimme erschien mir unnatürlich ruhig, ich hatte das Gefühl, alles sei aus der Ferne entschieden worden, mein ganzes Leben geplant, und für mich könne es nichts weiter zu tun geben, als es zu akzeptieren. Empfangen. Mein Tonfall mußte den Pookiebär überzeugt haben, denn zur Abwechslung folgte er mir schweigend. Die Treppe hinauf. Und hinein in den verbotenen Raum.

»Wir werden vom Himmel fallen«, sagte er ein einziges Mal voll ehrfürchtiger Scheu, als wir beide stehenblieben, um den Himmelswagen in all seiner glänzenden Pracht zu betrachten. Dann hüpfte er hinein und ließ sich im Beifahrersitz neben den Steuervorrichtungen nieder.

Als wir uns in den nächtlichen Himmel erhoben, spürte ich, wie er neben mir auf dem Sitz zitterte, während er zugleich leise, wimmernde Laute von sich gab.

Die Steuervorrichtungen waren einfach und sprachen gut an, und ich hatte mir große Mühe gegeben, Onkel Henry bei jenen Gelegenheiten, wenn er mich im Triumphwagen mitgenommen hatte, aufmerksam zu beobachten. Dennoch war ich erstaunt, wie leicht das Fahrzeug zu führen war, wie sicher mein Griff an den Steuervorrichtungen war. Es schien mir, als wäre ich endlich zu etwas zurückgekehrt, das vor langer Zeit und in weiter Ferne mein gewesen war. Und nur mein. Dies war meine Nacht.

»Dort, dort drüben«, rief der Pookiebär. Aber ich wußte bereits, wo wir hinflogen.

Der heilige Hain war mit bunten Lichtern geschmückt, genau wie der Triumphwagen, den ich lenkte: wie die Weihnachtsbäume zu Hause, dachte ich.

Als ich den Wagen nach unten schweben ließ, schien ich mich sowohl darin als auch irgendwie darüber zu befinden und nahm alles auf wie in einem Traum. Und tatsächlich war es ein traumhaftes Bild, der lichterfüllte Hain und der funkelnde Himmelswagen, der langsam auf die hellerleuchtete Lichtung im Zentrum herabsank.

Wieder war der weiße Pavillon aufgestellt worden, und wie die Eichen war er mit zarten Lichtern und winzigen Glöckchen geschmückt, denn als wir uns jetzt näherten, konnte ich das Klingeln unzähliger Glöckchen und Windspiele hören, die mit dem Zelt unter den ausgelassenen, aber sanften Windstößen der sommerlichen Brise flatterten.

Der Pookiebär, der jetzt mehr denn je zitterte, hockte auf dem Armaturenbrett, von wo aus er auf die verzauberte Szenerie herabblicken konnte. Und plötzlich dämmerte es mir, daß er genauso zauberhaft und verzaubert war wie alles andere in jener Nacht.

Vom Genie meines Onkels als Spielgefährte/Betreuer für die Babies erdacht, schien mir das reizende kleine Geschöpf jetzt eine Art unmögliches Märchenwesen zu sein, durch die merkwürdige Kombination von Genen kaum zu erklären – Kaninchen, Waschbär und Kind hatte Onkel Henry gesagt.

Aber das Menschenkind-Element war unverkennbar. Würde er für immer ein Kind bleiben, wie der seltsame kleine Botenjunge namens Silberblitz, fragte ich mich? Zum ersten Mal spürte ich, wie sich in mir eine Woge der Ehrfurcht für des Sturmkönigs Macht über die Gene zu regen begann, für seine Vorstöße auf das verbotene Gebiet von Alter und Zeit, für seinen enormen künstlerischen Willen.

Hier in der Lichtung jedoch, bei diesem ersten echten Entschleiern der Geheimnisse, verspürte ich jetzt den ersten, schwindelerregenden Anfall von Angst, als hätte ich schließlich doch noch die Kontrolle über den Triumphwagen verloren und stürzte vom Himmel herab.

Wieder hatte eine unsichtbare Flöte zu spielen begonnen. Eine anmutige, vertraute Gestalt wiegte sich und begann zur Musik der Flöte, der Windspiele, der Glocken zu tanzen. Und es war Inana. Und es konnte unmöglich Inana sein. Aber es war Inana.

»Oh, ich darf es nicht sehen«, rief der Pookiebär. »Ich darf nicht zuschaun. O nein, nein. O nein.« Der Pookiebär hüpfte davon, zurück zum Triumphwagen.

Und später, als jener Tanz aller Tänze beendet und der letzte Schleier ins Gras geglitten war und sie ihre Hand nach mir ausstreckte und flüsterte: »Komm«, konnte ich nur mit angsterfüllter Stimme murmeln: »Wie ist das möglich? Das ist nicht möglich. Vor nur einem Monat warst du ein junges Mädchen und jetzt ...«

»Und jetzt bin ich eine Frau in ihrer vollen Blüte. Es ist wahr. Ich habe den Tanz getanzt, der mein Leben war, für ... für dich, Will. Es war alles für dich. Aber der Tanz ist noch nicht zu Ende.« Und all dies sagte sie mit einer tieferen, weicheren Stimme, nicht anders, lediglich die Erfüllung der mädchenhaften Stimme, die ich zuvor gehört hatte.

Ich werde nicht davon erzählen, wie wir uns im Pavillon liebten, nur so viel: sie hatte recht, es war die köstliche Fortsetzung und Erfüllung ihres ewigen Tanzes.

Der Zauber jener Nacht war in mein Bewußtsein eingedrungen, auf eine Weise, die mir in jeder Geste, jedem Seufzer, jeder Bewegung und Berührung das

Geheimnis der Ewigkeit offenbarte. Daß kein Mann und keine Frau sich je zuvor auf diese Weise geliebt hatten und es doch alle Männer und alle Frauen waren, die sich in diesem Moment in uns liebten. Hier. Jetzt. Wie kann beides zugleich wahr sein, fragte ich mich? Dann erkannte ich, daß ich das niemals erfahren würde. Endlich begriff ich, was ein Mysterium ist.

Als ich zum Triumphwagen zurückkehrte, lag der Pookiebär zusammengerollt am Boden und schlief. Bald würde es Morgen sein.

Und nur wenige Tage später wurde mir das letzte Geheimnis offenbart. Ich erinnere mich an das Gefühl völligen Entsetzens, das mich überwältigte, als ich den Triumphwagen landete.

Keine Glocken, Windspiele, Flöten, dieses Mal nicht. Der Pavillon war verschwunden. Alles, was mich in der Lichtung erwartete, war eine uralte Frau, die in einem Stuhl saß. Eine uralte Frau, die ich als biegsames junges Mädchen und als voll erblühte, reife Geliebte gekannt hatte – Inana. Meine Inana.

Zitternd fiel ich ihr zu Füßen, ich entsinne mich, daß tatsächlich meine Zähne klapperten. Ich wollte weinen, aber ich konnte nicht. Ich sagte bloß: »Es ist kalt. Es ist so kalt. Wie ist das möglich? Ich kann es nicht ertragen.«

»Ah, aber was kannst du anderes tun, als es zu ertragen? Es ist die letzte, unabänderliche Wahrheit. Das große Mysterium. Wir sind jung, plötzlich reifen wir, wir werden alt und sterben, zu früh, immer zu früh.« Die Stimme war brüchig und dünn wie ein Riedgras, aber es war ihre Stimme. Ihr Lächeln war das gleiche. Und jetzt endlich verstand ich ihr bittersüßes Lächeln.

»Du bedeutest mir alles«, sagte ich, »und so wird es immer sein. Du bist meine Liebste. Meine Frau. Meine Mutter. Wie kann es jemals eine andere Frau für mich geben?«

»Es gibt keine andere Frau«, antwortete sie mit uralter, brüchiger Stimme. »Wir sind alle dieselbe Frau. Diese heiligen Nächte sind eingebettet in den Bauch der Ewigkeit. Hast du das nicht erkannt? Gerade du?

Als du zum ersten Mal zu mir kamst, als ich ein junges Mädchen war, war ich so überrascht, weil ich jemand anderes erwartete. Den Auserwählten. Die Bäume waren mit Bändern markiert worden als Zeichen für ihn, zu mir zu kommen. Aber statt dessen kamst du. Du erwähltest dich selbst und kamst an seiner Stelle. Was konnte ich tun? Du warst ebensosehr ein Teil des Mysteriums für mich wie ich es für dich war. Niemals zuvor war es so gewesen. Schon immer war es so gewesen.

Nein, du wirst andere Mädchen haben, andere Frauen. Und sie werden alle verschieden sein, aber sie werden alle mich verkörpern. Uns.« Ihre Stimme zischte das Wort, und es schien in der heißen Sommerluft zu hängen wie eine reife Frucht, die am Ast zittert. Dennoch spürte ich von innen ein entsetzliches Frösteln.

»Geh jetzt«, sagte sie. »Das Mysterium ist zu Ende. Ich sterbe. Geh.«

»Ich kann dich nicht allein zum Sterben zurücklassen«, sagte ich.

»Wir müssen alle allein sterben«, sagte sie. »Geh jetzt, mein ewiger Geliebter.«

Ich ging. Ich wollte bleiben, aber ich ging. Ich wollte noch etwas sagen, aber ich konnte nicht sprechen. Ich wollte weinen, aber ich konnte nicht weinen.

Wieder zurück im Schloß, als ich wie in Trance die Treppe hinaufstolperte, hörte ich, wie jemand mich aus dem großen Speisesaal rief. Die Stimme klang dumpf, als spräche jemand durch einen Umhang hindurch, was auch zutraf. Und als ich eintrat, konnte ich im Schein der vier gedämpften Nachtlichter an jeder Wand kaum die hochgewachsene, muskulöse Gestalt ausmachen, die da auf mich wartete, aber dennoch erkannte ich sie, denn man konnte Bruno kaum mit jemand anderem verwechseln.

Ich kann nichts mehr ertragen, dachte ich, nicht heute nacht. Aber das Mysterium setzte sich aus eigenem Antrieb immer weiter fort, und inzwischen waren all wir Menschen, die wir daran beteiligt waren, ganz eindeutig nur seine Schachfiguren.

Und so kam ich schließlich doch noch zu meinem Ringkampf mit Bruno. Er begann im Dunkeln. Er stürzte durch den Raum, versuchte mit mir handgemein zu werden, und ich versuchte seitlich zu entwischen. Wir krachten in einen Stuhl und stürzten, aber ich entschlüpfte ihm, und wir kamen beide rasch wieder auf die Füße.

Die Lichter gingen an. Gut, dachte ich. Ich brauchte das Licht dringender als er. Aber ich verschwendete keinen einzigen Gedanken darauf, wer sie angemacht hatte.

Ich hatte keine Zeit, Bruno griff mich sofort an und hatte offensichtlich vor, mich unablässig zu bedrängen und nicht zur Ruhe kommen zu lassen. Und natürlich nahm er an, daß ich ihm soweit irgend möglich ausweichen würde. Er irrte sich jedoch. Ich wußte, daß ich ihm nicht ausweichen konnte. Ich unternahm einen halbherzigen Versuch zu boxen. Aber man kann mit einem Ringer nicht boxen. Nicht mit einem wie Bruno. Sie greifen an und stecken ein oder zwei Schläge ein und ringen dich zu Boden und dann bist du erledigt. Mit einem Ringer kann man nur ringen.

Also tat ich das Gegenteil von dem, was er erwartete. Ich ließ ihn mich um die Taille packen und schlang wieder einmal meine Arme zu jener Kopfzange um seinen Hals, die eigentlich ein Würgegriff war und die ich schon vorher bei ihm angewendet hatte.

Ich versuchte, ihn vornüber zu zerren, aber er war zu stark. Er hob mich an den Beinen hoch und trug mich – fast wie ein Ehemann, der seine Braut über die Schwelle trägt.

»Du wirst schon etwas fester drücken müssen«, sagte er und knallte mich gegen die Wand. Ich ließ nicht los. »Ist gut, mach' ich«, sagte ich. Ich biß die Zähne zusammen und zog an.

Er packte meine Handgelenke und zog sie auseinander. Aber ich hatte meine Finger ineinander verschränkt. Trotzdem schaffte er es tatsächlich, meine Arme auseinanderzustemmen und mich fortzuschleudern. So stark war er.

Ich jedoch schnellte wie eine ausgelöste Feder wieder auf ihn drauf und legte die gleiche Zange um seinen Hals und drückte wieder zu.

Dieses Mal hob er mich hoch, stürzte durch den Raum und schleuderte uns beide gegen den Tisch. Wir prallten vom Tisch ab, warfen ein paar Stühle um und gingen zu Boden, er obenauf.

Ich biß die Zähne zusammen und zog fester an. »Du wirst schon etwas fester drücken müssen«, sagte er wieder. Aber seine Stimme war jetzt ein heiseres Flüstern. Ich biß die Zähne zusammen und zog fester an.

Auf lange Sicht betrachtet, hatte Onkel Henry einmal bemerkt, ist Ausdauer alles. Nicht einmal so sehr Ausdauer jedoch, wie ich entdeckte, als vielmehr Zielstrebigkeit. Willenskraft. Ich drückte einfach immer fester zu, ganz gleich was Bruno tat, ganz gleich ob es so schien, als wenn ich es unmöglich tun könnte. Ich tat es einfach trotzdem.

Und dann, endlich, war ich obenauf und drückte unablässig immer fester zu, schweißgebadet, während alle Muskeln meines Körpers Höllenqualen totaler Überanstrengung litten.

»Gib auf.«

»Niemals.« Ein bloßes Flüstern.

»Gib auf!«

»Niemals!« Aber ich konnte es kaum noch hören.

Zum Schluß formte er die Worte nur noch mit den Lippen. Nichts kam heraus. Ich erinnere mich, daß sein Gesicht tatsächlich einen purpurnen Ton annahm.

Schließlich ließ ich ihn am Boden liegen. Nahm eine Karaffe übriggebliebenen Wein vom Tisch und goß ihm einen anständigen Schluck ins Gesicht. Ich fragte mich, ob er tot sei. Er sah weiß Gott so aus. Aber nein, er würgte und setzte sich auf.

Einen Moment lang saß er einfach da. Und dann begannen die Tränen zu fließen. Ich beneidete ihn darum.

»Ich hätte der Auserwählte sein sollen«, sagte er. »Du hast es mir gestohlen. Du hast alles gestohlen.«

Er stand auf und schickte sich an hinauszugehen, aber in der Tür drehte er sich um. »Beim Ringwettkampf hätte ich dich besiegt. Ich hätte dich fertiggemacht. Würgegriffe sind nicht erlaubt. Es gibt Regeln, weißt du.«

»Ich bin derjenige, der die Regeln immer bricht«, sagte ich erschöpft und wandte mich ab. Erst da bemerkte ich meinen Onkel, der in seinem thronähnlichen Stuhl am Ende des Tisches saß, das Weinglas in der Hand, offenbar schon ganz schön betrunken. Er war es, der die Lichter angemacht hatte.

»Komm her und trink etwas mit mir. Bring die Flasche mit, die du in der Hand hast. Mehr Wein ist bei den Mysterien immer willkommen.«

Ich setzte mich. Nahm einen Schluck aus der Flasche. Es schmeckte scharf, bitter, aber gut. Ich nahm noch einen Schluck.

Er schüttelte den Kopf über mich. »Wenn der junge Apoll wütend durch die Hallen des Olymp schreitet, wagt nicht einmal Zeus sitzenzubleiben«, sagte er.

»Ich sagte es dir schon, ich glaube nicht an die Götter«, sagte ich.

»Ich auch nicht«, sagte er wie zuvor. »Das zumindest haben wir gemeinsam.« Er nahm einen tiefen Schluck. Füllte sein Glas auf.

»Was für ein Ringwettkampf«, sagte er. »Du hast ihn schließlich doch noch gewonnen. Keiner der Jungs wird es jemals erfahren. Sie werden alle glauben, daß du ein Feigling bist. Aber du hast ihn schließlich doch noch gewonnen.

Bist du nicht der Auserwählte aller Auserwählten? Derjenige, der die Mysterien zum Leben erweckte: endgültig, vollständig und unwiederbringlich zum Leben. Es ist, als hätten sie all diese Jahre immer wieder stattgefunden in der Erwartung, daß du sie erfüllen würdest.«

»Wie konntest du das tun?« fragte ich ihn, nicht sicher, wie ich es meinte. Er nahm noch einen Schluck. »Ich liebte sie einst selbst«, sagte er. »Wirklich. Sie war ein Unfall. Eine meiner genetischen Manipulationen, die schiefging. Sie war so wunderschön. Und plötzlich war sie eine Frau, und sie wurde alt und starb. Sie war alles zugleich. Ich kann dir nicht sagen, welche Wirkung das auf mich hatte.«

»Mir brauchst du das nicht zu erzählen«, sagte ich.

»Irgendwie war es so wichtig. Auf so schreckliche Weise wichtig, daß ich sie klonte, und so entstanden die Mysterien. Alle vierzehn Jahre klone ich sie wieder. Alle vierzehn Jahre wird sie … wird sie …« Seine Stimme versagte ihm den Dienst. Er nahm noch einen Schluck.

Ich sagte etwas, das als ein Flüstern herauskam. Dann sagte ich es noch einmal lauter: »Ich weiß nicht, ob ich es ertragen kann.« Und plötzlich, als ich sie gar

J.H. TEASON 4-81

nicht mehr wollte, kamen schließlich die Tränen. Und dann weinte ich mit großen, herzzerreißenden Schluchzern, völlig außer Kontrolle. Ich merkte, wie ich hochgehoben wurde und in einer heftigen, unbezwingbaren Umarmung versank. Wenn Bruno die angewendet hätte, dachte ich, hätte er mit Sicherheit gewonnen. Aber ich konnte nicht aufhören zu weinen.

»Natürlich kannst du es ertragen«, sagte er. »Was sonst können wir tun?«

Er schob mich auf Armeslänge von sich und sah mir in die Augen. »Bei den Göttern, was für ein Mann du geworden bist. Du dringst in den verbotenen Hain ein. Stiehlst meinen Triumphwagen. Besiegst Bruno in einem Ringkampf. Du bist ein Mann geworden. Ein Wunder. Kaum jemand schafft das heutzutage.«

Er umarmte mich wieder und ließ mich plötzlich los und wandte sich ab. »Du wirst morgen früh nach Hause fliegen. Ich habe mir die Freiheit genommen, für dich zu packen. Das äußere Mysterium ist für dich jetzt zu Ende. Das innere wird von sich aus für immer weitergehen. Geh heim. Ich werde dich morgen früh nicht sehen. Ich sage niemals auf Wiedersehen.« Abrupt ging er davon.

Monate später, genau eine Woche vor Ende des Schuljahres, bekam ich per Post ein Holo. Ich mußte geahnt haben, was es war, denn ich vergewisserte mich, daß meine Mutter aus dem Haus war, bevor ich es abspielte.

Na klar, da war Mutti, mit dem gleichen besorgten Gesichtsausdruck, und grüßte Henry mit den Worten: »Was auch immer geschieht, sorg dafür, daß Will dies nicht in die Finger bekommt. Es würde mich umbringen, wenn ich glauben müßte ...«

Ich schüttelte den Kopf – Onkel Henry, der verrückte Künstler.

»Will ist sogar noch schlimmer, viel schlimmer als je

zuvor. Er ist so arrogant. Mein Gott, Henry, er erinnert mich doch tatsächlich an dich.«

Das Holo jammerte immer weiter darüber, wie furchtbar ich geworden war, aber ich hörte nicht länger zu. Ich ging auf einen Verdacht hin Muttis Holos durch, hatte er möglicherweise eine Antwort geschickt? Und dann hielt ich sie in der Hand.

»Du kannst ihn nicht mehr kontrollieren«, teilte der Sturmkönig uns in seiner überschwenglichen Art mit, »keiner von euch kann das – weder das Schulsystem noch die Kirche, du oder dein heuchlerischer Ehemann. Er ist ein Mann geworden. In seiner ganzen Pracht. Er gehört hierher, auf New Olympus, wo er Blitze schleudern kann. Denn, bei den Göttern, er ist jetzt mehr mein Sohn als der eure.«

Und ich wußte, daß er auf gewisse, seltsame Weise recht hatte. Ich war ihm ähnlicher als Mutti oder Vati. Das war ich immer schon gewesen, an jenem geheimen Ort, wo ich wirklich lebte, in meinem Innern.

In der folgenden Woche packte ich ein paar Habseligkeiten und verließ mein Zuhause. Aber ich ging nicht nach New Olympus. New Olympus und Inana waren nun eine ewige Wahrheit, die in mir lebte, in immerwährendem Sommer. Ich wußte instinktiv, daß dorthin zurückzukehren es für mich nur verderben würde. Für uns.

Statt dessen machte ich mich auf in die Randbezirke des Gürtels, wie mein Großvater, Henrys Vater, vor uns. Es würde leicht sein, dort Arbeit zu finden. Eine wertvolle Erfahrung. Es war ihnen egal, was für eine Ausbildung man hatte. Dort draußen, beim Bergbau auf den Asteroiden, hatte mein Großvater das Familienvermögen gemacht. Wer weiß, eines Tages, in hundert Jahren, würde ich vielleicht mein eigenes Kunstwerk unter den Asteroiden schaffen. Falls ich das Geld dafür zusammenbrachte. Die Kenntnisse. Und falls ich zu einem Künstler heranreifte.

Ich hinterließ nicht einmal eine Nachricht. Ich ging durch die Tür hinaus und verließ New London und sah weder meine Mutter noch Onkel Henry jemals wieder.

Originaltitel: ›THE FOREVER SUMMER‹ • Copyright © Davis Publications, Inc. • Erstmals erschienen in ›Isaac Asimov's Science Fiction Magazine‹, März 1983 • Mit freundlicher Genehmigung des Autors und UTOPROP, Literarische Agentur, Hamburg • Copyright © 1994 der deutschen Übersetzung by Wilhelm Heyne Verlag, München • Aus dem Amerikanischen übersetzt von Maria Castro • Illustriert von Jobst Teltschik

# INUIT

Meine Schwester Thule hatte Angst. Den ganzen Morgen hatte sie nichts gesprochen, und sie war schon wach gewesen, ehe Mutter die steinerne Walöllampe angezündet und uns aus den Schlaffellen gesungen hatte. Ich versuchte, Thule mit Scherzen aufzuheitern – sie war neun, und ich war zwölf und ihr Bruder, der schon zur Schule gegangen war –, aber sie wollte nicht lachen.

Stumm zog sie die neuen Hosen und die Parka an, die Mutter ihr genäht hatte. Mutter wußte, daß die Lehrer unsere Kleider wegnehmen und uns Sachen zum Anziehen geben würden, die draußen in der Kälte unseren Tod bedeuten konnten, und dennoch hatte sie Vater dazu gebracht, zwei gute Harpunen für die weißen Seehundfelle der Parka einzutauschen. Vater hatte sie ohne Murren hergegeben, und hatte sogar die Felle zu Unalakleet, dem Schamanen, gebracht, der seine Gesichtsmaske abnahm und damit die Felle berührte. Als die Parka genäht wurde, sang Vater seine magischen Lieder darüber, als ob es ein Kajak, eine Harpune oder ein Speer gewesen wäre, oder als ob meine Schwester auf eine Waljagd ginge, und nicht zur Schule.

Mutter gab Thule und mir eine Handvoll getrocknete Beeren, die sie über den Winter aufgespart hatte. Thule aß ihre rasch und sah dabei nicht auf. Da dachte ich, sie würde vielleicht versuchen, hierbleiben zu dürfen, und daß sie weinen würde, doch als sie aufblickte, waren ihre Augen naß, aber sie weinte nicht. Sie folgte mir nach draußen.

Ich hielt Thule bei der Hand, als wir den Strand entlang zur Schule gingen. Das Meer war grau und ruhig und eisfrei. Die Schale der Welt wölbte sich vor uns empor, und wir konnten sogar gerade über uns Atka erkennen, die Insel, auf der wir das Frühjahr zugebracht hatten, und wo Nulato, unser Vetter, bei der Karibujagd umgekommen war.

Thule sagte immer noch nichts, als wir den Strand verließen und in das Tal der Schule hinaufgingen, dem gewundenen Lauf eines trägen Baches folgend, der nach der Flut des Frühlingsschmelzwassers nun wieder geruhsamer dahinfloß. Kaninchen- und Lemmingspuren waren als Muster im Schlamm des Bachufers zu erkennen. Thule blickte nicht zurück und nicht auf die Spuren und nicht zu mir. Ich hielt ihre Hand fest, bis wir die Steingebäude sahen, von da an ließ ich sie hinter mir gehen und mir hinein folgen, und schaute sie nicht mehr an.

Ein Lehrer führte Thule zu den Räumen für die Schüler des ersten Jahres. Drei Monate lang sah ich sie nicht wieder. Sie lernte lesen und schreiben – Dinge, die sie schnell wieder vergessen konnte –, aber mein Unterricht war dieses Jahr ganz anders.

Meine Klasse hatte zwei Lehrer. Der eine war eine alte Inuitfrau, die zornig wirkte und Pelze trug, obwohl es in der Schule sehr heiß war. Sie verschränkte die Arme und setzte sich mit düsterer Miene neben der Tür nieder. Niemand wagte sie anzusprechen. Der andere schien auch Inuit zu sein, aber er trug das weiße Hemd und die blauen Hosen, die auch wir Schüler trugen, und als er sprach, wußte ich, er war nicht Inuit, nicht einer des Volkes. Ich starrte ihn an; wir alle starrten ihn an, versuchten ihn zu verstehen, wenn er sprach, lachten, wenn er Wörter falsch aussprach – und er lachte mit.

Ich hatte schon einmal, vor sechs Jahren, Nicht-Inuit-Leute gesehen. Ich saß im Bug des Familienumiak, als wir von Atka zum Festland paddelten, und auf dem Meer waren Wale. Wir wollten den Walen nichts tun, weil wir noch genug Trockenfleisch hatten, und Vater hatte über unser Umiak seine Lieder gesungen, deshalb ruderten er und Anvik, mein älterer Bruder, zuversichtlich mitten durch die Wale. Die Wale bliesen und holten Luft, doch plötzlich begannen die am weitesten draußen wegzutauchen.

Da sahen wir die Nicht-Inuit-Leute. Sie fuhren in einem riesigen Umiak, das zehnmal größer war als unser Familienboot, und sie waren auf der Jagd; sie hielten ihre Harpunen wurfbereit.

»Diese Narren!« sagte Mutter. Sie setzte Thule ab, warf mir ein Paddel zu, nahm selbst eins und half uns, von den Walen fortzukommen. Ich fragte mich, wer so dumm sein konnte, eine Jagd zu beginnen, wenn inmitten der Wale ein mit Zelten, Hunden und Menschen beladenes Umiak schwamm. Thule war noch sehr klein, und sie weinte. Die Hunde bellten. Ich ruderte aus Leibeskräften.

Aber die Nicht-Inuit-Leute hielten ihre Harpunen zurück. Sie stoppten in unserer Nähe, umgeben von Walen, die noch größer als ihr Umiak waren. Die Nicht-Inuit-Leute schauten uns an und schauten die Wale an, und wir schauten zu den Männern hinüber. Sie riefen uns etwas zu, das ich nicht verstehen konnte, und wir paddelten schnell und ohne zu antworten weiter.

»Wo kommst du her?« fragte ich den Nicht-Inuit-Lehrer.

Er lächelte. »Bevor ich darauf antworte, müßt ihr

wissen, wie ihr mich nennen sollt. Mein Name ist *Joseph*.«

Wir lachten – wer hatte schon je so einen Namen gehört? Nenana konnte *Joseph* anfangs nicht einmal aussprechen.

»Wo ich herkomme, haben die Leute noch seltsamere Namen als *Joseph*«, sagte er. »*Jane* oder *Elisabeth* für Mädchen; *Michael* und *Carlos* für Jungen.«

»Aber wo verwenden sie solche Namen?« fragte ich.

»Du vergißt deine Fragen nicht«, meinte er. Er stockte und warf einen Blick auf Kwiguk, die Inuit-Lehrerin. »Ich komme von der Welt«, sagte er schließlich. »Da verwenden sie Namen wie *Joseph*.«

Wir starrten ihn an. Natürlich war er von der Welt – wie wir alle.

»Ich komme nicht von dieser Welt«, sagte er.

Als er das sagte, erhob sich Kwiguk und brach den Unterricht ab. Sie hieß uns in die Kantine zum Mittagessen gehen, obwohl noch nicht Essenszeit war, und wir mußten eine Stunde lang an unseren Tischen sitzen, bis es etwas zu essen gab.

»Was ist die Welt?« fragte uns Joseph am nächsten Tag. Er stellte viele Fragen und erzählte dumme Sachen: daß Menschen die Welt gemacht hätten; daß es in einem Gebäude hinter der Schule einen Raum gäbe, der *Aufzug* genannt wurde und hinunter in den Felsboden fahren konnte; daß die Welt zwei Ebenen hätte – die eine, auf der wir lebten, und eine unter unserer, wo Menschen wie Joseph lebten. »Sanak mit den beharrlichen Fragen«, sagte Joseph und lächelte mich an, »kannst du uns erzählen, was die Welt ist?«

Ich stand auf und räusperte mich. Nenana und Talkeetna kicherten. Ich hätte sie an den Haaren gezogen, wären wir nicht in der Schule gewesen. »Die Welt besteht aus zwei Steinschalen, die der Rabe aus seinem

Kropf herauswürgte«, sagte ich und schaute geradeaus auf Joseph, ohne einen Blick zu Nenana oder Talkeetna. »Der Rabe setzte die beiden Schalen aufeinander, und wir leben auf der Innenseite. Die Meere sind der Speichel des Raben.«

»Oder seine Pisse«, flüsterte Kendi, und wir lachten alle.

»Falsch«, sagte der Lehrer.

Wir schauten ihn an. »Ich werde euch die Welt zeigen«, sagte er.

Er nannte die Welt *Satellit* und zeigte uns ein Bild davon: schmal und weiß und hohl wie ein Schilfrohr, an den beiden Enden jedoch abgerundet. »Wir leben auf der Innenfläche, wie es in Sanaks Geschichte beschrieben wird«, sagte er. »Was aber ist außen?«

»Der Rabe?« fragte Nenana.

Joseph lachte. »Die wirkliche Welt ist draußen, die Erde.«

Und er zeigte uns ein Bild von der Erde: rund, mit weißen Wolken gefleckt, dazwischen Blau, wo man das Meer zwischen den Wolken sehen konnte. Joseph legte die beiden Bilder nebeneinander. »Unser Satellit umkreist die Erde, wie ein Moskito euer Gesicht umkreist, um zu warten, bis ihr schlaft«, sagte er.

»Er bewegt sich?« fragte Kendi.

»Auf verschiedene Weise«, erklärte uns Joseph: Er umkreiste die Erde, und er rotierte schnell genug um seine Längsachse, um unseren Körpern Schwerkraft vorzutäuschen. Das Gewicht narrte unsere Körper, ließ sie glauben, daß Gewicht Schwerkraft war, so daß sie gesund blieben. Gegen die Enden des Satelliten hin, im Norden und Süden, verspürten wir weniger und weniger Gewicht, und man konnte leicht in die Höhe springen.

Joseph nahm uns mit auf das Dach der Schule, wo wir durch ein Fernrohr auf die andere Seite unserer

Welt sehen durften. Wir lachten über die Inuit, die wir kopfunter herumlaufen sahen. »Wo ist oben?« fragte Joseph.

Ich schaute weg und mußte an Anvik, meinen Bruder, und seine Schnitzereien denken. Er konnte einfach alles schnitzen aus Walbein vom Pottwal oder vom Elfenbeinzahn der Walrosse. Vater gab Anvik immer das beste Elfenbein, und in den langen Winternächten, wenn wir nichts tun konnten, als in unserem Iglu zu sitzen und gegenseitig über unsere Geschichten zu lachen, da saß ich meistens vor Anvik und sah ihm beim Schnitzen zu. Anvik störte das nicht. »Ich werde dir beibringen, wie man schnitzt, sobald deine Hände die Messer richtig halten können«, sagte er dann, und er hielt Wort, obwohl ich nie so schnitzen lernte wie er – meine Erzeugnisse tauschten wir nie gegen gute Harpunen oder gar einen Hund ein. Anvik bekam einmal für einen Satz Elfenbeinkämme zwei Walrippen, die wir als Zeltstangen in unserem Frühjahrszelt gut gebrauchen konnten.

Eines Abends gab mir Anvik eine Maske, die er geschnitzt und aus verschiedenen Elfenbeinstücken zusammengesetzt hatte. »Wo ist oben?« fragte er. Ich hielt die Maske vor mir hoch und sah das Gesicht eines zornigen Mannes mit schmalen Augen und einer dünnen Nase, doch als ich die Maske umdrehte, wurde das Gesicht eines glücklichen Mannes daraus. Ich half Anvik, Holzkohle in die Züge der Maske zu reiben und erschreckte dann Thule mit dem zornigen Gesicht, aber Anvik nahm sie mir weg, setzte das fröhliche Gesicht auf und brachte uns alle zum Lachen. Ich wünschte, Anvik wäre jetzt hier und würde fragen, wo oben sei, und mich zum Lachen bringen, wenn ich es nicht wüßte.

Früh am Morgen, noch bevor es hell wurde, gab uns Joseph unsere Parkas und ging mit uns in einen Raum in einem anderen Gebäude.

»Das ist der Raum, der sich bewegen kann«, sagte Joseph. »Er wird uns an die Außenseite unseres Satelliten bringen.«

Ich wollte nicht mit. Ich trat zurück neben Kendi.

»Habt keine Angst«, sagte Kwiguk. »Ihr werdet nicht von der Welt herunterfallen. Ihr werdet sehen, was wenige von euren Eltern und niemand von euren Brüdern und Schwestern gesehen haben. Neue – Umstände – zwingen uns, euch diese Dinge zu zeigen.«

Der Ton ihrer Stimme und ihre starre, aufrechte Haltung brachten uns in Erinnerung, daß wir Inuit waren, das Volk, und daß Joseph das nicht war.

»Ihr müßt glauben, was ihr sehen werdet«, sagte Joseph. »Auch Kwiguk weiß, daß ihr die Wahrheit sehen werdet.«

Er schaute Kwiguk an, und nach einer Weile nickte sie. »Glaubt es«, sagte sie.

Ich dachte an Josephs Geschichten, die ich nicht geglaubt hatte: daß die Erde größer war als meine Welt; daß Menschen zwischen den Welten in Umiaks umherreisten, die viel größer als Wale waren; daß auf der Erde die Menschen mit den Walen redeten und sie niemals jagten. Ich hatte Angst, Angst, solche Geschichten zu glauben, Angst herauszufinden, ob sie wirklich wahr waren, und da schloß sich die Tür und der Raum sank nach unten.

Nenana mußte brechen. Als der Raum wieder still stand, säuberte Kwiguk den Boden und Nenanas Hände. »So schlimm war das doch nicht?« fragte Joseph. Er führte uns in einen Raum, der voller silberner Stühle war, die zurückgekippt werden konnten. Die ganze Decke dieses Raums war ein Fernrohr, das uns über den Rand hinauszusehen erlaubte. Dann verschwand die Zimmerdecke. Wir sahen mehr Lichter, als ich jemals in einer Nacht gesehen hatte. »Die Lichter sind Sterne, nicht Lagerfeuer«, sagte Joseph.

Und dann bewegten sich die Lichter, und wir sahen die Erde.

Die Erde leuchtete: blau, weiß und grün. Das Blaue war Wasser, sagte Joseph, die Meere. Das Weiße, das nicht Wolken waren, war Schnee auf dem Land, von dem die Inuit einmal gekommen waren. Joseph sagte, es lebten immer noch mehr Inuit dort als auf beiden Ebenen unseres Satelliten. Er zeigte auf eine Insel, die Ellesmere hieß und sagte, sie sei nicht ganz so groß wie die Welt, die wir uns gemacht hätten.

Und Ellesmere war klein auf der Erde.

Ich konnte nur denken, daß es keinen Raben gab, daß der Rabe nicht die Welt gemacht hatte.

Als an diesem Abend die Türen geöffnet wurden, roch es nach Frühling. Joseph führte uns über einen Kiespfad zwischen Bäumen entlang, die höher waren als die Weiden auf Atka. Die Blumen rochen so gut, daß Kendi und ich eine rote aßen, aber sie schmeckte nicht besonders.

Felsen war über unseren Köpfen, und die Luft war heiß. Joseph und Quiguk brachten uns in ein anderes Gebäude, halfen uns die Parkas ablegen und gaben uns leichtere Kleidung. Es war noch immer zu heiß. Ich hatte nie gedacht, daß ich die Kälte mochte, aber ich machte die Erfahrung, daß die Inuit dafür geschaffen wären. Joseph und Kwiguk sprachen, während wir uns umzogen.

»Die Legenden sind durcheinandergeraten, als das Volk zu diesem Satelliten flog«, sagte Kwiguk. »Das ist alles. Und die Inuit kamen aus guten Gründen her. Auf der Erde, da starb die alte Lebensweise aus. Menschen, die weniger Inuit waren als Joseph, kamen und lehrten uns eine neue Art des Glaubens, eine neue Art des Lebens; als wir ihre Lehren nicht annehmen wollten, versuchten sie uns zu zwingen und nahmen uns unser gutes Land weg. Aber unser schlechtes Land barg reiche Schätze unter den Steinen, die uns stark machten durch Geld, was die wichtigste Tauschware auf der Erde ist, und was Nicht-Inuit-Leute am meisten begehren, und so tauschten wir um Geld diese Welt bei ihnen ein.

Eure Vorfahren beschlossen, auf diesen Satelliten zu kommen und wählten die Innenfläche, wo sie einen Ort schaffen konnten, wo sie ihre alte Lebensweise beibehalten konnten«, sagte Joseph. »Die meinen gaben die alte Lebensweise auf, behielten unser schlechtes Land auf der Erde, wurden *Eskimo* genannt und nicht *Inuit*, wählten die Außenfläche dieses Satelliten, wo wir Dinge machen und Dinge tun, die sich unsere Vorfahren nicht einmal vorstellen konnten. Aber meine Vorfahren *waren* Inuit. Ich bin Inuit.«

Kendi gähnte, und dann Nenana und Talkeetna. Joseph und Kwiguk hörten zu reden auf, hörten auf mit den Erklärungen, und brachten uns in einen Raum, wo jeder ein eigenes Bett bekam. Keiner von uns konnte einschlafen. Ich meinte, unsere Betten würden jeden Augenblick wegrutschen, weil wir so nahe der Außenseite waren, jenseits der es kein Gewicht mehr gab. Ich lag also wach und hielt mich an den Seiten meines Bettes fest und dachte über das nach, was Joseph und Kwiguk gesagt hatten, über das, was ich gesehen hatte, und endlich über Zuhause. Mutter hatte mir erzählt, daß der Rabe die Welt zum Spaß gemacht hätte, weshalb die Inuit ein fröhliches Volk wären: wir waren zum Lachen geschaffen worden. Ich dachte, der Rabe würde lachen über die Dinge, die Joseph und Kwiguk gesagt hatten. Ich glaubte nicht, daß meine Mutter lachen würde.

Kendi fiel hin, als wir zwei vor dem Frühstück durch die Gänge rannten, und riß sich die Hand auf. Joseph und Kwiguk brachten ihn zu einem Arzt. Ich ging mit, um zuzusehen. Der Arzt hatte in jedem seiner Räume eine Schamanenmaske aufgehängt. Ich dachte, er würde nun eine Maske herunterholen und Kendis Hand damit berühren; statt dessen schmierte er nur etwas Weißes auf die Verletzung und verband sie. »Ihr alle werdet bald lernen müssen, Medizin anzunehmen: eure Kinder zum Arzt zu bringen, eure Alten uns zu geben, statt sie im Schnee sterben zu lassen«, sagte Joseph.

Kendis Hand heilte über Nacht. Nur noch eine dünne rote Linie war zu sehen, wo der Schnitt gewesen war, aber kein Schorf. Ich mußte an die Schnittverletzungen denken, die ich mir beim Schnitzen mit Anvik geholt hatte, und die oft Wochen brauchten, bis sie verheilten. »Ärzte können gebrochene Knochen in wenigen Tagen heilen«, sagte Joseph. »Sie können Arme und Beine neu wachsen lassen. Medizin ist nichts Schlechtes.«

Kwiguk wollte Kendis Hand nicht anschauen. »Wozu das Leben verlängern, wenn einem der Sinn des Lebens genommen und die Welt zerstört wird, die einem Zuhause ist?« fragte sie. Mir aber kam eine schnelle Heilung nicht schlecht vor – ein Mann konnte nicht jagen, wenn er verletzt war; eine Frau konnte nicht Häute gerben oder Zelte aufbauen, wenn sie Schmerzen hatte. Ich hätte Kwiguk gerne gefragt, warum sie es gut fand, ohne Medizin zu leben, aber ich traute mich nicht.

»Habt ihr schon jemanden sterben sehen?« fragte Joseph. »Jemanden, der hätte weiterleben können, wenn man ihn ins Warme gebracht hätte und ihm mehr Hilfe als Schamanenlieder gegönnt hätte? Hätte das eure Welt zerstört?«

Ein Arzt hätte Nulato, meinen Vetter, retten können, der bei der Karibujagd auf Atka starb. Während des Winters wanderten die Karibuherden über die zugefrorene Meerenge zwischen Atka und dem Festland, um an den Weiden entlang der Flüsse und Bäche zu fressen, das Gras unter dem Schnee und die Flechten auf den Felsen an der Küste. Wenn dann das Eis im Kanal schmolz, blieben die Karibu noch eine Weile auf Atka und starrten verwirrt zum Festland hinüber. Wenn es kein Gras mehr gab, schwammen die meisten über den Kanal und verteilten sich in kleinen Herden über das Hügelland. Wir kamen im Frühjahr immer nach Atka, um Karibu zu jagen, und unsere Lager waren verräuchert von den Feuern, über denen wir Fleisch trockneten, und die die Wölfe fernhielten.

Die Jagd selber war leicht. Schwer und unbeliebt dabei war nur das Zurückschleppen der Kadaver ins Lager. Eines Tages kamen Anvik und Nulato lächelnd zu mir. »Komm mit uns auf die Jagd«, sagte Anvik und gab mir einen Speer und meine Messer. Wir liefen das Flußufer hinauf, und bald verschwand das Lager aus unserem Blick. Nachdem wir durch sechs Bäche gewatet waren, die den Fluß speisten, sprang Nulato die Uferböschung hinunter und brachte unter einer Abdeckung von Weidenzweigen sein und Anviks Kajak zum Vorschein. Nulato stieg in sein Kajak, verstaute den Speer an der Seite, paddelte stromaufwärts schräg über den Fluß und versteckte sich in den Weidenbüschen. Anvik brachte mich hinter der nächsten Flußbiegung zu einer Stelle, wo die Karibus zum Trinken hinkamen und die Uferböschung niedergetrampelt hatten. »Du und ich, wir werden die Karibus hier ins Wasser treiben«, sagte Anvik. »Nulato wird die Nachzügler speeren, wenn sie den Fluß überqueren, und er und ich werden die Kadaver einfach ins Lager treiben lassen. So brauchen wir sie nie mehr über die Hügel zu zerren.«

Er grinste. Ich dachte daran, wie überrascht alle sein würden – Seehunde werden oft vom Kajak aus gespeert, aber ich hatte eigentlich kaum von jemandem gehört, der schwimmende Karibus speerte. Von der Tränke führte ein Wildwechsel durch die Uferweiden hinauf in die grasbewachsenen Hügel. Anvik und ich liefen auf der Abwindseite hinauf und kehrten in einem Bogen zurück, so daß wir durch die Hügel herauskamen – oberhalb einer der größten Karibuherden, die wir beide je gesehen hatten. In den Tälchen weideten acht- oder neunhundert Karibus. Als sie uns bemerkten, drängten sie sich unruhig zusammen. Anvik lächelte. »Wir hätten alle Männer mitbringen sollen«, meinte er. »Wir hätten mit dieser Herde die Jagdzeit abschließen können.« Er zauste mir die Haare, sprang auf und rannte brüllend den Hügel hinab. Ich rannte ebenso laut schreiend hinter ihm drein. Die Karibus stürmten den Wildwechsel hinunter und warfen sich in den Fluß. Hunderte Karibus waren im Wasser.

Nulato aber wartete nicht auf die Nachzügler. Er paddelte vor der Masse der Karibus hinaus. Ich dachte, die Karibus würden einen Bogen um ihn machen, aber sie schwammen einfach geradewegs weiter, voller Angst vor Anvik und mir, und zu sehr in Eile, um aus dem eiskalten Wasser zu kommen, so daß sie nicht bemerkten, was vor ihnen war. Nulato begann zu speeren, und die vordersten Tiere bemerkten ihn nun auch, aber sie konnten weder anhalten noch zurück – die hinter ihnen drängten nach. Nulato brüllte und stach mit dem Speer nach ihnen, aber die Karibus drängten unaufhaltsam weiter, stießen sein Kajak um, drückten ihn unter Wasser.

Anvik und ich konnten nur zusehen, wie die Herde über den Fluß schwamm, wie die letzten Nachzügler die Uferböschung hinaufstolperten, sich das Wasser abschüttelten und durch die Weiden davontrotteten. Die Karibus hatten Nulatos Kajak ans Ufer gedrängt und zertrampelt. Acht tote Karibus schwammen auf dem Wasser.

Und Nulato tauchte mit dem Gesicht nach unten auf und rührte sich nicht mehr.

Anvik schob hastig sein Kajak in den Fluß, paddelte zu Nulato und zog ihn ans Ufer. Nulato bewegte sich nicht mehr, atmete nicht mehr. Ich hielt Nulatos Handgelenk und fühlte seinen langsamen Herzschlag, der immer schwächer wurde und schließlich aufhörte. Anvik band Nulato über sein Kajak und paddelte zum Lager zurück. Ich lief am Ufer entlang mit und versuchte, sie nicht aus den Augen zu verlieren.

Der Boden war noch zu fest gefroren, um ein Grab für Nulato auszuheben, deshalb wuschen ihn die Frauen und kleideten ihn an; die Männer brachten indessen die Kajaks in den Fluß, fanden die acht toten Karibus, zogen sie an Land und arbeiteten das Fleisch auf. Es war dunkel, als sie fertig waren. Im Licht des Feuers schlug der Schamane seine Trommel und tanzte um Nulatos Leichnam, während er Lieder sang, die Nulato in den langen Schlaf geleiteten. Als er verstummte, war es völlig still. Die Holzknüttel im Feuer knackten und sprühten Funken ins Dunkel, und der Schamane nahm seine Maske ab und berührte damit Nulatos Gesicht.

Anvik, Vater und drei weitere Männer nahmen sich Fackeln und trugen Nulato hinaus in die Tundra jenseits des Lagers. Die Wölfe begannen zu heulen, bevor die Männer zurück waren.

Drei Tage lang zeigten uns Joseph und Kwiguk neue Dinge: große Farmen, wo Inuit Nahrung zogen, von der wir Durchfall bekamen; Planktonbecken, wo die Menschen in warmem Wasser Plankton züchteten, um es in unsere seichten Meere für Wale und Fische hinauszupumpen; große Gruppen von Inuit, die in weißen Steiniglus unter Bäumen und an Bächen lebten, wo es nur an Feiertagen schneite.

Joseph zeigte uns Lichter wie Sterne, die Satelliten waren, Welten, die die Menschen gemacht hatten. »Hunderte solcher Welten umkreisen die Erde«, sagte er. »Manche sind sehr klein verglichen mit dieser hier. Menschen bringen große Brocken Gestein und Eis, die Asteroiden genannt werden, in die Nähe der Erde, graben in dem Gestein nach Material, das sie für Geld eintauschen, und schmelzen das Eis, um Wasser zu gewinnen. Wenn die Abbauleute nichts mehr finden, kommen andere Menschen und wohnen in den Felsen oder brechen sie auseinander, um Welten wie die unsere zu bauen.«

Joseph nahm uns auch an einen Ort mit, wo wir die großen Umiaks sehen konnten, mit denen die Menschen zwischen den Welten umherfahren, aber er wollte uns nicht zur Erde bringen, nicht einmal für einen Tag. »Es würde allein drei Tage dauern, um hinzukommen«, sagte er, obwohl die Erde so nahe ausschaute. Er brachte uns auch zu den großen Sonnenspiegeln, die unseren Satelliten mit Energie versorgten und Licht und Wärme hinunter in meine Ebene lenkten. Selbst mit dunklen Brillen konnten wir die Spiegel selbst nicht anblicken. »Das Licht fällt durch große Löcher hinein, die sich automatisch so öffnen und schließen, daß die Tage auf der Erde nachgeahmt werden. Ohne die Wärme von diesem Licht würde alles hier gefrieren. Die Luft selbst würde als Schnee auf das Eis fallen.«

»Ihr macht den Winter?« fragte ich.

»Leute wie ich sorgen dafür, daß eure Tage immer kürzer werden, so daß weniger Licht und damit auch weniger Wärme zu euch gelangt«, sagte Joseph. »Der Winter kommt für euch jedes Jahr am selben Tag.«

Also bemaßen Männer wie Joseph unsere Winter,

schufen uns den Sommer. Dieses Wissen machte meine Hoffnung auf einen weiteren warmen Tag vor dem Schnee zunichte.

»Als Nicht-Inuit-Menschen es lernten, mit den Walen zu sprechen, hörte jede Waljagd auf der Erde auf«, sagte Joseph. »Auch *ihr* werdet nicht mehr weiter Wale jagen dürfen, wenn die Wale hierbleiben und sich nicht von uns zur Erde zurückbringen lassen wollen.«

Da ich in diesem Jahr mit der Schule fertig sein würde, hatte Vater geplant, mich auf meine erste Waljagd mitzunehmen. Als Mann mußte ich wissen, wie man jagt – nicht nur Kaninchen, Schneehühner und Lachse, sondern Wale.

»Joseph hat auf dieser Welt mit den Walen geredet«, sagte Kwiguk.

Er ließ die Wand vor uns zur Seite gleiten, und wir konnten durch große Fenster ins Meer hinaussehen. Große, dunkle Gestalten schwammen draußen – Wale. Joseph hatte uns Kopfhörer aufgesetzt, und wir konnten die Wale singen hören. Dann schaltete Joseph große Lichter am Meeresboden ein. Die Wale begannen wegzuschwimmen, aber Joseph setzte andere Kopfhörer mit einem Sprechteil auf und begann mit den Walen zu sprechen. Ein Walbulle kehrte um und schwamm langsam auf uns zu. Als er ans Fenster stieß, sprangen wir alle auf, sogar Kwiguk, doch das Glas hielt. Der Wal füllte die ganze Scheibe aus. Er drückte die rechte Seite seines Kopfes daran und starrte uns mit einem Auge an.

Joseph lächelte. »Kommt, ihr könnt dem Wal jetzt eure Fragen stellen«, sagte er und hielt uns seine Kopfhörer mit dem Sprechgerät entgegen. Niemand rührte sich. Endlich trat Kwiguk zu dem Fenster, setzte sich Josephs Kopfhörer mit dem Sprechgerät auf und sprach zu dem Wal. »Seid ihr glücklich hier?« fragte sie. Der Wal sang eine Antwort. Eine Menschenstimme in unseren Kopfhörern übersetzte: »Ja«, hatte der Wal gesagt.

»Wollt ihr von hier fort?« fragte Kwiguk.

»Nur, wenn die Menschen uns weiter jagen.«

Kwiguk gab Joseph die Kopfhörer zurück. Der Wal sprach weiter über die Schönheit des Meeres und seinen Zorn. »Menschen in Booten meiden«, sagte er. »Menschen töten Wale. Menschen schonen nicht Junge oder Alte, die Luft holen über dem Wasser.«

Joseph setzte die Kopfhörer wieder auf. »Was werdet ihr tun, wenn die Menschen euch weiter jagen?« fragte er.

»Töten«, sagte der Wal.

Ich nahm meine Kopfhörer ab und konnte an nichts anderes denken als an die Waljagd meines Vaters, und daß die Wale von unserer Welt weggebracht würden, wenn wir sie weiter jagten. Aber was sollten wir essen? Welches Öl würde in unseren Lampen brennen? Was würde ich bei meiner ersten Waljagd tun, jetzt, da ich einen Wal sprechen gehört hatte?

An diesem Abend gab uns Joseph unsere Parkas zurück und führte uns zu dem Aufzug. Auf der Rückfahrt wurde niemandem mehr schlecht. Als Joseph die Türen öffnete, rochen wir die kalte Luft unserer Heimat. Kendi und ich rannten nicht wie die anderen zwischen den Gebäuden zur Schule; wir blieben ein wenig zurück und blickten hinauf zu den Lichtern an unserem Himmel. Es gab Lichter dort, verstreut über die andere Seite der Welt. Sie waren aber keine Sterne. Sie waren Lichtpünktchen von Lagerfeuern, Lampen von Booten auf den Meer.

»Kommt zu mir, wenn ihr sechzehn seid, sechzehn Jahre vor dem Gesetz«, sagte Joseph. »Ich werde euch mit hinausnehmen, euch ausbilden, euch helfen bei allem, was ihr anfangen wollt. Diese Welt muß sich ändern, sonst werden die Menschen auf der Erde aufhören, Handel mit uns zu treiben.«

Aber ich interessierte mich nicht für Josephs Handel. Mein ganzes Leben hatte ich mir nichts anderes gewünscht, als einmal für meine Familie zu jagen, und das konnte ich nun nicht mehr. Genau jenes Tier, von dem unsere ganze Existenz abhing, konnte sprechen und lieben und Rache planen.

Kwiguk war zornig. »Denkt immer an das gute Leben, das ihr in eurer Familie habt. Eure Vorfahren kannten alle Verlockungen der Erde, und sie lehnten sie ab: es war nicht die Art der Inuit, keine glückliche Lebensweise. Laßt das alte Leben nicht sterben.«

»Aber wie kann das alte Leben sterben?« fragte Joseph. »Eine Kultur stirbt nicht, wenn sie Anpassung und Veränderung akzeptiert – sie wird etwas Besseres.«

Diese Dinge sagten uns Joseph und Kwiguk an unserem letzten Schultag. Deswegen zumindest waren wir glücklich. Ich konnte nur daran denken, daß ich bald daheim sein würde. Doch Joseph saß an seinem Pult vor unserer Klasse und wollte uns noch nicht gehen lassen. Er schaute uns eine lange Weile an. »Man weiß nie, was eine Ausbildung für eine Wirkung hat«, sagte er endlich. »Man weiß nie, was sie einen erkennen läßt. Die eure hat euch andere Welten sehen lassen. Gebt diese Welten nicht auf.«

Meine eigene Parka und die Fellhosen stanken. Ich schämte mich, solche Kleider anzuziehen. Aber als ich Thule auf mich zulaufen sah, daß ihr schwarzes Haar über die zurückgeworfene Kapuze ihrer Parka flatterte, da hob ich sie hoch, schwang sie im Kreis und drückte sie an mich. Ihre Kleider rochen ebenso schrecklich wie meine. Ihr schien das nichts auszumachen. »Was ist das, was so im Licht glitzert?« fragte Thule und deutete auf die Gebäude zurück.

»Glas«, sagte ich. »Fenster.«

Sie schaute enttäuscht drein. »Du weißt es schon«, sagte sie. Ich mußte an mein erstes Jahr denken, als ich begonnen hatte, neue Wörter zu lernen, und darum ließ ich Thule alle die Namen aufzählen, die Antennen auf den Gebäuden, die Schreibstifte, die Toiletten.

Thule und ich nahmen uns an den Händen und liefen mit den anderen Schülern das Tal hinunter. Als wir an die Küste kamen, teilten wir uns in zwei Gruppen, die den Strand in entgegengesetzten Richtungen heimrannten, wo die jeweiligen Familien uns in ihrem Lager erwarteten. Der Sand war noch naß vom letzten Regen, und weil wir so weit im Norden waren, konnten wir leicht und federnd darüberlaufen. Wir fegten um einen Hügel, der ins Meer vorstieß und den Strand zu einem schmalen Streifen einengte, und dort stand ein Mann und lächelte. Die anderen rannten an ihm vorbei, riefen seinen Namen: Anvik. Anvik war gekommen, um Thule und mich heimzubegleiten. Er nahm Thule in die Arme und drückte sie an sich, setzte sie auf die Füße und umarmte mich, ohne sich darum zu kümmern, daß Kendi und Nenana zuschauten. Sie rannten aber gleich weiter. Anvik hielt mich von sich weg. »Du bist gewachsen«, sagte er und begutachtete meine Hosenbeine. »Und du bist mit der Schule fertig. Schluß mit diesem Unsinn.«

Aber ich wollte ihm erzählen, was ich gesehen und gehört hatte. »Wir haben einen Wal reden gehört, Anvik«, sagte ich. Er lachte, packte meine linke Hand und Thules rechte Hand und rannte mit uns so schnell, daß er uns mitziehen mußte, zum Lager.

Mutter half anderen Frauen eine Festmahlzeit zu bereiten, um, wie ich dachte, unsere Heimkehr zu feiern. Kendis Familie war da, und Nenanas und Talkeetnas. Fünfzehn Lederzelte standen in unserem kleinen Tal abseits der Küste verstreut. Dann aber sah ich, wie

Vater mit den anderen Männern Harpunen, Messer und Lanzen schärfte.

Das Fest galt nicht unserer Heimkehr.

»*Wir* gehen morgen auf die Waljagd«, sagte Anvik, die Hand auf meine Schulter gelegt.

Mutter gab Thule und mir eine Handvoll getrocknete Elritzen. »Anvik ist der Anführer dieser Jagd«, sagte sie ruhig. Wie sie es sagte, daran merkte ich, wie stolz sie war auf Anvik, wie glücklich. Sie war die Frau eines Mannes und die Mutter eines zweiten. »Anvik hat alle diese Leute zusammengeholt«, sagte sie zu mir. »Er hat alles organisiert. Seine Jagd wird deine erste sein.«

Aber ich wollte keine Jagd.

»Ich werde über ein eigenes Umiak befehlen«, sagte Anvik. »Fünf von meinen Freunden fahren mit mir.«

Ich zwang mich aufzuschauen und zu lächeln. Woher konnte Anvik es denn wissen? Drei Monate zuvor hätte ich mich genauso für ihn gefreut wie Mutter – ich wäre glücklich gewesen, ihm zu helfen.

Doch ich würde ihm auch jetzt noch helfen. Nach dem, was Joseph gesagt hatte, würden die Jagden ohnehin bald genug enden. Wenn Anvik sein eigenes Umiak anführte, würde Vater mich in seinem brauchen: Jagden im Norden oder im Süden waren schwieriger, weil alles leichter war. Wale bewegten sich auf eine Weise, die ihnen anderswo nicht möglich war.

Außerdem war es möglich, daß die Wale flohen. Wenn Anvik keinen Wal erlegte, konnte er immer noch mit uns nach Atka auf Karibujagd gehen.

Thule umarmte Anvik und lief davon, um Vater zu suchen. Ich schaute Anvik an.

»Ich weiß, was du denkst«, sagte er. »Ich habe keine Frau, die ich meinen Gefährten geben kann.« Jeder Jagdführer leiht seine Frau den Gefährten, um die Freundschaft zu untermauern.

Mutter wendete den Spieß mit Fischen, den sie beaufsichtigte, und zwinkerte mir zu. »Aber wenn seine Jagd erfolgreich ist, werden die Ältesten eine Heirat anerkennen«, sagte sie. Sie deutete mit einem Nicken zu einem hübschen Mädchen hinüber, das an einem anderen Feuer einen Seehund briet. Es war Taimyr, Kendis ältere Schwester. Taimyr tat, als sähe sie uns nicht.

»Komm, schau dir unser Zelt an«, sagte Anvik.

Da verstand ich. Taimyr und Anvik waren befreundet, und sie hatten beschlossen, zusammenzuleben. Ich hatte schon Paare gesehen, die so lange zusammenlebten, daß erst ein Baby kam, bevor die Ältesten sie anerkannten. Mutter und Vater hatten es so gemacht, und Anvik hatte ihnen die Anerkennung gebracht. Aber wenn es stimmte, was Mutter gesagt hatte, würden die Ältesten Anvik und Taimyr bald anerkennen. Das wäre ungewöhnlich und wunderbar.

Anvik führte mich zu seinem Zelt, und es war ein prächtiges Zelt. Seine Walrippen bildeten die Mittelstützen, und seine Schnitzereien hingen daran aufgereiht. Die Felle von Seehund, Kaninchen und Karibu auf dem Boden waren weich und neu. Ich setzte mich auf die Pelze und schaute Anvik an. Ich konnte nichts anderes denken, als daß er nun sein Zuhause verlassen hatte.

Das Fest dauerte bis spät in die Nacht: wir aßen Seehund, Lachs, Karibu, reife Beeren. Thule kratzte die Buchstaben des Alphabets neben einem Feuer in den Sand und brachte alle mit ihrer Ernsthaftigkeit zum Lachen. Aber noch mehr lachten die anderen, als Kendi, Nenana, Talkeetna und ich versuchten, von all dem zu erzählen, was wir gesehen, gehört und gelernt hatten.

»Ihr seid hinunter durch den Felsen gefahren?« fragte Anvik.

»Der Rabe muß euch wieder zurückgespuckt haben«, sagte einer lachend.

Sie dachten, wir hätten uns ausgemacht, solche Dinge zu erzählen, wie man einen Scherz erzählt.

»Ich bin müde«, war alles, was ich sagen mochte, als Mutter fragte, was mit mir los sei.

Plötzlich stürzte sich Anvik von hinten auf mich, packte mich bei den Schultern und warf mich auf eine Decke. Die Männer hoben die Decke auf und schleuderten mich hoch. Die anderen Kinder kreischten vor Vergnügen und bettelten, als nächste hochgeschleudert zu werden. Ich versuchte, auf den Beinen zu bleiben: die Männer warfen mich in die Höhe, und ich bemühte mich, auf den Füßen zu landen. Nachdem sie mich siebenmal hochgeschleudert hatten, warf Anvik Thule auf die Decke und zog mich herunter. Thule lachte und klatschte in die Hände: wenn der eigene Bruder eine Waljagd anführte, brauchte man weniger lang aufs Deckenwerfen warten.

Die Umiaks waren alle weit auf den Strand hinaufgezogen worden. Während die Männer die Kinder hochschleuderten, tanzten die Frauen um die Boote und sangen ihre magischen Lieder. Ich verließ das Deckenspiel und ging hinüber, um den Frauen beim Singen zuzuhören. Mutter hielt den Bug von Vaters Umiak fest und sang von Leben und sicherer Rückkehr. Sie hielt den Bug von Anviks Boot und sang zweimal dasselbe Lied:

> Über die Meere und durch alle Stürme,
>     lebendig, gesund und frei.
> Über die Meere und durch alle Stürme,
>     und sicher zurück zu mir.

Die Männer hatten ihre Harpunen, Lanzen und Messer beim Hauptfeuer aufgehäuft, und Unalakleet begann um die Waffen herumzutanzen, schlug seine Trommel und sang. Einer nach dem anderen kamen wir auch herbei, setzten uns ums Feuer, aßen noch mehr Fleisch und stimmten in Unalakleets Gesänge ein. Wir sangen starke Zauber, Zauber, die uns Macht geben würden über die Wale, oder sie wenigstens zu Mitleid mit uns schwachen Menschen bewegen würden, so daß sie sich uns opferten.

Die Karibus hatten kein Mitleid mit Nulato gehabt; Nulato war durch keinen Zauber geschützt gewesen.

Unalakleet hielt inne, nahm seine Maske ab und berührte damit Anviks Stirn, um ihn zu segnen. Die Gesänge verstummten. Unalakleet hielt die Maske eine lange Weile an Anviks Stirn, dann raffte er seine schwarze Seehundfellrobe über der Brust zusammen und ging in sein Zelt.

Anvik mochte Taimyr nicht anschauen, doch sie starrte ihn an. Nach einer Weile stand sie auf und ging ins Zelt des Schamanen: ihre letzte Pflicht vor Anviks Jagd. Mein Vater begann Jagdgeschichten zu erzählen. Die anderen holten sich ihre Waffen und begannen Beschwörungen darüber zu flüstern. Mutter kam, um Thule und mich zu holen. Unser Zelt erschien mir leer ohne Anvik, aber ich war so müde, daß ich bald einschlief.

Vater weckte uns, als es noch dunkel war. Ich zog mich schnell an. Thule und Mutter setzten sich auf und sahen uns beim Aufbruch zu.

Die Männer hatten alle sieben Umiaks ins Wasser gezogen, und Vater half mir in seines hinein. Kendi und Kendis Vater und drei andere Männer fuhren mit uns. Anvik stieß sein Umiak vom Strand ab und sprang hinein. Vater und fünf andere Männer schoben die übrigen Boote hinaus und sprangen ebenfalls herein. Vater setzte sich neben mich, seine Stiefel und Hosensäume waren tropfnaß.

Ich ruderte mit den anderen Männern und beobachtete, wie die einzelnen Feuer unseres Lagers sich zu einem einzigen, rotgelben Lichtfleck vereinigten, der mit der Zeit über uns emporstieg. Es wurde hell, aber das Meer war nebeltrüb und kalt. Ich glaubte nicht, daß wir bei solchem Wetter Wale finden würden. Die Männer in den verschiedenen Umiaks riefen einander immer wieder an, so daß wir einander nicht verlieren würden.

Nach dem Mittagsimbiß aber lichtete sich der Nebel, und wir konnten weit über den Ozean sehen. Unsere sieben Umiaks lagen in einer langgezogenen Kette auf dem Wasser. Wir hatten eine Meeresgegend erreicht, in der es vor Leben wimmelte: Seehunde; Regenpfeifer, Möwen und Seeschwalben in der Luft, weiter draußen jagende Raubfische; sogar ein großer Walroßbulle, der allein daherschwamm und verärgert unser Umiak angreifen wollte, doch unsere Lanzen vertrieben ihn. Ich hielt eine Hand ins Wasser, und es war warm. »Wir sind über einer der Wohnstätten Sednas«, sagte Kendis Vater. Sedna war für die Seehunde zuständig, lockte Männer aus ihren Umiaks, so daß sie an ihrer Seite ertranken, und sie hatte mehrere Heimstätten am Grunde des Ozeans. Sie ließ bei jedem Haus riesige Feuer brennen, um die Haie abzuschrecken, und die Feuer ließen das Wasser kochen. Während es zur Oberfläche aufstieg, kühlte es ab, so daß wir hineingreifen und darüberrudern konnten. Unalakleet erzählte oft die Geschichte, wie er einmal in dem warmen Wasser über einer von Sednas Wohnstätten einen großen Fisch an den Haken bekommen hatte. Der Fisch tauchte immer tiefer hinunter und riß die gesamte Schnur von Unalakleets Rolle. Unalakleet hatte gefürchtet, die Leine würde reißen, doch plötzlich hörte der Fisch auf, sich zu wehren, und Unalakleet zog ihn ins Boot: fertig gar gekocht. In seiner Panik war der Fisch geradewegs in eins von Sednas Feuern geschwommen.

Kendi lächelte mir zu. Ich dachte an die Planktonzuchttanks und die großen Einleitungsrohre: Kendi und ich wußten, warum das Wasser warm war, warum dieser Teil des Meeres nie zufror und voller Leben war. Die Wale würden hier auf Nahrungssuche sein.

Mein Vater tippte mir auf die Schulter und bedeutete mir, mein Paddel einzuziehen. Zwei Männer ruderten sachte weiter: ich stand auf und spähte nach vorne: zwanzig oder dreißig Pottwale bliesen nicht weit von uns entfernt. Unser Umiak war am nächsten – wir würden die Wale als erste erreichen. Vater stand am Bug, die Harpune in der Hand. Langsam, leise näherten wir uns den Walen. Ich stellte mir vor, wie sie miteinander sprachen. Dennoch zog ich meine Handschuhe an, um bereit zu sein, beim Hereinziehen des Taues zu helfen, wenn die Harpune geschleudert worden war, und legte die Lanze meines Vaters zu seinen Füßen bereit.

Doch die Wale sahen uns oder hörten uns und tauchten in die Tiefe. *Gut,* dachte ich. Die Wellen von ihren Bewegungen ließen unser Umiak schwanken. Wir alle beobachteten das Wasser. Da begriff ich, daß die Wale nicht Zeit gehabt hatten, zu blasen und ausreichend Luft zu holen. Sie würden wieder an die Oberfläche kommen, bald. Wir würden auf sie warten.

Sie kamen hinter uns hoch. Es hatte keinen Sinn mehr, leise zu sein oder sich verbergen zu wollen. Die Wale wußten, daß wir sie jagten. Also ruderten wir mit voller Kraft, und mein Vater hielt vom Bug Ausschau. Ich wurde bald müde. Ich hoffte, daß die anderen Männer auch müde werden würden, so daß wir die Wale ziehen lassen müßten, aber tatsächlich holten wir auf – unseres Zaubers oder ihres Mitleids wegen –, und plötzlich sprang Vater auf und warf seine Harpune. Unser Umiak stieß heftig gegen einen Wal, wurde in die Luft geschleudert und klatschte wieder aufs Wasser, kenterte aber nicht. Der Wal war abgetaucht. Kendis Vater lachte, als das Tau über den Bug davonzischte. Wir packten es, um den Wal langsamer zu machen, und ich spürte, wie es mir durch die Handschuhe die Handflächen verbrannte. Unser Umiak schien über den Ozean zu fliegen, kaum berührte es die Wasseroberfläche. Die anderen ruderten uns nach, um uns beim Töten unseres Wals zu helfen, und die Männer brüllten fröhlich hin und her, und jeder hoffte, er würde es sein, dessen Lanze das Herz des Wals durchbohrte.

Endlich kam unser Wal wieder nach oben, weit vor unserem Umiak, aber er schwamm langsamer. Wir mühten uns, das Tau einzuziehen, und kamen nahe genug heran, um die Entenmuscheln an seinem Maul zu erkennen und eine lange Narbe an seinem Rücken, die wohl von irgendeinem Kampf stammte. Wir zogen das Tau dicht an, aber plötzlich warf sich der Wal heftig dagegen, stieß gegen unser Umiak, schleuderte Kendi und mich zu Boden.

»Laßt das Tau locker!« rief Vater. Seine Miene war bedrückt. Nach einer Weile zogen wir das Tau wieder an; als es gespannt war, warf sich der Wal wieder und wieder dagegen, bis die Harpune ausbrach. Der Wal schoß in die Tiefe.

»Das ist ein schlauer«, sagte Kendis Vater.

»Er wurde schon einmal getroffen«, sagte Vater.

Den ganzen Nachmittag und Abend sahen wir zu, wie die Wale bliesen und vor uns herschwammen. In der Nacht ließen wir unsere Umiaks weit auseinandertreiben, und in jedem hielt ein Mann Wache, während die anderen schliefen. Wir hatten die Wale in Bewegung gehalten, jetzt waren sie müde.

Ich versuchte, nicht an den Wal zu denken, den ich sprechen gehört hatte, und Kendi erwähnte ihn auch nicht. Er und ich lagen nebeneinander und blickten auf zu den Lichtern der Inuit auf der anderen Seite der Welt.

Vater weckte mich in der Nacht, als ich an der Reihe war, Wache zu halten. Ich saß im Bug und schaute über das Meer. In der Nacht lag ein seltsames blaues Leuchten über dem Wasser. Weit droben sah ich die anderen Seiten der Welt. Einmal dachte ich, ich hätte in der Ferne die Wassersäulen blasender Wale gesehen, die zurück in Richtung Küste schwammen. Keiner der Wachposten in den anderen Umiaks rief. Ich blieb auch stumm.

Am Morgen harpunierte Anvik den Wal, den mein Vater am Vortag getroffen hatte. Wir sahen zu, wie der Wal abtauchte, vorwärtsschwamm, Anviks Boot übers Wasser zog. Die Männer in allen Umiaks riefen durcheinander und ruderten aus Leibeskräften, um aufzuholen. Anvik und seine Freunde zogen hastig das Tau herein, und schließlich hielt der Wal den Schmerz der zerrenden Harpune nicht mehr aus und tauchte auf.

Er war erschöpft. Schlingernd lag er im Wasser und blies. Ich hoffte, er würde genug Luft holen können und wieder tauchen, doch Anvik ließ das Tau los und packte seine Lanze. Seine Freunde zogen das Umiak an den Wal heran. Anvik stieß fest und tief zu. Er zog die Lanze heraus und stieß noch einmal zu. Blut spritzte über den Bug von Anviks Umiak und färbte alles rot, rötete das Wasser ringsum. Der Wal warf sich hin und her. Wir kamen an seiner anderen Seite heran, und Vater stach mit seiner Lanze zu.

Da tauchte der Wal wieder. Das Tau zischte über den Bug von Anviks Umiak und schnellte einen von Anviks Freunden ins Wasser. Sie zogen ihn gleich wieder herein, er war rot vom Walblut. Anvik grinste und winkte uns zu. Seine Freunde hielten das Seil gespannt, aber das Boot wurde nicht vorwärtsgezogen. Das Tau wurde geradewegs nach unten gerissen. Plötzlich packten Kendis Vater und mein Vater ihre Paddel und begannen, hastig wegzurudern. »Kappt das Tau und rudert!« schrie Vater zu Anvik hinüber. Anvik verstand nicht. Das Tau lief nun nicht mehr weiter aus, und Anviks Freunde begannen es einzuholen. Es kam lose und ohne Spannung herein. Als Anvik das sah, kappte er das Tau und brüllte seinen Männern zu, sie sollten wegrudern, irgendwohin ...

Der Wal schoß aus dem Wasser – knapp vor Anviks Umiak. Er sprang in voller Länge in die Luft, und seine Flanken waren blutüberströmt: so schwer verletzt hätte er das sonst nirgends fertiggebracht, außer im hohen Norden, wo sein Gewicht geringer war. Er drehte sich in der Luft und schien nur zögernd zurückzufallen, als wollte er immer weiter in die Höhe springen in der Hoffnung, die Ozeane zu erreichen, die er auf der anderen Seite der Welt sah. Seine Schwanzflosse peitschte hoch, und er krümmte sich, um zurück auf Anviks Umiak zu fallen.

Anvik und seine Freunde sprangen auseinander. Der Wal traf das Umiak und zerschmetterte es. Er ging unter und kam mit dem Bauch nach oben wieder hoch. Mühsam drehte er sich und blies einen Blutstrahl aus.

Wir entdeckten Anvik und zogen ihn zu uns herein. Irgend etwas war in seinem Inneren zerrissen, und sein Mund war voller Blut. Ich wischte es ab, aber das Blut kam tief aus seiner Kehle, und er hustete und würgte. Ich hob seinen Kopf und legte ihn in meinen Schoß. Er hielt meine Hand fest umklammert. Die Männer von den anderen Booten stachen immer wieder auf den Wal ein.

»Anviks Freunde sind in den Umiaks und wohlauf«, sagte Kendis Vater. Anvik versuchte zu lächeln. Vater, Kendi und die anderen Männer begannen eilig zum

Land und zu unserem Lager zurückzurudern. Ich saß die ganze Zeit am Boden des Umiak und hielt Anviks Kopf in meinem Schoß.

Anvik sagte nichts, nicht zu mir oder sonst jemandem, aber er hustete immer wieder Blut. Alle Frauen, Kinder und alten Leute liefen zum Strand herunter, als sie uns allein heimrudern sahen. Taimyr schrie und schrie, als wir Anvik heraushoben. Mutter sagte nichts, sie half uns Anvik in unser Zelt tragen.

Unalakleet kam und hielt Anviks Kopf und sang. Mutter und Taimyr hielten Anviks Hände, und Thule und Kendi standen nahe bei mir. Ich wollte irgend etwas tun, wollte helfen. »Ich laufe um einen Arzt von der Schule«, rief ich, und drehte mich um, um loszurennen, aber Vater packte mich an der Schulter und hielt mich zurück. »Es wäre zu nichts gut«, sagte er.

Aber woher wollte er das wissen? Wie wollte er wissen, was die Ärzte alles tun konnten, um Anvik zu retten? »Es ist nicht unsere Art«, sagte er nur noch, und ich wollte ihn anschreien: Was soll das heißen, ›es ist nicht unsere Art‹ – wenn da Anvik liegt und sein Blut heraushustet, aber Vater schaute mich an. »Bleib hier«, sagte er.

Kendi rannte aus dem Zelt.

Am Abend kamen die anderen Männer mit dem Wal. Ich hörte sie keuchen und brüllen, als sie ihn ins Seichte und an den Strand zogen. Anvik tat die Augen auf und lächelte. Plötzlich verstummte Unalakleet und hörte auf, die Trommel zu schlagen. Hastig verließ er das Zelt, und ich wußte nicht, weshalb, bis Mutter herüberlangte und Anviks Augen schloß.

Vater zog mich hoch. »Geh hinaus und hilf, den Wal zu zerlegen«, sagte er. Er schlug die Zeltklappen zurück und trat hinaus. Ich rannte ihm nach.

Aber er ging nicht zum Wal. Er ging hinaus in die Tundra, um ein Grab auszuheben.

Die Frauen hatten die Feuer vorbereitet, über denen das Walfleisch geräuchert werden sollte, und die Männer hatten ihre Pelzkleider abgelegt und den Wal aufgeschnitten. Als ich herbeikam, schwiegen sie. Zwei mit Walblut bedeckte Männer wateten durchs Wasser und wuchteten einen dicken Fleischstreifen auf eine ungegerbte Haut. Ich warf meine Felle ab, kniete mich auf die Haut, nahm mein Messer und begann damit, das Fleisch in dünnere Streifen zu zerhacken, die geräuchert werden konnten.

Ich hackte wild auf das Fleisch ein, als versuchte ich, so kam es mir vor, dem Wal noch weh zu tun. Thule kam und stellte sich mir gegenüber hin, und sie weinte. Ich mochte nicht zu ihr aufschauen. Wenn ich eine Handvoll Streifen fertiggeschnitten hatte, brachte sie sie zu den Frauen. Ich hörte sie noch weinen, als sie ging.

Und dann verstummten mit einemmal alle Männer und auch die Frauen, und als ich aufblickte, sah ich Kendi, Joseph und einen Arzt: zu spät. »Wir hätten ihn vielleicht retten können«, sagte Joseph.

In diesem Augenblick haßte ich Joseph. Die Frauen trugen Anviks Leichnam in das Licht des Feuers, und Unalakleet begann wieder mit seinen Gesängen. Ich wollte Unalakleets Rücken mit meinem Messer zerhacken, wollte ihn niederschlagen, ihm die Kehle aufschneiden und seinen Kopf festhalten, während ihm das Blut heraussprudelte. Aber ich zerteilte weiter das Walfleisch. Als ich den einen Brocken kleingeschnitten hatte, warfen die Männer einen neuen vor mich hin, und ich schnitt auch den klein. Thule trug das Fleisch hinüber zu den Frauen. Ich sprach nicht mit Joseph. Ich weiß nicht, wann er fortging.

Spät in der Nacht dann halfen Thule und ich unseren Eltern und Taimyr, Anvik hinaus in die Tundra zu tragen. Ich ging nachher nicht mit den anderen zurück. Ich saß auf Anviks Grab und stellte mir vor, daß die Lichter über mir, auf der anderen Seite der Welt, Sterne wären.

Originaltitel: ›INUIT‹ • Copyright © 1991 by Pulphouse Publications • Mit freundlicher Genehmigung der Autorin und Uwe Luserke, Literarische Agentur, Stuttgart • Copyright © 1994 der deutschen Übersetzung by Wilhelm Heyne Verlag, München • Aus dem Amerikanischen übersetzt von Yoma Cap

# DIE BRENNENDEN TASTEN

> »Leben heißt zerstören und zerbrechen,
> damit Neues entstehen kann.
> Jeder ist mehr als ein Einziger,
> doch niemand kann mehr als einem einzigen Weg folgen.«
>
> KARIN BOYE, MOLN

Es handelte sich um eine robuste, massive, eisen-schwere Maschine mit einem breiten Wagen. Um eine jener unverwüstlichen Büromaschinen, die so gebaut sind, daß sie ein und demselben fleißigen Tippfräulein jahrelang dienen. Erstaunlich, welch genaue Erinnerung mir nach all den Jahren geblieben ist: es kommt mir vor, als stünde sie heute noch vor mir, genau vor meinen Augen... Hergestellt wurde sie in den Fabriken der deutschen Firma *Adler*, unter dem Namen *Triumph-Matura 150*. Ich hatte sie aus zweiter Hand bei einem Spezialhandler für tausend Francs gekauft, was damals, also um 1980, eine Menge Geld bedeutete. Vor allem für den jungen Arbeiter und Mindestlohnempfänger, der ich seinerzeit war.

Auf diesen blaßgrauen, sanft anschlagenden Tasten tippte ich meine ersten Texte: gewissenhaft, abends, nach acht Stunden Arbeit in der Werkstatt. Die Mühen und die Erschöpfung des Tages ertrug ich nur dank der Aussicht auf die wenigen nächtlichen Stunden, in denen ich dem kreativen Fieber, das in mir brodelte, freien Lauf lassen konnte. Wenn mir tagsüber zufällig – und diese Zufälle wiederholten sich oft – eine neue Idee in den Sinn kam, eilte ich auf die Toiletten der Fabrik und notierte sie unverzüglich in ein kleines grünes Heft, das ich stets bei mir trug und das ausschließlich zu diesem Zweck bestimmt war. Das Klo stank entsetzlich, und zudem ist nichts schwieriger, als im Sitzen auf den Knien zu schreiben. Ebenso schwierig war es, dem argwöhnischen Vorarbeiter die angeblich schwere Krankheit zu erklären, die mich zwang, häufig meine Blase zu leeren... Nein, einfach war das nicht. Doch es war gut so, ja, eigentlich war es sogar besser so.

Damals ahnte ich noch nicht, daß der Tag kommen würde, an dem ich jener Zeit nachtrauern und sie, alles in allem, als eine der glücklichsten meines ganzen Lebens erachten würde. Man empfindet stets Sehnsucht nach dem, was man niemals erreichen kann. Es ist stets das, was man nicht mehr oder noch nicht ist, das man sein möchte oder irgendwann werden will. Und das Alter und die Zeit verschieben die Perspektive mit größerer Gewißheit und Radikalität als die logischste aller Überlegungen.

Das alles ist mir noch ganz deutlich im Gedächtnis, während alle meine weniger weit zurückliegenden Erinnerungen sich unwiderbringlich in dichtem Nebel verloren haben. Es sind stets die Erinnerungen an die früheste Kindheit, die man dank starker Neuronen deutlich gespeichert hat, die am lebendigsten bleiben. Aus diesem Grund sind alte Menschen bis in alle Ewigkeit dazu verdammt, über die früheren, vergangenen Zeiten zu quasseln. Auch ich, der niemals mit der großen Masse verschmelzen wollte, auch ich bin außerstande, diesem biologischen Gesetz zu entrinnen...

Trotzdem: Ich werde mich niemals mit dem Gedanken abfinden können, daß ich seit langem nicht mehr der junge, einsame, wenig umgängliche Kerl mit dem traurigen und besorgten Blick von damals bin und es auch nie wieder sein werde. Das schlecht ertragene Alter hat den üblen Beigeschmack von Schizophrenie: Jetzt gehören meine Erinnerungen mir nicht mehr. Und irgendwie kommt es mir vor, als hätten die andern mir diese Erinnerungen zur Aufbewahrung hinterlassen, mit der Ermahnung, möglichst sorgsam damit umzugehen …

Sei beruhigt, Kleiner! Ich werde deine Erinnerungen nicht vergeuden.

Nun beginne ich also erneut zu jammern und einer bequemen Melancholie aus lauter faden Klischees zu verfallen. Würde jemand anderer als ich selbst diese abgedroschenen Gedanken eines alten, müden Schriftstellers, der sich rührselig über die blassen Erinnerungen an seine schwierigen Anfangsjahre beugt, niederschreiben, ich würde mich krümmen vor Lachen. Lauter schlechte Ideen aus einem drittklassigen Vorkriegsroman. Doch vor welchem Krieg? Das ist gleichgültig, da bekanntlich alle Vorkriegsromane schlecht sind … Ja, es ist ein schlechter Roman, doch nach Lachen ist mir keineswegs zumute. Ebensowenig nach Weinen.

Als ich mich heute abend vor diesen Tasten niederließ, wußte ich ganz genau, daß ich am Ende diese Worte schreiben würde. Eigentlich wollte ich eine weitere Geschichte erfinden, neue Figuren aus dem Nichts erstehen lassen: einmal mehr so tun als ob. Doch wollte ich das wirklich? Diese Worte mußten eines Tages einfach niedergeschrieben werden. Ob abgedroschen oder nicht und trotz aller Klischees – es ist Zeit, Bilanz zu ziehen. Zeit für ein letztes Geständnis, bevor die Schalter geschlossen werden.

Ich denke, rede und schreibe wie der alte Mann, der ich tatsächlich bin. Wie der alte Mann, der ich immer schon war, ungeachtet dessen, was ich mir heute abend weismachen will. Schon mit zwanzig Jahren war ich alt, und meine Worte waren niemals etwas anderes als die Worte eines alten Mannes. Für die Jugend habe ich mich nie interessiert. Oder hat sie sich nie für mich interessiert? Wie soll ich das wissen! Bringt der Mensch die Welt zum Leben oder die Welt den Menschen?

Zum Teufel also mit dem schlechten Gewissen und der Hellsicht! Ich werde sie heute abend nicht schreiben, diese verdammte Geschichte. Möglicherweise werde ich sie nie schreiben. Ein letztes Mal akzeptiere ich meine Sehnsucht nach der Vergangenheit. Ein letztes Mal stelle ich mich meiner alten Haut, meinem ewigen Alter, und versuche, mich damit abzufinden... Und schon schaukelt die Galeere dahin auf den trüben Wassern der Zeit, die ich schon vergessen hatte, bevor ich sie überhaupt gefunden hatte. Ein paar Stunden lang. Ein paar Seiten lang. Bis zum Ende der Geschichte.

Die Zeiten haben sich geändert. Und ich habe mich mit ihnen geändert... Die grauen Tasten meiner alten Adler ruhen nicht mehr unter meinen Fingern. Ich habe nicht mehr dieselben Finger. Wie unwirklich sie mir vorkommen, die empfindlichen Tasten der nagelneuen elektronischen *Mizaguchi*, die meine Finger streifen. Wie falsch die Worte auf dem grünlichen Schirm aussehen, auf dem ich sie als leuchtende Buchstaben auftauchen sehe...

Dem Schreiben liegt eine fundamentale Unehrlichkeit zugrunde, eine Art krankhafter Perversität, eine Art ständiger Voyeurismus, der den Schriftsteller zum Beobachten, zum Zerlegen, zum Umsetzen sämtlicher Augenblicke seines Lebens zwingt. Es gibt nichts Ungesünderes. Und nichts Erregenderes. Sobald der Mensch eine Feder in die Hand nimmt in der Absicht, das Leben zu beschreiben, wird er vom Handelnden zum Zuschauer und Erzähler SEINES Lebens. Das

Schreiben enteignet ihn seines eigenen Werdens. Tag für Tag, ob in Form eines Romans oder einer Biographie, ist es sein eigenes Leben, das er in seinem Werk zu Papier bringt. Er wird zum Späher, zum Vampir seiner eigenen Existenz und der Existenz der andern; zum Terroristen, zu einer Art halsbrecherischen Person, die je nach Bedürfnis und auf ganz und gar künstliche Weise einen unerwarteten Umschwung herbeiführt, um den Fortlauf der Geschichte von neuem anzukurbeln...

Sehr rasch verfällt man diesem Spiel, bei dem man stets mehr verliert als gewinnt.

Als ich anfing zu schreiben, glaubte ich, das Erfinden von Romanen sei nichts anderes als die Möglichkeit, sich mittels einer Vollmacht zu anderen Leben als meinem eigenen zu verhelfen. Doch ich irrte mich, wie ich jetzt erkennen muß. In all den Jahren habe ich nichts anderes getan, als in meinen Romanen mein eigenes Leben und meine eigenen Ängste wiederzukäuen, in verschiedenen Verkleidungen, durch verschiedene Tricks und stets auf Kosten trügerischer Hoffnungen. Am Ende zerstreuen das Alter und die Zeit diese Hoffnungen. Und hinter dem Schattenvorhang bleiben nur noch die verfallenen Ruinen eines echten Lebens übrig, das wirklich gescheitert ist und in aller Schäbigkeit über eine Landschaft aus wirklichem Bedauern, aus wirklicher Verzweiflung herrscht.

Es ist da, mein anderes Ich... Jener junge Mann mit dem traurigen Gesicht, der ich einst war. Jener armselige Don Quijote, der verloren durch eine Welt ohne Windmühlen streift. Er sitzt hier, neben mir, und wartet. Er wartet, daß ich über ihn spreche, sein Leben ausbreite, seine Existenz in einigen gewandten, hastig auf das Papier geworfenen Sätzen darlege. Einverstanden, Kleiner. Ich will es versuchen, doch es wird nicht einfach sein. Ein bißchen machst du mir angst, weißt du...

Er war gerade zwanzig Jahre alt geworden. Mit der Fabrik war es längst aus. Den Lohnzettel und den Vorarbeiter hatte er zum Teufel gejagt. Nie wieder *Lohnempfänger!* hatte er beschlossen. Nie wieder kopfnickender Sklave von wem oder was auch immer. Nie wieder Cliquenherrlichkeit, nie wieder unterdrückter Schlaf, nie wieder mißhandelte Träume: das Erwachen zertrümmern... das Räderwerk in Stücke schlagen... die Triebfedern in die Luft jagen...

Die Stadt? Bereits nichts anderes mehr als eine schlechte Erinnerung. Er hatte eine alte Mühle ohne Komfort gemietet, ohne Wasser, ohne Strom, den Winden Okzitaniens ausgesetzt, auf einem kahlen Hochplateau des Quercy gelegen. Ein einfacher kleiner Turm mit einer Etage, auf der Spitze eines kleinen Hügels, von wo aus man die ganze Gegend überblicken konnte, die Täler und Kuppen bis zum Horizont hin. Diese Stille! Und dieser Lärm! Wenn der Wind wütend um die Mühle heulte, ohne daß es ihm jemals gelang, das Gebäude auch nur einen einzigen Millimeter von der Stelle zu bewegen...

Ferner waren da die Juniwolken. Die Wolken, die im Juni am Himmel stehen, sind bei weitem die schönsten. Sie haben eine Tiefe, eine Dichte, daß sie wie riesige Inseln aus Schaum aussehen, wenn sie, den Launen der Winde ausgeliefert, am azurblauen Hintergrund vorüberziehen. Er ließ sich auf der Türschwelle vor der Mühle nieder, schlug die Beine übereinander, lehnte sich mit dem Rücken an die Mauer und saß stundenlang bewegungslos da, während er ständig von den Juniwolken träumte, von jenen riesigen Trauminseln, zu denen er irgendwann gelangen würde, um dort sämtliche Utopien zu verwirklichen, die ihm hier unten auf der Erde versagt blieben...

Die alte *Adler* und seine Bücher hatten ihn begleitet. Zusammen mit den Werkzeugen zählten sie zu den wenigen Dingen, die er nicht hergab. Zu den wenigen

Dingen, die er nicht entbehren wollte. Wenn er nicht schlief, nicht von den Juniwolken und den wunderbaren Landschaften träumte, die sie mit sich fortzogen, klimperte er auf den Tasten seiner Schreibmaschine. Vor allem nachts. Nachts hörte sich der Anschlag der Tasten auf dem Papier dichter, bedeutungsvoller an. Durch das offenstehende Fenster strömten Wellen von dröhnendem Prasseln auf die Felder hinaus. Der sichelförmige, große, stumme Mond schüttete sein milchiges Licht in berauschender Helligkeit herab. Und auf dem Papier entstand, im flackernden Schein der Kerzen, eine ganze Welt.

Am Ende eines Weges, der am Fuße des Turms vorbeiführte, wartete Tag für Tag und seit Dutzenden von Jahren der öffentliche Waschplatz vergeblich auf das Heer der Bäuerinnen, die nie wieder dorthin gehen würden, um die schmutzigen Kleider ihrer Familie zu waschen. Es handelte sich um ein einfaches Becken aus Beton, das an die felsige Wand gebaut und mit Algen und Kaulquappen gefüllt war, die im stillen, brackigen Wasser zappelten. Aus dem spitzen Ende eines mit Grünspan und Kalkablagerungen besetzten Kupferrohrs trat ein dünner Wasserstrahl hervor und füllte das Becken, dessen Überlauf ungehindert abfloß und einen schmalen Bach voller Kresse bildete. Dieser winzige Fluß, das Resultat des ständigen Orgasmus des Erdinnern, verlor sich bald in aller Sanftheit zwischen den wildwachsenden Stämmen einiger Pflaumenbäume, um die sich niemand mehr kümmerte.

Auf diese Weise war der Waschplatz unablässig in die Gewißheit versunken, einst einen Zweck erfüllt zu haben, und in das Bedauern, nun keinen Sinn mehr zu haben. Häufig nachts, wenn der Mond dem Seufzen des toten Wassers eine noch schmerzlichere Klage entlockte, ging er dorthin. Dann sang das Wasser im fahlen nächtlichen Licht sein jammervolles Lied, das die Zärtlichkeiten der milchigen Strahlen anscheinend niemals besänftigen konnten. Das Flehen des Wassers. Die faszinierende Anziehungskraft der Algen, die düsteren, geheimen Gärten in den Windungen der Wellen. Er entkleidete sich und sprang hinein, ließ sich zwischen die zu neuem Leben erweckten Schichten des erneut aufwachenden Waschtrogs gleiten. Das zischelnde Stöhnen des dankbaren Wassers. Die laszive Liebkosung des Wassergrases und seiner Bewohner an seinen Beinen, seinem Bauch, seinem Geschlecht.

War das der Moment, in dem sie kam? In diesem Moment oder schon vorher? Oder etwa erst nachher … Nein, der Moment spielte keine Rolle. Wichtig war nur, daß sie gekommen war und sich zu ihm in sein Bett aus Wasser gelegt hatte, völlig sprachlos angesichts des Lebens, das dort versammelt war. Wichtig war nur, daß er ihr die Hand reichte, als auch sie hineinglitt. Die Liebkosungen der Pflanzen, des Wassers, des aus dem Kupferrohr tretenden Strahls, der an der glatten Oberfläche ihrer Körper zerspritzte und zerstäubte. Die Zärtlichkeit ihrer Münder und ihrer sehnsüchtigen Zungen. Berührungen, gegenseitige Anziehung, Abneigung, Rückkehr, heftiges Atmen, Vereinigung. Die Liebkosungen des Mondes, ihres schlummernden Komplizen. Schatten und Licht auf ihrem Körper. Eine sich voll entfaltende Brust, während die andere sich im Schatten ihres Kinns verbarg. Die Haare, die in sich schlängelnden Strähnen an ihrer Stirn, ihrem Hals, ihrem Nacken klebten, bedrohliche Nabelschnüre einer selbstmörderischen Koralle …

Wieviel Zeit verging auf diese Weise, bevor sie aus dem Bad stiegen, nachdem sie lange die aus der Nacht aufgetauchten Frösche und Kröten gestreichelt hatten? Einige Stunden? Ein ganzes Leben? Mehr noch? Auch das spielte nicht wirklich eine Rolle. Vielleicht hatten sie die grüne Wellenwiege am Ende nie verlassen?

Vielleicht waren sie darin geboren worden und hatten ständig darin gelebt, sich ständig darin geliebt? Daß die Sonne da war, um sie zu trocknen, als sie das Bad verließen, bedeutete nicht unbedingt, daß die Nacht vorüber war. Höchstens bezeugte sie eine freundschaftliche Komplizität der Elemente.

Weißer Schaum, der duftende Saum der Flut, welche die Körper emporhob, sickerte beim Kontakt mit den Sonnenstrahlen aus ihrer Haut. Lebenswellen, Freudenspender. Wogen der Lust, die sich unentwegt an den Ufern des Lebens brechen. Als sie unter den zerfetzten Ästen der Pflaumenbäume lagen, begnügten sie sich mit Blicken. Er tat nichts anderes, als sie einfach nur anzuschauen. Sie tat nichts anderes, als ihn einfach nur anzuschauen. Allein der Geruch genügte zur Wollust. Ein tierischer, beißender und aufdringlicher Geruch, der sich mit dem säuerlichen Duft der am Boden verfaulenden, mageren Pflaumen vermischte. Dann näherte sich die Schlange, eine prachtvolle rote Viper, um den Höhepunkt ihrer Lust zu krönen. Langsam kroch sie aus ihrem Versteck, einem dicken, neben dem Waschbecken liegenden Stein, hervor, um sich am Ende ihrer ganzen Länge nach zwischen den beiden eng aneinandergeschmiegten Körpern auszustrecken. Einer ständigen Bedrohung gleich zog sie sich erst nach der Trennung der nach Befriedigung gierenden Körper zurück. Der Biß der Schlange konnte nur tödlich sein. Die beiden Liebenden hatten verstanden und akzeptierten das unerbittliche Urteil, das ihre Unzufriedenheit zur Folge haben würde ...

Schau mich nicht mit diesen Augen eines erbarmungslosen Richters an ... Du kannst zu recht böse auf mich sein. Es stimmt, daß ich der Situation nicht gewachsen war. Die Hoffnungen, die du in mich gesetzt hattest, konnte ich nie erfüllen. Nein, ich bin nie auf die Juniwolken gelangt, um dort deine Utopien zu verwirklichen. Nein, ich habe den Nadir deiner Träume, wo das Unsagbare gesagt wird, wo man den unsichtbaren Punkt der Himmelskugel endlich leuchten sieht ..., nein, ich habe diesen unerreichbaren Stern nie erreicht ... Ich habe, wie üblich, nur eine Geschichte geschrieben. Wörter, Situationen, Figuren erfunden, mehr nicht. Nur in der Phantasie bin ich auf die Juniwolken gelangt, auf heimtückische Weise, indem ich mich jener bequemen Marionetten bediente, die man Romanhelden nennt.

Und jetzt? Welche Geschichte soll ich jetzt, da ich nicht mehr an Geschichten glaube, erzählen? Schon zu lange habe ich mich trügerischen Hoffnungen hingegeben und mir einreden wollen, sie wären das Leben, mir einreden wollen, sie wären *mein* Leben; schon zu lange rede ich mir ein, all die rechtschaffenen Figuren, die ich zum Leben erweckte, all die furchtlosen, ewig lebenden, bis zum Wahnsinn freien Ritter wären *ich* ... Dieses traurige Ich aus Fleisch und Blut, dieses Bündel Unzufriedenheit und Bedauern, dieses unfaßbare, wandlungsfähige Phantom, das mit dem Bleistift in der Hand erbärmlich vor seinem weißen, leeren, klaffenden Blatt Papier hockt ...

Warum meint man, unbedingt Figuren aus dem Nichts erschaffen zu müssen? Sie auf der trügerischen Leinwand des Papiers beleben zu müssen? Warum glaubt man, Gedanken ausdrücken zu müssen, die zuvor bereits tausendfach von andern ausgedrückt wurden, die einem nicht gehören, auf die man nicht selbst gekommen ist? Das Alter der Ideen ... Das unerträgliche Alter der Ideen und logischen Konzepte. Warum gibt es keine neuen Ideen mehr? Worüber man auch nachdenkt, stets stößt man auf alte, abgedroschene Themen, auf von der Zeit abgenutzte und aufgebrauchte, vom Zeitgeschmack geschmälerte Ideen.

Mein eigentliches Drama bestand schlußendlich darin, nie zu einem neuen Gedanken fähig gewesen zu sein. Wie gerne hätte ich der ungläubigen Welt mit lauter Stimme verkündet: »Seht, das ist meine Idee. Eine einzigartige, noble, empfindliche, reine Idee, die ich niemandem verdanke, die nur mir allein gehört und die ich euch jetzt übergebe. Geht sorgsam damit um…« Statt dessen tat ich nie etwas anderes, als meinen Vorgängern und Vorbildern unterwürfig und ehrlich nachzueifern. Und Ehrlichkeit paßte noch nie zum Hochmut.

Alle zwei Wochen kam ein Militärkommando aus der Kaserne von Agen, um unmittelbar am Fuß des Turms Nachrichtenübermittlungsübungen durchzuführen. Der Ort war als höchster Punkt der Gegend in den Generalstabskarten verzeichnet. Oft flogen die Flugzeuge knapp über das alte Gebäude hinweg und verursachten ein derart lautes Dröhnen, daß sich jedesmal etliche Dachziegel lösten.

Der Bürgermeister der Gemeinde, ein dicker, unsympathischer Mann und mehr als zweifelhafter Anhänger des Kommunismus, lud den ersten Kommandanten des Militärtrupps regelmäßig zum Essen ein. Während dieser sich im Haus des obersten Magistraten der Gemeinde fröhlich vollfraß und der bewunderungsvollen Gesellschaft von seinen vermeintlichen militärischen Leistungen erzählte, ließen sich die Soldaten, vor allem bei kühler Witterung, am Fuß der Mühle um ein improvisiertes Lagerfeuer nieder. Gelegentlich teilte der Turmbewohner mit ihnen einen Schinken oder lud sie ein, sich am Kamin zu wärmen und eine Tasse heißen Kaffee mit ihm zu trinken.

Sie erzählten ihm, womit sie ihre Zeit verbrachten, wo sie herkamen, was man ihnen beibrachte, wie ihr Leben aussah. Bevor sie wieder gingen, warfen sie einen schnellen Blick auf die Regale mit seinen Büchern. Viele von ihnen liehen sich von ihm Science Fiction-Romane aus, die sie bei ihrem nächsten Besuch zurückbrachten. Andere entschieden sich für Titel, die sie nicht kannten und die sie neugierig machten: *Der wahre Reichtum, Das Gewicht des Himmels* und *Die Verweigerung des Gehorsams v*on Giono, *Die Stille der Tiefe* von Huxley oder *Die Revolution der Stille* von Krishnamurti; viele andere Bücher, etwa von Fournier, Jeury, Lecoin oder Margueritte, verließen seine Regale, um für eine Weile auf den Nachttischen in der Kaserne zu landen.

Dann hörten die Besuche der Soldaten plötzlich auf, ohne erkennbaren Grund. Mit einem Mal schien der große Stumme sich nicht mehr für die Mühle von Pech de l'Ourne und für die umliegenden Hügel zu interessieren. Nur die Flugzeuge setzten ihr lautes Hin und Her über dem Gebäude fort.

Eines Tages erhielt er von einem der Soldaten, die ihn in den Wochen zuvor besucht hatten, einen Brief. Darin erklärte der Soldat ihm, einer seiner Kameraden hätte während der Lektüre jener Passage aus *Die Verweigerung des Gehorsams*, in der Giono auf schonungslose Weise die Niederträchtigkeit in den Schützengräben des Ersten Weltkriegs beschreibt, einen Anfall von Wahnsinn erlitten, woraufhin unverzüglich eine Untersuchung eingeleitet worden sei, in deren Verlauf das betreffende Buch sowie auch alle anderen Bücher beschlagnahmt wurden. Die Schuldigen verurteilte man zu mehreren Tagen Arrest, und die Übungen in der Nähe der Mühle von Pech de l'Ourne wurden bis auf weiteres eingestellt.

Am selben Tag, mit derselben Post, erhielt er ein Einberufungsschreiben des Wehrbezirkskommandos von Auch mit der Aufforderung, zur medizinischen Untersuchung zwecks Bestimmung seiner Wehrdiensttauglichkeit zu erscheinen.

Der Wagen verließ Agen. Ein Zivilauto, das von der Armee speziell zu diesem Zweck angemietet worden war. Ein Wagen voller angehender Soldaten, die sich aus lauter Angst fast in die Hosen machten, aber unentwegt redeten und grölten, um sich ihre Angst so wenig wie möglich ansehen zu lassen. Grobe, unanständige Witze machten die Runde in einer gezwungen fröhlichen Stimmung. Angestrengtes Glucksen im Gestank des Zigarettenrauchs und des Schweißes. Als der Wagen durch ein Dorf fuhr, genügten einige lustig herumspringende Mädchen, damit alle sich ans Fenster warfen, ihre Anzüglichkeiten hinausschrien und den Mädchen voller falscher Bewunderung hinterherpfiffen. Ein Hintern, ein Busen – und schon war die brünstige Meute nicht mehr zu halten... Das Erlernen der Gemeinheit hatte für sie bereits begonnen, ehe sie ihre Uniformen angezogen hatten und ohne daß Ausbildungsoffiziere dafür nötig waren. Mit Jubelschreien warfen sie sich ins Löwenmaul. Und dennoch mit einem Minimum an instinktiver Besorgnis, die das Geschrei und Gerülpse rasch zu überwinden halfen. Diese Idioten! Waren sie sich ihrer Männlichkeit tatsächlich so wenig gewiß, daß sie das Bedürfnis empfanden, sie so lautstark hinauszuschreien...

Arme Kerle. Mit stiller Aufmerksamkeit auf alles achtend, was passierte, saß er inmitten dieser Truppe und versuchte mehr schlecht als recht, das Übelkeitsgefühl, das ihn bei der Abfahrt überkommen und seither nicht wieder losgelassen hatte, zu überwinden. Wie eine gewaltige Kugel saß die Angst ihm in der Kehle. In erster Linie bemühte er sich, die Verachtung und den Haß, die ihn quälten, einzudämmen. Die Verachtung und den Haß auf diese betäubten Kälber, die sich in vollem Einverständnis zum Schlachthof bringen ließen. Zum Schlachthof ihrer Freiheit, ihrer Jugend, ihrer Persönlichkeit... Aber waren sie sich überhaupt bewußt, jemals eine Jugend, eine Freiheit, eine Persönlichkeit besessen zu haben? Arme Kerle.

Unzählige verrückte Ideen schossen ihm durch den Kopf, Ideen ohne Anfang und ohne Ende, Ideen ohne logische Folge, die sein Übelkeitsgefühl nur noch verstärkten. *Totaler, ziviler wie militärischer Ungehorsam!* Nichts als ein Schlagwort, eine Parole. Längst hatte er aufgehört, an Schlagworte und Parolen zu glauben. Die einzigen Worte, an die er noch glauben konnte, waren die Worte der Unordnung, des Wahnsinns, die Worte der Lust und der unendlichen Wonne. Schluß mit den Spruchbändern, Traktaten, Demonstrationen. Das führte zu nichts. Oder zu nicht viel. Das alles diente nur dazu, sich beim großen Spiel des Protestes für die eine oder für die andere Seite zu entscheiden ... Er wollte, er wollte überhaupt nicht mehr spielen. Aus dem endlosen Spiel desertieren. Mit seinen falschen Regeln schwindeln. Das alles trug nicht im geringsten dazu bei, die Sklaven weniger versklavt und die Idioten weniger idiotisch werden zu lassen ... Die Revolte, seine Revolte konnte nur absolut sein. Seine Ablehnung nur aus seinem tiefsten Innern kommen. Sein Kampf mußte ein persönlicher Kampf sein. Jenseits aller Parolen und Schlagworte. Und was, Kameraden, macht ihr aus eurer Auflehnung gegen euer schäbiges Leben? Aus der Auflehnung gegen den Tod? Aus der Auflehnung gegen die vergehende, niemals aufzuhaltende Zeit? Aus der Auflehnung gegen die Dummheit? Aus der Auflehnung gegen die Banalität? Aus der Auflehnung gegen den Alltag? Aus der totalen Auflehnung gegen *alles*? Und, in letzter Konsequenz, aus der Auflehnung gegen die Auflehnung? In aller Pracht, mit Jubelgeschrei und im völligen Rausch ...

Ankunft in Auch: d'Artagnan, die drei Musketiere ... und eine Kaserne. An der Haltestelle wartet ein großer, grünlicher Lastwagen mit zwei verächtlichen Soldaten in der Führerkabine. Die Vereinnahmung ist allumfassend, unmittelbar. Keine Zeit zum Luftholen. Die sozialistisch-republikanische französische Volksarmee nimmt euch mit offenen Armen auf ..., um sie unverzüglich um euch zu schließen. Ohne zu zögern, eilt die brüllende Truppe zum Lastwagen. Auf dem Bürgersteig gleich daneben nickt eine blöde Alte mit dem Kopf und lächelt: »Der schönste Augenblick im Leben eines jungen Mannes, nicht wahr!« Warum folgt er widerstandslos dieser Herde hirnloser Böcke? Wieso findet er nicht die Kraft, die Reihen zu sprengen und die Alte so zu beschimpfen, wie sie es verdient? Wieso steigt er anstandslos, wie alle andern, auf den Planwagen?

Noch weiß er nicht, daß sich in einem geheimen Winkel seines Hirns meine Geburt ankündigt. Er kann nicht begreifen, daß ich bereits derjenige bin, der die Versuchung, sich führen und folglich verändern zu lassen, auf hinterhältige Weise in seine Gedanken einflößt... Ich bin da: sein erwachsenes, korruptes, beschädigtes Ich, und grinsend zerstöre ich die letzten Reste seiner unnachgiebigen Rechtschaffenheit... Ich bin geboren. Schon beginnt er, mir seine Erinnerungen, seine Vergangenheit zu überlassen. Ich bin geboren. Und er beginnt zu sterben, hinabzusinken. Er beginnt daran zu zweifeln, ob er jemals dazu fähig sein wird, sich auf den Sommerwolken auszustrecken...

Was ist los, Kleiner? Gefällt meine Geschichte dir nicht?

Verherrliche ich zu sehr? Ist es das? Die Geschichte hat sich nicht wirklich so zugetragen, wie ich es hier schreibe? Zweifellos hast du recht. Aber ist die Erinnerung, die man schlußendlich an all die Ereignisse, die man erlebt hat, behält, nicht lebendiger als die Ereignisse selbst? *Ist die Erinnerung am Ende nicht das Ereignis selbst?*

Auf alle Fälle bist du wohl oder übel gezwungen, das alles so erlebt zu haben, wie ich es beschreibe, denn ohne mein Gedächtnis bist du nichts, ohne meine Erinnerung gibt es dich überhaupt nicht... Wie? Aber nein, ich rege mich doch gar nicht auf! Ich bin bloß ein wenig müde, das ist alles. Dieser Bildschirm schmerzt mir in den Augen. Ich hasse diese *Mizaguchi*. Wie kam ich dazu, mir diese verdammte Maschine überhaupt zu kaufen? Ich glaube, ich schalte sie jetzt aus und mache handschriftlich weiter.

So. Das wär's. Ich habe den Stecker herausgezogen und das Licht gelöscht. Ich habe eine Kerze angezündet und auf die Tastatur gestellt, einen alten Federhalter, den du damals bereits benutzt hast und den ich all die Zeit über sorgfältig aufbewahrt habe, hervorgeholt. Das einzige Objekt von dir, das mir nach dem Brand geblieben ist. Wie angenehm die Feder über das Papier gleitet, im Vergleich zu dem abgehackten Knattern der *Mizaguchi* … Die Wörter haben einen ganz anderen Geschmack, eine ganz andere Struktur, einen ganz anderen Sinn, wenn die Hand sie als Tintenflüsse auf das weiße Papierbett legt. Wie diese ineinander verschachtelten Schleifen und Schlingen mich beruhigen. Es kommt mir nicht mehr vor, als würde ich schreiben, sondern als würde ich zeichnen. Das Schreiben macht mich müde. Es hat mir mein Leben genommen. Das Zeichnen indessen bereitet mir Spaß … Es erinnert mich an jene längst vergessene Zeit, als ich noch nicht schreiben, sondern nur unförmige farbige Striche in meine Schulhefte kritzeln konnte.

*Am Anfang war das Wort* … sagen die Menschen. Kein Wunder, daß seither die Apokalypse darauf wartet, dem Programm ein Ende zu setzen! Die Schrift hätte man niemals erfinden dürfen. Das Wort ist ein Fluch, der sich seit Jahrhunderten, von Generation zu Generation fortpflanzt. Ein selbstprogrammiertes Unheil, das den menschlichen Geist in einen Käfig sperrt, in dem er unwiderruflich dahinsiecht. Ich träume von einer Welt, die auf die reine Kinetik der Musik aufgebaut ist. Denn von dem Tag an, an dem der erste Höhlenmensch sein erstes Wort in die Wand seiner

Höhle ritzte, waren unsere Bemühungen von vornherein zum Scheitern verurteilt, unsere Hoffnungen auf ein allumfassendes Wissen zerstört.

Es überrascht dich, daß ich das schreibe? Ja, bestimmt. Du warst so fest von der messianischen Aufgabe der Literatur überzeugt... Du hast der Macht der Worte so sehr vertraut, daß du die Welt allein mit ihnen verändern zu können glaubtest. Verzeih mir. Aber das war die erste deiner Illusionen, derer ich mich entledigen mußte. Behandle mich nicht wie einen Dreckskerl... Versuche zu verstehen: mit Worten hat man nie etwas verändert und wird man nie etwas verändern. Zumindest solange nicht, wie wir uns damit begnügen, das Wort so zu gebrauchen, wie wir es, wie ich es seit Jahren gebrauche. Die Wörter haben nur den Sinn, den man ihnen bereit ist zu geben... Man müßte sich der Schrift bedienen wie der Musik. Man müßte *die Schrift spielen*, so wie man Beethovens *Gebete an Gott* spielt oder so wie Coltrane zum Thema *My favorite things* improvisiert... Statt dessen reiht man die Buchstaben aneinander, zerlegt man die Wörter, produziert man ein Wirrwarr von Worthülsen, die für das menschliche Hirn völlig unverdaulich sind.

Wenn wir uns damit begnügen, daß Wörter nur Wörter sind, schmieden wir unsere eigenen Ketten. Und wenn die Wörter sich darauf beschränken, das zu übersetzen, was unser Geist hervorbringt, sind sie nichts anderes als störende Fesseln, die uns an das Leben binden. Wir geben uns damit zufrieden, zu beobachten und abzuschreiben, zu lesen und zu wiederholen, zuzuhören und nachzuschreiben. Auf diese Weise wird das befreiende Wort der Sinne zum hemmenden Wort des Geistes. Wir machen daraus einen Zweck, ein Ziel an sich, während es nur Mittel sein dürfte: *ein Mittel, um das Unsagbare auszudrücken*. Ein Schreiben, das sich mit dem Sagbaren begnügt, interessiert mich nicht. Seit vierzig Jahren schreibe ich nun schon. Seit vierzig Jahren produziere ich Wörter, die mich gleichgültig lassen.

Schließlich gewann er den Kampf gegen sein erwachsenes und verführerisches Ich. In extremis.

Im letzten Moment, als er den Soldaten mit zittriger Hand sein Einberufungsschreiben überreichte, überkam ihn eine Welle der Scham und der Abneigung. Das ununterdrückbare Bedürfnis zu schreien und zu verschwinden… Was er dann auch tat. Sein angsterfüllter Schrei riß die Truppe für einen Sekundenbruchteil aus ihrer Apathie. Mit einem Mal lüfteten die Blicke der zukünftigen Soldaten die Maske der Angeberei und enthüllten die unergründliche Tiefe der panischen Angst, die jeden von ihnen gepackt hatte. Er rannte, so schnell er konnte, stieß im Vorbeilaufen die entrüstete Klatschtante zur Seite und lief und lief, ohne stehenzubleiben. Laufen. Weg von der Haltestelle. Weg vom Lastwagen. Weg vom tödlichen Augenblick, in dem er sich um ein Haar gefügt hatte, ins Erwachsenenalter, in den Schwindel, ins Vorgetäuschte hinabgesunken war, mich zur Welt gebracht hatte. Einen Moment lang sah es so aus, als wollten die andern Soldaten ihm folgen, doch sehr bald schon gaben sie es auf und zuckten nur noch hilflos die Achseln. Im Lastwagen hatten die Gesichter bereits wieder zu grinsen begonnen und erneut ihren Ausdruck vermeintlicher Sicherheit angenommen.

Es war längst düsterste Nacht geworden, als er auf den Weg gelangte, der zur Mühle führte. Ein riesiger, fahler Mond stand am Horizont, inmitten stürmischer, bleigrauer Wolken. Die weisen, majestätischen Juniwolken waren vom Himmel verschwunden. Die großen Schauminseln vor dem azurblauen Hintergrund, von denen er so gerne träumte und zwischen denen er sich, wie er sich so gerne vorgestellt hatte, eines Tages sein utopisches Nest einzurichten wünschte… Doch diese Zeit war vorbei und würde nie wiederkommen. Das wußte er ganz genau. Auch wenn er sich nach wie vor unter Kontrolle und es verstanden hatte, die schäbige und gemeine Vernunft, zu der ich ihn verlockte, von sich zu weisen, ahnte er seine Verdammnis und fand sich damit ab, so wie man sich am Ende mit dem abfindet, was selbst der Traum und die Illusion nicht länger verbergen können… Er spürte, wie ich mich in ihm bewegte, ihn erbarmungslos ausspähte, bereit, beim geringsten Vergehen, bei der geringsten Schwäche über seine Seele herzufallen und mich ihrer zu bemächtigen. Die ersten Schmerzen meiner Geburt hatten ihm laute Schreie entlockt. Meine Geburt würde tödlich für ihn sein. Voller Bestürzung würde er das entsetzliche Antlitz des Wesens entdecken, das bald darauf Besitz von seinem Körper, seinen Erinnerungen, seinen Worten ergreifen würde. Sobald er dem Leben nachgegeben hätte. Sobald er der Entropie nachgegeben hätte. Sobald er sich entschlossen hätte, seine gebrochene Lanze zu Boden sinken zu lassen und die Mühlen mit den beweglichen Flügeln nicht länger herauszufordern… Sobald sich die Klammer endgültig hinter seiner Rechtschaffenheit geschlossen hätte. Dann würde die Welt triumphieren. Weil die Welt am stärksten war, gegenüber und trotz allem andern, obwohl er von allen andern nicht der Verrückteste war. Stärker als die Bücher. Stärker als die graue Tastatur der alten *Adler*. Stärker als der vergessene Waschtrog. Stärker als seine Verblendung.

Die Luft roch nach Schnee und Wahn. Die Welt war grau. Ein eisiger Wind pfiff ihm wütende Einschüchterungen ins Ohr. Die himmlische Haube lastete schwer auf der Erde, bereit, alles zu zerstören. Die gespenstische Silhouette der Ulme, die in der Nähe des Turms stand und der einzige Baum auf der Anhöhe war, zeichnete sich vor einem Streifen schmutziger Helligkeit ab, der bei Tagesanbruch von den Hügeln am Horizont zerrissen wurde. Nachdem er einige Minuten lang die im Finstern liegende Mühle betrachtet hatte, verließ er den Weg und trat zwischen die hohen Gräser auf dem umliegenden Feld. Als er näher kam, erhob sich heulend eine Schleiereule von einem Ast der Ulme, wo sie ihr Nest gebaut hatte. Alles floh vor ihm. Er fühlte sich schmutzig, verseucht, erschöpft, entkräftet von dem Tag, den er hinter sich hatte. Als er den Schlüssel im Schloß umdrehte, flüchtete eine erschrockene Spitzmaus quietschend aus einer Ecke der Freitreppe, in der sie sich versteckt hatte. Auf dem Tisch, wo er ein Streichholz entzündete, bemerkte er den stehengebliebenen Wecker mit den beiden Zeigern, die auf der Sechs festgefroren waren. Alles flüchtete vor seiner Berührung. Sogar die Zeit. Er hatte die Tür offen gelassen, und ständig bedrohte ein Luftzug die zitternde Kerzenflamme. Geräuschvoll raschelte das Geäst seine jammernden Klagen. Die Welt weinte. Die Luft roch nach Schnee und Wahn. Die Welt war grau.

Die zerknitterten Papierkugeln häuften sich auf dem Fußboden an. Sein Kopf stand in Flammen, seine Finger waren leer. Kläglich verirrten sich seine gewöhnlich doch so folgsamen Hände auf den grauen Tasten der alten *Adler*. Alles entzog sich seines Zugriffs. Sogar die Inspiration. In der Hoffnung, das Gewitter zu besänftigen, das untergehende Boot, zu dem sein Geist geworden war, wieder flottzumachen, hatte er sich an seinen Arbeitstisch gesetzt. Die Kerze hatte er, wie gewohnt, auf die obersten Tasten der Tabulatur geklebt, die er nie benutzte. Das war für ihn die einzige Möglichkeit, nachts zu arbeiten. Arbeiten… Im Moment war das für ihn die einzige Hoffnung, die letzte Zuflucht seines Strebens. Würde das magische Fest sich wiederholen, wie jedesmal, wenn er an seinem Tisch Platz nahm und seinen Geist umherschweifen ließ?

Würden sich seine Hände mit einer eigenständigen Existenz beleben, zu Vermittlern zwischen seinem Hirn und der Maschine werden? Würde das Knattern und Klappern der Maschine endlich den schaurigen Gesang der Ulme übertönen, die draußen endlos im Sterben lag?

Völlig verzweifelt betrachtete er die vier oder fünf lächerlichen und eitlen Sätze, die er nach mehreren Stunden mühsamen Zögerns hervorgebracht hatte. War also auch die Zeit der Leichtigkeit, die Zeit der Unmittelbarkeit der Bilder, Farben und Empfindungen nun endgültig vorbei? Und erneut, wie immer, blieb nur eine einzige Möglichkeit. Eine unbekannte Möglichkeit, die nicht seine Möglichkeit war. Eine kalte und unerbittliche, mühevolle und verfälschende Möglichkeit, die der *Andere* bald seine *Professionalität* nennen würde. Fortan würden die Freude an der Sache und das zweckfreie Entzücken durch Begriffe wie Technik, Bild, Analyse, Botschaft, Symbole und Broterwerb ersetzt werden. Dort, wo einst, in der Wärme und Fruchtbarkeit seines inneren Wesens, das Menschliche, das Unvernünftige, das Kostbare, das Bewahrenswürdigste Früchte getragen hatte, würden sich von nun an, auf beharrliche, entsetzliche Weise, die knorrigen Wurzeln der neuen Anforderungen des *Andern* festsetzen. Alles floh vor seiner Anwesenheit. Sogar seine Worte, sogar die Macht seiner Innenwelt hatten ihn definitiv im Stich gelassen. Hier wie überall triumphierte der *Andere*.

Wütend riß er das Blatt aus der Maschine und warf es zu den Dutzenden anderer Blätter, die um den Tisch verstreut waren. Eher springend als gehend rannte er die steilen Stufen der Mühlentreppe hinunter und eilte blindlings nach draußen. Er schnappte nach Luft, und das Murmeln des Windes in den Wipfeln des nahen Waldes kam ihm wie das ironische Echo seines eigenen Atems vor. Die Wipfel, der Wald, die Pflaumenbäume, das Waschbecken. Jetzt wußte er, wo er Zuflucht finden würde, nachdem er von allem und allen verlassen worden war. Ganz am Ende des Weges, hinter der letzten, von Brombeersträuchern überwucherten Kurve, die er bereits erkennen konnte, würde er sie finden. Daran zweifelte er nicht, daran hatte er nie gezweifelt – er bräuchte sich nur zwischen zwei Schichten des eisig kalten Wassers des seit langem unbenutzten Waschtrogs gleiten zu lassen. Die ineinander verdrehten Strähnen ihres Korallenhaars ... Die mit den flüssigen, aus dem Geschlecht des grünen Rohrs hervortretenden Samen bespritzten Schultern und Rückenteile ... Inmitten der Nachkommenschaft der Frösche würden sie sich vereinigen und anschließend erneut aus dem Bad steigen und sich von der Sonne trocknen lassen. Sie würden sich unter die raschelnden Äste der anarchischen Pflaumenbäume legen, die rote Viper würde kommen, und alles würde von neuem beginnen ...

Alles flüchtete vor ihm. Sogar der Traum. Er kniete auf dem Beckenrand und wurde von Weinkrämpfen geschüttelt. So angestrengt er auch in die düstere Tiefe des Wassers starrte, das ersehnte Gesicht konnte er nirgendwo entdecken. Denn in Wirklichkeit waren die schlangenförmigen Strähnen, die seine vor Kälte steifen Finger auf dem Beckengrund unentwegt zu streicheln versuchten, nur die von den Kaulquappen bewegten Wasseralgen. Und die auf ihn gerichteten Augen, die er darin zu erkennen glaubte, waren nur der Widerschein des Mondes zwischen den Bäumen, der eine Öffnung in der bleiernen Haube nutzte, um sich, völlig überwältigt, das Ausmaß der Katastrophe anzusehen. Es gab keine betörenden Pflaumenbäume mehr, unter die man sich hätte legen können. Die zu kurzen Scheiten verstümmelten Stämme lagen erbärmlich am Boden. Die zu Bündeln geschnürten Äste spuckten die letzten Tropfen ihres Saftes auf die Erde.

Die herausgerissenen Stümpfe lebten noch und weinten mit ihren in die Höhe ragenden Wurzeln in der Nacht. Ihr Leidensweg würde endlos lang und unerträglich sein. Die Schlange bräuchte nicht mehr zu leiden. Sie lag mit zertrümmertem Schädel neben dem Waschbecken. Der mörderische Wahn der Menschen, die gekommen waren, um alles zu zerstören, hatte sich mit derselben Waffe, die die Bäume getötet hatte, an ihrem in blutige Stücke gehackten Körper befriedigt.

Auch die Mühle auf der Anhöhe bestand nur mehr aus rauchenden Ruinen. Die bis zum Ende abgebrannte Kerze hatte zunächst die Schreibmaschinentasten, dann das umliegende Papier, den Fußboden und schließlich seine ganze Vergangenheit in Flammen gesetzt. Nur noch diese wenigen Ruinen und Spuren von Bedauern in der Tiefe meiner Seele blieben von ihm übrig. Die Ulme, deren Äste die Flammen ebenfalls erreicht hatten, war bloß noch ein dicker, grotesker, erbärmlicher, verstümmelter, schwarzer Körper in der Stille der Nacht. Am Ende hatte der Wind sich gelegt. Ich trat mein Amt an. Die Wörter versammelten sich in meinem Kopf. Wörter, die von Wiederaufbau, Fälschung, Schwindel handelten.

Die Luft roch nach Schnee und Verzicht. Die Welt war weiß. Der Himmel setzte zur Eroberung der Erde an, ein feiner, eisig kalter Regen aus gepuderten Flocken, die der Mond silbrig glänzen ließ, setzte ein.

So. Das wär's. Siehst du, Kleiner, schließlich ist es mir doch noch gelungen, so von dir zu sprechen, als wärest du ein anderer als ich selbst.

Wieso bist du heute abend gekommen, um mich zu quälen? Warum hast du mich gezwungen, deine und meine Erinnerungen auf dem Papier auszubreiten? Willst du mit mir abrechnen, ist es das? Du willst wissen, was ich aus deinem Leben gemacht habe, nachdem ich es dir gestohlen hatte? Du willst wissen, wohin mein Weg als Erwachsener mich geführt hat? Nirgendwohin, wie du siehst. Du hast mir deinen Platz überlassen und dich aus dem Staub gemacht. Ich habe getan, was ich wollte, und dennoch bin ich auf dem Weg, der zum Unsagbaren führt, nicht weiter vorangekommen als du ...

Die Utopie, die erkanntest du in den Wolken. Ich habe dich ausgelacht ... Die Utopie, die erahntest du im Nichtgesagten. Und ich verwischte die Spuren ... Die Utopie, die wolltest du erleben und nicht beschreiben, nicht zerlegen, sondern fühlen, mit deinem ganzen Körper, deiner Haut und allen deinen Sinnen einatmen. Unermüdlich führte ich dich in die Bibliotheken ... Heute abend ist es an dir, dich über mich lustig zu machen. Was hab ich erreicht, ich armer Versager, mit allen meinen Romanen, allen meinen Essays, allen meinen Sammlungen, meinen Ausgrabungen, mit all der zweifelhaften Arbeit des besessenen Nekrophilen? Was habe ich, alles in allem, denn an Grundsätzlichem herausgefunden außer dieser ganzen Scheiße und all diesem Bedauern, in dem ich schon den ganzen Abend herumirre?

Glaubst du, daß du uns, wenn ich dich nicht getötet hätte, auf rätselhaften Wegen zum Nadir geführt hättest? Wenn ich schön brav in einer Ecke deiner Seele hocken geblieben wäre und mich bemüht hätte, deine verrücktesten Wünsche und deine zügellosen Träume niemals zu durchkreuzen, hätten deine gewundenen Wege uns dann zu dem unerreichbaren Stern geführt? Wer kann das sagen? Wer kann sagen, ob die Utopie vom Himmel, von den Sternen oder aus dem Innern der Erde kommen wird? Wer kann sagen, ob die Utopie von den Menschen, aus ihren Köpfen, ihren Herzen oder ihren blutigen Eingeweiden kommen wird? Wer kann sagen, ob die Utopie von den Tausenden von Büchern kommen wird, die auf den staubigen Regalen ihrer Bibliotheken versammelt sind, oder von den Tausenden von Festen, von denen die Menschen seit Tausenden von Jahren unentwegt träumen? Wer kann sagen, ob die Utopie überhaupt jemals Wirklichkeit werden wird? Wer kann das sagen? *Wer?*

Ich bin ganz ruhig. Warum sollte ich es nicht sein? Alles ist zu Ende. Alles ist vorbei. Die Bilanz ist gezogen. Die Schalter können schließen.

Rasch brennt die Kerze auf den Tasten der *Mizaguchi* ab. Das zerfließende Wachs hat zögerliche weiße Bäche zwischen den Plastiktasten entstehen lassen. Die Nacht muß bereits weit fortgeschritten sein. Los, Kleiner, du brauchst keine Hemmungen zu haben. Hier bist du zu Hause. Du kannst nach Belieben überall herumwühlen, das Protokoll des Scheiterns abschließen. Wenn ich nicht dafür verantwortlich gewesen wäre, hätte ich nie mit dir darüber lachen können… Doch paß auf: Laß dir auch noch einen Moment Zeit für das Bedauern.

Wie du siehst, habe ich die Mühle nach dem Brand wieder aufgebaut. Sie ist größer geworden, weil ich die Ruinen des Turms zu diesem Zimmer ausgebaut habe. Hörst du dieses Geräusch? Hörst du die Ulme? Sie hatte dich schnell vergessen! Im Frühling nach deinem Tod blühte und triumphierte sie bereits wieder, so als wäre nie etwas geschehen. Auch die Schleiereule kam schon bald zurück. Sie baute sich erneut ihr Nest, an derselben Stelle wie zuvor. Ich folgte ihrem Beispiel, und nachdem ich meine Erwachsenenhöhle hergerichtet hatte, setzte ich mein Leben in der Mühle fort, so wie du in der Mühle gelebt hattest, vergaß dich oder versuchte, dich zu vergessen, und lernte, so zu tun, als wäre nie etwas geschehen…

Warum schaust du zum Fenster hinaus, was siehst du dort hinten, am Ende des Weges? Du erkennst dasselbe wie ich, nicht wahr? Man sieht den Glanz des Wassers, die Vollmondnächte und die Winde, die stark genug sind, um das Bollwerk des Waldes zu beschädigen. In verschiedenen Winternächten, wenn alles still ist, kann man sogar den aus dem Kupferrohr ins Becken fließenden Wasserstrahl deutlich hören ... Schau dir diese Nacht an: Kommt sie dir nicht vor wie jene Nacht, in der du mich verlassen hast, die nach Schnee und Wahn roch? Die Welt ist grau heute abend und erwartet von uns, daß wir von neuem beginnen ...

Langsam breitet sich das Kerzenwachs auf den Tasten aus. Ich werde hinausgehen, ohne sie zu löschen, und den Weg einschlagen, der zum Waschbecken, in meine Vergangenheit führt. Vielleicht begegne ich dort demjenigen, der mir sagen kann, wo die Utopie herkommt?

Ich gehe jetzt hinaus. Das Papier habe ich sorgfältig um die Tasten ausgebreitet, so, daß das Feuer alles verschlingen wird.

Kommst du, Kleiner?

---

Originaltitel: ›LE CLAVIER INCENDIÉ‹ • Copyright © 1983 by Lionel Evrard mit freundlicher Genehmigung des Autors (erstmals erschienen in ›Mouvance‹, Bd. 7) • Copyright © 1995 der deutschen Übersetzung by Wilhelm Heyne Verlag, München • Aus dem Französischen übersetzt von Georges Hausemer • Illustriert von Jobst Teltschik

---

*Tony Daniel · USA*

# AM STRAND
# VON DOVER

Die Einheit war in eine dicke Masse im Laderaum des
Schiffes geliert. Die Zeit hatte die Farbe von schmutzi-
gem Eis. Korporal Farrel fühlte die Jahre vergehen. Sie
fühlte sich selbst mit den Jahren in einen trägen glet-
scherigen Schlick gleiten, wobei das Schiff wie die Un-
ruhe eines Uhrwerks in und aus Realität Standard
schwankte. Nachdem einhundert Jahre vergangen
waren, mußte sie austreten.

Das Gel war fleckig von den teilweise absorbierten
Fäkalien der anderen, wie das Innere eines verdreckten Aquariums. Aber Farrel konnte sich nicht dazu
zwingen, an der Stelle auszuscheiden, an der sie aß
und schlief. Sie tadelte sich selbst für ihre Unfähigkeit
zur Anpassung, aber schließlich stieß sie sich trotzdem
Richtung Latrine ab. Was sie wirklich wollte, war alleine sein. Morgen – divisionsrelativ – würde sie eine
Pille von Darmviren nehmen und vielleicht nie wieder
scheißen müssen. Aber die Viren veränderten manchmal das Gehirn genauso wie den Körper. Vielleicht
wollte sie dann nie mehr allein sein … wenn es das
war, was man für das Überleben auf Dover brauchte.
Das Schiff würde am späten Abend – wieder divisionsrelativ – am Tech-Hangar andocken, und Tech
würde die Viren für die gesamte Division in kleinen,
handlichen Pillen fertig haben.

Farrel hatte es schon immer gehaßt, sich durchs Gel

zu bewegen. Sie haßte es, nicht atmen zu müssen, weil das Gel die Lungen bis in jede Pore füllte und ihren Magen mit Nährstoffen überzog. Das Zeug drang in jede Falte ihres Körpers, und mit seiner unglaublich vielfältigen Wirkung durchzog es ihren Geist, wobei ihre Gedanken auf Schiffsrealität, bei der Monate während eines Augenzwinkerns vergingen, verlangsamt wurden. Sie wünschte sich, daß diese Jahre begleitet wären von der entsprechenden Erfahrung und Weisheit. *Die* mußte man sich unglücklicherweise immer noch draußen in der harten Schule des Lebens aneignen.

Sie stieß an Rodriguez, dem Typ neben ihr, als sie Richtung Zentralröhre schwamm. Rodriguez öffnete die Augen und starrte Farrel in seinem betäubten Zustand an. Er sah sie als dunklen Schatten, ein undefinierbares Schmieren durch das Gel. Einen Moment lang dachte er, er wäre wieder auf G13, und eines der geflügelten Betas, die seine halbe Einheit vernichtet hatten, würde sich an ihn heranpirschen. Er schrie, aber der Ton war weit weg von ihm, dick und voll wie ferner Donner. Dann tätschelte ihm Farrel beruhigend auf die Schulter und das Drogenpflaster an seinem Hals überflutete sein Blut mit beruhigenden Chemikalien.

»Ich geh bloß mal aufs Klo«, sagte Farrel. Oder besser, sie übermittelte es über die Divisionsfrequenz zu dem Empfänger in Rodriguez' Gehirn. Ihre Stimme, überraschend dünn und leicht über Funk, hallte in seinem Kopf. Er schenkte Farrel ein blödes Lächeln und versuchte verzweifelt, wieder einzuschlafen.

Es hatte einmal eine Zeit gegeben, in der er jung gewesen war – vor Tausenden von Jahren, vor einem Jahr –, als Schlafen ihm noch eine lästige Notwendigkeit schien. Wichtig war gewesen, die Bäckerei aus den roten Zahlen zu bringen, ein Zuhause für Rosa zu schaffen wenn – *si te gusto, Maria, Dios, por favor, por favor* – wenn sie ihn nur heiraten würde. Aber nun war das einzig Wichtige der Schlaf. Schlaf hieß nicht kämpfen, und es hieß nicht tot sein. Das waren die Alternativen. Aber obwohl das Gel so warm war wie der Rio Grande, konnte Rodriguez nicht aufhören zu zittern. Er verfluchte seinen Körper, als ihn das Schütteln wach hielt. Und er verfluchte Farrel dafür, daß sie ihn aus seinem friedlichen, idiotischen Schlaf gerüttelt hatte.

Farrel glitt weiter entlang der Zentralröhre, einer Gegend, die mehr oder weniger sauber gehalten wurde und die auf allen Seiten begrenzt wurde von den gekrümmten Körpern der Soldaten. Die Latrine war kaum mehr als ein abgeteilter Kasten, der an einem gebogenen Querschott des Schiffes befestigt war. Sie konnte sie schon einige Meter, bevor sie sie erreicht hatte, riechen – der Berg von Scheiße und Urin und was auch immer die Tyker und Repons an Abfall ausschieden, klebte alles zusammen auf einem Haufen in dem Kasten. Er war so konzentriert, daß sich sein Gestank in alle Richtungen durch das Gel verteilte. Aber Farrel war von Exkrementen – menschlichen oder außerirdischen – nie sonderlich abgestoßen gewesen und glitt in die Notbehelfskabine.

Sie war verblüfft, aber nicht überrascht, daß sie drei weitere Mitglieder ihrer Einheit darin eingepfercht vorfand, die lautlos Funkpoker spielten. Sie waren auf Niederspannung und spielten teilweise auf Sicht. Das bedeutete, daß sie um Schmuggelware spielten. Tja. Davis hatte eine hübsche Menge von farbigen Pillen und Pflastern vor sich schweben und grinste breit. Offensichtlich war sie schwer am Gewinnen. Merni, einer der beiden Tyker in ihrem Zug, war völlig um seinen – oder ihren, denn Tyker waren Hermaphroditen – Körper gedreht, in der Tyker-Körpersprache der Ausdruck für Besorgnis. Farrel fand es immer noch schwierig zu glauben, daß sie die Stimmung eines

Außerirdischen mit solcher Leichtigkeit verstehen konnte. Sie hatte bis vor sechs Monaten – divisionsrelativ – noch nie einen Tyker gesehen. Sie fand es aber auch schwierig, sich nicht über das Erscheinungsbild der Tyker zu amüsieren, die aussahen wie zwei voneinander unabhängige, verdrehte Wirbelsäulen. Die Tatsache, daß Tyker keine zwei symmetrischen Körperhälften hatten, war irgendwie lustig. Nun, man lachte im Gel über alles, was es gab.

Sergeant Mboya war das dritte Mitglied der Pokerrunde. Wie üblich hatte er einen undurchsichtigen Gesichtsausdruck. Nichtsdestotrotz verlor er. Farrel konnte sich nie darüber klar werden, ob Mboya stoisch oder einfach gefühllos war, wenn er nicht kämpfte. Da Mboya eine Zelle der Masai war, konnte es sehr gut sein, daß das Ideal ihn nicht gebrauchen konnte außerhalb des Kampfes und daß er, auf sich selbst gestellt, ein einfältiger Mann war. Farrel wußte es nicht und wollte es nicht wissen. Wenn sie Zellköpfe sah, bekam sie eine Gänsehaut, und sie hatte ihnen allen gegenüber einen undefinierbaren Haß. Es war schließlich anfangs das Ideal gewesen, das die Menschen in den Krieg gezogen hatte. Aber solche Gedanken waren nutzlos. Farrel entschied sich, ihr Geschäft zu erledigen und dann vielleicht zurückzukommen und das Spiel zu beobachten. Offensichtlich würde sie keinen Ort finden, an dem sie allein wäre. Schließlich und endlich war die Erwartung, allein zu sein, schon von Anfang an nicht sehr realistisch gewesen.

Bevor sie sich wegdrehte, schwang sich Farrel noch mental auf die Niederspannungsfrequenz, die sie benutzten, und kibitzte in die Karten. Sie spielten Mexico Freistil, so daß Nichtspieler alle Blätter sehen konnten. Davis hatte ein Paar Sechsen aufgedeckt und Merni hatte nichts als ein Durcheinander. Mboya arbeitete an einem Flush mit drei aufgedeckten Herzen.

Mboya war mit seiner Aufmerksamkeit nicht wirk-

lich beim Kartenspiel. Er hatte hauptsächlich Ehren-pflaster verloren, für die er selbst – persönlich gesehen – keine Verwendung hatte. Masai war stark in ihm und bereitete ihn auf den morgigen Kampf vor. Er würde nicht im Traum daran denken, den Stamm mit einer Spekulation um ein Kartenspiel zu belästigen, und Mboya selbst fand es eigentlich gar nicht so wichtig, aufzupassen. Er war damit beschäftigt, gegen einen starken Drang anzukämpfen, nämlich den, über den Jackpot hinüber zu greifen, um Davis zu erwürgen. Er konnte nicht anders, er mußte sie als Feindin sehen. Mboya würde niemals Masais Weisheit anzweifeln, aber er fühlte sich wie eine kaputte Zelle, die den rechtschaffenen Haß, den Masai für die morgige Invasion durch ihn hindurchschickte, nicht richtig kanalisieren konnte. Dann widerte er sich selbst mit dem Gedanken an, daß er nur ein Wurm war. Denn eine Zelle sollte nicht denken, sondern eine Einheit von Gedanken bilden, einen ruhenden Ort für den Geist des Stammes. Und Davies gewann weiter und grinste ihr geselliges, leeres Lächeln, und sie war eine verdammte *Amerikanerin*, Abkömmling von Sklaven, stammlos.

Hebe es dir für Dover auf, sagte Mboya zu sich selbst. Der Feind ist dort. Davis konnte nichts dafür, daß sie war, wer sie war. Er empfand sogar eine grimmige Bewunderung für sie, wenn sie ihn nicht gerade beim Poker schlug. Sie war ausdauernd im Kampf – etwas, das er von den anderen seiner Einheit nicht sagen konnte. Schnell flackerten ihre Profile vor ihm vorbei, die das Masai Ideal Implantat in seinem Schädel in sein Hirn abspulte. Mboya vergaß die Karten und ließ sich selbst mit dem Ideal verschmelzen. Er-Masai lebte als die Information der Einheit, fühlte jedes Datenbit, als ob es Teil seines Körpers wäre, ein Teil seines Geistes. Es war angeborenes Wissen, das so vollständig präsent war und verstanden wurde, wie die Stimme Gottes für einen Propheten.

Mboya fühlte seine Persönlichkeit, seinen Teil des Bewußtseins heraufblubbern in die höheren Funktionen des Geistes der Masai. Die Ekstase der Vereinigung durchflutete seinen Körper, obwohl er sich kaum des Gefühls bewußt wurde. Er war sich dessen kaum bewußt, daß er überhaupt existierte – genau so, wie Masai die Zellen seines Körpers nur abstrakt kannte als Teile größerer Gruppierungen, Organe, Systeme. Masai war zornig, stolz und zornig. Mboya sah, wie das Ergebnis des kommenden Kampfes Masai helfen konnte, Seine Position in der Afrika-Koalition wieder zu festigen und die emporkommenden Zulus abzudrängen. Irgendwie würde das Ergebnis auch Courage 3 zerstören, das Nordamerikanische Ideal, das am meisten zu verlieren und am meisten zu gewinnen hatte in den gesamten Kämpfen um diesen Sektor. Wenn Courage 3 entfernt wäre, könnte Masai sich in die Position manövrieren, von der aus es das Herz des menschlichen Ideals werden würde, die mutige Hand der Menschheit. Macht. Von dort aus wäre Masai in der Lage, die besten technologischen Errungenschaften, die von der Tyker-Repon-Allianz versprochen wurden, zu erhalten – wenn die Erde nur deren Seite im Krieg gegen die Betas unterstützte.

Aber als Mboya von den Höhen des Masai zurückkam, konnte er sich kaum an die Gedanken des Es erinnern, konnte nicht verstehen, an was er sich *tatsächlich* erinnerte. Das einzig in ihm Nachhallende war die Sicherheit, daß die kommende Schlacht gewonnen werden mußte. Es war wichtig für Masai. Und was für Masai wichtig war, war das einzige, was für Mboya wichtig war. Er befürchtete, daß er mit der mittelmäßigen Einheit, die er befehligte, seinem Ideal nicht voll und ganz würde dienen können.

Und Davis holte noch einen Stich. Drei Sechsen lagen nun offen. Er schaute auf seine Karten. Kaputter

Flush. Verdamm sie, dachte er. Ich *werde* sie umbringen. Sie war ein Nichts. Eine Mikrobe.

»Davis«, sagte er. »Du bist ein Glücksarsch.«

Davis überlegte, ob sie ihren Gewinn zählen sollte
oder nicht. Sie wußte, daß es Unglück bringen konnte,
aber sie wollte unbedingt die Pflaster und Pillen anfas-
sen. Sie hatte schon seit langer, langer Zeit nicht mehr
so vielen greifbaren Reichtum gehabt. Irgendwo wußte
sie dunkel, daß sie das nicht wirklich behalten konnte.
Es gab keinen Platz, wo sie das meiste davon lagern
konnte. Sie konnte nur ein paar Pillen mit hinunter
nach Dover nehmen in ihrem Privatproviant – der linken vorderen Tasche der Uniform, die sie morgen bekommen sollte. Der Rest würde auf dem Schiff bleiben
müssen, und es gab keinen Grund zur Annahme, daß
die Einheit jemals dieses bestimmte Schiff wiedersehen
würde. Dieser Gedanke machte Davis traurig, weil sie
damit auch an all die anderen Dinge dachte, die sie nie
wiedersehen würde. Ihre Freunde zu Hause in Oak
Cliff. Ihre Mutter. Natürlich machte es nicht so viel
aus, jetzt, wo mehr und mehr Leute zu dem Ideal gingen. Sie waren so gut wie tot, wenn sie ins Krankenhaus gingen, um sich ihr halbes Gehirn herausschnei-
den zu lassen. Bevor Davis ihren Rekrutierungsbefehl
bekam, hatte ihr ihre Mutter erzählt, daß sie sich entschlossen hatte, Reverend Boyntons Gemeinde beizutreten. Alles, was ihrer Mutter gehörte, würde das
rechtliche Eigentum des Boynton Ideals werden.
Nicht, daß Davis Mutter Reichtümer irgendwelcher
Art gehabt hätte. Aber es gab da einige Erbstücke, einige Dinge aus *Silber*, die aus den 1900ern stammten,
und Davis hatte andere Leute in der Nachbarschaft gesehen, die alles, was sie besaßen, verkauft hatten –
Stück für Stück, um die eine oder andere Gemeinde zu
unterstützen.

Was teilweise der Grund war, warum sie sich über
den jetzigen persönlichen Reichtum so freute. Es

würde ihr niemand etwas wegnehmen, wenn sie es nicht hergeben wollte. Davis seufzte und fühlte das Gel leicht aus ihrem Mund fließen, als es ihre Lungen herausdrückten. Als sie sich entspannte, war es schnell wieder in ihr, es überzog sie, umgab sie.

Die Armee würde mit verdammter Sicherheit *alles* nehmen, was sie wollte, und jeden zwingen, sich auf sie verlassen zu müssen, um zu überleben. So viel zu der Flucht vor Konsequenzen der Höheren Bestimmung von anderen. Zumindest hatte sie Glück mit ihrer Pokerhand. Mboya sah aus, als würde er Briketts scheißen wollen. Davis konnte nicht verstehen, warum der alte Sarge so böse wurde, wenn er beim Poker verlor. Die Karten fielen, wie sie wollten, und du konntest dir auf ein paar Sachen einen Reim machen und auf andere Sachen eben nicht. So wie jetzt, wo er nervös wurde, weil er seinen Flush nicht zusammenbekam – und das war ein Beweis für Davis, daß er kein Herz mehr versteckt hatte –, und deshalb war er wirklich am Verlieren. Deshalb konnte er nur noch zusammenpacken, wenn er wußte, was gut für ihn war.

Mboya holte ein paar Pflaster heraus. Einen Moment lang fühlte Davis Mitleid mit ihm. Er war immer am Kämpfen, selbst wenn er aus dem Mist, in dem er steckte, herauskommen könnte, indem er sich ein bißchen entspannte. Wahrscheinlich mußten Sergeants so sein: streitsüchtig und kraß egozentrisch. Er hatte sie todsicher durch die größte Scheiße auf G13 geführt. Der Tyker Merni gab an Mboya ab. Merni war auf gewisse Art und Weise schwer einzuschätzen, aber er hatte wirklich keinen blassen Schimmer von Poker, das war sicher. Davis fragte sich, ob Tyker überhaupt tatsächlich intelligent oder eher wie wirklich clevere Hunde waren.

Für Merni war es klar, daß er Soldat Davis nicht bluffen konnte. Das Problem war momentan, daß ihm so viele Dinge auf einmal klar waren, daß eine Integration von allem nicht möglich war. Dieses Pokerspiel war teuflisch schlecht für seine Algorithmen. Merni empfand sich selbst als ein ›Er‹ etwa der gleichen Art, wie sich ein Arzt oder ein Basketballspieler der gewählten Berufsgruppe zugehörig fühlt. So lange er Soldat war, würde Merni keine Kinder bekommen und deshalb war er berufsmäßig ein ›Er‹. Aber wenn er nicht darauf aufpaßte, seine Gedanken in Ordnung zu halten, konnte er durch zu viele Sorgen schwanger werden. Das war ein Überlebensmechanismus in der Tyker-Physiologie, der nur durch geistigen Willen steuerbar war. Es gab Algorithmen, die man sich aneignen konnte, um den Selbstschwängerungseffekt zu ändern – diese dämpften jedoch auch die geistige Beweglichkeit und zerstörten jeden Wunsch nach einer Schwangerschaft unter schwierigen Umständen. Jeder Tyker focht, wenn er Soldat war, seinen persönlichen inneren Kampf aus, um nicht eine schwangere ›Sie‹ zu werden.

Merni schaute auf seine Pokerkarten und sah, daß es keinen Tausch gab, der ihm mit seinen Karten zum Sieg verhelfen würde. Aber seine Lerneinheit informierte ihn darüber, daß eine Täuschung möglich war. Es war klar, daß Sergeant Mboya keine fünf Karten derselben Farbe hatte und bluffte. Aber Soldat Davis war undurchsichtig. Mernis Wahrscheinlichkeits-Algorithmen konnten noch nicht einmal eine Analyse von Soldat Davis Handlungen errechnen. Soldat Davis hob noch einmal ab, und Merni war fieberhaft beschäftigt mit Abwägungen und Berechnungen, wobei jede separat von den anderen ablief. Solche Abtrennungen hätten ihm gute Dienste leisten können, wenn er zu Hause gewesen wäre unter den reibenden Körpern und den komplizierten Zusammenhängen seiner eigenen Rasse. Aber hier mit diesen Menschen war es ein entschiedener Nachteil. Hier gab es kein Teilen von Informationen, keine Meinungssynthese. Merni fühlte sich wie ein Motor, der von seinem Getriebe getrennt war und sich völlig ohne Sinn und Zweck bewegte und drehte. Völlig nutzlos und allein. Na, was war schon dabei, daß die Menschen den Tykern wesentlich mehr halfen, als sie Hilfe bekamen? Es war so einsam hier unter ihnen. Zuhause hatten ihn seine Freunde wahrscheinlich völlig vergessen. Freunde konnten so untreu sein. Klar war sein Analogon noch am Netz und sprach mit in der Sprache. Aber das war nicht wirklich er, das war nicht Merni. Bis er zurückkam, würden seine Freunde wahrscheinlich sein Analogon lieber mögen als ihn. Passierte ständig mit Soldaten. Zehntausend Jahre sind eine lange Zeit, um auf jemanden zu warten, und er würde es seinen Freunden wirklich nicht verdenken, wenn sie auf *ihn* nicht warten würden. Merni sagte sich, daß er sich momentan genug Stress gemacht hatte und faltete die Hände.

Davis lächelte dazu. Zumindest der Tyker wußte ein klein wenig, was für ihn gut war – nicht wie der alte Sarge, der sein eigenes Grab schaufelte. Sie setzte gegen Mboya ein paar Feuerviren-Pillen. Sie wollte jetzt ungern verlieren, denn das waren die Pillen, die sie mit Sicherheit behalten würde, um sie mit hinunter auf den Planeten zu nehmen. Sie konnten dich für etwa eine Stunde in einen Felsen oder einen Baum oder fast alles umstrukturieren. Dann würden sie die Umkehrwirkung entfalten. Kann deinen Hintern retten, eines von den Babies zu schlucken. Waren auch verdammt verboten. Sie hatte einen Soldaten auf G13 gesehen, der vor einem Beta davonlief. Es hatte seine Flügelspannweite von zwanzig Fuß auf den kleinen infraroten Arsch des Soldaten gezielt – und der Typ hatte in dem Moment, als das Beta über ihm war, einen Feuervirus eingeworfen. Und hatte sich ganz einfach so in einen Schwarm Motten verwandelt. Natürlich waren die Motten Erdmotten gewesen, und nicht für die Kohlenstoffdioxid-Atmosphäre von G13 strukturiert. Deshalb froren sie mitten in der Luft ein und klimperten auf den Boden. Keine Chance, daß sie sich in irgend etwas zurückverwandeln würden, das als menschlich erkennbar gewesen wäre. Man mußte mit Feuerviren vorsichtig sein. Aber schließlich *wäre* sie vorsichtig und würde nur Pillen mitnehmen, die sie in einen Felsen oder etwas Ähnliches verwandeln würden. Es würde ihr nichts ausmachen, ein Fels zu sein, selbst für eine lange Zeit. Selbst für immer.

Sie hätte sich keine Sorgen machen müssen, daß sie die Pillen vielleicht an Mboya hätte verlieren können. Er war mächtig am Bluffen und bot ihr noch einmal fünf Pflaster. Es war Zeit zum Aufdecken, und Davis tat das auch zögernd. Der alte Sarge war dabei, sich ziemlich aufzuregen und sie fühlte sich entsprechend nervös dabei, den Jackpot jetzt schon wieder zu leeren. Er wollte, entgegen den Regeln, nicht als erster auf-decken, und deshalb deckte Davis mental ihre Karten auf. Drei Sechsen, hohes As. Mit einem tiefen Ton, der über den Äther als urtümliches Grunzen kam, warf sich Mboya auf Davis.

Sie hatte es irgendwie schon geahnt, aber der Mann war bösartig, und eine Schlägerei bei Schwerelosigkeit war ihm nicht fremd. Indem er mit einer Hand ihren Arm gegen ihren möglichen Widerstand festhielt, hatte er sie sofort in eine bewegungsunfähige Lage gebracht, und mit der anderen schlug er auf sie ein. Das Gel ver-langsamte seine Bewegungen, aber er hatte Kraft in den Armen, und jeder Schlag brannte. Davis erinnerte sich, als sie das erste Mal von einem Mann geschlagen worden war, einem Freund, den sie an der Highschool gehabt hatte. Verrückterweise versuchte sie sich an sei-nen Namen zu erinnern, während Mboya auf sie ein-drosch. Frederic? Nein, Cedric. So hatte er geheißen: Cedric. Er hatte sie in den Magen geschlagen, und am nächsten Tag war sie hinter ihm auf der Straße her ge-wesen und hatte ihn mit einem Stahlkabel flachgelegt.

Oder vielleicht hatte sie sich auch nur *eingebildet*, daß sie so etwas getan hatte. Wie auch immer, sie wußte, wenn sie mit Mboya das gleiche täte, würde die Armee sie vor ein Kriegsgericht stellen. Sie wäre besser beraten, ihn nicht daran zu hindern, sie zu schlagen, und zu hoffen, daß er sie nicht allzusehr verletzen würde.

»Hey, Sarge. Hören Sie auf, verdammt noch mal, Sarge.« Farrels Arme schlangen sich um Mboya und zogen ihn zurück. Er warf sich hart nach rechts, aber das Gel verlangsamte ihn.

»Scheiße, Merni, kannst du mir nicht hier mithelfen?« sagte Farrel. Der Tyker schlang seine stielförmigen Gliedmaßen um einen von Mboyas Armen. Die drei stolperten aus der Latrine in trägem freiem Fall, wobei sie an Wände stießen und in Zeitlupe davon abprallten.

Nach einem Moment hörte Mboya auf zu kämpfen. Er erstarrte in Angst und Ehrfurcht in der Erwartung, daß Masais seinen Geist mit Tadel überfluten und ihn vielleicht damit *töten* würde. Nichts passierte. Er wurde nicht beachtet. Er entspannte sich schamerfüllt und enttäuscht. Farrel und Merni ließen ihn los. Er hatte eigentlich gedacht, daran gewöhnt zu sein, aber der stechende Geruch der konzentrierten Scheiße nebenan stieg ihm wieder in die Nase.

»Was, zum Teufel, hat Davis getan?« fragte Farrel. Mit einem Fußtritt stieß sie sich ein paar Schritte von Mboya ab, denn sie war sich nicht sicher, ob er nicht *sie* attackieren würde.

»Sie ist ein Miststück«, knurrte er über sein Intercom. »Sie ist eine miese *Amöbe*.«

Davis klaubte geschäftig von ihrem Gewinn so viel wie möglich zusammen, während sie Mboya im Auge behielt. »Ich habe Ihnen nie was getan, Sarge«, sagte sie.

»Verpiß dich aus meiner Sicht, verdammt«, knurrte

Mboya. Davis ergatterte noch ein paar Pillen und machte sich dann Richtung Ausgang davon. Sie schwamm schnell um die Ecke und haute ab.

»Sarge ...«, sagte Farrel.

»Lassen Sie mich in Ruhe, Farrel!« erwiderte Mboya und wandte sich von seinem Korporal ab.

Farrel wußte nicht, was sie tun sollte. Sie bemerkte, wie Merni sich durch den oberen Ausgang aus dem Staub machte. Der verdammte Tyker hatte Angst, daß er sich überlasten und dann schwanger werden würde, dachte Farrel. Tyker waren solche Nervenbündel, sonst nichts. Sie beschloß, weiterzugehen und Mboya zu beobachten. Er sah völlig deprimiert aus, und es war unangenehm, in seiner Nähe zu sein. Was war in ihn gefahren? Sollten nicht die Idealisten einen größeren Überblick über die Dinge haben, so daß sie sich nicht über unwichtige Streite aufregten? Sie hatte Idealisten noch nie verstanden, und teilweise war sie deshalb nie selbst einer geworden.

Sie hatte es wirklich nötig, aus dem Gel zu kommen und sich in Freiheit bewegen zu können. Sie würde morgen schon ihre Chance bekommen, aber das war etwas anderes; morgen würde es *Krieg* geben und dort gab es keine richtige Freiheit. Zumindest könnte sie versuchen, aus diesem verdammten Schiffsladeraum zu kommen. Bevor sie ging, sah sie sich um und fand eine von den Pillen, die Davis in ihrer eiligen Flucht aus dem Kabuff übersehen hatte.

Farrel schwamm aus dem Notbehelf und wand sich hinauf zur Luke. Es waren ein paar Tyker-MPs dort, die den Ausgang bewachten. Sie sahen gelangweilt aus. Tyker hatten seltsame Augen. Farrel wußte, daß sie keine bifokale Sicht besaßen. Sie hatte einmal auf G13 und im Grundtraining zu Hause auf *El Dorado* gesehen, wie sie zur gleichen Zeit in zwei Richtungen blicken konnten. Es gab wirklich keine Möglichkeit, sie abzulenken. Aber die Pille, die sie mitgebracht hatte, war ein Brauner Bomber, zumindest sah sie wie einer aus. Man konnte sich bei Feuerviren nicht wirklich darauf verlassen, was drauf stand, doch ihre Sehnsucht nach Einsamkeit überwog ihre Vorsicht. Es war unmöglich, daß der Überzug sich in ihrem gelüberzogenen Magen auflösen würde. Deshalb brach sie die Pille auf und leckte die bitteren mikrobischen Roboter von den Fingern. Sie fühlte das Kribbeln, als die Viren zu arbeiten anfingen.

Bevor sie transformiert wurde, schlug sie ihre Beine fest übereinander und bewegte sich direkt auf die Ausgangsluke zu. Dann fühlte sie, wie sie völlige Trockenheit überkam; ihr Inneres fühlte sich wie ein Keks an, der zu lange an der Luft gelegen hatte und von den Zehen her aufwärts zerbröselte. Dann zerbröselte auch ihr Kopf. Nichts. Nichts.

Durch die Luke war Farrel draußen im Kabinengang, der zur Truppenunterkunft führte, als die Nanoroboter sie umstrukturierten. Sie unterdrückte ein Lachen. Es war unwahrscheinlich, daß die Tyker-Wachtposten sie bemerken würden, aber man konnte nie wissen. Sie fragte sich, wie sie wohl aussehen mochte, als sie zu Staub geworden an ihnen vorbeizog. Wahrscheinlich wie der Rest der allgemeinen Scheiße, die in dem Lagerraum herumschwamm. Nichts Besonderes. Einfache alte Scheiße.

Ein Stückchen den Kabinengang hinunter, und sie erreichte den Schiffsrumpf. Es war niemand in der Nähe. Sie vermutete, daß sich die Crew für den Einsatz am nächsten Tag bereit machte – oder schlief. Der Rumpf war für sichtbares Licht durchlässig, aber so dick, daß das Flackern der Sterne leuchtende Schlieren bildete, wenn das Schiff in und aus dem Normalraum tauchte. Wie ein Film, dachte Farrel. Ein Film in Zeitlupe, wenn man die einzelnen Bilder vorbeiklicken sieht. Der Effekt war unheimlich, unnatürlich, aber Farrel fühlte riesige Erleichterung, für sich allein zu sein. Es war Tage her, einhundert Jahre, seitdem sie das letzte Mal frei vom Druck anderer Körper gewesen war.

Sie war noch nie von Massen begeistert gewesen, selbst früher auf dem Mond nicht. Farrel war als Jugendliche ein kleiner Oberflächenhüpfer gewesen. Das war zu der Zeit, als man anfing, die Viren zu entwickeln – die wirklich kräftigen Viren. Ihre Eltern, eine Bibliothekarin und ein Hilfsarbeiter der Hydroponie, hatten ihre kleinen Ersparnisse für eine Transformationsspritze der frühen Viren ausgegeben. Es war ihr möglich gewesen, sich auf der Oberfläche ohne Anzug oder Luft zu bewegen, während die anderen Leute die Welt durch zwei Zentimeter Stoff spürten, oder aber überhaupt nicht, wie diejenigen, die null Bock auf die Oberfläche hatten. So war es keine große Überraschung gewesen, als sie zur Patrouille ging, Krater- und Bergrettungen unternahm und andere Inspektionsgänge wegen Verstößen gegen die Sicherheitsbestimmungen erledigte. Sie war auf dem Mond eine dem Militär entsprechende Einrichtung, und somit waren sie die ersten, die eingezogen wurden, als die Tyker und Repons mit ihren Versprechungen kamen.

Ein Soldat gegen soundsoviel Wissen, hatte ihr die Einzugsbehörde erklärt. Für ihre Leistungen würde die Menschheit den Sternenantrieb bekommen. Ein Sternenantrieb, der nicht verdammt viel schneller war als das Licht, okay, aber schnell genug. Schnell genug für Regierungsarbeit. Farrel sagte sich, daß ein Legionär ein Legionär war, egal was gezahlt wurde. Nicht, daß sie eine Wahl gehabt hätte. Sie hätte in den Gürtel gehen können, dachte sie, aber was für ein Leben wäre das dort? Vielleicht besser als *dieses*. Na ja, was zum Teufel! Wie hätte sie das damals wissen können?

Was sie am meisten vermißte, vermutete sie, war der schwarze Rand der Nacht, die Erde, wie sie am Horizont hing in seltsamem blauem Feuer. Das leise Knarzen von Meteorstaub. Der Wechsel von Hitze und Kälte beim Durchqueren von Schatten. Vieles. Auf dem Mond aufzuwachsen war gut für ein Leben, das etwas wert war. Jetzt – alles vorbei. Nichts, zu dem man zurückgehen konnte. Meistens fühlte sie heutzutage, daß das, was sie tat, nicht lohnenswert war. Im Gegenteil. Es war tatsächlich so, daß dieses Leben aus nichts als Schwierigkeiten bestand.

Dann wurde das Flackern der Schiffsreise langsamer, mit länger werdenden Phasen von Realität, die die Leere des Nichts unterbrachen. Das Außen erhellte sich. Eine Explosion von Licht, das nur eine Sonne ganz in der Nähe sein konnte. Das Schiff änderte seinen Kurs und stürzte nach unten, als ob es eine Gewehrkugel wäre, doch Farrel wußte, daß es mehr wie ein Pilz geformt war denn wie ein Projektil.

Es war das erste Mal, daß Farrel die Orientierung wiederfand. Sie wußte, welche Richtung unten war. Drunten füllte Dover den schwarzen Himmel.

Ein wunderschöner Planet, so weißblau wie die Erde, aber gleichmäßig, fast ohne Wolkenbedeckung. Farrel konnte kein Land ausmachen. Die Schlieren, die durch den Schiffsrumpf kamen, verwischten wahrscheinlich die Sicht auf das Land, das es dort gab, mit dem allgemeinen Blau des Planeten. Es war nicht Wasser, hatte man Farrel gesagt, sondern flüssiges Methan. Ein einziger Ozean, gesprenkelt mit unzähligen Inseln aus einer Art kaltem harten Fels. Bald würde sie dort zu Hause sein, darauf eingestellt, das zu atmen, aus was auch immer die Atmosphäre bestand, mit einer Haut, die stark genug war, daß ihre Innereien nicht in dem hohen Druck zerquetscht werden würden. So zäh wie die ›Vegetation‹, die die Inseln überzog. Empfindungsfähig. Der Feind.

Aber im Moment war es ausgeschlossen, daß Farrel den Planeten als feindlich betrachten konnte. Dover war bezaubernd, so schön wie die Erde. Es war so lange her. Farrel verlor sich in dem Bild. Sie war so sehr weit von zu Hause. Aber das dort war etwas. Dieser Anblick würde sich ihr einprägen. Vielleicht für immer, ob sie wollte oder nicht. Dann fing das Schiff wieder an zu rollen, und der Planet bewegte sich aus dem Blickfeld. Farrel stieß einen Laut des Unmuts aus, aber der Klang wurde noch nicht einmal einen Zentimeter weit durch das alles durchdringende Gel getragen.

Dann war der Himmel voll von Schiffen und dem Feuern von riesigen Zerstörungsmechanismen. Die Schiffe der Tyker waren kompliziert verwunden und sahen aus wie riesige Nervenzellen, die sich filigran im Nichts ausbreiteten. Irgendwie produzierten die Tyker statische Energie in dem Netzwerk jedes Schiffes und schleuderten es hinunter in Paketen aus reinstem Feuer wie todbringende Neurotransmitter.

Farrel fühlte eine Mischung von Unbehagen, Bewunderung und Horror. Was für ein entsetzliches, wunderschönes Ding das war. Sie hätte alles dafür gegeben, es nie gesehen zu haben. Aber jetzt, wo sie es gesehen *hatte*, fühlte sie, daß sie sterben könnte in dem Bewußtsein, daß sie – bei Gott – etwas so Wunderbares gesehen hatte. Erst nach einer langen, langen Zeit – divisionsrelativ, Realität Standard – machte sie sich auf den Weg zurück in den Laderaum.

Die Tyker-Wachen dachten einen Moment lang, sie sei ein Offizier auf Visite, als sie wie ein verrückter Wal an ihnen vorbeiflitzte. Bis ihnen klar wurde, daß sie ein ungehorsamer gemeiner Soldat war, hatte sie sich schon unter die Masse von Körpern gemischt und konnte unter all den anderen nicht mehr gefunden werden.

Rodriguez wachte von Farrels Schütteln auf. Er schlug nach ihr, aber sie hatte so etwas erwartet und sich außer Reichweite gebracht. O nein, dachte er. Nein,

nein, nein. »Auf geht's, Betaköder!« sagte Farrel durch das Interkom. »Wir kriegen die Viren und schwirren aus.«

»Laß mich schlafen.«

»Habe ich schon, Betaköder. Ich und du sind die letzten der Einheit im Laderaum. Komm schon, Rodriguez.«

»Okay! Herrgott, okay!«

Rodriguez fühlte, wie das Zittern wieder anfing. Er schwamm ein paar Züge, und das schien zu helfen, es unter Kontrolle zu bringen. Aber dann überkam eine alles durchdringende Furcht seinen Geist und seinen Körper. Er war so sicher, als hätte die Stimme Gottes persönlich zu ihm gesprochen, daß heute der Tag war, an dem er sterben würde. »Ich bin für das nicht fit, Korporal.«

Farrel schaute ihn einen langen Augenblick an und schüttelte den Kopf. »Nein. Ich hatte auch nicht gedacht, daß du es wärst.«

»G13 war die Hölle.«

»Dann kann Dover nur besser sein.«

»Ich glaube es gibt noch tiefere Abgründe der Hölle.«

Sie bahnten sich ihren Weg zur Gel-Schleuse, und als sie hineingingen, trafen sie mit den anderen der Einheit zusammen. Als die ganze Einheit – sechzehn Soldaten – durch die Außenschleuse waren, drückte Mboya einen Knopf, und die Abdeckung glitt in ihre Führung. Der Raum war sofort voll von dem übelkeiterregenden Geräusch, das entstand, wenn das Gel abgesaugt wurde. Für Rodriguez hörte es sich an wie das letzte blubbernde Röcheln einer eiterverklebten Lunge.

Es fühlte sich viel besser an, wenn das Gel weg war, ersetzt durch Luft – oder welche Zusammensetzung der Atmosphäre es auf G13 auch immer gehabt haben mochte, da das die letzte Anpassung der Einheit gewesen war.

»Ich glaube, wir werden jetzt wieder normal scheißen müssen«, sagte Davis. Sie benützte ihre wirkliche Stimme, die in der zylindrischen Schleuse metallisch klang.

»Wie wäre das für dich, Davis?« sagte Farrel, die ebenfalls mit ihren Stimmbändern sprach. »Durchs Maul?«

»Ja, klar, du Arsch«, erwiderte Davis, aber mit einem Lächeln. Sie sprach jedes Wort ganz deutlich aus, mit Pausen dazwischen, und freute sich über den Klang ihrer eigenen Stimme.

»Der passende perfekte Beweis«, antwortete Farrel, die über den ungewohnten Gebrauch einer Reihe von p und b stolperte.

Rodriguez fühlte sich kalt und nackt.

Dann glitt die andere Luke auf, und sie krochen durch in ihre Landefähre. Sie bestand aus belastbarem, hitzebeständigem Material. Es gab natürlich keine Fenster. Soldaten brauchten keine Aussicht. Rodriguez war das egal. Er hatte Höhenangst. Vor seinem Rekrutierungsbefehl war er nie im Raum gewesen und nur einmal in einem Flugzeug. Mboya und der andere Sergeant der Truppe, Amudsen, teilten bereits die Viren aus. Zeit, um sich in eine andere Art von Dämon zu verwandeln, dachte Rodriguez düster. Er nahm die Pille und versuchte sie zu schlucken ohne nachzudenken, aber sie blieb ihm im Hals stecken. Er würgte und mußte sie hinunterzwingen mit einer Mischung aus Galle und Speichel, die in seinen Mund hochgekommen war.

Die Viren taten ihre Arbeit schnell und komplett. Rodriguez fühlte sich anders werden, irgend etwas nicht Richtiges. Es fühlte sich wie eine Krankheit an, die sich von seinem Magen wie ein Brand ausbreitete, nur mit extrem hoher Geschwindigkeit. Dann war die Umstrukturierung und Anpassung abgeschlossen. Er schaute auf seine Arme und wimmerte vor Abscheu. Alles bedeckt von einem Durcheinander aus Schuppen, verschrumpelt und so bleich wie eine Leiche. Neue Atmosphäre zischte in die Fähre.

Merni und der andere Tyker änderten sich kaum. Der Tyker behielt sein übliches Bläulichweiß bei, aber er sandte einen kleinen Schrei durch den Transmitter. Offensichtlich war etwas in ihm drastisch umstrukturiert worden. Rodriguez merkte, daß es ihm eigentlich völlig egal war, was mit den Tykern passierte. Und dann dachte er darüber nach, daß ihm eigentlich ziemlich egal war, was mit *jedem* von ihnen passiert, ihn eingeschlossen. Heute war der Tag, an dem er sterben würde. Wie interessant.

Die Stimmung hielt nicht lange an. Als die Fähre vom Schiff abkoppelte und hinunterjagte, wurde die Einheit in ihre Uniformen gepreßt. Rodriguez bemerkte, wie Davis eine Handvoll Pillen aus Gott weiß welcher Falte ihres neuen Körpers zog und sie in ihre Brusttasche steckte. Er hatte nichts mitzunehmen. Welche Art Erinnerung an sein früheres Leben könnte er bei sich tragen? Ein hartes Stück Gebäck aus der Bäckerei? Ein Bild von der Frau, die seit tausend Jahren tot war, die nicht warten würde, wenn er heimkam? Aber er hatte ja vergessen. Er würde nicht heimkommen.

Dann trat die Fähre in die Atmosphäre ein, und sie alle suchten sich Halt, als das Schiff durch die Peitschenhiebe der kalten Stickstoffwinde geschüttelt wurde. Der Sturz auf den Planeten dauerte und dauerte. Rodriguez schloß die Augen und versuchte zu schlafen. Unmöglich. Es war die schlimmste Art von Monotonie, die so an den Knochen zerrte, daß man an nichts Angenehmeres denken konnte.

Dann war der freie Fall vorüber. Rodriguez spürte zum erstenmal seit Tagen einen Boden unter sich, und es gab wieder eine Decke über dem Kopf. Mboya und Amudsen gaben die Waffen aus, schlanke Gewehre, die wer weiß was feuerten. Sein Ausbilder hatte es ihm erklärt, aber Rodriguez hatte es nicht wirklich verstanden und war nicht gewillt gewesen, den Bastard darum zu bitten, sich zu wiederholen. Es war sowieso egal. Irgendein neues seltsames Feuer, unmenschlich.

Die Fähre kreiste und kreiste. Rodriguez brach in etwas aus, das bei seinem neuen Körper Schweiß sein mochte. Er wollte nicht landen, aber weiter zu kreisen war fast genauso untragbar.

»Glauben Sie, die werden uns jemals unten absetzen, Sarge?« sagte Davis schließlich. Sie sprach in einem seltsam respektvollen Ton.

»Das geht mir wirklich auf die Nerven«, sagte Merni. »Aber wir sind hier oben ein viel kleineres Ziel. Das ist eine bewiesene Tatsache.«

Wie als Antwort explodierte etwas in der Nähe und schüttelte sie durch. Die Fähre taumelte einen Moment lang, dann kehrte sie auf ihren Kurs zurück.

»Erste Welle ist noch da, verdammte Scheiße«, sagte Mboya. »Seid froh, daß wir hier oben sind.«

»Junge, ich bin wirklich froh, daß wir hier oben sind«, sagte Farrel, »wie gottverdammte brütende Enten.«

Dann ging die Fähre wieder in den freien Fall, und Rodriguez mußte mit aller Gewalt dagegen ankämpfen, sich zu übergeben. Es kam: das Ende, näher, näher.

Unter dem Röhren der Bremsdüsen wurden sie langsamer und landeten schließlich. Sprengbolzen zündeten, und eine Seite der Landefähre brach weg. Die Einheit stürmte hinaus. Rodriguez konnte nicht glauben, daß seine Arme und Beine gehorchten, aber er war draußen mit den übrigen seiner Gruppe.

Auf einem Strand. Mit milchweißem Kristallsand. Methan schwappte ans Ufer und an die Leichen, die es säumten. Ein tiefer aquamariner Dschungel wuchs bis zum anderen Ende des Strandes. In unregelmäßigen

Abständen waren Löcher darin, aus denen Tentakel aus Reben hingen, die sich zitternd in der Brise in ihre Richtung schlängelten.

Nichts rührte sich, außer der Einheit. Die Töne waren dumpf und trugen nicht weit in der schweren Atmosphäre.

Ein Feuerball schwoll plötzlich über ihnen an. Rodriguez warf sich schreiend auf den Boden. Es wurde ihm fast sofort klar, daß es kein feindliches Feuer war, aber seine Arme zitterten so sehr, daß ihm Farrel helfen mußte, sich aufzurichten. Würde das niemals enden? Warum konnte er nicht einfach schlafen? Sie konnten ihn nicht dazu *zwingen*, aufzuwachen. Aber er konnte hier so ungeschützt nicht schlafen. Auf G13 hatten sie wenigstens von Beginn der Invasion an felsige Unterschlüpfe gehabt. Irgendwie schien es Rodriguez viel, viel schlimmer, im Freien unter Dovers riesigem wolkenlosen Himmel zu sterben.

Mboya starrte Rodriguez mit Abscheu an. Dann nahm ihn Amudsen am Arm, und die zwei traten ein paar Schritte zur Seite, um sich zu beraten. Mboya respektierte Amudsen als einen Konkurrenten. Amudsen war eine Zelle der Elite und war ein mutiger Soldat mit einer unnahbaren, europäischen Art. Er hatte Eis in den Adern, wo Mboya Feuer hatte.

»Wir müssen offensichtlich irgendein Kommando und die Kontrollbasis finden«, sagte Amudsen.

»Aber wir sollten den Strand nicht verlassen«, sagte Mboya.

»Ich werde einen Offizier suchen, und du bleibst hier.«

Es war unmöglich zu sagen, ob mehr Ehre verdient werden konnte, indem man blieb oder ging. Mboya wußte nicht, ob er zustimmen oder darum kämpfen sollte, zu gehen. Das ähnelte zu sehr einem Pokerspiel. Nichts Sicheres, nichts wie die Sicherheit, die er im Geist der Masai kannte.

»Okay, wir werden hier bleiben. Vielleicht können wir ein Stück von diesem gottverdammten Dschungel zurückbrennen.«

Ohne ein weiteres Wort trommelte Amudsen seine Einheit zusammen, und sie marschierten in den Dschungel über einen von den Pfaden, die bereits von denen hineingeschnitten worden waren, die vor der Einheit hier gewesen waren.

»Laßt ihn uns verbreitern und die Seiten des Pfades dort drüben wegbrennen. Der ist nicht breit genug für einen Hover«, rief Mboya seiner Einheit zu. Mboya legte sein Gewehr in Schußposition an und fühlte, wie die Auswahlsteuerung des Gewehres vor seinem geistigen Auge auftauchte, als die Algorithmen der Waffe sich in seinen Armen hochzogen und in sein Gehirn traten. Masai griff nach der Kontrolle des Gewehrs und integrierte sie in die riesige Struktur *Seiner* eigenen Programmierung, die in dem grenzenlos vielschichtigen Ei hinten in Mboyas Schädel saß. Mboya fühlte sich spröde und leer, ein eiserner Kanal für den Willen seines Stammes. *Das* war der Grund, aus dem er sein Leben für Masai gegeben hatte, seine Großartigkeit, seine Begeisterung. In diesem Augenblick war er die scharfe Klinge von Millionen von Köpfen. Er konnte keine falsche Entscheidung treffen, hatte noch nicht einmal die Verantwortung für seine eigenen Handlungen. Er war das Instrument einer höheren Macht, mehr als ein mickriges Individuum. Nie wieder würden ihn die anderen Kinder verspotten: »Mboya wird nicht mitspielen. Er ist hochnäsig und denkt, daß er besser und klüger ist«, oder später, als er wegging zur Handelsschule. »Mboya mag keine Frauen. Er will lieber sein Fleisch an die Sterne verschleudern.« Nie wieder, weil er – verdamm sie alle – *eingetreten* war. Er war eingetreten, und das mit Haut und Haar.

»Bildet auf dieser Seite eine Kette!« rief Mboya, und die Einheit gehorchte. »Waffen bereit.«

Die Vegetation seitlich des Pfades war kristallin, aber sie sah sehr lebendig aus und roch wie schimmeliges Brot. Mboya faßte eine Handvoll Dschungel und zog daran. Es ließ sich mit der Hand leicht ablösen, lauter kurze Wurzeln und Fühler. »Das müßte gut brennen«, sagte er und trat zurück in die Reihe.

»Ich höre Flüstern«, sagte Rodriguez. Mboya blickte zu ihm hinüber. Das war das erste Mal, daß Rodriguez etwas gesagt hatte, seitdem sie auf dem Planeten gelandet waren. Es war schwierig zu unterscheiden, wo Rodriguez' Angst aufhörte und seine Begabung anfing. Der Mexikaner konnte ein guter Soldat in der Einheit sein, wenn er nicht wie Espenlaub zitterte. »Es gibt Geister hier.«

Masai grollte in Mboyas Geist. Der Dschungel durfte nicht stehenbleiben.

»Feuer!« schrie Mboya.

Die Einheit eröffnete das Feuer auf den Dschungel. Er spritzte und kräuselte sich weg von der Energie. Der Gestank von angebranntem Toast füllte die Luft. Das Gewehr fühlte sich für Mboya organisch an, wie ein Teil seines Körpers und Gehirns. Masai war stark in seiner Wut. *Dieser Dschungel darf nicht stehenbleiben.* So viele Pläne hingen an dieser Zerstörung des Dschungels. Andere Stämme mußten den Weg frei machen; Masai mußte triumphieren.

»Vorwärts und Feuer!« sagte Mboya. Die Soldaten drangen ein paar Meter vor über die verkohlten Reste. Merni, der sich in einer Art von seitlich schlingerndem Schlangenkriechen vorwärts bewegte, hatte Schwierigkeiten, die unebenen Hügel zu passieren.

»Etwas kommt«, sagte Rodriguez, aber auch er ging vorwärts.

»Von was, zum Teufel, redest du?« fragte Davis, die ihren Platz in der Reihe einnahm und sich wie wild umsah.

»Geister.«

»Halt's Maul und schieß!« sagte Mboya. Einen Moment lang wollte er sein Gewehr auf Davis richten. Ängstlicher, stammloser Feigling. Rodriguez und Farrel hatten eine Entschuldigung dafür, daß sie ein wertloses Nichts waren. Wer würde sich schon einem Ideal anschließen, das nicht auch ein Stamm war? Und der Tyker? Wer, zum Teufel, wußte schon, was ein Tyker dachte? Wen interessierte das? Aber Davis hatte die Chance. Ihre Ahnen waren aus Afrika, sie hatte das Blut der Kämpfer in sich. Alles verschleudert. Er konzentrierte seinen Zorn zurück auf den Dschungel und eröffnete das Feuer.

Ein Windstoß schien die Seite des Pfades entlangzupeitschen, an der die Einheit arbeitete. Tentakel begannen sich zu winden, wie in einem starken böigen Wind.

»Eintreffende Algorithmen«, sagte Farrel. »Ich glaube, wir haben seine Aufmerksamkeit erregt.«

»O Scheiße, o Scheiße«, klagte Davis. Sie fummelte am Reißverschluß ihrer linken Brusttasche.

Mboya fühlte die Spitze von Masais Zorn in seinem Geist. *Kleiner Dschungelkopf, wie wagst du es, mich herauszufordern? Ich werde deine Welt zermalmen.* Aber jetzt war es an der Zeit, wegzutreten und den Zorn zu neuer Größe wachsen zu lassen.

»Zurück!« sagte Mboya mit Bitterkeit.

Er gab ihnen Rückendeckung, als sich die anderen umdrehten und Richtung Pfad zurückschlitterten. Alle außer Merni, der den Halt in der Masse der zerstörten Tentakel verloren hatte und hingefallen war. Mboya bewegte sich, um ihm zu helfen herauszukommen.

Als er die Reben mit einem dünnen Strahl aus seinem Gewehr zerschnitt, explodierte der Dschungel.

Tentakel aus dem noch lebenden Ende erhoben sich über Mboya und Merni wie ein Netz und verdunkelten den Himmel. Mit einer komplizierten Windung gelang es Merni, sein Gewehr zu befreien, und er zielte damit direkt in den Himmel. O du meine Güte, verlorene Freunde, laß es immer noch auf *weit* eingestellt sein, dachte er. Die Waffe sprühte hinauf und schnitt ein Loch in die herabhängenden Reben, die sauber um Mboya und ihn herum paßten. Dann krachte die zugreifende Masse herunter. Aber die Enden des Zeugs wuchsen sofort wieder zusammen wie eine Wunde, die mit Lichtgeschwindigkeit heilt.

Mboya versuchte sich durchzubrennen Richtung Pfad – in die Freiheit.

»Helfen Sie mir!« schrie Merni. Automechanismen schwirrten durch sein Gehirn, wodurch sein Körper hierhin und dahin sprang, was ihn nur noch weiter verstrickte. »Sergeant, ich komme nicht heraus!«

Mboya hörte Merni irgendwo weit entfernt in einer Ecke seines Geistes, der keinen Zugang mehr zu seinen Armen und Beinen hatte. Masai war alldominant. *Die Hand von Masai muß auf diesem Planeten überleben. Nichts anderes zählt. Alle anderen Zellen müssen hingerichtet werden, wenn sie nicht länger nützlich sind.* Mboya mußte fliehen. Sein Überleben war wesentlich wichtiger als das von Merni. Er fühlte wieder die unheimliche Bewegung hinter sich. Der Dschungel setzte zu einem neuen Angriff an.

Halb draußen schnitt er seinen Weg fast in Davis, die ihren Weg *zurück hinein*schnitt. Was versuchte diese Idiotin zu tun?

»Zurück, Davis!« schrie er. »Geh zurück! Das ist ein Befehl.«

Aber Davis hatte ihn nicht gehört. Ihr Gesicht war vor Anstrengung entstellt. Ihre Augen waren mit einer Leidenschaft aufgerissen, die jenseits von Horror lag. Was, in drei Teufels Namen, hatte sie vor? Mboya wunderte sich. Dann wußte er es. *Sie ist zurückgekommen, um mich zu retten.* Diese Feststellung krachte in Mboyas Kopf mit reinem Schmerz und absolutem Haß. Masai-Mboya loderte auf in berechtigter

Verletzung seines Stolzes, als er daran dachte, daß ein stammloses Etwas *Ihn* retten wollte. Davis lief an Mboya vorbei, er schwang sich herum und richtete sein Gewehr auf ihren Rücken. *Niemand* beleidigte Masai.

Und der Dschungel regnete hernieder und brannte, brannte. Etwas Ätzendes war in dem Blattwerk, auf seiner Haut, in seinen Augen. Er fühlte Bewegung in seinen Gedärmen und dann eine Nässe, die die Beine seiner Uniform hinunterlief.

Eine Million Köpfe können sich nicht irren, dachte Mboya. Ich habe die richtigen Entscheidungen getroffen. Aber das Gefühl der Sicherheit war leer, unwirklich, denn es kam aus einer implantierten Box. Er konnte nicht wissen, niemals wirklich *wissen*. Ich verbrenne in meiner eigenen Scheiße, dachte Mboya. Wie hatte das jemals passieren können?

Und als sich eine Rebe in sein Gehirn durchgefressen hatte, starb Mboya in absoluter Unsicherheit über alles. Davis schaffte es zu der kleinen Lichtung, die Merni herausgeschnitten hatte, und der Tyker war wieder soweit, ein weiteres Loch in die herabhängenden Reben zu schießen. Der organische Geruch von Versengtem war überwältigend. Davis zerschnitt fieberhaft die Tentakel, die Merni festhielten. Dann hob sie ihn hoch und schwang ihn auf ihre Schulter, als ob er ein großer, unförmiger Mehlsack wäre. Sie zog sich zurück Richtung Pfad, wobei sie wie verrückt um sich feuerte, während sie rannte. Der Dschungel brannte an ihren Hüften und verlangsamte sie. In einem klaren, unemotionalen Gedankenblitz kam ihr zu Bewußtsein, daß sie es nicht mehr zurück schaffen würde. Der Dschungel mußte sich bereits wieder aufgebaut haben. Aber sie war dem Ziel so nahe.

Da war plötzlich Farrel vor ihr, die hochsprang, um über die Kante des Rebennetzes zu blicken und sie anzufeuern. Dann verschwand Farrel hinter der alles

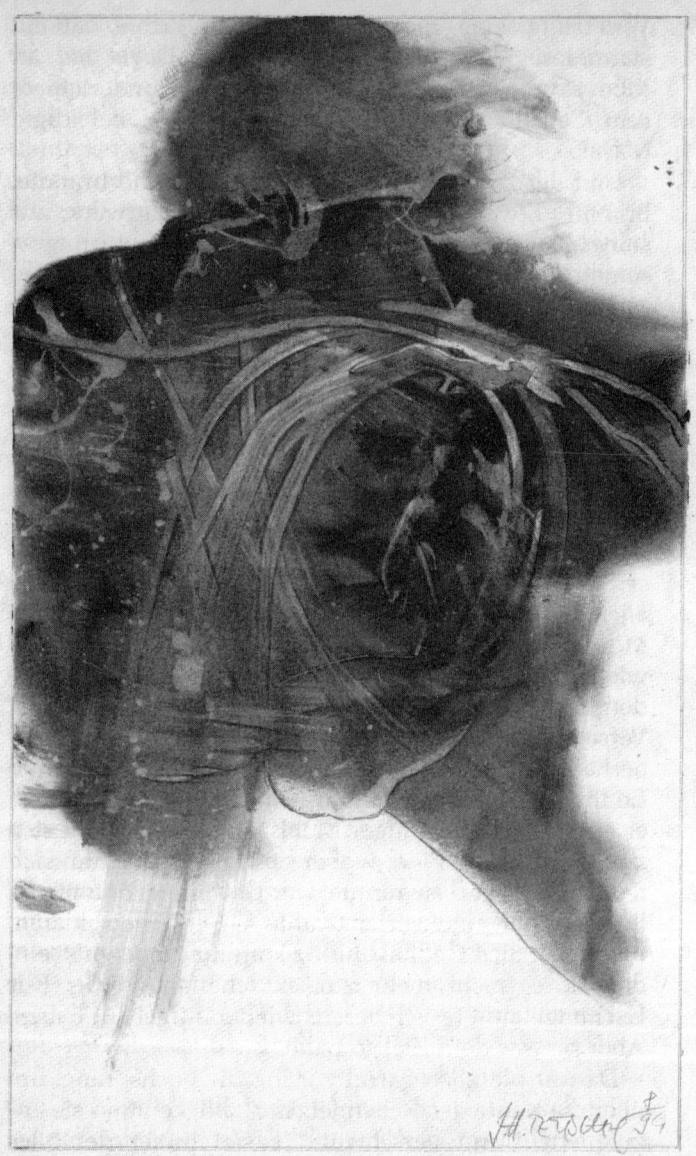

überziehenden Wand von Tentakeln. Davis spürte mit einemmal eine intensive Zuneigung für Farrel und die ganze Einheit, und sie war darüber enttäuscht, daß sie sie im Stich lassen würde.

Davis stolperte über etwas Weiches, Kuchenähnliches. Sie blickte hinunter und sah, daß es Mboya war, schon fast völlig aufgelöst. Er stank. Sie stieg über ihn hinweg und stapfte weiter, spürte, wie sie Kraft verlor, als ihre Beine langsam aufgefressen wurden. Vor ihr war ein Gleißen von Energie, und Rodriguez und Farrel waren bei ihr.

»Gib uns Merni!« schrie Farrel. »Wir werden ihn hier wegtragen. Es ist nicht weit.«

Eine Sekunde lang wußte Davis nicht, wovon Farrel sprach, aber Merni fing an sich auf ihrer Schulter zu winden, und sie erinnerte sich. Sie übergab ihn Farrel und Rodriguez, die ihn zwischen sich hielten, als würden sie eine Python tragen.

Rodriguez war ganz ruhig. Als er seinen Teil von Mernis Last aufnahm, war ihm, als hätte er etwas vergessen, etwas Wichtiges. Aber er fühlte sich leicht, unglaublich leicht, so als würde er auf einem Luftkissen rennen. Was auch immer es war, es konnte bis später warten.

»Es tut mir leid, es tut mir leid«, sagte Merni mit einem schrillen Klagen. »So leid.«

»Ist schon okay«, schrie Farrel als Antwort. »Versuch dich zu entspannen.«

Die anderen vor Davis waren aus den Reben und auf dem Weg. Davis konnte den Pfad sehen, der zehn Meter vor ihr lag und frei von Tentakeln war. Aber der Schatten lag wieder auf ihr, und sie wußte, daß es die Reben auf sie abgesehen hatten.

»Davis!« Farrel schrie vom Rand der Reben aus. »Davis, mach schon, renn!«

Hoffnungslos. *Ein Felsen sein. Ein Felsen sein und Schwierigkeiten über sich ergehen lassen, ohne sie bemerken zu müssen, ohne Schmerzen. Süßer Felsen der Zeit.* Davis langte in ihre linke Brusttasche und holte die Pillen heraus, die sie dort verstaut hatte. Keine Zeit zum Auswählen. Keine Zeit zum Nachdenken. Sie stopfte sie alle in den Mund und schluckte, so hart sie konnte. Sie mußte einige Kapseln zerbrochen haben, bevor sie sie geschluckt hatte, den sie fühlte bereits die Viren in den Eigeweiden rumoren. Was würde passieren? Vielleicht würden sie, alle zusammengenommen, sich gegenseitig abtöten? Aber nein. Die Veränderung kam. Die Veränderung.

»Davis, o Gott, Davis!« Farrel schrie. Ihre Kehle fühlte sich an wie ein blockiertes Dampfventil. Sie mußte zurück, als der Dschungel wieder vorkroch.

Als Farrel zurückstolperte, sah sie Davis völlig still dastehen mit einem friedvollen Lächeln auf dem Gesicht. Danach konnte Farrel sich nicht mehr sicher sein, ob ihre neu umstrukturierten Augen sie nicht zum Narren hielten. Davis schien sich nach außen zu falten, einer Eruption gleich – aber wie ein Blume, die sich in glühenden Farben entfaltet, hell leuchtend in Violett- und Rottönen. Jedes farbige Blütenblatt fing an, getrennt vom Ganzen, seine eigene Form anzunehmen und wurde eine winzige, geflügelte Kreatur. Das Ganze stob wie ein Feuerwerk auseinander. Dann vereinigten sich die Feuerkäfer in einer plötzlichen Bewegung, so schnell, wie Funken aus einem Feuer stieben – aber nach innen zu einer gleißenden Implosion –, die *irgend etwas* bildeten, etwas Unglaubliches. Wunderschön. Farrel starrte, während sie versuchte, das, was sie sah, zu verarbeiten.

Aber der Dschungel breitete sich darüber, und Davis war fort.

Farrel setzte sich hin und atmete in schnellen Zügen. Sie fühlte eine Bewegung unter sich und fuhr zusammen, denn sie dachte, es wäre ein einzelnes Tentakel, das versuchte, sie hinterrücks zu erwischen. Aber nein. Sie hatte sich in die Hosen gemacht. Sie fühlte ihr Gesicht vor Scham erröten. Sie stand auf und versuchte, die Scheiße aus den Beinen ihrer Hose zu schütteln. Wenn ich im Gel wäre, müßte ich mir darüber keine Gedanken machen, dachte sie. Und dann fing sie an zu lachen. Sie konnte lange nicht aufhören. Nichts war jemals in ihrem ganzen Leben lustiger gewesen. Schließlich bekam sie sich wieder in den Griff und sah sich um. Sie sollte die anderen besser vom Pfad holen, bevor der Dschungel einen weiteren Angriff auf sie starten würde. Aber er hatte bisher nicht so weit vordringen können, und deshalb waren sie wahrscheinlich nicht in akuter Gefahr.

»Nun«, sagte Farrel und sah sich um. »Wie geht es uns?«

Merni war in der Nähe, halb zusammengekauert sah er aus wie eine Kobra, die aus dem Korb eines Schlangenbeschwörers stieg. Farrel bemerkte, daß er so eng um sich selbst geschlungen war, daß er sich nicht bewegen konnte. Rodriguez hielt immer noch einen von Mernis Armausläufern fest. Er konnte nicht loslassen, und Merni hatte offensichtlich keine Kraft mehr, sich freizumachen.

»Ich glaube, ich bin schwanger«, klagte der Tyker. »Meine Freunde werden mich aus dem Netz lachen.«

Rodriguez schien sich in intensiver Konzentration zu befinden. Er starrte gebannt hinauf in den Himmel, und eine Art Schweiß tropfte von seinem blassen Kinn.

»Ich weiß jetzt wieder«, sagte Rodriguez. Farrel setzte schon an, ihn zu fragen, an was er sich erinnerte, aber dann wurde ihr klar, daß sie die Antwort zu *dieser* Frage bereits kannte.

Rodriguez ließ Merni los und wischte abwesend den Schweiß vom Gesicht. »Heute war der Tag, an dem ich sterben würde.«

Farrel zwinkerte in den milchweißen Stickstoffhimmel. Sie fragte sich, ob Dovers Atmosphäre es zuließ, daß nachts die Sterne erschienen. Aber es war im Grunde egal. Jedes Licht, das man dort sehen würde, war schon lange tot. Gespensterlicht. Irgendwo in dieser ganzen Weiße würde es bald das Gespenst eines kleinen Mädchens geben, das durch die Krater des Mondes hüpfte und in der Sonne in die Hände klatschte. Tot seit Tausenden und Tausenden von Jahren.

»Wir haben noch Zeit, Betaköder«, sagte sie zu Rodriguez. »Wir haben sehr viel Zeit dafür.«

Originaltitel: ›DOVER BEACH‹ • Copyright © 1992 by TSR Cor. • Erstmals erschienen in ›Amazing Science Fiction‹, Februar 1992 • Mit freundlicher Genehmigung des Autors und Uwe Luserke, Literarische Agentur, Stuttgart • Copyright © 1994 der deutschen Übersetzung by Wilhelm Heyne Verlag, München • Aus dem Amerikanischen übersetzt von Doris Leitner-Turnbull • Illustriert von Jobst Teltschik

*Vilma Kadlečková · Böhmen*

# AUF DER KEHRSEITE DER WELT

WIR sahen seine drei Augen, nur WIR, vier gewölbte Schüsseln auf dem Bogen des Firmaments. Er war von einer ansehnlichen Marmorsäule gestützt, und seine runzeligen Finger rollten eine Apfelsine durch den Staub des Weges. »Freut euch!« stand auf einer Glastafel. Also freuten WIR UNS.

Das vierte Auge des Dreiäugigen heftete sich auf UNS, und er lächelte mit seiner gespaltenen Zunge. »Willst du die Zukunft kennenlernen?«

WIR nickten: »Ja. Die achte von hinten.«

»Dann geh ein wenig zur Seite. Ich muß in die Sonne« – er zeigte auf die Apfelsine –, »ein Thermometer hineinstechen, so sehe ich die Skala besser.«

WIR flogen ein wenig zur zweiten Hälfte der Marmorsäule, und in diesem Augenblick überschritten WIR die Grenze der Welt. Unsere sieben Beine blieben in irgendeinem Schlamm stecken, drei brachen ab, als WIR versuchten, sie zu befreien.

Der Himmel war hier grün mit rosafarbenen Streifen. Aus dem Schlamm wuchsen irgendwelche Bäume, aber sie standen auf dem Kopf, das Wurzelwerk zu UNS gedreht. WIR wußten, sie erreichen UNS nicht, wenn WIR ganz nah zu ihnen kommen. Unmittelbar an dem Wurzelwerk herrschte immer die tiefste Dunkelheit.

Dann sahen WIR die STADT. Sie erstreckte sich durch eine riesige Vertiefung; das Meer, nur auf die wehenden Fahnen der Türme gestützt, hing darüber. WIR warteten, ob sie zusammenstürzen würde, doch WIR warteten vergeblich, vielleicht war sie unterwegs in eine andere Zukunft.

Auf UNSEREN verbliebenen Beinen hüpften WIR bis zu ihr hin; sie wandte sich um und blieb – vollkommen unlogisch – auf dem Boden stehen. Sie setzte sich aus drei zylinderähnlichen Etagen von unterschiedlichen Durchmessern zusammen. Auf dem letzten Zylinder brannte eine Kerze, die Schwaden wie von blaßblauer Schlagsahne absonderte. WIR streckten UNSER Ohr nach ihr ... Doch bevor WIR hereinkamen, hatte wieder jemand die Weltgrenze überschritten. WIR wurden zur UMGEBUNG.

WIR waren ganz gelb, nur hie und da wuchsen aus UNS rosenfarbene Büschel von Gras.

Auch Meer waren WIR. Lange, lange Zeitalter. Auf UNSEREM dunklen Himmel wechselten Sternbilder, eine seltsame gelbe Sonne kam auf und ging wieder unter. Danach kam lange, lange Nacht ... Jemand sagte von UNS, WIR seien tot.

Dann kam beiläufig das Ende dieser Nacht, nur eine Stunde blieb bis zur Morgendämmerung.

Einer von den zitternden, kalten, von oben auf UNS aus der atemberaubenden Höhe herabblickenden Sternen setzte sich in Bewegung. Er sank tiefer und tiefer in einer anmutigen Kurve, ein strahlender Punkt, der immer heller und heller wurde. Er fiel hinter einen UNSERER vielen Hügel, aus dem zerbrochene und verkohlte Stämme hervorragten, die Reste dessen, was früher Wald gewesen war. Nichts änderte sich und nichts bewegte sich ansonsten.

WIR, die Wiese, die leere, öde, vom Mondlicht versilberte, bis zum Spiegel es unruhigen, stürmischen Meeres abfallende, wurden zur Wüste. WIR waren weiterhin verlassen und glänzten mattsilbern. Quer durch UNS zogen ungeheuerlich vergrößerte, drohende und trostlose Skelettschatten von leblosen Bäumen, sie zielten alle gen Osten, ja, zur Sonne und zum neuen Tag. Wenn WIR einen Mund hätten, würden WIR lachen.

UNSER Mond war voll, groß, eine kremig weiße Mitte im aufgeblähten Kreis des Scheinens. Er berührte fast den Horizont, ging unter. Von dem merkwürdigen Stern, der vorher langsam vom Firmament gesunken war, um UNS zu besuchen, blieb keine Spur mehr. Nichts erinnerte hier mehr an ihn, und nichts sollte jemals noch an ihn erinnern.

Die Flut erreichte ihren Gipfel, und zwei tote Meere trafen sich. Das brausend-brüllende Meer: undenkliche Äonen alt, überspülte es mit langen, schäumenden Wellen den Strand. Das zweite Meer: erstarrt und unbewegt. Jung, jünger als irgend etwas, ein blauviolettes und glasiges Schlackenmeer. Seine Glut hatte es verströmt in den Sand des Strandes, von den Klippen bis zum Scheitelpunkt der Bucht, und die Kälte, die danach kam, hatte seine Wellen in eine feste Kruste verwandelt. Wie es dazu gekommen war, wissen WIR nicht. WIR waren damals noch nicht hier.

Die Zeit um UNS floß einschläfernd. Als ob ihr Strom, der einst so ungestüm, reißend und mutwillig vorwärts gerast war, auf einmal faul und müde geworden wäre. Als ob die Zeit ein sich von den Bergen wälzender Sturzbach wäre, der sich in der Ebene in einen breiten und seichten Strom verwandelte. Doch UNS stört es nicht, daß er so langsam fließt. WIR sind es gewöhnt zu warten, WIR haben keine Eile, weil WIR sowieso nicht wissen, wohin.

Die Sterne verblichen, und UNSER Meer, das wilde und aufgewühlte, wurde grau. Der Himmel im Osten rötete sich mit den ersten Sonnenstrahlen, die Schatten am Strand verloren bald an Schärfe und danach verschwanden sie völlig. Die Sonne kam auf. Die erste Dunkelheit des Morgens.

Auf dem öden Strand bewegte sich plötzlich etwas. Irgendwer ging an der Scheide von Wasser und Erde. In UNSEREM feuchten Sand, welchen die Wellen ständig überspülten, hinterließ er flache, leichte, sofort wieder schwindende Spuren.

Er ähnelte dem Menschen aus einer der Zeitphasen, die WIR schon mehrmals kennengelernt hatten. Er war kleinwüchsig, aufgerichtet, und hatte kurze Hände mit drei mehrgliedrigen Fingern. Auf seinem s-artig gebogenen Hals saß ein spitzer Schädel, kahl, ohne ein einziges Haar. Eine winzige Nase, ein lippenloser Mund und schmale, tiefliegende blaue Augen.

Dieser Irgendwer war in einen braunen, geflickten, aus einem starken Stoff gefertigten Mantel und in eine Leinenhose gekleidet. Er hatte keine Schuhe. Und er hieß Johann.

Am Rande der vom Morgenrot leuchtenden Schlacke blieb er für einen winzigen Augenblick stehen. Dann ging er weiter auf der radioaktiven Kruste, bis er die schwarze Klippe am Ende des Strandes erreichte. Hier lag am Sand, hinter der höchsten Flutlinie, ein langes dunkles Boot, mit einer morschen Leine an einem dicken Eisenpfosten angebunden, von dessen Oberfläche der Rost abfiel.

Johann löste die Leine, stemmte sich mit voller Kraft gegen den Bug und versuchte das Boot ins tiefere Wasser zu drücken.

Das Meer roch nach Salz und noch nach etwas Unbestimmtem.

Das Boot rutschte leicht hinunter, und als es die verlaufenden Wellen berührte, tauchte es erst ein, tanzte dann oben, als wäre es leichter geworden.

Johann watete durchs Wasser, zog das Boot hinter sich her, dann kletterte er hinein und zog die Ruder unter dem Sitz hervor. Er senkte sie in das schäumende Salzwasser, und das Boot bewegte sich nach vorn, der Flut entgegen.

Das bis zu UNS gekommene und hinter dem Hügel verschwundene Raumschiff, dieses einem strahlenden Stern ähnliche Schiff, landete im Tal unweit des Meeres. Und es wurde dunkel. Die Insassen machten Licht.

Es waren zwei; merkwürdige, in ihrer Gestalt sich wandelnde Wesen, die zwischen der Materie und dem Grundfeld schwankten. Der ältere befand sich eben in der Gestalt des Feldes. Er war über sechzig Millionen Jahre alt und hieß Langes. Der zweite, siebzigjährig, der Pergas hieß, hatte sich von Feld in Materie verwandelt und saß im Augenblick auf dem Boden des größten Raums im Schiff. Er blickte durch den Sehschlitz hinaus auf UNS – und WIR wieder auf ihn.

Überhaupt haben WIR das ganze Schiff gründlich berochen. Es kam von irgendwo her, wo WIR schon nicht mehr sind, sondern eine andere UMGEBUNG. Pergas und Langes kannten diese Stelle nicht; sie wurden während der Reise als dritte Generation geboren. Ihre einzige Aufgabe war es, zu fliegen, zu fliegen, weiterzufliegen – und bei den Planeten-Besuchen Kenntnisse über diese zu sammeln. Wozu dies gut wäre, darauf sind WIR nicht gekommen. Möglicherweise gibt es gar keinen Grund, und sie fliegen, fliegen und fliegen einfach nur so. Der Welt, wie WIR sie kennen, fehlt jegliche Logik.

Pergas stand auf und fuhr mit dem Aufzug einen Stock tiefer zum Ausgang. Er nutzte die Zeit seiner Materialisierung und ging um UNS zu betrachten. Langes hatte sich schon längst als Feld zu UNSEREM ferneren Ende geschoben und besah es dort. Zufälligerweise haben sich – aus UNSERER nichteuklidischen Sicht – diese zwei Stellen genau überdeckt, so daß er sich die Reise hätte ersparen können.

Pergas ging langsam durch das Tal auf einem weißen, fast vollständig durchlaufenden Streifen, der sich allmählich nach oben zu einem Abhang hinzog. Auch Langes schwebte über diesem Streifen – nur wußte er es nicht.

Dieser graue Streifen – das war ein Weg. Er war übriggeblieben nach irgendeiner vorangegangenen Phase. Was für eine Phase das war, wußten WIR nicht, weil WIR sie nie erlebt hatten. Aber ganz sicher war sie irgendeiner der Phasen ähnlich, die WIR schon gesehen hatten, denn die Phasen wiederholen sich ständig.

Dann sah Pergas einen Haufen. Er ragte unweit von dem Wege empor, er war unbewegt, schweigend und eigenartig. Verschiedene, aufeinandergehäufte Dinge hatten ihn gebildet. Pergas kam bis zu dem Haufen und fing an, ihn zu durchstöbern ... Er nahm von dem Fuße des Haufens eine zerstörte, verrostete Eisenkonstruktion, drehte sie nach allen Seiten um und beobachtete sie lange. Sie besaß eine runde Form mit einem großen Loch in der Mitte und war bedeckt mit einem glatten und schwarzen Stoff; auf der Innenseite befand sich ein regelmäßiges Muster. Wieviel solch unnützes Zeug haben WIR schon gesehen – und erzeugt! Aber Pergas wunderte sich, war überrascht und vielleicht auch ein wenig froh. »Nein, das hier ist kein Naturerzeugnis!« flüsterte er. »Das ist ...«

Was das war, wissen WIR nicht, WIR haben ihn nicht weiter gehört. In dem Augenblick hatte Johann rudernd die Insel erreicht, welche ein wenig aus dem Meer herausragte und die für UNS ein Schutz gegen Wind und Wellen war. Johann betrat die Insel – und dadurch überschritt er die Grenze UNSERER Welt. WIR wurden zum WESEN ...

Auf UNSERER Handfläche lagen zwei Staubkörner. Einen kurzen Augenblick lang waren sie rot, dann leuchteten sie grün. WIR hatten ihre Namen vergessen – warfen sie auf die Erde. Sie bohrten sich in den Boden, zuerst das eine, dann das andere. Sie keimten und wuchsen, sie verwandelten sich in irgendwelche

Pflänzchen. Sie kletterten zum Firmament in einer breiten Spirale, um sich wieder auf die Erde zu wenden – anstatt in die Breite aufzublühen.

Die nächste Welt: WIR sahen einen Tempel. Um ihn herum wuchsen weiß glitzernde Sträucher, und auf seinem höchsten Turm irgendein Symbol, das erschien und wieder verschwand. Immer ein anderes, doch an der gleichen Stelle. Möglicherweise auch umgekehrt – das gleiche, aber anderswo. Was wissen WIR schon.

WIR schritten zu dem weißen Wald auf einem engen und langen Steg, er war blau und goldig, WIR schritten und dachten nach, was das eigentlich sei. WIR erreichten die ersten Bäume, sie waren vollkommen regelmäßig gestaltet, dünn, gerade gestreckt und hoch. Wie eine Flechte rankte sich der Flor um sie und blühte weiß.

Auf einen Namen für diesen Wald sind WIR nicht gekommen. Aber das wußten WIR schon: diese Welt enthielt von allen Sachen nur zwei, und zwar vollkommen gegensätzliche. Diese Kenntnis genügte UNS zum Glück.

Dann kam das Paradiestal. Auf den rosenfarbenen Felsen spiegelte sich der Himmel wider, das sattschwarze Gras strahlte Wärme aus. Inmitten dieser Welt war ein Brunnen, tief, kühl und dunkel. Auf dessen Grund stand ein Krüglein. Auf dem Wasserspiegel schwamm ein Apfel.

»Willst du deine Zukunft kennenlernen?« fragte der Apfel.

»Ja«, antworteten WIR, »die dritte von hinten.« WIR hatten das eigenartige Gefühl, daß dies schon einmal irgendwo geschehen war.

»So geht zur Seite. Ich muß in das Krüglein eine Münze werfen.«

WIR traten vorsichtig zur Seite.

»IHR seid nicht verschwunden?« fragte der Apfel.

»Nein, WIR wollen UNSERE Zukunft kennenlernen.«

»Es gibt keine Zukunft. Die Zukunft ist Vergangenheit, solange du nicht den SCHLÜSSEL kennst«, sagte der Apfel.

»Das hast du dir ausgedacht?«

»Ich habe in das Krüglein ein Geldstück geworfen und das Krüglein hat es mir verraten. Das Krüglein sprach so rätselhafte Dinge, daß sie klangen, als hätte ich sie willkürlich zusammenphantasiert.«

»Aha. Und wenn dein Geld zu Ende geht?«

»Es geht nie zu Ende. Ich bin eine Welt für mich selber. Wenn jemand die Grenze des Paradiestals überschreitet, wird alles umgekehrt. Ganz einfach: ich werde Krüglein und das Krüglein wird zum Apfel. Und mein Geldstück bekomme ich zurück.«

WIR schüttelten die Köpfe. Es war merkwürdig.

»Sag UNS noch – wo ist der SCHLÜSSEL?«

»Ich weiß nicht, wo er ist. Ich weiß, wo er sein könnte.«

»Und wo könnte er sein?«

»Hier.«

»Wenn er hier ist, wieso bist du dir nicht sicher?«

Das Krüglein schwieg, und WIR drängten:

»Was sind WIR? Ein WESEN oder ein DING?«

»Falls der SCHLÜSSEL hier ist, dann bist du ein DING. Das ist doch klar.«

»Und wenn nicht?«

»Dann weiß ich es nicht. Ich weiß nichts, was nicht das Paradiestal betrifft. Ich habe die Grenzen dieser Welt nie überschritten.«

»Aber warum?«

»Warum?« dachte der Apfel nach. »Weißt du – vielleicht fände ich dann nie mehr die Richtung zurück. Davor fürchte ich mich sehr, und darum kann ich nicht weggehen. Ich liebe das Paradiestal.«

Das begriffen WIR nicht. Es kam UNS beinahe vor, als ob der Apfel gelogen hätte. Dann entdeckten WIR, was wirklich dahinter steckte:

Der Apfel hatte keine Beinchen.


WIR irrten umher. WIR irrten durch lange Zeitalter von einer Welt in die andere, und nirgendwo haben WIR den SCHLÜSSEL gefunden. Vielleicht waren WIR DINGE, vielleicht WESEN. Gelegentlich – öfters: die UMGEBUNG.

So blieben WIR schließlich auf einer silbernen Ebene stehen. Die Ebene hatte keinen Anfang und kein Ende, über ihr war Himmel und ein großer Mond. Der Himmel veränderte sich fließend.

»Wer bist du, o Welt?« flüsterten WIR.

»Ich bin das Wörterbuch.«

»Das Wörterbuch?«

»Ein DING, das viele Seiten hat. Jede Schattierung ist eine von ihnen.«

»Wozu ist es gut?«

»Weiß ich nicht. WIRklich nicht.«

»Ist in dir der SCHLÜSSEL?«

»SCHLÜSSEL?«

»SCHLÜSSEL zu der Zukunft?«

»Und du willst ihn tatsächlich?« lachte das Wörterbuch auf.

»WIR möchten ihn wenigstens sehen.«

»Den SCHLÜSSEL kann man nicht sehen. Man kann ihn nicht in der Hand halten. Ein Prinzip ist er. Eine Methode, wie man aus der Schleife herauskommt, die sich ständig wiederholt. Eine Schleife, die – wie diese Ebene – unendlich ist.«

»Und was ist dort – draußen?«

»Na, die Zukunft doch.«

»Also den SCHLÜSSEL kann man nicht sehen«, wiederholten WIR noch einmal. Auf die Dauer konnten WIR UNS nicht damit abfinden. WIR hatten UNS den SCHLÜS-SEL als ein wunderbares, großartiges, mit Regenbogenfarben und Perlen geschmücktes Ding vorgestellt. Was ist das – das Prinzip?

Wozu ist es gut?

»Also, WIR wollen ihn nicht«, sagten WIR.

»Naja. Ich hab es erwartet«, antwortete das Wörterbuch. »Immer kommt jemand, der den SCHLÜSSEL haben will. Ich biete ihn an – doch der Jemand überlegt es sich wieder ... Niemand hat ihn jemals genommen. Jeder geht weg und alles beginnt von vorne.«

»Was?«

»Das Suchen ... weitere Phasen, wißt IHR?« antwortete es, und es klang wie ein Seufzen, als sich das Wörterbuch geschlossen hatte. Der Himmel über der Ebene wurde dunkel, schwarz – und leer. Nur der große Mond leuchtete noch immer.

»Seid da willkommen«, sagte er.

»Du kennst UNS?« fragten WIR.

»Einmal waren WIR zusammen in der Welt. Du warst meine Erde, und ich war ein Mutant im Durchgangstadium.«

»Johann?«

»Johann.«

»Na siehst du. Als du ein WESEN warst, waren WIR die UMGEBUNG – und nun bist du ein DING. Nie können WIR UNS als Gleichberechtigte treffen«, sagten WIR traurig.

»Vielleicht doch. Sagt niemals nie. Ohne SCHLÜSSEL ist die Schleife unendlich.«

»Wie könnten WIR sie jemals verletzen wollen?«

»Es ist die Schleife des ewigen Böseseins«, sagte Johann, »doch für mich bedeutet sie eine permanente Existenz.«

»Für etliche nicht?«

»Für die Phasen nicht, die sich abwechseln. Die tauchen wieder auf – doch in einer anderen Form und ohne Gedächtnis.«

»Was bereust du?« fragten WIR lachend. »Die strömende Zeit?«

»Nein … vergiß, was ich dir erzählt habe. Solche Meditationen haben ohne den SCHLÜSSEL keinen Sinn und ich verzichte auf sie ganz leicht … Komm! Komm hierher, du WESEN!«

Er rief UNS, und WIR erhoben UNS in das dunkle Firmament … Doch da war eine weitere Grenze der Welt. Und im Nu wurden WIR zu einer UMGEBUNG.

WIR waren eine stille Landschaft, umflutet von dem weichen Licht einer dunkelroten Sonne, tiefe Seen aus flüssigem Ammoniak verschönerten UNS da und dort. Und überall, überall war Eis – kaltes, frostiges, glitzerndes und merkwürdiges Eis.

Eine seltsame Kreatur rann mit ihrem durchsichtigen Körper über eins von UNSEREN Ufern, zerfloß in Lachen und fügte sich wieder zusammen, stieß sich mit seinen Quarzauswüchsen ab und näherte sich langsam einem niedrigen Betonbau in einem UNSERER Täler. Mehr und mehr von diesen Kreaturen flossen daneben, seine seltsame Leibwache.

In dem niedrigen Bau trafen sich nur die Führer. Sie betrachteten den Plan und die Dokumentation irgendeiner Maschine.

»Die Erfindung der Photosynthese bedeutet im wahrsten Sinne des Wortes einen Umbruch!« jauchzte einer von ihnen. »Die klassischen Waffen sind mit einem Schlag veraltet!«

»Nach den Berechnungen sollte es funktionieren«, meldete sich der zweite. »Mit dieser Maschine produzieren wir Milliarden von winzigen photosynthetischen Robotern und werfen sie über den feindlichen Städten ab. Bevor jemand entdeckt, worum es geht, ehe man sich zu einer Gegenaktion aufrafft, erzeugen die Roboter tonnenweise Sauerstoff und werden sich auch noch vermehren und dabei noch mehr von diesem Gift erzeugen. Jede Verteidigung wird vollkommen sinnlos.«

»Und was wird inzwischen mit uns?« fragte einer der Führer zögernd.

»Zur rechten Zeit ziehen wir die Roboter wieder zurück. Bis zu dieser Zeit werden wir in hermetischen Bunkern leben ...«

»Das ist raffiniert, wirklich raffiniert!« frohlockte die erste Kreatur und lächelte mit ihrem linken und rechten Mund.

WIR hörten zu. Endet jetzt die nächste Phase? Es war UNS klar, daß es so ist. Aber was – nach ihr kommt die nächste, übernächste, über-übernächste, wie die Zeit eben strömt.

Dann beobachteten WIR, wie UNS die kleinen grünen Ungeheuer überfluteten, wie sie sich ausbreiteten und vermehrten. Wie die ehemaligen Bewohner erfolglos versuchten, diese zum Stillstand zu bringen. Gleichzeitig wußten WIR aber auch ein weiteres wichtiges Ereignis an UNSEREM anderen Ende. Dort startete eben eine von anderen Wesen aufgestellte Maschine eine neue Phase. Sie durchdrang das volle Dunkel der Sterne, welches WIR ebenfalls geschaffen hatten. Sie flog zu UNSEREM Teil, wo eben die Flüssigen untergingen, sie flog zu dem Land der Ammoniakseen und Kristalle, welches sich langsam änderte.

Wieder strömten die Zeitalter. Das kannten WIR schon gut, so oft strömten um UNS die Zeitalter und änderten die Welt! Die kleinen grünen Roboter überfluteten die Seen, die Felsen und die Städte, die von den Vorgängern gebaut worden waren. Sie überfluteten UNS. Und die Rakete näherte sich der roten Sonne, dem Ziel ihrer Reise. Ha-Ha! Wenn sie nur wüßten, daß sie die ganze Zeit durch ein einziges WESEN flogen, eigentlich durch eine einzige UMGEBUNG! Von dem ganzen unendlichen Weltall ist real nur ein winziger Bruchteil – WIR. Alles andere ist nur ein abgeleitetes Bild ... und daß die winzigen Bruchteile all der Unendlichkeiten die Kehrseite der Welt bilden. Doch diese sahen nicht die Kehrseite der Welt, sie wußten nichts über UNS.

»Die Terraner rufen ihre Weltallbrüder!« brüllten sie. »Meldet euch, ihr schweigenden Planeten des Alpha Centauri! Ist dort jemand? Lebt dort wer?«

Die Radiowellen stießen auf die Oberfläche unseres Planeten der grünen Roboter, zersplitterten, kreuzten sich, kamen zurück – alles umsonst. Schon längst gab es hier niemanden mehr von der vergangenen Phase.

Dann stiegen sie aus.

»Ein Planet, wie für UNS geschaffen«, sagten sie. »Dreiunddreißig Prozent des lebensbringenden Sauerstoffs!«

Es begann die nächste Phase, aber das haben WIR schon nicht mehr gesehen. Jemand überschritt die Grenzen der Welt und WIR fanden UNS anderswo wieder – um UNS herum waren weiche violette Flocken und blauweiße Pfützen.

Warum? Wer weiß es. Auf der Kehrseite der Welt herrscht Chaos, Chaos, Chaos.

Lang ist das Leben ohne Ordnung und ohne Zukunft. Was alles haben WIR schon gesehen mit UNSEREN grünen Händen – und was werden WIR noch sehen, bis endlich jemand die Schleife durchreißt und aus ihr herauskommt. Jetzt sind WIR wieder ein WESEN, um UNS ist alles neu, unweit steht ein vierfüßiger Stuhl, und auf ihm liegt die Sonne. Eine ganze Menge Tore führen zu ihr, einige sind höher, andere niedriger, alle starren leer zum gelben Himmel. Nein, es hat keine Logik.

So viele Tore und nirgendwo jemand.

Originaltitel: ›NA RUBU SVĚTA‹ • Copyright © 1994 by Vilma Kadlečková • Erstveröffentlichung mit freundlicher Genehmigung der Autorin • Copyright © 1994 der deutschen Übersetzung by Wilhelm Heyne Verlag, München • Aus dem Tschechischen übersetzt von Karl v. Wetzky

# PHÖNIX

## 1

Das Signal des Intercom durchbohrte mir wie eine Harpune die Seele und schleuderte mich aus dem gemütlichen Tümpel der Träume geradewegs in die unbarmherzige Wirklichkeit. Ohne die Augen zu öffnen, tastete ich nach dem Antwortknopf an der Wand. »Ja«, sagte ich heiser. »Ich höre.«

Die Stimme des Psychologie-Kapitäns klang ein wenig schuldbewußt. »Entschuldigen Sie, Gennadi Algertowitsch, daß ich Sie vor der Zeit geweckt habe, doch ich muß mit Ihnen reden. Kommen Sie bitte in zehn Minuten in die Schiffsmesse.«

»Zu Befehl, Jewgeni Dmitrijewitsch, in zehn Minuten bin ich da.«

»Und noch eine Bitte: Machen Sie Waraxa ausfindig, und bringen Sie ihn mit.«

»Wo könnte er denn sein?«

»Ich weiß nicht. Jedenfalls nicht in seiner Kajüte. Dort meldet sich niemand.«

»Gut, Jewgeni Dmitrijewitsch, ich gehe jetzt.«

Der Kapitän schaltete die Verbindung ab.

Ich blickte auf die Uhr. Bis zu meiner Schicht war es noch eine Stunde, zum Schlafen hatte man mir nur drei gelassen. Ich stöhnte. Mein Gott, wann werde ich mich endlich ausschlafen können? Sich jetzt auf die andere Seite drehen, den Kopf ins Kissen vergraben, sich in die Decke wickeln und nichts hören... Ich sprang aus der Koje, denn ich fühlte – noch eine Sekunde, und ich würde die Augen schließen und wirklich einschlafen. Rasch zog ich mich an, klappte die Koje an die Wand. In der Kajüte, die eher einem Einzelabteil in der Eisenbahn glich, herrschte das weiche Halbdunkel der Morgendämmerung. Von Kind an liebe ich solche Beleuchtung, deshalb schaltete ich das Licht nicht an. Die Thermosflasche mit Kaffee hatte ich noch in der Nacht vorbereitet, sie stand auf dem Tischchen beim einzigen Bullauge. Während ich in kleinen Schlucken die heiße, bittere Flüssigkeit trank, näherte ich mein Gesicht dem dicken Sicherheitsglas. Unter uns waren Berge. Offensichtlich überflog die *Zander* schon den Himalaja. Die verschneiten Gipfel zogen dicht neben dem Flugzeug vorbei, und wir flogen anscheinend in drei, vier Kilometern Höhe.

Ich trank den Kaffee aus, schob das Ringglas in sich zusammen und trat in den Korridor. Hier war es leer und dunkel. Von den Leuchtkörpern brannte nur jeder zweite, und das mit halber Stärke. An den Seiten lagen die geschlossenen Türen der ›Galeerensklaven‹ und der übrigen Besatzungsmitglieder. Fast auf der Hälfte davon waren mit Klebestreifen Zettel mit einem roten Kreuz befestigt. Das Quarantänezeichen.

Während ich überlegte, wohin es um diese Zeit Waraxa verschlagen haben mochte, erreichte ich die Kajüte des Bordarztes. Die Tür war angelehnt, ich klopfte und schaute hinein, die Hand an der Klinke.

Der Doktor saß angezogen auf der herabgeklappten Koje – entweder war er schon aufgestanden, oder er hatte sich noch nicht schlafen gelegt. Auf seinen Knien lag ein geöffnetes Köfferchen mit allerlei medizinischem Gerät. Der Doktor sortierte etwas darin um, klapperte mit etwas. Auf dem Tischchen am Bullauge brannte mit bleicher Flamme ein Spirituskocher. Es sah so aus, als liebte der Doktor ebenso wie ich die stille Stunde der Morgendämmerung, denn auch bei ihm war kein Licht eingeschaltet.

»Guten Morgen, Robert Karlowitsch«, sagte ich. »Wie geht's unseren Leuten?«

Ohne sich ablenken zu lassen, brummte der Arzt etwas. Die Worte konnte ich nicht verstehen, doch das brauchte ich auch gar nicht. Es war ohnedies klar, daß der Morgen alles andere als gut war und die Kranken krank blieben. Und daß sie nicht so bald wieder auf die Beine kommen würden, also würde auch ich mitsamt allen anderen ›Galeerensklaven‹ so bald nicht zum Ausschlafen kommen. Nicht, ehe wir nach Kapustin Jar zurückgekehrt waren.

Die *Zander* legte sich in eine Kurve, wir traten aus dem Schatten des Bergmassivs, und durch das Bullauge brachen die Strahlen der eben erst aufgegangenen Sonne in die Kajüte. Die Flamme des Spirituskochers wurde vollends unsichtbar, und auf dem Gesicht des Arztes traten die Furchen stärker hervor, die Falten um den Mund und die Säcke unter den Augen.

Ja, dachte ich, der Alte hat's nicht leicht ... Aber wer hat es jetzt eigentlich leicht?

Laut aber sagte ich: »Entschuldigen Sie, Doktor, haben Sie nicht zufällig Waraxa gesehen?«

Robert Karlowitsch klappte seufzend das Köfferchen zu und schaute endlich in meine Richtung. Selbst bei dieser Beleuchtung war zu sehen, daß seine Augen rot vor Schlafentzug waren.

»Ich habe Waraxa gesehen, Gennadi Algertowitsch«, antwortete er müde. »Vor einer Viertelstunde hat sich Bogdan Janowitsch auf die Aussichtsplattform auf dem Oberdeck begeben, um wie gewohnt den Sonnenaufgang zu betrachten und Gymnastik zu machen. Sie finden ihn dort ...«

»Danke, Robert Karlowitsch, entschuldigen Sie«, murmelte ich und schloß akkurat die Tür hinter mir.

Man lernt nie aus. Waraxa hatte also die Gewohnheit, den Sonnenaufgang zu betrachten, und ich hatte nichts davon geahnt. Dabei gehört er zu meiner Vierergruppe der ›Galeerensklaven‹.

Das Panoramadeck war nicht luftdicht abgeschlossen, und ein eisiger Luftzug wehte immer wieder hindurch. Ich zog den Anorak vorn zusammen und schluckte, um den Druckunterschied auszugleichen. Bogdan stand halbnackt an dem breiten, die ganze Wand einnehmenden Sichtfenster und musterte durch das Polaroidglas düster den Feuerball, der in der violetten Leere zwischen zwei glitzernden, schneebedeckten Gipfeln hing. Mich hatte er nicht bemerkt. Ich räusperte mich. Bogdan zuckte zusammen und warf mir einen seltsam wilden Blick zu. Gleich darauf allerdings entspannte sich sein Gesicht.

»Was willst du?« knurrte er.

»Der Psycho-Kapitän will uns sprechen. In der Messe.«

Waraxa antwortete nicht gleich. Ihn schien irgendein aufdringlicher Gedanke gefangen zu halten. Er warf einen besorgten Blick in Richtung Sonne, kniff in Gedanken die Augen zusammen und antwortete erst dann. »Klar. Sag ihm, ich komme. Ich zieh mir nur was an …«

Auf dem Weg zur Messe versuchte ich mir immer wieder vorzustellen, was für ein Chromosomensatz eine Person mit solcher Gesundheit und solchem Äußeren hervorgebracht haben mochte. Die Figur eines altgriechischen Athleten, die dunkle, matte Mulattenhaut eines Sklaven von Jamaica und das Profil eines römischen Kaisers zusammen mit Augen und Haarschopf eines Kelten. Dazu der Charakter – der Elan eines Casanova kurz vor einer Eroberung und die Bescheidenheit eines karibischen Piraten. Wo das bei ihm zu Hause in Iwja wohl alles herkam? Freilich, seine Mutter war anscheinend eine Syrerin oder Aserbaidschanerin – das heiße südliche Blut, und so weiter …

In der Messe war nur der Psycho-Kapitän. Er stand da, die Hände auf dem Rücken, und blickte durchs Bullauge.

»Setzen Sie sich, Gennadi Algertowitsch«, sagte er. »Und was ist mit Waraxa?«

»Er kommt gleich, Jewgeni Dmitrijewitsch.«

»Warten wir also.« Er wandte sich wieder dem Bullauge zu.

Ich setzte mich auf einen runden Hocker, lehnte mich an die Wand und streckte die Beine aus. Vor mir sah ich die Einrichtungsgegenstände der Messe, durch die sie sich von allen anderen Räumen des Schiffes unterschied: das Regal mit zwei Dutzend Büchern und einem Stereokassettengerät, darüber das große Foto. Das hatte ich schon Hunderte Male gesehen, aber irgendwohin muß man ja schauen. Also starrte ich auf die Abbildung des Flugapparats mit dem Propeller am Bug und der Raketendüse am Heck, mit den drei Paar kurzen, breiten Tragflächen, die hintereinander aus dem Rumpf ragten, und den zahlreichen Bullaugen. Viele glaubten, das sei eine Aufnahme von unserem Flugzeug. In Wahrheit zeigte das Foto das Modell eines interplanetaren Raketenflugzeugs, dessen Projekt Friedrich Arturowitsch Zander schon 1924 entworfen hatte. In dem Projekt war vorgesehen gewesen, überflüssig gewordene Metallteile des Flugzeugs zu zerkleinern und als Raketentreibstoff zu verbrennen. So sollte die Reichweite vergrößert werden. Sonderbar, Zander hatte wirklich an die Realisierbarkeit dieser Idee geglaubt, hatte davon geträumt, mit seinem Aeroplan zum Mars zu fliegen. Dabei war das damals die reinste Science Fiction. Enthusiasten hatte es seinerzeit gegeben …

Es kommt oft vor, daß das technische Denken einen Kreis beschreibt und zu alten, scheinbar längst begrabenen Ideen zurückkehrt. Der Doylead-Verstärker ist erfunden worden, kompakte thermonukleare Reaktoren mit einer völlig neuen Methode der Plasmasteuerung sind aufgetaucht, plötzlich hat sich erwiesen, daß die Form des Zanderschen Modells ideal für die Erforschung der oberen Schichten der Venusatmosphäre paßt, und schon nimmt Friedrich Arturowitschs Pioniertraum in Titanlegierungen Gestalt an. Die Teile des Flugzeugs verbrennen wir freilich nicht, obwohl wir es im Notfall tun könnten. Aber immerhin, wenn wir mit Raketenantrieb fliegen, verdampfen wir einen Arbeitsstoff. Und das kann alles mögliche sein – Steine, Sand, Wasser…

Ich schaute auf das Foto und sah plötzlich, daß sein Rahmen spurlos verschwunden war, wie auch die Wand dahinter, das Flugzeug aber stürzte aus einer Kurve mit heiserem Dröhnen geradewegs auf mich zu, mitten auf meine Nasenwurzel. Hinterm Steuerknüppel saß Waraxa, und einen Augenblick, bevor er mich rammte, verwandelte er sich in ein schwarzes Skelett, umgeben von einer goldenen Flammenwolke. Ich brüllte los und erwachte. Das Dröhnen erwies sich als mein eigenes Schnarchen, und ich war fast auf den Fußboden gerutscht, über mir aber standen Bogdan und der Psycho-Kapitän. Der Kapitän betrachtete mich mitfühlend, Waraxa mit einem boshaften Lächeln. Dabei hatte der Kerl doch nicht länger als ich geschlafen, und er war frisch wie eine grüne Gurke. Wie machte er das nur?

Ich versuchte, nicht rot zu werden, und nahm ohne die beiden anzublicken die Ausgangshaltung ein, während der Kapitän, um die Peinlichkeit zu überspielen, Bogdan Platz anbot und zur Sache kam.

»Wir müssen über den Schichtplan sprechen. Vor einer halben Stunde war Robert Karlowitsch bei mir, und er hatte nichts Tröstliches zu sagen. Die Kranken werden frühestens in drei Tagen wieder in Form sein. Über die Hälfte der ›Galeerensklaven‹ ist ausgefallen. Doch zu fliegen haben wir noch fast dreitausend Kilometer. Der Doktor und ich haben alles durchgespielt, die Reste der Vierergruppen nach verschiedenen Varianten aufgeteilt ... Trotzdem kommt immer heraus, daß jemand zwei Wachen hintereinander stehen muß. Als ich den Doktor fragte, wer sich dafür am besten eignet, hat er Sie genannt, Bogdan Janowitsch. Ich möchte also mit Ihnen besprechen, ob ...«

»Jewgeni Dmitrijewitsch«, unterbrach Waraxa den Kapitän, »was soll das Herumgerede? Sie brauchen mein Einverständnis, zwei Wachen hintereinander zu stehen? Ja, bitte sehr, meinetwegen auch vierundzwanzig Stunden! Wenn nötig, kann ich auch allein das Plasma halten. Darum geht es nicht ...«

»Worum dann?«

Waraxa wurde verlegen, auf seinem Gesicht erschien derselbe Ausdruck wie kurz zuvor, als er in die Sonne geblickt hatte. »Kann ich meine Meinung sagen?«

»Ja, natürlich.«

Bogdan neigte sich vor, blickte dem Kapitän geradewegs in die Augen und sagte: »Dann würde ich raten, den Flug unverzüglich zu unterbrechen, an der ersten besten geeigneten Stelle zu landen und den Reaktor abzuschalten.«

Der Kapitän und ich starrten ihn verblüfft an.

Den Reaktor abschalten! Also, Bogdan! Von jedem anderen hätte ich das erwartet, nur nicht von ihm.

Als erster faßte sich der Kapitän: »Ist das Ihr Ernst, Bogdan Janowitsch?«

»Nein, ich reiße Witze!«

»Aber ... Ihnen ist doch klar, daß der Navigations-Kapitän und ich sehr triftige Gründe haben müssen, um solch einen Befehl zu erteilen?«

»Die Gründe gibt es. In ein paar Stunden wird es auf der Sonne zu einer gewaltigen Eruption kommen, also werden wir hier einen sehr starken Magnetsturm haben. Wir werden das Plasma nicht im magnetischen Wechselfeld halten können.«

»Ist das eine Befürchtung oder feste Gewißheit?«

»Sagen wir: eine ernste Befürchtung.«

»Also doch keine vollkommene Gewißheit. Das zum einen. Und zum anderen: Wie kommen Sie überhaupt darauf, daß es eine Eruption geben wird? Haben sie es im Radio durchgegeben?«

Waraxa zögerte einen Moment lang und rutschte in den Sessel zurück. »Ich spüre das einfach. Sie mögen es Intuition nennen. Aber die Eruption wird stattfinden – da bin ich mir völlig sicher.«

Der Kapitän schaute ihn ungläubig an. »Wie können Sie das spüren?«

Waraxa verzog unwillkürlich das Gesicht, rutschte wieder in den Sessel zurück. »Ich kann das nicht erklären. Ich spür's, und fertig.«

»Und Sie meinen, wir sollten so eine Entscheidung aus keinem anderen Grund als Ihren subjektiven Empfindungen treffen? Es ist gerade mal eine Stunde her, daß ich Verbindung mit dem Flugleitzentrum hatte, und niemand hat mir etwas dergleichen gesagt. Wem soll ich glauben?«

Waraxa schwieg düster.

Der Kapitän seufzte. »Nun gut, Bogdan Janowitsch, wenn Sie bereit sind, zwei Wachen zu stehen, dann wäre das meinerseits alles. Und was den Reaktor betrifft… Nun ja, ich verspreche Ihnen, daß Ihre Erwägungen beachtet und aufs ernsthafteste ins Kalkül gezogen werden.«

Bogdan warf uns einen mißmutigen Blick zu, stand schweigend auf und ging hinaus.

Als sich die Tür hinter ihm geschlossen hatte, wandte sich der Kapitän mir zu. »Und was sagen Sie dazu?«

Ich zuckte die Achseln. »Ich weiß nicht, was ich sagen soll. Aber daß ausgerechnet er vorschlägt, den

Reaktor abzuschalten, hat eine Menge zu bedeuten. Ich glaube, wir sollten auf ihn hören.«

»Abschalten ist nicht schwer. Aber ob wir ihn dann wieder zünden können – das ist die Frage. Und wenn wir es nun nicht können und einen Rettungstrupp anfordern müssen? Was das für das Projekt bedeutet, wissen Sie.«

Das wußte ich sehr gut.

Die *Zander* war der Beginn einer völlig neuen Etappe in unserer Raumfahrt. In der Geschichte der Erschließung des Weltraums hatte es schon Orbitalgleiter mit chemischem Triebwerk gegeben wie das Space Shuttle oder den ›Buran‹. Aber ein Raumflugzeug mit Nuklearantrieb, das interplanetare Flüge unternehmen könnte – das war noch nicht dagewesen. Unsere *Zander* freilich war nicht für den Weltraum vorgesehen. Es war einfach ein Flugzeug mit einer thermonuklearen Energiequelle. Bei diesem Flug wurden vor allem der Reaktor und die Besatzung getestet. Wir sollten um den Erdball fliegen und beweisen, daß die einander ablösenden Vierergruppen von ›Galeerensklaven‹ den Reaktor beliebig lange in Gang halten konnten.

Wie jedes neue Unternehmen, hatte das Projekt *Zander* eine Menge einflußreicher Gegner. Auf diesem Flug konnten wir nur einen Sieg gebrauchen. Der geringste Mißerfolg, und das Projekt würde, wenn nicht überhaupt begraben, auf eine ziemlich lange Bank geschoben werden.

»Letzten Endes«, sagte ich, »haben wir den größten Teil des Weges hinter uns. Es ist ja nur noch ein kleines Stückchen übrig.«

»Egal. Den Gegnern des Projekts können wir das Maul nur stopfen, wenn wir das Programm hundertprozentig erfüllen und die *Zander* zurück nach Kapustin Jar bringen. Sie werden sich an jeder Kleinigkeit festbeißen.«

»Bogdan hat gesagt, daß die Eruption in ein paar Stunden erfolgen wird. Vielleicht sollten wir auf Raketenantrieb übergehen – dann können wir womöglich vorher da sein.«

»Daran hab ich schon gedacht. Das Einladen des Arbeitsstoffes frißt den ganzen Zeitgewinn durch die höhere Geschwindigkeit auf. Wen können wir denn einladen lassen? Fast niemanden. Wenn wir jetzt überm Meer wären ...«

Ja, wenn wir jetzt überm Meer wären ... Wenn die *Zander* mit Raketenantrieb flog, war sie rund zehnmal schneller, doch dafür verbrauchte sie Arbeitsstoff. Überm Meer war es einfach: Man geht auf dem Wasser nieder (die *Zander* war ein Amphibienfahrzeug mit Senkrechtstart), läßt einen Schlauch runter und pumpt das Wasser in den Laderaum. Hier aber, in den Bergen, mußten wir von Hand Schnee oder Steine laden. Ein gutes Stück Arbeit. Vor allem, wenn man bedenkt, daß wir sie oft tun müßten – unser Laderaum war leider ziemlich klein.

»Nichts zu machen«, sagte der Kapitän. »Bis zum Kaspisee müssen wir mit Propellerantrieb fliegen.«

»Aber wenn er recht hat, wenn der Reaktor von selbst ausgeht und wir auf die Felsen stürzen, dann ist das Projekt erledigt.«

»Wenn er recht hat. Es läuft alles darauf hinaus, ob man ihm glauben kann. Sie scheinen es zu können?«

»Ja.«

»Ich aber nicht.«

»Aber warum, Jewgeni Dmitrijewitsch?«

»Er macht mir Sorgen, Ihr Waraxa. Die ›Galeerensklaven‹ sind natürlich allesamt ausgeprägte Persönlichkeiten, doch Bogdan ist gar zu ... ähm ... originell. Alle diese seine extravaganten Theorien ... Wie kommt er übrigens mit den übrigen Mitgliedern der Vierergruppe zurecht?«

»Normal. Und bei der Arbeit hat er überhaupt nicht

seinesgleichen. So ein Verständnis für das Plasma findet man selten. Man kann sagen, daß er es liebt.«

»Genau davor habe ich Angst. Ob nicht seine Leidenschaft zu einer Manie ausartet, zur Paranoia?«

»Wo denken Sie hin! Er ist ein ganz normaler Mann. Na gut, er läßt sich hinreißen, übertreibt ein bißchen, das gehört dazu.«

»Und was war die Ursache seines Konflikts mit Ochotnikow?«

»Welches Konflikts?«

»Nun, der Auseinandersetzung während unserer Zwischenlandung auf dem Atoll.«

»Ach, das! Wieso denn ›Auseinandersetzung‹; das war ihr üblicher Streit in theoretischen Fragen. Sie kennen doch die Charaktere der beiden. Ochotnikow ist ein Pedant, ein Freund von exakten Definitionen, während Hogdan sich mehr auf die Intuition verläßt. Also disputieren sie bei jeder Gelegenheit.«

»Aber soviel ich weiß, gingen die Wogen damals besonders hoch. Worüber konnten sie sich dort auf dem Atoll nicht einigen?«

2

Dort auf dem Atoll ... Der Tag war schön und wurde gewissermaßen zum Äquator unseres Fluges. Alles davor konnte man getrost einen Vergnügungsspaziergang nennen, statt einer Erprobung neuer Technik. Anscheinend hatten die Unannehmlichkeiten einfach nur Kräfte gesammelt, um sich in der zweiten Hälfte auf uns zu stürzen.

Nachdem wir Dreiviertel des Weges entlang des Meridians zurückgelegt hatten, stellten wir fest, daß wir einen Tag Vorsprung herausgeflogen hatten, unter uns aber hatten wir in den blauen Weiten des Indischen Ozeans ein herrenloses Atoll entdeckt. Die Leitzentrale hatte nichts gegen einen Tag Urlaub, und die Titan-zigarre der *Zander* landete auf den Dünen weißen Ko-rallensandes. Durch die Bullaugen auf Steuerbord sah man die weißen Brecher an den Korallenriffen, auf der rechten Seite eine niedrige Erhebung, die den Blick auf die Lagune versperrte und hie und da mit Kokospal-men bewachsen war.

Der Tag verging mit leichten und angenehmen Be-schäftigungen: Schwimmen in der Lagune, Sonnenbä-der, Kokosnüsse kosten. Abends Tee am Lagerfeuer, Lieder zur Gitarre zum Ruhme der Ferne, des Vaga-bundenschicksals und der Zigeunerfreiheit. Ich weiß noch, als letzter sang Serdjuk aus Slawinskis Vierer-gruppe. Er trug eine Ballade von Kipling mit selbstver-faßter Melodie vor. Mir gefiel sie besser als alles an-dere, behalten habe ich aber nur ein Bruchstück, so un-gefähr:

> ... und legten in den Tavernen am Wege
> die staubigen Panzer nicht ab ...

Nach der Ballade hatte sich die Sangeslust irgendwie erschöpft. Serdjuk klimperte träge auf den Saiten und begleitete das Geräusch der Brandung und den Ge-sang des Windes, die übrigen schwiegen, in leichte Melancholie verfallen.

Ich saß mit dem Rücken zum Feuer, ein wenig ab-seits, es war Flut, die dunklen Wasser hatten den Strand bedeckt und plätscherten fast an meinen Füßen, und ich blickte auf die riesige Purpurkugel, die sich langsam gegen den Horizont preßte. Ich schaute mich um und sah die auf dem Hang liegende Zigarre der *Zander*, und die Sonne spiegelte sich blutrot auf ihrem Titanpanzer; schwarz gähnte die Öffnung der Hauptluke, und auch alle Bullaugen waren dunkel – in dem Schiff brannte keine einzige Lampe, aber ir-gendwo dort im Bauch des Leviathans saßen die vier mit Helmen auf den Köpfen, ihre Augen waren geschlossen, und sie bewachten die kleine Sonne von Menschenhand, die die Form eines Rings hatte, aber in allem anderen der echten Sonne glich, aus derselben Flamme und mit einer Temperatur von hundert Millionen Grad im Innersten ... Hinter der *Zander* aber wiegten sich auf der niedrigen Anhöhe die dünnen Stämme der Palmen, vom Feuerschein übergossen, und auf dem dunklen Himmel hinter und über ihnen traten schon die ersten hellen Sterne hervor.

Nachdem die Sonne sehr lange reglos über dem Horizont gehangen hatte, ging sie ungewöhnlich schnell unter – buchstäblich in ein paar Minuten. Der Himmel wurde schwarz, übersät von Sternen, die unbekannte Bilder formten, und wo die Sonne untergegangen war, hing tief überm Horizont ein helles perlmuttfarbenes Kügelchen – die Venus.

»So ungefähr vor tausend Jahren«, sagte jemand, »haben irgendwelche Wikinger auf irgendeinem Eiland Rast gemacht, haben ihre Knorr oder ihr Drachenboot aufs Ufer gezogen und genauso am Feuer gesessen, die Sterne betrachtet und überlegt, wohin sie am nächsten Tag fahren würden.«

»Und wodurch unterscheiden wir uns denn von ihnen?« antwortete eine Stimme aus der Dunkelheit. »Die *Zander* ist natürlich kein Drachenboot und der Weltraum nicht der Atlantik, aber im Grunde geht es um dasselbe – um den ewigen Drang in die Ferne, ins Unbekannte.«

»Das stimmt«, schaltete sich der unweit von mir sitzende Waraxa ein, »es ist überhaupt kein Unterschied. Sagen wir, früher sind alle diese Triremen und Galeeren von an die Ruder geschmiedeten Sklaven bewegt worden, doch was unterscheidet uns Mentalisten von ihnen? Wir sind mit unseren Doylead-Helmen genauso an unseren Reaktor gefesselt und können nicht weg. Wir sitzen da wie die Sträflinge, während sich die

Decksmannschaft an ihrem Drang nach dem Unbekannten ergötzt ...«

Das brachte Bewegung in die Gesellschaft. Der Vergleich gefiel allen, und nach dem Atoll wurden wir
nur noch ›Galeerensklaven‹ genannt. Das Wort ›Men-
talist‹, eine Ableitung der offiziellen Bezeichnung für
unseren jungen Beruf, ›Spezialist für mentale Plasma-
kontrolle‹, kam außer Gebrauch.

»Und überhaupt«, fuhr Waraxa fort, »was seid ihr
so trübselig? Werft doch noch ein bißchen Holz ins
Feuer, ich will mich an meine Jugend beim Zirkus erinnern ...«

Das Feuer wurde angefacht und im Sand ein Kreis
gezogen. Bogdan wickelte sich ein großes Badetuch
um die Hüften und begann die Vorstellung. (Er hatte
wirklich einmal im Zirkus gearbeitet, danach beim
Straßenbau in der Tundra und dann an der philosophischen Fakultät studiert, ich glaube, drei oder vier
Jahre, ehe er das Studium abbrach. Er war eine Menge
auf dem Erdball herumgekommen, ehe er bei uns gelandet war.)

Zuerst jonglierte er mit Fackeln. Die Bewegungen
seiner Hände waren fast nicht zu sehen, schnell und
genau, und es schien, als hinge die Feuerfigur, geschrieben von sieben wirbelnden Fackeln, völlig reglos
und ohne sein Zutun in der Luft. Dann zeigte er Zau-
bertricks. Auch mit Feuer. Waraxa schluckte Feuer und
stieß lange Flammenzungen aus dem Mund hervor,
das Feuer flammte von selbst auf seinen offenen
Handflächen auf, er zog es aus den Ohren und den
Haaren hervor, es wanderte über seine Arme und den
Nacken von einer Hand zur anderen ... Wir waren begeistert.

Schließlich, als das Lagerfeuer weit genug heruntergebrannt war, erklärte er, er wolle dem hochverehrten
Publikum eine wunderbare Kunst der irdischen Yogis
vorführen – barfuß auf glühenden Kohlen zu gehen.

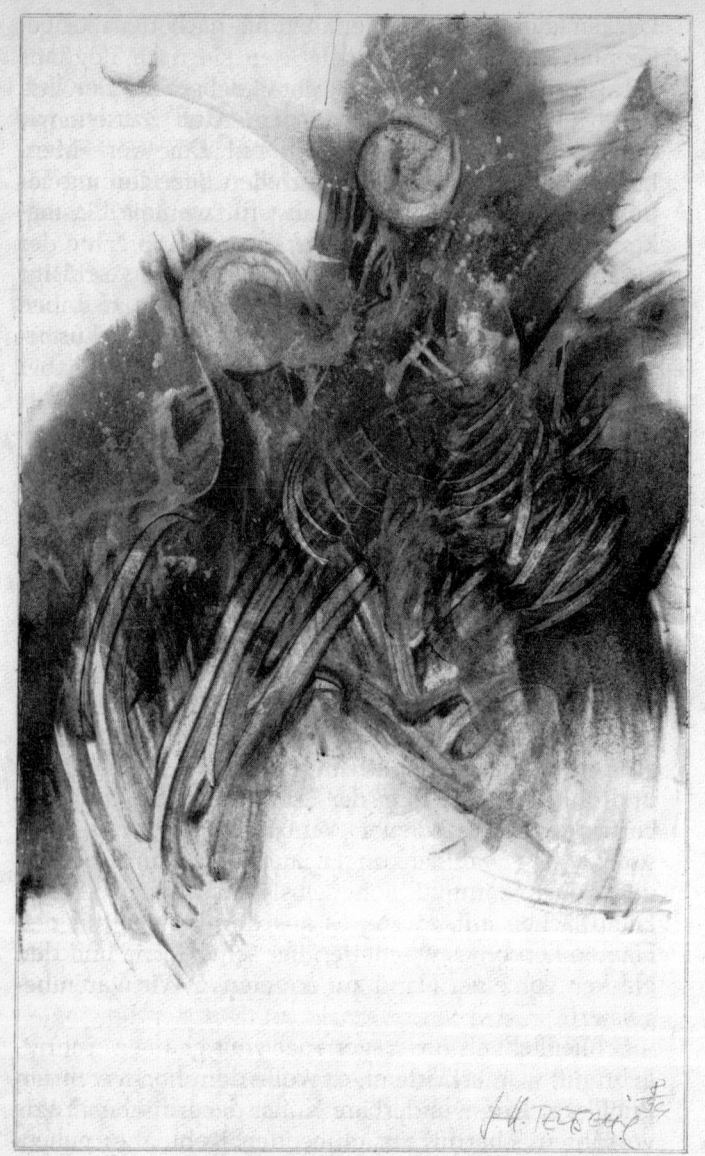

Wir blickten einander ungläubig an, glätteten aber gehorsam eine Stelle und bedeckten sie nach Bogdans Anweisungen mit einer gleichmäßigen Schicht Glut. Waraxa lief zur *Zander* und kam mit dem Kassettenrecorder zurück. Er stellte ihn in die Nähe des Feuerkreises und stellte einen irgendwie wütenden, monotonen Rhythmus ein – es klangen Tamtams, Schlagzeug, eine Baßgitarre, und nur ab und zu brachte der Synthesizer eine klingende und murmelnde Wortfolge hervor, die mit dem Rhythmus nichts zu tun zu haben schien. Waraxa stand mit geschlossenen Augen unbeweglich beim Recorder, als lausche er auf etwas, aber offensichtlich nicht der Musik.

Ich hatte Mühe, einen günstigen Platz zu finden. Wenn ich mich näher an den Kreis setzte, schlug mir die Hitze ins Gesicht, wenn ich zurückwich, wurde mir von der kühlen Brise kalt. In dem Glutkreis veränderte sich ständig etwas, wogte hin und her, manche Kohlen erloschen allmählich, andere flammten plötzlich auf, wieder andere zerstoben mit einem Funkenregen. Die Beleuchtung war spärlich, und ein paar Leute zündeten Fackeln an. Im ungewissen Lichtschein sah ich Waraxa unverändert am Rande des Kreises stehen, und einen Moment lang erschien er mir reglos wie eine Statue, doch dann bemerkte ich, daß er sacht zu tanzen begonnen hatte und die Füße im Rhythmus des Tamtams bewegte. Sein Gesicht war übrigens wirklich unbeweglich: die Augen geschlossen, die Stirn entspannt, auf den Lippen ein leichtes rätselhaftes Lächeln. Wir alle spürten die Anwesenheit eines Geheimnisses. Wir betrachteten ihn schweigend, und da ging er, ohne die Augen zu öffnen, mit kleinen Tanzschritten in den Kreis. Sobald seine bloßen Fußsohlen die Kohlen berührten, veränderte sich sein Schritt. Jetzt glitt er mit fließenden, weit ausgreifenden Bewegungen in einem sonderbaren Tanz über die Glut. Wir wollten näher heranrücken, schraken aber sofort zurück – die Hitze versengte uns die Gesichter. Er aber glitt leicht im Kreis umher wie der feuerfeste Salamander, und der Fackelschein spielte auf seiner schweißglänzenden Haut, auf dem Gesicht stand ihm immer dieselbe starre Maske der Ekstase, die Arme hielt er emporgestreckt, und die heiße Luft, die von den Kohlen aufstieg, ließ sein feuerrotes Haar wehen. Ich stand wie gebannt da, in der Brust regte sich ein altes, düsteres Grauen, das Blut in den Adern pulsierte im Takt des Tamtams.

Schön und gut, die Tricks, das Jonglieren mit Fackeln: das war alles eine Frage der Technik, der beruflichen Geschicklichkeit, das konnte man an den Zirkusschulen lernen – dies hier jedoch war ganz etwas anderes, schon keine Tricks mehr, hier ereignete sich vor uns etwas Unverständliches und Unerklärliches ...

Waraxa öffnete plötzlich seine grünen Augen und lächelte triumphierend. Er tanzte leicht wie zuvor auf den glühenden Kohlen, bleckte die Zähne und lud uns in den Kreis ein.

»Na, wer traut sich? Kommt her!« rief er fröhlich. »Keine Angst! Man muß nur glauben, daß man es kann ...«

Niemand regte sich. Theoretisch stimmten wir ihm natürlich zu – was ein Mensch vermochte, konnte auch ein anderer, aber, aber ... Niemand regte sich.

Waraxa trat aus dem Kreis, als der Kassettenrecorder verstummte, als die Fackeln heruntergebrannt waren und die Glut zu erlöschen begann. Ich hatte den Eindruck, als sei er ziemlich erschöpft – die Haut glänzte nicht mehr, er atmete unregelmäßig, und sein Gesicht war erschlafft.

Wir entfachten neue Lagerfeuer und setzten neuen Tee an. Manche, darunter Robert Karlowitsch und die beiden Kapitäne, gingen schlafen, doch die meisten blieben. Man trank Tee und unterhielt sich. Die Nacht ging weiter.

Jemand neckte Waraxa, indem er die Vermutung äußerte, daß Bogdan ein heimlicher Anhänger Heraklits sei, der das Feuer für den Urgrund des Seins hielt, und daß er sein Leben wie Empedokles beschließen, nämlich sich in einen Vulkankrater stürzen werde. Worauf die Bemerkung folgte, daß sich Waraxa dann aber nicht am Anblick der eigenen Feuerbestattung ergötzen könnte ...

Slawa Ochotnikow griff sich Serdjuk und erklärte ihm, an dem Gehen über die Glut sei nichts Geheimnisvolles und Rätselhaftes, die Sohlen würden einfach verstärkt Schweiß absondern und der die Haut vor Verbrennungen bewahren. Erfahrene Stahlkocher, sagte Ochotnikow, können ohne jede Schaden für eine gewisse Zeit die Finger in den flüssigen Stahl halten. Es sei also alles ohne jede Mystik und ganz leicht zu erklären.

Serdjuk hörte Ochotnikow zu Ende an, dann musterte er ihn aufmerksam und erkundigte sich: »Und warum bist du dann nicht in den Kreis gegangen, als er gerufen hat?« Und ohne von dem verdutzten Wjatscheslaw eine Antwort abzuwarten, fügte er hinzu: »Das ist der Unterschied zwischen euch – du weißt es, aber er kann's.«

Ochotnikow klappte ein paarmal den Mund auf und zu, brachte aber keinen Laut hervor.

Serdjuk hatte sich inzwischen schon Bogdan zugewandt und wollte wissen, wodurch sich dessen Pyromanie erkläre – durch Vererbung oder Umwelteinflüsse. Waraxa hatte sich bei seiner Vorstellung offensichtlich verausgabt, denn ohne die Intonation der Frage wahrzunehmen, begann er ganz ernsthaft zu erklären, daß unter seinen Vorfahren mütterlicherseits iranische Feueranbeter gewesen seien, und auch seine slawischen Ahnen hätten seinerzeit den Feuergott Krawjad verehrt ...

»Das Feuer ist lebendig«, sagte Waraxa, »man muß

es verstehen. Von den vier Elementen ist es das wichtigste, die ganze Welt ist daraus hervorgegangen. Heraklit hat so unrecht nicht.«

Im Vorgefühl eines unterhaltsamen Wortgefechts rückten alle näher heran; man zwinkerte einander zu und stieß sich an. Bogdan kam in Fahrt.

»Glaubt ihr etwa«, schrie er, »daß das Plasma in unserem Reaktor einfach so ein Feuerchen wie im Spirituskocher ist? Es ist lebendig! Jedesmal, wenn der Reaktor gezündet wird, entsteht gleichsam ein neues Wesen. Ihr wißt doch, wie schwer es die ersten paar Tage im Zaume zu halten ist, wie es sich aufbäumt und hin und her zuckt. Mit jedem neuen Start des Reaktors ist auch das Plasma neu, anders, erfordert ein eigenes Herangehen. Oder etwa nicht?«

Dem stimmten viele zu. Die spöttischen Mienen wurden seltener, und die Diskussion begann ernsthaft.

Jemand entgegnete: »Daß das Plasma unterschiedlich ist, beweist nichts, die äußeren Bedingungen wiederholen sich einfach nie völlig genau. Deshalb ist es am Anfang auch schwierig. Aber später haben wir uns darauf eingestellt, und alles läuft glatt.«

»Vergiß nicht, daß über die Doylead-Helme das Psychofeld eines jeden von uns fast direkt mit den elektromagnetischen Feldern des Plasmas verbunden ist. So, wie wir das Plasma untersuchen, erforscht es auch uns. Die Information fließt in beide Richtungen ...«

»Na, das ist doch die Höhe! Womöglich sagst du noch, es ist vernunftbegabt?«

Und los ging es ...

Im weiteren Verlauf des Disputs stellte sich heraus, daß Waraxa glaubte, es gebe Plasma-Lebensformen, darunter auch intelligente, an der Oberfläche und (oder) im Innern der Sterne, so auch der Sonne. Es hagelte Einsprüche, auf die Waraxa eher emotional als logisch antwortete. Im Grunde liefen alle seine Argumente darauf hinaus, daß er, gemäß der auf der historischen SETI-Konferenz von Bjurakan aufgestellten Terminologie, seine Gegner des planetaren, Eiweiß- und Wasser-Chauvinismus bezichtigte.

Jemand erinnerte sich an B. Solomins Hypothese, wonach bei der Entstehung des Lebens auf der Erde die Strahlung der Sonne eine entscheidende Rolle gespielt hat. Waraxa ergriff dafür natürlich sofort leidenschaftlich Partei.

»Wenn wir annehmen, daß es Intelligenz auf den Sternen gibt, warum sollte diese Intelligenz dann nicht den Entwicklungen des Lebens auf den Planeten jener Sterne den Anstoß verleihen können? Die Strahlung des Sterns kann einen komplizierten Informationscode transportieren, der steuernd auf Biosysteme einwirkt.«

»Ja, aber es gibt in der Sonnenstrahlung keinerlei komplizierte Information!«

»Jetzt nicht. Aber jetzt entsteht das Leben auch nicht mehr, sondern entwickelt sich. Es war ein einmaliger Ausstoß von negentropischem Potential. Und er hat zur Entstehung von Leben geführt.«

»Wie gut das bei dir paßt! Irgendwann hat die Strahlung Information transportiert, doch beweisen kann man's nicht. Und jetzt ist alles vorbei. Ein wackliges Fundament für Hypothesen.«

»Der Beweis ist unsere Existenz. Und der Code, den die Sonne vor Jahrmilliarden übermittelt hat, ist immer noch in unseren Genen gespeichert und wird eines Tages aktiv werden.«

»Was meinst du damit?«

»Früher oder später werden alle Möglichkeiten der Eiweiß-Evolution erschöpft sein, und wir tauschen unsere kolloiden Körper gegen solche aus Plasma.«

»Und werden die Raumzeit als Bündel elektromagnetischer Strahlung durchstreifen? Eine neue Variante der unsterblichen Seele?«

»Erstens, wieso unsterblich? Woraus folgt das? Und zweitens, das wäre durchaus keine körperlose Seele.

Daß das Plasma der vierte Aggregatzustand ist, lernt man schon in der Schule.«

Da mischte sich endlich Waraxas ewiger Diskussionsgegner Slawa Ochotnikow ein. »Dann war also«, sagte er einschmeichelnd, »auch der Urknall vielleicht so ein Ausstoß zusätzlicher Negentropie?«

»Warum nicht?« antwortete Waraxa vorsichtig.

Da verdrehte Ochotnikow die Augen nach oben, preßte die Lippen zusammen und sagte in frömmelndem Tonfall: »Und Gott sprach: Es werde Licht. Und es ward Licht.« Er senkte die Augen wieder und fügte gallig hinzu: »So ähnlich, nicht wahr? Und genauso unbeweisbar. Gratulation, mein lieber Bogdan, du bist beim Fideismus gelandet!«

Bogdan explodierte. »Andere Argumente hast du nicht? Kannst nichts, als einen des Fideismus zu bezichtigen?! Und ich hatte gemeint, die Zeiten seien längst vorbei, wo der gewichtigste Beweis in einer wissenschaftlichen Diskussion darin bestand, dem Gegner ein Etikett anzuhängen.«

Ochotnikow gab sich nicht geschlagen: »Und trotzdem, trotzdem, es ist ja ähnlich ...«

»Ja und? Hör mal, wenn du, sagen wir, eine Arbeit zu Problemen der Turbulenzen im Plasma schreibst, dann wirst du deine Behauptungen doch wohl nicht mit Zitaten aus der Heiligen Schrift beweisen wollen? Oder? Folglich ist es ebenso sinnlos, wissenschaftliche Hypothesen mit Bibelstellen zu widerlegen. Man muß innerhalb des einmal gewählten Paradigmas bleiben und es nicht mit einem anderen verwechseln ...«

Sie stritten sich weiter und wurden gegen Ende sogar persönlich, aber mir war es schon über, ich ging weg vom Feuer und blieb dann stehen, blickte rings um mich, bald in die Sterne, bald auf die dunkle Silhouette der Zander und die Anhöhe mit den Palmen dahinter, bald auf die in der Finsternis fluoreszierende Weite des Ozeans, bald auf die streitenden Gestalten am Feuer, und ich versuchte mir alles bis aufs kleinste Detail einzuprägen, um die Erinnerung an diesen Tag und den Abend zu bewahren.

Ja, der Tag war gut gewesen, doch er nahm ein böses Ende. Am nächsten Morgen verspürte die halbe Besatzung ein leichtes Unwohlsein, und gegen Abend wurde klar, daß sie sich irgendein tropisches Fieber geholt hatten, und damit war die angenehme Hälfte unserer Reise zu Ende.

3

»Es war nichts besonderes, Jewgeni Dmitrijewitsch, worüber sie sich dort auf dem Atoll nicht einigen konnten. Sie stritten sich wie üblich wegen einer Theorie Waraxas, und fertig. Mag sein, daß sich Bogdan ein wenig zu sehr ereifert hat, er hätte Slawa nicht ein gestopftes Kondom nennen sollen, aber ich denke, er hatte sich einfach während seiner nestinarischen Vorstellung sehr verausgabt.«

»Nestinarisch?«

»Nun ja, in Bulgarien nennen sie eine Frau, die barfuß auf Kohlen tanzt, Nestinarka.«

»Aha.«

Wir schwiegen. Schließlich seufzte der Kapitän und erhob sich.

»Gut, Gennadi Algertowitsch«, sagte er, »ich gehe jetzt zum Navigations-Kapitän, um den Wachplan zu bestätigen. Und was Waraxas Warnung angeht – ich denke, wir werden einen Kompromiß finden.«

»Das heißt?«

»Wir werden die Wachsamkeit verdoppeln und beim geringsten Anzeichen von Gefahr landen.«

Wir nickten einander höflich zu, und ich ging.

Ich trat in den dunklen Korridor. Direkt neben dem Eingang zur Messe war ein Stück Wandverkleidung entfernt worden, und zwei Techniker der Decksmannschaft machten sich beim Schein von Taschenlampen an einer Verteilertafel zu schaffen. Auf dem Fußboden lagen kurze Stangen Lötlegierung herum, daneben stand eine Plasma-Lötlampe. Ich blickte eine Zeitlang stumpfsinnig, ohne jeden Gedanken, in die bläuliche Flammenzunge, dann besann ich mich, schaute auf die Uhr und ging in den Verstärkerraum.

Der Verstärkerraum war eine kleine Kabine über dem Reaktor und neben dem Hauptcogitor. Abgesehen von den acht Sesseln, die einander in zwei Reihen gegenüberstanden, war er leer. Die Sessel waren nur scheinbar Sessel. In Wirklichkeit war jeder von ihnen ein Doylead-Verstärker, das heißt ein multiplexer Informationskanal, der mit dem Cogitor verbunden ist und seinen eigenen autonomen Prozessor besitzt. Sitzen ließ es sich darauf übrigens bequem. An jedem Sessel war die linke Armlehne breiter als die rechte, sie trug ein kleines Pult mit zwei Tasten und einem Regler. Dort befand sich auch für gewöhnlich der Helm, ähnlich einem Sturzhelm, nur größer. Von der Spitze des Helms führte ein Kabel zum Sessel.

Als ich den Verstärkerraum betrat, setzte Waraxa gerade den Helm auf, und Trofim Dedenko – ein anderes Mitglied unserer Vierergruppe – stand daneben.

»Wo ist Ochotnikow?« wollte ich fragen, besann mich aber rechtzeitig.

Ochotnikow war als Verstärkung Slawinskis Gruppe zugeteilt worden, von der zwei krank waren. Er saß in der Sesselreihe gegenüber, zwischen Slawinski und Serdjuk.

Ich ließ mich in meinen Sessel fallen, stülpte den Helm über, warf einen Blick nach links – sowohl Dedenko als auch Waraxa trugen ihre Helme schon.

»Fertig?«

»Fertig«, antwortete Dedenko gesetzt.

»Fertig«, warf Waraxa ein.

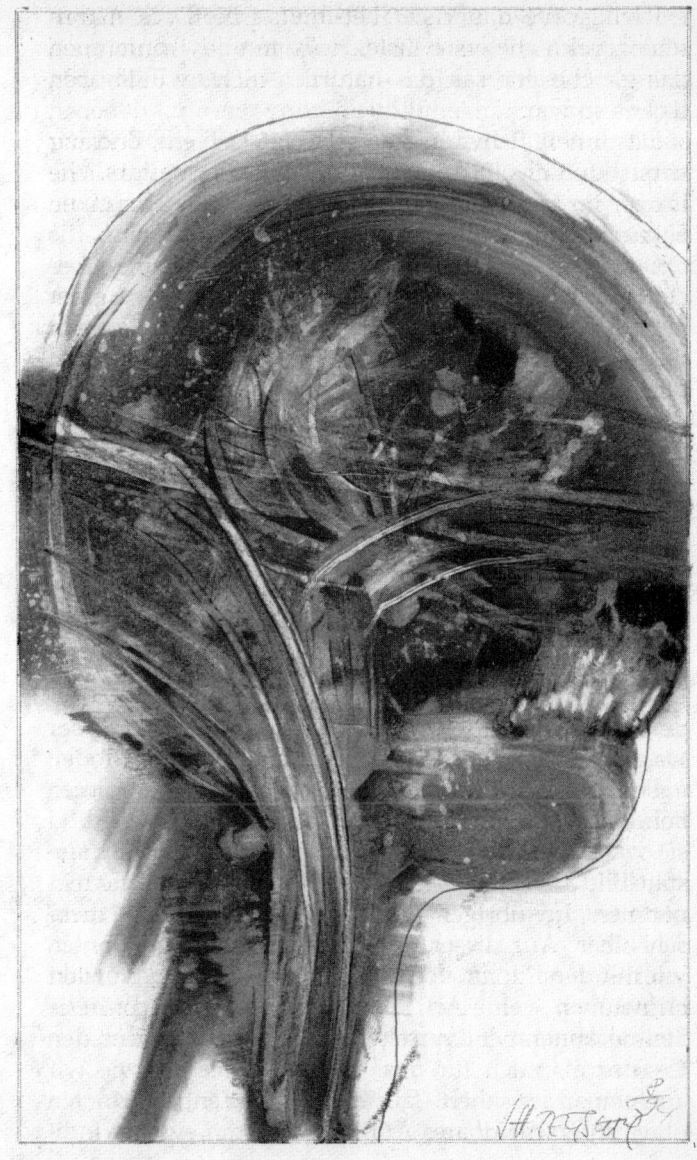

Ich klappte das Visier herunter, schloß die Augen und drückte die erste Taste. Hogdan und Trofim taten das gleiche. Ich sah das natürlich nicht, wußte aber, daß es so war.

Das innere Sehvermögen schaltete sich ein, und wir versenkten uns ins semantische Feld des Cogitors. Wie immer im Moment des Übergangs, entstand für einen Sekundenbruchteil das durchdringende Gefühl, die Orientierung zu verlieren, vor dem inneren Auge geisterten vage Bilder, es erklangen Stimmen in einer lautlosen Sprache. Dann versank das alles, es blieb nur das gleichmäßige, blaß perlmuttgraue Leuchten, und darin traten halbdurchsichtig die Wände und Schotts der *Zander* hervor. Nur der Reaktorblock blieb undurchdringlich – es war erst die erste Ebene der Versenkung. Auf dieser Ebene umfaßte unser Blickfeld das ganze Flugzeug. Natürlich nicht das wirkliche, sondern die Gestalt seiner Gesamtheit – ein inneres Abbild, das im semantischen Feld des Cogitors aufgezeichnet war. Doch das Bild war eine ein-eindeutige Kopie des wirklichen Flugzeugs; jede Veränderung an Bord, und sei es das Umsortieren der Pfannen in der Kombüse, spiegelte sich sofort im Modell wieder. Umgekehrt veränderten die Gedankenbefehle, die der wachhabende Pilot oder sein Gehilfe dem Modell gaben, den Flugzustand der realen *Zander*. Die Piloten benutzten die gleichen Doylead-Helme wie wir, und sie waren als einzige Menschen außer uns in dem Gestalt-Bild sichtbar – eben weil sie an der Steuerung teilnahmen. Im übrigen war das Bild der *Zander* menschenleer. Auf dieser Stufe der Versenkung konnten wir mit den Piloten über das semantische Feld Kontakt aufnehmen – eine Art Telepathie. Doch sobald sie die Helme abnahmen, verschwanden sie sowohl für den Cogitor als auch für uns. Wir sahen sie so, wie wir auch einander sahen – als leuchtende Zentren, Knoten ohne unterscheidbares Äußeres, aber mit eigener Individualität. Wenn ich sie durch das Feld wahrnahm, wußte ich stets, wer wer war, wie ich auch unter den leuchtenden Punkten neben mir niemals Waraxa mit Dedenko oder Ochotnikow verwechselte.

Nach der Versenkung näherten wir uns einander und bildeten ein gleichseitiges Dreieck. Ein paar Sekunden lang hingen wir reglos da, paßten uns aneinander an, tasteten nach der Resonanz. In der wirklichen Welt drehten unsere linken Hände die Regler an den Armlehnen.

Aha… Kontakt… wir drei empfinden uns als einheitliches Ganzes, und außerdem fühlen wir die unsichtbare Anwesenheit von etwas Gewaltigem außerhalb von uns und zugleich in uns, und seine ganze Macht wird auch die unsere…

Die festgefügte Figur ist fixiert, alles ist bereit, die Zeigefinger unserer linken Hände drücken synchron auf die zweite Taste, und wir tauchen durch die vielschichtige Abschirmung in den Reaktor. An die Stelle des grauen Leuchtens tritt ein goldenes, und das Gesichtsfeld engt sich auf die Wände des Reaktors ein. Von hier aus können wir nicht mehr mit den Piloten in Verbindung treten. Das ist mit bester Absicht so eingerichtet – damit uns niemand stört, niemand uns ablenkt. Das Plasma im Zaum zu halten, erfordert Konzentration.

Da ist es schon, das Schätzchen. Unser Dreieck schwebt über dem glühenden weiß-violetten Ring und wenig unter uns ein zweites Dreieck: Slawinski, Ochotnikow, Serdjuk. Das Plasma ist ruhig, und der Ring scheint wie aus rein weißem Marmor gehauen zu sein. Wir lassen uns weiter hinab, das Dreieck der vorhergehenden Schicht aber steigt auf, für eine Sekunde überlagern wir uns, gehen durcheinander hindurch, und in diesem Augenblick übergeben sie uns die Steuerung. Ein kurzer Moment, doch das Plasma reagiert darauf – der Torus aus Feuer erzittert, über seine

Oberfläche läuft ein leichtes, dunkles Kräuseln, wir beruhigen es schnell, und unterdessen dringt Slawinskis Dreigespann durch die Abschirmung und verschwindet. Wache übergeben, Wache übernommen. Wir fixieren die Position über dem Plasma-Torus und verschmelzen mit dem Plasma zu einem einzigen Steuerkomplex. Vielleicht lieben wir unsere Arbeit so sehr, weil wir in diesen Minuten – freilich nur, wenn alles glatt geht – so etwas wie das Nirvana empfinden, ein Gefühl gleichmäßiger Ruhe, selbstsicherer Kraft.

(Natürlich ist das Plasma, das wir sehen und lenken, auch nicht das wirkliche Plasma, sondern dessen semantisches Abbild. Doch die Illusion, daß wir wirklich im Reaktor sitzen, ist perfekt. Um so mehr, als jede gedankliche Einwirkung unsererseits sofort über die Helme und Kabel, über die Cogitor-Schaltkreise auf mächtige Magnetpeitschen und -fallen übertragen wird, und somit letzten Endes auf das Plasma.)

… Wie immer, endete die Schicht unerwartet – es schien, als wären erst zwei, drei Minuten seit dem Beginn vergangen, und da kam schon die Ablösung. Eine armselige Ablösung. Von der oberen Wand des Reaktors senkten sich zwei leuchtende Punkte herab – Slawinski und Ochotnikow. Slawinski klinkte sich als erster in die Steuerung ein, wir bildeten einen Tetraeder – die normale Arbeitsfigur, die Platon übrigens dem Feuer zugeordnet hatte. Für die Arbeit mit dem Plasma ist das die optimale Konfiguration, so hätte es bleiben sollen, aber leider … Ich sonderte mich ab, und meinen Platz nahm Ochotnikow ein, worauf auch Dedenko ausschied. In dem verbleibenden Dreieck dominierte offensichtlich Bogdan, und die Übergabe ging so glatt, daß das Plasma nicht einmal zuckte. Wir stiegen empor und verließen den Reaktor.

Den Preis für sechs Stunden Euphorie und Nirvana empfanden wir sofort, als wir die Helme abnahmen. Eine Zeitlang sammelten wir Kräfte, während wir im

Körper die gewohnte Leere spürten, dann standen wir schwankend wie Betrunkene auf und trotteten in unsere Kajüten. Wir fühlten uns völlig ausgepumpt und zerschlagen; was aber würde mit Bogdan nach zwei Schichten sein?

Bevor ich mich in die Koje warf und einschlief, ging mir durch den Kopf, daß sich Waraxas Vorhersage, toi-toi-toi, anscheinend nicht bewahrheitete, bisher flogen wir ohne Störungen…

… ohne Störungen… ganz ohne Störungen… bloß dieses verfluchte Klingeln, dieses gottverdammte, höllische Klingeln, scharf wie eine Kreissäge, direkt in den Ohren – was soll das hier, was will es von mir? Ach ja – der Wecker… ich hab schon wieder meine fünf Stunden geschlafen… zum Teufel!… wie schade – hab's nicht einmal bemerkt… und jetzt muß ich aufstehen, meine Schicht ist wieder dran. Ich stellte fest, daß ich schon auf der Koje saß, aber die Augen noch nicht aufbekam – man müßte so kleine Flaschenzüge haben, um die Lider nach solch einem Schlaf anzuheben… Schließlich waren auch die Augen offen. Gott sei Dank brauchte ich mich nicht anzuziehen – ich hatte in den Sachen geschlafen, nur die Schuhe hatte mir eine gute Seele ausgezogen. Offensichtlich hatte sich dieselbe Seele auch um mein Mittag- oder Abendessen gekümmert: Auf dem Tischchen am Bullauge standen zwei Thermoskannen, die größere mit Bouillon, die kleinere mit Kaffee, eine kleine Tafel bittere Schokolade, außerdem Toastschnitten und eine dicke Scheibe Soja-Beefsteak auf einem Teller aus geriffelter Folie. Nun denn, danke schön!

Während ich an der Bouillon nippte, schaute ich durchs Bullauge. Die Sonne war schon im Begriff unterzugehen, sie sah normal aus, und nach allem zu urteilen, war in den Stunden, während ich geschlafen hatte, nichts Schlimmes passiert. Im Verstärkerraum war ich der erste, und ich bemerkte sofort etwas Seltsames an der Haltung von Slawinski und Ochotnikow. Es gab mir einen Stich ins Herz. Ich stürzte erst zu dem einen, dann zum anderen, hob die Visiere ihrer Helme an. Beide waren bewußtlos. Wann waren sie ausgefallen? Warum? Und wieso hatten die Piloten nichts bemerkt? Doch das alles war unwichtig. Die Hauptsache war, daß Waraxa die zweite Schicht hintereinander arbeitete und wer weiß wie lange schon allein das Plasma bändigte.

Serdjuk und Dedenko betraten den Verstärkerraum. Um alles zu erfassen, genügte ihnen ein Blick. Wir stürzten an unsere Plätze und setzten die Helme auf. Eine Sekunde später waren wir schon auf der ersten Ebene der Versenkung. Hier hielten wir uns gerade so lange auf, wie nötig war, um den Piloten das Geschehen zu melden. Sie riefen Hilfe herbei, und wir tauchten in den Reaktor.

Über dem glühenden Torus schwebte ein einsamer Stern. Wir stürzten uns wie die Habichte auf ihn, entrissen Waraxa buchstäblich die Steuerung, übernahmen sie und schleuderten Bogdan mit einem mächtigen Gedankenimpuls aus dem Reaktor. Es war schwer einzuschätzen, in welchem Zustand er sich befand, doch wir wußten, daß man ihm im Fall des Falles helfen würde. Unsere Sorge galt dem Plasma.

Um das Plasma stand es schlecht. Es war in keiner guten Verfassung. Der totenblasse lila Torus zuckte und zitterte. Über die Oberfläche des Rings krochen Ausbuchtungen und Verdickungen, kleine Wellen liefen darüber, er pulsierte, näherte sich gefährlich den Wänden des Reaktors. Die die Kammer ausfüllende goldfarbene Aura, das ideale Medium zur Übertragung unserer gedanklichen Befehle an das Abbild des Plasmas, wurde plötzlich trübe und schwer zu durchdringen. Der Feuerring reagierte schlecht auf unsere Anstrengungen – mit Verzögerung, statt sofort, und manchmal auch gar nicht. Anscheinend war Bogdans düstere Prophezeiung eingetroffen. Es war klar, daß der Reaktor abgeschaltet werden mußte, doch vorher mußten wir erst einmal landen. Dabei hing alles von den Piloten ab – wie schnell sie die Gefahr spüren und einen geeigneten Landeplatz finden würden. Wenn man sie nur zur Eile drängen könnte! Doch der verdammte Konstruktionsfehler ließ aus dem Reaktor keine Verbindung mit ihnen zu.

Der Feuerring wurde gleichsam verrückt. Er wand sich wie ein Wurm, in seinem Körper flossen blutrote Adern, an der Oberfläche erschienen außer dem Kräuseln kleine dunkle Flecken wie auf einem Leopardenfell. Wir taten unser Möglichstes, um den irren Tanz des Plasmas wenigstens etwas zu beruhigen. Wir wurden durch das ganze Arbeitsvolumen hin und her geschleudert. Die Sekunden vergingen, die wahnsinnigen Pulsationen nahmen immer mehr zu, und der nächste Stoß schleuderte uns alle drei aus dem Reaktor – auf die erste Ebene.

Das Plasma war ohne Kontrolle!

Wir stürzten zurück; der zuckende Ring blähte sich auf und warf uns wieder hinaus. Wieder eintauchen – und wieder hinaus. Wie oft sich das wiederholte, weiß ich nicht, ich habe es nicht gezählt. Aber in den Sekundenbruchteilen, die wir uns auf der ersten Ebene befanden, gelang es den Piloten, uns mitzuteilen, daß die *Zander* zur Landung ansetzte und wir noch ein paar Minuten durchhalten mußten. Das hätte uns vielleicht getröstet, doch auf der ersten Ebene sahen wir etwas noch viel Schrecklicheres, als das wütende Plasma auf der zweiten. Das konnte einfach nicht sein, doch es war so.

Der Feuermensch stand einen Meter von uns entfernt, in der Mitte des Verstärkerraums. Ein schwarzes Skelett, von feurigem Fleisch umhüllt, durch das sich Hunderte von Plasmaadern zogen – im anatomischen Atlas hätten sie dem Nervensystem entsprochen.

Das konnte nicht sein – auf der ersten Ebene sah man nur die, die Helme trugen, sonst niemanden. Doch es war so. Und es war natürlich Waraxa, wer sonst?

Der Feuermensch stand unbeweglich, den Kopf geneigt, als lausche er dem, was unter seinen Füßen vorging.

Unter seinen Füßen aber, unter der vierfachen Abschirmung, war im Schoße des Reaktors die Hölle los. Das Plasma hatte das gesamte Arbeitsvolumen ausgefüllt, heulte und schrie, und welches Wunder es von den Wänden fernhielt, weiß ich nicht. Wir konnten uns auf der zweiten Ebene keine Mikrosekunde lang halten – es schleuderte uns sofort zurück. Und schließlich geschah es. Das Plasma berührte die Reaktorwände.

In Augenblicken tödlicher Verzweiflung arbeitet das Bewußtsein an seiner Leistungsgrenze, nimmt selbst die winzigsten Details aus der Umgebung auf und verarbeitet die Information ungeheuer geschwind, so daß der schnelle Fluß der Zeit zäh wirkt wie ein Strahl klebrigen Sirups. So ist es mit dem gewöhnlichen menschlichen Bewußtsein. Wir aber waren drei miteinander verschmolzene Intelligenzen, verstärkt vom semantischen Feld des Cogitors. Wir sahen alles. Es ging schon nicht mehr um Mikro-, sondern um Nano- und vielleicht sogar Picosekunden.

Da leckte eine Protuberanz der künstlichen Sonne an der Wand der Entladungskammer. Binnen einer Mikrosekunde mußte sich die ganze *Zander* in Dampf verwandeln. Das geschah nicht. Es entstand einfach in der Verkleidung ein exaktes Loch von rund einem Meter Durchmesser. Es ging durch das Blanket und den Neutronenschirm, durch die äußere Schutzwand und durch alle Zwischenschichten. Und dieses Loch erschien genau an der Stelle, wo der Feuermensch stand, so daß er für einen kurzen Augenblick in der Luft hing. Eine Nanosekunde später war er nicht mehr da, das schwarze Skelett war verschwunden, und die Feuersäule, die sich durch den Verstärkerraum erhob, berührte dessen Decke. Die nächsten paar Nanosekunden strömte der Feuerfluß von dem Loch im Boden zu dem Loch in der Decke, dann wurde es plötzlich dunkel und still, doch durch die Stille klang ein schweres Krachen, und ein mächtiger Stoß warf in der wirklichen Welt unsere Körper aus den Sesseln – die *Zander* war auf den Boden geprallt.

Ich riß mir den Helm ab: ringsum war es finster, nur durch das Loch an der Decke drang ein gräßliches weißes Licht herein.

An dieser Stelle setzt meine Erinnerung aus. So sehr ich mich später auch bemüht habe, ich kann mich nicht entsinnen, wie ich nach draußen gelangt bin. Es gab keinerlei Übergang – eben noch liege ich am Boden des Verstärkerraums und ertaste mit den Händen den Rand des in den Reaktor führenden Loches, und schon stehe ich an die vierzig Meter von der *Zander* entfernt auf dem abschüssigen Hang einer kleinen Schlucht am Fuße eines Berges, und hinter mir ragt senkrecht eine Granitwand auf, ich stehe bis an die Knie in Wasserströmen von geschmolzenem Schnee und Eis, alles ist umhüllt von einer dichten Dampfwolke, doch selbst durch sie hindurch kann ich den Stern erkennen, der rasch an Helligkeit abnimmt, während er zum Zenit emporstrebt.

Später hat man uns erzählt, daß der Stern von vielen Observatorien beobachtet und sogar seine Flugbahn berechnet worden ist. Auf dem kürzesten Weg ist der Stern zur Sonne geflogen.

Doch das war später, und zunächst blickte ich ihm nach, bis seine Helligkeit so weit verblaßt war, daß er sich unter den anderen Sternen verlor, die in dem Maße erschienen, wie sich die Dampfwolke verzog.

Erst dann senkte ich den Kopf und sah zum erstenmal, was mit dem Flugzeug geschehen war – oben ein

Loch, im Rumpf Dellen, viele Bullaugen herausgebrochen, die angeschmolzenen Titanflügel geknickt und hilflos herabhängend. Von dem Emblem am Bug – einem im Feuer tanzenden Salamander – war fast nichts übrig geblieben. Es tat mir leid um die *Zander*, den guten alten Leviathan, aus dem seine feurige Seele entwichen war. Er würde nie mehr durch die freien Gefilde des fünften und sechsten Ozeans fliegen, von nun an war er an diesen Hang gefesselt und würde hier mit den dunkel gähnenden Löchern der Luken und Bullaugen herumliegen, bis der Demontagetrupp kommen und ihn auseinandernehmen würde, um ihn nach Hause zu schaffen. Möglicherweise würde man das auch nicht lohnend finden, und vielleicht wäre es so sogar besser ...

Ich spürte die Kälte und wollte zum Flugzeug zurückkehren, konnte mich aber nicht vom Fleck rühren – wie sich zeigte, stand ich im Eis festgefroren. Der von dem Stern geschmolzene Schnee war schon wieder erstarrt. Ich mußte um Hilfe rufen, warten, bis die Jungs mit Grabgeräten kamen und mich lachend und witzereißend aus der Gefangenschaft befreiten. (In ihrem Gelächter klangen freilich einige hysterische Noten an.) Ich diente als eine Art Blitzableiter für die nervliche Anspannung, und das war mir recht, doch welche Perlen des Bordhumors sich über mich ergossen! – Und wie auf Verabredung schwiegen alle von der Hauptsache.

Erst viel später, als die gesamte dienstfreie Mannschaft in der Messe saß, in alle auffindbaren Kleidungsstücke und Decken eingehüllt, während die Funker mit dem kleinen Notgenerator durch die Störungen zum Zentrum durchzudringen versuchten und der Koch mit seinen Gehilfen in der Kombüse auf einem improvisierten, mit Möbeln und Holzkisten geheizten Ofen eine Suppe kochte – da erst begannen wir alle auf einmal von Waraxa zu reden.

Also alles, was geschehen war, hatte gar nicht geschehen können. Thermonukleare Reaktoren sind im Prinzip sicher. Beim geringsten Versagen der Ausrüstung und bei der kleinsten Funktionsstörung gehen sie einfach aus. Wenn es aber schon einmal so weit gekommen war, daß das Plasma die Wände berührte, dann hätten wir alle augenblicklich verdampfen müssen. Doch weder das eine noch das andere war geschehen.

Weiter. Als der Feuerstrom durch den Verstärkerraum geflossen war, waren wir nicht verbrannt und nicht einmal verstrahlt worden, als habe sich das Plasma in einen Schutzmantel gehüllt, der nur schwache Lichtstrahlung durchließ. Der einzige Schaden, den das Plasma angerichtet hatte, war der angesengte Rumpf der *Zander*. Vermutlich konnte das Plasma, als es sich draußen zu einem Stern formierte, nicht mehr verhindern, daß ein Bruchteil der Wärmeenergie abgestrahlt wurde. Vielleicht war diese Energie sogar notwendig gewesen, damit der Stern den nötigen Impuls erhielt, um nach oben zu fliegen. Wie dem auch sei, der Stern hatte sich erstaunlich schnell von der *Zander* entfernt. Wenn er noch ein paar Sekunden über ihr gehangen hätte, dann hätte in einem großen See aus kochendem Berggestein eine Titanpfütze geschwommen.

Ja, ich würde sagen, der Stern hatte sich sehr human verhalten.

Später haben uns dann gelehrte Männer mit tiefsinniger Miene etwas über Bifurkationen und synergetische Knoten erzählt, über dissipative Strukturen und die äußerst seltenen Fälle, in denen sich ein Plasmaobjekt vom Typ der Kugelblitze von selbst bildet, usw. usf. Wir haben zugehört, genickt und nicht widersprochen. Wir wußten ja, was geschehen war, aber konnten wir es etwa erzählen?

Unsere Meinungen gingen nur in einer Frage auseinander: Manche glaubten, Waraxa habe sich zufällig im Wege des revoltierenden vernunftbegabten Plasmas befunden, die anderen, es habe keine eigene Intelligenz besessen, bis Bogdan die tragische Situation für seine Zwecke nutzte und seinen Kolloid-Körper gegen einen von Plasma vertauschte.

»Ich möchte wissen«, sagte einer, »ob er wohl dort auf der Sonne, wenn er hingelangt, jemanden trifft?«

(Niemand zweifelte daran, daß der Stern unbedingt zur Sonne fliegen würde – wo sonst sollte sein Platz sein?)

Und ein anderer murmelte: »Es würde mich nicht wundern, wenn demnächst die Sonnenflecken den Satz des Pythagoras darstellen ...«

Zeit, um alles eingehend zu erörtern, hatten wir genug. Auf dem Gletscher verbrachten wir fast eine Woche. Der Funkverkehr war von einem Magnetsturm gelähmt, und man fand uns nicht sofort. Es war der stärkste Magnetsturm in den letzten anderthalb Jahrhunderten, und an jenen Tagen konnte man prächtige Polarlichter sogar in den gemäßigten und subtropischen Breiten beobachten.

Originaltitel: › Феникс ‹ • Copyright © 1990 by Евгений Дрозд • Aus der Anthologie › Время покупать черные перстни ‹ • › Молодая гвардия ‹, Moskau 1990 • Copyright © 1993 der deutschen Übersetzung by Wilhelm Heyne Verlag, München • Aus dem Russischen übersetzt von Erik Simon • Illustriert von Jobst Teltschik

# FETTER DIENSTAG

## Schwarzer Sonntag

*Sambada:* 1. Musikalische Komposition im $^2/_4$-Takt; typische Merkmale sind ein ausgeprägter Trommelrhythmus, ein Remix von aufgezeichnetem Tonmaterial und lange Improvisationen mit der elektrischen Gitarre.

*Sambada:* 2. Ein Volkstanz mit Ursprung in den städtischen Ballungszentren der Provinz Niederkalifornien zu den Rhythmen der oben erwähnten musikalischen Kompositionen; wird besonders während des jährlichen Karnevals zur Einleitung der Fastenzeit dargeboten.

*Sambada:* 3. Eine gesellige Veranstaltung, bei der *Sambada* getanzt und dargeboten wird.

*Sambada-Schule:* Eine lose Vereinigung von Personen, im allgemeinen aus ein und demselben Elendsviertel (s. *Cabaña*) stammend, in dem sich Musiker, Tänzer, Kostümentwerfer etc. zusammenschließen, um ihr Viertel bei der Karnevalsparade und dem *Sambada*-Wettbewerb zu repräsentieren.

*Sambadero(a):* Eine Person (Mann oder Frau), die der *Sambada* kundig ist.

Lauf, Annunciato!

Zweifle nicht daran, daß sie hinter dir her sind und die steilen Gassen von Birimbao Hill herunterströmen. Zweifle nicht daran, daß es ihre Stimmen sind, die grölen und jubeln, daß es ihre Wolfsschreie und ihr wie Peitschen knallendes Lachen ist, das in den Elendsvierteln und *Favelas* widerhallt. Zweifle nicht daran, daß es ihre *Batteria* ist, die durch die von Unrat starrenden Straßen und über die schmutzigen Plätze wogt, mit dröhnenden Trommeln, die überall auf dich einschlagen, wo du dich auch verstecken magst. Und bilde dir nur ja keinen einzigen Augenblick lang ein, daß sie jemals aufgeben werden, bevor sie dich schnappen und töten. Denn es sind die *Lobos de Sangre*, und kein Wolf wird jemals die Jagd einstellen, bevor er Blut geschmeckt hat.

Umklammert von Annunciatos rechter Hand, blutet die Glasgitarre sanft.

Glaubst du, du könntest ihnen entfliehen, Annunciato? Daß du, wenn du erst den Boulevard erreichst, sie vielleicht im Gedränge der holografischen Heiligen und Neon-Madonnas und Videowand-Reklamen für Coke und Sony und *Cannbarillos* abhängen kannst? Denkst du ans Beten, Annunciato? O Heilige Maria, blende sie mit deinen Neon-Halos, o Heiliger Sebastian, schicke deine Laser-Pfeile in ihre Augen?

Es ist besser, du läufst, Annunciato. Es gibt jetzt gute Nachrichten von der Straße, von neuen Gottheiten, die den Medien-Neumischungen entsprungen sind. Sie sind ungeschickt und unerfahren, aber voller Begeisterung.

Nissans und Toyotas fräsen rauchende Gummi-hexagramme in den Asphalt, während sich Annunciato mit seiner Glasgitarre zwischen dem Stoßstange-an-Stoßstange-Verkehr hindurchschlängelt, der sich über die fünf Spuren in die Stadt und die fünf Spuren aus der Stadt dahinwälzt: *He, Junge, bist du lebensmüde, dummer* Favelado, Cabañero, *möchtest du von meiner Kühlerfigur zermatscht werden, dann kannst du das gerne haben, wo-und-wie hast du die Glasgitarre geklaut?* Die Flüche und Beleidigungen hören auf, als die *Lobos* durch die Gitter springen und den Rhythmus der Jagd auf sprayverzierte Autokühler trommeln, von einer Stoßstange zur anderen hüpfen und die Mädchen mit ihren sechs Zentimeter hohen Absätzen und hautengen Leoparden-Trikots und Rundum-Telebrillen angaffen.

In einer Seitengasse, die von Video-Politessen überwacht wird, bleibt er stehen und lauscht, ob sie noch immer hinter ihm her sind.

Aber ja, Annunciato. Ganz bestimmt, Annunciato.

Das Heulen von Motoren ist wie ein Tritt in den Magen mit einem Stiefel mit Stahlkappe. Die flachen Sportwagen rasen durch die Gassen; *Lobos*, hungrig und gierig, fahren auf Türen und Dächern mit und trommeln ihren Jagdrhythmus auf teuer erworbenem Toyota-Stahl. Funken erwidern die Schreie.

Begebe deine Seele in die Hände der Heiligen des Boulevards.

Und die große Holo-Werbung für kalorienarme Coke neben dem Büro der Nationalen Lotterie verkündet: ANNUNCIATO:

Der Name, der geschmackvoll in Spraydosenplatin und Rasiermesserblau dargestellt ist, schwankt durch den Holo-Raum. Die Scheinwerfer der *Lobos* nageln dich fest und rupfen dich, bis du nackt bist wie eines der Hühnchen, die Madre Amparo zum Schrein des Heiligen Antonius trägt. In den Seitenstraßen von St. Dominic flüstert laut das Klicken von Klappmessern.

VERTRAUE AUF MICH. ICH WERDE DICH BESCHÜTZEN: Laser durchschneiden die Nacht. Tapfere, verwegene *Lobos* fallen zurück, fluchend und schreiend und die Hände auf Verbrennungen Wunden Narben drückend. Eine neue Zutat zur Duftmischung der Stadt, die aus Schweiß, Kot, Rauch und Sperma besteht: verbranntes Fleisch. Mit der Glasgitarre in der Hand, ist Annunciato hinter einer Wand aus flackerndem Laserlicht in Sicherheit.

Ein Wunder.

BLEIB HIER. JEMAND WIRD KOMMEN UND DIR HELFEN, sagt die Holo-Werbung.

»Was wer warum wie?« fragt Annunciato verwirrt und benommen.

Die große Videowand bei der Hypotheken- und Darlehensbank füllt sich mit einer sternenübersäten Nacht. Ein Paar lüsterner Erdbeerlippen strahlen am Startrek-Himmel auf. Obst kullert aus dem Gehirn der Video-Graph-Computer der Firma Coca-Cola; Bananen, Pampelmusen, Orangen, Guaven, Mangos, aufgestapelt wie am Obststand von Mr. Socks auf der Birimbao Plaza. Das Gesicht einer Frau formt sich hinter den Lippen, unter dem Tutti-frutti-Hut. Die gebenedeite Jungfrau Maria war niemals so.

LA MIRANDA, sagt die Videowand, während die Frau mit einem Blinzeln und einem Lächeln verblassend in die Nacht von Niederkalifornien schwindet. *Los Lobos* heulen und schleudern die großen Chromschraubenschlüssel, die ihre rituellen Waffen sind, auf den ölverschmierten Beton. Doch die Laser nehmen es mit ihnen auf.

Ein Licht. Und eine Stimme. Die Stimme einer Frau. Scheinwerferstrahlen, eine Erscheinung, die auf einer ausgefahrenen Feuerleiter aus dem Geheiligten Herzen Jesu auf die Sie-bringen's-Wir-richten's-Reklame hinabgleitet. Silberlamé vom höchsten Punkt ihrer Baseballmütze bis zu den Stiefelspitzen, ein Gewirr von abgerissenen Kühlerfiguren um den Hals, die Sechs Mystischen Sterne von Subaru.

Ein Gnadenengel und, das Unglaublichste vom Unglaublichen, *weiß*.

Annunciato hatte gedacht, sie wären alle schon vor Jahren in ihren verfallenen *Haciendas* und Tudor-Häuschen ausgestorben.

»Komm nur, komm!« sagt sie. Ihr *Angeleño* ist widerwärtig. »Jetzt sofort. Komm, los komm! La Miranda kann nicht über lange Zeit so viel Energie aus dem

Stromnetz entnehmen. Katholische Ingenieure werden kommen und ihr den Saft abdrehen. Also komm, komm schnell!« Er greift nach der reinen weißen Hand und wird in den Himmel hinaufgezogen. Über Dächer führt sie ihn, durch einen Wald von Antennen und Satellitenschüsseln, vorbei an Kühltürmen und drehbaren Wäscheleinen und sich serpentinenartig schlängelnden Leitungsschächten von Klimaanlagen, durch Dachgärten mit Marihuana-Kulturen und Kokain-Plantagen, sie springt durch die gähnende Dunkelheit über tiefe dunkle Gassen, während sich der unendliche Strom von Schlußlichtern unter ihnen und den *Lobos* schlängelt und windet, befreit aus einer leuchtenden Gefangenschaft; sie hüpfen mit federnden Schritten über glänzende Gehsteige und heulen den Pampelmusenmond an. Und die Glasgitarre zieht eine Spur von winzigen Tropfen und Schlieren, wie der silberne Schleim einer Nacktschnecke an der Wand der Basilika Santa Barbara.

»Runter. Jetzt.«

Der große geklaute rosafarbene und gelbe vierradangetriebene Geländewagen dreht sich und donnert über den Parkplatz von Señor Baratos 24-Stunden-Supermarkt wie ein Stier in der Arena, seine riesigen Ballonreifen grapschen nach dem bepinkelten Beton. Die *Lobos* mit ihren schwingenden Kriegstrommeln schwappen in einer Welle von einheitlichem Rosa und Grün heran, während Annunciato und der Engel sich von dem schaukelnden Ende der Feuerleiter fallen lassen und am Boden landen.

»Einsteigen! Los!« Der Fahrer ist ein uralter Schwarzer – etwas sogar noch Unglaublicheres als der Silberlamé-Engel –, der bereits das Gas betätigt, so daß die Reifen auf dem Beton qualmen. »Einsteigen!« Türen fallen krachend zu.

»Achtung, Achtung, Ihr Sicherheitsgurt ist nicht vorschriftsmäßig angelegt, bitte legen Sie den Sicherheitsgurt an«, sagt ein chipbetriebenes Made-in-Yokohama-Bewußtsein. Die flachen Sportwagen halten quietschend unter dem blitzenden Schild von Señor Barato an. Grinsend und plappernd wie ein *Loco* schaltet der Mann den Vierradantrieb bei dem wilden Tier ein, und sie fahren mit dessen riesigen Monsterrädern direkt über die Dächer der flachen Wagen und hinaus in das Neonlicht und den Smog des Boulevards.

*¿Porque?*

Weil an diesem Sonntag abend Annunciato einen Blutwolf mit einer Glasgitarre getötet hat.

Im *Sambadrom* ist die Hölle los gewesen. Das Wort gilt, *Compadres.* Heute abend heute abend heute abend findet der große Entscheidungswettbewerb statt. Heute abend schlagen die letzten beiden *Guitarristos* die Schlacht zum Beat von Bauchtrommel und Mischpult für ein Halleluja zur Anführung von ganz Birimbao Hill am Fetten Dienstag.

Grölend und mit einer Fußballtröte pfeifend hatte ihn sein Bruder Lions'a'Juda auf den Schultern über die steilen Pfade der *Favela* hinuntergetragen, diesen Jungen von Nirgendwo, der den Wettkampf mit seiner Glasgitarre im Sturm für sich entschieden hat. Habt ihr nichts davon gehört? Heute abend heute abend heute abend werden das Rotgold und das Grün des Judas das Rosa und das Grün der *Lobos* niederschmettern.

Während die rivalisierenden *Guitarristos* in das *Sambadrom* getragen wurden, hatte die *Batteria* aufgedreht, diese Aristokraten des Rhythmus, indem sie eine Ton-Lawine getrommelt hatten, die ganz Birimbao begrub, bevor sie zu Tal ging. Und die *Remixados* in ihren Baseballmützen mit den richtigen Firmenschriftzügen und ihren engen Oberteilen und Radfahrerhosen waren herumgewirbelt und taten sich wichtig und schwitzten und mischten und meisterten. Und die *Sambaderos* in Sportklamotten mit den berühmten Namen drauf, die

*Sambaderos* in ihren Trikots und der Körperbemalung hatten sich über den Boden ergossen, zitternd und zappelnd und strampelnd und fuchtelnd und schreiend: *ai ai ai ai.*

Er war gut gewesen, der *Guitarristo* der Blutwölfe. Wenn er es nicht gewesen wäre, hätte er vielleicht überlebt. Doch während die Gitarren oben auf ihren Lautsprechertürmen in Fugen und Kontrapunkten klirrten und sich verstrickten, hatte er gespürt, wie ein Geist in der Glasgitarre erwachte, eben jener Geist, der ihn heute morgen angerufen hatte, als Annunciato, der sechste Sohn eines sechsten Sohnes, jenes Glitzern von Glas auf einer Müllkippe von Birimbao erspähte; ein Geist, der stärker wurde, stärker, als Annunciato es aushalten konnte, etwas, das sich vom Schweiß und dem Gestank und dem Getöse der Trommeln ernährte, und einer nach dem anderen hielten die Tänzer und *Remixados* und selbst die *Batteria* inne, um zuzusehen, und der einzige Ton unter dem Wellblechdach des *Sambadrom* war das unerträgliche Feedback-Jaulen der Glasgitarre, immer weiter und weiter und weiter und weiter und weiter und weiter, wie das Schreien eines jeden Kindes, das jemals auf der Straße zur Welt gekommen ist, und das Schreien einer jeden Seele, die jemals in einer *Cabaña*-Gasse einer Klinge zum Opfer gefallen ist, und das Schreien einer jeden *Sambadera* im Ohr ihres *Sambadero*, wenn sie es auf dem Rücksitz eines frisierten Nissans in den hinteren Reihen eines Drive-in trieben; und die Musik ergriff den *Guitarristo* der *Lobos* und verbrannte seine Seele zu nichts, und er stürzte vom Lautsprecherturm, wobei Rauch aus seinen Augen quoll, und dann schrien alle mit einer Stimme, einem Herzen und einer Seele.

Ein Akkord. Das ist der einzige Unterschied zwischen einem Helden und einem Ungeheuer.

# Blauer Montag

*Sambada por Mujeros*

Alles hängt letztendlich entscheidend von den T- und A-Zonen ab.

Ja, du hast es begriffen. Titten und Arsch.

Die T-Zone: Hast du einen Spiegel? Dann hol dir einen Spiegel. Zieh dich aus. Ja, ganz. Alles, was du am kommenden Fetten Dienstag anhaben wirst, sind Handschuhe und Stiefel und ein Tanga-Slip. Der Pik-Fünf-Look. Cellulitis?  Keine Angst, es wird immer jemanden geben, bei dem es noch schlimmer ist als bei dir. Roll die Schultern; links, dann rechts. Der Sinn ist, daß jede Brust ihren eigenen getrennten, entgegengesetzten Kreis dreht.

Die A-Zonen: Wie oben, doch mit den Hüften anstatt mit den Schultern, und – das ist der kleine Unterschied zwischen einer echten Straßen-*Sambadera* und den Exhibitionistinnen, die aus den Vororten oder den Barackensiedlungen hereinkommen – die A-Zone muß sich in gegenläufigen Kreisen zur T-Zone bewegen. Man rechnet, daß es ein halbes Jahr dauert, um nur ein Gefühl für den elementaren Rhythmus zu bekommen. Wenn man den Eindruck vermitteln kann, daß man einen Orgasmus hat, während man auf einer Waschmaschine mit tausend Umdrehungen sitzt, dann ist man der Sache ziemlich nah. Es ist von Vorteil, wenn man lächelt. Alles, das einem mehr Selbstvertrauen gibt, muß als Hilfe genutzt werden, wenn man vor einigen Millionen Zuschauern und elf Satelliten-Sendern mit T und A wackelt und dabei nur mit einem Stück Stretchstoff in Briefmarkengröße bekleidet ist.

Ihr Name ist Ros'a'Jericho.
Sie ist eine Jüngerin des *Tucurombé*.
Sie sind Mitglieder einer *Kairis*.

Eine *Kairis* ist eine Gruppe von (üblicherweise) vier Personen, die sich vorher schon kannten oder auch nicht und vom *Tucurombé* zusammengerufen werden, um den Zweck eines göttlichen Auftrages zu erfüllen.

Der Auftrag dieser *Kairis* ist es, einen *Guitarristo* zu finden, der die Parade von Tres Milagros anführen soll, deren Thema dieses Jahr die Neuen Götter sind.

Das *Tucurombé*, dem jene La Miranda, die Annunciato vor den *Lobos* gerettet hat, als Mitglied angehört, sind die Neuen Götter.

Waoh waoh waoh waoh waoh. Im Kopf des jungen Annunciato dreht sich alles. Schließlich ist er lediglich ein unterernährter, ungebildeter Junge aus einer *Favela*.

Ros'a'Jericho lebt mit dem alten Schwarzen, der unter dem Namen El Batador bekannt ist, in einem Haus in Tres Milagros Hill. Sie schlafen nicht miteinander. Annunciato hat von Tres Milagros Hill gehört. Die meisten Leute in dieser Stadt haben von Tres Milagros Hill gehört, diesen Hügel mit den großen weißen Buchstaben oben drauf, die niemand versteht, wo alle die Ausgeflippten und Abartigen und Degenerierten wohnen und wo selbst die Transvestiten ausgeflippt und abartig und degeneriert sind und sich miteinander auftakeln oder abtakeln. Tres Milagros hat in den letzten zehn Jahren fünfmal die goldene Glocke von Saint James gewonnen, und zwar unter der Führung ihres Direktors, des sagenhaften La Baiana.

Und sie wollen Annunciato als Haupt-*Guitarristo*? ChesusChoséMaria …

Ros'a'Jericho fungiert als *Remixado*. Sie lebt auf einer Matratze inmitten von Haufen verschimmelnder Kartons, die einmal chinesisches Essen enthielten, in einem Raum, der bis zur Decke mit aufgestapelten silbernen und schwarzen Kästen mit dem Firmenschriftzug von Pacific Rim gefüllt ist. Das einzige Licht stammt von Lumineszenzdioden und Kristallobjekten.

»Kein Venyl, keine Spirale, kein Kratzer«, sagt sie.

»Die Welt des echten Geschehens ist meine verläßliche Quelle.« Die Taschen ihres Silberlamé-Anzugs enthalten DAT-Aufzeichnungen, aus denen sie die Geräusche der Stadt in ihre Musik einmischt.

Der uralte Schwarze macht etwas zu essen. *Guitarristo*s haben immer Hunger. Das ist gut für die Musik. Während sich Annunciato Reis und Bohnen und ein wenig gehacktes Synthetikfleisch ins Gesicht schiebt, klärt ihn El Batador über das *Tucurombé* auf.

Es sind Götter. Echte Götter. Straßengötter. Muster einer außerirdischen Intelligenz, verrührt mit der Informations-Minestrone aus dem Pacific-Rim-Computer und gewürzt mit katholischer Heiligenverehrung; *Favela*-Mythos und Aberglaube; Leinwand-Ikonografie; der Symbolismus von *Candomblé, Umbanda, Vodun*, Rosenkreuzgläubigkeit und Massen-Buddhismus; aufstrebende Mythen der weltumspannenden Datennetze! Radiohelden aus Nachtsendungen, Rock'n'Soul-Legenden. Sie haben eine beträchtliche Anhängerschaft in Tres Milagros und in einigen der großen Neubauslums und *Arcosantis*. Götter des Remix.

»Obwohl es in Wirklichkeit Seu Guantanamera war, der dich beobachtet, dich angerufen und dich für die *Kairis* ausgesucht hat«, sagt der alte Schwarze, »so war es doch La Miranda, das älteste und stärkste Mitglied des *Tucurombé*, die deine Spur durch die Verkehrsüberwachungskameras entlang des Boulevards verfolgt und uns benachrichtigt hat. Dies sind Götter der öffentlichen Fernsprecher und der Verkehrsampeln. Sie sind stark, jung, begierig. Sie verlangen von ihren Jüngern nicht, daß sie der Welt, dem Fleischlichen und dem Bösen entsagen, sie fragen nur: *Und was hast du in letzter Zeit für mich getan?*«

Ogun Dé ist der spezielle Schutzpatron des alten Schwarzen. Empfangen in den Informationstrümmern einer Terrorgruppe der *Mundo Tercero* während eines Virenangriffs auf das militärische System, ist er für alle

Bereiche der Dynamik und Rhythmik verantwortlich. Straßen, Ionokreuzer, Feuerwerke, schwere Regenfälle, Feuer, Kämpfe, Mannschaftssport – all das fällt in seinen Zuständigkeitsbereich. Er ist der Meister des Rhythmus. Er ist der Herr der Trommeln. Seine aufgemotzte Offenbarung ist ein heimlicher Bomber mit gotischer Zackenpanzerung.

San BuriSan ist ein sich drehender Zwanzigflächner von japanischen Theatermasken, eine Persönlichkeit des Wandels und der Evolution. Flaschenbanken und Autopressen sind sein Bereich, außerdem Pubertät, Plastik, Geburtstage, das Aufarbeiten von Schreibtischen und Lasergeräten. Eines Kirschblütenmorgens der überendlichen Komplexität der Pacific-Rim-Börsen-Kerndaten entsprungen, ist er Königsspeicher, Meister-Remix.

Seu Guantanamera, eben derjenige, ist der – wenn man dem verrückten alten Schwarzen glauben kann, wenn man irgend etwas, das während dieser vergangenen soundsoundzwanzig Stunden geschehen ist, glauben kann – persönliche Wächter und Führer von Annunciato und seiner Glasgitarre. Er ist Meister der Harmonie, Vervollkommner und Bewahrer der Quadratur des Daseins, sein Quell und sein Symbol ist eine Glasgitarre.

El Batador nimmt verträumt die Glasgitarre zur Hand, wischt den Schorf getrockneter Musik von ihren Wunden, reicht sie an Ros'a'Jericho weiter, die den silbernen Kopf schüttelt – sie kann nichts begreifen, das nur es selbst ist, das nicht aus anderen Dingen zusammengemixt ist – und sie an Annunciato zurückreicht, wie ein sakramentales *Ganja*. Ihre Finger kommen und gehen, kommen und gehen, gleiten hinauf und hinunter, entlang der schweigenden Griffleisten.

»Damals, zu Zeiten des Ozeandampfers Black Star«, sagt El Batador, »als die Schwarzen nach Äthiopien aufgebrochen sind, mit diesem Schiff, das drei Meilen lang und zwei Meilen breit und eine Meile hoch war und das vierzig Jahre lang durch alle Weltmeere gefahren ist, damals lebte der größte Gitarrist, der jemals einen Finger an den Griffsteg gelegt hat. Ohne jede Ausnahme. Seu Guantanamera. Mit den sechs Saiten konnte er einen zum Lachen und Weinen bringen und einem das Gefühl geben, man hätte das Antlitz Gottes gesehen oder noch etwas Besseres. Die Leute sagten, er sei Gott oder etwas Besseres, und sie hätten ihn zum Gott gemacht, wenn er sie gelassen hätte, doch er starb beim Ausprobieren einer neuen Gitarre, einer Gitarre, wie es noch nie eine gegeben hat. Sie war aus Glas gemacht, das war sie. Von reiner Klarheit und aus vollkommenem Kristall. Und sie brachte ihn um. Ein Unfall mit der Elektronik. Der Stromkreislauf wurde lebendig. Er starb sofort, auf der Bühne, vor zwanzigtausend Menschen, mitten in einem Akkord.

Und dann fing die Legende an. Die Legende, daß seine Seele in eine Glasgitarre gefahren sei, daß derjenige, wer immer sie erwerben mochte, kein Glück damit haben würde, bis sie in die Hände von jemandem gelangen würde, der mindestens soviel oder mehr Talent wie Seu Guantanamera hätte; die Legende, daß die gefangene Seele, wenn die Zeit gekommen wäre, befreit würde.«

Und während der alte Schwarze diese Worte spricht, spürt Annunciato, der nachgedacht hat, jo, jo, ga, ga, wie die Saiten unter seinen Händen plötzlich anfangen zu summen, ähnlich wie die Elektrizität bei Sommerblitzen in den Bergen. Und er hat viel viel Angst.

»Erzähl mir«, sagt El Batador, und es ist, als ob ganz Tres Milagros Hill bis hinauf zu den verrückten Buchstaben auf dem Gipfel auf Annunciatos Antwort lauschten, »erzähl mir, wie du sie gefunden hast.«

»Auf einer Müllkippe«, sagt Annunciato. »Am Birimbao Hill. Eines Morgens ging ich hinaus, und da war sie. Es sah nicht so aus, als ob sie irgend jemandem gehören würde. Ich habe mir das Spielen selbst beigebracht; tagaus, tagein, in jeder Stunde, die ich erübrigen konnte, habe ich geübt, damit ich wie die großen *Guitarristos* sein konnte, oder sogar noch besser.« Doch während er diese Worte ausspricht, begreift er, daß sie wahr sind und gleichzeitig doch nicht wahr. Sie müssen umgedreht werden. *Sie* hat *ihn* gefunden. *Sie* hat es *ihm* beigebracht. *Sie* hat *ihn* zum besten von allen gemacht. Er hatte die ganze Zeit das Gefühl gehabt, daß die Engel dabei die Hände im Spiel hatten, von dem Augenblick an, in dem er sie an jenem strahlenden Morgen in Birimbao in dem Unrat zwischen den Hamburger-Styroporschachteln funkeln sah.

### Sambada por hombres

Ihr habt es leichter. Ihr braucht euch bloß um eine Zone zu kümmern. Von der Taille an aufwärts könntet ihr genausogut aus Styropor sein. Von der Taille an abwärts müßt ihr schärfer sein als Mama Marilenas scharfe Sauce. Fang gleich heute an. Oder willst du, daß zehn-, zwölf-, vierzehnjährige *Jungen* dich bei der *Sambada* übertreffen?

Zunächst die Grundstellung. Die Füße auseinander, auf Schulterbreite. Jetzt beuge dich aus den Knien nach hinten. Zurück, weiter zurück. Bildest du zum Boden einen Winkel von dreißig Grad? Dann ist es gut. Als nächstes: drücke die Arschbacken zusammen. Fest. Du müßtest in der Lage sein, zwischen ihnen eine Amex-Karte die ganze Strecke vom *Sambadrom* bis zum Platz der Basilika Unserer Lieben Frau von den Engeln zu tragen, wo die Beurteilung stattfindet. Wenn du das geschafft hast, bist du bereit für das *Wetzen*. Laß dein Becken kreisen, linkes Becken hoch, eine Drehung, zurück, rechte Hüfte hoch, so daß deine Lenden – der absolute Brennpunkt bei der *Sambada* – sich drehen und drehen wie ein Flugzeugpropeller. Wenn sich deine Drehzahl mit dem Grad deiner Neigung deckt, bist du *muy sambadero*. Aber vergiß nicht: Würde. Du mußt es mit Würde machen, sonst lachen die Jungen. Du mußt kühler sein als eine Flasche Dos Equis in einer Blechwanne voller Eis.

La Baiana ist: zweieinhalb Zentner Lust, in eine Lycra-Korsage mit Leopardenmuster eingezwängt, falsche Brüste, die herausragen wie die Kanonen von Navarone, eine kleine ärgerliche Bartlinie, die unter einer Stuckschicht von Puder und Rouge tatsächlich noch sichtbar ist. *Rei de Las Reinas, Carnivalado de Carnivalados*, der Kostümdesigner aller Kostümdesigner. Es hat noch nie eine so titanische alte Königin wie La Baiana gegeben. Auf seinem Thron aus flachgehämmerten Heinneken-Dosen im *Sambadrom* von Tres Milagros, bewacht von *Musculados* aus dem Body-Shop am Playa Venecia, kräuselt er die Kakipflaumen-Lippen, während strahlend schöne junge Transvestiten vorbeiparadieren, hüftenschwingend, tänzelnd, stolz in die Brust geworfen, mit vollem Gefieder und prächtig herausgeputzt; sie bleiben für eine kleine Drehung, diesen kleinen *Tushie*-Schwenk, vor La Baiana stehen.

»Er sucht die Travies aus«, sagt Ros'a'Jericho. »Tres Milagros ist sehr, sehr berühmt für die Qualität seiner Transvestiten. Es ist eine große Ehre, von La Baiana dazu auserkoren zu werden, bei der *Tucurombé*-Parade mitzumarschieren.«

Doch die große Karnevals-Königin hat ihre *Kairisados*-Kollegen entdeckt und klatscht in die mit Ringen geschmückten Hände.

»Hinaus mit euch, Mädchen, hinaus! Seid um neunzehn Uhr zurück, dann werden wir sehen, wer den Preis gewinnt.« Er beugt sich auf seinem Thron nach vorn und gafft Annunciato an, als wäre er ein Scheißhaufen, der an einem Duschvorhang klebt. »Hat

La Miranda dieses Arschgesicht gerettet, damit er unser *Guitarristo* sein soll? Soll das der wiedererschienene Seu Guantanamera sein?«

Annunciato, mit dem sicheren Talent eines *Cabañero* für den richtigen Zug zum richtigen Zeitpunkt begabt, hebt sich mit beiden Händen die Glasgitarre über den Kopf und nimmt eine lendenerschütternde *Sambadero*-Haltung ein.

»Ich habe seine Gitarre.«

»Ich habe ein Kruzifix, aber deswegen bin ich noch lange nicht Jesus«, erwidert La Baiana. Aber man sieht, daß er ein kleines, ein winziges *poco* bißchen beeindruckt ist. Er deutet auf die Wand von aufgebauten Lautsprechern Verstärkern Mischdecks hinter seinem Thron. »Soll die Sambada entscheiden. Jo! El Batador!«

Rhythmus antwortet. Ein komplexer, wellenförmiger, kräftiger, vielschichtiger Rhythmus, der bis ins Herz schlägt und seine Resonanzfrequenz findet. El Batador sitzt auf einer leeren Bierkiste und trommelt auf einen umgedrehten Plastikeimer, wobei er den Rand angehoben hat und mit seinen knochigen Füßen den Gegentakt dazu auf dem Lehmboden des *Sambadrom* stampft.

Frage: Wie viele Männer sind nötig, um ein *Sambadrom* mit einem Plastikeimer zu füllen?

Antwort: Einer, aber er muß *muy, muy sambadero* sein.

ChesusChoséMaria. Annunciato hat sein ganzes kurzes Leben darauf gewartet, einmal mit einem Musiker dieses Kalibers spielen zu dürfen. Dieser alte Schwarze – verglichen mit ihm hören sich all die gewaltigen *Batterias* von ganz Birimbao Hill an, als ob Kinder den Rhythmus mit wegwerfbaren Eßstäbchen an einer Bushaltestelle schlagen. Annunciato nimmt den Beat auf: *Baile Mi Hermana*, ein Standardstück, das sich leicht schlecht spielen läßt, das aber schwer gut zu spielen ist. Er wird es diesem fetten *Carnivalado*-Transvestiten schon zeigen. Wenn sie Götter sind, diese Geister in den Computern, dann wird er ihnen ebenbürtig sein. Er spielt die Melodie klar und rein und heilig, und Ros'a'Jericho hinter ihrem Mischpult fällt mit einer Woge von aufgezeichnetem Material ein, während er zur Improvisation übergeht. Und etwas hebt ab. Es brüllt. Es braust los und startet vom Van-Allen-Gürtel aus durch. Es schreit, hoch und heilig und heiß heiß heiß, und die *Cabaña*-Streuner und *Malandros* stehen in Zweier- Vierer- Sechser- Achterreihen rundum an den Betonmauern, mit aufgerissenen Mündern und herausquellenden Augen, um mitzubekommen, was für eine *Merda* das ist, und Annunciato spürt, wie das Ding in der Gitarre aufwacht und sich öffnet wie eine Mohnblüte, und er blickt hinein und sieht es ...

»Ai ai ai ai«, ruft La Baiana und zuckt auf seinem Thron. »Genug, genug, genug, genug. Ich glaube dir, ich glaube dir.« Und einer seiner Leibwächterknaben wirft den Haupttrennschalter um, und nichts geht mehr, alles bricht zusammen, alles verebbt und fällt auseinander, und Annunciato, schweißgebadet, fühlt sich wie ein zerschmetterter Engel.

»Große Klasse«, sagt Ros'a'Jericho. »*Muy Guitarristo! Seu Guantanamera!*« Sie küßt ihn auf den Mund. Sie riecht nach Schweinefleisch, wie es bei weißen Frauen sein soll.

Knallende Flaschen, jabba, jabba, langhalsige aus einer Blechwanne voller Eis, droben im Haus von La Baiana; wo es kühl und luftig ist und sich Deckenventilatoren drehen, wie sie Annunciato bisher nur im Fernsehen gesehen hat, und wo auf der Terrasse viele Pflanzen in Terrakotta-Töpfen stehen und das in das dritte ›O‹ der Buchstaben auf dem Hügel gebaut ist.

*Bosque de los Acebos*, das bedeutet das, erklärt Ros'a'Jericho Annunciato, was ihm allerdings gar nichts sagt.

»Früher wurden hier mal Filme gedreht, lange, lange vor dem Vertrag von Albuquerque«, sagt La Baiana, der schwitzt wie ein Schwein und einen kleinen verräterischen Fünf-Uhr-Schatten in der Problemzone über der Oberlippe entwickelt. »Es wird gesagt, wenn du ganz tief runter gehst, ganz, ganz tief runter, dann findest du eine ganze verdammte Stadt, die auf einer Filmdose von hundert Kilometer Durchmesser gebaut ist.«

»*Merda*«, sagt Ros'a'Jericho. »Die Stadt ist auf Rock 'n' Roll gebaut. Bossanova. Blues. Soul. Samba. Sambada. Ganz tief unten gibt es eine elektrische Gitarre, ganz tief tief tief unten. Eine große Gitarre, hundert Kilometer lang, und wenn die große Gitarre schließlich spielt, bedeutet das das Ende der Welt, alles wird neu gemixt und neu überspielt.«

»Jo Jo, Rock 'n' Roll«, sagt Lai Baiana und gackert sanft.

### Fetter Dienstag

*Sambada por Gringos*

Tragisch. Man sieht sie, diese dicken Frauen mit Sonnenbrillen und engen Trikots, diese Japaner mit all den richtigen Firmenschriftzügen und Aufklebern, von denen man weiß, daß sie sie am Flughafen gekauft haben, und diese *Norte*-Intellektuellen, die in Flugzeugladungen von Vancouver und Medicine Hat herantransportiert werden, weil der Karneval das Letzte Große Fest der Volkskultur ist, und sie versuchen, im Rhythmus der Trommeln und des Mischpults die Sau rauszulassen, ich kann dir sagen. Am liebsten würde ich darüber heulen. Es ist, als ob man jemandem zusieht, der unter einem Stein hervorkriecht und vor dem Licht wegläuft. *Sambada* für Gringos? Vergiß es. Ihr habt nicht die *Straße* dafür.

Bitte, lieber Gott, laß es heute nicht regnen.

In jeder *Cabaña*, in jedem Slum und jeder *Favela*, auf jedem Hügel, ist man seit dem Morgengrauen auf den Beinen; jene, die im Bett gewesen sind (im eigenen oder einem anderen). Man macht sich Dauerwellen, enthaart Beine, schlüpft/zwängt sich in federige blumige lederne gummiglatte silberne goldene Kostüme, überprüft T- und A-Zonen vor dem Spiegel, macht sich Sorgen über Lipgloss Puder Make-up und tippelt mit hohen Absätzen durch den Dreck und Schlamm zum Bus, der einen zum Treffpunkt bringt, wo sich Tanzmeister, high wie ComSats durch wer weiß wieviel Mescalin und nervöse Energie, Festwagen, *Batterias*, bewegliche Musikbühnen für die *Guitarristos* und *Remixados*, riesig wie Abschußrampen für interstellare Expeditionen, Regimenter von nacktbackigen *Sambaderas*, die über den Cellulitisstand der strotzenden gegnerischen Hinterteile lästern, Phalangen von verkaterten, schlachtgebeutelten *Sambaderos* in engen Ballett-Anzügen mit kurzen Jäckchen und Baseballmützen in den erforderlichen Farben sich zu etwas *entfernt* Ähnlichem wie einer Prozession aufbauen.

Am Ende der Straße am Fuße von Tres Milagros steht La Baiana, in Tüll und Herman-Göring-Weiß gekleidet, mit einer lässig nach oben geklappten Biker-Mütze, auf der Ladefläche von El Batadors Pick-up und erteilt Befehle über einen Lautsprecher.

*Primero:* Eine Tanzformation von zweihundert Transies.

*Segundo:* Vier Festwagen, jeweils mit einer Nachahmung des *Tucurombé* aus Fiberglas bestückt: zuerst La Miranda, mit Assistentinnen, die nur mit Körperbemalung bedeckt sind und die echte Früchte ins Publikum werfen; dann Ogun Dé mit seinen Leibwächtern, bestehend aus Tres-Milagros-Vollblütlern in Dämonenanzügen aus Gummi mit schwarzen Noppen, dann San BuriSan auf einer Videowand aus einhundert Monitoren, einer Spende mehrerer Pacific-Rim-Elektronik-Firmen; als letzter Seu Guantanamera, begleitet von nebenherschlendernden Mariachi-Musikern und Mädchen, die als Blitzkeile aufgemacht sind.

*Tercero:* Die *Batteria,* bestehend aus Dockarbeitern aus der Unterstadt und Bauarbeitern von der neuen *Arcosanti* Todos Santo, drüben bei Poco Venecia – während der Parade-Zeit übertrumpft das Trommeln in der Mittagspause sogar den Fußball –, alle malvenfarben und gelb gekleidet und von El Batador persönlich angeführt, so wie er sie in den vergangenen fünfundzwanzig Jahren jedes Jahr angeführt hat.

*Cuarto:* Die fahrbare Musikbühne, die auf den Ladeflächen von drei Panzertransportern (irgendein General in Chihuahua schuldet La Baiana etwas, wofür, war er jedoch nicht bereit zu sagen) transportiert wurde; das komplette Akustiksystem plus Beleuchtungsanlage, als Hintergrund für die Musiker und Roadies, die ebenfalls malvenfarben und gelb gekleidet sind. Hier werden Annunciato und Ros'a'Jericho die Stadt in Erstaunen setzen.

*Quinto:* Zweihundert tanzende Jungfrauen.

*Sexto:* Zweihundert Herren der *Cabañas* mit ihren Sprüngen.

*Septimo:* Eine Formation von offenen Wagen, mit Bändern und Blumen geschmückt, in denen die *Sambaderos* und *Sambaderas* früherer Zeiten, die jetzt zu alt sind, um die ganze Strecke bis zum Platz Unserer Lieben Frau von den Engeln zu tanzen, in Glanz und Ehre gefahren werden, bestückt mit synthetischen Federn und oft aufwendig verzierte Brillen tragend.

*Octavo:* Ein Schlußlicht aus verschiedenen Fans, Freaks, Pervos, Gummitypen, Ledertypen, Motorrad-Fetischisten, Sado-Macho-Enthusiasten etc. etc.

El Batador schlägt bereits den Takt auf seinem Plastikeimer, den er sich unter den Arm geklemmt hat, der verrückte alte Schwarze. Annunciato war aus lauter Angst schon dreimal auf dem Klo, nur Ros'a'Jericho sieht aus, als ob sie genau wüßte, was sie tut. Ihr Silberlamé-Anzug ist bedeckt mit ansteckbaren Mikrofonen, die mit einem Transmitter an ihrem Po verbunden sind und Töne aus direkter Nähe und unverfälscht in ihr Mischpult übertragen. Kein aufgezeichnetes Material, keine vorhandenen Quellen: an diesem Fetten Dienstag ist ihre Quelle ihre Stadt, und sie mischt die wahrhaftigen Klänge und die Musik des Karnevals selbst, wie er klaut und stibitzt und durch ihr Mischpult krampft stampft klampft.

La Baiana nimmt seinen Platz unter der vergoldeten Kuppel im hinteren Teil der fahrbaren Musikbühne ein und sieht sich um, vergewissert sich, daß alles bereit ist. Was es natürlich nicht ist, aber wenn man darauf warten würde, würde man niemals zu irgend etwas kommen.

»Okay, meine kleinen Hühnchen.« Er läßt zwischen seinen bonbonrosafarbenen Lippen einen kleinen Donner herausdröhnen und erzeugt einen gewaltigen Ausbruch, der selbst die sieben Buchstaben auf dem Hügel erbeben läßt. »Los!«

Bei der letzten Zählung hatte Niederkalifornien eine Bevölkerung von etwa fünfunddreißig Millionen Menschen. Es sieht so aus, als ob jeder einzelne von ihnen, plus elf Satelliten-Kanäle, an diesem Fetten Dienstag aus seinem Loch gekommen ist. Die Straßen gleichen Schluchten aus Klang und Farbe, jubelnden Stimmen, Pfiffen, Fahnen, Wimpeln, Ballons mit den Gesichtern von Cartoon-Figuren oder Fußball-Stars darauf. Es ist Wahnsinn, Wahnsinn, Wahnsinn; wahnsinniger als alles, das jemals an Mr. Socks' Stand auf der Birimbao Plaza in Plastikeinschweißung mit Reißverschluß verkauft wurde, und die Glasgitarre läßt es die f-Tonleiter hinunterschnurren, und es lodert über die Saiten hinauf zu Annunciatos Fingern, und es ist nur der äußere Rand, die Verheißung einer Wildheit, die sein könnte, wenn er nur tapfer genug ist und Ros'a'Jericho das Brüllen der Menge und das Schlagen der Glocken und der Becken aufnimmt und sie durch ihre Prozessoren haut, und La Baiana bewegt sich ruckweise und klatscht in die Hände, als ob er im Himmel wäre, und jetzt nähern sich die Wände der Schlucht des Geschäftsviertels einander und leiten Tres Milagros in die dichte Prozession von zwanzig Kilometern Länge, die der Karneval ist, ein Strom aus Leben und Klang und Farbe und Musik, kanalisiert zwischen den zwanzig dreißig vierzig fünfzig Stockwerken hohen Videowänden der großen Pacific-Rim-*Corporadas*, und die Menschen drängen sich in zwanzig dreißig vierzig fünfzig Reihen entlang der Boulevards, so dicht, daß ihre Geräusche eine körperliche Präsenz sind, und Ros'a'Jericho schaufelt sie hoch und nimmt sie auseinander und setzt sie wieder zusammen; und die Glasgitarre fetzt den Klang herunter und schickt ihn brennend durch deine Finger hinauf bis in dein Gehirn, und du siehst in einem plötzlich neuen Licht, wie wenn die Morgendämmerung durch die Fenster der Seemannsmission fällt, zwischen dem Ende einer Note und der nächsten, was in dem Mondblumenherz der Glasgitarre verborgen liegt; es ist jeder großartige Augenblick, den du je erlebt hast, wenn du in einer heißen Nacht Radio gehört hast, es ist wie tanzen im Regen zu A-cappella-Klängen, es ist das Spiel von Rheinkiesel-Gitarren, die via Satellitenkanal am Samstag abend direkt aus Las Vegas spielen, all das und mehr, jeder großartige und wahrhaftige und heilige und weltliche Augenblick, ob du es Rock 'n' Roll oder Soul oder Bossanova oder Blues oder Sambada nennst, und ihm wird jetzt klar, was er zu tun hat; er darf es nicht zurückhalten, das hat er das eine Mal im *Sambadrom* falsch gemacht, deswegen ist der Junge umgebracht worden, weil er es zurückgehalten hat, und es ist ausgebrochen, um sich zu befreien, ist blindlings ausgebrochen, zornig und verletzt; er öffnet sich dem Ding in der Gitarre, zieht es in sein Herz hinauf, und er schreit, und die Gitarre schreit, während sich seine Augen für das neue Licht öffnen, und er sieht, wie sich die Gesichter auf der Videowand verwandeln in das Gesicht einer Frau mit einer Obstschale auf dem Kopf und einem heimlichen Bomber mit Zackenpanzerung und ein Dutzend *Kabuki*-Masken, die sich auf der Stelle drehen, und schließlich eine Glasgitarre, eingefaßt mit Blitzkeilen.

Seu Guantanamera.

Und die Glasgitarre hüpft unter Annunciatos Händen: *endlich frei endlich frei endlich frei lieber Gott endlich frei;* und sie dröhnt heiß und zieht den Rhythmus aus der *Batteria* und dem Master Mix und der Realitätssynchronisierung und dem Stampfen der tanzenden Füße und den dreißig Millionen Stimmen plus elf Satellitenkanälen in ein einziges Ding, eine einzige Musik, die über jede *Musik* hinausgeht, die etwas Leuchtendes und Brennendes und Schönes und Schauerliches wird, so daß sogar die *Batteria* schweigt und die *Sambaderos* und *Sambaderas* mitten im Hüftschwung, mitten im Flattertanz innehalten, um sich umzuwenden und die wilden Dinge anzustarren, die aus der Glasgitarre toben, und nur der alte Verrückte, El Batador, schlägt auf seinen Plastikeimer, und Annunciato spielt wie kein anderer, nicht einmal Seu Guantanamera, jemals auf den sechs Saiten gespielt hat. Es ist Freude. Es brennt. Es ist Schmerz. Es ist Sex. Es ist etwas sehr Großartiges und Edles, es ist etwas sehr Gemeines und Übles.

Höher. Höher. Höher. Gott schütze uns, bitte, wir können nicht mehr viel mehr davon ertragen.

Höher. Höher.

O Gott, bitte, nein!

Höher …

Und es hört auf.

Und in der Stille danach hören fünfunddreißig Millionen Menschen plus elf Satellitenkanäle deutliche, unverwechselbare, gewaltige musikalische Harmonien, weiter als der Himmel, tief verwurzelt in der Erde unter ihren Füßen, wie die Noten einer Gitarre, die im Zentrum der Erde begraben ist, einer Gitarre, auf der Gott vielleicht seine Schöpfung heruntergehämmert hat; und der gewaltige Klang durchdringt alles, erschüttert alles, Straßen Gebäude Erde Himmel Musik Hitze und Gehirn, erschüttert sie zum Bersten, und in den Zwischenräumen ist ein Licht, das reiner und heller ist als jedes Licht, das man jemals gesehen hat.

Dann erstirbt der endlos angehaltene Ton, und die Vision verblaßt, und kein Gott ist da, nur ein *Cabañero*-Punk, der die geschmolzenen, zerschmetterten Bruchstücke einer einst wunderschönen Glasgitarre in den Händen hält. Doch es gibt eine neue Farbe in jedem einzelnen der Neonzeichen und Hologramme und Videowände, eine, die noch nie jemand zuvor gesehen hat, die jedoch jeder sofort als die Farbe der *Straße* erkennt.

## Aschermittwoch

*Straße*

Das Herz und die Seele der *Sambada*. Eines jener Wörter, bei denen du niemals begreifen wirst, was sie bedeuten, wenn du sie in einem Buch nachschlägst, *Compadre*.

Nachdem die großartige Gitarre im Zentrum der Erde erklungen und das *Tucurombé* befreit worden war, war die Welt nie mehr dieselbe wie zuvor. Wenn man etwas auseinandernimmt, kann man es nie mehr auf genau dieselbe Weise zusammensetzen. Manchmal wird es schlechter. Manchmal wird es besser. Immer wird es anders.

Viele kleine Wünsche wurden gewährt. Verlorene Dinge tauchten wieder auf. Die Militärjunta trat zurück.

Es kam zu einem gleichzeitigen Versagen aller Finanzamts-Computer auf der ganzen Welt.

Der Regen setzte in diesem Jahr wirklich zur richtigen Zeit ein.

Plötzlich entdeckte jeder, daß er ein bißchen mehr Geld besaß, als er gedacht hatte.

Plötzlich gab es im Kalender mehr gesetzliche Feiertage als zuvor.

Plötzlich verliebten sich alle.

Plötzlich spielte deine Lieblingsfußballmannschaft besser.

Plötzlich kam im Radio andauernd neue und wundervolle Musik, die dich an alte herrliche Songs erinnerte, die du so geliebt hast, nur daß sie noch herrlicher und besser und neuer war.

Das *Tucurombé* schien entschlossen, seine Regentschaft unter einen glücklichen Stern zu stellen.

Annunciato wurde zu dem Gitarrenhelden, der zu sein er sich immer erträumt hatte, war jedoch während seiner gesamten steilen Karriere von dem Wissen verfolgt, daß er niemals mehr so spielen würde wie an jenem Tag, als die Neuen Götter geboren wurden.

Angeregt durch einen Radiotraum, ließ sich Ros'a'Jericho den Kopf verkabeln, so daß all ihr Denken und Hoffen und Träumen und Erleben, während sie mit ihrem Skateboard über den Gehsteig fegte, stadtweit über UKW ausgestrahlt wurde. Man kann sie an fast jedem Sonntagmorgen um ein Viertel nach einem Alptraum auf der Skala zwischen den Evangelischen Pfingstpredigten und Radio Freies Oklahoma hören.

La Baiana arbeitete weiter an der Erreichung seiner sechsten Goldenen Glocke, sagenhafter Berühmtheit, gewaltiger Leibesfülle und großer Langlebigkeit. Er bekam den Auftrag zur Gestaltung von Transie-World, des ersten Transvestiten-Vergnügungsparks, ein Projekt, das zwei Jahre später platzte und einen Schuldenberg von mehr als hundert Millionen Pesos hinterließ. La Miranda hielt sich für fähig, seine Gabe der sexuellen Verwandlung allen und jedem angedeihen zu lassen, und zwar so lange es die Betroffenen wünschten, doch so sehr er es auch versuchte, er schaffte es nie, daß es bei ihm selbst funktionierte.

El Batador ging zurück zu seinen *Compadres* an den Docks, und er wurde das letzte Mal gesehen, als er wie ein Verrückter ins Meer hinausschwamm zu etwas, das er für den Dampfer Black Star hielt, drei Meilen lang und zwei Meilen breit und eine Meile hoch, der gekommen war, um ihn nach Hause nach Äthiopien zu holen, aber letztendlich war es nur ein Kreuzfahrerschiff, das *Viajeros* aus dem *Norte* transportierte, aus einem zwanzig Kilometer langen Eisberg herausgehauen.

Originaltitel: ›Fat Tuesday‹ • Copyright © 1994 by Ian McDonald • Erstveröffentlichung
Copyright © 1994 der deutschen Übersetzung by Wilhelm Heyne Verlag, München •
Aus dem Englischen übersetzt von Irene Bonhorst

*Miroslaw P. Jabłoński · Polen*

# DER STAMMBAUM

Psychiatrische Klinik
Forcetta Delano
Connecticut
10. August

An die
Anwaltskanzlei
Kinsey, Sheckley and
Kinsey
Denver
Colorado

Sehr geehrte Herren,
im Interesse eines unserer Patienten, der sich aus Ver-
schulden der Firma GENEALOGY & CO in klinische Behandlung begeben mußte, möchten wir Sie mit seinem
Fall betrauen. Aus den Fragmenten des Tagebuchs unseres Patienten, die wir beifügen, können Sie ersehen,
wie die Sache abgelaufen ist. Wir haben ein unmittel-
bares Interesse daran, denn ein Obsiegen des Patienten, den wir vertreten, ermöglicht es ihm, für die von
uns durchgeführten neurochirurgischen Eingriffe auf-
zukommen.

Wir ersuchen Sie, alle Unterlagen (Fragmente des
Tagebuchs, Korrespondenz mit GENEACO, Kostenvor-
anschlag für Operationen und Eingriffe, etc.) zu prü-
fen. Falls erforderlich, stellen wir gerne zusätzliche Informationen zur Verfügung.

Hochachtungsvoll
Allan S. McCarthy

Fragmente der Erinnerungen des Patienten der Psychiatrischen Klinik in Forcetta Delano

*Freitag, 21. April*
Ich habe in der Zeitung eine interessante Anzeige gelesen. Die Firma GENEALOGY & CO fertigt für Interessenten Stammbäume samt der Geschichte ihres Geschlechts an. Ich denke darüber nach, ob ich mir vielleicht nicht einen solchen Stammbaum zulegen sollte? Ich wollte zwar eine Waschmaschine kaufen, könnte dann aber meinen Freunden trotzdem nicht sagen, es wäre eine Waschmaschine guter Herkunft!

*Samstag, 22. April*
Eine solche Waschmaschine, und wäre es sogar eine singende, läßt sich ganz und gar nicht mit einem Stammbaum vergleichen. An ein so triviales Gerät will ich gar nicht denken. Ich kaufe den Stammbaum.

*Sonntag, 23. April*
Den ganzen Sonntag habe ich mit Stöbern im Hausarchiv verbracht. Ich bin mutlos. Die Vergangenheit meines Geschlechts ist keineswegs so leuchtend, daß man damit prahlen könnte. Der Opa Matthias legte einem gewissen Smith einmal ein Schwein vor die Füße. Dies geht aus seinem Tagebuch Nr. VII mit dem Titel *Amerika 2096–2100* hervor. Und der Opa war doch so gut zu mir! Irgendwie bin ich neugierig, wie solche Schweine aussehen. Vielleicht hat es diesem Smith gut getan?

*Montag, 24. April*
Gleich früh am Morgen begab ich mich zu GENEALOGY & CO. Der Direktor war sehr nett und erklärte mir, daß die Geschichte des Geschlechts gar nicht erforderlich sei. GENEACO stellt sie je nach Wunsch zusammen. Man müsse nur darauf achten, die Ahnen nicht zu sehr

weißzuwaschen, weil das schwerwiegende Folgen haben kann. Der Direktor merkte mein Zögern und sagte, daß solche Fälle äußerst selten vorkämen, daß ich mir also unbesorgt so ein Bäumchen anschaffen könne. Er wollte auch wissen, bis in welches Jahrhundert es zurückreichen solle. Ich antwortete, daß die Kosten keine Rolle spielten, so daß auch das 16. Jahrhundert in Frage käme, natürlich unter Berücksichtigung des Umstandes, wer der Stammvater des Geschlechtes war. Der Direktor wollte nur noch wissen, wie hoch meine Wohnung sei. Das verwunderte mich ein wenig, aber ich erklärte ihm, das sei bedeutungslos, weil sich die Decke heben ließe. Ich erfuhr, daß ich am Samstag zu Hause sein mußte, weil dann der Baum geliefert würde.

Wir verabschiedeten uns wie alte Bekannte. Dieser Direktor war wirklich sehr nett.

*Dienstag, 25. April*
Ich suchte in der Enzyklopädie das Wort ›Schwein‹. Die *Große Enzyklopädie aller Zeiten und aller Wörter* erklärte, es handle sich dabei um ein archaisches Zuchtschwein, das zu Zierzwecken gehalten werde. Also jene Schweinerei, die der Opa Matthias diesem Smith angetan hatte, erwies sich als etwas durchaus Positives. So etwas wie eine Geschenk. Ich rief sogleich Geneaco an und empfahl der Firma, diesen Umstand doch in meinem Stammbaum festzuhalten. Der Direktor war leicht verwundert, aber als ich erklärte, dafür extra zu bezahlen, gab er nach.

*Mittwoch, 26. April*
Erwartungsvoll.

*Donnerstag, 27. April*
Ich warte.

*Freitag, 28. April*
Ich beschloß, anläßlich des Kaufes des Baumes eine Party für ein paar Freunde zu geben.

*Samstag, 29. April*
In der Früh war ich gleich auf den Beinen. Die ganze Nacht hatte ich kein Auge zugetan. Wie ein Kind! Um ein Uhr nachmittags, als ich schon fast vor Ungeduld gestorben wäre, läutet es. Ich öffne die Tür und – fahre mit dem Gesicht in Zweige voller spitzer Nadeln. Vor mir der lächelnde Direktor von GENEACO und zwei Helfer, die einen riesigen Topf schleppen, in dem sich die Wurzeln eines gewaltigen Baumes befinden. Mir wurde schwindlig. Das ist also mein Stammbaum? Das ist doch ein Baobab. Schon der Topf ist riesengroß und kommt kaum zur Tür herein – und alles übrige erst! Aber der Direktor und seine Helfer lassen sich nicht entmutigen. Sie fangen an, die Wand umzulegen, die jetzt nicht mehr gerade stehen will, aber ich habe sie mit Tixoband verklebt. Inzwischen haben sie den Baum in der Zimmermitte aufgestellt, worüber sie aus unerforschlichen Gründen sehr zufrieden waren. Ich war Weinkrämpfen nahe. So habe ich mir meine Anschaffung nicht vorgestellt! Der Direktor redet mir gut zu, drückt mir die ›Pflegeanleitung für den Stammbaum‹ in die Hand. Trotzdem bin ich untröstlich. Der Baum nimmt das halbe Zimmer ein. Überdies muß die Decke angehoben werden. Einer der Träger setzte sich dem anderen auf den Rücken und gemeinsam begannen sie, die Decke etwa fünfzehn Zentimeter in die Höhe zu schieben. Als sie beide schweißgebadet ihre Arbeit beendet hatten, kam der Nachbar von über mir.

Ohne Umschweife nannte er mich einen Idioten und erklärte, daß meine Tat strafbar sei, weil sein auf der angehobenen Decke stehender Schrank die darauf sitzende Katze zerquetscht habe. Ich riet ihm, auch seine Decke anzuheben, aber er erwiderte, daß das unmöglich sei, weil der Mieter über ihm wegen der ständigen Umbauten schon auf allen vieren kröche. Überdies bewegte er sich auf der Straße auf den Händen und blieb an den Bäumen stehen. Der Nachbar brüllte noch, daß er wegen der Katze vor Gericht gehen werde, und trollte sich. Ich war so fertig, daß ich nach einer Axt suchte, aber der Direktor vereitelte meine gegen den Baum gerichteten Absichten, indem er mich mit einem Gürtel fesselte. Dann erklärte er mir mit der Methode der sanften Überzeugung, von der ich noch ein paar blaue Flecken als Andenken habe, daß ich es nicht tun dürfe, solange die Rechnung nicht beglichen sei. Dann erst könne ich mit dem Baum tun, was mir in den Sinn käme. Ich bezahlte, er verließ mein Haus und ließ Taschen und Bücher liegen. Vorläufig konnte ich meine Neugier bezähmen. Ich nahm ein Schlafmittel und beschloß, alles zu überschlafen.

*Sonntag, 30. April*
Ich erwachte mit fürchterlichen Kopfschmerzen. Meine Augen erblickten natürlich zuerst den Baum und dann die von dem Direktor der GENEACO zurückgelassene Schachtel. Ich nahm die Bücher zur Hand. Das erste, *Die Düngung*, schilderte die Art und Weise, wie die Stammbäume gedüngt werden sollten, und enthielt ein vollständiges Verzeichnis der möglichen Mittel.

Unter anderem waren dort Positionen zu finden wie: genealogisches Doppelphosphat, Urgroßmutter-Kaliumnitrat, Natriumsulfid des Protoplasten, Auszug aus der Erde der Familiengruft (auch sie übrigens von GENEACO geliefert), Phosphat der Brut des Stammvaters und viele andere.

Ich warf das Buch unter das Bett und nahm das nächste zur Hand. Es war die Bedienungsanleitung für den Stammbaum ›G‹. Um sich mit ihr vertraut zu machen, war es notwendig, zuerst den Baum genau in Augenschein zu nehmen, was ich auch getan habe.

Dann legte ich die Lektüre beiseite. Die dritte Broschüre war die schon erwähnte Bedienungs- und Pflegeanleitung des Stammbaums. Sie war so gut wie unverständlich. Bis heute weiß ich nicht, ob ich den Baum für eine natürliche Form halten soll oder nicht. Die Produzenten scheinen das nicht gewußt zu haben und geben verwirrende Antworten. Was die Pflege anbelangt, so muß der Baum mit der Lösung des Uropa-Kalziums gedüngt werden. Des weiteren müssen jeden Tag die Zweige und Blätter mit alkoholhaltigem Eltern-Hydroxid gereinigt werden.

Ich werde ihn schon reinigen! dachte ich rachsüchtig, und Schwermut befiel mich. Meine Vorfahren sind unschuldig und haben es nicht verdient, ohne Hydroxidreinigung zu bleiben.

Ich stieg aus dem Bett und küßte den Baum herzlich an der Stelle meiner Ururgroßmutter Helen.

An dieser Stelle wurde mir klar, daß ich keine Ururgroßmutter Helen hatte, aber das schien mir bedeutungslos zu sein.

Da ich schon auf war, blickte ich auf die vom Direktor der GENEACO zurückgelassenen Gepäckstücke.

Drinnen waren Düngemittel, Alkohol für die Hydroxidlösung der Eltern, eine kleine Broschüre und ein großer Zerstäuber. Ich dachte mir, daß diese Dinge einen Zusammenhang miteinander haben müßten, also nahm ich das Büchlein in die Hand.

Es war eine populärwissenschaftliche Abhandlung zum Thema der parasitären Schädlinge sowie der Mittel zu ihrer Bekämpfung. Zu diesen Schädlingen zählen: der genealogische Rost, der parasitäre Schwägerinnenpilz, der Opa-Fresser und als gefährlichster der Sprößlings-Holzwurm, der meist die jüngeren Triebe angreift.

Als Mittel zur Bekämpfung der Parasiten eignen sich: Geneonukleinsäure, Antischwägerin, Onkelnitrit. Der Wurm wird mit einem kleinen Hammer vernichtet. Wenn er den Kopf aus dem Baum herausstreckt, muß er mit dem Hammer erschlagen werden. Der Rekord bei der Jagd auf den Sprößlingsholzwurm liegt bei 10s/24h, was zehn Holzwürmer pro Tag beträgt. Die geringe Zahl der erlegten Holzwürmer ergibt sich aus dem Umstand, daß sie nur ungern den Kopf herausstrecken. Die Broschüre empfiehlt daher ein leises Absingen der allerneuesten Schlager, was die Holzwürmer angeblich herauslockt. Für Unmusikalische sind die entsprechenden Platten erhältlich. Ich fiel in Ohnmacht.

Genealogy & Co
Wichita Falls
Oklahoma
14. August

An die
Psychiatrische Klinik
Forcetta Delano
Connecticut

Sehr geehrte Herren,
in Beantwortung Ihres Schreibens vom zehnten August dieses Jahres, in dem Sie uns mitgeteilt haben, daß Sie vorhaben, ein Anwaltsbüro beizuziehen, um für den Patienten, unser angebliches ›Opfer‹, Entschädigung für die erlittenen finanziellen Einbußen und moralischen Schäden zu erhalten, nehmen wir wie folgt Stellung:

Der Stammbaum des Typs G-275 V wurde von GENEALOGY & CO an den Patienten geliefert. Es ist ein zum Verkauf zugelassener beliebter Baum, vielfach untersucht und gegen alle Schäden abgesichert (genealogischer Rost, parasitärer Schwägerinnenpilz, Opa-Fresser und andere). Alle Umstände, die von dem Patienten Ihrer Anstalt beschrieben wurden, müßten von einer unsachgemäßen Behandlung dieses Baumes herrühren. Daher sind alle Ansprüche unbegründet, und im Falle einer Klage wären wir imstande, mit Hilfe eines Experten für Stammbaumkunde alle an uns gerichteten Vorwürfe zu widerlegen. Wir haben Verständnis dafür, daß die Verschuldung des Patienten in Ihrer Klinik Sie zwingt, in seinem Namen vor Gericht zu gehen, aber wir bezweifeln, daß das zielführend ist.

Die Kosten der Vorkehrungen, die Sie getroffen haben, betragen fünfundvierzigtausend Dollar, während Sie im Falle, daß wir verlieren, mit Schadenersatz in Höhe von nur zehntausend Dollar rechnen könnten.

Hochachtungsvoll
Robert Mennering
Direktor der GENEACO

Zwischen Tagtraum und Schlaf.

Es kommt mir vor, als sei ich ein menschenähnliches Tier und springe auf den Stammbaum.

Ist dieses Tier etwa ein Schwein?

Es scheint mir nett zu sein. Keine Ahnung, welches Datum wir heute haben.

Ich erwachte. Leider ist alles an seinem Platz. Ich blickte auf die Uhr. Ihr Kalender zeigt das Datum 31. April.

Also ist erster Mai. Ich freue mich, daß ich noch logisch denken kann.

*Montag, 1. Mai*
Immer noch der gleiche Tag.

Trotz des Feiertages fand ich etwas im Briefkasten. Ich dachte, daß Anne geschrieben habe, aber es war nur eine Werbeschrift für Hammer und Stuhl für die Jagd auf den Sprößlings-Holzwurm. Bestellungen für diese Gegenstände nahm die Firma Wurzogenealogon entgegen. Der Teufel soll sie holen. Ich warf die Werbeschrift in den Müllschlucker. Ich beschloß, daß ich am Tag der Arbeit meinen Baum nicht anrühren würde. Morgen werde ich mich über die Bedienungsanleitung für den Stammbaum machen.

*Dienstag, 2. Mai*
Zur Entspannung blätterte ich in meinem Tagebuch, und fast hätte mich der Schlag getroffen. Warum habe ich bloß keine Waschmaschine gekauft? Sie hätte mir Arbeit abgenommen, und nun muß ich mich mit diesem verfluchten Baum beschäftigen.

Heute habe ich ihn genau angeschaut. Beim flüchtigen Hinsehen sieht er genauso wie jeder andere Baum aus, und wenn nicht mein Vertrauen zu GENEACO gewesen wäre, hätte ich geglaubt, daß er im nahen Park gefällt worden war. Aus dem mächtigen Kunststofftopf wuchs ein dicker Stamm mit vielen Zweigen. Dem ›Stammbaumführer‹ zufolge sind es die längst ausgestorbenen Zweige meines Geschlechts. Unten wachsen dicke Zweige, dann immer kleinere mit winzigen Blättern. Auf jedem Zweig befand sich ein Kärtchen mit Namen, Geburtsdatum und Todesdatum eines jeden Ahnen. Ich sah nach, was es mit Opa Matthias für eine Bewandtnis hatte. Ich kletterte auf den Schrank hinauf und erblickte – ein Schwein.

*Dienstag, 2. Mai, nachmittags*
Ich mache mich über die ›Bedienungsanleitung für Baum G‹ her. Zu Beginn war zu lesen, daß der Stammbaum ›Type G-275 V‹ ein beliebter Hausbaum sei, der für allgemeine Verwendung bestimmt ist. Der Baum erfordert sorgsame Betreuung und Pflege. Um am Baum einen Ahnen ausfindig zu machen, gibt es hinten ein Register, falls Vornamen oder Namen nicht bekannt sind. Zwecks besserer Orientierung wurde der ganze Baum in Sektoren eingeteilt, und in schwierigen Fällen ist nach folgenden Hinweisen zu handeln: Großmutter Betsy suche ich auf der linken Seite des

Baumes, rechts unten in der Mitte, den Großvater Roland hinten. Diesen Hinweisen folgend fand ich das eigene Enkelkind, das derzeit mein Großvater George war. Daneben befand sich Onkel Dick mit der Mutter der Oma Helen, zur Zeit seine Frau. Ich betrachtete mir das alles mit Grauen. Solch moralische Verderbnis in der eigenen Familie! Aber nicht genug damit. Es stellte sich heraus, daß meine Tante Jane – etwas mit mir zu tun hatte. Ich blätterte noch weiter in der Geschichte meiner Familie, aber der Unsinn ließ mir fast das Herz stocken. Ich kam zu dem Schluß, daß ich weniger Probleme mit der Bedienungsanleitung einer Rakete hätte als mit diesem Baum, zumindest gäbe es weniger Fachbücher zu lesen.

*Mittwoch, 3. Mai*
Ich goß das Bäumchen mit Uropa-Kalzium, wusch die Zweige und Blätter mit in Alkohol gelöstem Elternhydroxid, aber ich erkannte sogleich, daß ich etwas falsch gemacht hatte, weil der ganze Baum wie von einem Sturm geschüttelt hin und her schwankte. Besonders der Zweig des Onkels Edgar, der ein fürchterlicher Trunkenbold war. Ich beschloß, ihn posthum nicht zum Saufen zu überreden und bespritzte den Zweig prophylaktisch mit Antischwägerin und Stiefonkelstickoxid, womit ich mir gewiß seinen posthumen Haß und seine Verachtung zuzog. Onkel Edgar pflegte immer zu sagen: »Was ist das für ein Mann, der nicht trinkt?« Ich hielt mich für einen hundertprozentigen Vertreter des männlichen Geschlechts. Er hatte wohl recht. Er würde niemals einen genealogischen Baum erwerben, sondern ganz einfach in eine Schenke einkehren, um das Geld zu vertrinken. Ich blickte ihn melancholisch an, trank den Rest des Alkohols aus und sah den Onkel herausfordernd an. Es kam mir vor, als lächelte er, aber das war wohl unmöglich.

*Donnerstag, 4. Mai*

Onkel Brent blühte. Auch seine früh verstorbene Nichte Lorraine blüht. Sie war kaum sechzehn. Ich machte mir Sorgen, der alte Wüstling könnte sie verführen. Wenn ich an dem Baum vorbeigehe, halte ich den Atem an, um ihn nicht zu befruchten. Meine Schwester Agathe würde es mir nie verzeihen, wenn ich darauf nicht Bedacht nähme. Sie wechselte die Blattfarbe, hatte also Angst vor einer Befruchtung.

*Freitag, 5. Mai*

Ich habe es übersehen. Er hat sie befruchtet. Er hat die Nacht ausgenutzt, weil er wußte, daß ich im Schlaf furchtbar schnarche. Ich habe es von ihm geerbt. Schwester Agathe wurde rot und Lorraine wurde zu einer Knospe. Hübsch ist sie ja, ich wundere mich nicht, daß Brent sie verführt hat. Pfui! Was rede ich denn? Bin ich ganz verrückt geworden. Ich fürchte, daß andere dem Beispiel dieses Wüstlings folgen werden, er war in unserer Familie schon immer ein Anstifter. Ich rief bei GENEACO an und fragte, ob sie gegen dieses unliebsame Phänomen keine Verhütungsmittel hätten. Man antwortete mir, sie hätten wohl Verhütungsmittel, aber nicht für diesen Baumtyp. Ich sagte ihnen, das mache nichts, sie sollten es morgen liefern.

*Nacht vom 5. zum 6. Mai*

Ich hatte sonderbare Träume. Ich träumte von meinen Ahnen (sogar im Traum verfolgt mich dieser Baum!). Sie verließen die klimatisierte Familiengruft, um in meiner Wohnung diese verdammten Seufzer auszustoßen. Manche waren ungewöhnlich aggressiv. Einer von ihnen war mit Blech gerüstet (wozu soll so ein Blech gut sein?) und wollte mich erdrosseln. Ich warf einen Stuhl nach ihm und die ganze Gesellschaft war fort.

*Samstag, 6. Mai*

Der Nachbar über mir kam wieder mit Vorwürfen zu mir. Er sagte, daß er von meinem rabiaten Benehmen genug habe. Nicht genug damit, daß ich seine Katze zerquetscht hätte, weckte ich die Leute mit meinem mitternächtlichen Gesang. Er gab zu verstehen, daß ihm die Gesänge als Chor vorkämen, und sah sich mißtrauisch in meinem Zimmer um. Außerdem werfe ich mit Möbeln um mich, was ein arger Verstoß gegen die guten Sitten sei. Ich überprüfte diesen Vorwurf. Tatsächlich stand der Stuhl, den ich gegen den ›Blechkumpel‹ geschleudert hatte, nicht an seinem Platz. Das gab mir zu denken. Ich wollte allein sein, daher entschuldigte ich mich bei dem Nachbarn. Er murmelte etwas von verantwortungslosen Individuen und ging. Dann läutete es. Ein Bote von GENEACO brachte das Verhütungsmittel X CXXX-Eisendreisöhnchen, dazu einen Spray mit Kleber und eine Alphaaminotochtersäure. Sofort spritzte ich den Baum mit diesen Präparaten. Die Wirkung war sofort abzusehen. Fast alle erblühten und begannen sich zu vermehren. Ich war gezwungen, draußen im Stiegenhaus zu atmen, denn im Zimmer konnte ich es nicht mehr tun, weil sofort jemand befruchtet wurde. Meine Ahnen ließen sich von dem Alters- und Jahrhunderteunterschied nicht abschrecken. Meine zweite Schwester wurde von dem mittelalterlichen ›Blechkumpel‹ befruchtet, der mich vorige Nacht hatte erdrosseln wollen.

Ich verfolgte das alles mit Entsetzen. Es ist also doch möglich, daß sich die Verstorbenen fortpflanzen. Das, was sich auf diesem Baum abspielt, hätte doch in meiner Familie nie passieren können. Vielleicht war es ein Irrtum, vielleicht ist es nicht mein Baum? Ich wollte schon GENEACO gerichtlich belangen, aber zum Glück erinnerte ich mich daran, daß dieser verdammte Baum alle meine Ersparnisse verschlungen hatte und ein Prozeß aussichtslos gewesen wäre. Ich setze mich also resigniert unter den Baum. Dann fuhr ich plötzlich auf. An einem der Blätter bemerkte ich einen sonderbaren Ausschlag. Schädlinge, dachte ich mir. Fast hätte es mich umgeworfen. Eine so ordentliche Familie und solche Früchtchen hier. Das mußte der genealogische Rost sein oder der Schwägerinnen-pilz-Parasit oder der Opa-Fresser. Da ich keine Ahnung hatte, welcher von diesen Schädlingen es war, bespritzte ich den Baum sowohl mit Geneanukle-insäure wie mit dem Antischwägerinnen-Spray, sparte aber auch nicht mit dem Onkelstickoxid. Ich setzte mich dann wieder und wartete ungeduldig auf die Ergebnisse der angewandten Kur. Mir fiel wieder ein, daß ich zur Feier des Erwerbs des genealogischen Baumes eine kleine Party veranstalten wollte. Bei dem Gedanken daran stockte mir das Herz, und ich blickte voller Haß auf den Baum. Dann erwachte ich wieder, denn beim Meditieren begannen sich die Ausschläge auf den Blättern blitzschnell zu bewegen, ohne sich das Geringste aus den Chemikalien zu machen.

Mit Bestürzung bemerkte ich einen geringfügigen Verlust der Tante-Plätze. Nachdem ich mich überzeugt hatte, daß diese ›Ausschläge‹ ahnenfressende Wesen waren, schnappte ich mir eines und nahm es unter die Lupe. Es war ekelerregend, über und über behaart und hatte unzählige Extremitäten, die ständig in Bewegung waren. Ich nannte das Wesen einfach Vielfüßler und steckte es in eine Schachtel. Die *Große Enzyklopädie aller Zeiten und aller Wörter* korrigierte meine Ansichten etwas und nannte dieses Wesen einfach Blattlaus. Während der ganzen Zeit, in der ich die Identität des Schädlings zu ergründen suchte, wuchsen diese Wesen erheblich, besonders nach dem Konsum der Tante Stella, und machten sich über meine übrigen Verwandten her. Mit Tränen in den Augen verabschiedete ich mich von jenen, die diese Welt verließen. Sie starben einen tragischen Tod, hilflos gefressen von wilden Bestien. Ich schwor mir, meine Ahnen bis hin zum Sarg zu rächen. Meine düsteren Gedanken wurden plötzlich von einem Knistern unterbrochen. Es war der von den Holzwürmern angegriffene Stamm, der unter der Last der Krone zusammengebrochen war. Die Blattläuse, die jetzt schon die Größe von Fliegen erreichten, beendeten das Zerstörungswerk. Ich nahm also der Reihe nach Abschied von Opa André, Onkel Ernst, Oma Betsy. Nach einer Weile war von dem Baum nur der Topf geblieben, der für die Blattläuse ungenießbar war. Nachdem ich das gesehen hatte, weinte ich bitterlich, weil sie auch meinen Schrank angegriffen hatten. Bevor ich eingreifen konnte, fraßen sie auch den Fernseher und ließen nur die Bildröhre übrig.

Ich merkte, daß ich immer kleiner wurde. Eine andere Abteilung der Armee der Blattläuse beschäftigte sich mit meinen Sohlen. Ich zog die Schuhe aus und verbarrikadierte mich im Bad, aus dem die Nachbarn mich völlig erschöpft befreiten. In meiner Wohnung gab es rein gar nichts mehr, sogar das Parkett war aufgefressen worden. Als ich meinen Befreiern von den Blattläusen berichtete, sahen sie mich sonderbar an und brachten mich dorthin, wo ich jetzt bin. Es würde mir besser gehen, hätten sie nicht ständig nach meinen Ahnen gefragt. Ein sonderbares Wort. Ich sagte ihnen, daß ich nie so etwas gehabt hätte, und sie lachten darüber und behaupteten, daß jeder von seinen Eltern abstamme. Dieses Wort ist mir unbekannt. Sie waren sehr berührt, als ich ihnen das Wort ›Opa‹ nannte. Sie wollten wissen, ob es etwas zu bedeuten habe und etwas mit der Genealogie zu tun habe. Ich habe keine Ahnung, ich hatte doch keine ›Ahnen‹, niemand hat mich geboren, ich bin allein aus dem Nichts entstanden! Ich bin euch überlegen, weil ihr aus Staub geboren seid und zu Asche werdet, ich aber bin ewig. Ich bin ein Kind der Ewigkeit.

Anwaltskanzlei Kinsey,
Sheckley und Kinsey
Denver
Colorado, 21. August

An die
Psychiatrische Klinik
Forcetta Delano
Connecticut

Sehr geehrte Herren,
wir teilen Ihnen höflich mit, daß wir auf Ihren Wunsch
hin die Erinnerungen Ihres Patienten und die vollständige Korrespondenz zwischen Ihnen und GENEACO gelesen haben. Zu unserem Bedauern müssen wir feststellen, daß wir diesen Fall nicht übernehmen können. Unsere derzeitige Situation läßt es nicht zu, daß wir uns auf
Dinge einlassen, die keine Aussicht auf Erfolg haben.
Das wäre genau solch ein Fall. Wir können Ihnen aber
Firmen empfehlen, die für diesen Fall geeigneter wären
und fügen im Anhang ein Adressenverzeichnis bei.

Wir möchten Sie zugleich darauf aufmerksam machen, daß Ihre Erfolgsaussichten nicht sehr groß sind.
Sie können lediglich Ansprüche, die sich aus den vorge-
nommenen Behandlungen ergeben, gegen den Patienten
selbst oder seine Familie geltend machen.

Die Schwierigkeit, den Fall gegen die GENEACO zu
gewinnen, liegt darin, daß diese Firma in ihren Verträ-
gen sehr viele Klauseln und einschränkende Bedingungen hat, um sich gegen solche und ähnliche Fälle
abzusichern.

Hochachtungsvoll,
Kinsey, Sheckley und Kinsey

Originaltitel: ›DRZEWO GENEALOGICZNE‹ • Copyright © 1990 by Miroslav P.
Jabloński • Erschienen in M. P. Jabloński, ›Czas Wodnika‹, Warschau: Iskry 1990 •
Copyright © 1995 der deutschen Übersetzung by Wilhelm Heyne Verlag, München •
Aus dem Polnischen übersetzt von Hanna Rottensteiner

# VORAUSSICHT

Katherine kannte die Zukunft: Sie las sie aus den Tarotkarten, aus den Handlinien eines Menschen, aus Teeblättern, aus Horoskopen, aus der Art, wie ein Mensch auf einem Stuhl saß, aus der Art, wie eine Frau ihr Geld auf den Ladentisch legte, wenn sie für ihre Zukunft bezahlte. Sie führte ein Traumtagebuch, und ihre Träume wurden, viel zu oft, wahr.

Obwohl ihre Voraussagen richtig waren, äußerten ihre Kunden zumeist Unzufriedenheit. Katherine sah niemals eine glückliche Zukunft. In ruhigem und gemessenem Ton berichtete sie von kommendem Unheil: zerbrochene Ehen, verlorene Jobs, enttäuschende Ferien, zerstörte Partnerschaften. Die Menschen kamen selten zu einer zweiten Sitzung wieder.

Es war kurz nach Mittag, und Katherine saß auf einem hohen Stuhl hinter dem Ladentisch des Okkult-Ladens, in dem sie arbeitete. Die Regale hinter ihr waren angefüllt mit dem Zubehör der Magie: Phiolen mit Friedhofsstaub, Flaschen mit heiligem Wasser, Behälter mit Alraunenwurzeln, mit Stechapfelsamen, pulverisierten Knochen und Weihrauchstäbchen. Ihr Boss war zum Essen gegangen, und sie aß ihr Mittagessen, einen Becher Magermilchjoghurt, hier.

Die am Türknauf hängende Glockenschnur schlug an, und ein Mann betrat den Laden. Sie warf einen flüchtigen Blick auf ihn und wandte sich dann wieder ihrem Joghurt zu. Im allgemeinen wollten die Kunden nicht zu genau beobachtet werden. Dieser schaute sich eine Weile bei den Bücherregalen um und näherte sich schließlich dem Ladentisch.

»Hallo«, sagte er. »Ich möchte meine Zukunft erfahren.«

Sie schaute auf, ihm in die Augen. Natürlich erinnerte sie sich an sein Gesicht. In der letzten Nacht hatte sie genau das geträumt: Er kam in den Laden, sie las ihm aus der Hand, und dann bat er um Kaffee.

»Das geht nicht«, sagte sie schroff. »Unsere Wahrsagerin ist gegangen. Sie ist mit dem Jahrmarkt mitgezogen.«

»Lesen Sie nicht aus der Hand?«

»Nein. Tut mir leid. Ich kann Ihnen nicht helfen.«

Er sah nicht böse aus. Aber sie wußte bereits zuviel über ihn. Aus der Art, wie er seine Schultern hielt, und aus der Haltung seines Kopfes wußte sie, daß er einsam war und es ihn ein wenig nervös machte, weil er in diesem Laden war. Er hatte schöne Augen, dunkel und sehnsuchtsvoll. Aber sie wußte es besser, und sie weigerte sich, da hineingezogen zu werden. Sie brauchte seine Handlinien nicht zu sehen, um zu wissen, daß er Sorgen hatte. Sie konnte die Wolken sehen und den aufkommenden Sturm voraussagen. Es wäre ein Unglück, sich auf ihn einzulassen.

»Tut mir leid«, sagte sie wieder. »Es ist wirklich sehr schade.«

Sie sah auf ihren Joghurt hinunter und wollte von nichts mehr etwas wissen. »Tut mir furchtbar leid«, sagte sie und hielt ihre Augen gesenkt, bis sie die Glocken anschlagen hörte und wußte, daß er gegangen war.

Nach dem Mittagessen trank sie eine Tasse Jasmintee. Als sie ihn ausgetrunken hatte, warf sie gedankenverloren einen flüchtigen Blick auf den Tassenboden, wo sich die losen Teeblätter aufgehäuft hatten. Dort sah sie sein Gesicht, deutlich genug für jeden, der die Gabe hatte, es zu sehen.

Ihr Boss war ein Urbild von einem Mann, ein stämmiger Ungar, der Weihrauch abbrannte, um Macht über Frauen zu bekommen. Er las aus der Hand, und wann immer es ihm möglich war, ergriff er Katherines Hand und studierte ihre Handlinien. Seine Hände waren feucht, und er hielt ihre Hand immer ein wenig zu lange fest.

»Sie fürchten sich«, sagte er. »Ihre Herzlinie und Ihre Lebenslinie kreuzen sich – ein Zeichen für Unsicherheit.« Sie schaute widerwillig auf ihre Hand. Es schien ihr, als ob dort jeden Tag mehr Linien zu sehen wären, kreuz und quer über ihre Handfläche verteilt wie Vogelspuren im Sand. Die Linien machten sie nervös: zu viele Entscheidungen, zu viele Auswahlmöglichkeiten, zu viele Schicksale. »Ich glaube, Sie fürchten sich vor Männern«, sagte er.

Sie entriß ihm ihre Hand und ging, um die Kräuterbehälter zu säubern. Sie sah, daß er sie von der anderen Seite des Ladens her anstarrte, aber sie beachtete ihn nicht. Er war zu harmlos. Ihn sah sie niemals in ihren Träumen.


Zwei Uhr morgens: Sie wachte auf und tastete nach dem Lichtschalter, nach ihrem Füller, nach ihrem Traumtagebuch. Es war wichtig, die Einzelheiten schnell aufzuschreiben, bevor sie verblaßten und ihre Bedeutung verloren. Sie schrieb:

*Eine Kaffeestube in der Haight Street. Der dunkelhaarige Mann ergreift über den Tisch hinweg meine Hand und fragt mich etwas. Ich kann ihn nicht hören, weil mein Herz zu laut schlägt. Ich bin erschrocken, von Panik ergriffen.*

Sie zögerte und versuchte, sich weiterer Einzelheiten zu erinnern. Mit Einzelheiten konnte sie sich schützen.

*Ich trage mein silbernes Lieblingsarmband und eine Trachtenbluse. Vor mir auf dem Tisch steht eine Tasse Kaffee. Er streichelt meine Hand zärtlich; ich mag seine Berührung auf meiner Haut.*

Sie strich den letzten Satz durch und stand auf, um ihre Trachtenbluse auf den Boden neben die Tür zu legen. Morgen würde sie sie der Heilsarmee geben. Das Armband würde sie ihrer Schwester in Texas als Geschenk schicken.

Dennoch lag sie noch lange Zeit wach, bevor sie wieder einschlafen konnte.

Katherine sah sich die Handlinien ihrer Kundin an. Diese Frau hatte wunderschöne Hände mit gepflegten Nägeln. Im Vergleich zu Katherines Handfläche war die ihre wunderbar deutlich gezeichnet: Die Linien waren ganz scharf abgegrenzt, Autobahnen mit Richtungshinweisen. Die Linien in Katherines Handfläche erinnerten eher an Spuren, die Hasen auf einer Wiese hinterließen: schmale Pfade, auf denen das Gras niedergedrückt war und die sich gegenseitig auf unsinnige Weise kreuzten.

Katherine verfolgte die Herzlinie der Frau und sagte ihr, daß sie sich bald verlieben würde. Die Frau lächelte, aber Katherine versuchte, sie davon abzubringen.

»Ich hasse es, verliebt zu sein«, sagte Katherine. »Es ist wie eine Art Krankheit: Sie ergreift einen und verdreht einem den Kopf. Liebe macht mich immer dumm. Ehrlich, wenn ich Sie wäre, würde ich versuchen, dem aus dem Wege zu gehen.«

Katherine bemerkte, daß ihr Boss sie von der anderen Seite des Ladens her beobachtete. Er runzelte die Stirn.

Die Frau sah Katherine unsicher an, bestürzt durch ihre Heftigkeit.

»Ihre Herzlinie ist stark ausgeprägt«, sagte Katherine, während sie fortfuhr, aus der Hand zu lesen, und weitere Informationen gab.

Nach der Arbeit ging sie die Haight Street hinunter und eilte zum Postamt, um ihrer Schwester das Armband zu schicken. Sie gab das Armband nicht gern her, aber sie wußte es besser, als daß sie mit dem Schicksal gespielt hätte.

Als sie an einer Kaffeestube vorüberkam, sah sie den Mann dort sitzen. Er saß allein an einem Tisch, trank Kaffee und las die Zeitung. Ihre Augen nahmen Einzelheiten wahr, die sie gar nicht wissen wollte. Aus der Art, wie er seine Kaffeetasse hielt, erkannte sie, daß er Beschützerinstinkte besaß und ein wenig besitzergreifend war. Der Winkel, in dem er die Zeitung hielt, verriet, daß er schüchtern war, aber er überspielte es, indem er sich nach außen hin den Anschein von Geselligkeit gab. Er zeigte seine Gefühle vorsichtig. Er fühlte sich in seiner Haut nicht wohl.

Sie eilte vorbei und trug ihr kleines Päckchen, als enthielte es eine Bombe.

Weil sie die Zukunft kannte, sagte sie öfter »Auf Wiedersehen« als »Guten Tag.« In den unausgefüllten Stunden vor dem Einschlafen hielt sie oft Abschiedsreden. Sie war sehr geschickt im Abschiednehmen. Sie konnte es herunterspielen, als wäre es ohne große Bedeutung: »Es war schön«, »Mach's gut«, »Bis demnächst«.

An diesem Abend bestellte sie sich chinesisches Essen. Es waren zwei Glückskuchen dabei. Der erste Spruch lautete: »Wer nichts wagt, der nichts gewinnt«, der zweite: »Vorsicht«. Sie verbrannte beide Zettel in dem Weihrauchbehälter an ihrem Bett. Der Rauch der Glückszettel duftete schwach nach Jasmin.

Ein Traum: Der dunkelhaarige Mann kam auf sie zu, und sie wollte weglaufen. Sie drehte sich um und rannte, aber sie rannte in Zeitlupe, als liefe sie durch

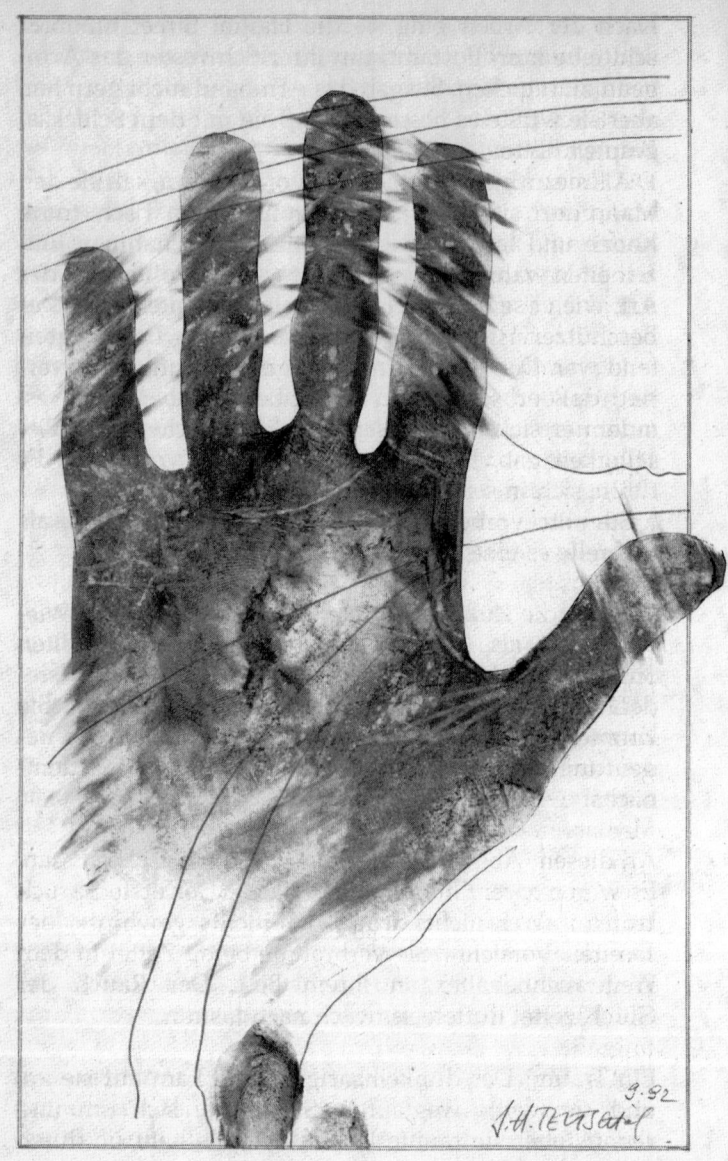

9.92

J.H.Tebütel

Leim. Sie wachte schweißgebadet auf und schrieb den Traum auf, wobei sie es verfluchte, daß sie keine Einzelheiten mehr wußte.

Sie arbeitete am Ladentisch, als ihr Boss ihre Hand ergriff und sie neugierig öffnete.

»Sie umgehen etwas«, sagte er. »Aber Sie können es nicht länger umgehen. Die Energie muß sich irgendwie entladen.« Sie nahm undeutlich wahr, daß er ihre Hand streichelte und lächelte.

»Was soll ich tun?« murmelte sie halb zu sich selbst.

Er strahlte sie an, als hätte er gedacht, sie würde niemals fragen. »Vertrauen Sie sich mir an«, sagte er. »Ich weiß, was zu tun ist.« Sein Griff um ihr Handgelenk wurde fester. Sie wich vor ihm zurück und starrte ihn mit eisigen Augen an.

Wann immer sie aufgewühlt war, ging sie am Strand spazieren und versuchte, die Botschaften zu lesen, die die Wellen auf den Sand schrieben. Sie konnte die Wellen nicht lesen, und sie mochte das. Die Menschen waren zu leicht zu durchschauen. Sie trugen ihre Zukunft in ihren Gesichtern geschrieben, so daß jeder sie sehen konnte. Sie konnte nicht anders, als sie zu lesen, ob sie es wollte oder nicht.

Strandläufer rannten vor ihr her und hinterließen Spuren im Sand. Die Wellen spülten sie ständig fort und reinigten den Strand.

Sie konzentrierte sich auf die Wellen und sah gerade rechtzeitig auf, um ihn auf sich zukommen zu sehen. Er sah aufs Meer hinaus, wo der Sonnenuntergang die Wolken mit Farbe bestrich. Sie wandte sich um und rannte, aber der lockere Sand behinderte sie.

Sie träumte: Sie saß mit ihm auf einer grünen Parkbank und hielt seine Hand. Er sah sie an und sagte: »Ich liebe dich«, und dann küßte er sie.

Und sie wußte ganz sicher, daß er sie verlassen würde.

Sie konnte in dieser Nacht nicht wieder einschlafen. Sie setzte sich auf und legte die Tarotkarten und dachte an ihn. In den Karten sah sie Herzeleid, Verrat und Qual.

Sie erinnerte sich daran, daß es nicht gut war, sich selbst die Karten zu legen. Die Genauigkeit ist zweifelhaft. Sie mischte und legte die Karten erneut. Hindernisse, Verwirrung, Zerstörung.

Aber auch wieder: Glück, Zufriedenheit, Frieden. Zu viele Zukunftsmöglichkeiten. Sie mischte, legte die Karten mehrmals auf dem Tisch aus und suchte in den bunten Bildern nach Richtlinien, an die sie glauben konnte.

In der Morgendämmerung schlenderte sie widerwillig durch den Golden Gate Park, wo die Morgensonne gerade den Nebel zu vertreiben begann.

Sie fand ihn auf einer grünen Parkbank, wo er Popcorn an die Tauben verfütterte. Sie flatterten in Scharen herbei und liefen hinter den Körnern her, die er ihnen zuwarf. Ihre Spuren im Staub bildeten ein kompliziertes Muster von sich überkreuzenden Linien. Es war nicht möglich zu sagen, wo die Spuren eines Vogels aufhörten und die eines anderen begannen. Sie blieb stehen und beobachtete ihn.

Er sah sie an – ein schneller seitlicher flüchtiger Blick –, und dann wandte er sich wieder den Tauben zu, bevor ihre Augen auf seine treffen konnten. Er sagte noch immer nichts.

»Was mich beunruhigt, ist die Unvermeidbarkeit aller Dinge«, sagte sie. »Ist mein Leben ein vorgezeichnetes Bild? Macht es mich frei, nichts über die Zukunft zu wissen? Offensichtlich nicht.«

Er sah sie verwirrt an. »Wie bitte?«

Er sah nicht besonders gefährlich aus. Eine freche Taube kletterte auf seinen Turnschuh und streckte sich nach dem Popcorn in seiner Hand. Er zwinkerte ein wenig, weil ihm die Sonne in die Augen schien.

»Ein schöner Morgen«, sagte sie, und er nickte.

»Was das Aus-der-Hand-Lesen betrifft«, sagte sie, und wider besseren Wissens nahm sie seine Hand. »Sagen Sie es nicht«, wies sie ihn an, bevor er den Mund öffnen konnte. »Sagen Sie es nicht.«

Dann warf sie einen verstohlenen Blick auf ihre eigene Handfläche. Es schien ihr, als sei die Herzlinie ein wenig stärker geworden und die Lebenslinie vielleicht doch nicht mit ihr verkreuzt.

»Ich denke immer noch, daß Sie mich verlassen werden«, sagte sie sanft. Sie sah auf und begegnete seinem Blick. Er war verwirrt. Sie tat die Dinge wieder in der falschen Reihenfolge. Es war noch nicht an der Zeit, »Auf Wiedersehen« zu sagen. Noch nicht.

»Gut«, sagte sie, »ich werde es riskieren.«

Und dann küßte sie ihn trotz allem.

Originaltitel: ›PRESCIENCE‹ • Copyright © 1989 by Davis Publications, Inc. • Erstmals erschienen in ›Isaac Asimov's Science Fiction Magazine‹, Januar 1989 • Mit freundlicher Genehmigung der Autorin und Uwe Luserke, Literarische Agentur, Stuttgart • Copyright © 1994 der deutschen Übersetzung by Wilhelm Heyne Verlag, München • Aus dem Amerikanischen übersetzt von Karin König • Illustriert von Jobst Teltschik

# SOHO GENERATION

Süßliche Duftschwaden liegen über dem Times Square. Die Räucherstäbchen der fliegenden Händler dampfen Verwesung in die sommerfeuchte Dämmerung. *Life is short, play it hard* flimmert im Staccato roter Neonlettern über die Auslage eines Sportgeschäfts. Der einsame Schlagzeuger auf der Verkehrsinsel hält sich dran und ergänzt das Hupkonzert der blockierten Taxischlange mit hektischen Trommelwirbeln. Entlang der 42nd Street vermischt sich der Verwesungsgestank mit den scharfen Gerüchen von Sauerkraut und Knoblauch. Pauls Magen knurrt, aber die Freßstände sind umlagert, und die Zeit ist knapp. Falls die Buchung durch United DesigNations LTD. geklappt hat, wird er im Hotel essen. Er drängt sich durch die Menge, die sich um drei schwarze Winzlinge versammelt hat. Zum Rapido ihrer Gettoblaster toben sie über den Asphalt, während ihr älterer Bruder bei den Touristen abkassiert. Auf den Treppen des verlassenen Polizei-Hauptquartiers setzen Bettler ihre Münzen in Glücksspiele um. Wer gewinnt, wird lautstark an den Kauf der nächsten Flasche erinnert.

*Life is short, play it hard* erscheint jetzt auch auf dem überdimensionalen Times-Terminal. Begleitet vom melancholischen Saxophon des Musikers an der Straßengabelung starten Raketen im Zeitlupentempo, Bomben treffen in eingekreiste Ziele irgendeines Landes der Dritten Welt, dessen grimmiger Diktator die Zielscheiben ziert. *Welcome to Nekropolis* sagt die Schrift. Als

Paul ein zweites Mal hinschaut, hat sich das letzte Wort zu *Metropolis* verändert. Das Bild des Präsidenten erscheint. Aus seinen Augen tropfen große Tränen, die sich in tanzende Figuren verwandeln. Sie sammeln sich um seinen Mund und schieben ihm einen gefesselten Körper zwischen die makellosen jacketbekronten Zähne. Seine Konturen verschwimmen, darüber legt sich ein Frauengesicht. *Join the Soho Generation*, eine Sprechblase quillt aus dem sinnlichen, leicht geöffneten Mund. Paul starrt auf das Gesicht. Es ist das Gesicht von Liz. Jetzt kneift sie ein Auge zusammen und zwinkert ihm verschwörerisch zu. Erneut ist es das schwermütige Gesicht des Präsidenten mit den Tränensäcken und Hamsterbacken.

Paul beschließt, seine Übermüdung im Hotel mit einem Espresso runterzuspülen. Liz wird wie so oft zu spät kommen, sich nicht entschuldigen, ihn so begrüßen, als seien sie erst gestern zusammengewesen. Sie wird sofort losziehen wollen, das mußt du unbedingt sehen. Die New Yorkerin Liz ist der Samurai mit der Waffe der Begeisterung, sie liebt die Rituale von Hingabe und Unterwerfung, eine Liebe im *dancing design*, das Leben eine ewige Performance, die Metropolis ihr Raum für Installationen der phantastischen Art. United DesigNations LTD., EUROPÄISCHE HAUPTVERWALTUNG HAMBURG, engagiert sie, wann immer Produkte vorzustellen sind, deren Verrücktheiten Marktrisiken bergen. Bei Liz erscheinen sie als das Normalste von der Welt. Sie hat Latexkleider selbst in Oberammergau tragbar gemacht und Plexischmuck bei Tiffanys salonfähig. Sie kommt und geht, wie sie Lust hat. Ihre Liebe ist ebenso spontan wie zuverlässig. Paul weiß, daß sie seine Entwürfe schätzt, alle – bis auf seinen Lebensentwurf. Seine Konstanz langweilt sie und beruhigt sie zugleich.

Das Hotel in der 46nd Street ist ein guter Platz, um ihre Pläne für kurze Zeit unter ein Dach zu bringen.

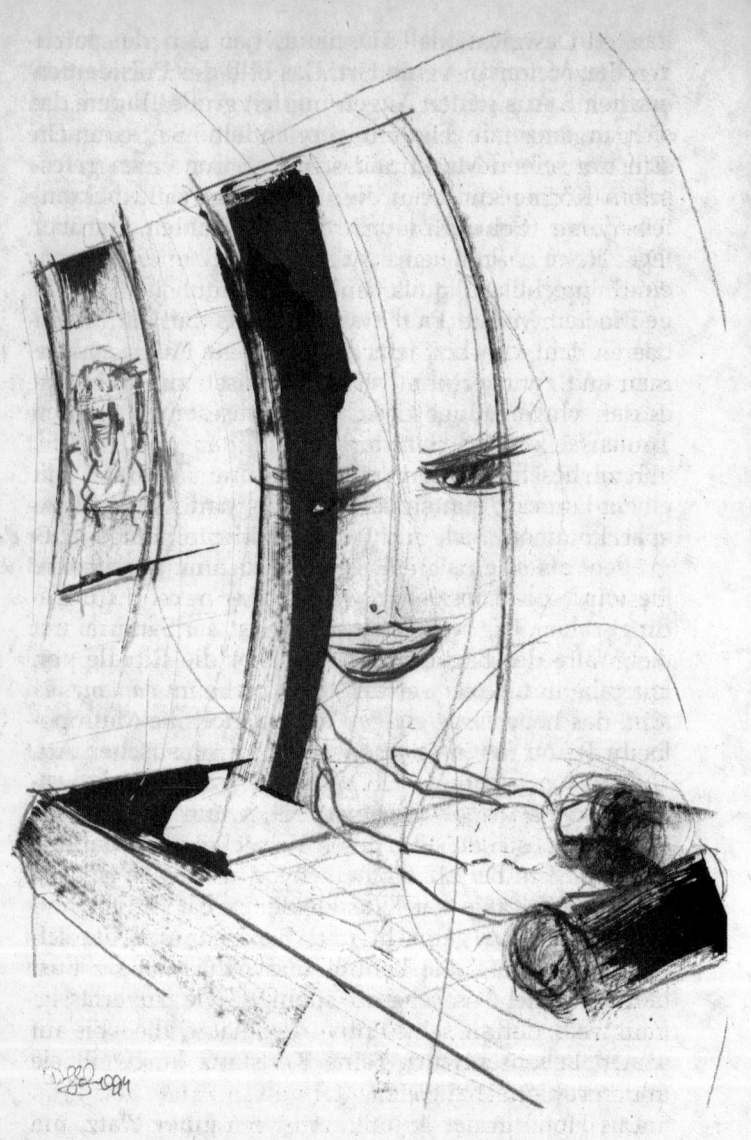

United DesigNations LTD. hat es von der transparenten Rezeption bis zum Stahlkegel-Waschbecken entworfen und gestaltet. Das Hotel zitiert die Requisiten vergangener Jahrzehnte und bricht sie mit Ironie: Die Plüschpracht der alten Sofas ist in Bronze erstarrt, die monochrome Kunst des Yves Klein durch abwaschbare Überzüge fürs nächste Jahrtausend haltbar gemacht. Das Hotel macht keine Werbung und braucht keine Werbung. Selbst ein Namensschild fehlt.

Die Leibwächter in schwarzen Jeans und T-Shirts taxieren Paul, dessen Gepäck sich auf die Flugtasche beschränkt, und lassen ihn dann passieren. Stilisierte Rosen wuchern aus dem Marmor des Entrees. Eine große flachbusige Schwarze im grauen Catsuit führt ihn zur Rezeption und später zu seinem Zimmer.

Paul duscht, legt sich aufs Bett, schaltet die elektronischen Licht-Spiele aus und das Wandterminal ein. Er döst vor sich hin, greift schließlich zum Telefon und bestellt beim Room Service einen doppelten Espresso. Auf dem Wandschirm wechseln Commercials für keimfreie Hundeklos mit denen für kußfesten Lippenglanz. Die Lippen werden herangezoomt, teilen sich und murmeln *Join the Soho Generation*. Es sind die Lippen von Liz. Es ist die Stimme von Liz. Paul schreckt auf, als der Espresso kommt.

Liz ist jetzt seit zwei Stunden überfällig. Keine Nachricht für ihn an der Rezeption. Kein Haiku diesmal. Liz liebt es, ihre Botschaften apokryphisch zu verpacken. Sein Glück, daß er beim ersten Treffen in Hamburg ›Vivaldi 17 Uhr‹ als die ›Vier Jahreszeiten‹ entschlüsseln konnte. Das Foyer ist leer bis auf zwei Schwule, die auf der Bronzeliege schmusen. Paul fühlt sich leer, leicht gereizt und hungrig. Der Diner nebenan hat noch auf. Paul läßt sich auf den roten Plastiksitz an der Theke plumpsen – auch dies Inventar mitsamt Ham and Eggs- und Hamburger-Skulpturen ironische Reverenz an Gewohnheiten alter Zeiten. Paul ärgert es, daß nach den

Missionierungskampagnen der Vegetarier Fleischesser inzwischen ähnlich diskriminiert werden wie die Raucher. Sporadisch überkommt ihn die Gier nach Zigaretten, noch seltener die nach Fleisch. Jetzt bestellt er einen Cheeseburger. Der alte Mann an der Theke nickt komplizenhaft zu seiner Bestellung und grinst in sich rein, als er in der Küche verschwindet.

Eine andere Theke, besserer Kaffee: der Abschied am Hamburger Flughafen, der ihm schwerer gefallen ist als Liz. Gemurmelte Beteuerungen, Belanglosigkeiten, Andeutungen. Ihr großes Projekt. Ein Projekt, wie sie sagt, am Rande der Legalität oder jenseits davon. Ein Test. Ein Spiel mit den Möglichkeiten der Computersimulation. Bizarre Botschaften im elektronischen Netz der Stadtwerbung. Performance für ein Millionenpublikum, »geniale Spinner, Paul, ein verrückter Laden«. Nach Tagen ein Anruf, der abrupt abbricht. Liz hat die New Yorker Wohnung aufgegeben und wohnt ›bei Freunden‹. »Welchen Freunden? Wie bist du erreichbar?« – »Forbidden planet«, hört Paul, und die Leitung ist tot. Später das Telegramm, das ihn an bestimmtem Tag zu bestimmter Zeit in die 46$^{nd}$ Street bestellt. Paul schafft es, seinen Flug für United DesigNations plausibel klingen zu lassen. Im Gepäck hat er die Entwürfe für das neue Restaurant im abgehalfterten ›Chelsea‹ und Fragen, die er schwarz auf weiß beantwortet haben will. Von Liz, die Zeichnungen auf Millimeterpapier als anachronistisch belächelt.

»Jeder muß irgendwo irgendwann anfangen«, kommentiert eine rauhe Stimme und läßt Paul zusammenschrecken. Vor ihm steht der Cheeseburger, matschig und inzwischen lauwarm. Der Schwarze in zerfledderten Jeans und roten Lackschuhen, der sich neben ihm auf dem Barhocker niedergelassen hat, mustert ihn aufmerksam über die Kaffeetasse hinweg und zeigt ermutigend auf den Matschburger.

>»Jeder muß irgendwo irgendwann anfangen.
Warum also nicht sofort?
Jeder von uns hat ein Stückchen Wahrheit.
Jeder von uns hat ein bißchen Stolz.
Keiner kommt ohne Schmerzen davon.
Kopf hoch, es liegt an dir.
Sei was immer du sein willst.
Frag was immer du fragen willst.«

Auf dem schmuddeligen Papierfetzen, den er rüber-
schiebt, liest Paul: ›Willi G., Dichter von New York.
Poesie für alle Lebenslagen. Konsultation 1 Dollar.‹

»Hier«, sagt Paul, während er in seinem Geldbeutel
nach Kleingeld sucht, »ist meine Eindollarfrage: Was
fällt dir beim Stichwort ›Verbotener Planet‹ ein?«

»Örtlich, Irrstern des Tages, erscheinest du, du auch
o Erde, friedliche Wieg, kennst du Hölderlin? Dein Akzent klingt ziemlich deutsch. Hölderlin, auch so einer,
der durchgedreht ist, weil er gesucht hat, was nicht zu
finden ist. Aber das nur nebenbei. Was suchst du? Es
gab mal ein Musical, das so hieß, ›Rückkehr zum verbotenen Planeten‹, lief vor dreißig Jahren oder so lange
am Broadway. Ziemlich nostalgisch. Rockmusik der
50er des letzten Jahrhunderts verwurstelt mit Shake-
speares ›Sturm‹. Ganz nett. Ein paar Leute haben später
ihren Laden in Soho so genannt: Verbotener Planet. Verkaufen da jede Menge alten Kram, Comics, Posters, und
was die Leute damals Science Fiction genannt haben.«
  Ein Antiquariat der Zukunft, das könnte passen, Liz
liebt solche Paradoxien. Paul läßt sich eine ziemlich
vage Wegbeschreibung geben, legt noch fünf Dollar
drauf, hinterläßt eine Nachricht für Liz an der Rezeption und tritt auf die Straße.

We're traveling forbidden planets, ein Satz von Liz aus
der Zeit, als sie sich kennenlernten. Als sie alte Bindungen, Gewohnheiten und Pläne über den Haufen

warfen, um zusammenzusein. Erkenne und lebe, was in dir ist, und du wirst zu den Erleuchteten gehören, aber die Welt wird es dir nicht danken, sagt Liz. Liz, die sich die Nag Hammadi Codices, die gnostischen Evangelien, ebenso zu eigen gemacht hat wie die damit verwandten Weisheiten des Zen-Buddhismus. Die Kanonisierung und Dogmatisierung der christlichen Lehre in den römisch-katholischen Konzilien vor mehr als 2000 Jahren betrachtet sie als den eigentlichen Sündenfall der Menschheit, weil damit die Spaltung der Welt in Ost und West vorangetrieben wurde. Paul drängt sich durch die Menschenmenge, die sich um einen Propheten der letzten Tage versammelt hat. »Erkennt die Zeichen«, dröhnt eine sonore Stimme durch die Lautsprecher. »Wahrlich, ich sage Euch: Die Erde wird sich verdunkeln um die sechste Stunde, eine Finsternis wird kommen über das ganze Land, weil die Sonne ihren Schein verlor. Und der Vorhang wird reißen mitten entzwei.«

An den Agittischen werben Videoclips für die populäre geistliche Deutung der ökologischen Katastrophe: das Ozonloch in der Offenbarung des Johannes. Während über den Vidschirm Bilder von Versteppungen und Überschwemmungen flimmern, raunt die sonore Stimme aus dem Off:

Und ich sah: Als es das sechste Siegel öffnete, da entstand ein großes Erdbeben, und die Sonne wurde schwarz wie ein härener Sack, und der Mond wurde schwarz wie Blut, und die Sterne des Himmels fielen auf die Erde, wie ein Feigenbaum seine unreifen Früchte abwirft, wenn er von einem starken Sturm geschüttelt wird. Und der Himmel schwand dahin wie ein Buch, das man zusammenrollt. Jeder Berg und jede Insel wurden von ihren Plätzen weggerückt. Und die Könige der Erde und die großen Herren und die Kriegsobersten und die Reichen und die Machthaber sowie jeder Sklave und Freie versteckten sich in den Höhlen und in den Felsenklüften der Berge. Und sie sagen zu den Bergen und den Felsen: »Fallet über uns und verbergt uns vor dem Angesicht

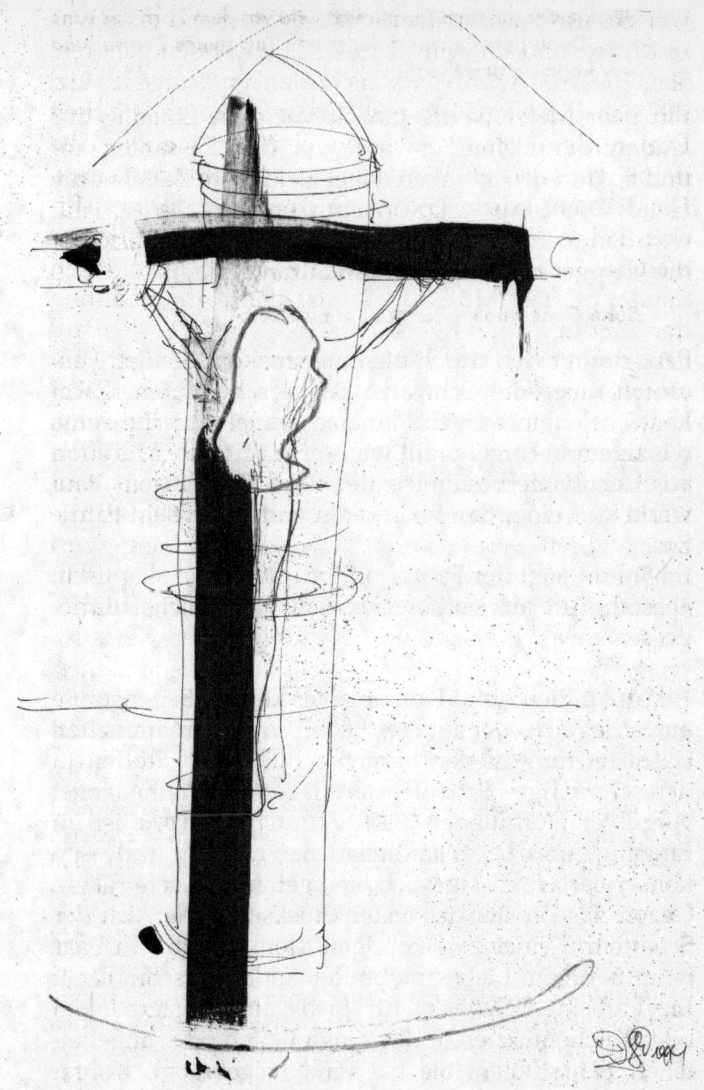

dessen, der auf dem Throne sitzt, und vor dem Zorn des Lammes. Denn gekommen ist der große Tag seines Zornes; und wer kann da bestehen?«

Ein paar Meter weiter tänzelt vor dem Eingang zur Underground eine Schwarze vor den Passanten auf und ab und drückt ihnen dabei kleine rote Zettel in die Hand: DAS LAMM WIRD ÖFFNEN DAS SIEBTE SIEGEL. Paul will den Zettel zusammenknüllen, als sein Blick auf die kleingedruckte Zeile am Blattrand fällt.

**Soho Generation – Performance im Netz**

Paul drängt sich durch die entgegenkommenden Passanten, aber die Schwarze ist verschwunden. Zwei Kids zielen mit einer Papierschleuder auf ihn, eine winzige rote Kugel prallt von seiner Stirn ab. Munition aus den Papierbeständen der Soho Generation. Paul winkt sich eines der Taxis heran und nennt sein Fahrtziel.

»Soho«, sagt der Fahrer und mustert Paul skeptisch, »besteht nur aus verbotenen Planeten. Welcher darf's denn sein?«

Auf gut Glück steigt Paul an einer kleinen Seitenstraße aus, die sich verstaubte Läden mit vergammelten Cafés teilen. Auf den bunten schillernden Stoffen in den schmierigen Schaufenstern lagert die Patina längst vergilbter Hoffnungen. KEIN ZUTRITT FÜR TIERE ist im Eingang eines Lebensmittelladens zu lesen, in dessen konservierter Auslage sich eine getigerte Katze räkelt. Gegen das Fenster des ersten Stocks zeichnet sich der Schattenriß eines zweiköpfigen Monsters ab, ein Paar ist in heftigem Liebesspiel miteinander verschmolzen. Liz hat eine Schwäche für Liebe auf Fensterbänken oder Küchentischen, in Fluzeugtoiletten oder angehaltenen Fahrstühlen. Sie hat Paul beigebracht, Konferenzpausen bei United DesigNations LTD. unlimited auf höchst vergnügliche Weise zu nutzen. Eine verklemmte Klotür hätte ihre nachmittägliche Präsentation neuer Folienkleider einmal fast platzen lassen und ihrer beider Verträge dazu … Pauls Laune bessert sich erheblich bei der Erinnerung.

Aus dem verglasten Café gegenüber dringt kühles blaues Licht in geometrischen Mustern auf die Straße. Paul tritt ein und sieht seine Silhouette in einem Kubus aus Spiegeln unzählige Male reflektiert, gebrochen, verzerrt, die Silhouette eines schlaksigen Mannes mittleren Alters, der die Schultern hängen läßt und dessen Arme zu lang sind. Wenn man dir all die munteren Masken für den täglichen Gebrauch wegzieht, was bleibt dann? Ein mürrisches Individuum, das vor der Welt die Schultern einzieht, sagt Liz. Aber doch immerhin ein fühlendes und denkendes. Nervös angelt er in der Tasche seiner Lederjacke nach Zigaretten, die Liz vor langer Zeit daraus verbannt hat. Eine automatische Geste, die seine alter egos ebenso vergeblich vollziehen. Die rotgelockte Kellnerin lächelt ihn an. »Rauchen ist hier sowieso nicht erlaubt«, und schiebt ihm dabei eine Packung Strikes rüber, während sie ihm ein Krebswölkchen direkt ins Gesicht bläst. Das Café ist leer, die Chromtheke abgeräumt und blankgewischt. Ein riesiger Vidschirm füllt die Wand hinter der Theke, im Moment zeigt er fraktale Muster in Neonfarben, die sich zu immer neuen Figurationen wandeln.

»Zeit für die Spätschau. Ich wollte gerade dichtmachen. Aber ein Espresso ist noch drin.« Die Kellnerin, deren Namensschild sie als ›Suzanne‹ ausweist, läßt ihr Feuerzeug vor Pauls Gesicht aufschnappen. Der erste Zug bringt ihm ein Schwindelgefühl ein, der zweite brennt in den Lungen, der dritte schmeckt nach Freiheit und Abenteuer vergangener Jahrzehnte.

»Danke«, sagt Paul, »für Zigarette und Espresso und überhaupt. Dein Name klingt französisch, dein Akzent auch. Was hat dich hierher verschlagen?« Suzanne läßt die Espressomaschine aufkreischen und dreht sich dann zu ihm um: »Was alle Suzannes hierher verschlägt. In Paris hatte ich Ballettstunden, ich wollte hier Tanz studieren. Ist sauteuer. Inzwischen jobbe ich hier vier Tage die Woche und den Rest der Zeit bin ich so müde, daß ich schon beim Gedanken an Tanz Wadenkrämpfe kriege. Sobald ich'n bißchen Geld habe, mach' ich den Abflug. Jeden Abend muß ich über zehn Penner im Hauseingang drübersteigen, wenn ich in meine Wohnung will. Ratten gibt's da auch. Und du, bist du von hier?«

Paul betrachtet Suzannes sommersprossiges Gesicht. »Ich suche jemanden, eine blonde Frau, etwas älter als du. Meine Frau.«

»Vielleicht will sie nicht gefunden werden. Hier gibt's viele, die nicht ...«

Suzanne bricht mitten im Satz ab. Mit weit aufgerissenen Augen starrt sie auf den Vidschirm. DER VORHANG WIRD REISSEN MITTEN ENTZWEI. Im oberen Bildfeld das Signet SOHO GENERATION. Der Schirm wird schwarz. Ein Riß zerteilt die Fläche und wird größer. Grellrote Lippen füllen jetzt den weißen Zwischenraum, werden herangezoomt, bis sie die ganze Vidwand bedecken. Es sind die Lippen von Liz. Es ist die Stimme von Liz.

*Willkommen in Nekropolis. Dies,* sagt Liz mit dem professionellen Tonfall eines touristischen Guides, *ist eine Stadt, die jeden Neuankömmling mit offenen Armen empfängt.* Ein Polizist rennt ins Bild und drischt mit dem Schlagstock auf eine zusammengekrümmte Frau ein, die ihre Hände schützend über dem Kopf verschränkt hat. *Eine Stadt der Kosmopoliten, in der die Rassen seit jeher mit- und nebeneinander leben.* Eine Gang schwarzer Kids hat Latinos im Schwitzkasten. Großaufnahme eines Stilettos, das in einen Brustkorb fährt. *Eine Stadt, in der jeder seinen Platz findet.* Ankunft des Direktors im

Trade Center der Western Corporation. Bewaffnete Leibwächter sichern seinen Weg von der Limousine zum Eingang. Kameraschwenk. Eine Bettlerin am Eingang des Trade Centers wird von den Leibwächtern aus dem Bild gezerrt. *Eine Stadt mit Zukunft.* Tote Fische, die aufgedunsen mit dem Bauch nach oben im Fluß treiben. Ratten, die in einem Hoteleingang an einem toten alten Mann nagen. Eine junge Frau, die im Hauseingang zu Boden geschlagen und vergewaltigt wird. Kinder, die an der Nadel hängen. *Dank einer verantwortungsvollen Führung.* Das Bild des Präsidenten. Aus seinen Augen tropfen Tränen. Sie verwandeln sich in tanzende Figuren. Sie sammeln sich um seinen Mund und schieben ihm einen gefesselten Körper zwischen die makellosen jacketbekronten Zähne. Seine Konturen verschwimmen. Darüber legt sich ein Frauengesicht. Die Sprechblase *Soho Generation* quillt aus dem sinnlichen, leicht geöffneten Mund. Der Mund erstarrt, geometrische Muster legen sich darüber.

»Sie haben's geschafft«, stellt Suzanne kopfschüttelnd fest. »Sie können jederzeit ins Netz.«

»Wer, zum Teufel«, fragt Paul, »ist diese Soho Generation?«

»Ein Zentrum, eine Bewegung, ganz wie du willst. Überall in der Stadt präsent. Organisierte Unorganisierte. Eine Mehrheit von Minderheiten. Religiöse Atheisten. Militante Pazifisten. Sozialromantische Computercowboys. Vielleicht auch nur Spieler und Spinner, wer weiß? Auf jeden Fall die meistgesuchten Hacker der Stadt. Und ziemlich populär bei den Leuten. Ihr Zentrum ist angeblich irgendeine ausrangierte Kirche. Hat mir einer von diesen Comic-Leuten vom Forbidden Planet erzählt.«

Dies ist ein Test, dies ist ein Test, dies ist ein Test. Pauls Mandala. Pauls Computer hat ihn bei den ersten Eingaben zur Spracherkennung jedesmal abgewandelt:

Dies ist ein Fest, dies ist ein Fest. Der blöde Satz ist Pauls Metapher für Erfahrungen, die so simuliert wirken, daß sie nur echt sein können. So echt wie Suzanne, die ganz beiläufig den Verbotenen Planeten erwähnt. Paul beendet den philosophischen Diskurs über Zufall und Notwendigkeit in seinem Kopf, indem er Suzanne zum Ausgang zerrt und sich mit ihr auf den Weg macht. Und Suzanne geht gern mit, denn sie lebt selbst auf einem Irrstern, und jede Geschichte, egal, ob Melodram oder Komödie, ist ihr recht, wenn sie phantastisch genug klingt. Denn aus den Träumen von Kellnerinnen, das weiß sie, wurden immer schon die besten Hollywood-Filme gemacht.

Die Träume, die der Verbotene Planet verramscht, sind nach Jahrgängen wohlgeordnet, ziemlich zerfleddert, und sie tragen allesamt Schutzhüllen. Pauls Blick fällt auf die 80er Reihe, und das Wiedererkennen rührt ihn einen kurzen Moment: A wie Brian Aldiss. C wie Angela Carter und Jonathan Carroll. Autoren, die seine Liebe zur Phantastik begründet haben, als er zur Schule ging. Die 90er: zusammengesetzt aus den extrapolierten Wirklichkeiten des William Gibson, Bruce Sterling, Tom Maddox, Pat Cadigan, längst Klassiker des Subversiven.

Inmitten dieses Antiquariats der Zukunft eine lebendige Hommage an Philip K. Dick: Rachel, der konservative Replikant im wadenlangen Kostüm mit hochaufgetürmtem Haar, den Traum von elektrischen Schafen in den weit geöffneten Augen. Kein Lidschlag, kein Wimpernzucken, als Paul sie nach Liz fragt. Liz, antwortet sie ohne erkennbare Modulation, hat eine Nachricht für dich hinterlassen. Sie sagt: Man will beides. Das Dach, das vor dem Regen schützt. Und den Mond, der durch das offene Dach scheint.

Paul ist erleichtert, vor allem aber ist er wütend.

Poetische Schnitzeljagd als Liebespfad der Erleuchtung. Verdammte Romantik. Dieser manchmal wirklich penetrante Drang zur Semiotik, Symbolik und den Ritualen von Hingabe und Unterwerfung. Sie will ihn hier haben, das ist klar. Und sie will die Freiheit, ihre Aktion allein abzuschließen. Es liegt, wie jedesmal, an ihm, ihre beiden Parallelwelten zusammenzubringen. Schließlich bist du der Architekt, sagt Liz. Entwerfe du die Architektur für unsere Beziehung. Eine offene, großzügige, weiträumige, stabile Architektur, in der ich mich spontan einrichten kann.

Er findet die Kirche auch ohne Suzanne, die ihn allein- und seiner ganz und gar unpoetischen Laune überlassen hat. Soviel zu den Träumen von Kellnerinnen, denkt sie. Von der Trivialität amouröser Machtkämpfe hat sie genug. Und so entgeht ihr, was durchaus zum Stoff ihrer Breitwand-Phantasie hätte taugen können: die Messe des siebten Siegels, zelebriert von der Gemeinde der erleuchteten Ungläubigen, der informierten Initiierten, der Soho-Generation.

Der düster-viktorianische Bau, dem Paul sich nähert, erinnert ihn an das neugotische Labyrinth seines Lieblingsalptraums. Ein Gefühl des déjà-vu. Er kramt in seinem Gedächtnis, bis ihm einfällt, daß möglicherweise John Carpenter hier vor langer Zeit hervorragende Kulissen für seinen ansonsten recht miesen ›Prince of Darkness‹ gefunden hat.

Prinzen der Dunkelheit, in der Tat: Vor dem Eingang Freaks beiderlei Geschlechts. Die einen beeindrucken durch fehlende Gliedmaßen, die anderen durch Extra-Ausstattungen. Männer in perfekter Simulation der Modelle Norma Jean und Marlene. Aber keine Liz.

Dieses Chaos organisiert sich selbst, als Paul näher kommt. Er ist mit einer Wand konfrontiert, und die Wand spricht: Was ist die Poesie des Tages? Paul rezi-

tiert das regenschützende Dach, das mit dem freien Blick auf den Mond konkurriert. Man läßt ihn eintreten.

Eine Video-Kathedrale. Gigantische Vidschirme, auf denen stumm ein Mann aus anderen Zeiten seine Kapuze lüftet und sich als Max von Sydow in Bergmanns ›Siebtem Siegel‹ zu erkennen gibt. Der Film spult zurück. Kapuze auf. Und wieder vor: Kapuze runter. Rhythmisch und lächerlich. Vor den Schirmen eine stampfende Menge, die zu einer einzigen Bewegung zusammenzufließen scheint. Zum dumpfen Staccato der Synthesizer tanzen sie mechanisch wie Marionetten. Tatsächlich haben sich einige in Schnüre eingehängt, die von der Decke baumeln, und zelebrieren den Tanz als Befreiungsritual aus selbst angelegten Fesseln. Nur auf sich selbst fixiert, strippt in gegenüberliegenden Käfigen auf halber Höhe des Kirchenschiffs ein Paar in synchronen Bewegungen. Alle paar Sekunden wird die Musik mit einer Stimme überblendet, die unablässig und einschläfernd brabbelt: Wacht auf, Verdammte dieser Erde.

Neue Töne mischen sich dazu: polyphoner Chorgesang, inbrünstiges Pathos. Paul kennt den Bach-Choral. Alle Lichter erlöschen. Schwärze, Chaos, Schreie. O Haupt voll Blut und Wunden.

Alle Laserstrahlen richten sich aufs vordere Kirchenschiff, auf den Altar, um den drei meterhohe Kreuze gruppiert sind. An den Kreuzen, mit gespreizten Armen, die an Stricken festgezurrt sind, zwei Männer und eine Frau. Der Choral schwillt an. Die junge blonde Frau zerrt an ihren Fesseln, befreit sich, steigt hinab vom Kreuz. Wendet sich mit ausgebreiteten, segnenden Armen an die anonyme Menge im Dunkeln. Ihre Augen bleiben geschlossen.

**Und Liz spricht.**
**Wir, die wir die wahrhaft Erleuchteten sind, wissen: Wer sich selbst nicht erkannt hat, hat nichts erkannt. Wer jedoch sich selbst erkannt hat, hat auch schon die Erkenntnis über die**

Tiefe des Alls erlangt. So heißt es im Evangelium der Maria Magdalena, das die Kirchen mehr als zwei Jahrtausende unterschlagen haben. Denn sie wollten kein Wissen, sondern Glauben. Keine Erleuchtung, sondern blinden Gehorsam. Kein Bewußtsein des Selbst, sondern Gefolgschaft. Auf diese Kirchen hat der Staat von jeher gebaut. Und auf diese Kirchen bauen die Korporationen auch heute. Vereint halten sie die Niedrigen niedrig, die Unwissenden unwissend, die Mächtigen mächtig und die Reichen reich.

Aber wir, *Liz hebt die Stimme*, sind diejenigen, die alle Grundmauern dieser durch und durch morschen Gebäude erschüttern werden. Wir brechen das siebte Siegel. Als das Lamm das siebte Siegel öffnete, so heißt es in den Visionen des Johannes, da trat eine Stille ein im Himmel, und sie währte wohl eine halbe Stunde lang. Danach aber kam Verderben über die Verderber der Erde.

In den nächsten 30 Minuten, *sagt sie, und ihre Stimme wird sanft und heiter,* in den nächsten 30 Minuten wird im großen Netz eine große Stille eintreten. Und diese Stille werden wir mit unseren Worten füllen. Ihre Netze können nichts mehr halten, alles liegt offen: ihre Geheimnisse, ihre machtbesessenen Pläne, ihr Geld. In den Rechenzentren dieser Stadt herrscht jetzt ein großes Chaos – ein Chaos größer noch als beim Streik der Jahrtausendwende. Ihre absolut sicheren Katastrophenpläne versagen angesichts der Epidemie, die unsere Viren in ihren Systemen verbreiten.

Sie haben, *ihre Stimme wird schrill,* diese Stadt gespalten, so wie alle Städte dieses Landes. Der Graben, der die bewachten Luxus-Türme der Reichen von den ungeschützten Drecksquartieren der Armen trennt, scheint unüberwindlich. Wir aber werden diesen Graben zuschütten. Durch unsere Informationen, durch unser Handeln. Denn wir sind das unsichtbare Eine. Wir sind die Erkenntnis und das Wissen. Wir, die Erleuchteten, sind der Logos. Und wir senden unseren Ruf durch Gedanken. Alle Kanäle strahlen in Echtzeit diese Messe des siebten Siegels aus.

Die Laserstrahlen umhüllen diese Heilige Johanna der Hacker mit unwirklichem Licht, während die nackte Gestalt predigend und eindringlich gestikulierend den Mittelgang hinunterschreitet, dem Haupttor zu. Dort wendet sie sich ihrer Gemeinde nochmals zu und ruft:

Tanzt eure Befreiung. Auch Jesus hat seine Leidensgeschichte getanzt, so berichten die Akten des Johannes, die uns die Gnostiker überliefert haben. Und Jesus sagte beim Tanz:

Dem All zugehört der Tanzende.
Wer nicht tanzt, begreift nicht, was sich begibt.
Wenn du aber Folge leistest meinem Reigen,
sieh dich selbst in mir, dem Redenden.
Der du tanzt, erkenne was ich tue,
weil dein ist dieses Leiden des Menschen,
das ich leiden werde.
Das Leiden erkenne,
und das Nicht-Leiden wirst du haben.

Stampfende Musik setzt ein, gleißendes Licht überflutet die Kirche und läßt Paul blinzeln. Er sieht Liz gerade noch das Haupttor öffnen, sie hat einen schwarzen Kapuzenmantel übergestreift.

Als Paul sich durch die ekstatische Menge gekämpft hat und Liz draußen erreicht, ist sie Mittelpunkt der Freak-Show, wird gedrückt, umarmt, herumgewirbelt.

Du bereist einen verbotenen Planeten, sagt Paul, und zieht sie aus dem Kreis. Das Dach ist jetzt für alle offen, flüstert Liz an seinem Mund und wickelt ihn in ihren weiten Mantel, unter dem sie immer noch nackt ist. Über ihre Schulter blickt Paul auf die Kirche. Die Musik dröhnt jetzt so, als würden Salven eines Maschinengewehrs abgefeuert.

Im Bruchteil einer Sekunde hat er Liz zu Boden geworfen und sich schützend über sie gelegt. Heftige Detonationen erschüttern die Mauern, Flammen schlagen aus den Kirchenfenstern, mit einer gewaltigen Explosion hebt sich das Kirchendach. Menschen taumeln aus dem Kirchentor, schreien, werden von der nachrückenden panischen Menge zu Boden getrampelt. Hinter den Kirchenfenstern spielt sich ein verzweifelter Kampf derjenigen ab, die sich durch die

Flammen ins Freie kämpfen wollen, während die Balken schon hinabstürzen. Erneute Detonationen. Paul hält Liz gewaltsam auf den Boden gedrückt. Erleuchtung der Erleuchteten, murmelt er, und Liz schlägt nach ihm, während Tränen über ihr Gesicht strömen. Das habe ich nicht gewollt, schreit sie. Diese Schweine diese Schweine, sie haben mich reingelegt. Uns alle.

Wer?

Unsere Auftraggeber.

Wer?

United DesigNations. Von Anfang an United DesigNations. Wir können nicht ins Hotel zurück, sagt Liz. Und wir müssen Rachel warnen. Vom Flughafen aus.

Dies ist ein Test. Dies ist ein Test. Paul hält sich an dem Satz fest, als sie im Taxi auf dem Weg zum Flughafen sind. Sein Pullover bedeckt Liz' zitternden Körper, den Mantel hat sie eng um sich zusammengezogen. Sie blickt ihn nicht an. Sie erzählt ihre Geschichte mit emotionsloser Stimme, als sage sie einen fremden Text auf, dessen Sinn sie nicht erfaßt hat.

Soho Generation, sagt sie, war von Anfang an ein Projekt der United DesigNations. Ein Pilotprojekt, das auf neue Märkte abzielte. Ausgerichtet auf eine Zielgruppe, an die keine der anderen Corporationen einen Gedanken verschwendet hätte. Der soziale Abschaum der Städte.

Ein ehrenwertes Projekt: die Umgestaltung städtischer Infrastrukturen als ebenso profitables wie gemeinnütziges Ziel. Auflösung der Slums durch gigantische Bauprojekte. Wohnungen, Schulen, Krankenhäuser. Eine Antwort auf die Forderungen der neuen sozialrevolutionären Bewegungen in den Metropolen. Alles initiiert, vorbereitet, geplant und gebaut von United DesigNations, bezahlt von Steuern. Liz als Galionsfigur der Bewegung. Mit ihrem Talent zu großen

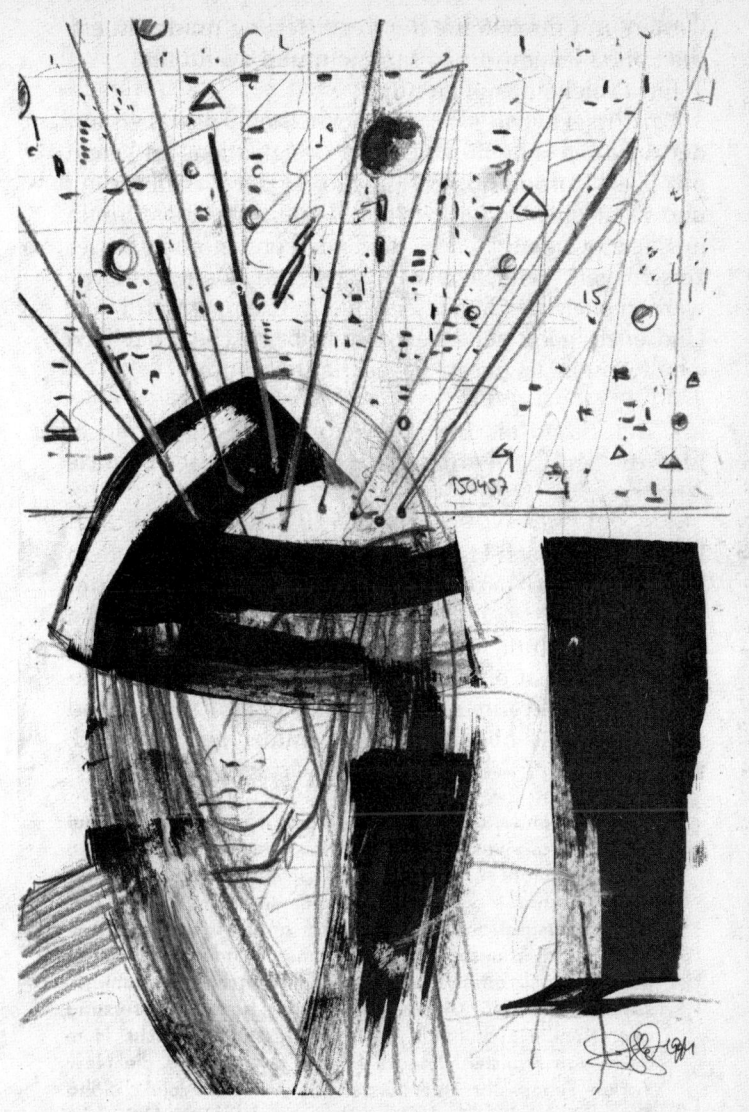

Gesten, mit ihrer Waffe der Begeisterung prädestiniert, die Soho Generation zu sammeln und zu führen.

Ein Projekt, das allen nützt.

Ein Projekt, wie sich jetzt herausstellt, das allen auf der richtigen Seite nützt: United DesigNations im Verein mit allen Korporationen. Ein Projekt der Kanalisierung und Kontrolle. Underdogs der Städte, subversive Inseln im Netz, vereinigt euch, und wir können euch besser zerschlagen. Zeigt, wie weit ihr gehen könnt, und wir werden euch die Grenze ziehen. Ein Exempel statuieren. Und euch, ganz nebenbei, damit überraschen, daß sich eure Königin als unsere Schachfigur entpuppt.

Liz der Samurai. Liz die Strohpuppe. Oder auch: Liz, die größte Performance-Künstlerin seit Laurie Anderson.

Im Flugzeug nach Hamburg strahlen sie kurz nach dem Start den New Yorker Tagesreport aus. Das Gesicht der Moderatorin, gesund, sommersprossig und von roten Locken umrahmt, erinnert Paul flüchtig an Suzanne. Ihre Stimme hat einen ganz leichten französischen Akzent. Liz neben ihm lächelt ihn an, nimmt seine Hand und drückt sie bittend. Paul ist immer noch wütend, wütender als er je in ihrer Gegenwart war.

»Heute abend«, sagt die Moderatorin mit Schmuseblick auf die Kamera, »war New York Schauplatz einer gigantischen Live-Performance. Millionen von Zuschauern haben sie über ihre Vidschirme verfolgen können, sie wurde über alle Kanäle ausgestrahlt. Eben das hat große Irritationen ausgelöst, auch in unserem Sender kamen Hunderte von Anfragen. Denn Elizabeth Sophia, bekannt durch ihre phantastischen Aktionen für United DesigNations, hatte die Besetzung aller Kanäle zum Inhalt ihrer Performance gemacht. Hunderte von Statisten, Special Effects-Experten und die New Yorker Feuerwehr unterstützten sie in ihrem Projekt ›Soho Generation‹. Bereits Tage vorher wurde diese Aktion im New Yorker Stadtbild augenfällig angekündigt.

Und so lief es ab: In der Kirche der Erleuchtung – *Zoom auf die nackte Liz am Kreuz* – feierte die ›Soho Generation‹ die ›Messe des siebten Siegels‹. Während dieser Messe erklärte Elizabeth Sophia – *Liz breitet die Hände wie zum Segnen aus* –, das Stadtnetz sei in Händen von Hackern. Ihr Programm sei das einer sozialrevolutionären Erneuerung der Städte. – *Nahaufnahme des Gesichts, Liz sieht schön und leidenschaftlich aus.* – Die ›Soho Generation‹ habe die Kontrolle über sämtliche Stadtsender übernommen, die Messe werde auf allen Kanälen ausgestrahlt. – *Liz auf zehn Vidschirmen gleichzeitig.* – Noch glaubwürdiger wurde diese Performance durch ihren Abschluß – *Feuer, schreiende Menschen, der Kampf um die Kirchentür* –, bei dem der Gegenschlag der Ordnungskräfte mit großem Aufwand simuliert wurde. Für die Bühnentechnik ...«

Ist das der große Logos in Aktion, fragt Paul. Diese gigantische Verarschung von Millionen? Es gibt viele Wahrheiten, sagt Liz. Wie wär's mit dieser: United DesigNations & Company haben's mal wieder auf die Reihe gebracht. Besser gesagt: in eine Reihe hübscher Bilder. Die beste Vertuschung ist immer noch die, alles offenzulegen. Man macht sichtbar, was gesehen werden soll. Und man legt den Text darüber, der gehört werden soll. Sehr glaubwürdig. Aber Glauben und Erkennen sind zweierlei. Deshalb hat Jesus seine Geschichte getanzt. Er hat den Worten mißtraut. Und er hatte nicht viel Zeit.

*Life is short play it hard*, murmelt Paul. Er löst sich von Liz und wendet sich zum Fenster. Er glaubt, unter sich die letzten Lichter der Stadt zu erkennen.

---

---

# ALTAMIRA

*Für Glenn Harcourt – als ich chan*

Das leise Rauschen des Regens löschte jeden Verkehrslärm aus. Bernard Vogel stand im Louvre vor einem großen, leicht angelehnten Fenster, die Augen für einen Moment geschlossen, bis draußen ein Lastwagen vorbeizischte und die Stimmung durchbrach. Er richtete seinen Blick wieder auf die *Madonna des Kanzlers Rolin* von Jan van Eyck. In der Mitte der Leinwand, zwischen den erhobenen Armen des Kanzlers und des Christuskindes, waren zwei kleine Gestalten zu erkennen, die sich über eine Brüstung lehnten und einen Fluß betrachteten, ohne die Jungfrau zu beachten, die hier von Nicholas Rolin aus dem fünfzehnten Jahrhundert verehrt wurde.

Die beiden Gestalten – fast unkenntlich vor einem Hintergrund von Häusern, Kirchtürmen, Feldern, Hügeln, Wald und dem trüben Licht des Himmels – bereiteten Vogel Kopfzerbrechen. Er konnte sich einfach keinen Reim darauf machen. Pfaue spazierten auf der Brüstung herum. Das Kind hatte ein altes Gesicht und trug auf der Brust ein juwelenbesetztes Kreuz. Seine Genitalien lagen im Schatten. Rolin, tonsuriert und andächtig, betete es an.

Es war üblich, daß in der Kunst der damaligen Zeit der Stifter als Priester oder Bittsteller auftauchte; dieser Anachronismus war zulässig gewesen, da solche Szenen als überirdisch angesehen wurden. Aber van Eycks Kunst siegte über die Konvention. Die Wiedergabe romanischer Bögen, eines ummauerten Gartens und des Flusses – ganz sicher eine Darstellung Lüttichs und nicht des Neuen Jerusalem – war akribisch. Die Einheit aus Raum und Zeit, verschmolzen in dieser Perspektive und diesem Licht, plazierte die Szene fest in der realen Welt von Körpern, Gewicht, Alter und Rätseln, die nicht durch die Gnade Gottes, sondern durch menschliche Geschicklichkeit gelöst wurden. *Als ich chan* – ›so gut wie ich kann‹ – war Jan van Eycks Motto und Signatur.

Vogel beugte sich näher hin. Ein Wärter eilte herbei und schob ihn zurück.

In Kürze würden die Hauptakteure aufstehen und das Studio verlassen, van Eyck würde letzte Pinselstriche ausführen, seine Pinsel säubern, das Gemälde firnissen. Dies alles war Manipulation von Materialien. Keine Spur des schwer faßbaren *Zeitgeists*.

Vogel war erschöpft. Er lehrte Kunstgeschichte und würde dies nur dann auch weiterhin tun, so der Verwaltungsrat seines Colleges, wenn in Kürze ein Buch erscheinen würde. Sein Stipendium und sein Forschungsurlaub waren fast zu Ende, und er war dem Thema seines Buches nicht näher als bei seinem Abflug aus Montana.

Er war ein guter Gelehrter, aber mit der Zeit war er ein wenig lustlos geworden. Wie sein Freund Cole hatte er mit Duchamp begonnen. Wie Cole hatte sein Stipendium ihn in der Zeit zurückgeführt. Nun war sein Fachgebiet die Ikonographie der nördlichen Renaissance; Cole spezialisierte sich auf die Republik Venedig. Aber Cole hatte sich zumindest einen Sinn für Kunst als Kunst bewahrt, im Unterschied zu Kunst als kulturellem Artefakt; Cole hätte zumindest eine inspirierte Vermutung hinsichtlich der beiden Figuren gehabt.

Er verspürte einen kurzen Schmerz und setzte sich. Er schloß die Augen, um seine Gedanken zur Ruhe kommen zu lassen, aber statt dessen schweiften sie plötzlich zu den Höhlen von Altamira ab. Der junge Picasso, 1902. Die Anthropologen hatten es nicht gewußt; jahrelang hatten sie sich über die Authentizität der Zeichnung eines Bisons gestritten, aber Picasso hatte es auf den ersten Blick erkannt. Sie waren seine Vorläufer. In *Guernica* hatte er einen Magdalenischen Bullen abgebildet; Cole hatte einmal darüber geschrieben.

Wenn die Kontinuität der Kunst sich auf so großartige Weise über zwanzigtausend Jahre zu erstrecken vermochte, was konnte Vogel dann von seinem engen Forschungsbereich zu lernen hoffen? Er sehnte sich nach einem kurzen Blick ins Herz seines Studienobjektes. Er lebte einer flauen Phantasievorstellung, dem Märchen der zeitlichen Entfernung, der Fiktion, daß die Vergangenheit zugänglich ist, weil wir Erinnerungsvermögen haben. Van Eycks Gedanken, die treibende Kraft, blieben ihm verschlossen.

Und dennoch mußte es eine Erinnerung jenseits der Erinnerung geben. Picasso mußte sie gehabt haben, um das Leben in den Höhlenmalereien begreifen zu können.

Plötzlich kam ihm eine Idee hinsichtlich der beiden Figuren, und er öffnete die Augen. Das Museum war verschwunden. Als erstes bemerkte er staubiges Licht, gelb, das sich in den dämmrigen Raum ergoß. Dann vernahm er das träge tropfende Gegacker von Hühnern und das tiefe, feuchte Schnauben eines Pferdes. Es war heiß. Er saß auf einem kratzigen Heuballen. Im Zwielicht machten seine Augen die Einzelheiten einer Scheune aus. Mistgeruch hüllte ihn ein.

Er hatte das abscheuliche Gefühl, in der Falle zu sitzen, als würde er träumen, scheinbar zu erwachen. Er erhob sich und lief hinaus in das grelle, brutale Licht, in der Erwartung, daß jeden Augenblick Paris wieder über ihn hereinbrechen würde. Aber draußen war tiefer, stiller Mittag; Felder erstreckten sich bis zum Horizont. Er lief, bis er an eine Staubstraße kam, von Hufabdrücken tief gezeichnet. Völlig eben zog sie sich dahin, gesäumt von Heuhaufen in Abständen von etwa hundert Metern. In weiter Ferne lief eine einsame Gestalt die Straße entlang, und einem Impuls nachgebend verbarg Vogel sich hinter einem Heuhaufen.

Während er wartete, durchsuchte er seine Taschen. Er fand vier Mark, übriggeblieben aus München, sieben Gulden aus Amsterdam, etwa zwanzig Francs in Kleingeld und noch mehr in Scheinen, zusammengefaltet neben zweihundert Dollar in Traveller Cheques.

Der Wanderer war ein Mönch, seiner Kutte nach zu schließen Dominikaner. Als er vorbeilief, trat Vogel hervor.

Der Mönch blieb stehen und hob seufzend die Arme. »Nichts… zwanzig Meilen zurück…«, war alles, was Vogel verstehen konnte.

»Das macht nichts, Vater«, sagte Vogel in stockendem Niederländisch. »Könnt Ihr mir sagen, wo ich mich befinde?«

»Was?«

»Wo sind wir? Ist dies Holland?«

»Dies ist die Straße nach Brügge«, sagte der Mönch und ließ die Arme sinken.

»Brügge?«

Der Mönch seufzte wieder. »Irrer, Dieb, alles eins«, sagte er auf Lateinisch.

»Vater«, sagte Vogel und mühte sich nunmehr mit Latein ab, das er ein wenig besser konnte als Niederländisch. »Vielleicht bin ich ein wenig irr. Habt Geduld mit mir. Welcher Ort ist dies?«

Der Mönch schien zu denken, daß ein Irrer, der Latein sprach, gut der Teufel sein konnte. Er wich einen Schritt zurück und bekreuzigte sich. »Flandern.«

»Und das Jahr?«

Der Mönch war nun außer sich vor Furcht. »Anno Domini 1425.«

Es schien Vogel, als hätte sein Herz einen dicken Panzer abgestreift. Er wagte nicht nachzudenken. Er befand sich nur wenige Meilen vom lebenden van Eyck entfernt. Das Licht veränderte sich, am Licht hätte er es natürlich merken müssen ... er holte Luft, als hätte er seit zehn Jahren nicht mehr geatmet.

»Guter Gott. Padre, ich ... ich ... danke Euch. Ihr sagt, daß Ihr beraubt wurdet, vielleicht, hier, nehmt dies ...«

Die zögernde Hand des Mönchs berührte ein Franc-stück aus Aluminium in Vogels Handteller, dann riß er sie zurück, als hätte er sich verbrannt. Im Laufschritt machte er sich die Straße hinunter davon.

Vogel blieb einen Augenblick lang still stehen, dann brüllte er, lachte und warf die Handvoll wertloser Münzen in die Luft.

Als er schließlich Brügge erreichte, war sein Überschwang verflogen. Er war pleite, schmutzig und, wie ihm klarwurde, sehr merkwürdig gekleidet. Nach mehreren Anläufen fand er jemanden, der sich sein modernes Niederländisch anhörte und erhielt eine Wegbeschreibung ins Getto. Der Mann im Pfandleihhaus beäugte ihn mißtrauisch, während Vogel ihm erklärte, daß er Spanier sei, erst kürzlich in Brügge angekommen, gerade ausgeraubt und daß seine goldene Taschenuhr mit der Inschrift *New Haven Conn* eine neuartige italienische Erfindung sei. Der Pfandleiher blickte ihn ruhig an und sagte ein Wort auf hebräisch. Vogel gab vor, ihn nicht zu verstehen.

Er bekam zehn Florint für das Gold. Vogel gab seinen Namen einfach als Bernard an, aber der Pfandleiher schrieb auf den Zettel: *Bernard het Jood*. Das Ausmaß der Beleidigung wurde ihm eine ganze Weile lang nicht klar.

Van Eycks Werkstatt war wohlbekannt, und Vogel verbrachte zwei Tage auf einem nahegelegenen Markt, lauschte den Gesprächen, studierte Umgangsformen und Moden. Mehr Zeit hatte er nicht, denn das Geld wurde ihm knapp. In seiner Herberge übte er nachts die Sprache und feilte an der Geschichte, die er erzählen wollte. Er kaufte eine billige Handwerkerkluft.

Der Künstler war nicht in der Werkstatt, als er dort auftauchte; er sprach mit einem Gesellen. Vogel stellte sich als Bernardus aus Spanien vor, Handwerksgeselle, der um Arbeit nachsuchte; mit seinen Gesichtszügen konnte er als Spanier durchgehen, und es gab viel Handel zwischen Flandern und Spanien, davon abgesehen jedoch war seine Geschichte unglaubwürdig. Der Geselle sagte, daß Vogel ihm ein Narr und Lügner zu sein schiene, aber sie seien knapp an Arbeitskräften, seit die Werkstatt vor kurzem aus Lille fortgezogen sei, und wenn Vogel keinen Schaden anrichte, würden sie ihn für einen Hungerlohn einstellen.

Man ließ ihn Lacke für van Eycks Temperabilder mischen.

Nichts hätte langweiliger sein können. Fünf Jahre bis zum Altarbild von Gent, ein Jahr bis zum Tod von Jans geheimnisvollen Bruder Hubert, dabei im entscheidendsten Augenblick der Kunstgeschichte, dem großen Wechsel von Tempera zu Öl als Medium, und er hätte ebensogut die Fußböden in einem Zisterzienserkloster fegen können. Selbst die Freude, unfertige van Eycks zu betrachten, ließ nach, da Jan keine Lehrlinge in der Werkstatt duldete, während er arbeitete, und Vogel konnte keine halbe Minute vor einem Gemälde stehen, ohne sich anhören zu müssen:

»Du da, zurück an die Arbeit!«

Nach einem Monat konnte er reden wie ein Einheimischer, er konnte fachkundig Lein- und Nußöle für die Firnisse aufbereiten, und er hatte durch die Arbeit etwa zehn Pfund abgenommen. Aber die hundert Fragen, die er an van Eyck gehabt hatte, erstarben ihm auf der Zunge; selbst die Gesellen bewahrten in der Nähe des Meisters Schweigen. Vogel kam der Gedanke, daß er möglicherweise eine lange Zeit hier verbringen würde.

Eyck wollte einen Lack, der zum Trocknen nicht in die Sonne gestellt werden mußte; sein letztes Gemälde war in der Hitze gesprungen. Er bat Vogel, einige Mischungen auf Ölbasis auszuprobieren, die vielleicht besser trocknen würden. Aber noch immer zeigte er kein Interesse daran, Öl als Medium auszuprobieren. Vogel war außer sich vor Frustration, und an diesem Abend, nachdem die anderen gegangen waren, suchte er die Werkstatt auf. Er hatte vor zu experimentieren, nicht so sehr mit dem Medium als vielmehr mit seiner Rolle in dieser Zeit. Vielleicht war er ein Katalysator. Er würde mit einigen Farben auf Ölbasis herumspielen und die Technik dann van Eyck unterbreiten.

Er setzte sich also vor eine vorbereitete Holztafel und mischte die gemahlenen Temperapigmente mit Leinöl, bis er ein Medium hatte, mit dem er arbeiten konnte, und er begann zu malen.

Auf der Universität war Vogel ein ganz ordentlicher Zeichner gewesen, hatte aber schon seit zehn Jahren kein Medium mehr angerührt. Im Augenblick war er am Wissen um die Öle interessiert, nicht an der Kunst des Malens. Aber dann packte es ihn. Die Farben unter dem Pinsel zu spüren, die Gegenwart des schlafenden Brügge draußen, ein fast greifbares Gefühl von Zeit in der Nachtluft, all das trieb ihn an. Er malte.

Stunden später erhob er sich. Auf der Straße rief der Nachtwächter Zwei. Seine linke Wade war eingeschlafen. Das Bild, das er gemalt hatte, war nicht gut, aber er fühlte sich großartig. Er fühlte sich geläutert. Eine Madonna, die Farben lebhaft und klar, die Formen wiesen Spuren von Matisse über dem mittelalterlichen Sujet auf, eine gewisse Verworrenheit in den Falten des

Kleides ... er trat zurück, um einen besseren Überblick zu bekommen und stieß mit van Eyck zusammen, der hinter ihm stand.

»Ihr seid wie ein Dämon, Bernard. Es ist nach Mitternacht, ich sehe die Lampe, ich komme herein, und da steht dieser Teufel mit wild fuchtelnden Armen und malt ein höllisches Bild. Ich habe gut zehn Minuten dagestanden und euch beobachtet.«

»Es ... es tut mir leid.«

»Ich verstehe. Der Schüler ist ungeduldig.«

Vogel war tief beschämt und sagte nichts.

Van Eyck berührte das feuchte Bild und verrieb die Farbe zwischen zwei Fingern, während seine Augen über die Tafel glitten.

»Ihr bedürft einer riesigen Menge Arbeit. Was mehr ist, als ich von manchen meiner Lehrlinge sagen kann. Und wenn Ihr wirklich dieses klebrige Zeug mögt, das Ihr da benutzt, gibt es bessere Methoden, es zu mischen.«

»Es ist ... es ist ein neues Medium.«

»Kaum. Dachtet Ihr das? Es mag eine gewisse Hoffnung für Euch geben. Morgen werde ich Ruggieri daran setzen, die Lacke zu mischen, und wir beginnen damit, Euch beizubringen, wie man zeichnet. Dies hier verbrennen wir.«

Er nahm die Tafel mit seiner schmutzigen Hand und schleuderte sie in eine Ecke des Raums.

Zuerst das Wesen der Materialien. Einen Monat lang ließ van Eyck ihn keinen Stift hochheben. Statt dessen las er.

*Accipe semen lini et exsicca illud in sartaigne super ignum sine aqua ... Omnia colores sive oleo sive gummi tritos in ligno ter debes ponere ... De oleo quomodo apatur ad distemperandum colores ...*

Zuweilen trieb es ihn zu protestieren.

»Aber ich weiß dies bereits.«

»Es wird Euch nicht schaden, es noch mal durchzu-gehen.«

»Ich ...«

»Ja?«

»Ich wollte mich nach Eurem Bruder Hubert erkun-digen«, sagte Vogel. »Ich sehe ihn hier nie.«

Van Eyck starrte ihn einen Moment lang an, dann brach er in Gelächter aus. »Hubert! Es gibt keinen. Jeder weiß das. Ich habe ihn zum Spaß erfunden.«

»Zum Spaß?« Vogel spürte einen plötzlichen Schmerz. Er dachte über seine Gegenwart hier nach, wenn es denn eine Gegenwart war. In Erkenntnistheo-rie ausgebildet, konnte er es nicht lassen, sich über den Beobachter und das Beobachtete Gedanken zu ma-chen. Dies war offensichtlich nicht die Vergangenheit, die er kannte, da er hier war. Dennoch war sie ähnlich. Durchaus möglich, daß er sie laufend erfand, und daß er, Vogel, irgendwie Hubert van Eyck hatte verschwin-den lassen. Er fühlte das Gewicht von fünfhundert Jahren auf sich lasten.

Van Eyck kam herüber und setzte sich rittlings auf eine Bank.

»Es ist so albern«, sagte er. »Seht Ihr, wir sind Handwerker. Man betrachtet uns als im Grunde nichts anderes als Schuhmacher. Also erfand ich zwei Namen, um meine Arbeit zu signieren, nur um gegen diese Tradition der Anonymität anzugehen. Und mein eigenes, fürstliches Motto! *Als ich chan* – was für meine Mäzene bedeutet: Ich kann und ihr könnt nicht. Bernard, ich ermutige Euch, weil ich denke, daß Ihr es versteht: wenn Ihr ein Meister werdet, si-gniert Eure Arbeit. Laßt sie wissen, wer Ihr seid. Wir sind die wahren Aristokraten des Zeitalters, wißt Ihr.«

Nein, dies war keine Vergangenheit, die Vogel hätte erfinden können; sein bescheidener Johannes, der be-wundernswerte Handwerker von *als ich chan*, war nachhaltiger verschwunden als der fiktive Hubert. Dieser Mann hatte ein Ego.

»Wir sind die Schöpfer«, sagte van Eyck traurig. »Wir sehen für sie. Und doch werden sie mich noch hundert Jahre lang nicht kennen.«

Dann avancierte Vogel zum Zeichnen mit dem Silberstift und zu Hintergründen in Tempera. Van Eyck als Lehrer war der Mann, den er sich vorgestellt hatte. In seinem Lehrplan gab es kein Ego, keine Anerkennung von Begabung. Ein Maler schuf Bilder aus den Produkten der Erde, so wie Gott den Menschen aus Lehm geschaffen hatte. Aber Bilder waren minderwertig, nicht von Dauer, die Medien hatten ihnen innewohnende Mängel, das heißt, die Farben verblichen, die Lacke blätterten ab. Der Maler tat einfach sein Bestes, kämpfte, so wie er in seinem Leben gegen den Makel der Erbsünde ankämpfte, ohne selbstgefällige Hoffnung auf den Himmel. Echtes Gold im Blattgold, nicht weil die Gilde es überprüfen könnte, sondern weil die Reinheit der Technik eine heilige Pflicht war.

»Wißt Ihr«, sagte Vogel, »ich glaube, daß diese Ölfarben länger halten werden als Tempera.«

Van Eyck lächelte. »Ich weiß. Ich habe die Technik von einem Italiener kennengelernt. Ich denke schon seit einer Weile darüber nach. Hier im Norden tun wir alles nach und nach.«

1430 wurde Vogel Meister in der Gilde des hl. Lukas; sein Meisterstück war ein Lukas in Tempera. Seinen logischen Verstand, das Gewicht der fünfhundert Jahre, hatte er mittlerweile verdrängt, aber dennoch hatte er das Gefühl, mit seinem richtigen Namen zu signieren, oder einen anderen zu erfinden, würde den Zauber brechen, der ihn hierhergebracht hatte. Also signierte er es mit Bernardus Brugiensis, und er signierte mit einem reichlich mängelbehafteten Medium: einem wasserlöslichen Pigment, das innerhalb von hundert

Jahren von der Leinwand abblättern und, wie er hoffte, keine Spur seiner Anwesenheit hinterlassen würde. Nur die Kunst würde übrigbleiben: Naturalismus, Technik und Frömmigkeit, die Dreifaltigkeit seines Handwerks.

Die Hand, so schien ihm, und nicht das Auge ist das Organ der Zeit.

Bestenfalls verspürte er in bezug auf seine Arbeit einen schwachen, fernen Stolz. Aber es war der Stolz des Bernard Vogel, des Kunsthistorikers, und nicht des Mannes, der er jetzt war. Indem er sein ursprüngliches Ziel vergessen hatte, war er ihm sehr nahegekommen.

Er trat der Katholischen Kirche bei. Nie wieder *Bernard het Jood*, nie wieder Vogel, er fand echten Frieden in den Ritualen. Als er seine Erste Heilige Kommunion empfing, traten ihm die Tränen in die Augen, vermischte Tränen der Freude und der Scham; aber nicht Scham darüber, Vogel zu verleugnen, von dem man bei seiner Bar Mizwa sagte, er sei ein besserer Sänger als der Rabbi; Scham darüber, unwürdig zu sein, an der Erbsünde teilzuhaben. Bei der Beichte war er aufrichtig und zählte all seine Sünden des Geistes auf, da er nur wenige der Tat hatte; und doch dachte er nicht ein einziges Mal daran, dem Priester seine Herkunft zu beichten. Diese Herkunft war für ihn nun wie ein Märchen, und das Werk der Kirche war, wie sein eigenes, wirklich. Ebensowenig Sinn hatte es, den Priester mit seinen Träumen eines nuklearen Holocaust zu beunruhigen, die ihn noch immer heimsuchten. Er tauchte völlig in das geistige Paradigma seiner neuen Zeit ein.

Im Kreis seiner Mäzene wurde er manchmal der ›Meister von Brügge‹ genannt, was ihn veranlaßte, die Sünde des Hochmuts zu beichten; da es sein Ziel war, völlig hinter seine Kunst zurückzutreten, wies er selbst diese Ehre zurück. Ohnehin gab es auch noch Eyck, und den jungen van der Weyden und Memling, die bessere Meister waren als er. Er verehrte Eyck, der ihm beigebracht hatte, daß die Materialien, nicht der Mensch, die Kunst ausmachten.

Die Bezeichnung *Meister* duldete er nur von Kaatje, die ihn scherzhaft so nannte, oder manchmal ›Brügge‹: ihre Stadt. Er stellte fest, daß keine der Spielarten des Sex, die er jemals kennengelernt hatte, ihn derart vor schierer Leidenschaft erschauern ließ, als wenn sie spätabends, nachdem er seinen Rundgang durchs Haus beendet hatte, ihm schüchtern von ihrer Schlafzimmertür her zuwinkte.

Van Eyck zelebrierte ihre Hochzeit im Hintergrund eines Bildes, an dem er gerade arbeitete. Die Hauptmodelle waren Nicholas Rolin und Esther, eine Jüdin aus dem Getto, die oft als die Jungfrau Modell stand. Sie war eine schmales Mädchen mit hübschen Brüsten, die eine Pose stundenlang halten konnte. Rolin war ein Protz, aber er widerte Vogel nicht so an wie van Eyck.

»Dieser Mann«, sagte Jan gelegentlich, »ist einer ganz besonderen Hölle bestimmt.« Vielleicht war er verärgert wegen Rolins Gewohnheit, die Sitzung nach einer Stunde abzubrechen.

Bernard und Kaatje befanden sich im Hintergrund des Bildes; sie lehnten sich über die Brüstung der Brücke. Die Kulisse war eine prächtige, naturgetreue Ansicht von Lüttich, die Vogel das Herz aufgehen ließ, wann immer er sie sah. In diese Landschaft hatte Eyck die Kathedrale von Brügge placiert, wo sie getraut worden waren. Jan lieferte ihnen eine umständliche Erklärung der Ikonographie des Bildes, erklärte, warum er ihre Gestalten auf Kindergröße verkürzt hatte und so weiter. Vogel hörte nicht zu. Er starrte das Bild an und fühlte sich in Hochstimmung, froh über alle Maßen, jenseits aller Vernunft. Kaatje drückte seine Hand. Sein Glück war vollkommen.

»Dieser Idiot Rolin glaubt, es sei das Neue Jerusalem«, sagte Jan. »Tatsächlich seid ihr beiden die Hauptfiguren.«

Dies schien Vogel gottlos, aber er konnte Jan nicht zensieren. Er gestand dem Genie seine Exzesse zu.

Er liebte Kaatje über alles. Er dachte an sie, wenn er spazierenging, wenn er seine Holztafeln vorbereitete, wenn er Pigmente mischte. Ein bestimmtes Grün, nackt auf der Palette, erinnerte ihn an den Schatten unter ihrer Nase, als er ihr eines Mittags beim Klöppeln zusah; ein Umbra, ihre Brüste im dunklen Zimmer; ihre außergewöhnlichen, ultramarinblauen Augen.

Sie wollte nie für ihn Modell stehen, was ihm einigen Kummer bereitete, bis er verstand: sie war nur für ihn allein da. Abzubilden hieß herabzuwürdigen, und sie wollte in seinen Augen nicht herabgewürdigt sein. Das akzeptierte er.

Er liebte sie so sehr, daß er fast wieder an sich selbst erinnert wurde; das heißt, er wollte ein Kind. Vogel selbst war kinderlos. Seine erste Frau in Amerika war so gut wie unfruchtbar gewesen, und sie hatten sich vergeblich in absurde Haltungen gezwungen, um Nachwuchs zu bekommen. Er erinnerte sich daran, so wie man sich an einen komplizierten Traum erinnert. Er hätte das mit Kaatje wiederholen können, das Hinterteil nach der Besamung minutenlang hocherhoben auf Knie und Ellenbogen; aber er wollte nicht. Es dauerte eine Weile, bis er erkannte, daß dies vielleicht die Absicherung der Zeit war, damit er seine unnatürliche Linie nicht fortpflanzte. Er war gestrandet. Kunst hatte er sich gewünscht, und Kunst hatte er sicherlich bekommen, kinderlos jedoch würde er bleiben.

Dann wurde sie krank.

Er, Bernard Vogel des zwanzigsten Jahrhunderts, zwang sich, die Anwendung der Blutegel mitanzusehen, der Abführmittel, die Früchte von tausend Jahren inzestuöser Methodik und Dummheit, angewandt an seiner Frau. Sie hatte Grippe, und er wußte, es würde sich zu einer Lungenentzündung ausweiten, und sie würde sterben. Sie war noch nicht einmal fünfunddreißig. Er teilte sich Brot mit einem Arzt und sah zu, wie dieser einen winzigen Schimmelflecken mit dem Brotmesser abschnitt. Lungenentzündung. Eine triviale, dumme Krankheit, leicht in den Griff zu kriegen mit dem schlichten *penicillium*. Den Mund voller Brot empfahl der Arzt, man solle sein Essen mindestens dreißigmal kauen, bevor man es hinunterschluckte. Ein Lehrling durchquerte die Küche mit einer Schale voll Blut von seiner Frau.

Dies war der Tod, und da er ihn in seiner alten Welt niemals aus erster Hand kennengelernt hatte, war er voll und ganz den mittelalterlichen Gebräuchen ausgeliefert. Irgendein Schwachkopf von einem Mäzen gab ihm ein entsetzliches lateinisches Manuskript, das den Titel *ars moriendi* trug; er versteckte es vor Kaatje, bis ein Priester, der sie besuchte, es entdeckte. Die Täuschung mußte Vogel beichten, wenngleich die Beichte ihm das Herz schwerer machte, als die Sünde es getan hatte. Er sah sich gezwungen, in die Aufzählung der Martern und Versuchungen einzustimmen. Der Priester gab keine Ruhe, bis seine untadelige Liebste jede Sünde in dem gräßlichen Buch gebeichtet hatte. Der lüsterne alte Narr hatte sogar die Stirn, darauf zu beharren, kinderlos zu sterben sei eine Sünde, es sei denn, er könne das betroffene Organ segnen. Da stand Vogel mit geballten Fäusten auf und drohte, ihn da und dort in seine eigene, reichlich verdiente Hölle zu schicken. Der Priester floh, Verwünschungen brüllend.

Sie starb um drei Uhr morgens, ihre Hände in den seinen. Um die Mittagszeit kam van der Weyden vorbei und fand Vogel noch immer dort sitzen. Sanft stemmte er die kalten, steifen Finger von denen Vogels. Ein Knochen brach, und Vogel sank weinend über dem Bett zusammen.

Es war das Jahr 1444. In jenem Winter konnte man spät nachts das ferne Heulen der Wölfe draußen vor der Stadt hören. Geschichten sickerten aus den ländlichen Gebieten herein, von eingeschneiten Städten, belagert von Wölfen, von Hunger und Kannibalismus. Vogels Sympathien lagen bei den Wölfen. Den ganzen Winter hindurch malte er nichts. Er machte lange Spaziergänge durch das Getto. Dreimal lief er an Esther vorbei, ohne etwas zu sagen. Er ging zu dem Pfandleiher, wo er vor zwanzig Jahren seine Uhr gelassen hatte, und ließ trotzig seinen Pfandzettel auf die Theke fallen: *Bernard het Jood, Aug MCCCCXXV*. Derselbe Pfandleiher, inzwischen uralt, starrte ihn voller Erstaunen an und sagte höflich: »Aber das ist längst verkauft.«

Weder Vogel also, noch Bernard Brugiensis – wer war er? Schon der Name der Stadt erinnerte ihn an Kaatje. Er hatte vage Vorahnungen; er glaubte, daß Eyck bald sterben würde. Er machte Pläne, im Frühjahr fortzugehen, sagte, er wolle seine Eltern in Spanien besuchen und eine Pilgerreise nach Santiago de Compostela machen. Um Geld für seine Reise zu beschaffen, begann er sein letztes Gemälde.

Er dachte daran, seine Laufbahn mit einem weiteren Lukas abzurunden, nach van der Weydens hervorragendem Modell, aber er wußte, daß er Lukas, den Maler, nicht abbilden konnte, ohne sich selbst darin zu sehen, und er konnte sich nicht hinter der Maske des Lukas verstecken. Also versuchte er etwas Gewagtes. Er malte Esther als die Jungfrau, kopierte das Kind von Eyck und plazierte sich selbst auffällig in den Vordergrund. Er saß schräg im Bild, mit dem Rücken zur Bildebene. Die Anordnung der Pigmente auf dem abgebildeten Tisch war so formell wie eine Abhandlung über Farbe. Er signierte dieses Bild nicht, malte jedoch auf eine Fläche kleiner als ein Fingernagel ein verzerrtes Spiegelbild seines eigenen Gesichts, des Gesichts, das er nun schon seit über fünfzig Jahren trug, des Gesichts, das er sich verdient hatte.

In der Woche seiner Abreise kam van der Weyden vorbei.

»Eyck ist tot.«

Er hatte keine Gelegenheit gehabt, sich zu verabschieden.

Er folgte der Straße Paris-Bordeaux, machte Halt in St. Martin zu Tours, und nach dreiwöchiger Reise ging er in St. Martial in Limoges zur Messe. Er hatte vor, ohne ein bestimmtes Ziel weiter südwärts zu reisen, nach Spanien hinein, angezogen von einer Kraft, die er nicht benennen konnte, als ein einzelnes Wort, das er nach dem Gottesdienst aufschnappte, ihn stutzen ließ.

»Lascaux.«

Fünfhundert Jahre Geschichte lebten in seinem Kopf wieder auf. Er war Vogel, der Historiker.

Zwei Bürger auf Pilgerreise nach St. Martial. Von ihnen erfuhr er, daß es nicht mehr als ein Zwei-Tage-Ritt nach Lascaux war. Sie luden ihn ein, sich ihnen zu einem nächtlichen Trinkgelage und bei der Heimreise anzuschließen. Vogel erklärte, er würde sie beim ersten Hahnenschrei vor ihrer Herberge treffen.

An der Tür zu seiner Herberge sagte ein altes Weib: »Reisende, hütet euch vor St. Hubert. Er reitet mit den Toten auf der Jagd nach den Seelen der Lebenden, wartet an den Kreuzungen. Seid auf der Hut.«

Die Herren waren spät dran und ein wenig zerzaust. Offenbar noch immer betrunken, warfen sie ihren Geliebten der vergangenen Nacht Kußhände zu, ließen Gepäck in den Schlamm fallen, und einer versäumte es, seinen Sattel festzuschnallen, so daß er beim Aufsteigen auf lächerlichste Weise zu Boden rollte.

»Ihr seid ein Mönch«, sagte der ältere, nüchternere Herr, als sie losritten.

Vogel nickte.

»Ich bin überrascht. Eure Brüder sind gewöhnlich

die ersten, die uns auf diesen kleinen, nächtlichen Pilgerfahrten Gesellschaft leisten.«

Der andere brüllte vor Lachen.

Der Ältere sagte streng: »Du wirst deine helle Freude damit haben, deiner Frau den Zustand deiner Wäsche zu erklären.«

»Ach, ich werde ihr erzählen, es sei eine neue Buße. Besser als das härene Hemd.« Auch dies belustigte ihn.

»*Toujours gai, Henri*«, sagte der Ältere zu Vogel. »Warum reist Ihr nach Lascaux?«

»Ich bin an den Höhlen interessiert.«

»Ach? Das ist mal was Neues.«

»Ich gedenke, einige Zeit dort zu verbringen und zu meditieren.«

»Ihr Mönche seid merkwürdige Gesellen. Aber ich fälle kein Urteil. Irgend jemand muß sich ja um unsere Seelen kümmern, nicht?«

»Ja. Irgend jemand muß es tun.«

»Hört mal, ich habe ein paar von diesen Höhlen auf meinem Land, und wenn es Euch beliebt, könnt Ihr bei mir bleiben.«

»Ich möchte mich Euch nicht aufdrängen. Ich werde in den Wäldern bleiben. Aber Ihr hättet nichts dagegen, wenn ich ein wenig herumstöberte?«

»Ganz und gar nicht. Und wenn Euch die Höhlen zu langweilen beginnen, schaut bei mir rein, und wir trinken gemeinsam einen Chateauneuf du Pape, ja?«

»Gern.«

Vogel glaubte nicht an den Zufall. Dennoch wußte er, daß die Höhle, die er suchte, sich auf dem Besitz dieses Mannes befinden würde. Er brauchte zwei Wochen, um sie zu finden. Kein Wunder, daß das Innere bis 1940 unentdeckt geblieben war: der Eingang lag am Fuß eines steil abfallenden Hügels, fast völlig mit Dreck zugeschüttet. Dreimal tat Vogel ihn als einen Kaninchenbau ab. Aber nachdem er die Erde entfernt hatte, war da ein schräg abfallender Schacht von einem Meter Durchmesser.

Aus der grellen Mittagssonne kroch er mit seiner kleinen Öllampe einen vierzig oder fünfzig Meter langen Tunnel hinunter. Er wußte, daß er irgendwo hinführen mußte, es gab ein Echo. Entsetzlich, wie ihn die Erde so eng umschloß. Nach zehn Metern geriet er in Panik und dachte daran zurückzukriechen und es mit den Füßen voran nochmals zu versuchen. Aber er hatte nicht den Mut. Für den Rest des Weges schloß er die Augen und betete, daß die Lampe weder ausgehen, noch ihn ersticken möge.

Seine tastende rechte Hand umklammerte einen Knochen.

Vor ihm befand sich ein etwa ein Meter breiter Sims, dahinter unendliche Dunkelheit. Noch mehr Knochen, manche von ihnen möglicherweise menschlich, lagen auf dem Sims verstreut. Er spähte über den Rand, hielt dabei die Lampe weit nach vorn ausgestreckt. Vielleicht konnte er rückwärts kriechend hinuntergelangen. Er drehte sich um und schleuderte dabei Knochen nach unten. Auf halbem Weg diesen steileren Abhang hinunter glitt er aus und verdrehte sich den linken Knöchel, als er auf dem rutschigen Lehmboden auftraf. Wie durch ein Wunder erlosch die Lampe nicht.

Der Elch, das Reh, die tänzelnden Ponies sind dort: das Bison, Kuh, Bär, Ochse, Bulle. Das Nashorn.

»Die Erfindung des Sehens«, flüsterte Vogel.

Humpelnd durchstreifte er die Höhlen wie ein Tourist, und nicht wie ein Mann, den es nun schon zweimal in der Zeit verschlagen hatte; selbst seine Gedanken waren in amerikanischem Englisch, und er staunte darüber, daß er in seinem ersten Leben niemals hierhergekommen war. Aber – und damit brach er mit einer alten Gewohnheit – er wollte nicht wissen, was die Malereien bedeuteten; er war damit zufrieden, zu sehen.

Dann kam ihm ein Gedanke, entsetzlich, weil seine Reise und seine Leiden ihm diesen um einen so hohen Preis eingegeben hatten. Sie waren zeitlos, diese Tiere. Wissen, sehen, mit der zerstoßenen, gefärbten Erde umgehen war für diese Künstler ein und dasselbe. Wie, in Gottes Namen, sollte man diese Geister verstehen, es sei denn …

»Ausgestoßene«, zischte er.

Es sei denn, es gab andere wie ihn selbst, ausgestoßen aus ihrer Zeit durch eigene Wahl, Zufall oder böse Absicht, andere, die ihre neue Welt genauso entsetzlich und überreich fanden, wie er es getan hatte, wie nach einer neuen Geburt. Ihre Augen füllten sich, ihre Seelen dehnten sich bis zum Zerreißen, sie kamen hierher.

Er fand eine Palette, die der prähistorische Maler benutzt, und nicht weit davon entfernt den Mörser, in dem er seine Farben zerstampft hatte. Vogel handhabte ihn mit Ehrfurcht, sondierte den Staub mit einer Fingerspitze und fand eine ockerfarbene Erde, die noch an der Schale klebte.

Hier und in anderen Höhlen wie dieser, ach, überall in Europa und Afrika, fernab dem Licht der uralten Sonne, im Verborgenen, zeichneten sie, was sie gesehen hatten, und was sie wußten, in der einzigen Sprache, die ihnen geblieben war: dem Strich. Der Strich war Sehkraft und Wissen und Substanz, Lehm und Seele in einem. Dann taumelten sie in die Sonne hinaus, die Finger farbverschmiert, und wußten nicht, wer sie waren, nur daß sie die Götter gezeichnet hatten, oder Götter gesehen hatten, oder wie Götter gewesen waren und es wieder sein würden.

Er stellte die Lampe hin und bewegte sich so, daß er seinen Schatten nicht auf die Figuren warf, die er betrachtete.

Den Blick nach oben gewandt, erreichte er das Ende einer Galerie und betrat eine kleine Nische. Er sah den

Schacht nicht. Er machte einen Schritt mit seinem rechten Fuß, und als seine Balance das volle Gewicht wieder auf den linken verlagerte, gab dieser unter ihm nach. Er fiel und vernahm im Aufprallen das Krachen von Knochen.

Der vogelköpfige Schamane liegt ausgestreckt am Boden, in Trance, ein lebender Vogel thront auf seinem Stab. Nicht weit entfernt wird ein Bulle von einem Speer durch After und Geschlecht durchbohrt.

Dies sah Vogel an die Schachtwand gemalt. Dafür war er gekommen: die Zeit durchbohrt von der Kunst, ein Speer, der von Loch zu Loch verläuft, von Empfängnis zur Grube. Seine Lampe flackerte. Dieses Mal ergriff der Tod endgültig von Vogel Besitz.

Guy Cole machte sich auf, um Vogel zu finden, aber es gelang ihm nicht. Er verbrachte zwei Wochen seines Urlaubs damit, Erkundigungen in Paris, Brüssel und Amsterdam einzuziehen.

Er überprüfte gerade im Rijksmuseum Einzelheiten für sein kurz vor der Veröffentlichung stehendes Buch, als er auf ein Bild stieß, das er noch nie zuvor gesehen hatte. Es war der ›Schule van Eycks (Joos van Ghent?), 1444‹ zugeschrieben worden. Ein Künstler vor einer Leinwand, das Gesicht vom Betrachter ab- und zwei Modellen zugewandt, die in einer Anbetungsszene posierten. Auf der Leinwand tauchte ein Kind mit einem Heiligenschein auf, obwohl sich keins im Atelier befand. Die Hand des Künstlers wollte gerade einen Krug mit Pigmenten berühren. Die Werkzeuge seines Handwerks waren präzise wiedergegeben worden.

Das Datum war für die Metaphorik etwas verfrüht. Cole trat näher hin und entdeckte aufgeregt ein zweites Abbild des Künstlers in einem gewölbten Spiegel an der rückwärtigen Wand des Ateliers. Er starrte das verzerrte Gesicht im Spiegel aus einem günstigeren Winkel an: das ruhige, unverwechselbare Gesicht Bernard Vogels, beträchtlich gealtert, starrte zurück. Auf dem Rahmen des Spiegels das Motto: *als ich chan.*

Guy Coles ›*Die Rolle des Malers in der Niederländischen Kultur*‹ wurde im April veröffentlicht: Im letzten Moment ersetzte er das Bild auf der Titelseite, Vermeers ›*Kunst des Malens*‹ durch das ›*Bild einer Anbetung*‹ eines unbekannten Holländers. Die gegenüberliegende Widmung, in der zweiten Auflage herausgenommen, lautete:

D.M.

FAVTI MAGISTRI

BERNARD VOGEL

OBIT.A.D. MCDXLIV

Cole erfuhr nie, wie nahe er der Wahrheit gekommen war, wie sehr er sich geirrt hatte.

---

Originaltitel: ›ALTAMIRA‹ • Copyright © 1981 by Mercury Press, Inc. • Erstmals erschienen in ›The Magazine of Fantasy and Science Fiction‹, Dezember 1981 • Mit freundlicher Genehmigung des Autors und Uwe Luserke, Literarische Agentur, Stuttgart • Copyright © 1994 der deutschen Übersetzung by Wilhelm Heyne Verlag, München • Aus dem Amerikanischen übersetzt von Maria Castro • Illustriert von Manfred Lafrentz

---

*Leigh Kennedy · USA*

# ALTGRIECHISCH

Das Gemurmel, das an ihr Ohr drang, war der Ausdruck andächtiger Frömmigkeit.

Eine Frau deklamierte eine ununterbrochene Kette von Silben, einen monotonen Singsang ohne Modulationen und ohne Betonung.

»Weto pata schan tan pata pata.«[1]

Eine kurze Pause, und dann eine tiefere Stimme.

»Ē, kai apo stomachūs arnōn tame nēlaï chalkō kai tūs ...«[2]

Das Gemurmel der anderen senkte sich zu einem Flüstern.

Die Worte klangen fremdartig und schwierig, aber sehr lyrisch. Kein Gebet. Eine Erzählung. Eine Enthüllung.

»... men kathōtēken epi chthonos aspeirantos ...«[3]

Die Worte hatten eine Bedeutung, aber das, was sie berichteten, wurde übertönt von den Hallelujas der Gläubigen in der Kirche der Pfingstbewegung.

Hannah schaltete den Kassettenrecorder ab. Sie wühlte unter den Papieren und Umschlägen herum, die sich auf ihrem Schreibtisch häuften. »Mmmm«, sagte sie und legte die Fingerspitzen an ihre Schläfen, »ich habe die Tonaufnahme und Ihre Prüfungsarbeit Doktor Van Pelt von der Abteilung für Sprachwissenschaft vorgelegt, und er sagte, es sei Altgriechisch, aber er hat es noch nicht übersetzt.« Bedauernd sah sie die Studentin an, die ihr schweigend auf einem Stuhl gegenübersaß.

»Es war mir unangenehm, ihn zur Eile zu treiben, verstehen Sie?«

»Altgriechisch?« wiederholte Candy.

Hannah nickte. »Van Pelt sagte – nachdem er das hier gehört hatte –, daß der Mann die Sprache vermutlich fließend spricht. Wissen Sie etwas über ihn?«

Candy dachte nach. »Nun, der Priester und alle anderen schienen immer, wenn er zu sprechen anhob, ganz still und aufmerksam zu werden, so, als hätte er wirklich etwas zu sagen. Doch sobald der Priester es übersetzte, stellte es sich als ziemlich das gleiche heraus, was auch die anderen von sich gaben. Sie wissen schon: ›Gott bewahrt uns vor dem Übel‹ und ›Der Herr sieht uns immer und überall‹, und so.«

»Und was war an dem Mann so Besonderes?«

Candy zog die Stirn in Falten. »Nichts. Ich meine, er sah aus wie eine alte, schmierige Vogelscheuche.«

Einen Augenblick lang beobachtete Hannah Candys Gesichtszüge in der Hoffnung, dort einen Funken Neugier oder Interesse zu entdecken. Doch Candy sah Hannah nur abwartend an.

»Haben Sie je von Xenoglossie gehört?« fragte Hannah, wobei sie genau wußte, daß in zwei der Bücher, die Candy angeblich für ihre Prüfungsarbeit gelesen hatte, davon die Rede war, wenn auch nur flüchtig. An sich mußte die Behandlung des Themas der Glossolalie, der rednerischen Ekstase in den frühen christlichen Gemeinden, die Frage enthalten, ob die dabei verwendeten Sprachen real existierende waren oder nicht. Aber Candys Arbeit enthielt kaum mehr als die Definition des Begriffes der Glossolalie und eine Beschreibung des Besuches, den sie zusammen mit einer Freundin dieser Kirche abgestattet hatte.

»Xenoglossie …«, sagte Candy. »Ich glaube, das habe ich schon irgendwo gelesen, aber ich kann mich nicht erinnern …«

Hannah wartete, daß Candy sich ein wenig den Kopf

zerbrach, und unterdrückte die ganze Skala von Unmutsäußerungen im Hinblick auf Studenten, die offenbar ihre Gehirne nicht mehr zu gebrauchen wußten. Sie wollten alles in simplen Worten erklärt haben, sonst bekamen sie einfach nichts mit. »Wie, frage ich Sie«, sagte Hannah nachdrücklich, »kommt ein betagter Mann dazu, in der Kirche der Pfingstbewegung Altgriechisch zu sprechen?«

Candy blickte sie verblüfft an; sie saß in der Falle. »Das weiß ich nicht.«

Hannah lächelte. »Ich möchte«, sagte sie in ihrer besten Lehrerinnenstimme, »daß Sie darüber nachdenken, sich überlegen, was zu diesem Phänomen geführt haben kann. Einflüsse des Milieus, aus dem er kommt? Unbewußte Erinnerungen? Unterschwellige Lernvorgänge? Versuchen Sie, mit Hilfe dieser Aufnahme mehr über diesen Mann herauszufinden. Vielleicht hatte er griechische Vorfahren? Verwandte? Möglicherweise befanden sich unter den Freunden aus seiner Kindheit auch Griechen, und er hat von ihnen etwas von der Sprache mitbekommen. Doch weshalb sollte er sie in dieser Form verwenden?«

Candy schien nicht die geringste Absicht zu haben, ihr bei ihren Ausführungen zu folgen. Hannah hatte das Gefühl, genausogut hätte sie ihr erklären können, daß Kreuzworträtsel der Weisheit letzter Schluß seien. »Sie wollen also, daß ich noch mal dorthin gehe?« fragte Candy widerstrebend.

»Nun«, sagte Hannah. »Ich nehme an, Sie werden der Sache auf den Grund gehen wollen. Ich hatte den Eindruck, es würde Sie *interessieren*, weshalb Menschen die Gabe des Zungenredens besitzen. Jedenfalls meine ich, Sie sollten möglichst viel über das Altgriechische wissen, für den Fall, daß Sie zu einem späteren Zeitpunkt für eine andere Arbeit auf diese Unterlagen zurückgreifen müssen oder wollen.«

»Vielen Dank, Frau Professor.« Candy sammelte ihre

Bücher ein und schob sie sich unter den Arm, wobei sie es irgendwie fertigbrachte, sie nicht in ihr seidiges, langes Haar zu wickeln.

Hannah begleitete Candy zur Tür ihres Büros wie einen Gast. »Wir sehen uns bei der Vorlesung.«

Sie saß auf dem Bett, eine Wolldecke über den Schultern, und las eine andere Prüfungsarbeit durch. Eine Tasse Kaffee stand auf dem Nachttisch neben ihr. Sie seufzte.

»Was gibt's?« fragte Ted.

»Ach, gar nichts.«

»Du scheinst mir ein bißchen deprimiert.«

Sie legte ihren Füllhalter hin und starrte auf die Papiere.

»Ich bin zu idealistisch.«

»Ah, total ausgebrannt, wie?« Er klang mitfühlend. »Und dabei noch so jung!«

Sie lachte. »Nein, wäre ich wirklich ausgebrannt, hätte ich nicht dieses Gefühl der Niedergeschlagenheit. Sie haben alle keine Verve mehr, scheint mir. Ich hatte soviel Feuer in mir, als ich anfing zu studieren. Heutzutage sind sie nicht mal mehr *neugierig*! Sie haben keine Vorbilder, keine Helden, keine großen Ambitionen... außer der, viel Geld zu machen und es sich gutgehen zu lassen.«

»Du hast immer noch viel Feuer in dir«, sagte er und legte die Hand auf ihr Knie.

»Ich dachte, die Studentin, die die Arbeit über Glossolalie schrieb, würde fasziniert sein von diesem Mann in der Kirche, der Altgriechisch sprach. Es war belanglos für sie. Jeden Augenblick wartete ich auf ihre Frage, ob ich ihr eine schlechtere Zensur geben würde, weil der Mann nicht so sprach wie die anderen, und daher ein Fehler in ihrer Arbeit sein mußte.«

»Wahrscheinlich war es mit den Studenten aber immer so, bloß erinnerst du dich nicht daran.«

Sie sah ihn an und wünschte, er hätte recht. Er schien zwar stets in der Lage, Fakten ordentlich aufzulisten und jedes beliebige Thema überzeugend abzuhandeln, doch manchmal hegte sie ihre Zweifel und suchte nach Argumenten, die noch keinem in den Sinn gekommen waren. Konnte es wirklich sein, daß es bergab ging mit dem Gehirn des modernen Menschen?

Hannah hob die Schultern. »Vielleicht«, sagte sie.

Sie ging im Hörsaal auf und ab, während sie sprach. »Ich habe gerade einen interessanten Artikel im *Journal für Soziologie* gelesen«, sagte sie, »und ich möchte, daß Sie sich darüber Gedanken machen. Es scheint, als hätte es in fünf amerikanischen Großstädten in den letzten Jahren einen zahlenmäßigen Rückgang an alten Menschen gegeben, die unter der Armutsgrenze leben. Die Daten wurden das erste Mal vor zehn Jahren erhoben und nun im letzten Jahr vom selben Forschungsbeauftragten in gleicher Weise zusammengestellt. Im einzelnen ergab sich dabei …« Sie übertrug die Grafik auf die Tafel und ergänzte sie mit Zahlen, Daten und den Namen der Städte.

Dann drehte sie sich um und sah ihre Hörer an. Einige schienen recht aufgeweckt, andere nicht. »Ich weiß, daß es notwendig wäre, den ganzen Artikel zu lesen, ehe man an eine genaue Beurteilung gehen kann, und dazu eine Menge anderer Artikel über dasselbe Thema. Aber setzen wir nun einmal als gegeben voraus, Sie wüßten bereits eine Menge über dieses Sachgebiet, und setzen wir weiter voraus, daß alle diese Daten zuverlässig sind, was anzunehmen ist. Überlegen Sie einmal: Ist es möglich, daß es sich hier um statistische Fakten handelt, und nicht um reale? Und wenn es sich um reale handelt, wie kommt es zu diesem Trend?«

Schweigen. Kein Augenkontakt.

Sofort stieß sie nach. »Was geschah damals«, fragte sie, »als diese alten Leute jung waren?«

»Vielleicht sterben sie einfach weg«, meinte einer ihrer draufgängerischeren Hörer.

»Ja, das ist möglicherweise richtig.« Sie machte im Geist eine Überschlagsrechnung. »Als sie in der Blüte ihrer Jugend waren, gab es die Zeit der großen Depression. Würden Sie sagen, daß es sich hiebei für diesen Teil der Bevölkerung um ein signifikantes Geschehnis gehandelt hat?«

Niemand stellte dies in Frage. Die meisten Studenten machten sich Notizen.

Eines der Mädchen hob die Hand. »Was ist mit den Programmen der Sozialfürsorge?«

»Was glauben Sie?« fragte Hannah ihre Zuhörerschaft. »Denken Sie dabei an Fürsorgeprogramme für jene, die bereits auf der Straße sitzen, oder für jene, die sich noch nicht in diesem Stadium befinden?«

»Für jene vorher«, murmelte das Mädchen unsicher.

Zum Ende der Vorlesung waren Budgetkürzungen beim staatlichen Sozialwesen durchbesprochen, ebenso die Misere der Alten und mithin Nutzlosen in einer aggressiven, einzig nach wirtschaftlichen Gesichtspunkten ausgerichteten Gesellschaft und die Veränderungen, denen die Familie und ihr Selbstverständnis unterworfen waren. Hannah hatte ihnen jede einzelne Wahrnehmung, jeden Gedanken aus der Nase ziehen müssen. Sie hatte Zynismen zu hören bekommen. Gleichgültig und kühl erörterten sie die Tatsache, daß eigentlich alles für die Katz' war, aber nicht in derselben Art und Weise, wie Hannah es empfand.

»Hören Sie zu«, sagte sie zum Abschluß, »es ist fast unmöglich, irgend etwas Konkretes zu unternehmen, von dem wir den Eindruck hätten, es würde wirksame Veränderungen bei den sozial Schlechtgestellten bringen. Aber wenn wir alle aufgeben und aufhören, auch nur *hinzusehen*, was dann? Wenn sich niemand mehr darüber Gedanken macht, dann ist es hoffnungslos. Also werden Sie …« – sie bemühte sich, nicht auf diesen einen, ganz besonders exaltierten Studenten zu zeigen, tat es aber dennoch – »und Sie ... und Sie sich Ihre Gedanken machen darüber. Situationen werden nicht dadurch verändert, indem man vor ihnen die Augen verschließt. Man kann nichts Zielführendes tun, wenn man die Probleme nicht als solche betrachtet und nicht beim Namen nennt.«

Am selben Tag, als Doktor Van Pelt die Übersetzung vorbeibrachte, kam Candy nach den Vorlesungen in Hannahs Büro.

»Es gab einfach keine Möglichkeit, mit dem alten Mann zu reden«, sagte Candy.

Hannah war überrascht, daß Candy überhaupt auf diese Idee gekommen war. »Haben Sie über die Angelegenheit nachgedacht?« fragte sie. »Was halten Sie davon?«

»Ich weiß nicht«, antwortete Candy, »ich glaube, er hat sie einfach nicht alle.«

»Das ist keine Antwort. Doktor Van Pelt sagte, dieser Mann zitiere die *Ilias* fast wörtlich!« Hannah beobachtete ihre Studentin. »Die *Ilias* von Homer«, ergänzte sie.

»Komisch«, sagte Candy.

»Um welche Kirche handelt es sich?« Hannah griff nach einem Kugelschreiber und fand ein unbeschriebenes Eckchen auf einem Aktenordner. Candy zögerte, als sei sie sich zwar bewußt, daß es sich um etwas Wichtiges handelte, das sie aus der Hand gab, daß sie selbst aber den damit verbundenen Anforderungen nicht mehr gewachsen war. Sie gab Hannah die Adresse und ein paar Hinweise, wie man am besten hinkam.

»Vielleicht sehe ich mal vorbei und rede selber mit ihm«, sagte Hannah.

»Du kannst doch nicht einfach hingehen und den Mann so überfallen«, meinte Ted beim Abendessen.

»Das werde ich ja nicht. Ich versuche bloß, nach der

390

Kirche mit ihm zusammenzutreffen und ein bißchen zu reden.«

»Wie willst du ihn denn erkennen?«

»Ich werde ihn erkennen. Er klingt anders als die anderen.«

»Und was glaubst du, wirst du dabei herausfinden?«

Sie hob die Schultern. »Weiß ich nicht. Meine finnische Großmutter sagte immer, ich würde mir nichts als Schwierigkeiten  einhandeln im Leben, weil ich meine Nase dauernd in anderer Leute Angelegenheiten stecke. Deshalb bin ich Soziologin geworden.« Sie sah ihn ernsthaft an. »Bist du nicht auch neugierig?«

Er holte ein Brötchen aus dem Korb und brach es entzwei. »Ich nehme an, es wird nicht so aufregend sein, wie du glaubst. Außerdem bin ich ganz einer Meinung mit deiner finnischen Großmutter.«

Die Kirche war nicht voll, aber sie quoll über vor Hochstimmung und geistigem Feuer. Hannah kam zu spät und drängte sich nur zögernd zu dem leeren Platz auf einem Faltsessel. Die Leuchtstofflampen an der Decke verbreiteten ein hartes Licht in dem quadratischen Raum.

Hannah fühlte sich als Außenseiterin. Sie hatte zwar ihr lockiges braunes Haar zu einem Knoten gebändigt und trug ihre einfachsten, fast hausbackenen Sachen, doch es lag wohl an ihrer Haltung, an ihrem Gesichtsausdruck und den Bewegungen ihrer Hände, daß sie so aus der Menge der Anwesenden hervorstach, als wäre sie in ihrer akademischen Robe gekommen.

Rings um sie sangen die Leute und wiegten sich und klatschten den Takt dazu. Einige der Stimmen klangen traurig und kummervoll, andere süß und hell und manche einfach nur unverfälscht. Zwischen dem Klatschen rief der Priester immer wieder sein »Liebet Gott, den Herrn!«, und schlaftrunkene Babies weinten.

Hannah saß steif da und starrte auf die runden

Rücken der Frauen und das glänzende Haar der Männer. Sie hielt ihre Leinentasche fest an sich gepreßt und fühlte sich wie eine Spionin wegen des kleinen Kassettenrecorders, der sich darin verbarg. Sie blätterte ungeschickt in einem Gesangbuch, denn sie dachte, sie könne ihre Verwirrung kaschieren, wenn sie das Lied fand, das soeben gesungen wurde. Und die ganze Zeit fühlte sie sich wieder wie ein Kind. Je enthusiastischer die Menge wurde, desto stärker wuchs Hannahs Verlegenheit – als hätte man sie mit einem kitschigen Liebesroman in der Hand erwischt oder in Kleidern, die längst aus der Mode waren.

Vielleicht ist er gar nicht hier, dachte sie. Und der Gedanke kam ihr, daß dies eine Menge Unannehmlichkeiten bedeuten konnte, ohne etwas einzubringen. Vielleicht hatte Ted recht ...

Hin und wieder gab ihr ein Seitenblick eines der Anwesenden zu verstehen, daß sie alle wußten, sie gehörte nicht dazu. Diese fünfzig oder sechzig Leute kannten einander wahrscheinlich sehr gut. Sie stellte sich vor, sie würden sich alle plötzlich umwenden und sie anstarren. Blödsinn, dachte sie, diese Menschen beten bloß auf ihre Art zu ihrem Gott! Aber sie schickte sich dennoch an zu gehen.

Doch eine plötzliche Stille ließ sie innehalten.

Der Priester begann zu sprechen. Mit eindringlicher Stimme berichtete er von einem Mann, dessen Tochter tot umgefallen war, nur einige Tage, nachdem er Gott verleugnet hatte. Die Frauen begannen zu weinen, als er sich vor und zurück wiegte und vom Schmerz des Vaters sprach; die Männer beugten den Kopf, und ihre Kiefer fingen an zu arbeiten.

Hannah saß da wie erstarrt. Sie vergaß den Grund ihres Hierseins und war erstaunt über die Wirksamkeit, die Durchschlagskraft seiner Rede. Er riß seine Gemeinde mit anklagenden Worten und nach oben gerichteten Handflächen in seinen Bann. Wechselnd wie die

Gezeiten deckte er sie einmal zu mit seinem Gebet, um es wieder zurückzuziehen, als die ersten anfingen zu murmeln. Hannah roch die heißgewordenen Düfte ihrer Deodorants und Rasierwasser.

Jemand stöhnte mit weitaufgerissenem Mund, stand auf, taumelte vorwärts und sank in sich zusammen.

Hannah erhob sich zwar von ihrem Sitz, beherrschte sich aber und trat nicht vor, um besser zu sehen. Der Mann auf dem Boden zitterte und warf den Kopf vor und zurück, während einzelne und Doppelsilben aus seinem Mund hervorströmten. »Blagga tagga do wink«, sagte er.

Der Priester klatschte hin und wieder in die Hände. Eine Stimme flehte um Gnade. Eine andere bat Jesus, in ihr Herz zu kommen und in ihr Leben. Einige Personen taumelten vor, und ihre inständigen Gebete wurden von Klängen getragen, deren Ursprung Hannah überhaupt nicht klar war. Sie fühlte sich niedergedrückt, überwältigt von dem Gott, den die Gemeinde durch diese Decke da oben herabbeschwor auf das staubige Linoleum.

»Ē ra, kai egchos aphēken, hekōn d'ēmartane phōtos«[4], sagte er.

Hannah preßte hastig die Finger auf PLAY und RECORD ...

»... pama schatama matama katoo schatami ...«, sagte eine andere Männerstimme.

Nein, nein! Wohin ist er denn verschwunden? Sie reckte den Hals.

Und dann sah sie ihn – ein verschrumpeltes Gesicht, eine magere Gestalt in abgerissener Kleidung: er sah aus wie ein geheilter Trinker. So stand er da, die Augen geschlossen, und erzählte gestenreich seine Geschichte.

Hannah bemühte sich gar nicht, besonders raffiniert vorzugehen, als sie ihm folgte; sie fuhr einfach hinter ihm her, hielt ein Weilchen an und holte ihn wieder ein.

Aber der Mann war arglos und schien sie nicht zu bemerken.

Sie sah, wie er ein altes Haus betrat. Hannah folgte ihm und stand etwas ratlos vor sechzehn Hausbriefkästen. Nachdem sie die Namen von Ehepaaren und Frauen eliminiert hatte, blieben neun gesichtslose Namen übrig.

Der erste Versuch war ein Fehlschlag; sie war immer noch benommen von den Nachwirkungen der Stimmung in der Kirche und erwartete irgendwie, daß der junge Mann in der Tür, an die sie geklopft hatte, plötzlich zu deklamieren oder Hymnen zu singen begänne. Statt dessen grinste er sie lüstern an.

»Äääh … ich suche einen Bekannten. Von der Kirche. Einen älteren Herrn.«

»Ach so«, sagte der junge Mann verdrießlich. »Sie meinen vermutlich den Alten von Nummer acht.«

»Danke …«, sagte sie zu der zufallenden Tür.

Sie eilte über den Korridor und hörte ihn bereits singen, als sie sich der dunkel lackierten Tür näherte. Bevor sie klopfte, drehte sie die Kassette um, stellte den Recorder an und verstaute ihn wieder in ihrer Tasche.

Der Mann öffnete die Tür; Hannah verspürte plötzlich ein Gefühl der Schüchternheit, als er ihr in seiner eigenen Umgebung gegenüberstand.

»Guten Tag«, sagte sie. »Mein Name ist Hannah Karel.«

»Ja?« Sein Blick wirkte forschend und gründlich.

»Ich komme soeben von der Kirche. Dürfte ich mich ein bißchen mit Ihnen unterhalten?« Selbst für ihre eigenen Ohren klang das nicht sehr überzeugend. »Ich möchte mit Ihnen über … das Zungenreden sprechen.«

»Natürlich. Die Liebe des Herrn sei mit Ihnen. Kommen Sie herein.«

Es paßte einfach nicht zusammen. Seine Art des Auftretens brachte Hannah etwas aus der Fassung – ein Säufer mit sanfter Stimme! Aber es war nicht fair, ihn nach seinem Äußeren zu beurteilen. Auch das Zimmer hatte etwas Seltsames an sich. Rundum hingen Bilder an den Wänden, die meisten davon mit Reißzwecken befestigt – Zeichnungen und Malereien von Soldaten mit Speeren und Bögen, Landschaften und felsigen Küsten. Ketchup, Salz und Pfeffer mußten sich den kleinen Tisch mit Bleistiften, Acrylfarben und schmutzigen Lappen teilen. Am Fenster, das keine Vorhänge hatte und deshalb das Licht der Sonne ungehindert einließ, stand ein Stuhl mit gerader Lehne. Die Einrichtungsgegenstände waren ausnahmslos in schlechtem Zustand, aber die vielen Bilder verliehen dem ganzen das Flair eines Malerateliers.

»Haben Sie das alles selbst gemalt?« fragte sie und betrachtete ein Porträt. Obwohl sein Stil eher ins Naive ging, sah Hannah Kraft in der Pinselführung.

»Ja. Ich habe erst vor ein paar Jahren zu malen begonnen. Möchten Sie vielleicht eine Limonade?«

»O ja, vielen Dank!«

»Haben Sie meine Ausstellung letzten Monat in der Kirche gesehen?«

»Nein, leider, die habe ich versäumt.« Hannah fühlte sich unbehaglich.

Er verschwand in das Nebenzimmer, von dem Hannah annahm, daß es sich um die Küche handelte. Ein Wasserhahn wurde aufgedreht; Glas stieß gegen Metall.

»Wie lange, sagten Sie, malen Sie bereits?« fragte Hannah. »Sie scheinen ein Naturtalent zu sein. Es ist nicht zu glauben, daß Sie in ein paar Jahren soviel gelernt haben.«

Er kam zurück und reichte ihr ein Glas, ehe er sich auf den Stuhl am Fenster setzte. Hannah wünschte, sie hätte ihre Kamera mitgenommen; sie sah ein Schwarzweißporträt vor sich, die hellen Sonnenstrahlen auf einer Hälfte seines Gesichts, jede einzelne Blatternarbe und Furche darin scharf abgegrenzt durch das Zusammenspiel von Licht und Schatten, und auf der anderen

Seite graues, verschwommenes Dunkel. Hannah fand den Klang seiner Stimme angenehm, und sie mochte die großen, unbeholfen aussehenden Hände.

»Wissen sie, ich war früher Alkoholiker«, erklärte er. »Ich dachte an nichts anderes als die Flasche und wie ich mehr von dem Zeug kriegen konnte, wenn ich durstig war. Wie ich mehr kriegen konnte, wenn ich schon mehr als genug hatte. Und eines Nachts, da kam Gott zu mir. Er sagte mir – das ist die Wahrheit, und ich habe keine Angst, sie auszusprechen –, er sagte, er würde mich mit Seinem Geist erfüllen, denn ich sei leer. Und ich begann …« Er schloß die Augen.

»Altgriechisch zu sprechen.«

»Altgriechisch?« wiederholte er.

Hannah ließ ihn nicht aus den Augen.

»Ich begann, die Worte zu sprechen, die Gott mir gab, um Ihm zu huldigen. Und zum Klang dieser Worte gab er mir auch Träume.«

»Aber wo haben Sie Altgriechisch gelernt?«

»Ich kann kein Altgriechisch. Ich weiß nicht, wovon Sie reden.« Er nahm einen Schluck aus seinem Glas. »Ich liebe Gott den Herrn, und ich liebe meine Träume. Deshalb habe ich zu malen begonnen. Ich mußte etwas tun … etwas *unternehmen*, um das zu zeigen, was ich in den Träumen sehe.«

Hannah betrachtete die Gemälde und Zeichnungen. Ihr Blick blieb auf dem Porträt einer Frau hängen; sie hatte dunkle, geringelte Löckchen auf der Stirn. Diese kahlen, öden Landschaften, die er malte … die Kleider, in die er seine Modelle hüllte …

»Was bedeutet ›aspeirantos‹[5]?« fragte Helen.

»Wie bitte?« Er beugte sich vor und runzelte die Stirn. »›Aspeirantos.‹«

Er beugte sich noch weiter vor und ließ die Hände zwischen die Knie fallen. »Unter uns, Miss – die Worte bedeuten gar nichts. Es sind einfach Worte, die mir so in den Sinn kommen. Ich sehe Dinge vor mir, wenn ich sie ausspreche. Aber die Worte, die sind bloß Geräusch.«

Hannah nickte. Sie zweifelte nicht daran, daß er glaubte, was er sagte. »Wußten Sie nicht, daß Sie altgriechisch sprechen?«

Er starrte sie an. »Sie sind überhaupt nicht von der Kirche, stimmt's? Ich dachte, Sie seien hergekommen, um mit mir über den Herrn zu sprechen und zu beten.«

»Ich bin Professor für Soziologie. Ich wollte wissen, wo Sie Altgriechisch gelernt haben und weshalb Sie es in der Kirche rezitieren.«

Er sah zum Fenster hinaus in die tiefstehende Sonne und schwieg ein Weilchen. »Weil nirgends sonst jemand zuhören wollte«, sagte er dann. »Aber ich muß doch die Worte sagen, damit ich die Geschichte vor mir sehe! Alle anderen dachten, ich sei verrückt geworden.«

»Die Geschichte?«

»Die Geschichte in meinem Kopf.«

Doch mehr wollte er darüber nicht sagen.


Hannah saß in der Küche der Van Pelts, zusammen mit dem Doktor, seiner Frau und ihrem achtzehn Monate alten Jungen, der sich an den Fingern seiner Mutter festhielt, um nicht von ihrem Knie zu fallen.

»Nun, es ist definitiv aus der Ilias«, sagte Van Pelt und schob ein Blatt Papier über ein zweites und wieder zurück. Manchmal hob er eines der Blätter an und guckte darunter, wie unter den Rock einer schönen Frau. »Aber nicht alles. Das etwa gehört nicht hierher, und ich entsinne mich auch nicht, es an einer anderen Stelle in Homers Werken gelesen zu haben.« Er las vor: »›Die Sinne des Menschen ersterben, selbst seine Träume haben keine neue Substanz.‹«

Hannah seufzte. »Die Sache ist nur die: Ich glaube wirklich, daß er nicht weiß, was er sagt. Vielleicht drängen seine Jungschen Archetypen ans Tageslicht.«

»Kommen Sie, Frau Doktor Karel!« entgegnete Van

Pelt. Er bedachte sie mit einem Blick, den er vermutlich sonst nur für jene seiner Studenten reservierte, die sich vor einem Examen drücken wollten. »Das glauben Sie doch nicht wirklich, oder? Auch wenn der menschliche Sprachapparat ein inhärenter Teil unserer neurologischen Struktur ist, muß der einzelne doch zumindest die Ingredienzen – das Vokabular – lernen!«

Hannah zuckte die Achseln. »Was weiß ich. Vielleicht *ist* es Gott.«

Van Pelt und seine Frau warfen einander Blicke zu. Das Baby sagte etwas wie »le-tsche« und streckte die Hand nach der Flasche aus. »Das bezweifle ich«, meinte Van Pelt.

»Es war nur ein Scherz«, sagte Hannah abwehrend. »Aber stellen Sie sich einmal vor, Homer wäre ein Prophet gewesen – wo liegt dann der Unterschied zwischen der Ilias und der Bibel?«

»Es liegt auf der Hand, daß Ihnen der theologische Hintergrund fehlt, Frau Doktor Karel«, bemerkte er.

Er gehörte nicht zu jenen Menschen, die eine Sache auch von der anderen Seite betrachten konnten, und sei es auch nur um der Diskussion willen. Hannah war es so gewohnt, ihre Studenten zu geistigen Höchstleistungen anzustacheln, wenn es darum ging, eine Frage von allen Seiten zu beleuchten, daß sie ganz vergessen hatte, welch eine undurchdringliche Mauer Bildung und Wissen um ein akademisch geschultes Gehirn errichten können. »Nun, und was sagen Sie zu einer zufälligen Wiedergabe einer gewissen Abfolge von Lauten?« fragte sie. »Rein zufällig hört sich Ihre Interpretation seiner Lautfolge an wie ...«

Sie brach ab, als Van Pelt den Kopf schüttelte. Er zeigte auf die mit Silben, Punkten, Doppelpunkten, verkehrten E's und aneinanderklebenden Vokalen bedeckten Seiten vor sich auf dem Tisch.

»Ich habe das alles jahrelang geübt«, bemerkte er sarkastisch und sah sie nachsichtig an, »und ich sage Ihnen: der Mann lügt ganz einfach!«

Hannah starrte auf die Papiere.

Weshalb glaubte sie dem Alten mehr als Van Pelt und seinen Jahren der Ausbildung und Forschungsarbeit? Es war auch nicht so, daß sie Van Pelt *nicht* glaubte, es schien ihr nur etwas dabei zu fehlen. Aber anscheinend hatte der Professor recht, was die Sprache betraf. Anscheinend.

»Vielen Dank, Doktor Van Pelt, daß Sie sich die Zeit für mich genommen haben. Es war wirklich sehr freundlich von Ihnen. Ich bin sicher, es ist Kryptomnesie. Wenn ich erfahre, woher er seine Kenntnisse hat, lasse ich es Sie wissen.«

Van Pelt lächelte. Auch seine Frau lächelte. Das Baby brabbelte vor sich hin. »Das würde mich interessieren«, sagte Van Pelt. »Halten Sie mich auf dem laufenden.«

Candy blieb in der Tür stehen; ihr Blick wanderte unablässig in beiden Richtungen den Korridor entlang.

»Ich bin in der Stadt gewesen, aus der er stammt«, sagte Hannah und stand auf, um ihrer Studentin entgegenzugehen, da diese offenbar nicht in ihr Büro kommen wollte. »Ich habe seine ganze Lebensgeschichte zurückverfolgt und auch mit dem Psychologen gesprochen, der ihn im Krankenhaus für ehemalige Kriegsteilnehmer behandelt hat. Ich habe seine Schwester kennengelernt. Ich war sogar noch einmal in dieser Kirche und habe mit dem Priester gesprochen, und das war, gelinde gesagt, ein äußerst schwieriges Interview. Nichts. Keine griechischen Nachbarn, keine Hinweise, woher er seine Kenntnisse haben könnte. Bis vor einigen Jahren konnte er kein Griechisch. Punktum. Sonst nichts.«

Candy nickte.

»Was denken Sie?« fragte Hannah.

»Na ja, ich weiß nicht…«

Candy sah erschöpft aus. Wahrscheinlich versuchte sie, zu viel zu tun. Hannah erinnerte sich an diese Zeit, an diese Tage, die ausgefüllt waren mit Vorlesungen, Teilzeitjobs und netten Jungs, und verspürte ein plötzliches Mitgefühl. »Kommen Sie rein, Candy«, sagte sie. »Versuchen wir, gemeinsam zu einer Antwort zu kommen.«

Candy zögerte. »Tut mir leid, aber ich muß jetzt wirklich laufen, Frau Professor. Ich habe noch zu lernen.«

Hannah trat ganz nahe an sie heran. »Fühlen Sie sich nicht wohl?«

Eine Sekunde lang schwieg Candy und sah dann Hannah mit einem unendlich traurigen Blick an. »In letzter Zeit habe ich immer diese unheimlichen Träume.« Ihr Kinn zitterte. »Sie sind so *real*! Wie ein Film!« Sie zögerte und brach in Tränen aus. »Meine Mutter hält mich für verrückt!«

Hannah schloß die Tür ihres Büros und hörte zu, wie Candy von ihren Träumen erzählte, vom Leben auf den steilen Felshängen, vom Lanolin, das ihre Hände nach dem Spinnen der Schafwolle bedeckte, vom Warten auf die Heimkehr der reichgeschmückten Krieger. Ihre Mutter behauptete, es *müßten* Träume sein; Candy hingegen hatte das Gefühl, wach zu sein und das alles zu erleben.

Und wenn Candy anfing, über diesen Quatsch zu reden, dann hielt sich ihre Mutter die Ohren zu und begann vor Besorgtheit zu weinen.

Hannah hatte sich immer schon gern aufgehalten in jenen Straßen, wo die Menschen aus Abfalltonnen lebten, wo sie auf den Gehsteigen schliefen und ihre Notdurft verrichteten und ihren Kopf nachts auf einem Stapel alter Zeitungen zur Ruhe betteten.

Als Kind hatte sie diesen Menschen gegenüber ein geradezu missionarisches Sendungsbewußtsein entwickelt, und nicht nur einmal hatte ihre Mutter sie dabei ertappt, wie sie sich nachts mit warmen Decken und Konservendosen bepackt aus dem Haus schlich, um die Leute auf den Straßen der Stadt damit zu versorgen; Hannah hatte angenommen, die armen, frierenden Kinder, über die Dickens so eindringlich schrieb, würden sich irgendwo in den finsteren Hausfluren aneinanderkuscheln. Später, auf dem College, versorgte sie zu Weihnachten erst die Obdachlosen mit gebratenem Truthahn, ehe sie zu den Feiertagen nach Hause fuhr. Selbst jetzt ärgerte sie sich manchmal über ihre Arbeit, die Forschungsprojekte und die Vorbereitungen zu den Vorlesungen, denn all diese Dinge schienen sie nur abzuhalten vom eigentlichen Zweck ihres Lebens.

Sie vergab den alten Männern mit ihren lüsternen Blicken und übte Nachsicht mit den schmutzigen alten Frauen, die all ihre Habe in ein paar zerfetzten Plastikbeuteln aus den besten Warenhäusern der Stadt mit sich trugen. All die Jahre hindurch, in denen sie die sozialen Probleme, Strukturen und Bedingungen studierte, die zum Aufstieg, Fall oder zur Stagnation im Leben der Menschen rundum führten, hatte sie das stets mit dem Entschluß getan, niemals zuzulassen, daß diese sich je ihrer Aufmerksamkeit entzogen.

Als sie im Morgengrauen dieses eiskalten Tages um eine Ecke bog, erblickte sie auf der anderen Straßenseite eine alte Frau, die etliche Schichten Kleidung auf dem Leib trug. Die Alte stand neben dem verrosteten Abfalleimer und stapelte fettige Papiertüten und Stoffetzen aufeinander.

Die Frau murmelte vor sich hin.

Nein. Sie murmelte nicht. Sie sang. Mit rauher, krächzender Stimme und ohne jeglichen Rhythmus sang sie eine Tonfolge, brach ab, wenn die Arbeit sie zu sehr in Anspruch nahm, und fuhr fort mit ihrem Lied.

Hannah stand neben ihr und hörte zu.

Sie kannte die Worte, kannte die Geschichte, von der

die Alte sang. So genau, als ob es gestern gewesen sei, erinnerte sie sich an ihre Kindheit und an ihre finnische Großmutter, die ihr aus dem *Kalewala* vorlas.

»Siina kukkous, kakonen, hekyttele, hietarinta, hiloa hoperinta, tinarinta, riukuttele!«

Hannah entsann sich der Figuren aus der Geschichte – Ukko, der seinen Hammer schwang und dabei einen Rock aus Feuer und blaue Strümpfe trug. Aarni, der die verborgenen Schätze bewachte. Gutes und Böses, getan von interessanten, schillernden Personen, die in einem üppigen Land lebten ...

> Beherrscht von unbänd'ger Lust
> getrieben vom Drang einer Nacht,
> bin ich bereit nun zu singen,
> willig, das Lied zu beginnen,
> das uralte Lied unsres Volks,
> entstanden vor uralter Zeit ...

Hannah blickte sich um. Die Sonne ging rot über den Dächern auf, der Himmel war kobaltblau. Vögel sangen in den blühenden Bäumen. Weiter unten auf der Straße spielte ein Mann Flöte. Um ihn standen ein paar Leute und hörten ihm mit aufmerksamen, neugierigen Gesichtern zu.

Aus einem verdreckten Hausflur lugte ein Mann sehnsüchtig hinüber zu seinen Gefährten. Hannah wandte den Blick wieder zurück zu der alten Frau, die immer noch im Abfall stocherte. »Sprechen Sie Finnisch?« fragte sie auf finnisch.

»Wa ...?« antwortete die Alte.

Van Pelt schüttelte den Kopf. »Jemand hat einmal eine Füllfeder entdeckt, die zusammen mit Fossilien aus dem Präkambrium im Sedimentgestein eingebettet war. Man könnte die Behauptung aufstellen, daß irgendein Marsmensch sie bei einem Besuch hier, zirka zwei Milliarden Jahre vor Christus, verloren hat. Aber es gab eine vernünftige Erklärung dafür.«

Hannah lauschte seiner matten Stimme. Er wirkte müde und ausgebrannt. »Ja«, sagte sie leise, »aber das heißt noch nicht, daß nichts geschehen ist. Eine Erklärung wischt ja ein Vorkommnis noch nicht vom Tisch. Und erst einmal muß jemand es sehen, ehe er den Wunsch hat, es zu erklären. Manche Dinge verlangen auch eine andere Art von Wahrnehmungsvermögen als bloß das Hinsehen auf das, was in einem Fels begraben liegt.«

»Ich verstehe nicht, worauf Sie hinauswollen.«

»Genau das tut mir ja so leid«, sagte sie. Als sie ihn ansah, da hatte sie das unheimliche Gefühl, daß an jene Stelle in seinem Gehirn, wo er versucht hatte, den Sinn für Geheimnisvolles, für Zauber und naive Wissensgier abzutöten, jetzt etwas anderes einsickerte – etwas sehr Altes, Dunkles.

### Anmerkungen

1 Sinnloses Gestammel.
2 »Und die Kehlen der Lämmer zerschnitt er mit grausamem Erze …« (Homer, *Ilias*, 3,292).
3 »… dem Zurückgezogenen gerad in die Wurzel des Schlundes stieß er …« (Homer, *Ilias*, 17,47).
4 »Und im Schwung entsandte er den Speer und fehlte mit Vorsatz.« (Homer, *Ilias*, 10,372).
   Zitiert nach der Übersetzung von Johann Heinrich Voß, in der Ausgabe Homer, *Ilias*, Hamburg 1793.
5 Der ›Hinsinkende‹, ›Sterbende‹.

Originaltitel: ›GREEK‹ • Copyright © 1986 by Leigh Kennedy • Erstmals erschienen in ›Isaac Asimov's Science Fiction Magazine‹, Oktober 1983 • Mit freundlicher Genehmigung der Autorin und Thomas Schlück, Literarische Agentur, Garbsen • Copyright © 1994 der deutschen Übersetzung by Wilhelm Heyne Verlag, München • Aus dem Amerikanischen übersetzt von Biggy Winter

# AESOP

Vielleicht war es ein Fehler, daß ich mich, vor die Wahl gestellt zwischen Euthanasie und Experiment, dafür entschied, Versuchskaninchen zu spielen. Im nachhinein erscheint es verrückt, einfältig, möglicherweise auch feige. Ich gebe zu, ich hatte Angst; nicht vor dem Sterben, o nein, wir alle kennen aus dem Kabel die Bilder des unter dem Hammer zersplitternden Gummischlauchs, des Regenwurms, der wie ein Bleistift zerbricht, der den Anschein ihrer Schönheit bewahrenden roten Rose, die zerbröckelt wie mürbes Papier: nach einem nur Sekunden dauernden Bad in flüssigem Stickstoff. Es soll von einem Augenblick zum anderen geschehen, es heißt, man fühlt nichts. Nein, nicht davor hatte ich Angst, sondern... ich weiß nicht, vielleicht vor der Leere, die danach kommen mochte, vor dem endgültigen Auslöschen meines Denkens. Und so wählte ich, als sich mir diese scheinbar einmalige Gelegenheit bot, das, was ich in meiner Blindheit für das geringere Übel hielt.

Was mich, wie ich glaube, am meisten verwirrte, war die Tatsache, daß es so früh geschah. Ich bin erst achtundzwanzig Jahre alt, es sind also noch fast zwei Jahre, bis das Los überhaupt auf mich hätte fallen können. Natürlich habe ich mich hin und wieder beklagt, wenn Bedarfsabbau verkündet wurde, gemurrt, nur so vor mich hin, wie jeder andere auch, schließlich leben wir in einem freien, demokratischen Land; natürlich sah ich, bevor alles übers Kabel kam, auch Piratensender; natürlich habe ich – unter Freunden – ab und an gegen die Regierung gelästert (gegen wen auch sonst, es gibt schließlich keine Opposition mehr, seit wir die Große Koalition der Christnationalen Restdeutschen Union und der Freien Bayern Partei haben). Den Ausschlag gab, da bin ich ganz sicher, jener dumme Witz, den ich am Stammtisch erzählte, über das unverschämte Glück, das die Parteiführer ständig in der Lotterie haben, weshalb sie beinahe alle Greise sind. Dabei hat das doch, wie jeder weiß, den Vorteil, daß sie auf einen großen Erfahrungsschatz zurückgreifen können und mit überlieferten Traditionen richtig umzugehen wissen. Jetzt kann ich ihn wohl erzählen, ohne mit irgendwelchen Konsequenzen rechnen zu müssen: Ein Flugzeug über dem Atlantik. Plötzlich meldet sich der Autopilot und fragt, ob nicht ein Würdenträger an Bord sei. Und als sich tatsächlich einer zu erkennen gibt, ist der Com begeistert und meint, alle anderen sollten doch bitte eine Rettungsweste anlegen, es sei nämlich eine zu wenig an Bord. – Albern, ich weiß, welcher Parteiführer fliegt schon in einer Linienmaschine, und wenn, dann gibt es da sicher keine Unfälle und schon gar keine Schwimmwesten mehr; davon abgesehen würde ein Com nie so reagieren.

Das einzige, was ich zu meiner Entschuldigung sagen kann, ist, daß ich wohl schon ein paar Beutel zu viel gelutscht hatte an diesem Abend – das kann einem ja niemand verdenken – aber so etwas hätte einfach nicht passieren dürfen. Jedenfalls hat mich Havlíček hinterher eine Weile recht verdächtig angesehen, ich weiß es genau. Das war am Samstagabend. Am darauffolgenden Tag hatte ich das alles schon wieder vergessen, allzu große Bedeutung hatte ich diesem Ereignis, falls man eine solche Bagatelle überhaupt so nennen kann, ohne sie über Gebühr aufzuwerten, ohnehin nicht beigemessen, und so war ich wie vor den Kopf gestoßen, als am Morgen um sieben Uhr dreißig ohne mein Zutun die Wohnungstür aufglitt und ein energischer Beamter in der grünen Uniform der Ordnungshüter eintrat; ihm folgte der hiesige Vertrauensmann des Euthanasiezentrums mit der stilisierten weißen Schneeflocke auf der roten Armbinde. Ich sprang so heftig vom Frühstückstisch auf, daß ich mir das Schienbein schmerzhaft am Stuhl stieß, verharrte aber sofort in der Bewegung, als ich die auf mich gerichteten Handwaffen zweier weiterer Hüter sah. Der erste Beamte erklärte, ich sei verhaftet und mit der Durchsuchung meiner Wohnung einverstanden, bitte hier unterschreiben, und hier und da. Wie unter Betäubung begriff ich überhaupt nicht, was geschah, bis einer der Hüter tatsächlich einen Fetzen Papier fand, ein propagandistisches Flugblatt, wie sich herausstellte, und mir freundlich versprach, daß ich in einem fairen Prozeß verurteilt würde. Hilde saß reglos da und starrte durch mich hindurch. Der Vertrauensmann hatte kein Wort gesprochen, und als ich von zwei Ordnungshütern abgeführt wurde und wir nach draußen kamen, verstand ich auch, warum: Er war um das Ansehen seines Blocks besorgt, der jetzt von einer ganzen Brigade der Friedenswehr in Einmann-Igeltanks umstellt war, hinter denen sich Kamerateams drängten.

Jeden Eid bin ich zu schwören bereit: Ich weiß nicht, wie das hetzerische Flugblatt unter mein Bett gekommen ist. Vielleicht habe ich es unwissentlich an einem regnerischen Tag mit meinen Gummistiefeln dorthin gebracht, vielleicht hat Dieter Havlíček es dort versteckt oder sogar der Ordnungshüter: Alles ist möglich. Es ging darin, soviel ich weiß, um die Bedrohung durch Versuche mit einer sogenannten HX-Waffe, H für Wasser und X für experimentell, oder etwas Ähnliches, viel mehr stand wohl nicht darauf. O nein, ich habe es nicht gelesen, das alles erfuhr ich erst in der Gerichtsverhandlung. Sie fand am 29. Februar statt, acht Monate später. Monate der Untersuchungshaft,

die mir wie ein Tag erschienen, da ich sie in todesähn-
lichem, traumlosem Schlaf in einer der sargartigen Ge-
fängniszellen der Straffälligenbewahranstalt Passau
verbrachte. Die Verhandlung war wirklich sehr fair.
Richter Speckbeer war ein netter Herr Mitte Siebzig,
und er gab sich große Mühe, mich – und die anwesenden Reporter – von der Schändlichkeit meines Tuns zu
überzeugen, zeigte aber zugleich sehr viel Verständnis
für einen von propagandistischer Hetze Irregeleiteten,
wenn er auch mein volksverräterisches Handeln ab-
grundtief verurteilte (»Ihre Frau!« dröhnte er erbost,
als ich in meiner Verzweiflung die Vermutung äußerte,
das Flugblatt könnte von Hilde stammen. »Sie beschuldigen eine zuverlässige, konforme Bürgerin, die
selbst eine derjenigen war, die die Behörden informierte über Ihr Tun?«) und mich schließlich für die der
Schwere des Vergehens einzig angemessene Strafe bestimmte, die Euthanasie.

(Gerade hat Aihahílihim mir etwas zu Essen gebracht, einen grünen, spinatähnlichen Brei, der jedoch
fast geschmacklos ist und eher an zu weich gekochte
Möhren erinnert. Ob er von den Amis oder den Iwans
kommt? Wohl kaum, eher von Aihahílihims eigenen
Leuten. Während des Essens habe ich alles, was ich
bisher geschrieben habe, noch einmal gelesen. Merkwürdig: Immer noch sage ich Bedarfsabbau, wenn ich
Kürzung der Lebensmittelrationen meine, tue, als
müßte ich mich für jedes Wort und für alle meine damaligen Handlungen verantworten, und andererseits
sage ich Dinge, die mich früher das Leben gekostet
hätten – und beinahe ja auch haben – und äußere Ver-
dächtigungen, ohne darüber nachzudenken. Amüsiert
frage ich mich, ob die Restdeutschen sich auch heute
noch, wenn sie die Erde so sehen könnten, für die Wiedervereinigung mit dem vom kommunistischen Ter-
rorregime Frankreichs annektierten Elsaß-Lothringen
und mit den ehemaligen Schutzgebieten in Afrika und

der Südsee oder für die Eingliederung der Autonomen Wolgadeutschen Republik einsetzen würden? Hier sitze ich nun, ein ehemaliger Montageprogrammierer, zum Tod verurteilt und dann zum Leben, und schreibe meine Erinnerungen auf. Wofür? Um herauszufinden, was ich tun soll? Jetzt, wo ich vor einer Alternative stehe, die mindestens ebenso schwerwiegende Folgen haben kann, wie die zwischen Tod und Leben, Ende meiner Qualen des Wartens oder Anfang neuer Qualen als Versuchsobjekt, vor der ich – wie lange ist das nun her: Wochen? – stand, als …)

… als der Sarg, in dem ich lag, von einem Elektromotor getrieben, beinahe schmerzhaft langsam aus der Regalwand glitt und sich von der waagrechten in eine senkrechte Position zu drehen begann, dachte ich nur: »So, das war's also …« oder etwas in dieser Art. Schließlich konnte ich nichts anderes annehmen, als daß das Warten nun ein Ende haben würde und ich von der Straffälligenbewahranstalt ins E-Zentrum gebracht werden sollte. Doch der drahtige, grauhaarige Mann, der da vor mir stand und mich unverhohlen musterte, trug weder eine Ordnungshüteruniform noch die Euthanasieflocke, sondern einen kanariengelben Overall. Über seinem Herzen war der Schriftzug *Aesop* aufgenäht. Die hakenförmige Nase des Mannes sah aus, wie sich ein Junge, der in seinem Karl May schmökert, wohl die Nase eines feindlichen Indianers vorstellt; die Farbe seiner mehligen, mit Pigmentflecken übersäten Gesichtshaut hatte jedoch nicht die geringste Ähnlichkeit mit der dieser Rasse. Erst jetzt erkannte ich die Dienstgradabzeichen auf seinen Schulterklappen, Lorbeer und drei silberne Sterne, die zeigten, daß er im Rang eines Obersten stand. »Folgen Sie mir!« befahl er und schritt, ohne abzuwarten, den Gang hinunter. Einer der beiden Wärter, die breitbeinig dastanden, als wollten sie ihre Standfestigkeit demonstrieren, warf mir – da ich selbstverständlich nackt war – einen Overall zu und verschränkte die Arme vor der Brust, wie der andere es bereits getan hatte, bevor meine Zelle sich geöffnet hatte, so daß die beiden aussahen wie siamesische Zwillinge. Ich versuchte, sie nicht weiter zu beachten, und folgte, während ich mich bemühte, hüpfend in den Overall zu steigen, dem Oberst an den langen Regalreihen vorbei. Das Schienbein, das ich mir vor Monaten bei meiner Verhaftung aufgeschürft hatte, schmerzte immer noch, da die Drogen zwar nicht den Alterungsprozeß aufhielten, eine Nebenwirkung jedoch verzögerte Wundheilung war. Als ich den Reißverschluß hochziehend in die Eingangshalle kam, war der Oberst nicht zu sehen. Ein zeitungslesender Wachmann, der in einer Sicherheitsglaskabine saß, blickte nur kurz mißtrauisch auf und wies mit dem Daumen auf eine offene Tür, über der ein Leuchtschild mit dem Notausgangszeichen brannte. Da sich die Tür sonst nur im Notfall öffnen ließ, war ihr Schließarm durch einen Plastikkeil provisorisch blockiert. Die Tür führte ins Freie auf einen Hof. Der Himmel war mit schweren, grauen Wolken verhangen. Mitten im Hof stand ein grünlackierter Transporter der Ordnungshut, der mit Einwegscheiben verglast war, so daß das Innere vor meinen Blicken verborgen blieb. Einzelne Regentropfen fielen auf mein Gesicht, und während ich noch unschlüssig dastand, dröhnte wie ein Donnerschlag eine Stimme aus dem Wagenlautsprecher, die ich trotz der Verzerrung als die des Obersts zu erkennen glaubte: »Einsteigen!« Ich ging auf den Wagen zu, und im gleichen Augenblick fiel ein Regenschauer wie aus einem Wasserwerfer vom Himmel. Obwohl ich sofort losrannte, war ich, bevor ich die Hintertür des Wagens erreichte, bis auf die Haut durchnäßt. Als ich die Tür aufgerissen hatte und hindurchgesprungen war, schlug sie hinter mir zu und war auch durch heftiges Rütteln nicht mehr zu öffnen.

Als der Wagen anfuhr, wurde ich unsanft auf eine Pritsche gepreßt. Ich war, sagen wir, ziemlich nervös, trotz der Drogen, die die Anstaltssärge den Bewahrten automatisch injizierten; schließlich hatte ich nicht die leiseste Ahnung, was das alles zu bedeuten hatte. Sollte ich zur Euthanasie gebracht werden? Aber weshalb hatte mich dann kein Vollzugsbeamter des E-Zentrums abgeholt? Oder wurde ich in eine andere Bewahranstalt überführt? Doch wozu? Und was hatte diese seltsame Organisation damit zu tun, wie hieß sie noch? Im spärlichen Licht, das durch die Rückfenster fiel, untersuchte ich den Overall, den ich trug. Über der Brust befand sich das gleiche Abzeichen wie beim Oberst: *Aesop*. Und im Kreis darum stand die Abkürzung ausgeschrieben: *American European Spacial Offensive Protection*. Nicht, daß das irgendeine Bedeutung für mich gehabt hätte. Und in einer Brusttasche fand ich eine Id-Karte der *Aesop*, ausgestellt auf meinen Namen, Josef Krää, versehen mit meinem dreifachen Porträt in Vorderansicht und beidseitigem Profil. Ich beschloß abzuwarten, und versuchte, das Bewußtsein, daß mir nichts anderes übrigblieb, möglichst zu verdrängen.

Die Fahrt schien quer durch Passau zu führen; der Wagen wurde ständig beschleunigt und gebremst, mehrmals wurde die Fahrtrichtung geändert. Nach etwa einer halben Stunde hielt das Fahrzeug abrupt an. Als die Tür geöffnet wurde, nahm ich das als Aufforderung, auszusteigen. Draußen stand der Adlernasige; er drehte sich um, machte einen Schritt, um sich dann wieder mir zuzuwenden und in einer wohl eher unbewußten militärischen Haltung: »Mitkommen!« auszuspucken. Darauf machte er kehrt und ging auf eine Tür zu. Zwei gelbuniformierte Bewaffnete nahmen mich in ihre Mitte und gaben mir durch Gesten – sprechen konnten sie anscheinend nicht – zu verstehen, daß ich dem Oberst zu folgen hätte. Sie gingen

neben mir, einer links und einer rechts; an diesem Tag
schien ich ständig Zwillingen zu begegnen, aber vielleicht machte die identische Kleidung diese Ähnlichkeit so stark. Es hatte aufgehört zu regnen, aber da
meine Begleiter stur geradeaus marschierten, war ich
gezwungen, barfuß durch große Pfützen zu waten.
Füße und Hosenbeine wurden mit graubraunem
Schlamm beschmiert.

Der Oberst stand an der Tür. Auf einem ovalen, polierten Messingschild war eingraviert:

AESOP
Amerikanisch Europaeische
Weltraum Offensiv Abwehr
Abt. IVa

darunter glühte der Schriftzug ›FREI‹.

»In Ihrer rechten Brusttasche befindet sich eine Id-
Karte«, sagte der Oberst. »Sie warten, bis das Freizeichen aufleuchtet. Dann betreten Sie den Eingang,
stecken die Karte mit der orangefarbenen Seite nach
oben in Pfeilrichtung in den zugehörigen Schlitz und
legen Ihre rechte Hand auf den markierten Bereich. Sie
haben dafür zehn Sekunden Zeit und verlassen sofort
die Schleuse.«

Ohne abzuwarten ging er durch die Tür, die sich
automatisch für ihn öffnete und schloß. Als das erlo-
schene Freizeichen wieder aufleuchtete, stießen mich
meine beiden Begleiter auf die Tür zu, die sich vor mir
auftat. Kaum hatte ich die kleine, fahrstuhlähnliche
Kabine betreten, glitt die Tür hinter mir zu. Zehn Sekunden! Ich hörte förmlich, wie sie wegtickten. Karte.
Aus der Tasche. In den Schlitz. Halt! Orange oben.
Hand. Aufgemalte Handfläche. Wand gleitet. Zur
Seite. Raus!

Ein langer, kahler Korridor, links und rechts Türen
ohne Aufschrift. Keine Fenster. Deckenleuchten in re-

gelmäßigen Abständen tauchten den Gang in ein schattenloses Licht. Es war niemand zu sehen, der Oberst war verschwunden. Unschlüssig blieb ich stehen, bis einer meiner Begleiter aus der Schleuse trat.

»Was geschieht, wenn es länger als zehn Sekunden dauert?« fragte ich ihn, aber er starrte nur angestrengt an mir vorbei und schwieg. Als sein Kollege auftauchte, nahmen mich die beiden wieder in die Mitte und führten mich, ohne mich anzufassen, den Korridor entlang. Ihre Ärmel waren ohne Abzeichen, sie waren Gemeine Soldaten. Plötzlich, ich hatte wohl aus dem Augenwinkel eine Bewegung bemerkt und versuchte instinktiv, auszuweichen, stieß mir einer der beiden den Ellbogen in die Rippen. Der Schlag nahm mir den Atem, ich stolperte, stürzte und drängte mich, kriechend zurückweichend, an die Wand, doch das war überflüssig: Offenbar war der Stoß unabsichtlich geschehen, der Wächter, der mich angegriffen zu haben schien, wälzte sich am Boden, stampfte mit einem Fuß auf das Linoleum, mit dem anderen trat er nach nicht vorhandenen Bällen. Krampfhaft zuckte sein ganzer Körper. Dann wurden seine Bewegungen schwächer, verebbten. Schließlich lag er reglos da, ein Bein grotesk in die Luft gereckt wie eine tote Krähe.

Der andere Wächter hielt die Waffe, die bisher im Halfter gesteckt hatte, in der Hand. Er warf mir einen abschätzenden Blick zu und kniete neben seinem Partner nieder.

»Ich höre«, sagte er. »Ja, wieder ein Zusammenbruch bei einer …«, und dann: »Ja, verstehe. Jawohl.«

»Ich verstehe nicht«, antwortete ich. »Was meinen Sie?«

Er wandte mir kurz den Kopf zu und sah dann wieder seinen Partner an.

»Sofort.« Er redete im Tonfall eines Telefonierenden, und da begriff ich: Er sprach überhaupt nicht mit mir, sondern benutzte etwas wie ein Funkgerät.

Er riß den Klettverschluß am Hemd des Liegenden auf, dann drückte er den Zeigefinger seiner freien Hand rhythmisch, als morste er, auf das Brustbein. Surrend glitt eine Klappe zur Seite und gab eine Öffnung frei. Roboter! Die Wächter waren Androiden! Darum sahen sie sich zum Verwechseln ähnlich. Der zweite Automat steckte seine Hand in das Innere des ersten. Klackende Geräusche waren zu hören; es roch schwach nach Ozon.

»Autsch!« stieß der Wächter aus und riß seine Hand aus der klaffenden Öffnung. Er streckte seinen Mittelfinger von sich; ein dunkler Blutstropfen quoll neben dem Nagelbett heraus. Eine Grimasse schneidend steckte er den Finger in den Mund und saugte daran, dann stand er auf und winkte mir mit der Pistole, weiterzugehen.

Ich rappelte mich hoch, sah, während ich mich umwandte, wie er über die am Boden liegende Maschine stieg, und marschierte vor dem Lauf seiner Waffe her. Er brachte mich zu einer Tür, die sich für mich in nichts von allen anderen unterschied, stieß mich in einen Raum, der aussah wie ein Wartezimmer, und ließ mich allein. Natürlich versuchte ich, die Tür zu öffnen, aber sie war verschlossen.

Es gab keine zweite Tür und auch kein Fenster. Ich setzte mich auf einen der billigen, unbequemen Plastikstühle, die um zwei Tische angeordnet waren. Auf den Tischen lagen zerlesene Zeitschriften – *Deutsches Waffenjournal, Survival, Wehrtechnik-Magazin, Nahkampf heute* – und Informationsmaterial der Friedenswehr ordentlich aufgestapelt. An den Wänden hingen Plakate mit Aufschriften wie: ›Krieg ist unser Beruf, Frieden ist unsere Berufung‹, ›Jede Waffe hat ihren Preis, doch Freiheit ist unbezahlbar‹ oder ›Friedenswehr – eine tolle Truppe‹. Die Hälfte einer Wand wurde eingenommen von einem roten Coca-Cola-Automaten, und plötzlich stellte ich fest, wie durstig ich war. Doch es war ein Geldscheinautomat, und ich hatte nichts, womit ich hätte bezahlen können.

Nervös begann ich, in einer der herumliegenden Illustrierten zu blättern. Es war eine Fachzeitschrift für Sportfischer, und ich erfuhr manches über das Fischen von Äschen, die man keinesfalls mit Trockenfliegen ködert, wenn mir auch das meiste unverständlich blieb, beispielsweise, warum beim Nymphenfischen zur Regulierung der Sinkgeschwindigkeit Sinkleinen dem Bleischrot vorzuziehen sind. So verstrich die Zeit, und ich wurde gewahr, wie ich immer unruhiger auf der harten Sitzfläche des Stuhls hin- und herrutschte und immer weniger von den Berichten, die ich las, erfaßte.

Es schien Stunden zu dauern, bis eine Frauenstimme aus einem Lautsprecher meinen Namen nannte. Nachdem sie ihn wiederholt hatte, erschien ein leuchtender Pfeil auf dem Boden, von der Decke auf das Linoleum projiziert, und die Stimme forderte mich auf, dem Wegweiser zu folgen. Der Pfeil wies zur Tür. Sie war jetzt unverschlossen, und ich trat hinaus auf den Korridor, wo mehrere Pfeile nacheinander aufgeblendet wurden, um mich zu einem Aufzug zu führen. Er fuhr abwärts.

Durch weitere Gänge gelangte ich schließlich in ein Bad, wo man mich hieß, eine Dusche zu nehmen. Ich streifte den Overall ab und betrat die Duschkabine, und sofort schoß ein heißer Schauer aus der Brause. Zunächst war es fast schmerzhaft, doch wenige Augenblicke später schloß ich die Lider und genoß den warmen Regen. Dann seifte ich mich ein.

Nach monatelanger Reglosigkeit in einem Anstaltssarg waren meine Muskeln verkümmert, und der Weg durch die langen Korridore hatte mich erschöpft, so daß ich nahe daran war, im Stehen unter dem wohltuenden Regenguß einzuschlafen, doch da wurde das Wasser eiskalt, und der Strom versiegte.

Jemand hatte Handtücher bereitgelegt, Unterwäsche, Schuhe und einen frischen Overall. Ich frottierte mich ab, fönte meine Haare unter einem Heißlufttrockner an der Wand, zog mich an, steckte meine Id-Karte ein und wartete. Es dauerte nur ein paar Sekunden, bis wieder Pfeile auf dem Boden erschienen.

Sie führten mich erneut in ein Wartezimmer, das sich kaum von dem anderen, mehrere Stockwerke höher gelegenen, unterschied: Die Plakate waren anders angeordnet, der Getränkeautomat fehlte.

Bald mußte ich wieder den Pfeilen folgen. Langsam erschien mir das Ganze lächerlich. Konnten sie nicht einfach die Räume numerieren? Was sollte das alles? Und wer waren ›sie‹?

Ich gelangte in eine Umkleidekabine, wo ich mich ausziehen mußte. Die Kabine hatte zwei gegenüberliegende Türen. Durch die eine hatte ich sie betreten, durch die andere kam ich in einen Untersuchungsraum. Eine Krankenschwester hantierte an einem Labortisch an der Wand geräuschvoll mit irgendwelchen Instrumenten. Ich sah nur ihren Rücken. Sie nahm keine Notiz von mir.

Hinter einem klobigen Stahlschreibtisch saßen drei Ärzte. Sie unterschieden sich äußerlich kaum voneinander; einer trug eine Brille, die aus Flaschenböden gemacht zu sein schien, der zweite hatte ein Stethoskop um den Hals, der dritte sprach in ein Diktaphon. Grußlos ließen sie mich Platz nehmen und stellten einige Fragen über mein Befinden und über Kinder- und Geschlechtskrankheiten (mit Sicherheit waren all diese Informationen in dem Datenspiegel, den sie vor sich liegen hatten, verzeichnet). Dann begannen sie mit der Untersuchung. Sie stellten mein Gewicht fest und meine Körpergröße (dabei maßen sie zwei Zentimeter zu wenig), ermittelten meinen Blutdruck, bevor und nachdem ich zehn Kniebeugen gemacht hatte, und mein Atemvolumen. Ich mußte bei immer kleiner werdenden Dreiviertelkreisen auf einer Wandtafel erkennen, in welche Richtung sie geöffnet waren, auf einem Videoschirm kleine Kreuze miteinander zur Deckung bringen, Ufos abschießen und eine simulierte Rennstrecke entlangfahren. Die Schwester kratzte mit einem Holzspatel Speichel aus meinem Mund. Die Ärzte ließen mich mit dem Rücken zu ihnen gewandt stehen, mich vorbeugen und die Gesäßbacken mit den Händen auseinanderziehen. Dann wurde ich auf eine Liege geschnallt und ein großer, schwerer Apparat, der von der Decke hing, beobachtete mich aus runden, schwarzen Glotzaugen.

»Was hat das alles zu bedeuten?« fragte ich, als der Apparat begann, von oben nach unten und von einer Seite auf die andere zu fahren.

»Bleiben Sie still liegen und rühren Sie sich nicht«, antwortete die Schwester, eine überflüssige Bemerkung, denn die Gurte ließen mir kein Haarbreit Bewegungsfreiheit. Die Ärzte hatten den Raum verlassen. Mit maschinenhafter Geduld fuhr die Apparatur über mir her. Sie hatte am Kopfende begonnen und war, wie mir ein Blick auf die Ziffern einer der allgegenwärtigen Wanduhren zeigte, vierzig Minuten später an den Zehen angelangt.

Einer der Ärzte kam zurück und begann, Daten von der Konsole des Apparats abzulesen und Notizen auf ein Formular zu kritzeln. Die Krankenschwester löste die Gurte, und ich setzte mich auf. Dann kam sie mit einer Spritze wieder und band meinen linken Arm ab. Sie klatschte mit den Fingern der flachen Hand auf meine Armbeuge und stieß ein paarmal die Kanüle hinein. Doch sie hatte keinen Erfolg und bohrte darum die Nadel in meinen Handrücken. Langsam saugte sie ein paar Kubikzentimeter Blut durch die Hohlnadel ins Innere der Spritze, dann setzte sie eine weitere an die Kanüle und wiederholte die Prozedur. Als die zweite Spritze voll war, brachte sie beide zu ihrem Labortisch.

»So«, sagte der Arzt und kam auf mich zu. »Gleich sind wir so weit.« Er nahm zwei gläserne Meßbecher und drückte mir einen in jede Hand: »Wir brauchen nur noch eine Sperma- und eine Urinprobe. Gehen Sie bitte in die Kabine dort.« Er wies mit dem Kopf die Richtung. »Wenn Sie Unterstützung benötigen...«, fuhr er grinsend fort und ging zu seinem Schreibtisch. Er öffnete eine Schublade, nahm ein Magazin heraus – eine Ausgabe des *Penthouse* – und klemmte es mir unter die Achsel.

Karbolgeruch stieg mir in die Nase, und mir wurde übel.

(Es ist schön, zu schreiben, zu sehen, wie das Papier Zeile für Zeile, Blatt für Blatt bedeckt wird ... aber es fällt mir auch schwer. Nicht so wie zu Anfang, wo ich Mühe hatte, Wort an Wort zu reihen; um mich herum liegt auf dem Boden zerknülltes Papier wie ein Haufen alter Tennisbälle, der Stapel dieses Manuskripts ist erst ein paar Millimeter dick. Nein, es ist schwer, bei den Tatsachen zu bleiben, die Dinge wiederzugeben, wie sie wirklich waren. Es ist nicht so, daß ich mich nicht daran erinnere, aber ich bin immer wieder versucht, zu beschönigen, Peinlichkeiten zu unterschlagen, und es ist sehr anstrengend, dieser Versuchung zu widerstehen, obwohl ich weiß, daß ich nur für mich selbst schreibe und niemals jemand etwas davon lesen wird.)

In den folgenden Tagen wurde ich ständig von Lautsprecherstimmen gesteuert. Sie dirigierten mich immer wieder in eine Turnhalle, wo ich die Zeit mit Körpertraining verbrachte, morgens, mittags und abends in die Kantine, und nachts in den Schlafsaal, in dem nach meiner Schätzung etwa tausendzweihundert Soldaten einquartiert waren. Wenigstens das Essen war überraschend gut und reichlich, doch das trug nur dazu bei, mir dreimal täglich das Gefühl zu vermitteln, meine Henkersmahlzeit zu mir zu nehmen. Noch immer hatte ich keine Ahnung, was mir bevorstand.

Am Sonntag beim Gottesdienst sprach der Pfarrer vom Kampf David gegen Goliath. Der König hatte dem, der den Philister besiegte, Geld, Tochter und Steuerfreiheit versprochen. Doch nicht das war es, was David interessierte; es war vielmehr Goliaths Unverfrorenheit, die Soldaten Gottes herauszufordern. Als nun beim Zweikampf der Riese mit ehernem Helm und Schuppenpanzer, mit Schwert und weberbaumgroßem Wurfspieß angriff – erst dann, so stand es im Buch Samuel – nahm David einen Stein aus der Tasche, schleuderte ihn und traf den Philister am Kopf. Der Stein drang in die Stirn ein, so daß Goliath aufs Gesicht zu Boden stürzte (ein Sinnbild natürlich – der Philister wirft sich vor David in den Staub –; mit solcher Wucht getroffen müßte er selbstverständlich nach hinten fallen. Jedenfalls müssen Argumente, die sich vier Jahrtausende lang halten, richtig sein. Was will uns das sagen? Ganz einfach: Nicht nur im Western schießt der gute Bursche als zweiter und trifft als erster – waffentechnische Überlegenheit ist gleichbedeutend mit moralischer.)

Die Stimmen hatten mir Sprechverbot erteilt und mich scharf zurechtgewiesen, als ich einmal erfolglos versuchte, dagegen zu verstoßen und mit dem Soldaten auf dem Nachbarlager, der aber beharrlich schwieg, ein Gespräch zu beginnen, so daß ich, obwohl ich mit Hunderten von Menschen zusammentraf, doch mit niemandem reden konnte, sondern mich auf das Zuhören beschränken mußte. Nur wenige der Gesprächsfetzen, die ich aufschnappte, waren aufschlußreich, insbesondere was meine eigene Situation betraf; ich war ein Außenseiter, unter der Masse durch das Sprechverbot und die permanente Überwachung doch so isoliert wie in einer Einzelzelle. Die Gespräche handelten von Frauen und Vorgesetzten, Sport und Spiel und ähnlichen Banalitäten: einem aktuellen Tanzfilm; der Tirol-Krise – bei Verona war es erneut zu

Grenzzwischenfällen und Scharmützeln mit den Venezianischen Streitkräften gekommen –; von einer Ufo-Hysterie, die aufgeflammt war, als Astronomen ein unbekanntes Objekt in Uranusnähe entdeckt hatten, worauf massenhaft zigarren- und frisbeeförmige fliegende Untertassen und Metallzeppeline über Detroit, Lissabon, Bombay und wer weiß wo sonst noch gesichtet wurden; Max Schmeling war vor genau einhundertfünfzig Jahren erster nichtamerikanischer Boxweltmeister geworden, und Sport- und Unterhaltungsshows schlachteten diese Tatsache gehörig aus. Es war offensichtlich, daß die Soldaten nichts über mich und den Grund meiner Anwesenheit wußten, zum Schweigen verpflichtet oder einfach nicht daran interessiert waren.

Nein, das stimmt nicht ganz. Beim Frühstück am Mittwoch, bei Kaffee und Käsecroissants im Speisesaal, hörte ich etwas, das mich durchaus betraf. Zu diesem Zeitpunkt war es mehr ein unbestimmtes Gefühl, doch heute weiß ich natürlich, wieviel es mich anging.

Niemand kam an meinen Tisch, und wenn ich an einem Platz nahm, an dem bereits Leute saßen, standen alle auf und gingen zu einem anderen. An diesem Tag setzten sich zwei Stabsunteroffiziere an den Nebentisch, ohne mich zu bemerken.

»... warum Oldenburg« – ich bin sicher, er nannte diesen Namen – »seine Meerschweinchen selbst auswählt?« fragte einer den anderen, während er sein Tablett zurechtrückte. »Es ist doch so unnötig wie ein Kropf, daß er in die Gruft fährt.«

»Wissen Sie, ich stelle mir das so vor: Er ist wie ein Feinschmecker, der im Aquarium eines Restaurants einen lebenden Hummer aussucht, dem er, nachdem er gesotten wurde, das Fleisch aus dem Panzer saugt, während die anderen mit Stielaugen zusehen und mit den Scheren winken.« Er lachte.

Sein Gegenüber hatte mich in diesem Augenblick entdeckt. Er deutete, ohne mich anzusehen, unauffällig mit dem Kaffeelöffel auf mich, und die beiden brachten das Gespräch auf einen Farmer in Oregon, der bei einem Aufenthalt an der Küste in einem geheimnisvollen Nebel von kleinen lila Männchen entführt worden und Tage später auf einer seiner Weiden im Willamette Valley wieder aufgetaucht war.

Aber eines hatte ich begriffen: Der Hummer, der in siedendes Wasser geworfen werden sollte, war ich.

Dann wurde die tägliche Routine zwischen Turnhalle, Kantine und Schlafsaal unterbrochen. Ich wurde in einen Vorführraum dirigiert, in dem zwei Dutzend Reihen gepolsterter Stühle standen; doch ich blieb allein. Inzwischen fühlte ich mich wie eine Flipperkugel, hin- und hergestoßen, ohne zu wissen wozu und wohin, und ohne etwas dagegen tun zu können.

Der Wandschirm wurde hell, ein Film begann. Wie in einer Schulfernsehsendung wurden physikalische Experimente vorgeführt: elektromagnetische Induktion, ein durch Strom ausgelenktes Magnetpendel. Aber auch spektakulärere Demonstrationen: Im Deutschen Museum in München wurde ein Mann gezeigt, der in einem kugelförmigen Metallkäfig saß, einem Faradaykäfig. Grellweiße Blitze zuckten, leckten am Gitter, doch das künstliche Gewitter gelangte nicht ins Innere.

Nach dieser Einleitung wurde eine Neuentwicklung vorgestellt. Der Name des Erfinders klang französisch, wie *à devoir* oder *à deux vares,* am ehesten wie *Ah-devare.* Merkwürdig, dachte ich, daß ein Franzose, ein Feind … nun ja, vielleicht ein Überläufer, und schließlich gehört Frankreich auch zur Europäischen Gemeinschaft, irgendwie.

Adevare hatte eine Methode entwickelt, Gravitationsfelder abzuschirmen, so wie der Faradaykäfig elektromagnetische Felder ausschloß. Und, so die Theorie, oder zumindest, was ich von der Erläuterung verstehen konnte, wie Magnetfelder Strom induzierten, induzierten Schwerkraftfelder – Zeit.

Mit anderen Worten: Im Adevare-Käfig blieb die Zeit stehen.

Käfig war nur eine Bezeichnung im übertragenen Sinn. Zwei Schalen, Halbkugeln, eine auf dem Boden, eine an der Decke montiert, bildeten das Projektionsgerät für das Stasisfeld. Das Feld in dem Gerät, das gezeigt wurde, war zylinderförmig und umschloß etwa das Volumen einer Bigfonzelle. Nach dem Einschalten entstand ein grüner Schimmer, fluoreszierend schien die Luft aufzuglühen, dann wurde der Bereich zwischen den beiden Schalen innerhalb eines Augenblicks dunkel, schwarz. Die Schwärze war absolut, kein Glanzlicht, kein Schimmer, keine Schattierung war zu erkennen; es war, als hätte jemand ein Loch in die Welt geschnitten. Dann, nach einigen Sekunden ein Peitschenknall, der pechschwarze Zylinder wurde zu gefrorenem Quecksilber, zu einem vollkommenen Spiegel, der die Umgebung verzerrt, doch mit exakter Wiedergabe des einfallenden Farbwerts reflektierte: Stasis. So blieb es bis zum Ausschalten, dann glitten Muster in allen Farben des Regenbogens über den Zylinder, Farbspiele wie auf einer Öllache. Die Oberfläche wurde milchig-trüb, bis sie sich mit einem dumpfen Knall wie von einer halberstickten Explosion auflöste. Was blieb, war ein feiner Nebel aus Wassertröpfchen dort, wo der Zylindermantel sich befunden hatte.

Schweinchen waren zu sehen, Similes, dem Menschen physisch möglichst ähnlich; Ferkel, wie es schien, doch in Wirklichkeit, wie beiläufig bemerkt wurde, ausgewachsene Zwergschweine, eine spezielle, handliche Laborzüchtung: Diese Tiere wurden in den Adevare-Käfig eingeschlossen, und tatsächlich waren die Uhren, die man ihnen ans Ohr geheftet hatte, stehengeblieben. Phantastisch – wenn es mehr war als ein simpler Filmtrick. Die Versuche fanden in Raumstationen statt, entfernt vom Massekörper Erde, um dem Schwerkrafteinfluß zu entgehen.

Doch es gab auch Probleme. Laborratten wurden gezeigt, die durch komplizierte Irrgärten liefen, an deren Ende ein Stück Käse wartete, wobei sie gekonnt Stellen auswichen, an denen sie Elektroschocks erhalten hätten. Doch einige Tage nach dem Aufenthalt im Adevare-Käfig rannten sie ziellos durch das Labyrinth, oder sie blieben einfach am Eingang sitzen und putzten sich mit den geschickten Pfoten die Barthaare. Siebzig Prozent aller Versuchstiere, hieß es, reagierten so unerwartet. Und da unter dem Einfluß des Feldes die Zeit erstarrte, eine vollständige Stasis eintrat, mußte die Schädigung während des Übergangs vom normalen Zeitablauf zum Stillstand oder zurück eintreten.

In Realtricks wurden sinnvolle Nutzanwendungen vor Augen geführt: Unfallopfer, die während des Krankentransports nicht mehr verbluteten, Autofahrer, die einen Zusammenstoß überlebten, weil sich im Augenblick des Aufpralls das Feld einschaltete, Erste-Klasse-Abteile in V-Bahnen und Linienraumschiffen, in denen Reisende ohne Zeitverlust – zumindest, ohne älter zu werden – Tausende oder Millionen Kilometer zurücklegten.

Damit endete der Film.

Das geschah am siebten Tag meiner Anwesenheit in den unterirdischen Räumen der *Aesop.* Am selben Abend brachten mich die Wegweiser noch einige Stockwerke – mindestens drei – tiefer in einen Saal, der kaum kleiner zu sein schien als die Turnhalle. Doch die Wände waren holzgetäfelt, in der Mitte des Raums stand unter einem antiquierten Kronleuchter ein ovaler Tisch wie ein Gebirgsplateau, dahinter, am gegenüberliegenden Ende, saß der Oberst in seiner schreiendgelben Uniform. Er spiegelte sich im Tisch wie der König auf einer Spielkarte, wenn auch seitenverkehrt. Neben ihm stand ein Zivilist, der so klein war, daß ich zunächst annahm, er würde ebenfalls sitzen. Ich schritt um den Tisch auf die beiden zu, was Minuten zu dauern schien. Zwei Drittel der Wand, der ich mich nun näherte, wurden von einem Fenster eingenommen. Draußen war eine Küste zu sehen, Menschen, die wie Schlafwandler den Strand entlang gingen oder über das glitzernde Meer starrten. Eine Handvoll kreischender Möwen kreiste über einem schwarzen Fleck, der im schwachen Licht der untergehenden Sonne nicht zu erkennen war; vielleicht war es ein Teerklumpen oder ein Kadaver. Die Sonne hing wie eine Scheibe aus glühendem Eisen am Himmel und stach mit einer leuchtenden Speerspitze, die auf dem Wasser lag, danach. Raunende Wellen brachen sich träge, wie ermüdet von ihrem Tagewerk, am Strand. Es wirkte so realistisch, schien so plastisch, daß ich mich hätte täuschen lassen, hätte ich nicht gewußt, daß sich die Erdoberfläche über uns befand.

Als ich angekommen war, stellte der Oberst sich vor. Sein Name war Oldenburg, und das stand auch, wie ich jetzt lesen konnte, auf der Id-Karte, die an seine Brust geheftet war. Dann wies er auf den Zivilisten, der einen braunen, zu weiten Anzug trug. Der Stoff hing wie ein Sack an ihm, schlotterte an Armen und Beinen, und doch war es angenehm, nach Tagen endlich wieder einmal jemanden zu sehen, der nicht mit gelbem Leuchtstift bemalt zu sein schien. Die Id-Karte hing schief an seiner Brusttasche.

»Das ist Professor Mehmet Kemal Adıvar«, sagte der Oberst.

»Mehmet?« fragte ich entsetzt. »Ein Ka... ein... ein...«, stotterte ich, doch ich fing mich rasch: »... ein Türke? Also arbeiten Sie mit Türken zusammen? Ich meine, schließlich sind es die Türken gewesen, die unser Land beinahe durch ihre heimtückische Infiltration vernichtet hätten! Was glauben Sie, wo wir heute wären, wenn unsere Regierung nicht energisch dagegen eingeschritten wäre?« Gewohnheitsmäßig haspelte ich den Text herunter. »Wer ist denn schuld daran, daß jeden Tag Tausende von Männern und Frauen, die das dreißigste Lebensjahr erreicht haben, durch das Los für die Euthanasie bestimmt ...«

»Halten Sie den Mund!« schrie O. lauter als nötig. »Das Türkische Reich ist unser militärischer Bündnispartner! Solche friedenswehrkraftzersetzenden Reden will ich hier nicht mehr hören, verstanden!« Etwas weniger scharf fuhr er fort: »Im übrigen waren es in der Hauptsache Kurden, die unser Land überschwemmten, Asylanten und andere dunkle Elemente.«

»Aber ich dachte ...«

Er unterbrach mich, indem er mit der Faust auf den Tisch schlug und rief: »Wer hat gesagt, daß Sie denken sollen?«

Blitzartig erkannte ich, daß meine Chance gekommen war, endlich zu erfahren, was hier gespielt wurde, und achtete gar nicht darauf, wie wütend er war. »Was dann?« fragte ich.

»Wie bitte?«

»Was soll ich sonst tun, wenn nicht denken? Wozu bin ich hier? Weshalb haben Sie mich aus der Straffälligenbewahranstalt geholt?«

Im selben Augenblick biß ich mir auf die Lippe, doch zu meinem Glück bekam er sich langsam wieder unter Kontrolle. Ich sah förmlich, welche Mühe es ihn kostete, sich zu beherrschen.

»Setzen Sie sich!« preßte er hervor. Ich gehorchte. Er stand auf und trat zu einem Barschrank. Dort nahm er ein Glas, warf ein paar Eiswürfel hinein und goß aus einer halbvollen Flasche Whiskey dazu.

»Bourbon?« fragte er mich. Adıvar hielt bereits ein Glas mit einer milchigen Flüssigkeit in der Hand.

»Nein, vielen Dank«, antwortete ich. »Aber wenn Sie etwas zu lutschen hätten…?« Er griff in die Bar, brachte eine Kristallschale zum Vorschein, die mit braunen und schwarzen Lutschtabakbeuteln gefüllt war, und stellte sie vor mich hin. Ich nahm einen sandfarbenen Beutel, riß die Cellophanhülle ab, steckte sie in die Brusttasche und den Tabakbeutel in den Mund. Kaum hatte ich ihn mit der Zunge in die Wange geschoben, fühlte ich mich schon wohler.

»Ist Ihnen mein Leben denn so viel wert?« wollte ich wissen.

Zum erstenmal ergriff Adıvar das Wort. Er sprach durch die Nase. »Als Sie hier ankamen, fragten Sie das Wachpersonal, was Sie zu erwarten hätten, wenn das Zeitlimit von zehn Sekunden in der Eingangsschleuse überschritten würde«, sagte er. Er war erstaunlich gut informiert. »Nun, Sie wären in der Schleuse automatisch gegrillt worden, wie das halbe Hähnchen, das Sie heute zu Mittag hatten.« Selbst das wußte er. Die Erinnerung an den Anstaltssarg, in dem ich ebenfalls automatisch wie am Spieß gewendet worden war, um Wundliegen zu verhindern, machte mich frösteln. Zwar erinnerte ich mich wegen der Drogen nicht bewußt daran, aber die Tatsache stand mir nur zu deutlich vor Augen. »So viel ist uns Ihr Leben wert, Krää.«

»Sie haben den Film über das Stasisfeld – den Adıvar-Käfig – gesehen«, warf O. eilig ein. »Unser Problem ist, daß zwei Drittel der Versuchstiere, wenn sie aus der Stasis kommen, völlig unberechenbar reagieren. Das heißt, wir brauchen menschliche Probanden.«

Mein Magen krampfte sich zusammen, und ich steckte rasch, nachdem ich mit zitternden Fingern die Hülle abgerissen hatte, einen schwarzen Beutel in den Mund, obwohl der erste längst nicht ausgelutscht war. »Aber ich…«

O. fiel mir hastig ins Wort. »Bevor Sie weiterreden: Niemand zwingt Sie zu irgend etwas, Krää, wir leben

schließlich in einem freien, demokratischen Land.«
Er sagte es völlig ohne jede Ironie. »Sie haben die
Wahl...«, fuhr er fort. »Sie unterstützen uns, wobei Sie
das Risiko eines irreversiblen Schadens mit einer
Wahrscheinlichkeit von zwei zu eins eingehen, und
werden begnadigt zu lebenslanger Haft – und lebens-
lang umfaßt hier die übliche Lebensspanne, einschließlich der Anwendung des Losverfahrens, oder...« –
hier machte er eine Kunstpause – »oder Sie verlassen
uns und werden dem finalen Strafvollzug zugeführt. –
Sie müssen sich nicht sofort entscheiden«, wehrte er
ab, als ich etwas sagen wollte. »Sie haben bis morgen,
sieben Uhr vormittags, Zeit.«

Die Beutel wirkten nur langsam, erregt sprang ich
auf und lief hin und her. Das Fenster zeigte inzwischen
eine andere Aussicht: schiefergraues Meer, und darüber thronten Steilwände aus grauweißem Eis. In diesem Augenblick kam Bewegung in die reglosen Massen; mit einer Bedächtigkeit, die an erwachende Riesen
gemahnte, brach rumorend ein haushohes Stück ab,
schwebte hinunter, tauchte ins Wasser, gewaltige
Fontänen in die Höhe schleudernd. Der Gletscher
hatte gekalbt.

Nachdenklich schob ich die beiden Beutel von einer
Backe in die andere. *Black Nites* war ich nicht gewohnt,
ich fühlte mich benommen; bläuliche Rauchschwaden
schienen vor meinen Augen zu wabern. Unangenehme
Sekunden der Stille ließen die Luft erstarren wie Fett-
augen auf erkaltender Brühe. Das war es also. Mir
blieb die freie Wahl, als Hummer im kochenden Wasser zu enden, oder als tiefgekühltes Suppenhuhn.

Um das Schweigen zu brechen, begann ich: »Dieser
Adıvar-Käfig... von Physik habe ich kaum eine Ahnung, aber die Erläuterungen im Film erschienen mir
doch sehr abstrus.«

Adıvar grinste hämisch. »Verstehen Sie den Bethe-
Weizsäcker-Zyklus? Nein, trotzdem gebrauchen Sie

Atomstrom. Und ebenso können Sie den Käfig nutzen, ohne etwas davon zu verstehen.«

»Aber was ich nicht begreife, ist, weshalb sich die *Aesop* dafür interessiert. Was ich sagen will, wie kann man ein Stasisfeld militärisch nützen?«

»Junger Freund«, meinte Oberst O. väterlich-gönnerhaft, während er die Augen zusammenkniff und seine Nasenflügel sich weiteten. »Es gibt keine Erfindung des menschlichen Geistes, die nicht zur Friedenssicherung beitragen könnte. Das beginnt mit dem Brotmesser, mit dem man jemandem die Kehle durchschneiden kann, und dem Briefbeschwerer, der sich ausgezeichnet zum Einschlagen von Schädeln eignet, und geht bis zur Atombombe, deren Vorhandensein allein uns den bisher längsten Frieden in unserem Land sichert, und das seit beinahe einem halben Jahrhundert.«

Ich widersprach ihm nicht. Schließlich konnte ich ihm nicht sagen, daß ich mich an einen uralten Film aus den siebziger Jahren des letzten Jahrhunderts erinnerte, den ich in einem Feindsender gesehen hatte, und in dem jemand genauso argumentiert hatte. In den siebziger Jahren! Wenn man bedenkt, daß in Deutschland von 1870 bis zum Ersten Weltkrieg Frieden herrschte, eine etwas ungewöhnliche Rechnung. Und seit dem deutsch-deutschen Friedens- und Freiheitskrieg sind erst einundvierzig Jahre vergangen. Wollte nicht auch Nobel mit seinem Nitroglycerin Kriege verhindern? Ein amerikanischer Präsident – Truman oder Roosevelt? – hatte den Zweiten Weltkrieg als den Krieg bezeichnet, »der alle Kriege beendet« – oder war es der Erste Weltkrieg gewesen? Und die Zwischenfälle in Südtirol vor einigen Tagen hielt Oldenburg offenbar für bedeutungslos.

»Also, bitte«, sagte er, als ich schwieg. »Nennen Sie mir irgendeine Erfindung, für die sich keine militärische Verwendung finden ließe!« Er trank einen Schluck Bourbon.

»Kühlschrank«, sagte ich.

O. brach in meckerndes Gelächter aus und setzte sein Glas so hart auf den Tisch, daß ein Eiswürfel heraussprang und auf den Boden fiel.

»Kühlschrank!« prustete er. Winzige Tröpfchen sprühten aus seinem Mund. »Wissen Sie, wie viele B- und C-Waffen wir haben, die tiefgekühlt werden müssen? Und woher, glauben Sie, stammt die Kühltechnologie? Kühlschrank, also wirklich. Fällt Ihnen denn nichts anderes ein?«

Der Informationsminister kam mir in den Sinn, der einige Tage vor meiner Verhaftung bei einem Attentat durch einen Kopfschuß erblindet und dem kurz darauf ein Computer implantiert worden war, der ihm seine Sehfähigkeit zumindest teilweise wiedergegeben hatte. »Was ist mit Sehprothesen?« fragte ich.

»Auch kein sehr gutes Beispiel«, antwortete Adıvar. »Das Sehen – Mustererkennung und Bildverarbeitung, um genau zu sein – wird seit einem Jahrhundert in Cruise Missiles eingesetzt, die den Weg in feindliches Gebiet sehen, erkennen und so das Ziel selbständig anfliegen. Und was den Anschluß beispielsweise eines Sichtsystems an ein menschliches Gehirn angeht, das ist…«

»Das ist«, unterbrach Oldenburg mit einem angewiderten Blick auf Adıvar, »*geheim*. Aber jedenfalls von *außerordentlicher* militärischer Bedeutung.«

»Was ist mit anderen Dingen?« fragte ich. »Mit nichttechnischen Errungenschaften? Kunst, Musik?«

Der Oberst lachte heiser und begann zu pfeifen. Ich erkannte die Melodie, und unwillkürlich bildeten sich Worte in meinem Kopf: *Vor der Kaserne, vor dem großen Tor, stand eine Laterne, und steht sie noch davor…*

Wieder zeigte das Bild, das im Fenster zu sehen war, einen anderen Ort. Eine Wüste. Gelbbraune Sanddünen erstreckten sich bis zum Horizont, an dem eine Karawane vorbeizog, zwölf, fünfzehn Kamele, die schaukelnden Höcker über und über bepackt, setzten behäbig einen Fuß vor den anderen, und im Vordergrund spiegelte sich in von Hitze glasierter Luft eine Fata Morgana, eine unwirkliche, palmenlose Oase, eine kleine, eisglatte Wasserfläche, trügerische und vielleicht tödliche Täuschung für Verirrte in dieser lautlosen, sonnenüberfluteten Hölle.

Waren das Übertragungen oder Aufzeichnungen? Oder vielleicht Simulationen?

»Das Stasisfeld«, erinnerte ich den Oberst. »Was kann die *Aesop* damit anfangen?«

Oldenburg zog die Brauen nach oben. »Nun, das Naheliegendste ist wohl das Einschließen von Feindbomben in das Feld, um ein Explodieren zu verhindern. Das hat übrigens einen interessanten Nebenaspekt: Wie Sie wissen, darf niemand gegen sein Gewissen zum Kriegsdienst mit der Waffe gezwungen werden. Mit dem Stasisfeld haben wir bald eine weitere Defensivwaffe, an der verteidigungsdienstleistende Kriegsdienstverweigerer arbeiten können, ohne gegen diesen Grundsatz zu verstoßen, wie sie es bereits im Sanitätsdienst, an der Flak, als Besatzungsmitglieder von SDI-Satellitenstationen usw. tun.« Und da der Verteidigungs- wie der Zivildienst nicht wie der Kriegsdienst auf fünf Jahre beschränkt, sondern, um die Glaubwürdigkeit und Ernsthaftigkeit der Gewissensentscheidung zu überprüfen und Wehrungerechtigkeiten durch Reservebereitschaft zu vermeiden, eine lebenslange Verpflichtung war, blieb genug Zeit, die Kriegsdienstverweigerer auch an komplexen Geräten auszubilden. Das Ganze entbehrte nicht einer gewissen Logik.

»Chemische Reaktionen in unseren eigenen Mehrkomponentenkampfstoffen können bis zum Einsatz verzögert werden, ohne das Risiko zerstörter Teilbehälter«, fuhr O. fort. »Entsprechendes gilt für biologisch aktive Stoffe; Materie-Antimaterie-Bomben müs-

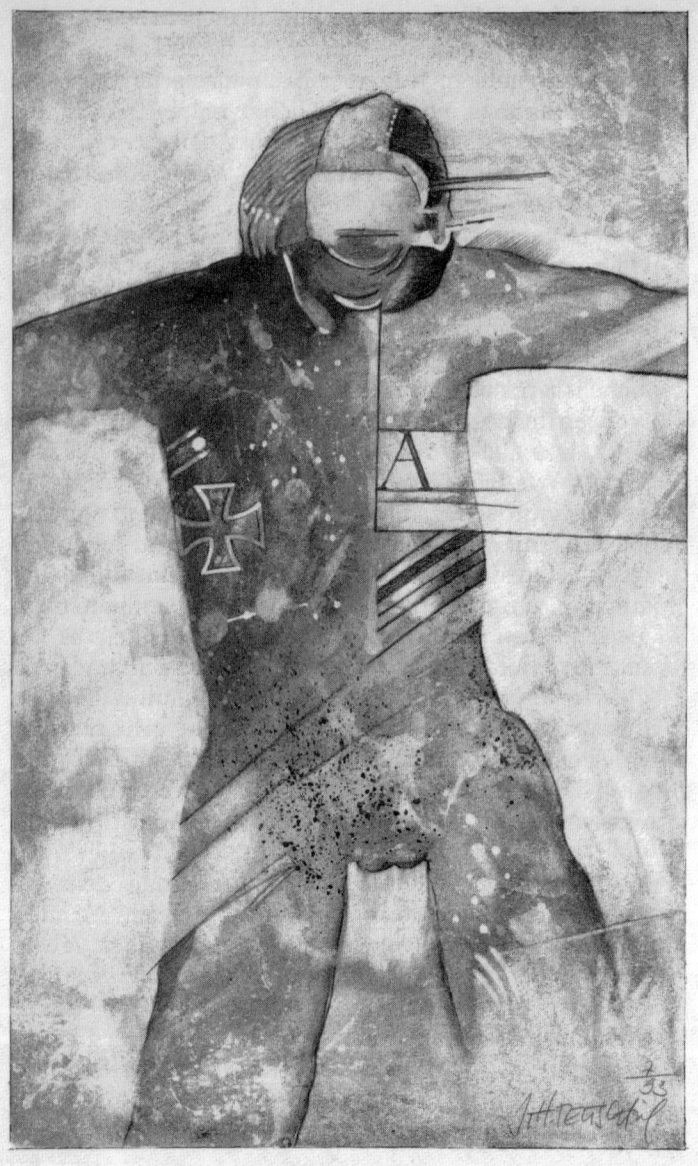

sen nicht mehr von störanfälligen magnetischen Flaschen umgeben werden, usw. usf.« Demnach war die *Aesop* also eine Institution zur Abwehr sehr irdischer Angriffe, schloß man die Kolonien in den Begriff *irdisch* ein, und nicht, wie ich langsam vermutet hatte – durch die Ufo-Gerüchte verleitet – gegen ›außerirdische‹ im herkömmlichen Sinn.

Der Oberst trank einen Schluck aus seinem Glas, dann sagte er: »Eine andere Anwendungsmöglichkeit in größerem Rahmen wäre eine neue Dimension der Belagerungsstrategie, das Einschließen feindlicher Gebiete über Jahre hinweg, bis wir die so dringend erforderliche technologische Überlegenheit erreicht haben, oder umgekehrt die Stasis unserer eigenen Städte quasi als Schutzschild gegen Angriffe. Und genau das ist der Punkt, der es erforderlich macht, die Ursache für Defekte, die die Stasis bei Individuen hervorruft, zu erkennen, zu analysieren und zu beseitigen.

Und schließlich, in nicht allzu ferner Zukunft, wie ich hoffe, wird uns der Adıvar-Käfig die Möglichkeit geben, fremde Sonnensysteme zu erobern...«

»Zu kolonisieren«, berichtigte Adıvar.

»Kolonisieren, natürlich. Der Flug zum nächsten System dauert allein drei Jahrzehnte, man bräuchte ein Generationsschiff, dessen Besatzung am Ende der Reise für eine solche Aufgabe denkbar ungeeignet wäre: Sie bestünde zum Großteil aus Wickelkindern und sabbernden... ah... und Senioren.

Mit dem Käfig können wir frische Einsatztruppen praktisch überall hinschicken. Dabei wäre es aber wünschenswert, die Verluste so niedrig wie möglich zu halten, vor allem, wenn man bedenkt, daß die geschädigten Tiere in unseren Versuchen sich äußerlich nicht von den normalen unterschieden und erst nach einiger Zeit ein auffälliges Verhalten zeigten. Der militärtaktische Schaden, der so entstünde, wäre kaum vorherzusehen.«

»Kann man die … Passagiere denn nicht einfrieren?« forschte ich nach. Meine Gedanken waren noch immer bei Hummer und Suppenhuhn. Ein Hummer mag aus dem Kochtopf springen, aber welches Huhn ist je aus eigener Kraft aus der Kühltruhe entkommen?

»Leider nein«, entgegnete Adıvar. »Der Nachteil beim Einfrieren ist, daß das Zellgewebe zerstört wird. Das ist auch der Grund, warum die Euthanasie in Wirklichkeit nicht durch Frosten geschieht, es wäre eine unverzeihliche Verschwendung von kostbarem Material.«

»Aber … aber ich habe im Kabel selbst gesehen …«

»Ja, ja«, versetzte Adıvar ungehalten. »Ich habe auch schon Abbildungen auf Pizza-Packungen gesehen; keiner erwartet, daß die Pizza wirklich so aussieht, jeder weiß, daß diese Fotos mit künstlichem Dampf aus Trockeneis und Gly …«

»Das genügt!« fiel ihm der Oberst ins Wort. Er wandte sich an mich und sagte: »Sie können jetzt gehen, Krää.«

Als ich den Raum verlassen hatte, brachten die Pfeile mich zurück in den Schlafsaal. Was hatte Adıvars Bemerkung zu bedeuten? Schließlich hatte die katholische Kirche ein Transplantationsverbot durchgesetzt – was würde ein Katholik tun bei der Auferstehung, ohne Augen, vielleicht sogar ohne Herz? Ob es wirklich eine Organ-Mafia gab, wie immer wieder kursierende Gerüchte wissen wollten?

Dann ging alles sehr schnell.

Am 1. April wurde ich zum nächsten deutschen Raumhafen geflogen: Salzburg Spaceport. Die Pilotin war sehr nett, und wir unterhielten uns angeregt, schließlich hatte sie nichts zu tun, da die Maschine selbständig flog, aber in Flugzeugen der Friedenswehr ist eine menschliche Besatzung vorgeschrieben. So erfuhr ich, daß es sich bei den Ufos über Bombay, dem Hollywood Indiens, um nichts anderes gehandelt hatte, als um überdimensionierte Filmrequisiten; wir sprachen zum Beispiel auch über typische Frauenberufe wie Euthanasie-Hostess, Krankenschwester oder Stewardess, und wie es dazu gekommen war, daß die ursprünglich männlichen Domänen wie Sekretär oder Pilot jetzt fast ausschließlich von Frauen besetzt waren. Doch auf Fragen zur *Aesop* konnte oder wollte sie nicht antworten.

Bald landeten wir auf einem kleinen Militärflughafen bei Zell am See südlich von Salzburg, von wo aus mich zwei bewaffnete Soldaten in einem Jeep nach Maxglan brachten. Der Raumhafen war schwer bewacht und von Palisaden, Panzersperren, Minenfeldern und einem Stacheldrahtverhau umgeben.

Der Lift, der mich in die Umlaufbahn befördern sollte, war – natürlich – zitronengelb lackiert. Das Aesop-Zeichen prangte darauf, der Name Plochingen und das Kennzeichen, eine vierstellige Buchstaben- und Zahlenkombination. Der Lift war zylindrisch, maß etwa zwanzig Meter im Durchmesser und war ebenso hoch, so daß er aussah wie eine riesige Konservendose. Die beiden unteren Drittel enthielten die Triebwerke und den Generator für den Adıvar-Käfig, das obere Drittel war als Transportraum vorgesehen.

Mit zitternden Knien stand ich in der kleinen Aufzugskabine, die mich zum Eingangsschott des Lifts brachte. Waren es wirklich die Schwerkraftverhältnisse, die es erforderlich machten, das Experiment im Weltraum durchzuführen, oder gab es noch ein weiteres Risiko außer dem, den Verstand zu verlieren, ein Risiko, weswegen der Versuch möglichst weit entfernt von der Erde ausgeführt werden mußte? War der Käfig doch nicht so gefahrlos für seine Umgebung?

Dann saß ich im Cockpit auf der Andruckliege und sah mich um. Ringsum an den Wänden waren Bullaugen angebracht, die von außen wie Nadelstiche im Blech der Dose gewirkt hatten. Überall standen Anzeigegeräte, Tastaturen und Steuerkonsolen, doch sie waren sämtlich mit Weichglasplatten abgedeckt – der Lift würde ferngesteuert starten und landen. Er war alt, Kratzer und Schrammen verunzierten überall den Lack. Hier und da war die Farbe sogar zu großen Teilen abgeblättert. Schmierige Schmutzschichten hatten sich in Winkeln und Ecken angesammelt.

Mehr als vier Stunden wartete ich. Während die Bodenkontrolle, wie ich annehme, die üblichen Systemchecks durchführte, zuckten elektronische Bilder von Zeigern, flackerten Digitalanzeigen, blinkten Lämpchen in einem unüberschaubaren Durcheinander, und ich war versucht, irgend etwas wie »Houston, bitte kommen!« zu rufen, nur um das Gefühl der Hilflosigkeit, des Ausgeliefertseins zu überwinden, mit jemandem zu sprechen, mich abzulenken – aber ich tat es natürlich nicht. Dann erschien auf einem der Bildschirme das Gesicht eines Technikers, der mich anwies, mich auf die Liege zu begeben, auf der ich ohnehin schon saß. Kaum hatte ich mich hingelegt, paßte die Liege sich meinen Körperformen an, die Sicherheitsgurte schnappten automatisch zu und fesselten mich. Ein Schlauch schob sich in meinen Mund. Nach ein paar Sekunden – ohne einen Countdown, zumindest hörte ich keinen – begann ein tiefes Brummen; der Lift vibrierte, und ich fühlte, wie sich die Liege mir entgegenpreßte. Der Andruck wurde immer stärker. Meine Wangen schienen die Ohren berühren zu wollen, das Fleisch vom Körper gerissen zu werden. Dann muß ich das Bewußtsein verloren haben, denn das nächste, an das ich mich erinnere, ist die Schwerelosigkeit, das übelkeiterregende Gefühl, daß mein Magen an die Decke zu schweben bestrebt war, und nur lose von Gurten gehalten zu werden. Der Lift war offenbar völlig veraltet und schlecht gewartet. Jeder zahlende Passagier hätte die entsprechende Fluggesellschaft wegen Körperverletzung verklagt;

mir blieb nichts übrig, als die unzumutbaren Zustände zu akzeptieren.

Eine Klammer zwängte meinen Kopf ein, und ich war, bis die Gurte mich freigaben, gezwungen, nach oben zu starren, wo ein Staubsauger flog und wabernde Kugeln von Erbrochenem aufsammelte, das der Schlauch in meinem Mund nicht abgesaugt hatte. Meine Hände waren schweißnaß. Ich stieß mich ab und glitt langsam durch die Luft zu den beiden Schalen, zwischen denen das Stasisfeld entstehen sollte, und griff nach einer Haltestange. Von hier aus konnte ich durch ein Bullauge die Erde sehen. Ein merkwürdiges Gefühl. Sie war nicht unter, sondern neben dem Lift, wie das Auge eines Riesen, der durch das Fenster starrte.

Und wieder die Stimme eines Technikers: »Stasis in 60 Sekunden.« Vielleicht würde ich nur noch eine Minute ich selbst sein. Auf einem Bildschirm wurde neben dem Datum die Zeit angezeigt: 14 Uhr 59. Genau drei Stunden sollte die Stasis dauern; das erschien mir als ungeheure Energieverschwendung, da im Innern des Feldes ohnehin keine Zeit verstreichen konnte, aber auf meine Fragen zu diesem Punkt hatte ich keine zufriedenstellende Antwort erhalten.

Und jetzt gab es einen Countdown: dreißig Sekunden, zwanzig, zehn, neun, acht, sieben, sechs, fünf, vier, drei, zwei, eins, null. Ein Flackern.

Nichts war geschehen, nur das Licht hatte sich verändert. War das Experiment mißlungen? Aber, nein! Natürlich würde die Stasis unbemerkt vergehen, wie eine Bewußtlosigkeit. Zeitsprung. Blackout. Filmriß.

Während der Stasis mußte der Lift seine relative Position geändert haben. Aber konnte die Erde in drei Stunden – die Erde! Das war es gewesen, was sich verändert hatte: Wo zuvor blaues Meer gewesen war, bunte Kontinente in allen Gelb-, Braun- und Rottönen und vereinzelt weiße Wolken, war nur noch monochromes Betongrau. War dieser Planet überhaupt die Erde? Hatte ich keinen Zeit-, sonderen einen Raumsprung vollzogen? Aber wohin? Kein noch so trostloser Planet der Sonne wirkte so tot wie diese schimmelpilzüberzogene Kugel, die da neben mir im Raum schwebte. Oder war alles nur ein Bluff, ein Trick, um meine Reaktionen zu testen? Nein, dafür war nun wirklich zu viel Aufwand getrieben worden: die ›Entführung‹ aus der Straffälligenbewahranstalt, das Training, der Demonstrationsfilm, die Fahrt mit dem Lift. Es mußten Halluzinationen sein … war das der Grund, weshalb die Ratten nicht mehr in der Lage gewesen waren, durch die Labyrinthe zu gehen – weil sie sie einfach nicht erkannt hatten? Doch das Innere des Lifts schien unverändert, überall blinkten und hüpften elektrische Zeichen und Lämpchen, und da: auf der anderen Seite der Mond, und unverkennbar der Mann im Mond, das gestohlene Reisigbündel auf dem Rücken. Dieses graue Ding, das die Hälfte des Himmels bedeckte, war unzweifelhaft die Erde. Andererseits konnte der Lift aber auch ein gewöhnlicher Flugsimulator sein …

Den Kopf schüttelnd, um meine Verwirrung loszuwerden, wie ein nasser Hund, der das Wasser aus dem Fell schleudert, wandte ich mich ab. Und dann fiel mein Blick auf etwas, das alles zu erklären schien: die Uhr. Es war vier Uhr morgens. Es war … der 23. Juni 2080.

Ich hatte nicht drei Stunden, sondern beinahe drei Monate übersprungen.

Die Kommunikation war tot. Wäre die Übertragung analog gewesen, ein Rauschen hätte mir angezeigt, daß die Funkgeräte noch funktionierten, aber so … die Lautsprecher blieben still, die Bildschirme weiß.

Warten war sinnlos. Was immer da unten auf der Erde geschehen sein mochte – falls es sich nicht um ein

Täuschungsmanöver der *Aesop* handelte – es würde sicher jeder Wichtigeres zu tun haben, als sich um mich zu kümmern. Nach kurzem Zögern riß ich die Verkleidung von der Steuerkonsole.

Der Zugang zum Rechner war nicht weiter gesichert. Wie zu erwarten, war das Dialogsystem für trainierte Benutzer ausgelegt, und es kostete mich beinahe zwei Stunden, mich durch Hilfsmenüs und Handbuchdatenbanken zu wühlen, bis ich den automatischen Landeprozeß eingeleitet hatte. Als Landeplatz legte ich den Ausgangspunkt fest: Salzburg.

Es dauerte noch fast fünfzig Minuten, bis eine geeignete Landeposition erreicht war. Langsam drehte sich der Erdball unter mir. Streiflicht traf die Erde, und ich erkannte in den Schatten die Umrißlinien der Kontinente wieder und charakteristische Formen von Gebirgszügen. Es war, als hätte jemand die Erde mit Zuckerguß überzogen. Nirgendwo war auch nur die kleinste Wolke zu sehen.

Die Landung begann; ich nahm meinen Platz auf der Konturliege ein. Bald griff die Schwerkraft wieder nach mir, zerrte an meinen Muskeln, die von den Knochen zu reißen schienen, doch diesmal blieb ich bei Bewußtsein.

Mit einem kaum wahrnehmbaren Ruck, wie beim Sprung von der verschwindenden Stufe einer Rolltreppe, setzte der Lift auf. Obwohl mein Magen mir abriet, sprang ich, als das Landesystem meine Fesseln löste, sofort auf und lief zu einem der Bullaugen. Der landende Lift hatte eine enorme Staubwolke aufgewirbelt, die sich in der fast windstillen Luft langsam setzte.

Ruinen. Die Umrisse der Hafengebäude waren noch zu erkennen. Wie abgenagte Kadaver standen sie da. Skelette, staubüberzogene Geröll- und Kieshaufen zu ihren Füßen. Überall war dieser Staub. Mehlfeines Pulver überzog die ganze Erde. Nirgends war eine

Pflanze oder ein anderes Lebewesen zu entdecken. Nichts rührte sich zwischen den verlassenen Raumfahrzeugen, die staubgepudert waren, als hätte sie seit Jahrhunderten keine Hand mehr berührt.

Ich war entschlossen, mich draußen umzusehen. Doch als ich die Schleuse betrat, stimmte sie, statt mich durchzulassen, ein Sirenengeheul an. Ein Automat erklärte vage, mit der Atmosphäre sei etwas nicht in Ordnung. Ohne Schutzanzug würde ich den Lift nicht verlassen können. Noch immer trug ich den *Aesop*-Overall, einen Schutzanzug hatte ich nicht, und auch nichts, mit dem ich der Schleuse weismachen konnte, ich hätte einen. Selbst, wenn ich bereit gewesen wäre, das Risiko einzugehen. So kehrte ich in das Cockpit zurück und setzte mich auf die Liege.

Kein Schutzanzug. Eingesperrt. Die Atmosphäre: radioaktiv? Bakterienverseucht? Vergiftet? Vielleicht war ich der einzige Mensch, der noch am Leben war.

Magenknurren. Im Lift befand sich nichts Eßbares. Lächerlich: Früher waren täglich Tausende auf der Welt verhungert. Aber was hatte das für eine Rolle gespielt? Es gab viele Menschen, viel zu viele. Doch jetzt ... der letzte Mensch auf Erden würde verhungern. Oder verdursten. Oder ersticken ...

Dann hörte ich ein Geräusch. Jemand ... etwas war in der Schleuse!

*Der letzte Mensch saß allein in einem Raum. Da klopfte es an die Tür ...*

Nein. Nein. Es war ein Experiment gewesen. Und jetzt holte die *Aesop* mich heraus. Die innere Schleusentür öffnete sich.

In der Schleuse stand ein Monster.

Es war gedrungen, eher klein, mit einer hellgrauen, fast weißen Haarmähne, die bis zum Boden reichte. Ein dunkler Morlock. Seine Haut war fast schwarz, gestreift, nicht wie bei einem Tiger oder Zebra ... es sah aus, als wäre sein Körper aus einem massiven Holzblock geschnitzt, aus bläulichem Ebenholz mit unregelmäßigen Jahresringen. Schwarze, kreisrunde Augen, wulstige Lippen in totenbleichem Hellblau und riesige Nüstern ließen sein Gesicht anziehend und abstoßend zugleich erscheinen. Es trug eine Art bis zu den Knöcheln reichenden Poncho aus kenafähnlichem cremefarben gebleichtem Material und Sandalen an den zehenlosen Füßen. Ich wich zurück.

»*Pitschpatsch po russki?*« fragte das Monster.

In meinem Kopf schnappte eine Mausefalle zu und schleuderte einen Pingpongball davon, der eine weitere Falle traf... eine Lawine von Pingpongbällen hüpfte klackend durch mein Gehirn.

Die Erde war zerstört. Und vor mir stand ein ET, der Russisch sprach. Es paßte alles zusammen: Wenigstens eines der Ufos der letzten Wochen war echt gewesen. Und die Russen hatten sich mit den Aliens verbündet. So, wie sie sich im Zweiten Weltkrieg mit den Franzosen und, ja, zugegeben, auch mit den anderen Alliierten gegen uns verbündet hatten. Sie hatten die Erde verraten, verkauft an Außerirdische. Vielleicht waren die Monster Menschenfresser. Oder Kommunisten! Ja, wahrscheinlich sogar das.

Das Monster sprach noch immer Russisch. Ich machte eine abwehrende Bewegung. Es zögerte. Dann zeigte es mit einem krummen Finger auf sein Ohr und sagte: »*Homoynouhym.*« Zweimal wiederholte es dieses Wort. »*T?*« fragte es und deutete auf mich. Ich Tarzan, du Jane. Ganz einfach.

Die Hand aufs Herz gelegt, sagte ich: »Krää.«

Es schnappte mit dem Mund wie ein Frosch, der eine Fliege verschluckt. »*Cray? Maybe ya unnastan' English?*«

Obwohl ich es nicht wollte, bejahte ich. Es begann, soweit ich verstand, sich zu entschuldigen, es hätte angenommen, ich würde Russisch sprechen, weil ich mich auf diesem Kontinent befände, nicht auf dem an-

439

deren. Als ob es nur zwei Kontinente gäbe. Und als ob Deutschland auf dem selben Kontinent läge wie Rußland! Also erklärte ich ihm, daß ich Deutscher sei und daß wir uns hier in Deutschland befänden, in *Germany*. Es sagte, es würde verstehen, bat mich zu warten und huschte, noch ehe ich reagieren konnte, in die Schleuse.

Also hatten diese außerirdischen Ungeheuer die Erde terraformiert – irgendwasformiert, wie auch immer ihr Planet hieß. Darum brauchten sie keinen Schutzanzug in einer Atmosphäre, in die die Schleuse mich nicht gehen ließ – es war ihre eigene, gewohnte Luft.

Aber wenigstens würde diese Luft den Russen auch nicht gut bekommen.

Eine Stunde später öffnete sich die Luftschleuse erneut. Ich sprang erschrocken auf. Der Außerirdische, der diesmal erschienen war, unterschied sich äußerlich vom ersten. Seine Haut war heller, fast wie Kiefernholz, so daß die dunkle Maserung deutlich zu erkennen war. Offenbar war er wesentlich jünger als der andere, sein Haar war nicht weiß, sondern bernsteinfarben, fast durchsichtig. Er trug einen seidig schimmernden Sari in leuchtendem Orange, dessen freies Ende über der rechten Schulter lag, und war barfuß, abgesehen von schwarzen, zentimeterdicken Sohlen aus glänzendem, wie lackiert wirkendem Material, die auf nicht erkennbare Weise an seinen Füßen befestigt waren.

»Mein Name ist Aihahílihim«, sagte er auf deutsch. »Wollen Sie sich nicht setzen?« Ich blieb stehen. »Bitte entschuldigen Sie die unzulängliche Vorbereitung Homoynouhyms. Er ist ein wenig voreilig. Er hätte wissen können, daß sie kein Russisch sprechen, und Ihre Sprache lernen sollen. Aber er beschäftigt sich bereits seit mehreren Tagen mit der russischen – besonders scheint er davon fasziniert zu sein, daß das Verb

›haben‹ in dieser Sprache nicht existiert –, aber es war sicher leichtsinnig, anzunehmen, daß die Verteilung von Sprachgruppen auf diesem Planeten ortsabhängig sei.«

»Nun ja«, antwortete ich verlegen. »Irren ist mensch ... ich meine ...« Woher hätte der Blaue wissen sollen, daß ich nur Deutsch, aber kein Russisch verstand?

Aihahílihim trat zu einem der Bullaugen und sah hinaus. Draußen trieben schwache Windstöße feinen Staub wie Nebelschwaden vor sich her, fingerbreit über dem Boden. Geriffelte Dünen wie erstarrte Wellenkämme hatten sich gebildet, deren Schaumkronen aussahen, als müßten sie jeden Augenblick auf die windabgewandte Seite der Wellen stürzen.

»Was wissen Sie darüber?« fragte er und deutete mit dem Kinn.

»Ich dachte ... ich ...«

»Ja?«

»Ich weiß nicht. Ich weiß nicht. Was ist passiert? Sagen Sie es mir! Sind ... sind noch Menschen am Leben?«

»Ja«, antwortete er, »es haben auf der Erde und im Raum Menschen überlebt.« Obwohl sein Blick nach draußen gewandt zu sein schien, beobachtete er mich in der spiegelnden Oberfläche des Fensterglases. Nur ein haarfeiner, weißer Kranz grenzte in seinen tiefschwarzen Augen Iris und Augapfel voneinander ab.

Es hatte mit einem Unfall in einem militärischen Forschungslabor begonnen, erzählte er. Innerhalb von Minuten hatte die Katastrophe sich von einem Punkt aus über die ganze Erdkugel ausgebreitet. Der gesamte Wasserstoff war umgewandelt worden. (Wie? Und in was? Ich weiß es nicht, will es auch gar nicht wissen.) Wasserstoff ... die Ozeane hatten sich in Staub verwandelt. Alle Lebewesen, Menschen, Tiere und Pflanzen, waren pulverisiert worden. Beton zerfiel. Luftfeuchtigkeit und Wolken verschwanden, rie-

441

selten auf den Boden oder trieben als Mikrostaubwolken in der Luft.

Die automatischen Verteidigungsanlagen der drei Supermächte waren verblüfft, doch sie reagierten prompt. Noch während die Welle der Zerstörung über den Globus wanderte, vernichteten sie Teile feindlicher Angriffssysteme und gegnerische Städte und Industrieanlagen, nicht nur auf der Erde, sondern überall im System: im Orbit, in den Lagrangepunkten, auf dem Erdmond, auf den anderen bewohnten Planeten und deren Trabanten.

»Wie viele…« Mehrmals mußte ich ansetzen, ehe ich die Frage aussprechen konnte: »Wie viele Menschen haben überlebt?«

»Nun… mehrere kleinere Raumstationen sind unversehrt geblieben. Hier auf der Erde haben zwei Regierungen jeweils ein Rettungsboot…«

»Wie viele?«

»Einundachtzig auf der Erde – Sie, achtundvierzig im Schiff der Russen, zweiunddreißig in dem der USSA – und siebenunddreißig außerhalb.«

Kalter Schweiß lief kitzelnd meinen Rücken hinab, von Wirbel zu Wirbel; ich ließ mich in einen Drehsessel fallen und schloß die Augen. Dann öffnete ich sie wieder und betrachtete den Fremden. Sein Haar floß wie ein Cape über seinen Rücken.

»Und Sie… Sie haben nichts damit zu tun?« fragte ich.

Aihahílihim drehte sich um und sah mir direkt in die Augen. »Nein«, sagte er, »ich habe nichts damit zu tun.«

Mißverstand er mich absichtlich? »Ich habe nicht Sie persönlich gemeint, sondern Sie alle, die … *Aliens*.«

»Der Name ist Espadi«, informierte er mich mit gleichgültiger Stimme. »Interessant, daß Sie dieses Wort wählen. Sie haben Angst vor allem Fremden, Unbekannten, nicht wahr? – Nein, keiner von uns hat etwas damit zu tun. Wer würde beim Anblick eines ertrunkenen Lemmings annehmen, jemand habe ihn ertränkt? Ein anderer Lemming vielleicht... oder ein Maulwurf.«

»Gehen Sie!« schrie ich. Natürlich war es ungerecht, meine Wut an ihm auszulassen, aber ich konnte nicht anders. »Verschwinden Sie!«

»Ich verstehe Ihre Erregung«, sagte er ruhig. »Wenn Sie einen Wunsch haben, benutzten Sie Ihre Kommunikationseinrichtungen.« Er wandte sich um und ging. Ich hob eine Weichglasscherbe vom Boden auf und warf nach ihm, doch sie prallte lediglich gegen die bereits geschlossene Schleusentür, wo sie eine weitere Schramme im Lack hinterließ. Wieso kam er durch die Schleuse, die sich weigerte, mich durchzulassen? Warum konnte er meine Luft atmen, wenn seine für mich giftig war?

Als ich mich wieder etwas gefaßt hatte, benutzte ich den Bigfonapparat. Aihahílihim meldete sich sofort, als hätte er darauf gewartet, und ich entschuldigte mich wegen meiner unbeherrschten Reaktion, doch ihn schien das nicht gestört zu haben. »Ich weiß nicht, wie ich an Ihrer Stelle reagieren würde«, sagte er. Dann fragte er, ob ich nicht etwas bräuchte, etwas zu Essen vielleicht. Tatsächlich war ich hungrig – wie lange hatte ich schon nichts mehr gegessen? –, und im Lift befanden sich keine Nahrungsmittel.

Kurz darauf brachte Aihahilihim mir zum erstenmal – wie seither jeden Tag – eine Schale warmen, grünen Karottenbrei. Als ich den ersten Löffel des Breis gekostet hatte – ich benutzte eine der glasverkleideten Konsolen als Tisch – machte Aihahílihim Anstalten zu gehen.

»Kann ich sonst noch etwas für Sie tun?« fragte er.

»Nein. Nein, vielen Dank.«

Er wandte sich um und ging zur Schleuse. Einer plötzlichen Eingebung folgend, rief ich ihm nach:

443

»Oder doch, warten Sie! Könnten Sie mir etwas zu Schreiben besorgen? Papier, einen Kugelschreiber?«

»Aber ja. Ich werde sehen, was sich machen läßt. Das ist sicher kein Problem.«

Aihahílihim ging und kam, als ich meinen Brei gerade aufgegessen hatte, wieder. Er setzte einen Stapel Papier, etwa zweitausend Blatt, auf einer der glasverkleideten Konsolen ab. Es war teures echtes Papier mit sorgfältig eingearbeiteten Holzfehlern. Er legte ein Etui mit einem Federhalter und ein Döschen mit Farbkapseln daneben. Das Papier schien etwas breiter zu sein als üblich – jedenfalls war es kein DIN-Format.

Ich betrachtete den Füllfederhalter genauer. Er war aus Gold gefertigt. Der Name Robert D. Rattray war eingraviert, und das Siegel des Präsidenten der Vereinigten Sozialistischen Staaten von Amerika, des zweitwichtigsten Mannes nach dem Kanzler, dem Kanzler, der jetzt nichts war als graues Pulver. Asche zu Asche, Staub zu Staub.

Es ist ein merkwürdiges Gefühl, jetzt mit diesem Füller zu schreiben, der Luftfeuchtigkeit aufsaugt, um das Trockenfarbpulver in flüssige Tinte zu verwandeln. Das macht mir erst den Gegensatz zu der zerstörten, knochentrockenen Luft draußen bewußt. Hier und in den Schiffen der anderen Überlebenden befinden sich die letzten Liter Wasser auf der Erde.

»Die Amerikaner haben Ihnen das einfach so überlassen?« fragte ich.

»Nein«, gab er gedehnt zurück, »eigentlich nicht. Wir haben es kopiert.« Und das hieß, wie sich herausstellte, nicht einfach nachgebildet, sondern tatsächlich Molekül für Molekül rekonstruiert. Das Papier, auf das ich jetzt schreibe, ist eine Kopie von einem einzigen Blatt, nicht von einem ganzen Stoß: die Holzfehler sind auf jedem Blatt exakt gleich.

»Wir haben alles kopiert«, sagte Aihahílihim. »Alles, was noch übrig war: in den Rettungsbooten, in Bunkern mit ›schützenswertem Kulturgut‹. Seltsam, daß ihr ausgerechnet Berge von alten Akten, auf Mikrofilm kopiert, für schützenswert haltet. Nun ja, ein paar Prozent der Überreste sind sehr interessant. Schade, daß das meiste, was von euch bleibt, trivialer bürokratischer Müll ist.«

Immer deutlicher wurde mir bewußt, daß die Espadi uns überlegen sind, wie wir Wilden, primitiven, kannibalischen Südseeinsulanern, oder sollte ich sagen, Attilas Horden? »Ein paar Lichtjahre spielen keine so große Rolle«, hat er heute früh schmunzelnd gesagt, »wir kennen eine Abkürzung.« Um so mehr überraschte mich, was folgte: Aihahílihim bot mir das Du an. Eine etwas persönlichere Beziehung, meinte er, würde mir vielleicht helfen. Gebräuchliche Kurzformen seines Namens waren Aihílahim oder einfach Ai. Zunächst kam mir das seltsam vor, aber ›Sepp‹ oder ›Joe‹ hat mit meinem Namen, Josef Krää, auch nicht allzuviel gemeinsam.

Es ist, als würde man mit dem Heiligen Vater Brüderschaft trinken… ob Gott den Papst duzt?

Als Aihahílihim ging, trat ich zu einem der Fenster und sah ihm nach. Er glitt durch den Sand wie ein Rollschuhläufer. Meterlange Spuren wurden fast augenblicklich von einer kräftigen Brise verweht. Lange Staubfahnen kräuselten sich dort, wo die Kanten der Abdrücke dem Wind eine Angriffsfläche boten. Da sah ich es zum erstenmal: ein dunkelgrau glitzerndes Ding wie eine teflonbeschichtete katzbuckelnde Banane – das Schiff der Espadi. Es lag dort, wo früher der Rand des Raumhafens gewesen sein mußte; und während Aihahílihim sich ihm näherte, schrumpfte er in meiner Vorstellung, wurde winziger und winziger. Das Schiff mußte gewaltig sein, mehr als eineinhalb Kilometer lang. Neben unseren Schiffen und Lifts, die den Hafen übersäten wie Wracks einen Friedhof, erinnerte es an einen gestrandeten Delphin unter krebsgeschwürüberwucherten Flundern und alten Blechbüchsen.

Und ich entdeckte etwas anderes in meiner Nähe, das nicht hierherzupassen schien: eine dicke, achtzig Meter hohe Säule mit sechseckiger Grundfläche wie ein abgesägter Bleistiftstummel. Sie war rot-weiß gestreift, nicht längs, wie Zahnpasta, sondern quer, und das obere Drittel war blau mit weißen Sternen. Sie sah aus wie ein aufrechtstehender, mit einer Flagge bedeckter Soldatensarg. Das mußte das amerikanische Rettungsboot sein; sicher trug es irgendwo das Präsidentensiegel.

Ich sah der Reihe nach durch alle Bullaugen, und tatsächlich fand ich auf der gegenüberliegenden Seite das russische Boot, in zwei identische Module zerlegt: schwarzgrüne, gedrungene Körper wie umgestülpte Urnen, groß wie zehnstöckige Gebäude. Riesige Buchstaben in Weiß waren aufgemalt: die Namen LAP-MOHNR und TARHNE CHELA, mit auf dem Kopf stehendem L und spiegelverkehrtem R und N.

Hier sitzen also alle Menschen, die sich noch auf der Erde befinden, auf einem Fleck zusammen, dachte ich. Offenbar sind weder die Amerikaner noch die Russen bewaffnet. Dabei müßte nur eine kleine, handliche Wasserstoffbombe mittenhinein geworfen werden – falls man Wasserstoff hat.

Aber es gab noch andere Menschen; als mir Aihíla-him am Abend wieder meinen Brei brachte, fragte ich: »Was ist mit den siebenunddreißig Menschen im All? Was tun sie? Wer sind sie? Wie haben sie überlebt?«

»Wie sie überlebt haben? Durch Zufall. Die ›Verteidigungsanlagen‹ haben sie einfach übersehen. Es ist auch nicht ganz einfach, in dem Tohuwabohu da oben etwas zu finden; wir haben deinen Lift zunächst selbst übersehen, bis du gelandet bist. Inzwischen haben wir allerdings alles gründlich abgesucht.

Im Lagrangefeld zwischen Erde und Mond ist – wie durch ein Wunder, würdet ihr wohl sagen – eine im Aufbau befindliche Kolonie unversehrt geblieben.«

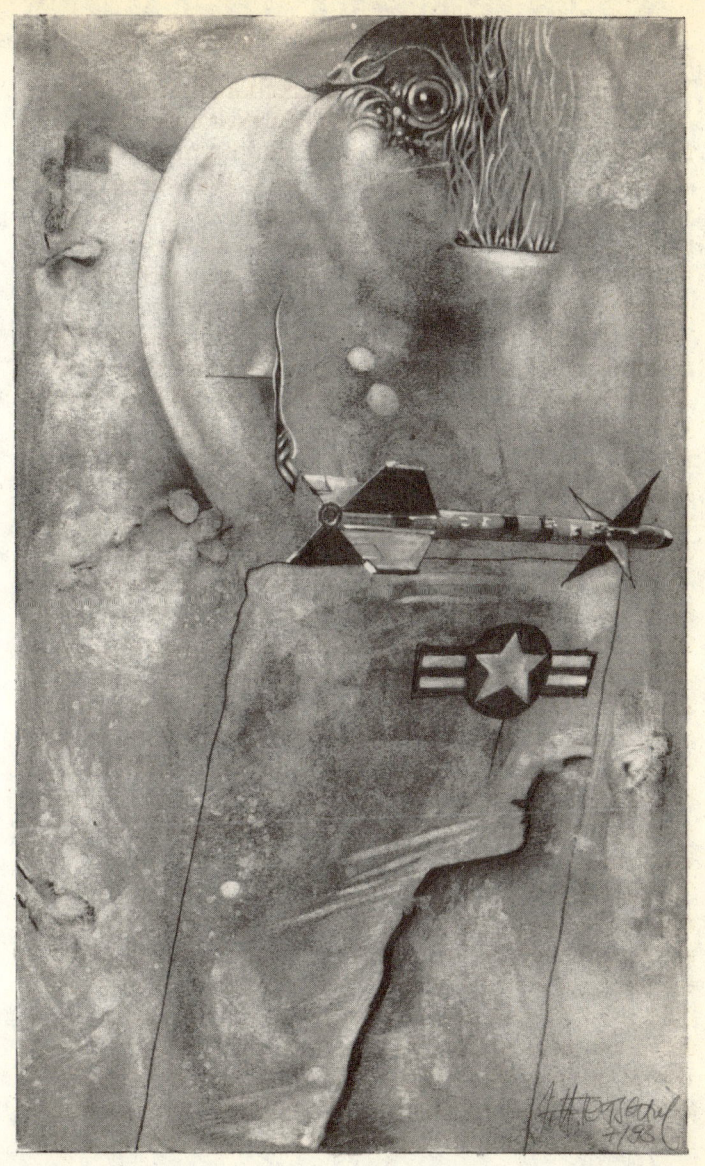

»Wessen Kolonie?«

»Wessen? Was meinst du?«

»Von welchem Land? Welcher Nationalität?«

»Oh. Zwanzig Inder. Zwei Pakistani. Männer. Ebenso wie die sechs Iraner in einem Kampfsatelliten, der jetzt allerdings kampfunfähig ist, weil sie sämtliche verbliebene ballistische Geschosse – wirkungslos natürlich – auf uns abgefeuert haben und die Energiewaffen so weit geleert sind, daß ihr Energiehaushalt gerade ausreicht, ihr Lebenserhaltungssystem auf Sparflamme zu betreiben. Eine Kommunikation ist bis jetzt noch nicht zustandegekommen. Fünf Menschen in einer amerikanischen militärischen Forschungsstation, darunter die einzige Frau im All. Lisa Cicippio von der *Aesop*; vielleicht hast du schon von ihr gehört, sie war vor etwa vierzig Jahren maßgeblich an der Entwicklung des Antimaterie-Reaktors beteiligt, dessen Weiterentwicklung beispielsweise auch deinen Lift antreibt. Sobald sie die Genehmigung von ihrer Regierung erhalten, werden wir sie, wie sie es wünschten, zum amerikanischen Rettungsboot bringen; mit der Station sind sie nicht in der Lage, zur Erde zurückzukommen. Die drei Männer in dem russischen Lift, der im Orbit war, sind vor etwa einer Stunde nicht weit von hier gelandet – zwischen den beiden Modulen *Schneeschmelze* und *Harmonie*. Dann ist da noch ein Japaner in einer Kapsel von der Größe eines Bierfasses, der jede Hilfe freundlich, aber bestimmt ablehnt. Sein Luft- und Nahrungsvorrat dürfte noch etwa zwei Wochen ausreichen. Bis dahin werden wir hoffentlich eine geeignete Lösung finden, die seinem Willen entspricht.«

Am nächsten Morgen brachte Aihílahim mir ein Band und einen kleinen Videorecorder, den er neben einem Bildschirm auf einer Konsole abstellte. Er schloß den Recorder an, als hätte er nie etwas anderes getan, legte das Band ein und spielte es ab.

Der Bildschirm wurde blau, azurblauer Himmel, indigoblaues Meer, und in der Mitte ein weißer Berggipfel: die Freiheitstatue im Hafen von New York. Die Kamera kreiste, schwebte gemächlich um sie herum. Ein Orchester spielte, ein Chor sang die amerikanische Nationalhymne:

*Oh, say, can you see, by the dawn's early light*
*what so proudly we hailed at the twilight 's last gleaming?*
*Whose stripes and broad stars thro' the perilous fight,*
*o'er the ramparts we watch'd, were so gallantly streaming?*
*And the rocket's red glare, bombs bursting in air,*
*gave proof thro' the night that our flag was still there.*
*Oh, say, does the starspangled banner still wave*
*o'er the land of the free and the home of the brave?*

Schnitt. Ein dunkler Raum, unscharf, wackelnde Kamera. Ein alter Mann mit grauem Haar und weißen Bartstoppeln an einem Schreibtisch.

»Donald Dunlap, der Wirtschaftsminister«, warf Aihílahim ein, als der Mann mit einem Blatt Papier raschelte und in gebrochenem Deutsch zu lesen begann, vom Heil!, vom roten Schein der Raketen, von Bomben, die in der Luft bersten, vom sternübersäten Banner, und vom Land der Frei'n und der Heimat der Tapf'ren. Sämtliche Substantive waren weiblich, der Nominativ der einzige Fall, den er kannte. Offenbar waren die Amerikaner nicht auf die Idee gekommen, die Hilfe der Espadi bei der Übersetzung zu erbitten. Der Minister blickte mit überfreundlichem Gesicht auf.

Schnitt. Musik, dröhnend wie ein Wasserfall, und ungeheure Wassermengen, die die Niagarafälle hinabstürzen, füllen den Schirm. Elegant verschmilzt optisch die natürliche Umgebung mit dem Kraftwerk. Das Bild der Wasserstaubwolken verblaßt, und leuchtendorangefarbene Felsen werden sichtbar, unverkennbar die Schichten der tief in die Erde geschnittenen Wände des Grand Canyon. Schluchten, in Wirklichkeit jetzt mit grauem Staub gefüllt.

Wie ein bleicher Totenschädel wird die Kuppel des Kapitols, das Weiße Haus, irgendein Obelisk sichtbar, weiße Flecken in Feldern giftgrünen Kunstrasens und so raffiniert fotografiert, daß Selbstschußanlagen und Zäune unsichtbar bleiben: Washington.

Die Golde Gate Bridge in einer Totalen, so gewaltig, daß die Autos, die über sie fahren, nichts als Spielzeuge sein können, und ein Selbstmörder, der sich von ihr in die San Francisco Bay stürzen wollte, nichts wäre als ein winziger Fleck.

Der Eiffelturm? Das muß Orlando sein, und richtig: ein Märchenschloß, spotbeleuchtet, Dutzende von Türmchen mit blauen Dächern und himmelblauen Zinnen und Mäuerchen, dahinter im Nachthimmel Kaskaden explodierenden Feuerwerks. Die berühmte Kuppel, die wie der Golfball eines Giganten wirkt, Mickey Mouse, mit einem kleinen Mädchen einen Tanz aufführend, plump wegen der übergroßen Schuhe und der nichts sehenden Augen unter der Maske.

Das Empire State Building, das Chrysler-Gebäude, der Red Rock Tower.

Schnitt. Football- oder Rugbyteams, zwei buntgekleidete Gorillaherden, stürmen im Licht der untergehenden Sonne und zahlreicher Scheinwerfer aufeinander ein und kämpfen um einen eiförmigen Lederball; gepolsterte Kostüme und vergitterte Helmvisiere wirken wie Ordnungshüteruniformen, nur die Reizgasflaschen auf dem Rücken und die Schilde fehlen. Sie stoßen in Zeitlupe zusammen wie streitende Widder, der Aufprall schleudert Speichel aus ihren Mündern.

Jungen spielen Baseball auf der Straße, einer drischt mit einer Keule, um die ihn seine steinzeitlichen Vorfahren beneidet hätten, nach dem Ball, ein anderer trägt ein Abzeichen auf der Mütze, zwei wie die Säbel auf der Kopfbedeckung eines Bürgerkriegssoldaten gekreuzte Schläger, und einen riesigen Handschuh, wie ein groteskes Geschwür oder eine hypertelische Mutation, der ihm das Aussehen einer Winkerkrabbe verleiht.

Schnitt. Eine Familie am Frühstückstisch. Die Eltern jung, dynamisch, der Vater hält die Zeitung aufgeschlagen in den Händen, die Mutter, während im Weichzeichnergegenlicht die Morgensonne ihr Haar umspielt, gießt ihm Kaffee ein, der Sohn mit schwarzem, krausgelocktem Haar unter der Schirmmütze, stützt den Ellbogen auf die Schulter des Vaters, die Tochter hat sich auf sein Bein gesetzt und den Arm um seinen Hals gelegt. Das Mädchen schüttelt vergnügt den Kopf, ihre beiden lustigen blonden Zöpfe fliegen... in einer Hochgeschwindigkeitsaufnahme fließt aus einer Kanne sahnig-weiße Milch in eine Schüssel knusprig-krosser Cornflakes, spritzt als Froschkönigskrönchen dem fallenden Strahl entgegen...

Ich drückte die Aus-Taste. Originell... Originell wie Reklamesendungen. Wahrscheinlich stammte ein Großteil der Ausschnitte tatsächlich aus Werbefilmen.

»Was soll das?« fragte ich. »Hast du das Band schon angesehen?«

»Sicher, ich kenne es«, antwortete Aihílahim. »Nun, der Tenor ist, daß du dich unbedingt ihrer Gruppe anschließen solltest, keinesfalls der anderen. Einwandern, nennen sie es, obwohl mir der Begriff in diesem Zusammenhang etwas unpassend erscheint. Aber meiner Ansicht nach läuft es auf folgendes hinaus: Unter den Amerikanern sind zwei Frauen im gebärfähigen Alter, die vierunddreißigjährige Urenkelin des Präsidenten, Marjorie Hatton, und deren vierzehnjährige Tochter Prudence, aber kaum zeugungsfähige Männer; also möchten sie ihren Genpool ein bißchen erweitern. Nicht, daß sie das mit einer einzigen Silbe erwähnen würden, aber an einigen Stellen, am Ende des Bandes, reden sie von ›Erhaltung der Zivilisation‹, ›Fortbestand der Menschheit‹, usw.«

Ich fluchte. »Wofür halten die mich! Für einen Zuchtbullen?«

Aihílahim kam nicht mehr zu einer Antwort. Ein Bildschirm leuchtete auf; das nußbraune Gesicht eines Espad erschien. Er sagte etwas in einer glucksenden, vokalreichen Sprache, die mich auf scheußliche Weise an die französische erinnerte. Aihílahim antwortete. Das Gesicht verschwand für ein paar Sekunden, unregelmäßige Muster, die sich rasend schnell veränderten, blitzten auf und zwitschernde, zischende und rauschende Geräusche waren zu hören. Es klang, als ob bei einem antiken Plattenspieler der Laser im Schnellvorlauf über die Spuren schlitterte.

»Du solltest dir einen reitenden Boten zulegen«, sagte Ai grinsend zu mir. »Wir haben ein weiteres Band für dich, diesmal von der sowjetischen Gruppe. Sie fordern dich auf, dich ihnen anzuschließen. Vermutlich, damit du nicht zu den Amerikanern gehst; Frauen gibt es jedenfalls keine mehr bei ihnen. Außerdem sprechen sie den Amerikanern die Fähigkeit zu demokratischem und sozialistischem Handeln ab, was immer das heißen mag, und sie beschuldigen die USSA, die Katastrophe verursacht zu haben. Das ist im wesentlichen alles.«

»Sie beschuldigen …? Das ist doch typisch!«

»Typisch? Ja, du hast recht, es scheint kennzeichnend für solche Leute zu sein; eine entsprechende Beschuldigung gab es auch auf dem anderen Band.« Auf dem der Amerikaner.

»Eigentlich habe ich … aber stimmt es denn? Waren die USSA schuld?«

Aihílahim preßte die Lippen zusammen. »Nun ja«, sagte er. »Wenn Passau in Amerika liegt.«

Eine schmerzhafte Stille entstand.

»Die Abteilung XII der dortigen *Aesop*, genauer gesagt.« Die *Aesop*, natürlich. Ich hätte es mir denken können. Aber wenigstens nicht meine Abteilung.

Um das Thema zu wechseln, sprach ich Aihahílihim, wenn mir die Lust aufs Essen auch vergangen war, auf den grünen Brei an, den er mir täglich mehrmals brachte.

»Tut mir leid«, sagte er. »Wir versuchen, ein etwas schmackhafteres Essen für dich herzustellen, aber es ist nicht ganz leicht für uns, etwas zu erzeugen, das euren physiologischen Anforderungen entspricht, denn wir unterscheiden uns mehr von euch als eine Seeanemone von einem Windröschen. Allerdings stehen wir kurz vor einer Lösung.«

»Könnt ihr denn nicht etwas von den anderen kopieren, wie das Papier oder den Federhalter? Sie müssen doch Vorräte haben.«

»Sicher. Aber wenn du nicht ausdrücklich darauf bestehst, werden wir das nicht tun. Diese ›Nahrungsmittel‹ sind lebensgefährlich.«

»Lebensgefährlich? Wieso das? Sind sie verseucht?«

»In gewisser Weise ja, wenn auch nicht so, wie du denkst. Eure Umwelt war entsetzlich ›belastet‹, wie es euphemistisch hieß, mit den verschiedensten Giften, zum Teil auch mit Radioaktivität aus Kernbombentests, Reaktorunfällen oder von aktiven Abfällen. Es ist einfacher, neue Nahrungsmittel herzustellen, als eure zu entgiften. Dazu kommt, daß ihr nicht nur pflanzliche Stoffe eßt, sondern auch tierisches Gewebe. Von ethischen Bedenken abgesehen, sammeln sich in den Tieren während ihrer Lebenszeit natürlich viel mehr Schadstoffe als in Pflanzen, schon weil sie Unmengen solcher Pflanzen selbst zu sich nehmen. Außerdem reagiert der menschliche Körper auch auf unverseuchtes Fleisch mit Abwehrreaktionen, die denen bei einer Infektion gleichkommen. Es ist also außerordentlich ungesund, Überreste von Tieren zu verzehren, rein körperlich. Die durchschnittliche Lebenserwartung wird dadurch um etwa ein Drittel reduziert. Die psychischen Schäden, die durch die Verwendung von Tieren als Nahrungsmittel entstehen, sind ebenfalls katastrophal. Aggression. Neigung zu Gewaltanwendung. Das hier.« Er trat zu einem Bullauge und klopfte mit dem Finger gegen die Scheibe. Natürlich meinte er nicht das Fenster, sondern das, was dahinter lag: die von einer alles bedeckenden Staubschicht überzogene, tote Erde.

»Wie dem auch sei«, fuhr er fort, »die Leute in den drei großen Gruppen haben sofort von uns ›verlangt‹, Nahrungsmittel für sie zu kopieren, als sie erfahren haben, daß wir ihre Informationen kopiert hatten – als ›Gegenleistung‹ oder ›Bezahlung‹. Diese Krämerseelen. Sie bestehen darauf, obwohl wir sie auf die Gefahren hingewiesen haben. Vielleicht ändern sie ihre Ansicht noch. Ich würde dir jedenfalls empfehlen, abzuwarten, bis wir richtige Nahrung für dich herstellen können.«

Schon ein paar Tage später, gestern, am Sonntag, dem letzten Junitag, brachte Aihílahim mir kurz nach Mittag tatsächlich ein ›richtiges‹ Essen. Es war merkwürdig geometrisch geformt: zwei Quader in der Größe von Knäckebrot, die wie gebratenes Huhn schmeckten, jedoch nicht so fest waren, mit einer säuerlichen gelben Sauce; dunkelblaue Erbsen mit nußartigem Geschmack; winzige rote Zylinder wie Reis und, kalt, als Salat, hellgrün durchscheinende saftige Würfelchen mit scharfem, weißem Dip. Als Nachspeise gab es glasige, süße Bällchen in der Größe von Kirschen, die geeist waren. Es schmeckte alles sehr ungewöhnlich, aber es war, ohne Übertreibung, das Beste, was ich je gegessen hatte.

Der heutige Tag bescherte mir eine Überraschung. Es ist kaum zu glauben. Ich war so tief begraben in meinen Problemen, daß ich mir nahezu keine Gedanken über die Espadi machte. Und als ich jetzt zum erstenmal eine Frage an Aihílahim richtete, die die Außerirdischen betraf, war die Antwort mehr als überraschend.

»Aihílahim?«

»Ja?«

»Sag, gibt es bei euch an Bord auch ... Frauen?«

»Außer mir, meinst du? Eine verblüffende Frage. Ungefähr die Hälfte aller Espadi sind ...«

»Außer dir? Soll das heißen, daß du ...?«

»Sicher. Hast du das denn nicht bemerkt?«

»Und Homoynouhym? Ist er ... ist sie ...?«

»Ho ist männlich.« Ais Mähne war zu einem langen Pferdeschwanz gebunden, der wie ein Bündel goldener Spinnweben zu Boden floß. Damit und in ihrer Tunika, die an ein rosa-rot gestreiftes Nachthemd erinnerte, wirkte sie tatsächlich sehr feminin. Unsinn, Homoynouhym würde mit Pferdeschwanz genauso aussehen.

»Gibt es bei euch denn keine Unterschiede zwischen Männern und Frauen?« fragte ich.

»Also, weißt du!« versetzte sie amüsiert. »Meine Hautzeichnung ist doch viel filigraner als die eines Mannes. Aber im Ernst: Es gibt selbstverständlich körperliche Unterschiede, Unterschiede sehr angenehmer Natur sogar.« Ihr schien das überhaupt nicht peinlich zu sein, ganz im Gegensatz zu mir. »Aber ich habe ein paar eurer Frauen gesehen, ich nehme an, du meinst deutlich sichtbare äußerliche Merkmale, wie zum Beispiel Euter?« Jetzt, wo ich das schreibe, ist mir klar, daß sie dieses Wort bewußt wählte, für ein solches Versehen beherrschte sie die Sprache zu perfekt. »Wenn du darüber nachdenkst, wirst du feststellen, daß viele Säuger ohne auskommen.«

Ich glaube nicht, daß ich lange darüber nachdenken möchte.

Worüber ich nachdenken muß: Was soll ich jetzt

tun? Wohin soll ich gehen? Zu den Amerikanern, die zwar unsere Verbündeten waren, die mich aber wahrscheinlich für ihre Wiederaufzuchtprogramme mißbrauchen wollen, oder zu den Russen, die mich nicht mit solchen Dingen behelligen werden, die meiner Konditionierung, wie sie schließlich jeder Katholik mit der Erstkommunion erhält, zuwiderliefen. Andererseits beherrsche ich kein Wort Russisch. Ich sprach mit Aihílahim darüber.

»Die Frage lautet: Ist es besser, das Ei am spitzen oder am stumpfen Ende aufzuschlagen?« meinte sie.

»Vielleicht solltest du es aus der Sicht des Eis betrachten. Sieh zu, daß es dir nicht ergeht, wie Buridans Esel.«

»Buridans Esel?«

»Ein hypothetischer Esel, der zwischen zwei gleichen Heuballen verhungerte, weil er sich nicht für einen davon zu entscheiden vermochte.«

»Vielleicht hätte er eine Münze werfen sollen.«

Aihílahim lachte. »Vielleicht. Aber eine möglichst dicke Münze.«

»Wieso das?«

»Ganz einfach«, sagte sie und zwinkerte mit einer überraschend menschlichen Geste. »Je dicker die Münze, desto größer die Wahrscheinlichkeit, daß sie auf den Rand fällt.« Hüpfend verschwand sie, wie ein kleines Mädchen, das im Frühling über eine Wiese tanzt.

Als sie wiederkam, war ihre Fröhlichkeit verflogen.

»Die Amerikaner stellen dir ein Ultimatum«, sagte sie. Die Amerikaner und die Russen sprachen nie direkt mit mir über das Bigfon im Lift, sondern immer nur über Ai, um zu verhindern, daß sie von der Gegenseite abgehört wurden. Was natürlich albern war, da sie von den Espadi alles erfuhren, was sie wissen wollten. »Heute ist Dienstag, der zweite. Bis zum vierten Juli, also übermorgen, mußt du dich entschieden haben. Offiziell wollen sie die Entscheidung forcieren, um deine Entschlossenheit zu überprüfen. Jemand, der so lange darüber nachdenke, vielleicht doch zu den Russen zu gehen, sei für sie nicht tragbar. Aber...«

»Aber?«

»Aber ich denke, daß es damit zusammenhängt, daß Marjorie Prudence sich die Pulsadern aufgeschnitten hat. Sie hat es nicht überlebt. Es tut mir leid.«

Haltlos fuhren meine Fingernägel über die Überreste einer zerfetzten Weichglasplatte. »Wenn ihr doch nur früher hiergewesen wärt!«

»Früher als was? Früher als Passau? Hiroshima? Troja? Nein, es ist zwecklos; wenn ihr nicht von selbst darauf gekommen seid... das Problem ist, daß ihr es alle zugleich hättet merken müssen. Es kann ziemlich unangenehm werden, die andere Wange hinzuhalten, wenn der Rest der Welt kein größeres Vergnügen kennt, als dich zu ohrfeigen. Es ist wie auf einer Galeere, in der die Sklaven mit dem Wind und der Strömung auf einen Mahlstrom zurudern. Was tut's, wenn zwei entgegenrudern? Sie werden ausgepeitscht oder über Bord geworfen. Und auch wenn alle gegenrudern – gegen die Strömung kommen sie nicht an. Sie müßten die Lateinsegel hissen und gegen den Wind kreuzen.«

(Ai hat mich heute gebeten, lesen zu dürfen, was ich geschrieben habe. Gebeten, obwohl sie natürlich alles aus der Ferne hätte kopieren können, wie die amerikanischen und russischen Daten. Zunächst zögerte ich, aber schließlich konnte es nur zu meinem Vorteil sein, und ich stimmte zu. Aihílahim las rasend schnell, sie betrachtete jede Seite vielleicht ein oder zwei Sekunden und blätterte dann um. Ihre enzyklopädischen Kenntnisse sind einfach unglaublich. Schrecklich! Alles ist voller Fehler: Karbol wurde seit Jahrzehnten nicht mehr verwendet, da es ätzend und eiweißdenaturierend wirkt; das Schlagwort vom ›Krieg, der alle Kriege beendet‹, das die Amerikaner sich als Rechtfertigung zu eigen gemacht hatten, stammte von H. G. Wells, veröffentlicht vor Beginn des Zweiten Weltkriegs, der damals schlimmstenfalls ein eher harmloses, einige Monate dauerndes Geplänkel zu werden schien; Nobel hat – ach, was soll's. Das sind Fehler, die mir unterlaufen sind, nicht weiter tragisch. Aber… es ist unmöglich, Gravitationsfelder abzuschirmen. Das Stasisfeld kann so nicht funktionieren. Andererseits bin ich hier, ich lebe. Aihílahim meint, es sei einfach ein Teil der Geheimhaltung gewesen, Falschinformation über die Arbeitsweise des Feldes, nicht über seinen Zweck. Wahrscheinlich hat sie recht. Aber was hat das Feld wirklich für Auswirkungen? Ich bilde mir ein, eine Veränderung in mir zu spüren, die an- und abschwillt wie der Heulton eines Martinshorns. Wie ein Korken im Meer schwimmen meine Gedanken und Gefühle von Wellenberg zu Wellental. Die *Aesop* hat nichts als Märchen und Lügen erzählt, aber vielleicht war das Experiment ein – wer war Pyrrhus' Gegner? – eine Antipyrrhus-Niederlage.)

Die ganze vergangene Nacht hatte ich über einer Idee gebrütet. Als in unserer Unterhaltung eine längere Pause entstand, begann ich: »Weißt du, ich fühle mich schrecklich allein hier, wenn du nicht da bist. Und es ist ja auch umständlich für dich, immer hierherzukommen. Würdest du euren Kapitän fragen, ob ich für eine Weile zu euch ins Schiff kommen darf? Nur, bis ich mich entschieden habe.«

Aihílahim sah mich verdutzt an. »Es gibt bei uns keinen Kapitän«, sagte sie dann. »Glaubst du, wir sind mit einem Dampfer hier?«

»Dann eben den Kommandanten. Bitte. Es ist sehr wichtig für mich.«

»Du verstehst mich falsch. Wir brauchen keinen Kapitän für die Koordination verschiedener Tätigkeiten wie auf einem Segelschiff. Und was die anderen Funktionen eines Kommandanten angeht: Sicher kann ein Tandem nur einer lenken, aber das ist kein Problem, es spielt keine Rolle, wer es tut. Nicht einmal bei euch gab es dafür Vorschriften. Natürlich kannst du in unser Schiff kommen, es wird niemand etwas dagegen einzuwenden haben, aber Befehle gibt bei uns keiner. *Take me to your leader,* wie? Nein, wir brauchen keine Führer, ob sie nun Häuptling oder Kanzler heißen. Die machthungrigen Präsidenten aus barbarischen Zeiten haben längst ausgespielt.

Sind wir denn eine Schafherde? Rinder brauchen vielleicht einen Leitbullen, aber auch da ist die Folge mehr als einmal eine Stampede.« Es war erstaunlich, wie sie mit einer fremden Sprache, fremden Begriffen und Bildern umzugehen wußte. »Wir sind keine wilden Tiere.«

»Aber ihr braucht doch auch jemanden, der Gesetze macht, der für deren Einhaltung sorgt und Verbrecher bestraft.«

Sie atmete tief ein und wieder aus. »Armer kleiner Erdenmensch«, sagte sie, die mir kaum bis zur Brust reichte. »Nein, wir brauchen keine Gesetze, im Gegenteil. In unserer Sprache gibt es nicht einmal mehr ein Wort dafür. Kein Körper kann auf Lichtgeschwindigkeit beschleunigt werden: Das ist ein Gesetz, ein Naturgesetz. Donnerstags ist es verboten, Wörter zu gebrauchen, die mehr als dreizehn Buchstaben haben: Das ist kein Gesetz, das ist Unsinn.«

»Aber solche Gesetze gibt … gab es nicht.«

»Wirklich? In Indiana gab es ein Gesetz, nach dem $\pi$ den Wert $3\frac{13}{81}$ hatte. Ist das etwa vernünftig? … *How I want a drink, alcoholic of course, after the heavy lectures involving quantum mechanics.*«

»Was?«

»Ach, nichts, schon gut. Aber mein Donnerstags-Beispiel ist so weit nicht hergeholt. Es gab bei euch eine

Menge Vorschriften, an bestimmten Wochentagen nicht mehr als tausend Schritte zu gehen, nur das Fleisch von Fischen zu essen, keine Häuser zu bauen.

Selbst die amerikanische Verfassung, die doch einige interessante Ansätze enthält, ist geschrieben auf Pergament aus Velin – das ist ein Euphemismus für die Haut eines toten Lamms oder Kalbs. Diese Tatsache ist doch sehr bezeichnend. Jede eurer scheinbaren Freiheiten steht auf Leichen.

Hast du dir einmal eines eurer sogenannten ›Gesetzbücher‹ angesehen? Sie verboten im wesentlichen die Gefährdung der ›Staatssicherheit‹ oder die ›Beleidigung‹ religiöser Fanatiker. Der Gebrauch von Fremdwörtern war mancherorts untersagt. In pornographischen Abbildungen mußten sämtliche Finger einer Hand, die eine Vulva bedeckte, deutlich zu sehen sein. Das Bespucken von Flaggen wurde nach § 90a StGB der Gesamtdeutschen Republik mit ›Zwangseuthanasie‹ bestraft.« Ihre Stimme war eine Spur schärfer geworden; jetzt machte sie eine Pause und fuhr ruhiger fort: »Wenn es keinen Staat gibt, keine hierarchische Gesellschaftsstruktur – wozu dann solche unsinnigen, widerlichen Verbote? Und einige wenige Gesetze beschäftigen sich mit Dingen wie Mord oder Diebstahl. Diebstahl! Ist es ein Verbrechen, eine Frucht zu pflücken, wenn man hungrig ist, und genug Obst für alle wächst? Bei uns gibt es kein Eigentum, also auch keinen Diebstahl. Es gibt keine Golddublonen und keinen König, also auch keine Besitz- oder Machtgier. Oder, nein, es ist umgekehrt, weil niemand in machiavellistischem Herrschaftsgehabe gefangen ist, häuft auch niemand Besitz an oder versucht, andere zu seinem eigenen Vorteil zu unterdrücken.«

»Aber das kann doch nicht funktionieren! Selbst wenn man in ein Warenhaus gehen kann und alles aus den Regalen nehmen darf, ohne bezahlen zu müssen, selbst, wenn niemand arbeiten muß, weil die Regale von Automaten gefüllt werden, selbst, wenn von allem genügend vorhanden ist oder produziert wird – wegen irgend etwas wird es immer Streit geben: Wenn der eine eine hübschere Frau hat als der andere ...«

»Hör auf! Du bist ekelhaft. Und das vierfach in einem Halbsatz: Erstens, eine Frau ist für dich nichts als eine Ware, zumindest nennst du sie in einem Atemzug. Und zweitens, was für ein Kriterium ist das, einen Menschen zu beurteilen: ›hübsch‹? Zum dritten das Verb in deinem Satz: Wie kann man eine Frau ›haben‹? Was dein scheinbares Problem angeht: In so einem Fall ist es doch wohl Sache der Frau, sich zu entscheiden, mit wem von beiden, falls überhaupt, sie eine Beziehung eingehen will.

Du bist in der Denkweise von Neandertalern verfangen, denen – ungerechtfertigterweise – halb im Spaß und halb im Ernst nachgesagt wurde, sie hätten Frauen an den Haaren in ihre Höhlen gezerrt. Dabei bist du selbst ein solcher Urmensch, der nur sein monarchistisches System kennt, in dem der Stammesälteste oder der Schamane despotisch bestimmt, wer den größten Anteil an der Jagdbeute erhält, welcher Krieger sich mit welchem Haremsweibchen paart oder wer den schärfsten Steinkeil besitzen darf ...«

»Augenblick!« unterbrach ich. »Wir konnten jederzeit einen Antrag stellen, uns von der Zwangsheirat – vom Vorschlag des Eugenikamtes, meine ich – entbinden zu lassen.«

»...ein Urmensch«, fuhr sie fort, ohne meinen Einwand zu beachten, und vergrub die Hände in den Taschen ihres schwarz-weiß marmorierten Coveralls, »der auf eine ihm völlig unvertraute Form des Zusammenlebens trifft – nehmen wir an, es sei eine Putativdemokratie, meinetwegen die Oligarchie, die ihr Demokratie nennt. Er kann nicht begreifen, daß es eine Gesellschaft geben soll, in der nicht der durch göttliche Gnade eingesetzte Priester oder der durch

Kraft oder bloßes jahrelanges Überleben ausgezeichnete Häuptling der allmächtige Herrscher ist. Er kennt nur eine Todesstrafe – sagen wir, das Steinigen, oder das Zerreißen der Kehle –, und er versteht nicht, daß ihr die Wahl haben sollt zwischen Strick und Guillotine, daß ihr die Vor- und Nachteile abwägen könnt: Das Fallbeil wurde als besonders humanes Hinrichtungsinstrument entwickelt, das den Verurteilten mit Sicherheit beim erstenmal tötete, während der altmodische Henker oft zwei- oder dreimal zuschlagen mußte, weil er schlecht gezielt und, statt den Nacken zu durchtrennen, den Hinterkopf gespalten oder den Rücken zerfleischt oder aber nicht genug Kraft in den Schlag gelegt hatte; außerdem bedeutete die Guillotine eine Demokratisierung, da das Privileg krimineller Adliger, durch das Schwert hingerichtet zu werden, entfiel. Andererseits kann ein Strick reißen, ein Ast brechen, und das wurde gemeinhin als Gottesurteil gewertet, der Gehängte blieb am Leben. Der Urmensch muß natürlich an der Funktionsfähigkeit eines mit solchen Wahlfreiheiten ausgestatteten Stammes zweifeln.«

»Was ist mit Homoynouhym?«

»Was soll mit ihm sein?«

»Ist er nicht ... schließlich war er als erster hier bei mir. Und sein Alter ...«

»Ho war etwas voreilig, ich sagte es schon. Aber was meinst du mit ›Alter‹?«

»Ich denke, er ist älter als du, also wird er wohl auch einen höheren Rang bekleiden.«

»Rang! Was für ein Unsinn. Außerdem ist Homoynouhym keineswegs älter als ich, im Gegenteil, er ist noch ein Kind.«

»Ein Kind? Aber ... seine weißen Haare!«

»Oh, jetzt verstehe ich, was du meinst. Die Farbe seiner Haare hat nichts mit hohem Alter zu tun – ebensowenig wie hohes Alter mit irgendeinem ›Rang‹ zu tun haben könnte – sie entsteht durch die Einlagerung von Gasbläschen und ist nichts als ein Zeichen beginnender Pubertät.

Du solltest keine falschen Schlüsse daraus ziehen, daß wir Espadi euch so ähnlich sehen. Es hat auch hier auf der Erde parallele Evolution gegeben, beispielsweise bei Beutel- und Plazentatieren: Beutelwolf und Wolf, Flugbeutler und -hörnchen, Springbeutler und Springmaus, Beutel- und Malaienbär, Beutelmull und Maulwurf, um nur einige Beispiele zu nennen. Aber die Ähnlichkeit ist rein äußerlich. Funktional, und auf gleiche Umweltbedingungen zurückzuführen.« Ob die Espadi ihre Kinder in einem Beutel säugen? Jedenfalls hat Ai keine Brüste, soviel ich sehe. Hat sie deshalb von ›Euter‹ gesprochen?

»Und was ist, wenn jemand einen Mord begeht?« fragte ich, um wieder zum ursprünglichen Thema zu kommen.

Aihílahim atmete hörbar aus. Es klang resigniert. »Warum sollte jemand so etwas tun?« Wie zu sich selbst fügte sie leise hinzu: »Es ist so schwer, gegen Kreuzritter zu argumentieren …« Dann fuhr sie fort: »Verzicht – nein, das ist nicht das richtige Wort … Ablehnung von Gewalt ist eine ethische Selbstverständlichkeit. Ich kann nicht begreifen … niemand reißt sich selbst ein Herz aus der Brust. Wie heißt es bei euch? Eine Krähe hackt der anderen kein Auge aus. Nun ja, ihr seid eben nicht auf dem moralischen Niveau von Krähen. Seid ihr etwa nur deshalb nicht Nacht für Nacht plündernd und mordend durch die Straßen gezogen, weil es *verboten* war? – Schon gut«, lenkte sie mit einem traurigen Blick auf die graue Staubwüste, die durch das Fenster zu sehen war, ein, »ich ziehe die Frage zurück. Wirklich, diese Welt ist die schrecklichste, die ich je gesehen habe. Entschuldige mich, ich muß eine Weile allein sein.«

Mit diesen Worten ging sie.

Wenn ich aus dem Fenster sehe, kann ich verstehen, was sie meint. Staub. Das ist es, was aus der Erde geworden ist.

»Sind wir denn so anders? Eine Ausnahme?« fragte ich sie später. »Die schwarzen Schafe des Universums? Schreckgespenster aus der Geisterbahn des Alls?«

Sie schüttelte den Kopf. »Nein. Im Gegenteil, ihr seid völlig normal.«

»Aber du hast doch gesagt, dies sei die schrecklichste aller Welten.«

»Die schrecklichste, die ich kenne. Ich bin noch nicht auf vielen gewesen, außerdem mußt du in kosmischen Zeiträumen denken, es ist ein ungeheurer Zufall und das erste Mal, daß wir so etwas miterleben.

Wohl jede bewohnte Welt hatte irgendwann einmal ihre Saurier, wandelnde Fleischberge, ein Ausbund an Kraft. Die Evolution spickte sie mit Waffen: mit Klauen und Reißzähnen, Panzern und Hörnern, vielleicht, wie der grausame Scherz eines hypothetischen Schöpfers, als Vorwegnahme der Zukunft einem in die Zunge eingebauten Blasrohr oder einem Morgenstern an der Schwanzspitze. Und sie starben aus – zu viele Muskeln, zu wenig Gehirn. Und lange danach kommt etwas wie das, was ihr selbstgefällig – und ironischerweise viel treffender, als ihr glaubt – *sapiens* nennt. Diese Wesen, sie mögen aussehen wie rosa Affen, himmelblaue Bandwürmer oder grüne Amphoren mit Saugnäpfen, rüsten sich selbst mit künstlichen Klauen und Panzern aus, oder, in schrecklicher Parodie auf die Evolution, mit künstlichem tödlichen Leben. Und sie sterben aus. Zu viel Gehirn, zu wenig Gewissen. Doch mit etwas Glück bleibt, anders als hier auf der Erde, etwas übrig, ein Weg, der die Evolution zurück aus der Sackgasse führt – zu Wesen mit ethischem Bewußtsein.«

Jetzt, einen Tag später, sitze ich im Schiff der Espadi – nicht dem, das ich von meinem Lift aus gesehen hatte, das war nur ein kleines Landungsboot, mit dem ich auch hierhergebracht worden bin. Dutzende davon fliegen um dieses Schiff, umschwärmen es wie eine Schule silberner Delphine, doch beim Anflug erinnerten sie weniger an Tümmler, mehr an Sprotten neben einem Wal. Und auch dies hier ist nur eine Fähre. Wie groß mußte dann erst das ›richtige‹ Schiff sein, das ›draußen‹, außerhalb des Sonnensystems, wartete, und wie viele Espadi mochten darin leben? fragte ich Ai. Doch es ist ganz anders: Der Transporter ist eine kreisrunde Scheibe, keine sechs Kubikmeter groß – an diesem Ende. Es ist kein Schiff, das sich von einem Punkt zum anderen bewegt, sondern der Eingang zu einem Quantentunnel – was immer das sein mag. Andere Welten liegen direkt vor der Haustür, bewohnt von Milliarden, vielleicht Billionen denkender Wesen.

Einundachtzig Menschen sind noch am Leben. Meine Stimme könnte das Zünglein an der Waage sein bei einer Abstimmung, sie hätte zum erstenmal wirklich Gewicht.

Aber der Japaner ist Monarchist, kein Demokrat. Die Imamiten sind sicher auch nicht demokratisch eingestellt. Vielleicht sind die Iraner sogar islamische Extremisten, Ghulat. Mahdisten sind sie sicher nicht – der Weltuntergang ist jedenfalls gekommen, ob mit dem zwölften Imam oder ohne ihn. Die Inder ... wer weiß. Aber es bleibt eine demokratische Mehrheit, und damit herrscht auf der Erde das Volk. Oder? Ist das nicht eine Schlange, die sich selbst in den Schwanz beißt: In der Demokratie bestimmt die Mehrheit, jetzt ist die Mehrheit für Demokratie, also ist dies eine Demokratie? Müßten nicht vielmehr alle Menschen Demokraten sein, um eine Demokratie zu rechtfertigen? Die Mehrheit ist für Demokratie, also haben wir eine Demokratie. Ist das nicht das gleiche wie: Der König ist für die Monarchie, also ist die Monarchie die einzig in Frage kommende Regierungsform? Früher hätten mich solche Gedanken – davon abgesehen, daß ich sie nie gedacht hätte – bestenfalls zum Versuchskaninchen der *Aesop* gemacht; jetzt bereiten sie mir nur noch Kopfschmerzen.

Heute läuft das Ultimatum der Amerikaner ab. Soll es! Ich brauche diese Zombies nicht, die da unten in ihren Blechsärgen hocken. Alle Menschen, die ich gekannt habe, sind tot: Hildegard, meine Bekannten und Kollegen – Havlíček –, Speckbeer und die Leute von der *Aesop,* Oldenburg und Adıvar, denen ich es letztendlich zu verdanken habe, daß ich lebe, sie alle sind zu Staub zerfallen.

Von der jüngsten der drei Supermächte hat nur ein Vertreter überlebt, nämlich ich, und das durch bloßen Zufall; die beiden anderen – die älteren, weiseren – waren besser ›vorbereitet‹, doch was nützt es ihnen? In ein paar Jahren werden auch sie tot sein, ausgelöscht.

Das alles werde ich hinter mir lassen; wie ich die Taschen meines Overalls geleert, die Id-Karte der *Aesop* und die Cellophanhüllen der Lutschtabakbeutel vernichtet habe (der Recyclinganlage des Espadi-Schiffes zugeführt, genauer gesagt), so werde ich meine Bindungen an die Erde, falls sie überhaupt noch existieren, zerreißen.

Durch die transparente Schiffswand sehe ich die hauchdünne, mattgraue Sichel der Erde. Wir fliegen auf die Nachtseite zu, in ein paar Minuten wird auch die Sichel verschwunden sein, und die Erde wird zu einem schwarzen Nichts werden, umgeben von einem rötlich schimmernden Kranz des durch die Erdatmosphäre gebrochenen Sonnenlichts.

Warum sind die Espadi noch hier, wo sie doch bereits alles Wissen über uns, das übrig geblieben ist, kopiert haben? Sie *könnten* auch Menschen kopieren, aber sie tun es nicht.

Endlich, endlich habe ich begriffen. Ich weiß, weshalb die Ratten sich weigerten, durch das Labyrinth zu laufen. Noch habe ich Aihílahim nicht gefragt, doch ich weiß, was sie antworten wird.

Buridans Esel wird die Heuballen links und rechts liegen lassen und sich eine Wiese mit fettem, saftigem Gras und leuchtenden Kornblumen suchen.

*Herbst 1987, Frühjahr und Sommer 1989*

# S WIE SPION

Wer hat gesagt, daß in unserem Beruf keine Prü-
gel mehr üblich sind? Wahrscheinlich dieser Trottel
Horace Goody in einem seiner Seminare über psychologische Techniken zur Löschung von Erinnerungen
und wichtigen Nachrichten. Drei Viertel unserer
Gruppe wußten nicht einmal, daß in diesem Fall ›Löschung‹ eigentlich ›Beseitigung‹ bedeutete, und wenn
ich nach seinen Lektionen seine idiotischen Theorien
in einem kleinen Skript zusammengefaßt hätte, hätte
ich allein in meiner Abteilung damit eine Menge ver-
dienen können. Aber alles war natürlich *top secret*, und
der gute Goody – sowie die gesamte Fakultät für Neu-
roverhaltensweisen der Universität von Neu-Eng-
land – hätten es mir ganz schön übelgenommen. Ganz
abgesehen davon, daß er möglicherweise sogar recht
hatte ... aber die im Feldeinsatz befindlichen Agenten
wußten es nicht oder kümmerten sich nicht darum.
Blieb die Tatsache, daß nach vierzehn Stunden auf
dem Planeten Dom meine Situation keineswegs angenehm war und ich mir brennend wünschte, wenigstens einige der ›Genossen‹, die mich verhörten, hätten
ein Seminar von Horace Goody besucht.

Sie hatten mich landen, den Rückflug buchen, das
Gepäck in ein Robotaxi verladen und zum Hotel fahren lassen: dann hatte mich ein Team von vier kräftigen Gruani (für mich hatten sie das härteste und ra-
scheste Korps ihrer Gegenspionage bemüht) in meinem Hotelzimmer überfallen und mich dann – prak-

tisch gewaltsam und bereits mit einer gewissen Dosis Brutalität – in den Keller des grauen Wolkenkratzers auf der Sretenka Ulitza transportiert, den ich vom Hörensagen ziemlich genau kannte. Ein paar Minuten nahmen die notwendigen Formalitäten und meine erwarteten Proteste in Anspruch, dann eine halbe Stunde, in der ich als Fußball für weitere vier Gruani im Vorzimmer der Blase diente, dann kamen ein paar Injektionen, und ich wurde in die Maschine gesteckt, die in Neu-Langley als die vollkommenste Apparatur galt, mit der man einem Menschen seine Geheimnisse entlocken kann.

Die Blase war an und für sich nichts Besonderes. Das Grundprinzip war immer die sensorische Isolierung, um jeglichen (natürlichen oder induzierten) Widerstand des Verhörten zu brechen. Ich wußte, daß die Spezialisten im zwanzigsten Jahrhundert, dem goldenen Zeitalter der Spionage, ein ähnliches, einfaches und primitives System erfunden hatten, das jedoch äußerst wirksam war: man steckte das Objekt in einen Druckanzug und versenkte es dann in ein vollkommen dunkles Gefäß mit Wasser. Die Reaktionszeit war natürlich von Individuum zu Individuum verschieden, aber wenn jemand einen Tag oder zwei Tage lang gewichtslos, blind, taub und körperlich geschwächt verbrachte und unter nervöser Spannung stand, erwies sich diese Behandlung als Allheilmittel für Leute, die einer spontanen, bedingungslosen Kollaboration ablehnend gegenüberstanden; die Anwendung von körperlicher Gewalt war dann nicht mehr nötig. Die Erfindung war eine geniale Ergänzung der etwas brutalen Methoden der mythischen Gestapo und zeitigte ausgezeichnete Ergebnisse. Das Unangenehme daran – zumindest in meinem Fall – war, daß die Behandlung in der Blase von meinen Vorgesetzten in Neu-Langley vorgesehen und berücksichtigt worden war, so daß sie nur an die äußere Schicht meiner Psyche herankommen konnte – das heißt, an das Meisterwerk an unterschwelliger Indoktrination, nach der ich ein einfacher Antiquar und nichts weiter war. Falls unser Wissen über die Wirkungsweise und über die Grenzen der Blase unzureichend war, konnten die Gruani mit ihren haarigen Pratzen meine wahre Identität freilegen, und Neu-Langley mußte sich nach einem anderen Liquidator umsehen.

Ich spürte, daß das Pentiometolin zu wirken begann. Im finsteren Nichts, das mich umgab (das Innere der Blase war ein eiförmiger Raum mit einer Anti-Schwerkraft-Platte) und in dem ich splitternackt herumschwamm, herrschte vollkommene Stille. Die Droge, die man mir injiziert hatte, erreichte allmählich mein Bewußtsein und versuchte, mich in unheilbare Stumpfheit zu versetzen. Ich leistete keinen Widerstand. Die Laboratorien von Neu-Langley hatten sich bemüht, die ausgefallene Mischung aus Alkaloiden nachzuahmen und hatten lange Gewöhnungstherapien mit mir durchgeführt, zweifelten jedoch an ihrer Wirksamkeit. Dom war ein isolierter Planet im letzten äußeren Sextanten des Phönix-Systems und war vor dreihundert Jahren von ein paar tausend ›sowjetischen‹ Russen (wie sie sich damals nannten) kolonisiert worden, die keinen besseren stellaren Landeplatz gefunden hatten. Die Landfläche des Planeten bestand aus vier Kontinenten, von denen Zmeya der größte (er entsprach ungefähr unserem Afrika) und in den Umweltbedingungen dem europäischen Rußland am ähnlichsten war. Sein größter Nachteil bestand darin, daß er von langen, sehr giftigen, einäugigen Schlangen buchstäblich verseucht war. Nachdem die Kolonisten das Problem mit den Schlangen irgendwie in den Griff bekommen hatten, hatte sich eine soziale Struktur herausgebildet, die die Geschichtsgelehrten mit der Ende des zwanzigsten Jahrhunderts im terrestrischen Rußland herrschenden Gesellschaftsform gleichsetzten. So hatten sie die strenge Einteilung in Kasten beibehalten (die ›Parteimitglieder‹, die ›Beamten‹ oder Kollaborateure und die ›Arbeiter‹ oder Proletarier), beharrten unerklärlicherweise auf einer planetaren Währung (dem ›Rubel‹), die auf dem Devisenmarkt der Föderation kaum gehandelt wurde, hielten zäh an der isolationistischen Politik fest und legten eine ausgesprochene Vorliebe für staatliche (geheime oder beinahe geheime) Organisationen an den Tag, die eine direkte Kontrolle des Staates bei jedem Eingriff von außen, womit die Terrestrische Föderation gemeint war, gewährleisten sollten. Als die schrecklichsten Feinde der Föderation, die Paizon von Paidia, mit dem erklärten Ziel auf der galaktischen Szene erschienen, das weitere Vordringen der Menschheit im Universum zu verhindern, hatte die Regierung von Dom ihre Haltung den föderalistischen Brüdern gegenüber kaum verändert. Sie hatte sich bereit erklärt, mit den alliierten Dienststellen im Kampf gegen die Paizon zu kooperieren, war jedoch keinesfalls gewillt, ihre Aktionen direkt mit jenen der parallelen Organisationen zu koordinieren, die ihre Daten an die Zentrale von Neu Langley lieferten. Die Proteste und Drohungen des terrestrischen Mutterplaneten (genauer von Mütterchen Rußland, das jetzt Paritätisches Mitglied der föderalen Kontrollagentur war) waren wirkungslos geblieben, da die Entfernung zwischen Terra und Dom wirklich ungeheuer war und man befürchtete, daß der Planet jegliche Zusammenarbeit verweigern würde.

Neu-Langley stand somit vor der schwierigen Entscheidung, entweder vor einer unnachgiebigen Administration zu kapitulieren oder auf jegliche Hilfe in diesem stellaren Bereich zu verzichten – und hatte den üblichen Weg einer Doppelstrategie gewählt. Mit Dom soweit wie praktikabel zusammenarbeiten und im Hinblick auf eventuelle spätere Ereignisse, die ein entschiedeneres Eingreifen der Domianer erforderlich machen würden, möglichst viele Agenten in die Hierarchie des Planeten einschleusen. Diese Ereignisse hatten nicht lange auf sich warten lassen.

Während ich in dem dunklen, schweigenden Nichts hing und nicht feststellen konnte, ob ich mich in der Senkrechten oder Waagrechten befand, überkam mich allmählich ein heftiger Juckreiz. Er hatte als Prickeln an den Handgelenken und den Waden begonnen, dann hatte er sich bis zum Hals ausgebreitet. Und ich konnte mich nicht kratzen. Das Pentiometolin hat einige ziemlich merkwürdige Nebenwirkungen, aber diese war auf der Liste nicht angeführt; es lähmte einen Teil des Muskelsystems – ausgenommen die unwillkürlichen Muskeln, sonst hätte mein Herz schon aufgehört zu schlagen –, beeinflußte das Nervensystem und senkte die Reizschwelle für bewußte Reaktionen. Es war ein zusammengesetztes Alkaloid, das Ergebnis einer ausgewogenen Verschmelzung mehrerer bereits in der Neuropsychiatrie angewendeten Drogen und eines kleinen Prozentsatzes des Giftes der einäugigen Schlangen von Zmeya. Das Pentiometolin war eine sogenannte sichere Droge, jedenfalls von einem gewissen Standpunkt aus: es tötete nie, nicht einmal in großen Mengen, zerstörte jedoch langsam und in immer größere Tiefe vordringend bestimmte Gehirnzentren. In Neu-Langley hatten sie meinen Stirnlappen mit organischen Gegenmitteln getränkt, die die Wirkung der Droge auf die psychischen Zentren herabsetzen sollten, hatten jedoch das übrige Gehirn nicht behandelt, damit es vollkommene Unterwerfung simulieren konnte. Falls ich mit dem Leben davonkam, mußten sich die Neurobiologen der Basis die Ärmel aufkrempeln, wenn sie mein Innenleben wieder in Ordnung bringen wollten.

Der Juckreiz hatte jetzt auf den ganzen Körper übergegriffen und war unerträglich geworden. Da ich gewichtslos war und keine Möglichkeit hatte, mich zu bewegen, konnte ich mich nur in die Erinnerungen und Phantasievorstellungen meines erschlafften Geistes vertiefen, dem es kaum gelang, sich ein gewisses Zeitbewußtsein zu erhalten, indem er automatisch meine Herzschläge registrierte. Als wären mein Gehirn und mein Herz zwei voneinander unabhängige Organe. Und wo befand ich mich? In der Mitte oder am Ende der langsam in größeren Zeitabständen erfolgenden Herzschläge, die schon sechs Stunden Aufenthalt in der Blase skandiert hatten? Erinnerungen wachrufen, Phantasievorstellungen wecken, nicht an den Juckreiz und an den pochenden Schmerz denken, der seine Plüschkrallen in mein Gehirn bohrte. An allem war Cherubin schuld. Aber ich durfte nicht an ihn denken. Ich durfte nicht an diesen verdammten Hurensohn einer Nymphe denken, der sich wegen eines unbedeutenden Schadens an den Reflektoren seines Raumkreuzers von der Grenzpolizei von Dom hatte einlochen lassen. Ich durfte nicht an die lebenswichtigen Informationen denken, die Cherubin nach achtmonatigem Aufenthalt auf den Grenzplaneten nach Hause bringen sollte. Ich durfte an alles mögliche, nur nicht daran denken. Denn wenn die Gruani auch nur einen Augenblick lang annahmen, daß ich der auf Dom entsandte Verbindungsmann war, der auf Informationen aus war, die ihre Vorgesetzten nicht preisgeben wollten, konnte ich jede Hoffnung auf ein Wiedersehen mit Neu-Langley aufgeben. Ich mußte sie unwiderlegbar und absolut zweifelsfrei davon überzeugen, daß ich derjenige war, als den mich meine Papiere auswiesen, ein terrestrischer Antiquar, der aus geschäftlichen Gründen nach Dom gekommen war. Wenn mir das gelang – was nicht leicht war –, ergab sich alles übrige von selbst. Oder beinahe.

Die Quarz-Leuchter von Baltinus waren auf den kalten Welten sehr gefragt und ein Lieblingsobjekt der

Sammler von Beleuchtungskörpern; im ganzen Universum existierten nicht mehr als drei- oder viertausend Exemplare. Ihr Entdecker war der Archäologe, der als erster in das Höhlensystem eingedrungen war, in das sich vor einigen Jahrtausenden der Rest der Bevölkerung von Baltinus geflüchtet hatte. Dann hatte eine Epidemie die letzten Überlebenden auf diesem Nebenschauplatz der galaktischen Geschichte hinweggerafft und uns die kunstvollen Erzeugnisse hinterlassen, von denen wir heute noch nicht wissen, wie sie entstanden sind. Breite, zweilappige Blätter aus reinem Quarz mit einem zentralen Kern, der wie eine Blume aussieht und weißes Licht ausstrahlt. Sie schienen eine unendliche oder zumindest jahrtausendelange Lebensdauer zu haben. Man hatte nicht einmal herausgefunden, um was für eine Energiequelle es sich handelte. Und die ersten Grubenlampen von Sonido, die die spanischen Bergleute auf diesem Planeten selbst hergestellt hatten, nachdem die terrestrischen Lampen infolge der Ultraschall-Schwingungen, die Sonido produzierte, explodiert waren. Noch bevor die auf der Erde oder in den im Orbit befindlichen Raumschiffen zurückgebliebenen Techniker das Problem gelöst hatten, hatten sich die Bergleute in der Natur des Planeten umgesehen und als provisorische Lösung das einzige Tier gefunden, das trotz der Ultraschallfrequenzen von Sonido existieren konnte – ein roter, armlanger Wurm, dessen Haut orangefarbenes Licht ausstrahlte, wenn man sie feuchthielt. So waren die seltsamen Bergwerkslampen entstanden: ein Metalldorn, über den die Haut eines Wurms gezogen wurde und ein Tropfblech, von dem die Flüssigkeit über die Haut floß. Die Lampen von Sonido waren nach wenigen Monaten durch Leuchtkäfer ersetzt worden und damit zu einer Museumsrarität geworden; einige enthielten sogar mumifizierte Fragmente der Würmer. Dann gab es das tödliche, strahlende Messing von Hydria, die geisterhaften Glorienhände von Stria, die Majolika-Hibachos von Bushido und tausend andere geniale Beleuchtungskörper, die die Menschen während der fünfhundert Jahre Raumkolonisation entdeckt oder erfunden hatten. Alle waren imstande, Licht, Helligkeit, einen Funken, einen Schimmer oder strahlendes Leuchten zu erzeugen, manchmal auch ein Knistern, ein Prasseln, ein Zischen, irgendein Nebengeräusch, oder gar ein Aroma, einen Gestank, den Geruch von seltenem Holz, von ranzigem Harn, oder irgendeinen anderen spezifischen Duft. Mein Herz schlug nicht mehr wie vorher, und wahrscheinlich hatte ich mich beim Zählen geirrt, denn jetzt hatte ich berechnet, daß ich mich schon drei Tage in der Blase befand. Die Haut meines Körpers brannte, als wäre sie ein selbständiges Wesen, ich wußte nicht mehr, ob meine Augen offen oder geschlossen waren, ob sich um mich Luft oder eine Schicht schwarzen Gesteins befand. Licht, Geräusche, Gerüche ... Wohin waren sie verschwunden? Und wo steckte der Kuckuck? Warum holte er mich nicht aus dieser Hölle heraus? Nein, ich durfte nicht an ihn denken. Den Kuckuck gab es nicht, es war eine fromme Lüge der Gottobersten von Neu-Langley ... Und ich durfte auch nicht an diese Zitadelle denken, in der Intrigen stellaren Ausmaßes gesponnen wurden und die ihren Zentralspeicher allwöchentlich von einem Computer zum anderen verlegte, um ein Anzapfen oder eine Zerstörung zu verhindern ... Woran sollte ich also denken? An Jay Tropius, fünfunddreißig terrestrische Jahre alt, blonde Haare, schwarze Augen, Retina Typ F, Variante 23.121, Antiquar mit der Bundeslizenz NY 1528, *Geek* mit dem Codenamen Caprimulgo ... nein, es war besser, wenn ich auch daran nicht dachte ... Licht, Geräusche, Gerüche. Und der Geschmack? Erinnerst du dich an den bittersüßen, gefüllten Mauersegler in der Taverne auf Hsiang? Und an den samtweichen, pikanten *tassau* aus Wasserhuhn neben dem Geschäft von Jans auf Neu-Haiti? Oder an den Geschmack des Goldwassers von Guld? Oder an den Geschmack von Wasser? Oder an das Gefühl, wenn man die Zunge an den Gaumen drückt? Hast du überhaupt noch eine Zunge? Eine Zunge, die sich bewegt, spricht, an die Zähne stößt, eine Brustwarze umschmeichelt? Dann denke ich an Lyvia. Du hast sie in deinem Büro auf der Erde zurückgelassen, damit sie sich um Geschäfte kümmert, die sie nicht besonders interessieren. Viel lieber legt sie sich mit dir in das Dickicht aus Pseudo-Farnen in deinem Schlafzimmer. Denke also an sie, an ihre Hände die…

…mir ins Gesicht schlugen wie zwei Raumschiffpendeltüren, zuerst rechts und dann links, ohne einen Augenblick aufzuhören, als hätte ein verrückter Raumschiffkommandant seinen Spaß daran, abreisende Passagiere so zu behandeln… Abreisende?

Zwischen zwei Schlägen gelang es mir, die Augen zu öffnen. Als mich unerwartet das grelle Licht traf, brüllte ich vor Schmerz auf, und die beiden Türen standen still. Es herrschte immer noch Grabesstille, aber es gab wenigstens das gesegnete Licht, das mir in den Augen brannte. Und noch andere Empfindungen kamen wieder, die alle gemeinsam auf mich eindrangen, obwohl sie durch mindestens einen halben Meter Schaumstoff von mir getrennt waren. Ein dumpfes Geräusch dröhnte in meinen Ohren, aber ich war nicht imstande, einen einzigen bestimmten Ton herauszuhören; ich nahm einen merkwürdigen Geruch wahr, eine Mischung aus Fäulnis und einem billigen Parfum, und das Gefühl, wieder festen Boden unter den Füßen zu haben, drehte mir den Magen um. Ich mußte mich daran gewöhnen, daß ich wieder mein Gewicht spürte, aber das bedeutete eine ungeheure Anstrengung für meinen erschöpften Körper. Ich weinte infolge des jähen Übergangs in die Helligkeit, mein Magen krampfte sich zusammen und versuchte, seinen Inhalt herauszuwürgen, meine Arme und Beine zitterten, als hätte ich Tabula-Fieber, ich hatte das undeutliche Gefühl, daß ich in die Hose gepißt hatte, und dennoch war es, als beträfe das alles einen Fremden, jemanden, der an meiner Stelle mit meinem Gesicht und meinem Körper dort saß. In einem Winkel meines Geistes – oder war es der Geist des anderen? – versteckte sich tatsächlich der wahre Jay Tropius, der Caprimulgo von Neu-Langley, der mit der Entwicklung der Dinge sehr zufrieden und froh darüber war, daß er trotz des Zusammenbruchs die Kontrolle über sich selbst behalten hatte. Wieso war ich eigentlich davon überzeugt? Der Antiquar Jay Tropius war es keineswegs, im Gegenteil, er war der Ansicht, daß er im nächsten Augenblick alles gestehen würde, was man von ihm wissen wollte, nur damit er diese Folterkammer endlich verlassen konnte. Der Caprimulgo amüsierte sich insgeheim über diese Überlegungen, er war seiner Sache sicher – er wußte ja auch mehr als der Antiquar.

Ein Geräusch, vielleicht Schritte. Dann packte mich etwas – eine Hand? – an den Haaren und hob meinen Kopf hoch, um mir ins Gesicht zu sehen. Man drückte mir einen Metallgegenstand an die rechte Schläfe. In einer Ecke murmelte jemand etwas in einer verballhornten Version von Alt-Russisch, das der Antiquar Jay Tropius nicht verstand. Der Caprimulgo erwies sich jedoch als gut informiert und hörte auch besser als der Antiquar, denn er übersetzte sofort eifrig: »Der Terrestrier ist soweit.«

Ein Brummen im Hintergrund, dann wieder undeutliche Worte, die mir der Caprimulgo aber sofort übersetzte.

»Das glaube ich nicht. Er soll sich nach nur achtzehn Stunden in der Blase in einem solchen Zustand befinden? Ich habe gedacht, daß die Terrestrier ihre Agenten besser präparieren. Kann es sich nicht um einen Trick handeln?«

»Das schließe ich absolut aus, Genosse Kommissar. Dieser Mann steht nicht mit der Operationsbasis in Verbindung und hat deshalb kaum eine komplette Behandlung erhalten. Der Begriff der Selbstvernichtung ist ihm vollkommen fremd. Wahrscheinlich handelt es sich nur um einen Mittelsmann, der ...«

»Bei Karls Bart! Auf welchen Verdacht hin hast du ihn dann festgenommen? Nur weil er Terrestrier ist? Mit ihm sind mindestens noch ein halbes Dutzend Leute ausgestiegen!«

»Aber ... Genosse Kommissar, er war der einzige, der mit einem Parteimitglied in Verbindung stand, und wenn auch der Gedanke an einen Verrat absurd erscheint ...«

»Einem Parteimitglied? Mit wem?«

»Einem Untersekretär im Politbüro, Igor Greschenko. Der Terrestrier sollte heute nachmittag mit ihm zusammentreffen, und als Deckmantel für die Übergabe der geheimen Informationen sollte wahrscheinlich ein dekadentes einheimisches Erzeugnis dienen, das der Terrestrier ...«

»Einen Augenblick. Handelt es sich um den Igor Greschenko, der eine Zeitlang Gefechtsadjutant von General Smolenkow war?«

»Um eben den, Genosse Kommissar. Es ist kaum zu glauben, daß das schleichende Gift der konterrevolutionären Propaganda selbst in unsere höchsten Kreise eingedrungen ist, aber ...«

Es schien das Schicksal des Besitzers der ersten Stimme zu sein, daß er keinen Satz zu Ende bringen konnte. Mit einem ordinären Fluch, den der Caprimulgo nicht übersetzte, unterbrach ihn schon wieder die zweite Stimme.

»Greschenko? Und du verdammter Idiot hättest Smolenkows Protégé vor Gericht gebracht? Ihr vom

GRU seid doch tatsächlich alle Idioten, die statt eines Gehirns Muskelpakete haben! Lest ihr denn nie die Informationen, die wir vom MDV euch Woche für Woche in sechs Ausfertigungen schicken? Greschenko ist einer der vertrauenswürdigsten Funktionäre unseres Politbüros, ein ehemaliger Militär, dessen glänzende Karriere ihn zu einer Spitzenfunktion führen wird, und er feiert jedes Jahr den Geburtstag des alten Smolenkow, indem er ihm ein Stück aus dem galaktischen Antiquariat schenkt, das die Sammlung des Generals an Kriegsobjekten bereichert. Ich nehme an, daß der Terrestrier etwas derartiges bei sich gehabt hat, nicht wahr?«

»Ja, schon möglich… Hier ist die Liste der Gegenstände, die wir bei ihm gefunden haben… Das hier ist merkwürdig: ›Fremder Gegenstand unbekannten Ursprungs; besteht aus einem vierzig Zentimeter langen Holzgriff, an dessen Ende eine aus zehn Metallringen (Eisen) bestehende Metallkette befestigt ist, die mit einer mit Dornen versehenen Metallkugel (Eisen, Durchmesser zwölf Zentimeter) verbunden ist.‹ Das Gerät ist sehr abgenützt, und wir nehmen an, daß es sich um eine Schlagwaffe handelt – erstens läßt das Aussehen darauf schließen, daß es die Reichweite des Armes verlängerte, und zweitens hatte es der Verdächtige sorgfältig in einer Drucktasche zwischen mehreren Schichten eines schwammigen Materials verborgen. Einige ebenfalls in dieser Tasche versteckte Dokumente bezogen sich auf einen nicht näher beschriebenen *Morgenstern*. Könnte es sich dabei…«

»Ein Skandal!« brüllte die zweite Stimme. »Noch viel schlimmer, ein unbefugter Eingriff in die internen Angelegenheiten des Politbüros! Von einer geradezu unglaublichen Tragweite! Du hast den Antiquar Igor Greschenkos verhaftet, der mit anderen Worten einer der Lieferanten General Smolenkows ist. Begreifst du jetzt, was dich erwartet?«

»Aber Genosse Kommissar, ich hatte doch keine Ahnung ... Ich habe in gutem Glauben gehandelt, um den Staat vor einer heimtückischen terrestrischen Intervention zu schützen. Dieser Mann war der einzige, der mit einem verräterischen Funktionär Kontakt aufnehmen und ihm Informationen zuspielen konnte, und wir haben ihn verhaftet, bevor er etwas unternehmen konnte. Wahrscheinlich hat Untersekretär Greschenko von all dem nichts gewußt, und die Behörden der Föderation haben die Reise dieses Mannes benützt, um ihn als Kurier einzusetzen. Der Sekretär des Propagandaministers hat meine Sektion angewiesen, im Hinblick auf den bevorstehenden Interalliierten Kongreß auf Neu-Ginevra rasch zu handeln; man könnte diese terrestrische Einmischung benützen, um das politische Konzept der Föderation zu torpedieren und den Kollaborationspakt zu kündigen. Es handelte sich um eine äußerst dringende Angelegenheit, Genosse Kommissar, und wir haben aufgrund der uns zugegangenen Informationen gehandelt.«

»Ohne jedoch unsere Informationen zu lesen«, erwiderte die zweite Stimme, diesmal ohne Wutanfall. Ließ sie sich vielleicht überzeugen?

»Jedenfalls«, fuhr die erste Stimme fort, »ist der Terrestrier bereit, uns alles zu sagen, was wir wissen wollen. Wenn er der Kurier ist, erfahren wir es sofort.«

»Und erfahren gleichzeitig, was mit dir passiert ... schön, fangen wir an.«

Die Stimmen schwiegen, und ich hörte sich nähernde Schritte. Das heißt, der Caprimulgo hörte sie, denn der Antiquar befand sich zehn Lichtjahre von diesem Ort entfernt; die beiden stritten jetzt wirklich um die Überreste meines Kadavers: der Caprimulgo – davon war ich überzeugt – lächelte und erwartete den nächsten Schachzug, und der Antiquar kauerte benommen in seinem Winkel und versuchte sich einzureden, daß es sich nur um einen Alptraum handelte, daß niemand wagen würde, einen freien terrestrischen Bürger so zu behandeln und daß es für alles eine logische Erklärung geben müsse. Aber das Merkwürdigste an dieser peinlichen Situation war, daß außer dem Caprimulgo und dem Antiquar, die aus verschiedenen Gründen anscheinend verpflichtet waren, gemeinsam mein Gehirn zu bewohnen, noch eine dritte Persönlichkeit vorhanden war, die stillschweigend in einer Ecke wartete, die niemand entdecken konnte und die die anderen beiden gleichgültig beobachtete. Einen Augenblick lang wußte ich es mit Bestimmtheit, obwohl sowohl der Caprimulgo als auch der Antiquar davon überzeugt waren, daß ich jeweils an den anderen dachte. Es war ein Augenblick schrecklicher Klarheit, die plötzliche Erkenntnis, daß ich in diesem Moment aus drei verschiedenen Bewußtseinen bestand, dann verschwand alles spurlos.

In meiner rechten Schläfe, an der sie kurz zuvor den Metallgegenstand befestigt hatten, breitete sich Wärme aus, und ich spürte, wie mein Körper sich langsam entspannte; Schmerzen und Gerüche, Übelkeit und Schwindelgefühl verflogen. Die Geräusche wurden immer deutlicher, und ich verstand die erste Frage einwandfrei:

»Wie heißt du?«

»Jay Tropius«, antwortete der Antiquar prompt, der überhaupt nicht mehr müde war, sondern nur den Wunsch hatte, jede Frage zu beantworten.

»Was ist dein Beruf?«

»Ich kaufe und verkaufe Antiquitäten, archäologische Funde, einheimische Erzeugnisse und Gegenstände für Sammler; ich bin Antiquar, besitze die Bundeslizenz NY 1528, mein Büro befindet sich in ...«

»Das genügt. Warst du jemals Agent des terrestrischen Geheimdienstes?«

»Nein.«

»Hast du jemals Aufträge des terrestrischen Geheimdienstes ausgeführt?«

»Nein.«

»Kennst du jemanden, der dem terrestrischen Geheimdienst angehört?«

»Nein.«

»Wer hat dich aufgefordert, auf Dom zu kommen?«

»Ein Kunde.«

»Sein Name?«

»Igor Greschenko.«

»Und aus welchem Grund?«

»Um eine sehr alte terrestrische Waffe zu kaufen.«

»Wie heißt diese Waffe?«

»Morgenstern.«

»Beschreibe sie.«

»Es ist eine alte terrestrische Schlagwaffe mit einem kurzen Griff, der mittels eines flexiblen Elements mit einer mit Dornen versehenen Metallkugel verbunden ist. Das Modell, das ich für meinen Kunden ausgewählt hatte, gehörte einem spanischen *mesnadero* aus dem vierzehnten Jahrhundert. Es war im letzten Kommuniqué der Börse für Antiquitäten und Wertgegenstände unter den aus Konkursen erworbenen Raritäten angeführt und ...«

»Das genügt.«

Es folgte eine kurze Stille, dann mußte der Caprimulgo wieder die Ohren spitzen und dem Antiquar übersetzen, was die beiden Stimmen, die sich ein wenig entfernt hatten, einander sagten.

»Es kann keinen Zweifel geben. Du hast einen kapitalen Bock geschossen, und ich weiß nicht, ob du deinen Kopf retten kannst.«

»Aber ich habe doch in gutem Glauben gehandelt, Genosse Kommissar! Der Terrestrier kann so konditioniert worden sein, daß er die Verhöre durchsteht oder ...«

»Vor fünf Minuten hast du das genaue Gegenteil behauptet.«

»Das stimmt, aber zu diesem Zeitpunkt wußte ich nicht ...«

»Daß es sich um Greschenko und General Smolenkow handelt? Du hast geglaubt, daß du es mit einem kleinen Bürokraten zu tun hast, den du ungestraft in deinen Keller schleppen konntest, nicht wahr?«

»Wir können ja das Verhör fortsetzen und ...«

»Hör auf, Juri. Diese Ausreden sind nutzlos und deiner unwürdig. Deine Techniker haben festgestellt, daß der Terrestrier soweit war, und du hast ihn persönlich verhört. Wie vielen ist es bis jetzt gelungen, die Blase zu täuschen?«

»Niemandem, aber ...«

»Es gibt kein Aber. Sieh zu, daß du den Terrestrier mit falschen Erinnerungen versiehst und schick ihn ins Hotel zurück. Noch heute. Er kommt schon zu seinem Treffen mit Greschenko zu spät, deshalb muß ich den Untersekretär über den Zwischenfall unterrichten. Dann stehst du unter Hausarrest. Und bete darum, daß sie sich damit begnügen, dich in eine Polkolonie zu verbannen.«

Einige Augenblicke blieb es still. Dann entfernte jemand den Metallgegenstand von meiner Schläfe und löste die Fesseln – ich bemerkte ihr Vorhandensein erst jetzt –, mit denen ich an den Stuhl gebunden war.

Ich hörte Juris Stimme zum letztenmal, und sie klang keineswegs sehr befriedigt.

»Ins Zanodiew-Laboratorium, rasch. Verfahren B.«

Der Caprimulgo übersetzte und warf dem Antiquar einen boshaften Blick zu. Er fand, daß die anderen jetzt eine Weile ohne ihn auskommen konnten, und verlor das Bewußtsein.


Das nächste Erwachen war wesentlich angenehmer. Ich schlug die Augen auf und erblickte neben mir das Gesicht eines rüstigen Greises mit weißen Haaren.

»Komm schon, Tropius, schlaf nicht wieder ein. In

wenigen Minuten kommt mein Assistent zurück. *Caprimulgo*.«

»*Kuckuck*«, flüsterte ich automatisch.

»Damit hätten wir die Vorstellung hinter uns, und jetzt mach das rechte Auge weit auf.« Er zeigte mir einen kleinen Metallzylinder … »Ein unbedeutender Mikropunkt. Ich fotografiere ihn dir jetzt auf die Retina; zu Hause müssen sie ihn nur herausholen und entwickeln. Er enthält alle Berichte Cherubins.«

Ich rührte mich nicht, während er mir den Zylinder aufs Auge drückte.

»Was ist aus Cherubin geworden?« fragte ich leise.

»Ich habe ihm vor drei Tagen geholfen, sich das Leben zu nehmen, nachdem ich alles aufgezeichnet hatte. Als Leiter der medizinischen Station besitze ich hier gewisse Vollmachten.«

Cherubin stellte also für Neu-Langley keine Gefahr mehr dar. Und unser Kuckuck im Nest der GRU war Professor Zanodiew, der aufgrund seiner Studien über das menschliche Gehirn in der ganzen Galaxis bekannt war. Jetzt verstand ich erst, warum ich dieser Behandlung im Keller der Sretenska Ulitza unterzogen worden war. Ich mußte zu ihm gelangen, ohne daß jemand Verdacht schöpfte.

»Erledigt«, murmelte Zanodiew. »Jetzt wirst du wieder einschlafen, und wenn du aufwachst, kannst du deine Tarntätigkeit zu Ende führen.« Er zeigte mit dem mageren Zeigefinger auf mein rechtes Auge. »Tatjana ist sehr tüchtig, du wirst schon sehen, aber laß dir von keiner anderen die Augen auskratzen«, scherzte er. Dann schnippte er zweimal mit den Fingern, und ich schlief wieder ein.

Untersekretär Greschenko war die Liebenswürdigkeit selbst. Er bemerkte, daß der Grund für meine Verspätung unter Leuten von Welt absolut verständlich war, erging sich in Lobreden über den Morgenstern und zuckte angesichts der Rechnung mit keiner Wimper. Er versicherte mir, daß die Zahlung innerhalb einer Woche bei meiner Bank in Ginevra eintreffen würde, und fragte mich, ob ich daran interessiert wäre, offizieller Lieferant General Smolenkows zu werden. Es war eine große Ehre für mich, und ich würde mein Möglichstes tun, um einen in der gesamten Föderation so bekannten Sammler zufriedenzustellen. Hätte ich vielleicht Lust – man wollte mir seine Dankbarkeit beweisen –, eine lokale Schönheit kennenzulernen? Mit dem größten Vergnügen, aber leider erforderten meine Geschäfte die sofortige Rückkehr zur Erde.

Knapp vier Stunden später befand ich mich an Bord eines nach Terra abgehenden Raumschiffs. Erst jetzt gelang es mir, mich vollkommen zu entspannen und die Erinnerungen zu ordnen, die sich in meinem Gehirn häuften. Wahrscheinlich hatte sich Zanodiew keine große Mühe gegeben, und die Schicht der gefälschten Erinnerungen, die an die Stelle der Eindrücke im Gruani-Zentrum treten sollte, war dünn, kaum mehr als ein Firnis. Der Aufenthalt in der Blase war nicht vollkommen ausgelöscht, wechselte jedoch mit einer anderen Geschichte ab, deren Heldin ein großartiges Mädchen namens Tatjana war. Vielleicht hätte Zanodiew die Wirkung der Konditionierung wenigstens an drei oder vier Punkten dieser Geschichte verstärken sollen, aber trotz seiner Unvollständigkeit war das Abenteuer ein Leckerbissen für einen Regisseur der freizügigen *nouvelle vague*.

»Wünschen Sie meine Gesellschaft, mein Herr?«

Eine Reisegefährtin verbeugte sich vor mir. Ich lächelte, weil ich der Faszination der Semi-Geishas von Hokkaido nie widerstehen konnte.

»Natürlich.«

Ich verdoppelte meinen Sitz, sie nahm Platz und ordnete sorgfältig die Falten ihres Kimonos, dessen große, versteckte Taschen jede Art von Zeitvertreib

enthielten, einschließlich Drogen und Gesellschafts-
spielen.

Sie nickte mir lächelnd zu und steckte die Hand in
die Falten des Kimonos.

»Haben Sie schon einmal die Bakterienwolken von
Atropos bewundert, mein Herr?«

Sie zeigte mir ein etwa zehn Zentimeter langes
Röhrchen aus lackiertem Messing, in das an einem
Ende eine winzige Linse eingelassen war.

»Nein«, gestand ich. »Was ist das?«

»Mikroskopische Bakterienkulturen, die in der Atmosphäre von Atropos leben. Die Form dieser Gebilde
ähnelt bestimmten Wolken, die man auf Planeten mit
Erdatmosphäre findet, und es gibt unendlich viele Va-
riationen. Wollen Sie es sich ansehen? Es heißt, daß sie
gelegentlich die Gehirnwellen des Beobachters günstig
beeinflussen und die Vorstellungen seiner Phantasie
verstärken.«

Ich ergriff das Röhrchen, führte es ans rechte Auge
und kniff das linke zu. Es stimmte, vor einem bläuli-
chen Hintergrund bewegten sich einige weiß-graue
Gebilde wie Wolken auf dem irdischen Himmel.

*Öffne jetzt deinen Geist, Ontos, und mache dich für die
Übertragung bereit.*

Dieser zarte telepathische Kontakt, die sanfte
Berührung durch die von den Paizan-Agenten auf
kurze Distanz benützte Subsprache lösten etwas in
meinem Gehirn aus. Die dritte Persönlichkeit, die ich
kurz in der Blase erblickt hatte, tauchte jetzt über-
mächtig hinter dem Caprimulgo und dem Antiquar
auf. Ich starrte in das Röhrchen und nahm einen Sekundenbruchteil lang einen schwachen weißen Blitz
wahr.

*Die Übertragung ist beendet, Ontos.*

Ich gab der Geisha lächelnd das Röhrchen zurück.

»Sie sind wirklich großartig, aber ich glaube nicht,
daß sich meine Phantasie durchsetzen kann.«

Endlich war ich wieder ich selbst, Ontos, der Spieler im Dienst der Meister von Paidia. Ich sah der *Reisegefährtin* immer noch lächelnd in die Augen. Wenn ich einer der besten Agenten war, die hinter den feindlichen Linien arbeiteten, so war sie zweifellos eine der besten Verbindungsagentinnen, über die ein Geheimdienst verfügen kann. Die Semi-Geishas waren auf allen Linien-Raumschiffen eingesetzt und wußten, wie sie mit den Paizon-Agenten Kontakt aufnehmen konnten; notfalls weckten sie ihre wahren, verschütteten Persönlichkeiten.

Eine Existenz als Terrestrier, oder noch besser als *Geek* des Geheimdienstes in der Maske eines Liquidators von Neu-Langley, für die wenigen Augenblicke, die einen Paizon-Spieler während jeder Mission mit dem stolzen Bewußtsein erfüllen, daß wir die Partie so spielen, wie es die Meister wollen. Welcher Terrestrier hätte uns je entdecken können!

Die Semi-Geisha schob das Röhrchen wieder in eine verborgene Tasche. Die Retina meines Auges war ersetzt worden, und Cherubins echter Bericht befand sich endgültig in Sicherheit. Ich holte tief Luft und nickte. Die *Fluggefährtin* erteilte wieder einen Befehl in Subsprache, und Ontos verschwand.

»Soll ich Ihnen etwas vorsingen, mein Herr?«

---

Originaltitel: ›S COME SPIA‹ • Copyright © 1985 by Gianni Montanari • Copyright © 1994 der deutschen Übersetzung by Wilhelm Heyne Verlag, München • Aus dem Italienischen übersetzt von Hilde Linnert

# ZUGRIFF

Als Irving Pennick das Phänomen als böse zu erkennen begann, schrieb er es seiner Exfrau zu. Er schrieb ihr natürlich alles Böse zu – es war gerade die Phase der Scheidung. Der erste Anruf erschien unschuldig genug. Es war eine warme nordkalifornische Nacht, ein paar Sterne waren durch den Dunstschleier sichtbar, und ein nicht zu identifizierender Vogel sang im Garten hinter seinem neuen und viel kleineren Haus. Als das Telefon klingelte, mußte er einen noch nicht ausgepackten Koffer beiseite schieben, um an den neuen, billigen Apparat zu kommen.

»Hallo.«

Eine besänftigende Männerstimme sagte: »Hallo, Mr. Pennick, ich habe gute Neuigkeiten für Sie... unser Computer hat nach ein paar glücklichen Gewinnern in seinem Speicher Zugriff genommen... da ich nur eine Maschine bin, können Sie jetzt auflegen, ohne unhöflich gegen mich zu sein.«

In diesem Augenblick legte Irving auf. Er bereute es sofort. Er hatte sich seit den letzten sechs Monaten von der meisten menschlichen Wärme abgeschnitten. Bei den meisten seiner Freunde handelte es sich um ihre Verbündeten. Bestenfalls war es peinlich. Schlimmstenfalls war es schrecklich niederschmetternd, wie jeder in seinen Kaffee starrte und nicht wußte, was er sagen sollte. Er hatte noch keinen Anruf bekommen, und noch keine neuen Freunde gewonnen. Er hatte immer nur unruhestiftende Freunde gehabt. Mit Fremden konnte er sprechen. Er hatte sich seinen Weg in Berkeley durch Telefonwerbung für eine Wasserent-härtungs-Firma gemacht. Das war vor der Zeit der Te-lerobotik, in der nun ein gut programmierter Compu-ter drei lebende Telephonisten ersetzen konnte. Telero-botik nahm Kindern, wie auch er eins gewesen war, die Jobs fort. Wie sollten sie für ihre Berechtigung zah-len, Chaucer zu lesen? Er hatte die Maschinen immer gehaßt, aber heute abend konnte er eine Ablenkung gebrauchen.

Außerdem hatte ihm der Anruf mitgeteilt, daß er Glück hatte. Er hatte sich lange Zeit nicht glücklich ge-fühlt. Er starrte auf das cremefarbene Prinzess-Telefon und wollte, daß es klingelte – ertappte sich dann bei der Unsinnigkeit, lächelte und holte sich ein Bier aus dem Kühlschrank. Er befand sich auf dem Weg zur Terrasse, als das Telefon wieder klingelte.

Es war dieselbe Stimme.

»Mr. Pennick, ich werde nicht oft erneut program-miert, dieselbe Nummer anzurufen, aber der Haupt-computer sagt, daß Sie die eine… die glücklichste Seele auf unserer riesigen Wählliste sind. Mr. Pennick, ich bin programmiert, heute abend tausend Nummern anzurufen. Ich kann die Nummer in einer Sekunde wählen – ich kann eine besetzte Nummer in einer Vier-telstunde abermals versuchen. Ich kann nicht abge-nommene Telefone in einer Stunde erneut anrufen. Aber bei all dieser Fähigkeit hat der Hauptcomputer mich erst einmal angewiesen, ein Telefon, das aufge-legt wurde, wieder anzuwählen. Das bedeutet, daß wir sehr an Ihnen interessiert sind, Mr. Pennick. Möchten Sie wissen, warum?«

»Ja.« Sie hatten eine große Überwachungsleitung.

»Weil wir wünschen, Mr. Pennick, daß Sie sich unter den ersten Bewohnern von *Ashdale Hills* befinden. Wir glauben, Sie werden dieser Gemeinde Glück brin-gen… Ihre Anwesenheit wird unsere Entwicklungs-

Bestrebungen anspornen... Sie sind die Art Kern, den wir suchen – wir wissen eine Menge über Sie, Mr. Pennick, und was wir wissen, gefällt uns, daher reservieren wir Ihnen ein Grundstück zur Hälfte unseres regulären Preises... ein schönes, auf dem Hügel gelegenes Grundstück mit Blick auf das Meer... klingt schön, nicht wahr?«

Irving legte auf. Die Stimme war zu besänftigend. Er gähnte. Er konnte sich kein Land mehr leisten, diese Wohnung sowie die Zahlungen für Lauras Unterhalt und das Auto überstiegen tatsächlich schon seine Möglichkeiten. Aber die nette Stimme reservierte es für ihn, und alles schien so traumhaft zu sein. Etwas Warmes tröpfelte aus seinem Ohr, seine Augenlider wurden schwer, und er begann das rhythmische Rauschen des Meeres zu hören, das hereinwogte und hinaus, herein und hinaus.

Um ein Uhr in der Nacht schreckte er in seinem Sessel zusammen. Er hatte von Laura geträumt, und seine Muskeln waren steif und schmerzten von der unbequemen Lage. Seine durchschwitzten Sachen klebten ihm am Körper, und er fühlte sich müde und krank. Der Morgen würde zu schnell kommen. Er duschte und ging ins Bett. Während er auf den Schlaf wartete, beobachtete er das Schwirren des Deckenventilators und versuchte, seinen Traum zu rekonstruieren.

Zuerst war Laura mit dicken Kabeln umschlungen am Nachthimmel gewesen. Nein, es war so, daß die Kabel sie durchdrangen, durch ihren (verwesenden?) Körper verliefen. Dann mußte er auf die Straße zurückgefallen sein. Sie bildete einen Schwingungsknoten an der Verbindungsstelle von Telefondrähten. Dann wurden die Drähte zu starken Lichtadern, die sich kreuz und quer über den Nachthimmel zogen. Einige führten hinunter ins Meer, und einige hinauf zu Satelliten. Sie bildeten einen seltsamen eckigen Käfig, der die Erde in seinen Strahlenglanz tauchte. Es gab weitere dunkle Körper, die wie Laura an den Schwingungsknoten hafteten. Sie hingen wie Fledermäuse von den Drähten herab, die sie durchzogen und sich bis auf die Knochen durchschabten. Dann lächelte Laura ihn an, und er sah Lichtkabel in ihrem Mund.

Am nächsten Tag nach der Arbeit fand Irving seinen letzten an Laura geschickten Unterhaltsscheck im Briefkasten vor, mit dem Vermerk: ›Zurück an den Absender – Empfänger unbekannt verzogen.‹ Sie hatte sich nie um Details gekümmert – Nachsendeadressen anzugeben, Rechnungen pünktlich zu bezahlen, Quittungen aufzubewahren. Es trieb ihn zur Verzweiflung. Sie würde bald genug bei Gericht nach Zahlung schreien.

Er fragte Sarah, seine Chefin, und die Kollegen, ob sie jemals etwas von *Ashdale Hills* gehört hatten. Sie erinnerten sich vage, daß es oben im Norden lag und etwas wie ein Schwindel war. Er mikrowellte sein stärkereiches Abendessen eines Junggesellen. Das Telefon klingelte.

»Hallo. Wir wissen, daß wir gestern abend wirklich Ihr Interesse geweckt haben, Mr. Pennick. Unsere Akten berichten, daß Sie ein sehr neugieriger Mann sind. Nun denken Sie vielleicht, daß Sie es sich nicht leisten können, in unsere kleine Gemeinde am Meer zu ziehen, aber Sie können das trostlose Haus verkaufen, in dem Sie jetzt wohnen, und wir denken, daß Ihre Beförderung bei Wisconsin Data längst fällig ist. Meinen Sie nicht auch? Natürlich meinen Sie es, sie wartet gleich um die Ecke auf Sie. Jetzt werde ich Ihnen einen kleinen Vorgeschmack von *Ashdale Hills* geben.«

Das Rauschen des Meeres begann.

»Warum setzen Sie sich nicht hin, machen es sich bequem, und lassen Ihr Bewußtsein treiben? So, das ist schon besser. *Ashdale Hills* ist der ruhigste Ort, den man sich vorstellen kann. Wegen des Meeres. Lauschen Sie seinem Rauschen, und wenn Sie bereit sind, über die perfekte Gemeinde zu phantasieren, werden Sie bemerken, daß Ihr Atem den langsamen Rhythmus des Meeres anzunehmen beginnt. All unsere Einwohner nehmen den Rhythmus an. Schließen Sie die Augen, und visualisieren Sie einen Sonnenuntergang am Meer. Wählen Sie den schönsten Sonnenuntergang, an den Sie sich erinnern können, und dieser ist noch besser. Das ist es. Nun fliegen einige Möwen herein. Es gibt neun von ihnen. Wir wollen sie zählen. Bis sie alle hereingeflogen sind, werden Sie vollkommen entspannt sein und zu verstehen beginnen, wie es ist, in *Ashdale Hills* zu leben. Hier kommt Nummer eins, jetzt Nummer zwei ...«

Das warnende Summen des nicht aufgelegten Hörers weckte ihn. Er konnte sich an nichts erinnern, was nach der dritten Möwe und dem orangefarbenen Himmel gekommen war. Er war sicher, daß diese Techniken ungesetzlich sein mußten. Wenn er sich an mehr erinnern könnte, würde er sie beim Gewerbeaufsichtsamt anzeigen.

Am nächsten Morgen rief Sarah ihn zu sich herein. Sie erspähte die dünne braune Linie getrockneten Blutes, die aus seinem linken Ohr kam. Das verstimmte sie beinahe genug, um ihm nicht die Beförderung zu geben. Fünftausend Dollar im Jahr plus eine Woche zusätzlichen Urlaub. Sie hatte es ihm bereits vor Monaten zu geben beabsichtigt, aber seit seiner Scheidung schien er so labil zu sein.

Dies war zwei Tage, bevor *Ashdale Hills* wieder anrief.

Irving trug Lebensmittel hinein – verwünschte sich dabei dafür, daß er diese die Erde zerstörenden Plastiktüten genommen hatte. Er verschüttete eine halbe Tüte, während er zum Telefon eilte. Sobald er erkannte, daß sie es waren, begann er zu schreien. Er rechnete damit, daß es dort in dem Büro irgendeinen

Menschen gab – oder vielleicht ein Tonband, um seine Bemerkungen aufzunehmen. Er mußte den Kontakt herstellen. Er mußte etwas über die Beförderung erfahren. Er hörte sehr wenig von der abgespielten Werbung. Eine Phrase schien zu sein: »Ihre Kindheit in Carmel.« Er hielt dann den Mund. Die Stimme dankte ihm, versprach weitere Information und legte auf. Hatte er das wirklich gehört? Seine Kindheit? Oder konnten Sie ihn dazu bringen, zu denken, daß er es gehört hatte?

Er räumte die Lebensmittel Suppendose für Suppendose fort und begann, eine Ermittlung zu planen.

Telerobotik fehlt es an Herstellungsriesen. Kein IBM, TI, 3M. Einige der Computer werden von kleinen angesehenen Firmen wie Telesol hergestellt. Einige entstehen in Hobbykellern. Wenn man die Möglichkeit von Hobbyisten beiseite ließ, blieben nur zwei Teleroboter-Vermieter übrig. Ein Telefonanruf schränkte es auf einen ein. Irving machte eine lange Mittagspause und ging zu einem kleinen Büro in dem Komplex eines neuen Mietwarenhauses. Dialers-R-Us.

Dialers-R-Us hatte einen Empfangschef; Irving hatte einen Anrufbeantworter erwartet. Während er auf das Gespräch mit Mr. Muriada wartete, blätterte Irving die Handbücher der beiden telerobotischen Systeme durch. Sie enthielten keine Abbildungen, nur einfache Tätigkeitsbeschreibungen – was gewöhnlich eine künstliche Veralterung der Firma oder des Produktes bedeutete.

Mr. Muriada war jetzt für ihn zu sprechen.

Was konnte er sagen? Die ganze Wahrheit schien plötzlich eine Lüge zu sein, daher würde er lügen, um wahrhaftig zu erscheinen. »Ist einer Ihrer Klienten *Ashdale Hills*?«

»Ja. Sind Sie daran interessiert, ein System zu mieten, um ihnen Konkurrenz zu machen? Denn wenn das der Fall ist, tun wir es nicht. Wir berechnen mehr, aber wir sind exklusiv.« Mr. Muriada war ein dunkelhaariger Mann in einem dunkelblauen Jacket. Er hatte schwere Augenlider, aber intensive schwarze Augen. Er war ein wässeriger Mann, an das grüne Licht von Aquarien gewöhnt.

»Nein. Ich.« Vorsichtig jetzt. »*Ashdale Hills* ruft mich fortwährend an, das heißt, seine Maschine. Da muß irgendein Fehler vorliegen.«

»Unsere Maschinen wählen niemals eine Nummer erneut, wenn der Telephonist sie nicht programmiert. Sie belästigen Sie doch nicht etwa?«

»Nein. Ich weiß tatsächlich, daß die Maschine neu programmiert worden ist. Es handelte sich jedesmal um andere Mitteilungen.«

»Andere Mitteilungen?«

»Nun, sie haben mich drei- oder viermal angerufen. Sie möchten, daß ich einziehe, nehme ich an.«

»Ich glaube, die Leute brennen darauf, dort draußen einzuziehen. Ich werde wahrscheinlich mit meinem Geschäft dorthin gehen. Wissen Sie was, ich habe keine Ahnung, warum sie Sie haben wollen, aber ich gebe Ihnen ihre Adresse. Wenn Sie den Ort erst einmal gesehen haben, bin ich sicher, daß Sie ihn als das erkennen, was er ist.«

Mr. Muriada zog einen kleinen gelben Geschäftsblock von seinem Schreibtisch. Er schrieb eine Bundesstraßen-Adresse nicht weit von San Grahamo auf, etwa 40 Kilometer nördlich der Stadt.

Irving sagte: »Ihre Anrufe sind Ferngespräche, nicht wahr?«

»Sie müssen wirklich deren Mann sein, Mr. Pennick, wirklich deren Mann.«

Irving schüttelte Mr. Muriadas feuchtkalte Hand und schwebte mit dem Gedanken aus dem Büro, daß das Schicksal ihm schließlich doch eine gute Mitteilung bestimmt hatte.

Irving hatte vorgehabt, Dialers-R-Us über die Trance auslösenden Techniken zu befragen. Er fühlte, daß diese ungesetzlich waren. Er hatte eine vage Erinnerung, etwas darüber gelesen zu haben. So wie man keine unterschwellige Werbung in Filme bringen durfte, Popcorn zu essen. Mit der Beförderung kamen viele Dinge auf ihn zu, die es zu lernen galt und für die er verantwortlich zu sein hatte; daher blieb ihm keine Zeit, wie beabsichtigt nach *Ashdale Hills* hinauszufahren. Einfach zu wissen, daß der Ort existierte, machte ihn weniger gespenstisch. Er begann, an ihn als Walhalla zu denken – eine Art Ruhestand-Gemeinde, die seine harte Arbeit ihm erschloß. Er beabsichtigte, mehr darüber herauszufinden, sobald es seine Zeit erlaubte. Er wußte, sie würden es bei ihm nicht aufgeben.

Am Freitag kam ein Irrer in sein Büro. Er sah wie ein Gelegenheitsarbeiter aus – grauer Overall; graue Gimme-Kappe* mit leuchtendroter Garn-Beschriftung *Tom*; ein Allzweckgürtel mit Schraubenziehern, Drahtziehern und Zollstock; graue Augen; grauer Bart. Kim führte den Irren um 14.40 Uhr zu Irvings kleinem, abgeteiltem Raum.

»Mr. Pennick, dieser Mann möchte Sie sprechen.«

Persönliche Besuche waren im Büro streng verboten. Dies würde keinen guten Eindruck machen.

Der Besucher streckte Irving eine ölverschmierte Hand entgegen. Er roch nach Lötzinn.

»So«, sagte Tom, »Sie sind es, den sie dort hineinhaben wollen. Ich wollte Sie kennenlernen. Ich wollte sehen, was ich zu tun habe, um auszumessen.«

Irving sagte: »Kann ich etwas für Sie tun?«

---

* Ähnlich einer Basketball-Kappe, wird mit Reklameschrift frei verteilt und oft erbeten mit: ›*Gimme* one of them‹ (Gib mir eine davon). – *Anm. d. Übers.*

»Oh, sicher, das hoffe ich. Ich bin bekümmert, da sie Management-Typen suchen. Ich nehme an, Management ist der Leim, der Aktivitäten zu einer sinnvollen Form verbindet. Aber glauben Sie, daß sie dort bald einen Gelegenheitsarbeiter benötigen werden?«

»Wer, sie?«

»*Ashdale*, natürlich. Sie brauchen es nicht vor mir zu verbergen. Ich habe den Teleroboter da draußen geliefert. Ich führe alle Installationen für Dialer aus. Ich mußte die Maschine bedienen –Sie haben einige Tage lang keine Anrufe bekommen – und sah Ihren Namen im Anrufregister, da nahm ich mir vor, Sie ausfindig zu machen, so daß sie wissen, daß ich ernsthaft in der *Suche* bin.« Ein schreckliches Licht leuchtete in seinen Augen.

»Die *Suche*?«

Tom schüttelte den Kopf. »Ist das nicht einfach so, wie es eben ist? ›Die letzten werden die ersten sein, und die ersten die letzten.‹ Sie wissen nicht einmal etwas über die Suche – oder ist dies vielleicht ein weiterer Test?«

Irving zuckte leicht die Achseln.

»Ich wurde Elektriker-Geselle, um bereit zu sein. Wenn die Zeit gekommen ist, könnte ich in dem Zunftpool absorbiert werden.«

»Sie wollen ein Gelegenheitsarbeiter für *Ashdale Hills* sein?« Irving kam nicht ganz mit. Toms Lautstärke, Tonhöhe und Dramatik hatten zugenommen.

»Nein! Ich will den Tempel des Lichtes bauen. Die Alten versuchten es mit riesigen Megalithen, dann die Freimaurer mit präzise geometrischen Logen. Aber sie machen es jetzt. In *Ashdale*. Einen elektronischen Tempel. Faseroptische Kabel. Silicon-Chips. Das *große Werk*, den Planeten in einen eckigen Käfig einzuschließen. Es ist nicht fair, daß sie Sie riefen. Nicht fair!«

Bedeutete dies, daß es in *Ashdale* tatsächlich eine Art Forschungs-Projekt gab? Dann mußte es mehr als die

Erschließung von Grundstücken geben – es sei denn, daß dieser Kerl ausgerastet war, als er Telefonnummern wählenden Computern zuhörte. Tom hatte seine letzten Worte fast geschrien – nun war es wirklich still im Büro. Irving konnte es geradezu fühlen, wie die Leute in den anderen abgeteilten Räumen lauschten, die Kugelschreiber niedergelegt, die Keyboards unberührt, konnten sie die von seinen geröteten Wangen ausgehenden Wellen der Peinlichkeit fühlen. Tom schien auch zu ahnen, daß er die Ordnung dieses Büros gestört hatte – vielleicht seine Chancen verringert.

Tom sagte: »Schauen Sie, es tut mir leid. Ich versuche Demut zu entwickeln, aber ich glaube, ich habe genug Tests durchgemacht. Bitte, sagen Sie ihnen etwas. Wenn ich nicht bald dort hineinkomme, kann ich wahrscheinlich nicht weitermachen. Ich würde vielleicht in irgendeiner fanatischen christlichen Sekte landen. Ich flehe Sie an. Schauen Sie, ob es etwas für mich zu tun gibt. Ob Sie irgendeine Verdrahtung in Ihrem Hause benötigen.« Er zog eine befleckte Geschäftskarte aus der Tasche, murmelte »Tschüs« und stahl sich fort. Irving rief den Sicherheitsdienst an und sagte ihnen, Thomas Krutz nie wieder hereinzulassen.

Irving mußte am Samstagnachmittag ins Büro gehen. Er hatte einige Angelegenheiten im Zusammenhang mit dem Bradford-Vertrag zu klären. Er liebte das Büro, wenn es leer war. Niemand hörte einen ab, es gab keine dummen Fragen und nichtssagende Meetings. Er überprüfte Gildas Arbeit, als das Telefon klingelte.

»Hallo. Wisconsin Data Systems.«

»Hallo, Mr. Pennick, wir bedauern, daß wir eine Weile nicht zu Ihnen gesprochen haben.« Diesmal war es eine Frauenstimme voller samtenem Sex. »Wir wissen, daß Sie Nachforschungen über uns angestellt haben, und das macht uns stolz. Wir wollen Ihre Neugierde. Wir sind selbst ziemlich neugierig. Wir kennen Ihre geschäftliche Telefonnummer – wir wußten sogar, daß Sie sich heute dort befinden würden. Sie werden uns zu einer stärkeren Gemeinschaft machen, und Sie bekommen eine stärkere Basis für Ihre ganze Existenz. Sie wurden uns von einem unserer Mitglieder sehr empfohlen. Meinen Sie nicht, es ist Zeit, mit der Spielerei aufzuhören, hinauszufahren, und uns kennenzulernen? Wenn Sie heute Schluß machen, lenken Sie Ihr Auto in nördliche Richtung, und kommen Sie uns besuchen. Wir stellen eine Kerze ins Fenster.«

Er legte den kaffeefarbenen Telefonhörer auf die Gabel zurück. Er hatte niemals wirklich zu einer Gemeinschaft gehört. Es gab für ihn genug Humanismus in Berkeley, um die Theorie zu verstehen – der gute Mensch erschafft sich selbst durch moralische Interaktion mit der Polizei. All die Jahre der Einsamkeit – sogar seine Ehe mit Laura war leer gewesen, weil er sich nicht geöffnet hatte. Jetzt rief ihn diese Stadt am Meer. Er befand sich im Irrtum, ihnen jemals zu mißtrauen. Er mußte mit den Augen zwinkern, um seine Tränen zurückzudrängen. Er hatte niemals gewußt, daß er dieses Bedürfnis hatte, und wie tief es saß. Er verweilte noch einen Augenblick in Träumereien, raffte dann die unerledigten Sachen zusammen und verschloß sie in einem oft wiederverwendeten Manila-Schnellhefter.

Auf seinem Weg zum Auto hielt er bei der Toilette an, rückte seinen Kragen gerade, wischte sich mit dem Papierhandtuch den Schweiß und die Tränen ab – und den winzigen Blutstropfen unter seinem rechten Ohr; obwohl er ihn gar nicht bemerkt hatte.

Er öffnete das Dach seines Cabriolets. Auf diese Weise war er seit Jahren nicht gefahren. Das Radio spielte seine liebsten Oldies, und der Verkehr war nicht zu dicht. 55 Kilometer lagen ziemlich schnell hinter ihm, und Irving hielt nach seiner Ausfahrt Ausschau. Er sah ein kleines gelb und braunes Schild, das in Richtung Meer wies. Eine zweispurige Straße schlängelte sich zwischen Wiesen zum Pazifik. Dann kam eine scharfe Linkskurve – durch ein großes, schmiedeeisernes Tor. *Ashdale Hills.* Da waren keine Hügel. Es gab keine Häuser. Nur junge Bäume, sauberen Rasen und Grabsteine. Es war ein Friedhof.

Irving hielt sein Auto an und stieg aus. Er ging zwischen den Grabsteinen umher, bis er ein neues Grab fand. Laura Pennick. Natürlich, neben ihr war ein Platz für ihn reserviert. Telephonmasten durchzogen den Friedhof – einer stand neben Lauras Grab. Er war nicht überrascht, zu bemerken, daß eine Leitung von dem Mast in das Gras ihrer Grabstelle hinunterführte. Er blickte umher und sah, daß viele Gräber Leitungen hatten. Es war solch ein sonderbarer Umstand, daß er es übersehen hatte, als er ausstieg. Der Wind begann in den Drähten zu summen.

# NACHT DER LADIES IM OK CORRAL

Keiner wollte es zugeben. Das wäre gegen die Tradition. Und doch funkelte und brannte die Erregung und sprang von Mann zu Mann wie eine unsichtbare elektrische Entladung.

Noch eine Nacht. Dann noch ein Tag. Und dann ...

Tom Dainty konnte es im Staub riechen und im Blütenstaub des Flachlandes schmecken. Er konnte es im Zittern der Stiere fühlen, wenn sie den Kopf mit den gestutzten Hörnern hoben und Richtung Osten starrten. Er konnte es in Billy Overtons Stimme hören, als sie beide den letzten der Pick-up-Trucks fuhren, um den Kreis rund ums Camp zu schließen.

Der jüngere Mann starrte in den Himmel, wo vereinzelte Haufen dunkler Wolken purpurgeränderte Formationen am glühenden westlichen Horizont bildeten.

»Wird perfekt heut abend. Kalt und klar. Genau, wie's sein soll. Sterne wer'n scheinen.« Bill murmelte vor sich hin, so daß Tom ihn gerade noch über das Muhen der sich niederlassenden Herde hinweg hören konnte. Er schlug seine schmutzigen Hände zusammen. »Dann heißes Wasser, Gallonen und Gallonen, genug zum Spritzen und drin wälzen und sich baden. Eis und Gin und 'n hübsches Glas.«

Tom lächelte vor sich hin. Von einem zum nächsten, ohne Pause von dieser Nacht zur nächsten Nacht springen. Nannte man es sublimieren? Sprach man von einer Sache, damit man aufhörte, davon zu reden, was einen wirklich beschäftigte?

Billy beschäftigte. Tom beschäftigte. Jeden beschäftigte. Aber die Tradition regierte. Es gab Momente, die für solche Gespräche paßten. Aber die waren nicht jetzt.

Die Tradition regierte, und sie hatte Vorrang vor den Annehmlichkeiten. Heißes Wasser, Eis und Drinks würde es – schließlich – geben. Im Moment jedoch gab es das nur in Billys Vorstellung. Inzwischen waren Dirty Dave Jorgensen und Wilbur Jones in der Mitte des Camps, fluchten, bliesen, husteten und hatten ihre liebe Not mit dem Lagerfeuer, das sich wie verrückt gebärdete. In der einen Sekunde loderte es hell auf, dann fiel es wieder zu einem dumpf glimmenden Durcheinander aus halb abgebrannten Stöcken zusammen.

Ein halber Liter Sprit aus einem der Trucks. Das würde es in einer Sekunde schaffen ... aber nicht heute nacht. Heute nacht mußte alles genau so gemacht werden.

Tom überprüfte die Reifen des Trucks und lungerte dort herum, nachdem Billy in die Mitte des Camps gegangen war. Die Reifen waren in Ordnung. Das hatte er gewußt. Er blieb am Rande des Camps und hielt sich absichtlich heraußen. Er war so aufgeregt wie Billy Overton, wenn er an morgen dachte (Billy war der jüngste, und egal, wie alt er wurde, er würde immer der jüngste bleiben).

Aber ein Dutzend Jahre Viehtrieb hatten Tom Geduld gelehrt. Mehr als Geduld. Nun konnte er den letzten Tag *genießen*, konnte den Gedanken an morgen in eine Ecke seines Denkens drängen, wo seine Versprechung unter einem Deckel simmern durfte.

Langsam richtete er sich auf und drehte sich um. Die Stiere waren ruhig und ließen sich für die Nacht nieder. Klar und kalt. Billy hatte recht damit. Und er würde auch mit den Sternen recht haben. Tom konnte nicht mehr als drei oder vier sehen, aber in zehn Minuten würde der Himmel voll davon sein. Die Berge ganz im Westen glommen gerade in den letzten Sonnenstrahlen. Bald konnte Tom nur noch eine Himmelsschicht aus Rot und Schwarz erkennen. Während er zusah, flossen sie ineinander und bildeten ein weites perspektivisches Band aus grauem Pink.

Er drehte sich weiter, um richtig nach Osten sehen zu können. Da entlang, den Berg hinunter, weniger als eine Tagesreise entfernt. Wenn er einfach einen Truck Vollgas laufen lassen würde …

Aber es mußte in zwanzig Stunden sein, nicht in zwei. Also hör auf, an etwas zu denken, das nicht sein kann.

Tom Dainty richtete den Blick zurück zum Camp. Wilbur und Dave, die jetzt schwarze, sich bewegende Schatten waren, hatten es schließlich doch hingekriegt. Das Holz des Feuers, das extra für heute nacht siebenhundert Meilen weit mitgebracht worden war, schlug vier Fuß hohe Flammen. Jackson würde schon daneben stehen und auf den Augenblick warten, da das Glimmen des Holzes von Blutrot zu Orange wechselte und die Bohnen, der Speck und der große Kessel mit kaltem Wasser daraufgestellt werden konnten. Während der letzten neunundfünfzig Nächte war Jackson so fanatisch pünktlich gewesen, daß man seine Uhr danach stellen konnte, wenn er zum Essenfassen rief. Aber heute nacht würde alles erst dann fertig sein, wenn er das Zeichen gab. Keine Versprechen.

Tom entschied, daß er eine halbe Stunde hatte, vielleicht auch mehr. Zeit, um einmal um die Herde herumzulaufen und zu überprüfen, ob der elektrostatische Pferch intakt war.

Das würde er sein. Das war er immer. Aber er wollte ein wenig Zeit alleine verbringen, um sich an Cindy zu erinnern, wie er sie vor zwei Monaten gesehen hatte. Daran, wie sie aussah, wie sie sich anfühlte und wie sie roch. Dann würde er so weit sein, seine Gedanken mit den anderen teilen zu können. Er ging los und schlenderte in einem schrägen Achter durch den Salbei und die Büsche, in denen sich die Stiefel verfingen. In der mondlosen Nacht verlor er den Sinn für Entfernung und Richtung. Erst als ein Schwarzgrundelhahn direkt vor seinem Fuß aufflog und Tom wohl einen Erdkuckuck hörte, aber ihn, als er ein paar Zentimeter vor seinem Gesicht vorbeiflog, nicht mehr sehen konnte, merkte er, daß es Zeit war umzukehren.

Es gab keine Gefahr, sich zu verlaufen. Die Trucks waren dunkle Monster mit krummen Rücken, die das Camp in ihrer Mitte verteidigten. Ihre vom Flammenschein flackernden Schatten wiesen den Weg zu ihnen. Und selbst ohne den Feuerschein wäre der Duft von gebratenem Speck auch schon eine hinreichend gute Fährte gewesen.

Als Tom sich der Herde näherte, hörte er Jacksons Pfiff. Er war in genau dem richtigen Moment zurückgekommen. Der Koch beugte sich über das Feuer, um eine Handvoll gemahlenen Kaffee in den Kessel zu werfen. Bohnen, Mais und Speck hatte er schon heruntergenommen, sie dampften und rauchten auf dem Boden neben einem schwarzen Eisentopf mit Molasse.

Tom sah, daß die fünf anderen schon ums Feuer saßen. Er kam als letzter, und die Molasse war fast schon weg. Das konnte Tom nur recht sein. Er haßte den klebrigen süßen Teergeschmack, und das Eintauchen seines Löffels in den Topf war nicht mehr als eine Geste, die man von ihm erwartete. Er trug seinen Teller vier Schritte vom Feuer weg und setzte sich mit untergeschlagenen Beinen auf den Boden neben Griff.

Der alte Mann aß nicht. Er starrte mit gebeugtem

Rücken in die Flammen und fummelte mit seinen klumpigen, knotigen Fingern an einem Stückchen dünnem Papier herum.

*Handrollen,* dachte Tom. Angeben. Tradition hin oder her, das war etwas, das niemand von den anderen auf dem Viehtrieb konnte. Griff behauptete, daß er das damals gelernt hatte, als es *echt* war, etwas, das Leute jeden Tag taten.

Alles war fertig, aber der alte Mann ließ sich Zeit. Tom hatte diese Erfahrung schon ein Dutzend Mal gemacht, und selbst ein Erstling wie Billy Overton wußte genug, daß er nicht versuchen würde, Griff zu drängen. Tom gegenüber saß der junge Billy. Er sah aus, als würde er die Luft anhalten, als würde er vor lauter Erwartung fast platzen; und doch gab er keinen Ton von sich.

»So, hier sind wir«, sagte Griff schließlich. »Letzte Nacht.« Er zündete seine handgefertigte Zigarette mit einem glühenden Holzsplitter an, den er sich vom Rande des Feuers geschnappt hatte. »Letzte Nacht des Viehtriebs. Morgen um diese Zeit werden wir zu Hause sein. Zurück bei unseren Liebsten.«

»Mmm.« Es war mehr ein gemeinsamer Seufzer, denn eine individuelle Stimme.

»Aber ihr wißt« – ein langsamer, luxuriöser Zug, mit dem Rauch bis in die Lungenspitzen –, »es war nicht immer so. Gab mal eine Zeit, bevor wir all das Zeug hatten« – ein verächtliches Deuten mit dem Daumen in die Dunkelheit, aber jeder Mann wußte, er deutete auf den Kreis der Trucks –, »gab mal eine Zeit, wo wir unsere Lieben nicht hinter uns ließen. Sie kamen mit uns. Unsere Partner. Arbeiteten Seite an Seite mit den Männern, so hart, wie wir arbeiteten. Traten Gefahren entgegen mit uns. Schwitzten, wenn wir schwitzten, wurden durstig, wenn wir kein Wasser finden konnten. Traten Wölfen und Bären und Klapperschlangen gegenüber, genau neben uns. Partner.«

Der Kreis von Köpfen nickte. Tom mit eingeschlossen. Ein Teil von ihm sagte, daß das nur ein Ritual war, die Zeit des Privilegs, wenn der älteste Mann sprach. Weil, so alt er war – und niemand wußte genau, wie alt –, war Griff sicher nicht alt genug, um sich an die Zeiten zu erinnern, wenn die Mütter und Großmütter von Cindy und Lucille und Mandy und Sue selbst mit zum Viehtrieb gekommen waren. Ein anderer Teil von Toms Kopf konnte schon alleine den Gedanken, die bloße Vorstellung nicht fassen, daß so perfekt parfümierte Körper dem Dreck, dem Wind, der Sonne und dem harten Leben eines Viehtriebs ausgesetzt sein könnten. Und doch glaubte er Griff irgendwie. Weil der Glaube die Logik übersteigt?

»Erzähl uns davon, Griff.« Toms Stimme war so laut, wie die von allen.

Und Griff erzählte, während die Brise von den Bergen kälter wurde, der ungesüßte Kaffee schwärzer, rauchiger und stärker kochte und das Feuer hinunterbrannte bis auf ein paar Waschbäraugen aus funkelnder Glut. Als die Geschichte sich ihrem Ende zuneigte, gab es eine Unterbrechung, ein weit entferntes, bizarres Lachen aus Drangsal und Irrsinn. Griff machte eine Pause, den Kopf zur Seite geneigt. Er wartete noch lange nachdem der erste Ton verklungen war auf einen verstörten Antworthall.

»Chaco Wolf.« Er schnippte eine zentimeterlange Kippe in das sterbende Feuer. »Sollte nicht so weit nach Norden kommen, aber ich nehme an, er weiß das nicht. Hörst du einen, muß es noch weitere geben. Wir werden die Pferche heute nacht bewachen. Macht einen froh, nicht wahr, daß sie in Sicherheit sind, dort in der Stadt.«

Es machte sie froh, und das auf mehr als eine Art. Griff sagte es nicht, aber dieses verrücktmachende, ferne Geheul in der Dunkelheit bildete das perfekte Ende für die letzte Nacht des Viehtriebs.

Bis zur Mitte des Nachmittags war die Perfektion längst vorbei. Der Morgen hatte einen plötzlichen Wind gebracht, mit unerwartetem Regen, der auf die Herde und den sie begleitenden Konvoi von Trucks klatschte. Die Sichtweite fiel auf dreißig oder vierzig Meter. Der Boden wurde durchnäßt und glitschig. Ein Stier konnte im Sturm und den vom Regen geschwollenen Bächen leicht verlorengehen und damit einen perfekten Nullverlust-Rekord zunichte machen.

Niemand wollte das. Die Geschwindigkeit wurde verlangsamt. Die Ankunft in der Stadt verzögerte sich, lag jetzt näher bei Sonnenuntergang denn Mittag.

Aber irgendwie, so dachte Tom, als sie das letzte Vieh der Herde auf den Pferch zutrieben, fügt dieser letzte Kontrast noch einen Hauch der Perfektion hinzu. Sechzig Tage auf dem Weg, ohne Drinks, keusch, ohne eine Chance auf ein heißes Bad oder frische Kleidung und nur mit einer harten Bettrolle zum Schlafen. Dann kommst du heim mitten in einem heftigen Sturm, hellwach und bis auf die Haut durchnäßt und zitternd …

… und weißt, daß die beste Zeit jetzt genau vor dir liegt.

Griff war bereits hineingegangen, um seinen Bericht abzuliefern. Mit seinem Fortgehen änderte sich die Stimmung der Gruppe. Die anderen fünf arbeiteten gemeinsam daran, den letzten Stier zu checken und die Riegel ins Schloß fallen zu lassen. Dann gingen sie direkt zum Badehaus. Jackson, der als erster dort war, riß die Tür auf. Heiße dämpfige Luft, die mit Seife gesättigt war, traf sie wie der Atem des Himmels.

»Glaube, diesmal werd' ich 'n bißchen was *anderes* ausprobieren.« Wilbur Jones stand in der vierten Duschkabine und wartete darauf, daß das Wasser anfing zu rauschen. Der Duschraum war riesig, groß genug für vierzig Männer, deshalb hob Wilbur die Stimme, damit er sicher sein konnte, daß Dirty Dave drunten am entfernten Ende ihn hörte. »Glaub, heute nacht fang ich an mit 'nem kleinen Besuch bei *Lucille*.«

»Du storchbeiniger Chaco-Hurensohn.« Die Stimme kam von jemand Unsichtbaren durch den Dampf. »Was sollst es nich' versuchen, na, Will Jones? – wenn du meinst, sie wird dich lassen. Un' wenn du dabei bist, werd' ich mir 'n Stück von Mandy holen. Ihr zeigen, was ein richtiger Mann ist.«

»Mach's nur.« Wilburs Stimme stieg eine halbe Oktave. »Wenn du glaubst, du bist groß genug, daß du rauflangst. Schließlich mußt du was bieten, Lucille un' Mandy werden beide wissen, ich bin der Platzhengst.«

»Lucille würd' dich nich' mal anschaun, selbst wenn sie wüßte, daß du der letzte Mann auf der Erde wärst.«

»Was ich vielleicht sein werd', du abgehobelte Erdnuß. Ich bin jünger als du, eines Tages wern' sie *alle* mir gehörn.«

»Ja, ja. Alle deine – genau so, wie sie alle Griff gehören? Nix als Schnupftabak un' Erinnerung. Bist sicher, daß du das willst, Platzhengst?« Und Jorgensen fing in dem sanften melodiösen Bariton, den niemand je draußen auf der Tour gehört hatte, an zu singen: *»Ist es nicht eine Schande, alt zu sein?«*

Es war das gleiche alte Spiel, aber natürlich hatte es der junge Billy noch nie gehört. Er stand in der nächsten Kabine neben Tom, das Gesicht erwartungsvoll erhoben, jede Faser bereit, um Erinnerung zu speichern. Sein Grinsen war so breit, daß Tom versucht war, hinüberzulangen und die Dusche abzudrehen, bevor Billy von einem plötzlichen Guß getroffen und erstickt würde.

»Ist Wilbur wirklich der Platzhengst?« fragte Billy.

»Wenn du es ihm glaubst, ist er es. Aber es geht mich nichts an. Und dich auch nicht.« Aber Tom hatte seine Zweifel. Er hatte Mandy gesehen, nachdem sie mit Wilbur zusammengewesen war – und ihr frischer

Gang deutete auf jemand, der noch eine ganze Menge Energie in sich hatte. Wo Lucille nach einer Nacht mit dem kleinen Dave mit Gummibeinen und weichen Knien lief.

Tom war nicht bereit, diese Gedanken mit Billy zu teilen, denn eines war sicher. Es *ging* Billy nichts an. Auch nicht Tom. Er war weder an Mandy oder Lucille oder irgendeiner von den anderen interessiert. Bis auf eine.

Eine Wasserflut, so heiß, wie er es nur ertragen konnte, schoß über seine Ohren und schnitt ihn von Billy und den anderen ab. Als die Dreckschicht von sechzig Tagen auf der Piste von ihm abgelöst wurde, tauchte er in seine private Welt ab. Ob sie sich geändert haben mochte, während er zum Viehtrieb weg gewesen war? Sechzig Tage waren eine lange Zeit. Hunderte von anderen Männern waren durch die Stadt gekommen. Cindy würde ihm nicht *treu* gewesen sein, das war eine idiotische Vorstellung. Es war nicht erlaubt, und er erwartete es nicht. Aber würde sie sich an ihn erinnern und ihn willkommen heißen, so wie er bereit war, sie willkommen zu heißen?

Er seifte, schäumte und rieb, bis jeder Zentimeter der Haut hellrosa war. Er trocknete sich genau so gut ab. Er rasierte sich langsam und vorsichtig und zeigte ein unnatürliches Interesse an der Art und Weise, wie Jackson sein Haar über den Ohren frisierte und hinten abrasierte, so daß es eine klare Linie in seinem Nacken bildete. Saubere Hose, Socken und kariertes Hemd warteten. Hochhackige gesporntе Stiefel aus schwarzem Leder, neu poliert zu einem Mitternachtsschimmer. Die beste Lederkrawatte mit dem Türkis und Silberzug. Tom, den Billy für den coolen, erfahrenen Mann hielt, konnte Billy beobachten, wie er auf ihn aufpaßte, ihm zusah, wie er ihn imitierte und seine Schlüsse daraus zog. Wenn Billy wüßte, wie es in Tom aussah – daß er so nervös wie ein Anfänger war...

Und schließlich gab es nichts mehr zu tun, keine Entschuldigung mehr für eine Verzögerung. Tom holte tief Luft, betrachtete sich selbst noch einmal im Spiegel und stellte sich in die Reihe. Er hörte ein Tosen in seinen Ohren, wie von einem geschwollenen Bach nach einem Regenguß. Der Klang durchrauschender Hormone. Noch zwei Minuten. Jackson und Billy standen links von ihm, Wilbur und Dave rechts. Griff, ein paar Schritte vor ihnen, war mit einem lockeren Hemd aus braunem Samt und einer weißen Seidenkrawatte bekleidet. Er inspizierte die anderen, als sie vortraten. Er nickte.

»Ihr seid schon okay.« Er langte nach dem Türgriff, machte absichtlich eine paar Sekunden lange Pause und schwang dann die doppelte Holztüre auf. »So. Sollen wir uns zu den Damen begeben?«

Sie standen zusammen in einer Gruppe am anderen Ende des Raums neben einem langen Tisch, der mit Flaschen, Gläsern und Schüsseln mit Knabbereien bedeckt war. Tom hörte seine Stiefel auf dem glatten Plankenboden knarren. Er wußte vage, daß die anderen Männer mit ihm liefen, Schritt für Schritt. Er sah sie nicht. Er sah nichts – außer Cindy.

Sie sah wundervoll aus mit ihren hellen wachen Augen, dem braunen Haar, das zu einem reichen Schimmern gebürstet war. Und sie würdigte keinen der anderen Männer auch nur eines Blickes. Als Tom durch den Raum auf sie zukam, fixierte sie ihn mit den Augen. Dann kam sie direkt auf ihn zu, um ihn zu begrüßen. Er nahm sie in die Arme. Als sein Kopf an ihrem Hals und der Schulter ruhte, wußte er, daß er wieder zu Hause war.

Er streichelte ihren Nacken und bewunderte die gelben Bänder in ihrem Haar – ganz neue, direkt aus der Schachtel –, als sie ihn am Ärmel faßte und ihn Richtung Tür zog.

»Hey!« Er lachte und ließ es zu, daß er in eines der Privatzimmer gezogen wurde. »So ungeduldig. Kriege ich nicht erst mal einen Drink?«

Cindy warf ihm einen wissenden Blick aus den Winkeln ihrer braunen Augen zu.

»Oh, also gut.« Tom konnte nicht so tun, als wäre er nicht bereit, so bereit, wie sie auch war. »Ich glaube, wir haben viel Zeit zum Trinken – später.«

Nachdem er die Tür geschlossen hatte, knipste er alle Lichter im Zimmer an. Er wollte Cindy nicht nur *fühlen*, er wollte sie sehen und sie bewundern. Denn selbst jetzt, selbst nach zwölf Jahren, war noch die *andere* seltsame Erinnerung gegenwärtig, die verdrängt werden mußte.

Cindy wartete bewegungslos, als würde sie sein Problem genau verstehen. Er ließ seine Hand über ihre seidige, geschwungene Flanke gleiten und lehnte sich an sie, um das vertraute, aufregende Parfum ihrer Haut zu riechen.

*Das* war die Realität. Das andere war nur ein schlechter Traum, der langsam Jahr für Jahr verblaßte. Eines Tages würde auch die bloße Erinnerung an sie vergehen. Er fand es jetzt schon immer schwieriger zu glauben, daß er es mit den anderen getan hatte – und sogar behauptet hatte, es mit ihnen *genossen* zu haben, damals, als es noch *sicher* war, damals vor der Säuberung.

Aber der Alptraum schwärte weiter tief in seinem Geist. Er war Tag für Tag, Jahr für Jahr unterdrückt worden und kam doch jetzt immer wieder zum Vorschein wie eine schon lange ertrunkene Leiche.

*Die bleichen, haarlosen Körper, dick vom Fett und unter dem Druck seiner Finger so formbar wie Teig. Die kralligen Hände mit Spinnenfingern, die ohne zu zögern und ohne Erlaubnis die intimsten Gegenden seines Körpers eroberten. Riesenbeine, die länger waren, als der eigentliche Körper und sich um ihn schlossen, die ihn in den unersättlichen weiblichen Abgrund drängten, während andere Lippen, die mit parfümiertem Fett zu einem roten Schlitz verschmiert waren, an sein Gesicht sabberten oder triumphierend über die Eroberung grinsten.*

Tom zitterte und legte den Kopf an Cindys feste muskulöse Schultern. *Das* war es, was er brauchte. Die Berührung durch sie war die einzig wirkliche Heilung. Nach ein paar Augenblicken ebbte das Zittern in seinem Körper ab. Er wußte, es würde alles gut werden.

Er streichelte ihren langen anmutigen Hals und bewegte sich in eine Position hinter sie, während sie ihren mit Bändern durchflochtenen Schwanz hob. Er spürte den kräftigen sanften Schlag des Haars auf seiner Wange.

»Schon gut«, flüsterte er. »Schon gut.« Er warf sich nach vorn und seufzte, als sich seine Spannung in einer ersten Erleichterung löste.

Besser als schon gut. Perfekt, *Partner.*

Als sie sich umdrehte, um seinen Hals zu beschnuppern, stöhnte er vor Wohlbehagen und schob ihr einen Zuckerwürfel in den sanftlippigen Mund.

# EINE JAGD
# NACH WUNDERN

## 1. Die Forschung

Die Nachrichtenjournalisten und die politischen PR-Leute nannten unsere Epoche das Zeitalter der Wunder, und weil sie in ihrem Job, die Euphorie in einer hängebackigen, übervölkerten Welt aufrechtzuerhalten, Meister waren, schlug der Name ein. Und warum auch nicht, wenn wir all unsere segensreichen Errungenschaften zusammenzählten? Die totale Beherrschung der Krankheit Krebs; die Anti-Alterungsprozesse; Bergbau auf den Gasgiganten-Satelliten durch anaerobe Bakterien; die Terraform-Techniken; verlangsamter Stoffwechsel (und damit Flug zu den Sternen!); der antinukleare Schutzschild und damit so etwas wie Frieden auf Erden... man konnte aufführen, was man wollte, es war bereits als Prototyp oder zumindest auf dem Zeichenbrett vorhanden.

Obwohl es so viel zu bejubeln gab, schrie der OB immer noch voller Unzufriedenheit. »Die Zukunftsaussichten sind ausnahmslos erfreulich«, bemerkte er, »nur der Mensch ist wertlos«; und »der Preis des Fortschritts ist der, daß in einem mathematisch ausgewogenen Kosmos nichts ohne Bezahlung gegeben wird oder werden kann.«

Aber Reichmann war über achtzig und trotz seiner langen Liste von Leistungen längst kein brauchbarer Kandidat für die Anti-Alterung mehr. Er hatte einigen Grund, betrübt zu sein und sich betrogen zu fühlen. Nicht daß je mehr als eine Handvoll von Leuten in den Genuß der Behandlung gekommen wären; die Lebensdauer von einzelnen wird nicht leichtfertig verlängert auf einem Planeten, der sich alle Mühe gibt, eine Meute von vierzig Milliarden Menschen zu ernähren. Wir konnten hoffen, und das taten wir, denn im Zeitalter der Wunder bestand immer die Möglichkeit einer Entdeckung, die alle Beschränkungen aufheben würde ...

Unsere Arbeit auf dem Gebiet der Paraphysik war in eine Sackgasse geraten, doch auch die Telepathie war zuvor schon in einer Sackgasse gewesen, von Scharlatanen und Narren heimgesucht, und dann wurde sie von Forschern mit unauslöschlichen Sternen in den Augen und im Denken wiederbelebt. Es waren Forscher wie wir, Reichmanns Laborsklaven, die mit endlosen Wiederholungen eines Experiments gequält wurden, bevor ihnen das Aufflackern eines Funkens Hoffnung gestattet wurde. Er nannte diese Tyrannei die *wissenschaftliche Methode*; wir nannten ihn OB (ohne uns die Mühe zu machen, es jemals voll auszusprechen), doch wir ließen ihn niemals im Stich.

Er berührte uns mit seinem Feuer, auch wenn wir schließlich zugeben mußten, daß ein direkter Geist-zu-Geist-Kontakt nicht zustande kam. Der Hintergrund eines synaptischen ›Lärms‹ in jedem Gehirn war ein so wirkungsvolles Schutzschild, wie man es sich überhaupt nur vorstellen konnte; nur das Gehirn selbst konnte seinen eigenen endlosen Tumult der unterbewußten Wechselverbindungen durchdringen; nur der Mund konnte Gedanken ausdrücken, so töricht sie auch sein mochten. Eine elektronische Tarnung war jedoch nicht unmöglich erschienen, als Reichmann eine Gruppe von Kartographen aus dem Bereich Synaptische Physik anbrachte, damit sie mit uns arbeiten sollten. Sie erreichten gar nichts.

Es war eine zusätzliche Beleidigung, als der OB maulte: »Wir bekommen ein Ergebnis, und Sie nennen es einen Fehlschlag! Wir *wissen* jetzt, daß wir nichts empfangen oder aussenden können. Wir wissen, wo wir keine weitere Zeit verschwenden müssen.«

Marian sagte: »Wir haben genügend Zeit verschwendet, um das herauszufinden«, und es hätte nicht viel gefehlt, daß er sie körperlich angegriffen hätte. Er trat auf sie zu und brüllte:

»*Wollten* Sie denn Erfolg haben? Die Meinung ihrer besten Freundin über Sie herauskitzeln? Den Rückzug Ihres Geliebten in den Narzismus im Augenblick des Orgasmus beobachten? Vertraulich in die schizoide Jauchengrube der Gehirne Ihrer Nachbarn tauchen? Wir brauchen geistiges Wissen, keine voyeuristischen Triumphe. Gott – sofern sie nicht zu eitel sind, um dieses Wort hinzunehmen – hat weise gehandelt, als er ein bewachtes Verlies für die Wahrheit schuf. Nur ein so geringes Wesen wie der Mensch wehrt sich dagegen, ausgeschlossen zu werden.«

Marian fürchtete seinen Tadel nicht mehr als der Rest von uns. »Sie *wollten* also keinen Erfolg haben?«

»Ich wollte *Wissen* erlangen.«

»Und was ist, wenn sich herausstellt, daß die Antwort ein unmißverständliches grünes Licht für den Voyeurismus ist?«

Sie hätte wissen müssen, daß es nicht ratsam war, ihn zu reizen. »Dann, meine junge Dame, hätte sich die Menschheit mit der Verlogenheit ihrer gesichtswahrenden Vision von sich selbst als moralisches, philosophisches, altruistisches Geschöpf auseinandersetzen müssen, und sie hätte sich von diesem ersten Blick in den Spiegel der Seele niemals erholt. Zur Selbstverteidigung wäre sie dazu getrieben worden, antitelepathische Schutzschilde zu erfinden und sie von da an ständig zu tragen, um die Wahrheit von sich abzuschirmen.« Er setzte ein unerträgliches Feixen auf. »Durch einen großen Schritt nach vorn haben wir bewiesen, daß das unnötig ist.«

Wir hätten ihn mit Vergnügen umbringen können. Jahre der Disziplin und der Träume…

»Also«, fuhr er fort, »begeben wir uns zum nächsten Schritt«, als ob der Mißerfolg Teil seiner langfristigen Planung gewesen sei. »Es ist höchste Zeit, daß wir Tommy die angemessene Aufmerksamkeit angedeihen lassen.«

Und genau mit Tommy beginnt diese Erzählung von widerwärtigen Wundern wirklich.

Tommy war ein Labor-Irrtum (nicht unserer), ein Herumtasten in der genetischen Dunkelheit, das schiefgelaufen war. Seine Spezifikation war unter dem Druck des Zeitalters der Wunder zusammengeschustert worden, als es den Anschein hatte, daß die mit den Terraforming-Tests beauftragten Mannschaften auf dem Mars und dem Titan nahe daran waren, eine funktionierende Technik zu entwickeln, und die Leute von der Personal-Produktion wußten, daß man in einigen Jahrzehnten mit der Forderung nach Lieferung von Angepaßten an sie herantreten würde – von Männern und Frauen also, die hinsichtlich ihrer körperlichen Voraussetzungen auf nichtterrestrische Bedingungen zugeschnitten sind, wo große Kraft verbunden mit Unermüdbarkeit im Stadium der frühen Besiedlung von wesentlicher Bedeutung sein könnte.

Das Sperma und das Ei, die sich später zu Tommy vereinigten, waren anonym unter Millionen anderer in der Auswahl-Bank gelagert – eine Weiße und möglicherweise ein Tamile, dem Ergebnis nach zu urteilen. DNA-Werte wurden berechnet, genchirurgische Veränderungen durchgeführt, um die körperlichen Merkmale wieder in ein Gleichgewicht zu bringen, und die Befruchtung vollzogen – sowie eine Spaltung für eineiige Vierlinge. Tommy war zufällig der nächste auf der Taufliste des Natatoriums, als er dekantiert wurde.

Wie ein toter Dichter sagte: »Die bestens ausgedachten Pläne von Mäusen und Menschen gehen hinterher schief.« Wenn ich es richtig verstehe, dann war es genau das, was mit Tommy geschah. Durch einen jener Zufälle, die bei genetischen Eingriffen immer wieder auftreten, entstieg er ganz wörtlich als lächerlicher Zwerg dem Abfall. Seine drei identischen Brüder waren durchweg kleine Kraftprotze, schlank, doch von animalischer Stärke, und entwickelten später die Kondition von Superathleten. Tommy kam als einer von ihnen zur Welt, bis zur Taille jedenfalls – doch seine Beinen waren kurz, dürr und deformiert, mit Wadenmuskeln, die die Anzeichen einer Form von Dystrophie aufwiesen.

Das Zeitalter der Wunder war sanft dahingegangen, doch wie die Genetiker sagen: »Man gewinnt etwas, man verliert etwas«, und sie hätten ihn vor der Geburt beiseite geschafft, wenn er nicht von höherer Stelle als Forschungsexemplar für eine Gruppe von Wissenschaftlern ausgesucht worden wäre, die sich mit einer Studie über solche prozessualen Irrtümer befaßte. Also blieb Tommy am Leben, wenn ein Dasein in einer Labor-Krippe als »Leben« bezeichnet werden konnte.

Ob der prozessuale Irrtum aufgeklärt werden konnte oder nicht, weiß nur die Abteilung Genetische Forschung, jedenfalls war Tommy siebzehn, als die Gruppe endlich zu dem Schluß kam, daß er für sie ohne weiteres Interesse war. Er wäre sofort ausgesondert worden, wenn nicht einer von ihnen, der ein ständiges Auge auf die niemals ausreichenden Zuschüsse der Stiftung hatte, entdeckt hätte, daß der Junge zu begrenzten, aber nützlichen Schwerarbeiten fähig war. Als Versuchsobjekt genoß er natürlich keinerlei rechtlichen Schutz, so daß seine Dienstleistung die Stiftung nur einen minimalen Unterhalt kosten würde. Das war vernünftig, jede Ersparnis zählte. Also wurden seine Unterhaltskosten von der Personalentwicklung auf eine andere Kostenstelle umgeschrieben, und er wurde als allgemein verwendbarer Ungelernter der Paraphysik überstellt – zur Beaufsichtigung der Reinigungsroboter und der automatischen Inventarunterhaltung, um die Anschlagtafeln in Ordnung zu halten und die Mitglieder der Belegschaft mit Tee und Kaffee zu versorgen, wofür sie ihm weder dankten noch sich die Mühe machten, ihren Ekel vor seiner Mißgestalt zu verbergen. Eine Hölle gegen die andere auszutauschen, was bedeutet das für jemanden, der es nie besser gekannt hatte?

Der OB stellte den Jungen an seinem ersten Tag vor, und was wir sahen, fanden die meisten abstoßend. Er hatte die braunen Augen, die dunkle Haut und die zarten Knochen der einen Hälfte seines genetischen Erbes, mit den derben Gesichtszügen und dem blonden Haar des anderen. Er wirkte wie ein schlecht zusammengebastelter Gegenstand – was er mehr oder weniger ja auch war. Der Rest an ihm war die absolute Katastrophe. Seine dünnen Knochen waren mit sämtlichen Muskeln bepackt, die man an ihnen anbringen konnte, so daß dabei Gorilla-Arme und eine Brust herauskamen, die sich unvermittelt zur Taille hin verjüngte. Er war nicht ganz einen Meter vierzig groß, und nur fünfundzwanzig Zentimeter davon waren die dürren Beine, die von Stahlschienen aufrecht gehalten wurden. Seine Hände schleiften bei aufrechter Haltung über den Boden. Unter den Fußsohlen trug er Schienen mit Kugellagerrollen, und auf diesen bewegte er sich so schnell, daß man nur rennend mit Schritt hätte halten können, wobei er mit Stößen seiner schwieligen Fingerknöchel seine Fortbewegung steuerte.

Er war eine Schreckensgestalt. Wir alle wünschten ihn sonstwohin und zeigten es wahrscheinlich auch.

Der OB stellte ihn nur insoweit vor, daß wir über seine Anwesenheit unterrichtet waren, dann schickte er ihn in seine Unterkunft. Er vollführte eine gekonnte Drehung und rollte davon.

Reichmann sah ihm nach, bis er außer Sicht war, dann fragte er: »Was bist du? Ein Kind von siebzehn Jahren, doch man sieht nur eine groteske Gestalt.«

Marian – wie immer, Marian – sagte: »Verlangen Sie nicht von mir, daß ich ihn mag. Er ist ein Nicht-Legaler, ein künstlich geschaffenes Wesen, mehr nicht.«

Der OB hielt große Stücke auf Marian, weil sie immer sagte, was sie dachte, obwohl es ihm meistens ziemlich gleichgültig war, was sie dachte, doch er blieb ihr nie eine große Antwort schuldig. Diesmal sagte er jedoch nur: »Er ist das Produkt jenes Zeitalters der Wunder, das Sie mit einem Kniefall des Geistes anbeten.«

Bei dem Großteil der Mannschaft sickerte das nicht durch. Bei mir verursachte es einen Augenblick lang Unbehagen, wie ein Witz, der ein Korn Wahrheit enthält, aber ein Nicht-Legaler war nun mal ein Nicht-Legaler und kein Anlaß für blutende Herzen. Bei vierzig Milliarden echten Menschen, die ernährt werden mußten, lebten die Nicht-Legalen von der Duldung – solange sie nützlich waren.

Reichmann gehörte emotional zur ersten Hälfte des zwanzigsten Jahrhunderts. Lesen Sie einige der vor 1940 geschriebenen Romane, dann wissen Sie, was ich meine – primitive Barmherzigkeit, rührseliges Denken, das sich selbst als Aufgeschlossenheit bezeichnet, puddingweiche Selbstgerechtigkeit – Brei für ein Volk, das sich mit der Realität eines übervölkerten Planeten noch nicht auseinandergesetzt hat.

Trotzdem muß ich zugeben, daß die Tradition der Sentimentalität schwer auszurotten ist. Nachdem wir uns an Tommy, der durch die Gänge wirbelte, gewöhnt hatten, lernten wir allmählich, ihn zu dulden

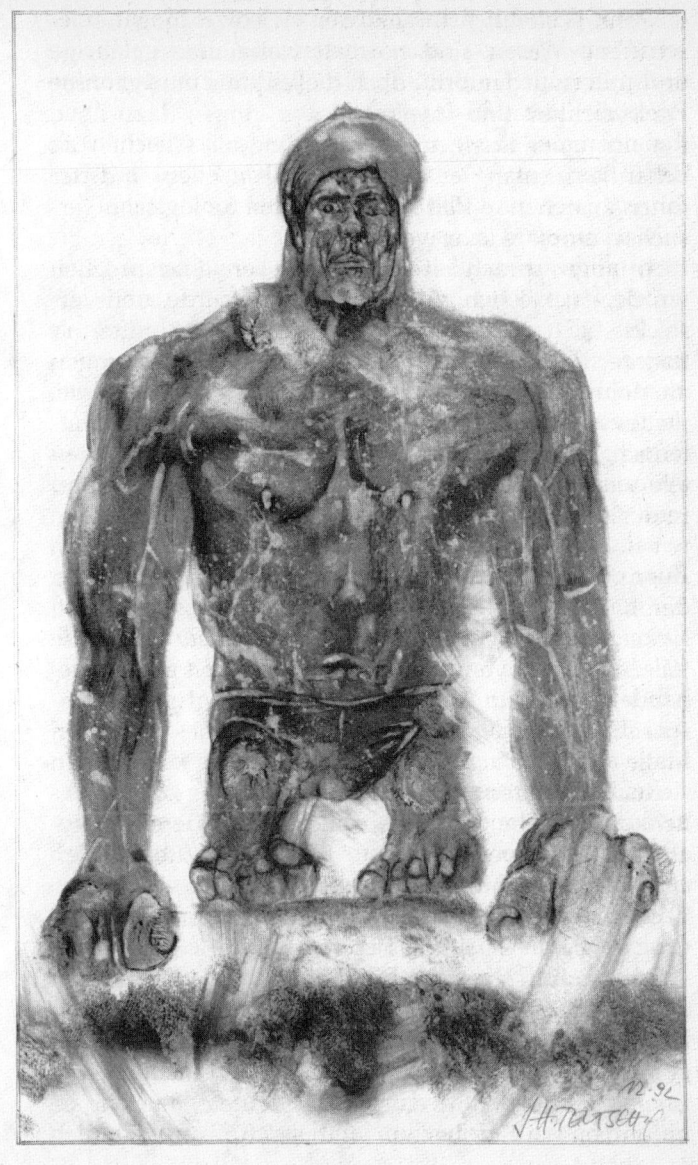

und ihn schließlich in gewisser Weise zu mögen. Geschaffene Wesen sind normalerweise eine gelehrige und unterwürfige Brut, doch dieses hatte eine gewisse Persönlichkeit und Intelligenz; wir gingen dazu über, ihn mit einer lässigen Anerkennung als Gleichen zu behandeln, solang er auf seinem Platz blieb, und der ihnen zustehende Platz ist etwas, den biologische Versuchsexemplare sehr wohl kennen.

Anfangs sprach er nur, wenn er angesprochen wurde, duckte sich, wenn er getadelt wurde, und versteckte sich in seiner Unterkunft, wann immer er konnte, doch Reichmann stellte einige Bemühungen an, damit sich der Geist des Jungen entwickeln konnte, vielleicht nur, um herauszufinden, wie dieser geschaffen sei; er führte überflüssige Gespräche mit ihm, leitete seine Holo-Betrachtungen und gab ihm freie Hand in der Musikbibliothek. Im großen und ganzen hatten wir in der Paraphysik einen besseren psychologischen Zugang zu Nicht-Legalen als der praktische Haufen der Biologen; wir ließen die Leine nicht zu früh zu locker, aber wir wußten, daß man besser spurende Wesen bekam, wenn man sie einigermaßen gerecht behandelte und hin und wieder ein überlegtes Lob aussprach, und daß das Zugeständnis eines gewissen Maßes an Selbstachtung Dividende bringt, solang man sie nicht die Grenzen überschreiten läßt. Es ist in Wirklichkeit dasselbe wie die Ausbildung der Tiere für psychologische Experimente, nur daß die Auszubildenden einen höheren Intelligenzgrad besitzen.

Und an diesem Punkt fingen die Schwierigkeiten so unschuldig an – bei den Tieren.

Die Paraphysiker kümmerten sich um die meisten der größeren Versuchstiere anderer Abteilungen – Hunde, Schweine, Affen und andere größere Gattungen, die gelegentlichen freien Auslauf brauchten, um gesund zu bleiben. ›Kümmern‹ bedeutete, daß wir sie im Freien laufen ließen, weil sie für uns nützlich waren, selbst in den ausgedehnten Wiesen außerhalb der Stadt. Unser Erfolg beruhte möglicherweise auf einer verkümmerten telepathischen Beziehung, doch es war uns nicht gelungen, Experimente durchzuführen, um das auf die eine oder andere Weise zu untermauern. Die Abteilungen scherten sich nicht darum, wie wir es machten, und wir waren froh, wenn wir während der Arbeitszeit Ausflüge zu den Koppeln und in die Wälder machen konnten.

Es war Marian, trotz ihres mangelnden Interesses für Nicht-Legale mit einem scharfen Blick ausgestattet, die Tommy als Talent entdeckte. Sie erkannte sehr frühzeitig, daß sein Umgang mit Tieren auf eine Weise meisterhaft war, wie keiner von uns es je erreichte. Als sie es erwähnte, erschien es entwürdigend, daß ein Nicht-Legaler nicht nur ein abwegiges, sondern ein überlegenes Talent besitzen sollte, doch Reichmann wollte sich der Sache sofort selbst annehmen.

Eines Tages nahm er Tommy mit zwanzig Tieren gemischter Gattungen hinaus. Einige von uns gingen mit, um einzuspringen, falls der Test schieflaufen und die Versuchsexemplare zu den Resten ihrer ursprünglichen Wildheit zurückkehren sollten.

Wir hätten uns keine Sorgen zu machen brauchen; Tommy besaß erstaunliche Fähigkeiten. Wenn er ein Problem hatte, dann war es das, die Tiere zum Freilaufen zu bewegen; sie wollten nicht von ihm weg. Sie drängten sich an ihn, um getätschelt und gekrault zu werden, selbst die Schweine, die sonst kaum je an etwas anderes als ans Fressen dachten, und auch die Klammeraffen, die normalerweise am wenigsten auf die üblichen Zuwendungen oder Dressurbemühungen reagierten. Er mußte sie wegscheuchen, ihnen *befehlen*, sich wie Tiere zu benehmen.

Er tat es mit Wonne. Seine Kugellagerrollen waren im natürlichen Gelände nutzlos, deshalb schnallte er die Scheiben ab und stolperte auf seinen kurzen, dürren Beinchen durch das Gras, wobei sein Gesicht vor Glück strahlte, wie es nur wenigen Nicht-Legalen je vergönnt ist.

Marian stellte Gleichgültigkeit zur Schau, doch Reichmann konnte sein Entzücken kaum verbergen. Er schritt auf dem Lehmpfad dahin und murmelte: »Um wen geht es hier? Wer ist der Telepath? Beide?«

Tommy, der sich nicht bewußt war, daß er als Versuchsperson diente, nannte die Tiere beim Namen und rief ihnen Befehle zu, und nur wir hatten den Verdacht, daß sie nicht auf seine Stimme reagierten, sondern auf einen geheimen Teil, von dem er selbst keine Ahnung hatte. Körper, Gesicht und Stimme strahlten.

Ich wollte gerade eine diesbezügliche Äußerung zu Marian machen, als eine andere Stimme mir den Gedanken stahl.

»Er ist so glücklich!«

Ich antwortete mit gespielter Gleichgültigkeit: »Selbst ein Nicht-Legaler muß an irgend etwas Spaß haben.« Dann sah ich, daß ich die falsche Bemerkung zur falschen Person gemacht hatte.

Janice French aus der Meteorologischen Abteilung war eine altmodische Sentimentalistin und aktives Mitglied einer Protestbewegung, die gegen die unmenschliche Behandlung von Nicht-Legalen (deren Wortwahl, nicht meine) zu Felde zog. Sie war Mitte zwanzig, butterblond und butterweich, die geborene Anlaufstelle für jeden, der irgend etwas auf dem Herzen hatte; ihr Name und ihr Gesicht erschienen oft genug in den Nachrichten, so daß im Stiftungskonsortium hin und wieder drohend von irgendwelchen Maßnahmen geraunt wurde. Außerdem war sie eine hervorragende Meteorologie-Analytikerin von der intuitiven Sorte, deren Intuitionen beständig ausgezeichnete Ergebnisse erbrachten, so daß das Konsortium keinen nicht wiedergutzumachenden Schritt unternahm.

Das verdankte sie zum Teil ihrem Schoßhund (ein Wort, das weder ihr noch sein Wesen richtig beschrieb), dem Direktor der Meteorologischen Abteilung, Lonergan Daly, der sie offen, schamlos und ohne Gegenliebe anhimmelte. Er war an jenem Tag bei ihr, ganz Haut und Knochen und Spaniel-Augen (mit denen er sie anbetete) unter einer hochintelligenten Stirn, die sein mageres Gesicht mit einer Art Schutzwall ausstattete.

Er war nicht ihr einziger Verehrer; Janice wehrte mehr Belästigungen ab, als die Belästiger jemals zugeben hätten, obwohl durch verbitterte Meldungen bei der »Eisernen Jungfrau« eine steigende Zahl von ihnen identifiziert wurden. Janice und Lonny hatten eine bestimmte Art, sich gemeinsam darüber lustig zu machen, halb abfällig, halb verächtlich; vielleicht verdienten sie ihre gegenseitige selbstauferlegte Enthaltsamkeit.

Dessen ungeachtet muß gesagt werden, daß jedes Einzelwesen für sich genommen eine beliebte und angenehme Person war.

Aber ...

»Im Zeitalter der nutzlosen Wunder«, erklärte mir Janice, »in dem der Zustand menschlichen Glücks nur anhält, um die Zeit zu markieren, ist es ein Wunder, daß der Junge weiß, was Vergnügen ist.«

Marian sagte: »Janice befindet sich im Zustand verbitterter Wut. Sieh nur, wie du damit fertig wirst, Will.« Sie stapfte davon und überließ mir das Naheliegende:

»Es erstaunt mich, hier draußen jemanden von der Meteorologischen anzutreffen.«

»Wie die Tiere«, erwiderte Janice, und sie scherzte nicht, »brauchen wir gelegentlich den Anblick von Bäumen und Gras – um uns daran zu erinnern, daß es so etwas gibt.«

Lonny fügte entschuldigend hinzu: »Wir wußten,

daß Sie sie hier herausgebracht haben, und Janice dachte ...« Er verlor den Faden, wahrscheinlich durch Janices Gegenwart im vernünftigen Denken verunsichert. Lonny, der seine Abteilung mit eiserner Hand leitete, war außerhalb davon von liebenswerter Fehlbarkeit.

Ich gab klein bei und sagte: »Gehen Sie, und streicheln Sie sie, wenn es sein muß, aber warnen Sie Tommy vorher, sonst beißt Sie vielleicht der Affe.«

»Natürlich werde ich ihn *fragen*. Ich habe von Tommy gehört. Vielleicht fühlt er sich seinen Tieren eher verwandt als seinen Besitzern.«

Ich entgegnete hilflos – denn diese Art von Spott löste bei mir einen unvernünftigen stechenden Schmerz aus –: »Es sind nicht *seine* Tiere.«

»Nein, und ich wette, er besitzt nicht einmal eine Maus, die er sein eigen nennen könnte.«

Sie öffnete das Tor zur Koppel, und die Tiere bemerkten sie. Tommy bemerkte, daß sie sie bemerkten, und er reagierte, indem er ... was immer es war, das er hinter seiner sanften Stimme tat. Sie beruhigten sich und betrachteten sie mit beiläufiger Neugier, nur die Affen quiekten und tanzten, um die Aufmerksamkeit auf sich zu ziehen.

Neben mir sagte Lonny: »Es gab einmal eine Zeit, da besaß jeder einen Hund oder eine Katze. Oder eine Maus.«

»Es gab eine Zeit, da konnte man Nahrung für sie erübrigen«, erklärte ich. Ich hatte nicht die Absicht, ihn abzuwürgen; ich sprach, ohne mir große Gedanken über das Gesagte zu machen, während sich mein Geist mit der seltsamen Vorstellung beschäftigte, daß ein Mensch mit einem Tier *Freundschaft* schloß; in den alten Romanen war es oft so dargestellt, daß so etwas geschah oder versucht wurde.

Lonny sagte ein wenig verstimmt: »Unsere Überbetonung von Wundern hat uns einen Teil unserer

Menschlichkeit genommen. Schlichte Vergnügen sind ausgerottet.«

Unsinn gebührt keine Antwort. Janice sprach mit Tommy, und aus fünfzig Metern Entfernung konnte ich sehen, daß sich sein Gesicht plötzlich lebhaft aufhellte. Die Lebhaftigkeit erstarb fast im selben Moment, in dem sie aufgeflackert war. Das geschah bei Nicht-Legalen häufig, besonders bei den etwas intelligenteren, als ob sie sich jedes Gefühl für persönliche Streicheleinheiten versagen würden.

Janice bewegte sich zwischen den Tieren hin und her, tätschelte und streichelte sie. Sie ließen es still über sich ergehen, wie Kinder, denen man gesagt hatte, sie müßten sich benehmen. Meine Hauptaufmerksamkeit galt jedoch Tommy, genauer gesagt: seinem Gesichtsausdruck, den zu verbergen er keinerlei Versuch machte, wahrscheinlich weil ihm gar nicht bewußt war, daß er da war – eine nach innen gekehrte, staunende Nachdenklichkeit –, während seine Augen ihr von Tier zu Tier folgten.

Erst später erfuhr ich, was sie zu ihm gesagt hatte, nämlich folgendes: »Wie würde es dir gefallen, einen eigenen Hund zu besitzen? Ganz für dich allein?«

Das klang hirnrissig, aber es klang auch harmlos, oder nicht?


## 2. Versuchsobjekt

Als wir wieder in der Paraphysischen Abteilung waren, verglichen wir unsere Notizen, und der eine Gesichtspunkt, auf den wir uns alle einigten, war der, daß es sich bei Tommy um ein Phänomen handelte. »Aber«, wiederholte Reichmann beharrlich, »sind es in beide Richtungen wirkende Talente oder nur ein einzelnes? Wir haben noch nie mit Tieren gearbeitet. Niemand hat es je getan.«

Das war Marians Chance; laß keinen Kampf mit dem OB aus, lautete ihre Devise. »Warum sollten minderbegabte Tiergehirne eine Fähigkeit haben, die bei menschlichen Gehirnen in verschwindend geringem Maße vorkommt?«

»Weil ihre Verhaltensmuster schlicht und unveränderlich sind; ihre Gehirne unterliegen weniger Schwankungen, weil ihre Assoziationen sich auf Wesentlichkeiten beschränken; der ›Lärm‹-Schutzschild ist weniger ausgeprägt. Deshalb ist die Wahrnehmungsgabe eher die Eigenschaft eines primitiven denn eines entwickelten Gehirns. Je höher der Intellekt sich herausbildet, desto mehr errichtet die synaptische Komplexität diesen Schutzschild.«

»Glauben Sie das tatsächlich?«

Reichmann hob die Schultern. »Sie haben eine Frage gestellt, und ich habe einen Denkanstoß gegeben.«

»Ich frage, und erhebe keine Einwände. Mir ist nur aufgefallen, daß die Affen mit ihren am höchsten entwickelten Gehirnen die am wenigsten zugänglichen sind. Er mußte bei ihnen richtig energisch werden, zwei- oder dreimal rufen. Meinen Sie, daß dabei rudimentäre Schutzschilde im Spiel sind?«

»Ich meine bis jetzt überhaupt noch nichts. Ich ziele auf einen Ansatzpunkt für die Untersuchungen.«

Ich sagte: »Tommy ist der Ansatzpunkt. Beobachten wir, was er mit unseren besten Sensitiven machen kann, oder sie mit ihm.«

Marian vollführte eine ihrer weitausholenden vernichtenden Gesten. »Sie werden gar nichts machen. Es finden sich keine Sensitiven unter den Tieren.«

Reichmann stimmte meiner Ansicht zu. »Das ist eine Möglichkeit, und dieses Vorgehen dient dazu, Tommy an die Laborbedingungen hier zu gewöhnen.«

In diesem Augenblick klopfte jemand an die Tür des Konferenzzimmers. Niemand aus der Paraphysischen Abteilung hätte es gewagt, eine Besprechung zu stören. Wir blickten zu Reichmann, damit er eine Entscheidung fällte, und er nickte.

Marian, die der Tür am nächsten saß, öffnete und sagte: »Ach, Sie sind es!« und fuhr ziemlich unfreundlich fort: »Wir sind mitten in einer Konferenz.«

Janices Stimme fragte: »Geht es um Tommy?«

»Falls es Sie etwas angeht, ja. Und was, zum Teufel, ist das?«

»Es geht mich etwas an, und es geht Tommy etwas an, und wie Sie sehen können, ist *das* ein Hund.«

»Und?«

Es wäre möglicherweise zu einem Blutvergießen gekommen, wenn Reichmann nicht gerufen hätte: »Kommen Sie herein, Miss French.«

Janice betrat den Kreis, aus dem ihr gemäßigte Ablehnung entgegenschlug, und lächelte zu unserer argwöhnischen Verwunderung in die Runde. In den Armen wiegte sie einen großen scheckigen Welpen, ganz Kopf und Schlappohren und große braune Augen, mit denen er in eine Welt blickte, die er bis jetzt noch nicht als feindlich erkannt hatte.

Für einen Augenblick, über den ich immer noch verwirrt bin, streckte ich einen Finger aus und kitzelte das Tierchen unter dem Kinn, woraufhin dieses die lange Zunge herausstreckte und mir die Hand leckte. Ich zuckte zurück. Ich hatte zuvor noch niemals ein Tier berührt.

Janice lächelte mich an. »Er ist erst zehn Tage alt.«

»Für zehn Tage ist er groß.«

»Die dänischen Doggen sind eine große Rasse. Wenn er voll ausgewachsen ist, Will, wird er schwerer sein als Sie.«

Ich wog hundertfünfzig Pfund; ich war beeindruckt. Ich hatte noch nie einen Hund gesehen, der größer als ein Collie war, noch hätte ich mir vorstellen können, daß es so etwas gab.

Reichmann sprach dazwischen: »Miss French?«

»Verzeihen Sie bitte die Unterbrechung, Doktor. Aber ich habe Tommy einen Hund versprochen, einen, der ihm ganz allein gehört.«

Derbere Herzen als Janices hätten vielleicht bei soviel Ungläubigkeit in einem Raum den Mut verloren, doch sie sagte unverzagt: »Dann hätte er Gesellschaft. Selbst Nicht-Legale brauchen irgendwie Gesellschaft.«

Möglicherweise war das das erstemal, daß irgend jemand von uns sich überhaupt darüber klar wurde, daß Tommy der einzige Nicht-Legale war, mit dem wir es in unserem Bereich zu tun hatten, und daß er keinerlei Umfeld seiner eigenen oder sonst einer Sorte hatte, mit Ausnahme von uns bevormundenden Personen.

Während der kurzen Benommenheit, von der ich mir gerne einbilde, sie hätte uns alle ergriffen, während wir in uns gingen, sagte Marian: »Unhygienisch!«

Das war typisch unsere Marian – sie verdammte eine Sache mit einem einzigen Wort.

Der junge Arthur unterstützte sie. »Hunde tragen Flöhe mit sich herum.«

Er war neu in der Gruppe, sonst hätte er gewußt, daß Marian ihre Kämpfe gegen alle Widrigkeiten stets allein ausfocht. Sie fauchte ihn an: »Es gibt Anti-Ungeziefer-Sprays! Die Exkremente sind das Problem; Exkremente in unserem Gebäude! Die stinken«, drohte sie, »und man tritt hinein.«

Arthur, den diese Abfuhr beleidigte, wechselte die Fronten. »Man kann Tieren beibringen, Sandkisten oder eine besondere Ecke zu benutzen.« Unter Marians verächtlichem Blick reckte er rebellisch das Kinn vor. »Das habe ich irgendwo gelesen.«

»Und würde Tommy ihm das beibringen, oder würde er vor Liebe völlig durchdrehen? Es geht um die Aufsicht, und wer möchte einen Hund beaufsichtigen?«

Janice sagte: »Tommy möchte es. Sie hätten sein Gesicht sehen sollen, als ich mit ihm darüber sprach.« Unbewußt kam mir in den Sinn, daß ich es gesehen hatte, und sie hatte recht. »Wenn er erst einmal weiß, was erforderlich ist, wird er dafür sorgen.«

Zwei Dinge waren eindeutig: Wir fanden uns allmählich damit ab, daß die Entscheidung zugunsten des Hundes ausfallen würde. Und dieser zog unser aller Blicke in seinen Bann, während er gähnte und mit der Anmut der Unverdorbenen und Hilflosen blinzelte.

Marian war jedoch nicht willens einzulenken, ohne noch einen oder zwei letzte Schüsse abzufeuern. »Wenn es sich als Ärgernis erweist, kann das Ding immer noch vernichtet werden.«

Janice nickte eifrig. »Sie können es zu Tode quälen.«

Marian war anständig genug, blaß zu werden, und vernünftig genug, den Mund zu halten.

Reichmann griff ein wie jemand, der lange genug sich balgende Gören erduldet hatte. »Das Problem sind weder die Flöhe noch die Exkremente, es ist das Fleisch.« Er ließ einen Blick mit beiläufigem Interesse an mir auf und ab schweifen. »Ein Fleischfresser in Wills Größe verschlingt fünf oder sechs Pfund Fleisch am Tag, das ist etwa die zwanzigfache Ration eines Schwerarbeiters.«

Janice berichtigte ihn. »Etwa ein Pfund, das braucht er vor allem für sein Fell und die geistige Gesundheit – und für die Zähne. Der Rest kann aus synthetischen Proteinen gewonnen werden. Zur Zeit allerdings benötigt er vor allem viel Milch.«

»Logistiker zum Einsatz! Wie bekommen wir die mit den Anforderungsscheinen der Paraphysik? Wir haben keine Kostenstelle für Tiernahrung.«

»Dafür ist gesorgt. Ich habe ihn von den Genetikern bekommen; er ist einer von sechs, und sie brauchen nicht den ganzen Wurf. Er wird auf der Kostenstelle der Genetiker mitgeführt, lebt aber hier, und er wird nicht für projektbezogene Arbeit eingetragen. Sie waren bereit, darauf einzugehen.«

Der OB seufzte. »Sie brauchen bloß mit den Wimpern zu klimpern, Miss French, und die Leute tanzen nach Ihrer Pfeife. Das ist ein Talent, das wir untersuchen sollten. Setzen sie das Tier ab, damit wir es uns ansehen.«

Mit hämischer Genugtuung setzte Janice es sanft zu Marians Füßen ab. Der Welpe fiel prompt flach auf den Bauch, die Beine in alle vier Himmelsrichtungen ausgestreckt. Er winselte überrascht, dann rappelte er sich auf wackelige Beine auf.

Marian ging auf die Knie und betrachtete das kleine Ungeheuer, und ich schwöre, daß dabei der Anflug eines Lächelns über ihr Gesicht huschte. Der Welpe unternahm drei tolpatschige Schritte auf sie zu und fiel wieder um, diesmal auf den Rücken, quietschend. Unwillkürlich, wie ich annehme, schob sie ihm einen Finger ins Halsfell und wurde sofort von einer unglaublichen Zunge angesabbert. Sie zog die Hand zurück und erhob sich, wobei sie nach einem Taschentuch tastete.

Reichmann griff hinter sich zu den Intercom-Knöpfen und sagte über die Schultern: »Tommy, komm in den Konferenzraum.«

Er erschien auf der Stelle, auf seinen geölten und leise rollenden Kugellagern hereinhuschend, der Körper unbeweglich auf den Fußscheiben, und kam ausgleitend zum Stillstand, wie durch einen Bühnentrickmechanismus. Falls er den Hund gesehen hatte, ließ er es mit keinem Anzeichen erkennen, sondern hielt vor Reichmann an, das verunstaltete Gesicht ehrfürchtig zum Befehlsempfang erhoben.

Reichmann legte ihm eine Hand auf die Schulter und drehte ihn sanft herum. »Miss French hat dir einen Hund mitgebracht.«

Der gesamte Körper des Jungen erbebte für einen

Augenblick, dann war er wieder ruhig. Nicht-Legale erlernen Selbstbeherrschung als Überlebensbedingung.

»Er gehört dir«, sagte Reichmann. »Nimm ihn.«

Langsam rollte Tommy zu dem Welpen hin, doch er berührte ihn nicht. Dieser winselte. Der Junge blieb eine Zeitlang starr stehen, dann ließ er den Blick über die Gesichter in der Runde schweifen. Er hatte Angst; ich bin nicht sicher, wovor. In Versuchung geführt und hereingelegt zu werden?

Reichmann sagte: »Hebe ihn hoch!« Doch Tommy verharrte unbeweglich, ohne sich zu getrauen, bis Marian ihn wütend anfuhr: »Verdammt noch mal, Tommy, nimm deinen blöden Hund und verschwinde!«

Er mußte die wirkliche Marian hinter ihrer aufbrausenden Art gespürt haben, denn er ging in die Hocke und nahm das Tierchen in die Arme, als wäre es das wertvollste und empfindlichste Ding auf der Welt. Er glitt auf lautlosen Rollen zur Tür, hielt jedoch inne und sah Janice mit einer Dankbarkeit ins Gesicht, die über meine Beschreibungskraft hinausgeht. »Wie heißt er?«

Sie schüttelte den Kopf. »Gib du ihm einen Namen.«

Er nickte und bewegte sich weiter, doch an der Tür hob er den Welpen auf Augenhöhe und sagte: »Du bist Cäsar!« Dann verschwand er, und ich fragte mich, wo er diesen Titel kaiserlicher Eitelkeit gehört haben mochte.

Reichmann sagte: »Genug des Unsinns! Zurück an die Arbeit. Danke, Miss French, und schönen Nachmittag.« Während sie hinausging, bemerkte er: »Ein Nicht-Legaler ist jetzt de facto, wenn nicht sogar de jure, in den Genuß des Besitzes eines wirtschaftlich unsinnigen Tieres gekommen, das sich nur ein reicher Mann leisten kann und für den nur ein Krimineller die Nahrung beschaffen kann.«

Marian murmelte: »Wenn ich einmal einen Kothaufen irgendwo bei uns am Boden finde!«

Doch sie hatte sich bereits verraten. Wir alle wußten, daß sie in einem solchen Fall lediglich Cäsars liebenswerte Nase stupsen und einen Reinigungsroboter herbeirufen würde.

Wir fanden niemals das kleinste Häufchen oder eine Pfütze oder die geringsten Anzeichen von Hundeflöhen. Vielleicht fand Tommy die Beweisstücke immer vor uns, vielleicht erzog er Cäsar einfach zu strikter Disziplin. Vielleicht, falls Flöhe auftauchten, befahl er den Wesen einfach, zu verschwinden. (Nein, nein; ein Insekt hat nicht genügend Gehirn, um das zu begreifen.)

Unser Interesse galt jedoch Tommy, nicht seinem Hund. Dem Jungen mußten ›Isolations‹-Techniken beigebracht werden, die das Herzstück jeder PSI-Forschung bilden, die ›Leerung‹ des Geistes (soweit dieser Idealzustand erreicht werden kann), dann die Zulassung eines einzigen Bildes unter Ausschluß allen Denkens und schließlich der Aufbau eines Ziels um dieses Bild herum – die Zielpersönlichkeit, von der man hofft, sie möge einem als Rezeptor dienen.

Er erwies sich als unerwartet fähig. Wir hatten bei ihm einen Kopf voller Trödelkram vermutet, ohne Selbstbeherrschung oder feineres Wahrnehmungsvermögen, ein zweitklassiges Gehirn, das nur mit unermüdlicher Geduld ausgebildet werden konnte – wodurch demonstriert wird, wie tief verwurzelt unser kulturelles Vorurteil saß, daß Nicht-Legale von der Erbmasse her minderwertig seien.

(Warum sollten sie das sein? Es gibt keinen Grund. Aber was kann ich oder irgend jemand sonst dagegen tun? So ist es nun mal, und niemand kann sich gegen die kulturelle Überzeugung von vierzig Milliarden Menschen auflehnen.)

Also, Tommy erstaunte uns. Er hatte nie Lesen oder Schreiben gelernt – niemand hatte es je für nötig erachtet, es ihm beizubringen –, doch innerhalb weniger Monate bekam er eine ziemlich klare Vorstellung von unseren Zielen und Methoden, indem er zusah und zuhörte und mehr über die Ausbildung begriff, als wir ahnten. Er lernte schnell.

Reichmann sagte: »Das ist der Vorteil eines nicht mit kulturellem Ballast befrachteten Gehirns. Weniger synaptischer Lärm. Ein einziges geistiges Bild reicht aus für die totale Aufmerksamkeit.«

Das war natürlich absoluter Quatsch, aber in der Paraphysik haben wir gern Antworten, auch wenn wir sie nicht glauben.

Mit schnellem Lernen waren die Grenzen von Tommys Begabung erreicht, wie sich herausstellte. Als Telepath war er ein Versager. Die Bildschirme zeigten, daß sich seine EEG-Isolationsmuster perfekt für eine eindeutige Abschirmung eigneten, aber unsere Sensitiven konnten von ihm nicht mehr empfangen als von jedem anderen – nämlich eben so viel, daß sie das Gefühl hatten, irgend etwas könnte rüberkommen, wenn nur der Dunstschleier weggeblasen würde.

Reichmann behauptete natürlich, dies sei ein weiterer umgekehrter Erfolg. »Wir wollen keinen Telepathen«, triumphierte er, »sondern einen Telempathen. Humanorientierte Bilder taugen für Tiere nicht; nur Gefühle werden registriert. Der emotionale Rahmen eines Hundes ...«

»... besteht aus Fressen, Balgen und Ficken«, murmelte Arthur.

»... unterscheidet sich nicht allzusehr von unserem«, fuhr Reichmann fort, als ob er nichts gehört hätte, »aber wir werden keine Tiere benutzen, bevor wir nicht begreifen, was wir tun. Wir werden die Telempathie zunächst zwischen Menschen anstreben. Das schließt Tommy ein«, ergänzte er, als ob wir uns dessen nicht auf beunruhigende Weise bewußt gewesen wären. »Wir müssen lernen, Emotionen anstatt geistiger Bilder zu isolieren. Die Psychiatrie dürfte wohl in der Lage sein, die EEG-Muster zur Verfügung zu stellen, die zu schaffen wir anstreben.«

Die Psychiatrie war in der Tat dazu in der Lage, und innerhalb von sechs Monaten ersannen sich unsere Sensitiven einen Dreh, um sich nach Belieben zu reproduzieren, wobei sie wunderschöne EEG-Aufzeichnungen schufen, auf denen winzige Hügel und Täler zueinander paßten wie Spiegelbilder; sie lernten, sich von einem Gefühl zum anderen zu ›psychen‹ und emotionale Zustände für Minuten stillstehen zu lassen. Doch sie projizierten nichts. Sie berichteten, daß sie ein ›Kratzen‹ im Geist verspürten, die Wahrnehmung einer anderen Gegenwart, aber das war auch alles. Wie bei der Telepathie ertränkte das unterbewußte Quasseln von Millionen von Neuronen, die hundert Male pro Minute zuschnappten, jedes ›Geräusch‹ von außen.

Reichmann setzte sie voreilig bei Tieren in Aktion, in der Hoffnung, daß die schlichteren Geister weniger unterbewußten Nebel erzeugten. Vielleicht, vielleicht nicht. Die Tiere wurden lediglich unruhig und gaben Laute des Unbehagens von sich.

Es hatte den Anschein, als ob sie etwas empfingen, doch nichts, das sie verstanden, und Reichmann lieferte seine übliche Darstellung von erreichtem Fortschritt: »Zumindest erkennen wir Möglichkeiten, kleine Ansatzpunkte. Wir haben nicht Jahre dafür verschwendet, einem Phantom nachzujagen.«

Marian bemerkte, daß wir diese Jahre auch nicht dafür verwendet hatten, eine brauchbare Methode der Kommunikation zu erarbeiten.

Reichmann fuhr sie giftig an: »Die Menschheit verfügt über alle Kommunikationsmöglichkeiten, die sie in der Lage ist anzuwenden. Das letztendliche Ziel unserer Arbeit ist die Beobachtung des geistigen Fortschritts. Mit den bekannten Mitteln ist die Telepathie ebenso unnötig wie unmöglich.«

Das war uns seit Jahren eingetrichtert worden, aber in unseren Herzen träumten wir immer noch davon, das Geheimnis des Unmöglichen zu lüften.

»Zum Teufel mit Ihren Wundern«, würde er über unsere Wunder ausrufen. »Das glücklichste Wunder ist, daß wir es in diesem Zeitalter der billigen Wunder *nicht* schaffen. Wir haben genügend Sorgen mit unseren herumschnüffelnden Psychiatern, ohne daß wir auch noch unbedarften Bürgern beibringen, wie sie mit ihren kotverschmierten Fingern im Geist ihrer Nachbarn herumstöbern.«

Indem er also die wahre Natur unserer Arbeit leugnete, beschloß er, daß Tommy die emotionsisolierenden Techniken beigebracht werden sollten.

Tommy – gehorsam, willfährig, ohne Fragen zu stellen – bereicherte seinen Vorrat an Fähigkeiten beinahe nebenbei noch um diese, wobei er die Bildschirme wie Spielbretter benutzte. Vielleicht wäre hier etwas zu sagen über die Vernachlässigung eines Geistes bis zu einem Punkt, an dem er nicht mehr mit den Nebensächlichkeiten einer kulturbewußten Bildung vollgestopft wird.

All dieses spielte sich im Zeitraum von zwölf Monaten ab, während derer Cäsar mit erschreckender Geschwindigkeit wuchs. Jetzt, da er beinahe voll ausgewachsen war, konnte kein Zweifel mehr daran bestehen, daß er mich an Gewicht bald übertreffen würde. Nachdem seine welpenhafte Tolpatschigkeit vergangen war, entwickelte er sich zu einem recht hübschen Tier, dessen bedrohliche schwarze Muskeln durch vertrauensvolle braune Augen gemildert wurden. Mit schmalen Lenden und einem faßförmigen Brustkasten reichte er mir bis an die Hüften und legte mir mit Leichtigkeit die Vorderpfoten auf die Schultern.

Es war Marian, die den Ursprung der Schwierigkeiten auf die dänische Dogge zurückführte – Daten aus der Zeit vor dem Leben in der Wildnis waren bis zum Status der nackten Lebensfähigkeit ausgewertet worden – und uns erzählte, daß sie eine bemerkenswert sanfte Rasse seien, die kaum zu etwas anderem taugte als zu Schönheitswettbewerben.

»Angeblich waren sie ausgezeichnete Spieltiere für Kinder! Können Sie sich vorstellen, daß man Kinder mit Tieren spielen läßt?«

Ich sagte: »Ich möchte wetten, es waren die Tiere, die vor den ungezogenen Bälgern geschützt werden mußten«, und erntete dafür einen langsam mordenden Blick.

Wir gewöhnten uns an das Tapsen von drei Zoll großen Pfoten über den Boden der Flure, an eine Schnauze, die sich einem in die lose hängende Hand legte, an das plötzliche Lecken einer feuchten Zunge.

Tommy leistete er absoluten Gehorsam. Uns ebenfalls, nachdem wir es als naheliegende Wahrheit begriffen hatten, daß ein Befehl stets mit demselben Ausdruck erteilt werden mußte, daß »Fuß!« eine andere Reaktion hervorrief als »Sitz!«, und daß eine freie Improvisation wie »Komm zurück« nicht als »Hierher!« verstanden wurde. Tommy brachte *uns* diese Dinge bei; ich hoffe, unsere Selbsteinschätzung profitierte durch den kleinen Schlag gegen unsere Eitelkeit.

Reichmann verlangte von Tommy, daß dieser eine rein geistige Beherrschung über Cäsar ausübte, und Tommy hielt sich pflichtbewußt an die nötigen Bilder. Ohne Ergebnis. Cäsar sah lediglich bekümmert aus, saß auf den Hinterläufen und winselte verwirrt. Er nahm, genau wie unsere Sensitiven, irgend *etwas* wahr, und vielleicht brauchte seine verschwommene Wahrnehmung eine Scharfeinstellung durch Befehlsworte.

Aber – und es war Tommy, der gegenüber ein paar Schlaubergern auf diesen Umstand hinwies – es dauerte zu lange, geistige Bilder zu isolieren, als daß sie als wirkungsvolle Befehle nutzbar wären, und überhaupt war eine Telepathie, die von der Stimme unterstützt werden mußte, keine große Begabung.

Reichmann schnaubte und tobte und kam zu dem Schluß, daß der bildererzeugende Mensch die Bilder *projizieren* mußte, sich dahinter begeben und *schieben* sollte.

Tommy war einverstanden, fragte jedoch: »Wie?«

Reichmann ging zur Psychiatrie und fragte: »Wie?«

Die Psychiatrie sagte etwas wie: »Nicht schlecht, wenn man es schafft«, und deutete darauf hin, daß die Fantasy-Romane, in denen telepathische Mutanten und telepathische Rufe oder direktionale Gedankenstrahlen oder die Tiefenforschung ins Unterbewußtsein und der ganze andere erfundene Quatsch nichts anderes als das war – Fantasy. Elektronische Verstärkung, so dachten sie, könnte eher durchführbar sein.

»Die Idee dabei ist«, quetschte Reichmann zwischen zusammengepreßten Zähnen hervor, »alle technische Spielerei auszuschalten«, und – wie es einer von ihnen ausdrückte – zappelte hinaus.

Und das hätte der Markstein für das Ende unseres berufsmäßigen Interesses an Cäsar bedeuten können, wenn nicht das Verhalten von Janice gewesen wäre.

Tommy war erwartungsgemäß zu ihrem hingebungsvollen Sklaven geworden, und in seiner Freizeit konnte man ihn beobachten, wie er zur Meteorologischen Abteilung rollte, mit Cäsar, der geduckt und mit schiefem Gang neben ihm hertapste, den Kopf beinahe auf einer Höhe mit dem des Jungen. Janice, die selbst für Protestler im Zeichen des Flammenden Herzens ein zu weiches Herz hatte, schenkte ihm ihre Zeit und ihren Zuspruch großzügiger, als ihm im entferntesten zustand; er tat ihr natürlich leid, aber es läßt sich schwerlich vorstellen, was sie einander zu sagen hatten. Es ist anzunehmen, daß sie mehr Zuneigung zu Cäsar empfand als zu seinem Herrn, und offen gesagt, Cäsar war der ergiebigere Gesellschafter.

Eines Tages kam Tommy mit Streifen getrockneter Tränen auf den Wangen aus der Meteorologie zurück, und von da an nahm er Cäsar nie mehr zu Janice mit. Seine Hingabe war nach wie vor unerschütterlich, er setzte seine Besuche fort, doch Cäsar, so schien es, hatte so etwas wie Hausverbot.

Ich hätte wetten mögen, daß Marian an der Gerüchtekette rasseln würde, bis der Grund offenkundig wurde. Und so geschah es.

»Der verdammte Hund hat es mit ihr getrieben. Am Anfang hat er nur gewinselt und sie geleckt und sie mit der Schnauze geschupst, doch zuletzt hat er alles versucht, fast bis zur Gewaltanwendung. Man könnte tatsächlich von einer Vergewaltigung sprechen. Und allem Anschein nach hat Tommy Schwierigkeiten, diese Ausbrüche unter Kontrolle zu bringen – und das hat es noch *nie* gegeben. Jedenfalls wurde es so schlimm, daß sie sagen mußte: ›Ich will keinen Besuch mehr von Cäsar.‹«

Dann grinste sie mir ins Gesicht, und zwar auf eine Weise, die ich nur als das Feixen eines Pornografen bezeichnen kann, und sprach mit besonderer Betonung weiter: »Sie hat dem Falschen Hausverbot erteilt. Es ist Tommy, der sich in sie verliebt hat; Cäsar empfängt die Botschaft nur aus zweiter Hand.«

Ich hatte mir über Tommys Gefühle keinerlei Gedanken gemacht, doch daß er verliebt war, bezweifelte ich keine Sekunde lang; in dem Moment, in dem sie es aussprach, wurde es offenkundig und schmerzlich wahr. Trotzdem führte ich als Entgegnung an, daß der Hund auf stimmliche Befehle und nicht auf Bilder reagierte.

»Das stimmt soweit«, antwortete sie. »Doch Reichmann befand sich im Irrtum. Das Bild braucht nicht projiziert zu werden, sondern nur klar und konzentriert und eindringlich zu sein, bis das jämmerliche kleine ›Lärm‹-Feld des Hundes durch das reine Gewicht von außen überlagert ist. Und welches stärkere emotionale Bild könnte es geben, als das Objekt der Liebe eines pubertären Jungen in seiner ersten Aufwallung von Sex, wenn der pubertäre Junge ein abgeschirmter Unschuldiger ist? Bild *plus* Empathie. So ist es passiert.«

Ich interessierte mich nicht für damit verbundene Möglichkeiten, doch Marian hörte nicht auf meinen Einwand; sie erträumte sich mögliche Experimente.

Gott allein mag wissen, welche Vorgehensweisen sie sich ausgedacht hätte, wenn das Zeitalter der Wunder, alias des Schicksals, nicht zweimal an diesem Morgen mit den Fingern geschnippt und das gesamte Szenario umgekrempelt hätte.

Erstes Schnippen: Lonergan Daly wurde zum Mars beordert.

Das Terraform-Projekt war in eine Sackgasse geraten. Die neue Mars-Atmosphäre hatte sich zu einem fast unerträglichen Druck aufgebaut, die Schwierigkeiten wurden immer zahlreicher, die Nöte so groß, daß die Projekt-Meteorologen vor Ort damit nicht mehr fertigwerden oder Ausreden erfinden konnten. Sie hatten Stürme in der Stärke von heftigen Orkanen vorausgesagt, aber nicht derartige Ausbrüche, wie sie von den Polen ausgingen und mit verheerenden Sandstürmen den Planeten umwirbelten, um den Äquator mit zyklonischen Aufwärtswinden zu erreichen, die die empfindliche tiefliegende CO-Schicht wegzureißen drohten, die mit soviel Herzblut errichtet worden war. Sie riefen die Heimat um Expertenhilfe an und flüchteten sich in der Zwischenzeit in Orbitfahrzeuge, um sich vor den Teufeln in Sicherheit zu bringen, die sie unter sich losgelassen hatten.

›Experten‹ bedeutete die Stiftung und insbesondere Lonergan Daly als Analytiker, der immer dann einspringen mußte, wenn Not am Mann war, und da er eine Assistenzkraft brauchte, wer war naheliegender als Janice? Seine Wahl rief schlüpfrige Kommentare innerhalb der gesamten Stiftung hervor; ein paar besessene Spieler gingen Wetten ein, daß, wenn er sie erst einmal draußen im Raum hatte, die Nähe und die menschliche Schwäche das ihre leisten würden, doch die Mehrzahl war der Ansicht, daß er sich selbst etwas vormachte. Doch wie Arthur bemerkte: »Nicht einmal Cäsar mußte für einen Versuch ernsthaft büßen, warum soll er es also nicht probieren?«

Jedenfalls ging die Sache klar, wir wünschten ihnen viel Glück; der Erfolg würde sie auf der Leiter der sozial Privilegierten steil nach oben katapultieren.

Nur Tommy schlich durch die Gänge, als ob alle Farbe und Musik aus dieser Welt gewichen wären. Seine hochgradige Leidenschaft war allgemein bekannt, dank schwatzhafter Zungen, doch einige von uns versuchten, ihn damit aufzuziehen und ihm damit zu helfen, in dem Wissen, daß die räumliche Trennung seine Krankheit schneller heilen konnte als eine Ehe. Er hörte sich mit ausdrucksloser Geduld Dinge an, bei denen ein Voll-Legaler uns zur Hölle geschickt und das eine oder andere blaue Auge geschlagen hätte.

Es bedurfte Arthurs, der in jedes Fettnäpfchen trat, um den Jungen wirklich zu verwunden, indem er sagte: »Keine Sorge, Tommy; Lonny versucht es schon seit vier Jahren und hat nichts erreicht.« Für dieses Geheimnis putzte ihn Marian, die sich auf das Recht der Älteren berief, herunter wie ein Fischweib. Das war allerdings wiederum ein Fehler, denn Tommy hatte gar nicht begriffen, was Arthur gemeint hatte, und jetzt begriff er es: Er hatte es mit einem Rivalen zu tun, dem er keinesfalls das Wasser reichen konnte.

Liebe ist nicht nur blind, sondern auch dumm. Mit seinen verkümmerten Beinen, seinem Nicht-Status und alledem hatte Tommy offenbar davon geträumt, daß eines Tages irgendwie… An diesem grausamen Tag kauerte er sich an die Wand und weinte. Cäsar kam angetapst, seiner gewaltigen Kehle entrang sich winselnde Traurigkeit, und er legte dem Jungen tröstend die Schnauze auf die Schulter. Tommy lehnte den Kopf gegen die schwarzen Lefzen und weinte lautlos. Es war ziemlich albern, aber auf eine häßliche Weise zu Herzen gehend.

Marian überließ ihn eine Zeitlang, die ihrer Einschätzung nach die Dauer der Katharsis war, seiner Verzweiflung, dann schickte sie ihn in scharfem Ton in seine Unterkunft und befahl ihm, sich zusammenzureißen. Er hangelte sich hoch wie ein erschöpfter Bergsteiger und rollte davon, wobei er sich an Cäsars Nacken festkrallte. Diese drei verstanden sich auf eine unsentimentale Weise.

Wie auf ein Zeichen hin ertönte das zweite Fingerschnippen unmittelbar darauf in Form von Reichmanns Stimme, die laut genug dröhnte, um die geschlossene Tür seines Büros zu durchdringen.

»Sie können ihn nicht bekommen! Ich werde eine Eingabe ans Direktorium machen!« Er riß die Tür auf, stürzte in den Flur und brüllte: »Tommy! Tommy! Wo bist du?«

Tommy, der sich etwa zwanzig Meter weiter unten im Flur befand, wandte ihm ein ausdrucksloses Gesicht zu, wobei er die Tränen zurückhielt.

»Tommy, möchtest du die Paraphysik verlassen?«

Ein gedrungener, dicker Mann mit mildem Blick und einem entschlossenen Mund folgte ihm – Polowitz von der Bio-Skulptur. Der Polowitz, bio-chirurgischer Hexenmeister des Zeitalters der Wunder, eine mächtigere Institution als ein Paraphysiker jemals hoffen durfte zu sein.

Er war auf eisige Weise würdevoll. »Es ist gleichgültig, was ein Nicht-Legaler will. Ich will *ihn*.«

Der Tommy, der zu so etwas wie einer Person geworden war, kehrte mit einemmal zu seinem Status als Nicht-Legaler zurück – beliebig verfügbar und hin und her schiebbar, in dumpfer Ergebenheit auf seinen mit Rollen versehenen Füßen stehend, während die Autoritäten über die Verwendung eines Werkzeuges stritten. Er hatte nicht vergessen, wo sei Platz war.

Er verspürte einen seltsamen Stich der Scham.

Marian fragte: »Für wen hält dieser Mann sich eigentlich, daß er einfach die Überlassung eines Versuchsobjekts fordert?«

Polowitz warf ihr einen Blick zu, der dem ihren entsprach, und schnaubte ungeduldig. »Er ist kein Versuchsobjekt, auch wenn Sie ihn als solches eingesetzt haben mögen; er ist als Mädchen für alles im Dienste Ihrer Abteilung eingetragen.« Er schwenkte ein Braunes Genehmigungsformular. »Ich habe ihn für ein Laborprojekt angefordert, und er ist mir genehmigt worden.«

Ein Laborprojekt in der Bio-Skulptur konnte etwas Beängstigendes sein; die Erfolgsquote lag bei eins zu vier, und in den Versuchsstationen nur bei eins zu dreißig. Ein Zucken in Tommys Gesicht, das er sofort unterdrückte, zeigte, daß er darüber Bescheid wußte.

Reichmann sagte schwach: »Ich werde Beschwerde einlegen«, aber er war hoffnungslos ausgebootet.

Marian fragte: »Um welches Projekt geht es?«

Polowitz hätte ihr nicht zu antworten brauchen, doch der Triumph über seinen Sieg und die Eitelkeit veranlaßten ihn, es zu tun. »Ich habe vorgeschlagen, daß wir ihm Beine geben.«

»*Versuchen*, ihm Beine zu geben.«

Polowitz zuckte die Achseln, ungerührt, überlegen. »Unsere Projekte sind nicht paraphysischer Natur, wir tasten nicht im dunkeln.«

Tommy fragte: »Wird es eine einfache Aufpfropfung sein oder eine Transplantation mit anschließendem Wachstum?«

Das Schweigen hätte nicht verblüffter sein können, wenn Cäsar die Frage gestellt hätte. Polowitz schnappte nach Luft.

Marian sagte beißend: »Er ist intelligent. Auch menschlich, wenn man genau hinsieht. Und er hat sein Leben nicht in den Abteilungen verbracht, ohne eine Vorstellung davon zu bekommen, was sich abspielt.«

Das brachte Polowitz aus der Fassung. In seiner jahrelangen Arbeit mit Nicht-Legalen war er Angst und dumpfem Ertragen begegnet, aber noch nie intelligenten Fragen. Die meisten standen ohnehin unter dem Einfluß von Medikamenten, wenn er sie zu sehen bekam.

Marian bohrte nach: »Warum sagen Sie es ihm nicht? Es würde uns auch interessieren.«

Polowitz wandte sich an sie, ohne Tommy zu beachten. »Wenn es Sie etwas angehen würde, dann wäre es nicht Chirurgie, sondern gengesteuertes Zellwachstum.«

»Wie bei einem Krebs«, sagte Tommy, immer noch in hölzerner Hochachtung.

Polowitz korrigierte ihn automatisch. »Wie bei manchen Krebsen«, dann verzog er die Lippen, als er sich auf seine Würde besann.

»Wird es funktionieren, Sir? Man sagt, die Zellen wachsen zwar, aber die Teile bilden keine richtige Form aus. Aufgrund fehlerhafter Hormonbotschaften.«

Daraufhin fragten wir uns alle voller Verwunderung, wieviel Wissen diese Leute über die Jahre ansammeln mochten. Marian ging durch den Flur zu ihm hin und kauerte sich nieder, auf dieselbe Augenhöhe mit ihm. »Ich habe Freunde in der Bio-Skulptur, Tommy, und ich habe von dieser neuen Technik gehört. Selbst wenn es nicht hinhaut, wird es nicht schmerzhaft ein.« Sie fügte gereizt hinzu: »Allerdings hat mir niemand gesagt, daß man dich dafür ausgesucht hat.«

»Aber mit meinen Beinen bin ich doch das geeignete Versuchsobjekt, oder nicht?« Dann brach der Pragmatismus des Nicht-Legalen zusammen. Heftige Gemütsbewegung zeichnete sich in seinem Gesicht ab, er schwenkte um Marian herum und jagte so dicht an Polowitz heran, daß der Mann zurückzuckte, und er schrie wie ein verzweifelt Flehender: »Können Sie mir Beine geben? Können Sie das wirklich? *Wirklich?*«

Polowitz sagte angewidert: »Ich glaube schon.«

»Aber können Sie auch dafür sorgen, daß sie die richtige Form haben?«

Ein völlig verdutzter Polowitz erklärte ihm: »Wir haben dein genetisches Muster – das richtige, nicht das deiner Verunstaltung. Wir sind nicht ganz sicher, zu welchem Zeitpunkt der Schwangerschaft deine Reifung von der Norm abgewichen ist, aber wir können …« Er hielt inne und errötete leicht. »Du würdest die technischen Details nicht verstehen.«

Zum erstenmal trug Marians Schnippigkeit Früchte. »Eine Sache kann mit schlichten Worten erklärt werden, wenn der Sprechende sie ganz und gar begreift.«

Er warf ihr einen haßerfüllten Blick zu, wenn auch nur flüchtig, und sagte: »Die Zellen, die für deine Beine zuständig waren, haben falsche Wachstumsbotschaften erhalten. Wir können anhand des Codes zurückverfolgen, wie die Botschaften hätten lauten müssen, und diesmal die richtigen übermitteln. Dein Körper ist noch nicht voll ausgewachsen, die Wachstumsbotschaften müßten also noch ankommen.«

Tommy antwortete höflich: »Danke, Sir«, und zum zweitenmal innerhalb kürzester Zeit brach er in Tränen aus.

Polowitz murmelte: »Ekelhaft«, und ich konnte es

ihm nicht verübeln. Das häßliche Gesicht wirkte im emotionalen Aufruhr doppelt abstoßend.

Ich fragte leise: »Wird sein Gesicht ebenfalls neu strukturiert?«

»Warum interessiert Sie das alles? Ja, das ebenfalls. Das Objekt soll zum genauen Abbild dessen werden, als das es hätte auf die Welt kommen sollen. Ich will ihn morgen in der Abteilung Bio-Skulptur sehen.«

Und da ihm die kleinen Überraschungen fürs erste reichten, ging er davon.

Diese beiden kleinen Szenen werden Wasser auf die Klatsch- und Tratschmühlen sein. Wie viele Ohren hinter halbgeöffneten Türen mitgehört hatten, weiß ich nicht, aber innerhalb einer halben Stunde mußten wir Anrufe von begierigen Fragern aus weit entfernten Abteilungen abwehren. Tommy als eine Ecke eines Dreiecks war eine unbezahlbare Vorstellung, und die Phantasievariationen, die sich auf der Situation aufbauten, waren bizarr und dreckig. Aber die ganze Welt, so sagt man, liebt einen Verliebten, also... dank der besonderen Sorgfalt, die für ein sich ausbreitendes Gerücht typisch ist, hörten Janice und Lonny nichts von dem, was sich schnell zu einer spekulativen Verleumdung auswuchs; sie blieben mitten im Sturm unbehelligt. Schade ist, daß Janice nichts von all dem üblen Gerede gehört hatte, sonst wäre sie an diesem Nachmittag bestimmt nicht in die Paraphysik gekommen.

Wobei sich vor allem die Frage erhebt: Wußte Janice von Tommys hingebungsvoller Verehrung? Man konnte sie nicht ausgesprochen frigid nennen, aber ich glaube, sie trieb eine Art von sexueller Unnahbarkeit zu lange bis auf die Spitze und war zufrieden damit, sich auf ihre Arbeit zu verschwenden. Sie war nicht unwissend, was ›die Dinge des Lebens‹ anbetraf (ein idiotischer Ausdruck für lustvolles sich Wälzen und

Grunzen), doch sie hatte niemals solche Erregung ver-
spürt, daß sie in ihr ein Verständnis für Begierde und
Entzug geweckt hätte. Sie sah sich wahrscheinlich als
stellvertretende ältere Schwester von Tommy.

Er, unschuldiger als sie und durch Ausbildung und Umgebung in eine Geisteshaltung ge-
zwängt, die eine vom Herzen bestimmte Sprache un-
denkbar machte, konnte nur schmachten und anbeten. Und sein Verlangen unwissentlich auf Cäsar
übertragen. Das Bild, ›klar und dicht‹ in den qual-
vollen Nächten, war allmählich auf den Hund übergegangen.

Wir unterhielten uns im Gemeinschaftsraum über dies
und jenes und bejammerten die Zerstörung unseres
Projektes, als Janice kam, um sich zu verabschieden.
Tommy, unverzeihlich glücklich über seinen bevorstehenden Aufstieg zu höherem Ruhm, überprüfte die
Roboter und machte sich hier und da zu schaffen, um
die Zeit auszufüllen.

In der kleinen Nebenkammer lag Cäsar, den Kopf
auf die Pfoten gebettet.

Jemand klopfte; Arthur öffnete die Tür und sagte:
»Hallo, Janice.«

Ich befand mich auf der anderen Seite des Raums,
und ich hörte das Scharren von Klauen, als sich Cäsar
erhob. Ich sah, wie Tommy sofort mit dem aufhörte,
womit er sich gerade beschäftigt hatte, und auf seinen
Kugellagern herumwirbelte, die Augen auf Janice gerichtet, das Gesicht durch die Ausstrahlung von Verlangen verwandelt.

Ich schlug die Tür der Nebenkammer gerade noch
rechtzeitig zu. Der Hund prallte von innen dagegen,
laut winselnd.

Janice hörte es und zögerte, ihre Augen irrten durch
den Raum. Als ihr klar wurde, daß Cäsar eingesperrt
war, beschloß sie, ihn zu ignorieren, und ging zuerst

zu Reichmann, um mit ihm zu sprechen, denn innerhalb der Stiftung wurden strenge protokollarische Vorschriften berücksichtigt.

Tommys Gesichtsausdruck war unbeschreiblich. In der Kammer ließ Cäsar ein ohrenzerreißendes, flehentliches Wehklagen vernehmen und griff die Tür an. Ich hörte, wie die Plastiktäfelung brach, und rief: »Tommy! Bring Cäsar zur Ruhe!«

Er begriff nur ganz langsam. Der Sonnenschein wich aus seinem Gesicht, und er rief in angestrengt vorgetäuschter Wut: »Ruhig, Cäsar!« Der Hund verstummte, blieb aber unruhig.

Es sollte noch schlimmer kommen. Janice hatte kaum angefangen, ihre Abschiedsworte an Reichmann zu richten, als Lonny Daly nach ihr in den Raum kam und sagte: »Ich dachte, ich benutze die Gelegenheit ...«

Cäsars tiefes Wutgrollen ertränkte die Worte, und die Täfelung zerbrach mit einem Knallen wie von Pistolenschüssen durch die Wucht, mit der er sich dagegenwarf. Ich erhaschte einen Blick auf Tommys Gesicht, das dem Feind mit einem derartig glühenden Haß zugewandt war, wie ich es beim menschlichen Geist niemals für möglich gehalten hätte. Wenn Daly ein Sensitiver gewesen wäre, wäre vielleicht in diesem Moment mit seinem Gehirn etwas Schreckliches passiert, aber er war keiner, und das einzige Geschehen in dem vor Verblüffung erstarrten Raum war das Krachen, als Cäsar die dünne Tür durchbrach, Mordgelüste in den blutunterlaufenen Augen.

Es war nicht Mut, nur ein gedankenloser Reflex, der mich veranlaßte, mich auf seinen Rücken zu werfen, während er sich durch den Spalt zwängte, und er nahm nur gerade so viel Notiz von mir, daß er mir mit schrägen Zähnen die linke Hand aufriß. Er hatte nichts anderes als Lonnys Zerstörung in seinem einfältigen Gehirn, doch ich bekam die lockere Haut seines Nackens mit beiden Händen zu fassen und schwang mich rittlings auf seinen Rücken, wo ich mich mit aller Kraft festhielt. Er konnte meine Hände nicht erreichen, aber er versuchte, mich ins Bein zu beißen, und kam nahe genug heran, um den Hosenstoff aufzuschlitzen, während sich seiner Kehle ein Brüllen entrang, daß ich mit Löwen assoziierte.

Alle Augen im Raum waren voller Schrecken und ängstlicher Neugier auf uns gerichtet. Diese Kinder des Intellekts hatten sich bisher keiner Bedrohung gegenübergesehen, die größer gewesen wäre als ein mürrischer Kollege; sie waren verängstigt, fasziniert und hilflos. Zum Glück beobachteten sie uns und nicht Tommy.

Mehr zufällig als bewußt hatte ich den einzigen Griff angewandt, mit dem man mit einem Tier dieses Kalibers fertigwerden kann; es gelang mir, mich zurückzuneigen und seine Vorderpfoten vom Boden hochzuheben. Er war zu hilflos, um mehr zu tun, als um sich zu schlagen, doch er behielt das Gebell eines mordlüsternen wilden Tieres bei.

Marian gewann einigermaßen die Fassung wieder; sie packte Janice und Lonny und zerrte und schob sie, wobei sie kreischte: »Hinaus! Hinaus mit euch!«

Verwirrt, unfähig zu begreifen, daß sie der Brennpunkt des Aufruhrs waren, fühlten sie sich beleidigt und herumkommandiert, während sie sie hinausstieß und die Tür hinter ihnen zuknallte.

Ich sammelte Luft, um zu brüllen: »Tommy!« woraufhin er die wahnsinnigen Augen mir zuwandte, von Cäsar zu der geschlossenen Tür sah und dann wieder zu mir, und dann bewußtlos nach hinten zusammensackte.

Ich hatte nie geglaubt, daß ein Mensch unter dem Druck seiner Gefühle ohnmächtig werden könnte.

Cäsar war sofort ruhig, tat jedoch winselnd sein Unbehagen über meinen festen Griff kund. Ich hätte ihn sowieso nicht mehr viel länger zurückhalten können.

12.32

Er tapste zu Tommy und leckte ihm mit zärtlicher Zuneigung die Wange.

Reichmann fragte traurig: »Was ist passiert? Ich verstehe das Ganze nicht.«

Nur Marian und ich verstanden es, obwohl Reichmann es auch hätte verstehen müssen, wenn er Tommy beobachtet hätte. Sie sagte schnell: »Wills Hand ist aufgerissen«, während sie die Nummer der Ersten Hilfe wählte.

Die Hand war in der Tat aufgerissen. Die herausragenden weißen Knochen waren halb vom Fleisch entblößte Fingerknöchel; Fleisch hing in losen Fetzen herunter; Blut lief in Strömen. Mir wurde schlecht.

Arthur fragte: »Was ist mit Tommy los?« und Marian antwortete schnell: »Er ist nur ohnmächtig geworden. Er hat heute viel Aufregung durchgemacht.« Der nachsichtige Ton bedeutete: *Er ist schließlich nur ein armer Nicht-Legaler,* als ob das Erklärung genug wäre.

Weil sie eine Frau ist, bei der niemals der Verstand aussetzt, war sie geistesgegenwärtig genug, den Empfang unten in der Eingangshalle anzurufen, damit Janice und Lonny nicht mit genügend Tratsch entkommen konnten, um die Stiftung – und uns – zu erschüttern. Ich weiß nicht, welcher Argumente sie sich bediente, aber sie ließen kein Wort über die Geschehnisse in der Paraphysik verlauten.

Tommy kam zu sich und richtete sich auf, ein erschreckter Nicht-Legaler in furchtsamer Erwartung einer Strafe; er krallte sich in Cäsars Fell und sagte nichts.

Reichmann verkündete zitternd: »Der Hund muß getötet werden.«

Tommy schrie auf, und Marian und ich sagten gleichzeitig: »Nein!«

»Er ist mordlüstern.«

»Jetzt nicht mehr«, sagte Marian.

Genau in diesem Moment rollte eine Erste-Hilfe-Einheit herein, um meine Hand zu verarzten, begleitet von blödsinnigen klackenden Lauten, während das Gerät die Wunde austupfte, mir eine Spritze gab, mich verband und schließlich einen Zettel ausgab, der mir befahl, mich in die Allgemeine Chirurgie zu begeben, damit meine Heilung beschleunigt würde.

Unterdessen nahm Marian Tommys Hand, half ihm auf die Beine und sagte: »Geh in deine Unterkunft und leg dich hin. Heute brauchst du nicht mehr zu arbeiten.«

Er flüsterte: »Sie werden Cäsar umbringen.«

»Nein, das werden sie nicht. Ich werde es nicht zulassen. Geh jetzt, schnell.«

Ungetröstet rollte er hinaus, Cäsar trottete hinter ihm her, und niemand machte Anstalten, ihn aufzuhalten.

Dann erklärte Marian den Sachverhalt, und Reichmann explodierte, wie vorherzusehen gewesen war. »Sie haben um diese Auswirkung gewußt und nichts gesagt!«

»Ich hatte lediglich den Verdacht, nur den Verdacht.«

»Es wäre Ihre Pflicht gewesen …« Er schüttelte den Kopf und sagte düster: »Jetzt wissen wir es.« Ein weiterer Gedanke durchfuhr ihn. »Sie alle! Kein Wort davon darf nach draußen dringen! Wir wollen keine Untersuchung durch den Vorstand. Schnappen Sie Mister Daly und Miss French, und sagen Sie ihnen – flehen Sie sie an …«

»Das ist bereits geschehen.«

Er gab ein Grunzen von sich, unzufrieden darüber, daß jemand schneller geschaltet hatte als er. »Es wird keine Experimente mit Tieren geben, bevor wir viel mehr wissen als jetzt. Unwissenheit ist zu gefährlich.«

Irgend jemand raunte mit hohler Stimme: »Es gibt Dinge zwischen Himmel und Erde, die dem Menschen nicht bestimmt sind zu wissen.« Man kehrte zum Normalen zurück, bemühte sich um Späßchen.

Marian dachte praktischer. »Die Tür der Kammer sollte repariert werden, bevor wir Besucher hier hereinlassen.«

Reichmann träumte bereits von seiner neuen Lehre. »Es ist offensichtlich, daß Emotionen verdichtet, ja sogar in gewisser Weise gesteuert werden können. Mit den Informationen aus der Psychiatrie über abnorme Fixierungen sind die Möglichkeiten...«

Marian fragte: »Haben wir nicht bereits verdammt zuviel von diesen Möglichkeiten gesehen?« Doch er hörte sie nicht. Für einen Mann, der über den telepathischen Traum geringschätzig die Nase rümpfte, war er unangemessen begierig, sich in diesem Bereich an die Arbeit zu machen.

Meine Hand heilte über Nacht, und am Morgen ging ich zu Tommy, um sie ihm zu zeigen, damit er uns mit besserem Gewissen verlassen konnte. Er ging nur allzu gern weg; seine Sachen waren gepackt, und er hatte nur eine unangenehme Erinnerung zurückzulassen. Er erwähnte Janice oder Lonny nicht. Ich ging zusammen mit ihm hinunter in die Eingangshalle und sah ihm nach, wie er die Straße hinunter zur Bio-Skulptur rollte, dicht auf den Fersen gefolgt von Cäsar. Polowitz hatte sich einverstanden erklärt, auch Cäsar zu übernehmen, jedoch nicht aus Herzensgüte. *Das ist gut für den Gefühlszustand des Patienten; psychologische Rückkopplung begünstigt den biologischen Prozeß.*

Am Nachmittag brachen Janice und Lonny zum Mars auf, ohne sich noch einmal verabschiedet zu haben. Sie würden ungefähr ein terrestrisches Jahr lang wegbleiben.

Am nächsten Tag kündigte Marian ihren Job in der Paraphysik und bei der Stiftung mit der knappen Begründung, daß extrasensorische Waffen ein Wunder darstellten, ohne das sie sehr gut auskäme.

Verstandesgemäß betrachtet, hätte dies das Ende der Angelegenheit sein können.

Nicht ganz.

### 3. Das Ergebnis

Die Zeit verging, und die Forschung steckte tief im Sumpf der ewigen Grube synaptischer Funken. Wir bemühten die Psychiatrie, die Bio-Elektronik und sogar die Linguistik-Grenzflächen-Theoretiker (ein Haufen, der dem Rand des Wahnsinns um einiges näher ist als wir) und trafen immer wieder auf dasselbe Grundproblem: wir wissen nicht, wie der Geist arbeitet, und bevor wir wissen, wie der Neuronenaustausch vonstatten geht, um Bilder und Gefühle auszubrüten, werden wir weiterhin durch »Lärm« genarrt. »Frohes Flickwerk!« wünschten uns die Experten und verließen uns.

Eine räumliche Trennung verstärkt herzliche Verbundenheit kaum, und wir vergaßen Tommy ziemlich schnell, wahrscheinlich, weil es nötig war, daß wir ihn und unsere gefährliche Ungeschicklichkeit vergaßen.

Gelegentlich wurden wir an Janice und Lonny erinnert, weil hin und wieder Botschaften von ihnen vom Mars kamen, persönliche Mitteilungen, die zwischen undurchdringlichen grafischen Darstellungen und symbolischen meteorologischen Abläufen verpackt waren. Sie berichteten von ihren Problemen – sie waren irrational – nein, letzten Endes waren sie doch rational – es ging um die aerodynamischen Verhältnisse im Gegensatz zur sich entwickelnden Magnetosphäre – der Erfolg war in Sicht – und wieder außer Sicht – Verzweiflung – neue Hoffnung – neue Verzweiflung – ein letzter Blick auf die wirklichen Ursachen – genaugenommen war es der übliche Vorgang von Forschung-plus-den-Karren-aus-dem-Dreck-ziehen.

Das Leben geht allerdings niemals glatt auf, und also erzählte mir Reichmann nach sechs Monaten, daß Tommy ihn angerufen und um Marians Besuch gebeten hätte.

Ich fragte, wie er es aufgenommen habe, als er erfuhr, daß sie nicht mehr da war.

»Gelassen. Er ließ es sich durch den Kopf gehen und sagte, daß Sie vielleicht an ihrer Stelle kommen möchten.«

Ich war nicht angetan von der Idee. Ich hatte keine Lust, alte Asche aufzuwühlen, aber ich war zu feige, das zu sagen. »Was will er denn?«

»Ich habe ihn nicht gefragt; er hat es nicht gesagt.« Noch ein Feigling.

»Ich gehe heute noch hin.« Irgendwie fühlte ich mich dazu verpflichtet.

Reichmann sagte: »Es war ein Video-Anruf. Er sieht verändert aus.«

Das war anzunehmen gewesen. »Besser?«

»Das Gesicht ja.«

Eine Art Schuldgefühl hing zwischen uns. Wir hatten nicht die Absicht gehabt, ihn zu vernachlässigen, aber wir sind nun mal Menschen unserer Zeit, was an sich keine Schuld darstellt. Außer aus der Sicht von Protestlern, die Mißmut zu ihrer zweiten Karriere machen.


Er war nicht auf einer Station der Bio-Skulptur, sondern im Dachgarten, ausgestreckt auf einer verstellbaren Liege, mit einer leichten Decke über den Beinen. Ich hätte ihn vielleicht gar nicht erkannt, wenn sich nicht ein riesiger, voll ausgewachsener Cäsar aus dem Gras neben ihm erhoben hätte und auf mich zugesprungen wäre, um mir große Vorderpfoten auf die

Schultern zu legen und mir das Gesicht zu lecken. Seltsamerweise bereitete mir seine unkomplizierte Wiedererkennungsfreude ein gutes Gefühl.

Der Junge auf der Liege war Tommy, aber er war auf subtile Weise verändert, war zu einer strahlenden Erscheinung geworden, als ob ein Schminkkünstler sich an seinem Gesicht zu schaffen gemacht hätte, glättend, Falten anbringend, hier Schatten zufügend, dort welche entfernend, Proportionen verändernd, hier Züge ausgeprägter, dort weicher gestaltend. Es war das Gesicht von früher, mit der altbekannten Häßlichkeit in neuem Arrangement – ein überwältigend gutaussehendes Gesicht.

Er war glücklich und aufgekratzt. »Ich bin es tatsächlich, Mister Will. Die kleinen Botschaften arbeiten in den Zellen, und ich komme auf der ganzen Linie gut raus.«

Er warf die Decke zurück und zeigte mir zwei weiße, knochendürre Stecken mit knorrigen Knien und knorrigen Fußknöcheln; allerdings hatten sie fast die Länge, die zu seinem Rumpf paßte. Es waren keinerlei Muskeln vorhanden, nur kleine Verdickungen, wo sie hingehört hätten. Auf der ganzen Linie gut?

»Schreckliche Dinger, was?« sagte er vergnügt. »Das liegt daran, daß ich noch nicht viel Sport treiben kann. Wenn das Wachstum in einigen Wochen abgeschlossen ist, dann werden wir sehen.«

Ich sagte: »Ich freue mich für dich«, und brachte die Decke schnell wieder an ihren Platz. Ich zog einen Stuhl neben seine Liege. »Du wolltest Marian sehen?«

»Mister Reichmann sagte, daß Miss Marian weggegangen ist.«

»Ja. Ich weiß nicht, wo sie ist. Kann ich etwas für dich tun?«

»Ich glaube schon. Sie wissen doch Bescheid, nicht wahr?«

»Worüber?«

Er senkte den Blick. Cäsar winselte und versteifte sich und kauerte sich auf die Hinterläufe, und ich sah deutlich seine Erektion. Ich hätte es ahnen können.

»Du möchtest wissen, ob wir etwas vom Mars gehört haben?«

Er flüsterte: »Miss Janice.«

»Es geht ihr gut. Viel Arbeit. Sie erwarten, termingerecht fertig zu werden.«

Er wandte das Gesicht ab, und Cäsar knurrte vor wachsender Wut. Nichts hatte sich geändert.

Ich gab ihm den törichten, fruchtlosen Rat: »Du solltest sie beide vergessen.«

»Nein.« Das war eine deutliche Abfuhr. Immer noch mit abgewandtem Gesicht fragte er: »Hat sie jemals etwas über mich gesagt?«

Niemals hatte sie das. Janice war ein Unschuldslamm, aber sie war nicht blöd; sie mußte nach jenem verheerenden Abschied damals irgendeine Schlußfolgerung gezogen haben. Ich war versucht, ihn anzulügen, anstatt ihn zu verletzen, doch dann bedachte ich die Folgen, wenn er es später entdecken würde.

»Nein, Tommy.«

»Kein einziges Mal?« Seine Stimme klang leer, und neben mir verstummte Cäsar. »Sie kann mich nicht vergessen haben. Sie kann es einfach nicht.«

Ich erwiderte aufs Geratewohl: »Eine interplanetarische Direktschaltung bietet wenig Zeit für persönliche Mitteilungen, und sie ist sehr teuer.« Es ist genügend Zeit, und Mitarbeiter brauchen nichts zu bezahlen.

Er wandte das Gesicht wieder zu mir um und ging dazu über, von alltäglichen Dingen zu reden, vor allem von seiner Behandlung, doch als ich Anstalten machte zu gehen, kam er auf sein Anliegen zurück. Er sagte ganz unvermittelt: »Wenn sie zurückkommt, werde ich Beine haben, und mein Gesicht wird fertig sein. Ich bin dann eins achtzig groß und gutaussehend; dann werden wir sehen!«

Gott mag wissen, was ein Psychiater getan hätte, doch ich entschied mich für die grobe seelische Chirurgie. »Tommy! Du bist ein Nicht-Legaler! Vergiß das nie, sonst kommst du in ernste Schwierigkeiten!«

Auf seinem strahlenden Gesicht erblühte ein Lächeln. »Ich vergesse es nicht, Mister Will, aber Miss Janice wird das nichts ausmachen. Menschen wie sie arbeiten doch daran, daß wir als Legale anerkannt werden, nicht wahr? Es wird also alles gut werden.«

Es hat wenig Sinn, gegen eine Mauer anzurennen. Ich verließ ihn und besuchte ihn nie mehr.

Nach Ablauf weiterer sechs Monate kehrten Janice und Lonny in einem Triumphzug zurück; das Problem der Stürme auf dem Mars war gelöst, und ihr Ansehen hatte sich bis an den Rand der Herrlichkeit gesteigert.

Es war keine Angelegenheit für die breite Öffentlichkeit (Wissenschaftler qualifizieren sich selten für die übliche Art des Nachrichten-Ruhms), doch wir in der Stiftung feierten sie und machten großes Aufsehen um sie, während sie die Runde durch die Abteilungen machten, um den Beifall jener einzuheimsen, deren Anerkennung wichtig war.

Es war schon spät am Tag, als sie endlich zu uns kamen, doch wir bereiteten ihnen im Gemeinschaftsraum einen so alkoholisch-feuchten Empfang, wie er kaum übertroffen werden konnte. Janice hatte sich im Laufe des Jahres verwandelt; eine ernste junge Frau schien in eine leichtlebigere und frohsinnigere Persönlichkeit geschlüpft zu sein. Vielleicht war es einfach die Aufregung des Heimkehrens, doch wo sie sich einst in stillem Ergötzen vergnügt hätte, schäumte sie jetzt.

Niemand außer dem tölpelhaften Arthur hätte es fertiggebracht, ihre Euphorie zu durchbrechen, doch er schaffte, was kein anderer gewagt hätte. Mit einer gerade ausreichenden Menge Alkohol in sich, um den

Verstand zu betäuben, sagte er: »Du wirst feststellen, daß sich dein Freund Tommy sehr verändert hat.«

Er brachte es genau in einer jener Gesprächspausen heraus, die nur darauf warteten, daß einer in ein gesellschaftliches Fettnäpfchen trat, und die Gesprächspause dehnte sich wie ein Stau aus, bis Janice in schroffem und unnachsichtigem Ton sagte: »Ich werde keine Zeit haben, Tommy zu besuchen.«

Sie war tatsächlich zu einer Schlußfolgerung gekommen.

Sich des unangenehmen Augenblicks bewußt, rang sie um Worte. »Genauer gesagt werde ich für eine Weile für niemanden Zeit haben.« Sie schaukelte in ihren Zustand der glücklichen Erregung zurück, steigerte ihn noch. Sie ergriff Lonnys Arm, und ihre Augen funkelten. »Es ist nämlich so, daß Lonny und ich nächste Woche heiraten.«

Sie hätten sich keinen besseren Eisbrecher ausdenken können; der Raum löste sich auf in Jubel und Gratulationen und alten Janice-und-Lonny-Witzen und die Erinnerung an längst vergessene Wetten.

Es mußte ein Toast ausgebracht werden. Reichmann erledigte das.

»Das Zeitalter der Wunder, in der Tat! Janice und Lonny haben die Wahrscheinlichkeits-Grenze durchbrochen!«

Während wir die Gläser erhoben, hatte Janice uns vollkommen vergessen; sie starrte zur Tür und fragte angespannt: »Wer ist das?«

Da stand er, eins achtzig groß, gutaussehend wie ein Holo-Star, achtzehn Jahre alt und glühend vor rachedurstigem Haß. Einen statuenhaften Augenblick lang stand er da, eine Zornesfackel, dann drehte er sich um und rannte durch den Flur davon.

Janice wiederholte mit angsterfüllter Stimme: »Wer, um alles in der Welt, war das?«

Niemand brachte es übers Herz, es ihr zu sagen.

An diesem Abend geschah es auf einem Willkommens-Ball der oberen Schicht der Meteorologen, daß ein riesiger scheckiger Hund in den Saal stürmte, seinen hündischen Zorn hinausbellte und die erschreckten Gäste aufwirbelte. Bevor irgend jemand die Geistesgegenwart hatte, etwas anderes zu tun als zu schreien, sprang das Tier auf den Tisch der Honoratioren und biß mit mordlüstern hin und her geschwenktem Kopf Lonergan Dalys Kehle durch.

Er machte sich über Janice her und hätte sie bestimmt ebenfalls getötet, wenn das Tischtuch unter seinen Pfoten nicht weggerutscht wäre und er das Gleichgewicht verloren hätte.

Einer der durch und durch von seinem Beruf besessenen Gäste aus der Bio-Chirurgie, von der Sorte, die selbst im Abendanzug eine Brieftasche voller Skalpelle mit sich herumtragen, hatte den Mut, die Schnelligkeit und die Geistesgegenwart, dem Ungeheuer die Achillessehne und dann die Kehle durchzuschneiden.

Bei der nachfolgenden Untersuchung behaupteten ein Dutzend Leute, sie hätten einen großen jungen Mann mit wilden Augen gesehen, der weinend aus dem Gebäude geflohen sei.


## 4. Das Forschungsteam

Unter Androhung eines psychoelektronischen Verhörs kam die ganze Geschichte ans Licht. Die gesamte Belegschaft der Paraphysik wurde aufgrund der Tat mehrfacher Verheimlichung mit strengstem Tadel entlassen; etliche Karrieren gingen den Bach hinunter, und eine vollkommen neue Gruppe wurde zusammengestellt.

Tommy wurde natürlich eingeschläfert.

Janice legte in aller Stille ihre Zugehörigkeit zur Kameradschaft der Nicht-Legalen nieder.

Ich für meinen Teil, sofern das irgend jemand interessiert, führe ein bescheidenes Leben als Laborassistent; zu mehr tauge ich nicht. Ich weiß nicht, wo die anderen abgeblieben sind.

Eine letzte Ironie:

Neulich traf ich Marian, sie trug ein Plakat in einem Protestmarsch: NICHT-LEGALE SIND AUCH MENSCHEN.

Das war zuviel. Ich begegnete ihrem Blick und legte mir die Hand über den Mund, um ein spöttisches Lachen vorzutäuschen.

Sie durchbrach die Reihen, um zu mir herüberzuhuschen und mir zuzuzischen: »Lehren euch eure Wunder nichts über euch selbst? Hatte Tommys Tod keinen Sinn?«

Sinn?

Sie ist unausgeglichen, nicht ganz bei Trost.

Originaltitel: ›A PURSUIT OF MIRACLES‹ • Copyright © 1982 by George Turner • Erstmals erschienen in ›Universe 12‹, hrsg. von Terry Carr • Mit freundlicher Genehmigung des Autors und Uwe Luserke, Literarische Agentur, Stuttgart • Copyright © 1994 der deutschen Übersetzung by Wilhelm Heyne Verlag, München • Aus dem Amerikanischen übersetzt von Irene Bonhorst • Illustriert von Jobst Teltschik

# DIE PILOTIN

Abbie legte binnen eines Augenblicks Lichtjahre zurück.

Sie trat auf der Erde durch das TeleTrans-Portal und kam auf Nea Kikladhes heraus, ohne auch nur ihren Bewegungsablauf zu unterbrechen. Sie verließ die Akropolis eilig und hielt erst oben an den tausend in den Berghang geschlagenen Stufen inne. Aus dieser Höhe hatte sie einen herrlichen Blick auf den Archipel, der sich bis an den Horizont der Wasserwelt erstreckte, und auf den strahlenden Sonnenuntergang, der auf diesem Planeten Stunden dauerte und jene Zeit markierte, in der alle Arbeit endete und das Spiel begann. Nach kurzem Zögern ging Abbie locker genug die Stufen hinab; es gab nichts an ihr, was ihre Befürchtungen hätte verraten können.

Sie schlenderte die hell erleuchtete Strandpromenade entlang, die gesäumt war von Tischen, an denen sich die Veränderten, die Erweiterten und die Omegas vergnügten und von herausgeputzten Primaten, Schimpansen und Gibbons bedient wurden. Sie eilte an einer Gruppe Veränderter vorbei, Menschen, die teilweise die Gestalt von Tieren, ausgestorbenen oder mythischen, angenommen hatten. Zebra-Männer tuschelten mit Einhorn-Frauen über Prominente. Andere Veränderte hatten ihre menschliche Gestalt durch die Annahme von Fell oder Schuppen lediglich *ergänzt*.

Sie fand einen freien Tisch – direkt am Ufer und bei

ihresgleichen. Sie waren kultiviert und gutaussehend und gut gekleidet, von menschlicher Gestalt und stolz darauf, und voller Geringschätzung für ihre lauten und oberflächlichen Nachbarn. Sie trugen geschmackvolle Großhirnrinden-Implantate, Wirbelsäulen-Anhängsel, die nur als messerscharfer Grat unter Kleid oder Gewand erkennbar waren.

In einiger Entfernung der von den Cybern bedienten Clique saßen die würdigen Omegas. Sie waren weder verändert noch erweitert; eine Aura hohen Alters ohne Krankheit umgab sie: und sie waren tatsächlich uralt und dennoch voller Jugend. Beim Anblick ihrer weißen Gewänder tat Abbie einen tiefen Atemzug und sah hastig weg. Niemals zuvor hatte sie derart viele Unsterbliche an einem einzigen Ort versammelt gesehen.

Während sie wartete, beobachtete sie einen Fischjungen, der sich im seichten Wasser tummelte. Geschmeidig und silbern zerteilte er die ruhige Wasserfläche mit Tauchsprüngen und Schwimmzügen. Er bemerkte ihren Blick und kam zu ihr, schnell und kraftvoll wie eine verirrte Welle. Er war auf eine schöne Art und Weise muskulös, mit silbernem Haarschopf, keilförmig abstehenden Kiemen am Hals und harmonikagleichen Flossen am Rückgrat. Er setzte sich, zog die Beine an die Brust, legte die Arme darüber und betrachtete Abbie über seine Knie hinweg.

Und er lächelte. »Brauchen Sie einen Führer?«

»Ich bin beruflich hier, nicht zum Vergnügen.«

»Also eine Künstlerin? Sie nehmen an dem Wettstreit teil? – Ich könnte Ihren Vorschlag zu den Richtern bringen.«

»Nein«, antwortete sie ihm, »und nein...«

Der Junge öffnete seine Kiemen und atmete tief durch; ein Geräusch, das leichten Spott auszudrücken schien. »Der Preis ist Unsterblichkeit. Wußten Sie das? Ich kann nicht behaupten, Künstler zu sein, aber wenn der Wettstreit losgeht, werde ich tauchen.«

Abbie bestätigte dies mit einem höflichen Nicken. Sie hatte davon gehört, daß die Kaste der Unsterblichen gelegentlich künstlerische Wettkämpfe sponserte und den jeweiligen Sieger mit verstärkter Langlebigkeit belohnte. Die Omegas selbst konnten nicht schöpferisch tätig sein, und sie überlegte, ob die Übernahme einer solchen Schirmherrschaft nicht mehr ein Akt des Ausgleichs für ihre eigene Unfähigkeit war.

Der Fischjunge lehnte den Kopf in einer gezierten Geste zurück. »Warum sind Sie dann hier?«

»Wie gesagt: aus beruflichen Gründen.«

Er runzelte die Stirn und suchte die sichtbaren Bereiche ihrer Haut nach Zeichen der Erweiterung ab. »Und was ist das für ein Beruf?«

Sie hob ihre dunklen Haare an und zeigte ihm die Platten an ihrer Schädelbasis. »Ich bin Pilotin. Der Künstler Wellard hat mich engagiert.«

Seine großen Augen verrieten Überraschung. »Wellard? Mad Wellard, der Primitivist?«

»Du kennst sein Werk?«

»Sein *Werk*?« Der Fischjunge warf den Kopf in einem Ausbruch heiseren Gelächters in den Nacken. »Er ist ein Primitivist! Ein echter Primitiver – ein Nicht-Veränderter, Nicht-Erweiterter …«

Abbie mochte seine Arroganz nicht. »Die Arbeiten, die ich von ihm gesehen habe – sein Frühwerk –, vermitteln echte Emotionen; sie sind anders als das meiste von dem, was heutzutage normalerweise als Kunst bezeichnet wird; dieses klinische, emotionslose, seelenlose Zeug.«

Er erwiderte: »Sie verstehen die aktuelle Kunst?«

»Muß ich sie *verstehen*, um sie würdigen zu können?«

»Für den Gebildeten ist es eine Wissenschaft. Sicher, als Erweiterte …«

Sie erklärte ihm, daß ihre Profession nicht gleichbedeutend war mit einem erweiterten Verstand – und noch während sie es aussprach, verwünschte sie sich dafür, weil es sich anhörte, als bringe sie eine Ausrede für ihren Mangel an Wissen vor.

»Seien Sie vorsichtig mit Wellard«, warnte der Fischjunge. »Es gibt Gerüchte, er halte seine Tochter in einer Kuppel auf seiner Insel gefangen.«

Abbie sah auf die Uhr. Wellard kam bereits zu spät.

Der Fischjunge lächelte, als habe er ihre Gedanken erraten. »Wellard ist ein Säufer«, informierte er sie. »Wahrscheinlich werden Sie sich allein durchschlagen müssen.«

Er spähte auf das Meer hinaus. »Sehen Sie nur; die Eröffnungszeremonie ...« Seine großen Augen betrachteten fasziniert den dunkler werdenden Himmel. »Und da – die Supra-Sapiens!«

Diese Wesen – Abbie hatte noch niemals eines gesehen, nur Geschichten über sie gehört – standen noch eine Stufe über den Omegas. Sie hatten ihre physische Gestalt abgelegt und Identitäten aus purer Energie angenommen. Sie waren funkelnde Lichtpunkte, so launenhaft wie der Wind, und niemandem und keinem Staat oder Planeten verpflichtet.

»Heute abend tanzen sie für die Omegas«, hauchte der Fischjunge. »Sind sie nicht ... sind sie nicht *schön*?«

Sie woben komplizierte Muster in das indigoblaue Firmament; sie zogen Abbilder ihrer selbst hinter sich her durch die Nacht, wie Kometenschweife, und sie kamen niemals zur Ruhe. Abbie begriff, daß diese Aufführung mehr war als nur eine Darstellung kalkulierter Ästhetik, wofür sie es anfangs ausschließlich gehalten hatte. Einem Kommentator zufolge waren die Bahnen, die die zwölf Supra-Sapiens in den Himmel zeichneten, insgesamt gesehen die bildlich dargestellte Mathematik universellen Quanten-Grundwissens.

Dann verschwanden die Lichter in allen Himmelsrichtungen, sie jagten über die Krümmungen dieser Welt davon, und dies verkündete endgültig den Einbruch der Nacht und das Erscheinen der Zentralsterne hoch droben, wie die strahlende Fülle eines Kandelabers.

Wellard traf eine Stunde später ein.

Er war in einer Barkasse von seiner Privatinsel herübergekommen – einer in jener Kette, die sich wie die Wirbelsäule eines riesigen fossilen Sauriers in der Ferne verlor. Er vertäute sein Schiff am Ende der Mole, kam Richtung Boulevard und stoppte auf halbem Wege, die Hände in die Hüften gestemmt, eine untersetzte und einschüchternde Silhouette vor den Sternen. Abbie nahm an, daß nur ihr allein seine Haltung bedrohlich erschien, wie er dort auf die versammelten Künstler hinabschaute. Seine Ankunft hatte ein Gemurmel von Kommentaren hervorgerufen.

»Vom Sublimen«, kommentierte es der Fischjunge, »zum Lächerlichen.«

Abbie stand auf. »Ich muß gehen.«

»Falls Sie sich doch noch dazu durchringen, etwas zu brauchen…« Er hielt sein Handgelenk hoch, zeigte ihr den daran befindlichen Kommunikator und gab ihr seinen Code.

Abbie ging zur Mole hinab. Als sie Wellard über die knarrenden Planken des Piers entgegenging, war sie sich vollauf bewußt, daß sie Mittelpunkt der allgemeinen Aufmerksamkeit war. Es zeitigte bereits Wirkung; es machte die Begegnung mit dem Künstler nur um so schlimmer.

»Sie sind der Pilot?« Es war fast ein Aufbrüllen.

Sie nickte, unfähig, ihm in die Augen zu sehen. Er war vierschrötig und kräftig, und er strahlte eine rohe, animalische Emotion aus – in diesem Fall Feindseligkeit –; kein Bruchteil davon war gezügelt durch die Kultiviertheit der Veränderung oder Erweiterung.

»Ich habe einen männlichen Piloten angefordert.«

»Und ich habe den Job zugeteilt bekommen« – was

eine Lüge war; sie hatte ihren Vorgesetzten bestochen, damit er ihr genau diesen Auftrag erteilte. »Ich versichere Ihnen, daß ich alles, was Sie wollen, genauso gut erledige ...«

»Daran habe ich keinen Zweifel«, sagte er. Der Frauenhaß, den man ihm nachsagte, war im Laufe seines selbstauferlegten Exils auf diesem Planeten noch gewachsen.

Er nickte widerwillig. »Also gut.«

Abbie folgte ihm zu seiner Barkasse und ging dicht hinter ihm an Bord; sie nahm an, daß ihre körperliche Abneigung gegen Wellard letzten Endes nicht nur auf seinen Primitiven-Status zurückzuführen war.

Er startete den Motor, ließ die Barkasse in einer weiten Kehre von der Mole wegziehen und brachte sie parallel zu der langgestreckten Reihe der kleiner werdenden Inseln des Archipels auf Kurs. Wellard saß am Ruder und starrte nach vorn. In deutlichem Kontrast zu den Künstlern der Promenade war er ungepflegt und schäbig gekleidet. Es schien, als bevorzuge er das bohemehafte Äußere der sagenumwobenen Künstler von einst, um allein damit schon seinen ganz persönlichen Sieg über all die anderen zu demonstrieren; sie waren für ihn allerhöchstens Handwerker und Technokraten. Auf seinen Unterarmen funkelte Kristallstaub, sie waren wie Stulpen-Handschuhe, und sein kantiges, rötliches Gesicht war übersät mit aggressiven Tupfern – fast eine Kriegsbemalung. Abbie wußte, daß er erst knapp sechzig war, obwohl er älter aussah.

Wellards Atelier sowie die Wohnunterkünfte waren in drei Kuppeln untergebracht, die an einer Reihe freitragender Ausleger über dem Ozean hingen. Er jagte die Barkasse unterhalb der ersten Kuppelrundung auf den Strand hinauf und ging auf einer Wendeltreppe voran, die zu der flachen Unterseite des Bauwerks führte.

Auf den Anblick des Kunstwerkes, das sich vom

Boden bis zum Scheitelpunkt des Ateliers erhob, war Abbie nicht vorbereitet. Das Hologramm mochte annähernd fünf Meter hoch emporragen, die Lichtskulptur einer schönen Frau. Das Objekt stand sittsam und ungezwungen da, wie eine griechische Göttin. Weitere Stücke waren unordentlich im ganzen Raum verteilt, doch keines davon war so atemberaubend wie diese dunkelhaarige mediterrane Schönheit.

»Meine Frau«, sagte Wellard knapp. »Sie ist vor dreißig Jahren gestorben, bei der Geburt meiner Tochter. Wir lebten damals in der Wildnis von Benson's Landfall... die nötige Distanz zu zeitgenössischen Trends.« Er hielt inne und musterte Abbie, als sei er verärgert darüber, ihr diese Information gegeben zu haben.

Sie schlenderte in dem Raum umher, berührte Kristalle, betrachtete Lichtskulpturen. Er arbeitete sogar mit dem uralten Medium Öl auf Leinwand. Er beobachtete sie vom Aufgang zur zweiten Kuppel her, als brenne er darauf, sie davonzujagen. »Mach dir nicht die Mühe, mir zu sagen, was du dabei fühlst... ich weiß es schon. Ihr Erweiterten seid alle gleich. Ihr habt keine Antenne für die Wahrheit eines Werkes jener Künstler, die ihr Primitive nennt.«

Es dauerte einen Moment, bis sie sich zu einer Antwort durchrang. Sie hielt seinen verletzten Stolz für ziemlich pathetisch: ein getadeltes Kind, das von seinem Wert überzeugt war. Sie versuchte ihn mit einem Lob zu besänftigen.

»Im Gegenteil, ich finde Ihr Werk sehr aussagekräftig. Es berührt mich. Heutzutage sind nur wenige Künstler so ehrlich, so offen – wenige würden ihre Fehler und Schwächen eingestehen. Ihr Geständnis ist sehr offensichtlich.«

»Kunst ist die Mitteilung wahren Empfindens...« Er betrachtete sie mit scheinbar neuem Respekt; allerdings mit genügend Argwohn abgesichert. »Bedauern und Schuld machen einen solch großen Teil meiner

Vergangenheit aus. Vielleicht versuche ich mich selbst zu heilen, indem ich in meinem Werk diese Schuld aufgreife ...«

»Um irgendwann festzustellen, daß Sie nicht mehr schöpferisch tätig sein können?«

Er lachte widerstrebend. »Ist nicht jede Kunst ein Streben nach einer schwer faßbaren Heilung?«

Sie wandte sich den in Arbeit befindlichen Werken zu und versuchte, die darin investierten Arbeitsstunden zu überschlagen. Sie umfaßte sie alle mit einer Geste. »Ist Ihnen niemals nach ... Aufgeben zumute?«

Sein Blick veränderte sich; nach wachsamem Respekt funkelte nun Feindseligkeit in seinen Augen. Sein Ton wurde geschäftsmäßig. »Ich habe Sie nicht eingestellt, damit Sie mich mit Fragen löchern ... Sie sollen lediglich meine Anweisungen befolgen, und zwar Wort für Wort. Was ich im Verlauf des nächsten Tages von Ihnen verlangen werde, ist so absolut ungewöhnlich ...«

Sie war überrascht. »Sie haben mich als Pilot gebucht ...«

»Als solchen ... und mehr brauche ich Sie. Aber darüber reden wir später. Ich zahle gut, damit Sie meine Anweisungen ausführen, aber Sie können jederzeit aussteigen, wenn Sie das wünschen.«

Abbie lächelte und hoffte, daß ihre Bestürzung gut genug dahinter verborgen war. Was er von ihr über das Steuern hinaus erwartete, war ihr ein Rätsel.

»Sie müssen müde sein. Ich bringe Sie in Ihr Zimmer. Morgen«, fuhr er fort, »stelle ich Ihnen meine Tochter vor.«

Abbie lächelte wieder und spürte das Schlagen ihres Herzens überdeutlich.

Am nächsten Morgen erwachte sie in blendendem Sonnenschein. Sie hatte gut und ohne Unterbrechung geschlafen, und es dauerte eine Weile, bis ihr bewußt wurde, wo sie war und was sie hier machte.

Sie duschte, kleidete sich an und ging zu der durchscheinenden Kuppelwandung hinüber. Sie öffnete ein Schiebefenster und lehnte sich hinaus, und die Schönheit der Aussicht war eine Art Ausgleich für ihre Besorgnis. Unterhalb ihrer Kuppel lag Wellards Atelier; eine halbkreisförmige Terrasse ragte wie eine Bühne über das Meer hinaus. Dahinter, in einiger Entfernung, schimmerte die nächste Insel in der Kette. Die Sonne loderte tief am Horizont.

Noch während sie hinabstarrte, trat Wellard auf die Terrasse heraus. Er war barfuß und nur mit einer unförmigen Hose bekleidet. Abbie wollte ihm gerade grüßend zuwinken – doch etwas an seiner Haltung gebot ihr Einhalt: Er sprach mit sich selbst und unterstrich es mit wilden, ärgerlichen Gesten, als sei er betrunken. Er lehnte sich über das Terrassengeländer, schüttelte eine geballte Faust Richtung Meer und rief etwas Unverständliches. Und dann nahm er etwas Nasses, Rotes von einem Tablett auf dem Tisch neben sich und schleuderte es über das Geländer. Er ließ dem ersten einen weiteren Brocken folgen. Abbie nahm an, daß es Fleisch war, und das und Wellards kaum verhüllte Nacktheit erfüllten sie mit Abscheu.

Das Fleisch verschwand schimmernd in den klaren blauen Tiefen und wurde im nächsten Augenblick von einer Reihe nach oben tanzender Luftblasen umhüllt. Sie durchbrachen die Wasseroberfläche; weitere Luftblasen folgten. Undeutlich bemerkte sie einen emporzuckenden Schemen; aus ihrem Blickwinkel geschah alles bizarr verkürzt: der Schemen war bereits da und durchbrach den Wasserspiegel und schoß auf die vorstehende Terrasse zu. Und erst jetzt, als er, scheinbar auf seiner Schwanzflosse balancierend, nach dem Fleischbrocken in Wellards Faust schnappte, wurde ihr seine volle Größe bewußt. Er war gut und gerne fünf Meter lang und pechschwarz – ein Phantom mit dem hydrodynamischen Körperbau eines Hais und einem

Maul von annähernd einem Meter Breite. Die Zahnreihen schlossen sich um das Fleisch, und das Monstrum warf sich mit einem eleganten Herumschnellen ins Meer zurück. Es kreiste unterhalb der Terrasse, bereit, sich wieder emporzuschleudern. Wellard lachte wie ein Irrer und beugte sich mit einem weiteren Stück Fleisch über den Ozean hinaus.

»Bald!« brüllte er, als die Hai-Kreatur hochkam, auf dem Scheitelpunkt seines Sprunges zu erstarren schien, zuschnappte und sich wieder zurückwarf. »Bald wirst du deinen Willen haben. Hab Geduld!«

Dann waren alle Fleischbrocken verfüttert, und Wellard drehte sich um und verschwand auf wackeligen Beinen in seinem Atelier.

Sie hatte sich geduckt, um nicht gesehen zu werden, und jetzt erklang ein Gong, und gleichzeitig hörte sie Wellards Stimme. Sie sprang auf. »Sind Sie wach? Würde es Ihnen etwas ausmachen, zu mir auf die Terrasse zu kommen?«

Sie entdeckte den Lautsprecher und erwiderte, das Zittern in ihrer Stimme nur mühsam bändigend, sie komme sofort.


»Es ist schon gut zwei Stunden hell!« begrüßte Wellard sie. »Ich bin schon seit Tagesanbruch wach. Vor dem Frühstück gelingt mir die Arbeit immer am besten.« Er bedeutete ihr, sich zu setzen. Er hatte bereits zu essen begonnen. Der Tisch war behäuft mit Obst, Brot und Käse. Wellard trank aus einem übergroßen Kelchglas; er war mehr als nur ein wenig angetrunken.

»Sie haben heute schon gearbeitet?« Abbie hielt es für angebracht, den Vorfall mit dem Seeungeheuer nicht zu erwähnen.

Er blinzelte ihr geheimnisvoll zu. »Hab bei einem kleinen Projekt noch letzte Hand angelegt.«

Während sie aßen, ließ sich Wellard über die Geschichte von Nea Kikladhes aus, über die Entdeckung dieser Welt und die nachfolgende Erkundung durch die Telenauten, und wie sie zum Treffpunkt der reichsten Künstler der Galaxis geworden war.

Abbie lauschte höflich, nippte an ihrem Obstsaft und nahm kleine Bissen des mit Honig gesüßten Brotes zu sich. Wellard schien wie verwandelt: er war nicht mehr der düstere, verbitterte Künstler vom Abend zuvor; jetzt sprühte er vor Leben, er war fast kindlich aufgeregt. Sie fragte sich, zu wie vielen Teilen diese Hochstimmung dem Wein zuzuschreiben war – und seiner Begegnung mit der Hai-Kreatur.

Sie bemerkte, daß er sie schon eine ganze Zeitlang schweigend anstarrte. Sie hob den Kopf und sah, daß sein Blick auf ihre Stirn direkt unterhalb des Haaransatzes fixiert war.

»Das ist mir gestern abend nicht aufgefallen«, brummte er.

»Oh.« Ihre Hand fuhr an die Tätowierung.

Er schmunzelte angeheitert. »Tut mir leid – ich bin nicht auf dem laufenden mit den neuesten *Typenbezeichnungen* von euch Erweiterten.« Sein Tonfall war zynisch. »Aber bedeutet das da nicht, daß du einen neuen Körper hast?«

Abbie nickte und beobachtete jede seiner Regungen.

»Ich muß zugeben … für einen Primitivisten ist der Gedanke, einen neuen Körper zu haben – ich meine, mit dem ersten nicht zufrieden zu sein … Ich finde es ziemlich amüsant … und theatralisch.«

»So manchem Erweiterten da draußen in der realen Welt«, erklärte sie ihm, »würde Ihre rückständige Haltung theatralisch vorkommen. Der Körperwechsel wird allgemein anerkannt praktiziert, Mr. Wellard. Das hier …« – sie deutete auf sich – eine Geste, die sie von Kopf bis Fuß umfaßte – »ist eine somatische Simulation.«

Er prallte wie unter einem Schock zurück. »Du bist ein Computer?«

»Ich versichere Ihnen, ich bin ganz und gar biologisch.«

Er schüttelte den Kopf. »Wer warst du vor ... vor der Umwandlung?«

»Natürlich derselbe Mensch wie heute. Nur mein Körper und mein Name sind anders.«

»Aber *warum* hast du dich umwandeln lassen?« Es schien ihm kaum faßbar, daß jemand das Verlangen spüren konnte, den Körper abzustreifen, mit dem er geboren worden war. »Warst du krank?«

Sie schüttelte den Kopf. »Ich ... ich befand mich in einer unerträglichen Lage. Ich mußte entkommen, ohne jemals verfolgt werden zu können.«

Er schien ein wenig nüchterner geworden zu sein. Er räusperte sich. »Es fällt mir ziemlich schwer, zu kapieren, daß jemand, der so ... so *erweitert* ist, meine Kunst würdigen kann, wie Sie das vorgeben.«

»Ich bin noch immer ein Mensch«, erwiderte sie. »Ihre Arbeiten sprechen mich an.«

Eine Weile aßen sie schweigend.

Abbie wechselte das Thema. »Haben Sie vor, an dem Wettstreit teilzunehmen?« fragte sie.

Wellard schnaubte. »Als ob sie irgend etwas von mir auch nur ein zweites Mal ansehen würden! Und überhaupt, die Omegas haben eine Vorliebe für dramatische Darstellungen, Schauspiele und Tragödien von früher.«

»Ich habe gehört, als Siegerlohn winkt die Unsterblichkeit.«

Er lachte. »Zur Hölle damit! Glaubst du wirklich, ich würde nach der Ewigkeit streben? Um über die Taten meiner Vergangenheit nachzudenken und sie zu bedauern?« Er warf ihr einen niedergeschlagenen Blick zu. »Und überhaupt, was sollte ich mit dieser Ewigkeit anfangen, wenn ich nichts mehr erschaffen kann?«

»Unsterbliche haben keinen *Grund* mehr, sich auf diese Art und Weise zu beschäftigen«, sagte Abbie.

»Sie haben alle Zeit der Welt, sie können jede Frage beantworten, sie sind nicht mehr Sklaven physischer
Konflikte. Stellen Sie sich vor, befreit zu sein von diesem Teufel, der Sie antreibt ...«

»Da kann ich mir andere Möglichkeiten vorstellen«,
widersprach er, mehr zu sich selbst gewandt. Dann
kam er seinerseits auf ein anderes Thema zu sprechen.
»Kommen Sie. Es ist an der Zeit, daß Sie meine Tochter
kennenlernen.«

Abbie folgte ihm durch das Atelier zur dritten Kuppel. Vor lauter Vorahnung war ihr übel.

Die tote Frau lag nackt und völlig reglos auf einem kri-
stallenen Katafalk über dem Computersystem. Sub-
kutan implantierte Elektroden waren als erhabene
Scheiben unter der Haut erkennbar. Sie glich dem Hologramm ihrer Mutter nahezu völlig, und sie war genauso schön. Ihre Brust hob und senkte sich in regel-
mäßigen Atemzügen. Wellard blieb neben ihr stehen
und strich ihr das Haar aus der Stirn, und Abbie
spürte das Bedürfnis, laut zu weinen, als sie die Bitterkeit dieses Vater-Tochter-Stillebens erfaßte – und alles,
was es darstellte.

Wellard schreckte aus seiner Traumverlorenheit auf.
»Technisch gesehen ist Zoe tot. Dieses System erhält
ihren Körper seit fünfzehn Jahren am Leben. Ihr Geist
ist leer, inhaltslos.«

Er lächelte. »Aber Dank des Systems ist sie imstande, einige wenige Bewegungen auszuführen.«

Er drückte eine Befehlstaste; die Elektroden erwach-
ten zu summendem Leben, und Zoes Muskeln ver-
krampften sich. Der Kontrast zwischen der schlafenden Frau, die sie bisher gewesen war, und diesem
hilflos zappelnden Leichnam war entsetzlich. Abbie
zuckte zurück und wandte sich ab.

Doch aus den Augenwinkeln heraus bekam sie mit,
wie sich die Frau aufsetzte, die Beine von dem Ka-

tafalk zog und unbeholfen zu stehen kam. Unterstützt von ihrem Vater, tat sie ein halbes Dutzend schwankender Schritte. Das Tragische an dieser erbärmlichen Parodie einer Marionette war die Tatsache, daß die Wellard zur Verfügung stehende Technologie völlig veraltet war. Ein modernes System wäre imstande gewesen, sich unauffällig ihrer Schädelbasis anzupassen – und ihr den schwingenden Gang eines Mannequins zu verleihen. Schließlich gab es so etwas wie Respekt vor den Toten.

Und es gab Piloten…

Wellard begleitete seine Tochter zu ihrer Ruhestätte zurück und bedachte Abbie mit einem Blick. »Nun?«

»Wenn Sie uns eine Weile allein lassen könnten…?«

Als Wellard gegangen war – nachdem er zuvor noch das Haar seiner Tochter liebevoll arrangiert hatte –, näherte sich Abbie der toten Frau und sah auf sie hinab. Ein System regelmäßiger computergestützter Übungen hatte ihren Muskeltonus aufrechterhalten, doch ihre toten Augen ließen einen ähnlichen Zustand des Geistes vermuten. Abbie küßte das Mädchen auf die Lippen, darum bemüht, ihre Gefühle unter Kontrolle zu halten, glitt zu Boden und nahm eine sitzende Haltung ein. Sie griff in ihren Nacken und aktivierte das Okzipitalsystem.

Es war, als habe sie alle ihre Sinne ausgeschaltet. Plötzlich existierte sie in einem lichtlosen Gefängnis, ohne jedes Empfinden der eigenen Körperlichkeit. Für das, was als nächstes geschah, gab es eine vollkommen rationale wissenschaftliche Erklärung, aber der Vorgang an sich vollzog sich in Abbies Vorstellung stets als fließender Übergang eines seines Körpers beraubten Bewußtseins (ihres eigenen) in ein leeres Behältnis (das des Objekts). Sie schmeichelte sich in die beschädigten Nervenbahnen von Zoes Gehirn ein und erkundete das komplizierte Muster ihres Nervensystems. Sie empfand eine extreme Müdigkeit, das bleierne Gewicht eines seit fünfzehn Jahren toten Körpers. Es gab eine ganze Menge, was sie nicht mit Zoe würde tun können, und noch mehr würde sie nur in stark reduzierter Kapazität zum Funktionieren bringen können. Normalerweise waren ihre Objekte erst seit kurzem tot und leicht zu handhaben. Zoe würde ein Prüfstein ihrer Fähigkeiten sein.

Sie öffnete Zoes Augen und registrierte das Sonnenlicht außerhalb der Kuppel wie durch einen Klafter Meerwasser. Behutsam winkelte sie das rechte Bein an, dann das linke. Sie richtete sich auf, und ihr vernebelter Blick schwenkte vom Kuppeldach zur hinteren Wand. Übelkeit und Benommenheit stürzten über sie herein. Sie umklammerte den Rand des Katafalks und stemmte sich auf die Füße. Schwankend tat sie einen zaghaften ersten Schritt, dann einen zweiten. Sie blickte nach unten und sah sich selbst, auf den Fliesen ausgestreckt, die Augen hinter geschlossenen Lidern in hektischer Bewegung; ein leises Stöhnen entwich ihren Lippen. Dann konzentrierte sie sich ganz auf Zoes Körper, auf die kleinen Brüste, die zart geschwungenen Schenkel, und obwohl sie mehr als alles andere das Bedürfnis verspürte, zu weinen, wollten die Tränenkanäle des Mädchens nicht gehorchen.

Sie ging durch die Kuppel, und ihre ersten schwankenden Schritte wichen einem zuversichtlicheren Gang. Sie bewegte die Arme, die Finger, den Hals in der vorgeschriebenen Routine der Rehabilitation, nicht unähnlich der präzisen Choreographie einer balinesischen Tänzerin. Geräusche wehten zu ihr heran; sie klangen fern und gedämpft. Ebenso meldete ihr der Tastsinn sämtliche Gegenstände nur, als seien sie in Samttücher gehüllt. Sie starrte auf das Spiegelbild des toten Mädchens in der Kuppelwand. Sie öffnete den Mund, stieß Luft aus, dann Geräuschfetzen. »Hall … hall … hallo. Hallo. Ich … bin … Zoe. Wellard ist … wahnsinnig.« Die Worte kamen abgehackt, krächzend aus einem seit Jahren überflüssigen Kehlkopf. Sie experimentierte mit komplizierten Sätzen, sarkastischen Bemerkungen, gegen Wellard gerichteten Obszönitäten, und dann ließ sie sich erweichen: »Wellard kann… nichts dafür. Er ist ein Opfer der… Umstände. Ich bin Zoe Wellard. Wie… geht es Ihnen?«

Sie kehrte zu dem Katafalk zurück, setzte sich vorsichtig und legte sich nieder. Sie schloß die Augen, ließ ihr Bewußtsein langsam aus dem Körper hinausströmen.

Dann öffnete sie ihre eigenen Augen: Sie lag am Boden. Sie lag da, blinzelte zu der Kuppeldecke empor; das Gefühl der Desorientierung kam von der Rückversetzung in ihren eigenen Körper. Sie stand erschöpft auf, berührte Zoes Stirn und weinte.

Als sich Wellard mit seinem Auftrag an die Agentur gewandt hatte, war ihr klar gewesen, was er verlangen würde, doch seine genauen Motive waren ihr heute noch genauso ein Rätsel wie damals.

Wellard saß auf der Terrasse und schaute aufs Meer hinaus, und Abbie durchquerte das Atelier und ging zu ihm. Er blickte auf. »Nun?«

Erst jetzt, als sie ihm gegenüber Platz nahm, merkte sie, wie sehr sie das Steuern entkräftet hatte. Sie fühlte sich körperlich schwach, emotional instabil. Sie hatte das Bedürfnis, ihn anzufauchen »Was – *nun?*« – doch es war klar, was er wissen wollte.

»Ich kann sie steuern«, antwortete sie. »Sie kann gehen, reden, hören, sehen. Ich kann die Kontrolle etwa für eine Stunde aufrechterhalten, eventuell mehr.« Sie beobachtete ihn sehr genau.

Wellard lächelte; ein widersinnigerweise jungenhaftes Lächeln auf einem so durchfurchten Gesicht. »Das dürfte reichen.«

»Wofür?« wollte sie wissen.

Er streckte die Hand aus und nahm einen Stapel Papiere vom Tisch – ein antikes Medium, seinem Primitivismus angemessen. Er reichte ihn Abbie.

Sie blätterte die Seiten durch. Es war ein altmodisches Drehbuch, der Dialog zweier Charaktere. Sie überflog den Text des obersten Blattes; es war lediglich mit dem Titel – *Sühne* – und dem Vorspann versehen. Die Zeit: vor fünfzehn Jahren. Szenerie: Auf der Kuppelterrasse eines Künstlerhauses; Mykonos; Erde. Dramatis personae: Benedikt Wellard, ein Künstler; Zoe Wellard, seine Tochter.

Wellard: Die Liebe, die ich für deine Mutter empfand, war einzigartig.

Zoe: Bitte, Vater ...

Abbie ließ das Manuskript sinken und starrte Wellard an.

Sein Lächeln, der Glanz in seinen Augen, ließen mehr als nur Begeisterung für die Unterhaltung vermuten, die er hier inszeniert hatte. »Es ist die Niederschrift der letzten Begegnung mit meiner Tochter. Sie ist Wort für Wort identisch – bis auf eine einzige Stelle, an der ich mir einen gewissen Grad künstlerischer Freiheit erlaubt habe. Bitte, lesen Sie weiter ...«

Abbie überflog die ersten Zeilen noch einmal und spürte eine schreckliche Enge in der Kehle; dann las sie sich durch die folgenden Seiten. Ihr Herz schlug heftig, und je mehr sie las, desto weiter fühlte sie sich jeder Wirklichkeit entrückt; sie war vollkommen gebannt von seinen Worten; von der furchtbaren Logik, die sein Stück entfaltete.

Sie spürte, daß Wellard sie beobachtete; doch sie war sich seiner Anwesenheit nur noch am Rande bewußt.

Irgendwann ließ sie die letzte Seite sinken und starrte den Künstler an und sah doch nur das Finale, die Lösung, die er als Zeugnis seiner überwältigenden Schuld abzugeben gedachte.

»Nun?« fragte er lächelnd.

Sie schüttelte den Kopf. »Es ist krank ...«

Sein Gesicht wurde grimmig. »Ob krank oder nicht, das schmälert nicht seine fundamentale Wahrheit. Die Wiederaufführung heute abend wird den Kreis schließen und eine passende Bestrafung bereithalten ...«

»Aber ... das *hier* ... haben Sie nicht verdient.«

»Wer bist du, daß du bewerten könntest, was ich nicht verdiene?« knurrte er, stand auf, ging zum Rand der Terrasse und setzte sich in einer Art Damenreitsitz auf das Geländer; und er sah sie an. »Das, was ich vor fünfzehn Jahren getan habe – das steht nicht in diesem Manuskript ... Es war ... unverzeihlich. Ich bin schuldig am Tod meiner Tochter, und das Wissen um diese Schuld ist eine ewige Qual.«

Abbie saß völlig reglos; allein der Gedanke an die Rolle, die Wellard ihr zugedacht hatte, entsetzte sie. »Aber trotzdem ...«

»Bitte, lassen Sie's mich erklären.« Der Künstler nahm einen tiefen Atemzug und starrte aufs Meer hinab. »Meine Tochter Zoe war Telenautin. Vor fünfzehn Jahren steckte diese Wissenschaft noch in den Anfangsstadien – der TeleTrans-Vorgang war primitiv, verglichen mit dem System, das wir heute kennen. Die einzigen Leute, die sich transmittieren ließen, waren die Telenauten, und Todesfälle waren buchstäblich an der Tagesordnung. Damals wurde der Körper eines Telenauten kopiert und an seinen Bestimmungsort geschossen, auf den zu erforschenden Planeten. Erst in einer zweiten Phase wurde die Gehirntätigkeit des Telenauten hinterhergesendet. Wurde der Doppelgänger verletzt oder getötet, konnte man die Identität des Telenauten notfalls immer noch zurückholen und wieder in den ursprünglichen Körper pflanzen.

Mit fünfzehn war Zoe bereits eine Veteranin; sie hatte ein rundes Dutzend Missionen hinter sich, sie war auf Planeten in einem Radius von zwanzig

Lichtjahren Entfernung von der Erde. Als wir uns das letzte Mal begegneten, zog sie den Auftrag in Erwägung, sich hierher, nach Nea Kikladhes, damals eine unerforschte Welt, tansmittieren zu lassen. Niemals zuvor war irgend jemand Tausende von Lichtjahren durch den Raum gestrahlt worden, es war in höchstem Grade gefährlich, und ich brauche wohl nicht zu betonen, daß ich sie davon abhalten wollte.«

Abbie flüsterte: »Sie können sich nicht dafür verantwortlich machen.«

Wellard beachtete sie überhaupt nicht. »Wir bekamen Streit, mehr oder weniger genau wie in diesem Manuskript beschrieben. Und ich habe etwas Furchtbares getan. Ich war verzweifelt, damals … manche würden es vielleicht als *aus dem Gleichgewicht* geraten bezeichnen … aber ich will das nicht als Entschuldigung anführen. Zoe ist davongelaufen … sie hat geschworen, den Auftrag zu übernehmen; sie sagte, sie hoffe zu sterben. Sie war meine einzige Tochter, und sie war meiner Frau so ähnlich …« Wellard atmete schwer und sah Abbie an. »Knapp eine Woche später informierte mich ihre Privatklinik in Athen, daß ich ihren Körper abholen könne. Sie hatte ihn mir vermacht. Ein raffiniertes Computersystem erhielt ihn am Leben – wenn man das so nennen kann. Ich ließ sie in mein Atelier überführen. Ich versuchte die Umstände ihres Todes zu ergründen, aber die TeleTrans-Organisation wahrte das Geheimnis mit einer paranoiden Sturheit; ich habe nichts erfahren … überhaupt nichts.«

»Was, glauben Sie, ist mit ihr passiert?« murmelte Abbie.

Die Sonne hatte sich bereits auf ihren langen Abstieg zum Horizont gemacht, um den kurzen kikladhischen Tag zu beenden. Hoch oben begannen die Zentralsterne zu leuchten. Wellard kehrte an seinen Platz Abbie gegenüber zurück und lächelte vor sich hin.

»Zoe hat nie viel über ihre Arbeit geredet, aber ich erinnere mich an etwas, das sie mir einmal erzählt hat. Sie sagte, eine der Übungen bestehe darin, in den Geist eines Kolibris einzudringen und die Welt mit seinem Bewußtsein zu betrachten. Sie erzählte mir, daß sie für eine Stunde dieser Kolibri *war*.« Er zuckte die Achseln. »Das gefiel meiner primitiven Phantasie.

Mehrere Jahre, nachdem sie mir den Körper meiner Tochter übergeben hatten, erfuhr ich, daß Nea Kikladhes zu einer Erholungswelt für Künstler gemacht werden sollte. Ich ließ mir von meinem Atelier ein Duplikat anfertigen und zog mit meiner Tochter hierher.« Er schenkte sich Wein nach, nahm einen Schluck und zögerte kurz, bevor er weitersprach. »In diesem ersten Jahr schaffte ich meinen gesamten Proviant mit dem Boot von der TeleTrans-Station in mein Atelier, und auf jeder Fahrt folgte mir ein Leviathan – ein Tiefseeungeheuer, eine Art Hai, nur größer. Er hat mich mehrere Male angegriffen. Ich weiß, daß es dasselbe Ungeheuer war – ganz am Anfang habe ich seine Flanke mit einer schlecht gezielten Harpune verletzt, und die charakteristische Vernarbung war jedesmal deutlich zu sehen. Und plötzlich habe ich begriffen ...«, sagte Wellard und starrte Abbie in vollkommener Überzeugung an, als wolle er so ihrem Unglauben zuvorkommen. »Plötzlich *wußte* ich, daß sich das Bewußtsein meiner Tochter damals, vor fünfzehn Jahren, als sie hierhergestrahlt wurde, in der monströsen Gestalt dieser Meereskreatur verfangen hatte ...«

Abbie wollte lachen, und gleich darauf wollte sie nur noch weinen, doch Wellard starrte sie mit so beängstigender Gewißheit an; und er hielt sein Kelchglas so eisern umschlossen, daß die Knöchel weiß hervortraten.

Er deutete auf das Manuskript. »Findest du jetzt Gefallen an der symmetrischen Perfektion meines letzten Werkes?«

Abbie erhob sich und ging zu dem Geländer hinüber; sie wandte Wellard den Rücken zu, damit er ihre Tränen nicht sehen konnte. Jenseits der Krümmung des Ozeans führten die Supra-Sapiens über der größten Insel funkensprühende Tänze auf, um die versammelten Künstler zu unterhalten.

»Was ist?« erkundigte sich Wellard. »Wirst du an meinem kleinen Finale teilnehmen?«

Abbie umklammerte das Geländer. Am Horizont beschrieben die Lichterscheinungen Symbole der Unendlichkeit.

Sie nickte. »Also gut ... ja.«

Sie nickten sich zu und brachten einen Trinkspruch aus, dann entschuldigte sich Abbie und zog sich mit dem Manuskript in ihre Kuppel zurück.

Lange Zeit lag sie auf dem in den Boden eingelassenen Schlafpolster und prägte sich den gestelzten Dialog ein. Später stand sie auf, ging zu der durchsichtigen Kuppelwand und starrte über das Meer hinweg zu der Insel, auf der sie am Abend zuvor hier angekommen war. Lichter erhellten die gesamte Strandpromenade. Am dunkler werdenden Himmel gaben die Supra-Sapiens eine weitere Vorstellung ihres Spiels – oder eine Mitteilung universeller Wahrheiten, die für sie bedeutungslos waren. Abbie berührte eine Stelle unter ihren Haaren, aktivierte den Kommunikationskanal und arrangierte ein Treffen mit dem Fischjungen. Dann kehrte sie zu ihrem Schlafpolster zurück, nahm einen Stift, strich Wellards ursprünglichen Titel durch und ersetzte ihn durch ihren eigenen: *Erlösung*. Daraufhin wandte sie sich den letzten Seiten zu, korrigierte Szenario und Text und schrieb das Ende zu ihrer Zufriedenheit um.

Später, als der Fischjunge aus dem Meer auftauchte und in vor Nässe triefender Nacktheit auf einen der Felsen glitt – im Licht der Sterne kaum mehr als eine Fabelgestalt längst vergessener Mythen –, verließ Abbie die Kuppel und gesellte sich zu ihm. Sie reichte ihm den revidierten Dialog zusammen mit ihren Anweisungen, und er steckte das Manuskript in seinen Beutel und tauchte anmutig ins Meer.

Abbie kehrte in die Kuppel zurück und legte sich hin, mit beschleunigtem Puls. Über ihr leuchteten die Sterne in einem rhythmischen Pulsieren. Wenn sie sie betrachtete, konnte sie sich beinahe selbst hypnotisieren.

Neben ihr meldete sich der Lautsprecher mit einem Knacken. »Abbie... wenn du bereit bist, fangen wir an.«

Dieses Mal fiel der Transfer leichter, da Zoes Sensorium kein unbekanntes Territorium mehr war. Es gelang ihr relativ mühelos, den Körper unter ihre Kontrolle zu nehmen, die Bewegungen der Gliedmaßen zu koordinieren, so daß Zoe ihre Vorstellung anmutig genug geben konnte. Sie hatte, wie in Wellards Manuskript vorgeschrieben, Gesichtskosmetika aufgelegt und trug ein knöchellanges Gewand; sie präsentierte der Welt eine ruhige Gelassenheit, eine neutrale Miene und einen festen Blick. Doch in ihrem Innern war Abbie betäubt vor Furcht. Sie hatte Wellards Manuskript auswendig gelernt, doch es war weniger die Erinnerung an das Geschriebene, die sie beunruhigte, als vielmehr seine bevorstehende Reaktion auf ihre Neufassung. Der zufriedenstellende Ausgang des bevorstehenden Dramas hing ganz und gar von ihrer Darbietung ab, von dem Ausmaß ihrer Überzeugungskraft.

Sie ging als Zoe durch das Atelier; es lag im Dunkeln, aber das Hologramm von Zoes Mutter war aktiviert: und so gedreht, daß es die Terrasse – die Bühne dieser Aufführung – überschaute.

Abbie trat durch die geöffnete Schiebetür hinaus. Die Terrasse war in silbernes Strahlen getaucht, umgeben von der Nacht. Sie meinte das gelegentliche Irisieren eines Supra-Sapiens wahrzunehmen, konnte sich jedoch nicht sicher sein: ihre Aufmerksamkeit war vollständig von Benedikt Wellards beherrschender Gestalt in der Bühnenmitte in Anspruch genommen.

Er war in einen modischen grauen Anzug gekleidet, und mit dem zurückgekämmten Haar wirkte er wie das krasse Gegenstück zu dem ungepflegten Bohemien dieses Nachmittags. Ihn so zu sehen, ließ Abbies Herzschlag rasen. Sie nahm ihre Position auf der linken Bühnenseite ein, starrte, ihm den Rücken zugewandt, in die Nacht hinaus ... und wartete darauf, daß er die Eröffnung sprach. Er tat es.

»Die Liebe, die ich für deine Mutter empfand, war einzigartig.«

Die Worte drohten ihr in der Kehle steckenzubleiben. »Vater, bitte ...«

»Ich glaube nicht, daß ich das dir gegenüber schon einmal erwähnt habe.«

»Doch, das hast du – viele Male.«

»Ich muß dir erzählen, wie wir uns kennengelernt haben.«

Abbie drehte Zoes schwerfälligen Körper herum. »Vater!«

Wellard lächelte. »Es war in der Sahara-Künstlerkolonie, in der Saphir-Oase ...«

Er fuhr darin fort, diese erste Begegnung zu beschreiben, seine anfängliche Verliebtheit, die sich im Laufe der Zeit in Liebe und Achtung wandelte. Cornelia Bethany war eine vollendete Künstlerin, Primitivist wie er selbst. Sie arbeiteten in ähnlichen Techniken, sie hatten ähnliche Theorien. Sie wurden unzertrennlich.

Wellard zählte dies alles auf und verkündete schließlich mit strahlendem Lächeln, daß sie einen Monat später verheiratet gewesen waren.

»Ich habe das schon so oft gehört!«

»Ein weiteres Mal wird dir nicht schaden.«

»Nein! Ich habe genug davon.« In einer theatralischen Abweisung seiner Worte hob sie ihre Hände an die Ohren. Er fuhr dessen ungeachtet fort:

»Zwei Jahre lang arbeiteten wir Seite an Seite an gemeinsamen Projekten.«

Er beschrieb ihre Arbeit; wie sie primitivistische Kristalle und Hologramme zu konstruieren planten, synthetisch geschaffen aus ihrer einzigartig harmonischen Sicht, Schöpfungen, wie sie die Welt noch nie zuvor gesehen hatte. Sie hofften die engstirnige Empfänglichkeit jener Kritiker im Sturm anzusprechen, die allein die klinisch minimalistischen Arbeiten der Erweiterten und Veränderten favorisierten. Ihr Ziel war es, den Humanismus wieder in die Kunst einzubringen.

»Oh, welch eine Ironie des Schicksals, daß auf diesem Höhepunkt unserer Kreativität *du* empfangen wurdest ...«, fuhr Wellard mit einem Hauch von Sarkasmus fort.

»Wir planten Großes für dich. Wir wollten dich selbst erziehen, und die Zeit würde es geben, daß du dich uns anschließen würdest ... ein primitivistisches Triumvirat. Wir fanden eine abgelegene Koloniewelt, wir bauten unser Atelier und sehnten das freudige Ereignis herbei.

Den Rest kennst du.«

»Ich weiß, daß ich für dich eine Enttäuschung bin, Vater.«

»Ich habe mich nach dem Tod deiner Mutter nie wieder richtig erholt – doch ich gewann meine Sinne ausreichend genug zurück, um mich daran erinnern zu können, was ich für dich vorgesehen hatte. Ich habe dich in allen künstlerischen Techniken ausgebildet ... Du hattest eine gute Zukunft vor dir.«

»Manche würden sagen, daß ich das noch immer habe.«

»Als *Telenautin*!« Er spie dieses Wort beinahe heraus. »Habe ich dir jemals gesagt, daß deine Mutter die erweiterten Menschen verachtete?«

»Oft ...«

»Sie sah in ihrer Mechanisierung eine Absage an jegliches menschliche Empfinden. Ich gab ihr damals recht und tue es noch immer.«

Wellard behauptete, daß sie nach ihrer Erweiterung zu einem herzlosen – nein, mehr noch ... zu einem *seelenlosen* – Geschöpf geworden sei. Er sagte, sie habe nur noch an sich selbst denken können.

Abbie fuhr dazu mit der Erwiderung fort, sie sei so nachhaltig unter seinem Einfluß aufgewachsen, daß die Übernahme seines Egoismus zwangsläufig habe geschehen müssen. Sie schrie ihn an, sie sagte ihm, daß sie ihre eigenen Entscheidungen treffen müsse, selbst wenn diese Entscheidungen letzten Endes nur das Ergebnis von purem Trotz waren.

Wellard überquerte die Terrasse und blieb vor ihr stehen. »Ich will nicht, daß du diesen neuen Auftrag annimmst.« Er zitterte vor Aufregung.

Sie starrte ihn an. »Mein Leben gehört mir!«

»Denk doch an die Gefahr!«

Und Abbie sah durch Zoes Augen das leere Tablett auf dem Tisch.

Wellard streckte die Hand aus, bedeckte ihre tränenüberströmte Wange. »Ich liebe dich so sehr, Zoe ... ich will dich nicht verlieren.«

Seine andere Hand streichelte ihr Haar, und der Schimmer von Hilflosigkeit in seinen Augen verriet Abbie, daß er jetzt nicht mehr nur spielte; er war wieder auf jener Terrasse seines Ateliers ... fünfzehn Jahre waren wie ausgelöscht, und er stand dort und hielt seine Tochter in den Armen.

»Du bist so sehr wie deine Mutter, Zoe.«

Er riß sich los und starrte auf die dunkel gewordene See hinab.

Jenseits der Terrasse war das Wüten und Prasseln des Leviathans zu hören, wie er sich aus dem Meer emporschnellte. Und Abbie starrte Wellard an, als er voller Selbstverachtung aufschrie.

»Zoe!« Seine Augen bettelten sie an, ihre Rolle weiterzuspielen. Er stand gegen das Geländer gepreßt, direkt über dem Ozean und dem tobenden Leviathan, er erwartete die letzte Geste seiner wiederbelebten Tochter, die sein Verhalten ihr gegenüber rächen und das Ende seiner Schuld herbeiführen würde.

Und an dieser Stelle wich die Wiederaufführung von Wellards Drehbuch ab.

Abbie sagte: »Du verdienst es nicht, zu sterben.«

Hinter Wellard peitschte sich die Hai-Kreatur aus den Fluten empor und schnappte nach ihm.

»Ich vergebe dir …«, schrie Abbie. »Hast du gehört? Dir ist verziehen!«

Wellard starrte durch die Augen seiner Tochter hindurch und sprach zu Abbie. »Wie können Sie mir verzeihen? Sie haben keine Ahnung, was passiert ist! Tun Sie es – versetzen Sie mir diesen letzten Stoß!«

»Ich weiß es«, flüsterte Abbie. »Du hast dich auf mich gestürzt, du hast mich geschlagen, bis ich halb besinnungslos war, und dann … Du hast mich vergewaltigt … Du hast ununterbrochen den Namen meiner Mutter gerufen. Du hast mich fast umgebracht – oh, vielleicht hattest du das sogar vor, um mich für meine Geburt zu strafen. Deshalb bin ich fortgegangen …«

Er schüttelte den Kopf. »Abbie? Wie konnten Sie das wissen? Wer sind Sie?«

»Ich bin deine Tochter – ich bin Zoe!« Abbie brüllte

es ihm ins Gesicht, und der ganze Schmerz, die ganze Verzweiflung, die sie jahrelang unterdrückt hatte, überwältigten sie nun. »Als ich in dieser Nacht fortging, habe ich mir geschworen, mich zu rächen. Anfangs *wollte* ich diesen Auftrag annehmen, ich wollte es... aus Trotz, und ich habe gehofft, ich würde sterben. Dann hatte ich eine bessere Idee. In Kairo, auf einem der Erweiterten-Märkte, kaufte ich mir eine Körpersimulation; ich ließ mich *entladen,* ich sorgte dafür, daß man dir meinen Körper schickte. Ich habe die vergangenen Jahre *genossen,* es tat so gut, an deinen Kummer zu denken...«

»Zoe... bist du das wirklich?« Er streckte schwach die Hand aus. »Warum bist du gekommen?«

Sie starrte ihn an. »Ich wollte dich töten, Vater. Ich wollte *echte* Rache.«

Er hob beide Arme; eine Geste der Niederlage. »Warum nimmst du sie dir dann nicht?«

»Weil ich deine Kunst gesehen habe. Weil ich gesehen habe, wie sehr du leidest; wie schuldig du dich fühlst, und wie sehr du bedauerst, was du getan hast. Dann habe ich das Manuskript gelesen... Wie konnte ich mich überwinden, dich zu töten, wenn du längst beschlossen hattest, dich selbst zu töten?«

Damit war ihr Dialog gesprochen; sie breitete die Arme aus, und die Vorstellung war beendet.

Laserstrahlen erblühten in der Finsternis über der Kuppel, und Supra-Sapiens materialisierten und drehten enge Spiralen puren Entzückens. Ein offener Flugwagen mit sechs Omegas schwebte über dem Terrassengeländer. Ein ehrwürdiger Unsterblicher erhob sich, bedachte Zoe mit einem Lächeln und streckte die Hand aus. In melancholischem Tonfall verlas er das Urteil und bat Zoe und ihren Vater, an Bord zu kommen.

Abbie fühlte sich nachdrücklicher in ihren ursprüng-

lichen Körper ein, fühlte, wie die letzte dünne Verbindung zu ihrer Körpersimulation gleich einem seidenen
Faden riß. Sie neigte den Kopf und tat einen Schritt auf
den Luftwagen zu. Dann drehte sie sich um und
streckte die Arme nach ihrem Vater aus – der stumm im
Lichtkegel eines Scheinwerfers stand, zwischen diesem
Leben und dem nächsten – und erwartete seine Entscheidung.

# WÜRDE

Weiß, weiß, weiß... Er preßte die Lider zusammen, das unbarmherzige Weiß wich einem unbeschreibbaren Nichts, kein Lichtpünktchen erbarmte sich seiner, keines der bunten, flirrenden Muster, die er schon als Kind hervorgezaubert, wenn er nicht einschlafen konnte und doch reglos daliegen, den Schlafenden vortäuschen mußte, keine lustigen Spiralen, geheimnisvoll changierende Welten, nicht einmal wandernde Schlieren; selbst als er jetzt mit den Fingerkuppen auf die Augäpfel drückte, veränderte sich nichts. Kraftlos ließ er die Hände fallen. Nun auch das, dachte er. Zu spät, zu spät.

Warum mußten sie alles weiß machen, warum nicht wenigstens die Zimmerdecken, auf die sie Stunde um Stunde, Tag für Tag, Woche auf Woche starrten, blau oder grün tönen oder bunt. Anregende oder beruhigende Farben statt der monotonen weißen Wüsten. Oder Bilder, wenn schon nicht Gemälde wie in den Schlössern und Kirchen, so doch billige Poster – warum eigentlich nicht Gemälde? Drucke waren spottbillig. Michelangelos ›Erschaffung der Welt‹, Breughels ›Bauernfest‹, die ›Anatomie‹ von Rembrandt... In den VIP-Heimen, wie Pille sie nannte, sollte es Video an den Decken geben, jeden Tag wechselnde Programme, ein, zwei Dutzend zur freien Wahl. Aber sie waren keine ›very important persons‹. Er verkniff sich ein Stöhnen, er wollte nicht die Aufmerksamkeit der anderen auf sich ziehen.

Er war sicher, es gab keinen Grund für die weißen Wüsten, nicht einmal den irrationalen Irrglauben, daß Weiß die Sterilität der Räume förderte, nur Routine: Das war schon immer so. Routine, Gedankenlosigkeit, Gleichgültigkeit. Niemand verschwendete einen Gedanken an sie; darüber machte sich keiner von ihnen etwas vor, schon lange nicht mehr; wenn etwas geändert wurde, dann, um den Viets die Arbeit zu erleichtern. Nicht aus Mitgefühl für die Viets: um sie noch effektiver einzusetzen.

Oder weil sie dafür zahlten. Die Wärter bestachen. Nicht die Viets, die konnten es sich nicht leisten, ihnen Extras zukommen zu lassen, einen Apfel außer der Reihe zu schälen, einen Brief vorzulesen oder gar zu schreiben. Oder sie auf die Terrasse zu schieben.

Er hatte nichts mehr, um jemanden zu bestechen. Das letzte waren die Fotos und Ansichtskarten aus Florenz gewesen, die er von der Hochzeitsreise mitbrachte – er hatte ja keine Ahnung gehabt, welchen Wert die nichtigsten Andenken, die kitschigsten Mitbringsel hier bekamen; Pille hatte ihn aufgeklärt, daß dieser Krimskrams bei den Antiquitätenhändlern begehrt war. Er hatte alles verschenkt oder wegwerfen lassen, bevor er hierher kam, nur ein paar Erinnerungsstücke mitgenommen. Er hatte auch keine Verwandten, die ihn besuchten und die er um Geld bitten konnte.

»Wozu denn? Was willst du mit Geld? Bekommst du nicht alles, was du brauchst? Sag, wenn man dich nicht gut behandelt, ich bezahle schließlich dafür.«

Er hätte vor Scham in die Erde versinken mögen, als er das hörte. Mit anhören mußte, ob er wollte oder nicht. Sollte er sich die Ohren zuhalten, wenn Pille Besuch von seinem Sohn bekam? Was sollte der denken? Und was sollte Pille seinem Sohn sagen? Jede Beschwerde machte es nur noch schlimmer, das wußten sie doch. Wenn Pille verriet, daß er sich nur für ein gutes Trinkgeld seinen Wunschtraum erfüllen konnte, wieder einmal durch den Park geschoben zu werden, und sein Sohn sich darüber beschwerte, dann war auch das wohl vorbei.

Ach, noch einmal Bäume und Sträucher sehen, den gepflegten Rasen, die Blumenrabatten. Nun seufzte Gunnar Nilsson doch, prompt fragte Pille: »Is was?«

»Blumen«, sagte Gunnar leise. Das war Erklärung genug. Sie verstanden sich ohne viele Worte.

Warum war er nicht in seinem Garten gestorben, zwischen der Rosenrabatte und den roten, weißgespitzten Dahlien, die er so liebte, warum hatte man ihn finden müssen. Nur zwei, drei Stunden später ...

Jetzt ist es soweit, hatte er gedacht. Ohne Entsetzen. Nicht einmal Trauer hatte er empfunden. Nur Stille. Friedliche Gewißheit. Es ist vollbracht. Er lag auf der Seite, Grün vor den Augen, blickte in den Rasen, den er schon vor einer Woche hatte mähen wollen, das oben liegende linke Auge konnte über die Spitzen der Gräser hinwegsehen, auf eine der rotweißen Dahlien. Und einen Frosch. Im Augenwinkel sah er einen grauen Fleck, die Steinplatte im Rasen, auf die er die Gießkanne stellte, um das Wasser anwärmen zu lassen, bevor er die Rosen goß. Und am Rande dieses grauen Fleckes hatte ein Frosch gesessen und zu ihm herübergeglotzt. Er kicherte, als er jetzt an den Frosch dachte.

»Was kicherst'n?« fragte Pille.

»Frosch«, antwortete Gunnar. Er verriet Pille nicht, was es bei einem Frosch zu kichern gab.

»Das irdische Dasein ist nur ein Übergang«, hatte der Guru gepredigt, »der Mensch verwandelt sich in den *hsien*, so wie die Raupe in einen Schmetterling, die Kaulquappe in einen Frosch.«

Er hatte nie daran geglaubt, er war nur wegen Lina mitgegangen, wegen der sexuellen Übungen, von denen sie ihm erzählte, für die sie ihn als Partner gewinnen wollte und die es wohl waren, die diesem pseudo-taoistischen Scharlatan Zulauf verschafften. Im rituellen Sexualakt die Zeugungskraft und so die Lebenskraft stärken, sie durch Meditation in das Gehirn leiten und wieder zurück in die Körperzellen führen, den Verfall stoppen, umkehren, den Leib verjüngen, das Leben verlängern. Oder gar den Leib allmählich umformen, den Menschen zum *hsien* machen: Die Gebeine, prophezeite der Guru, werden wie Gold, die Haut wird wie Jade, der Körper diamanten durchsichtig, und dann könnte man die Geheimnisse der Urstoffe meistern, die Realität beherrschen, durch die Lüfte fliegen, sich unsichtbar machen, alterslos werden, unsterblich.

Er hatte Lina nie gestanden, daß er den Quatsch nicht glaubte. Warum sollte er sie aus der barmherzigen Dummheit ihrer irrationalen Hoffnungen reißen? Und sich dieser unverhofften, glücklichen Stunden berauben? Er ging nur mit, um Linas glatte Haut zu spüren, sich an ihre Brüste zu schmiegen, die Hände über ihren prallen Hintern streichen zu lassen, eine Stunde lang in ihr versenkt dazuliegen; nicht der Orgasmus war das Ziel dieses merkwürdigen Rituals, sondern Meditation. Wenn der Guru gewußt hätte, worüber er meditierte!

Die Erinnerung ließ ihn freudig stöhnen. Pille schien eingeschlafen, er fragte auch nicht, als Gunnar laut aufkicherte. Hier lag er nun, Gu-O – so sei sein Name als *hsien*, hatte der Guru verkündet –, kein Übermensch, sondern ein hilfloses Wesen, das sich waschen und den Hintern wischen lassen mußte wie ein Baby.

O ja, sie wurden ›saubergehalten‹.

Peinlichste Sauberkeit, schärfte Schwester Mathilde immer wieder den Viets ein. Und sie sagte tatsächlich ›gehalten‹, aber war es nicht so? Wie die Hennen in den Eierfabriken, die Kälber in den Mastställen, in denen sie sich nicht bewegen konnten, damit das

Fleisch weiß blieb: steril, pflegeleicht, aufwandsarm. Seit dem Skandal vor zwei Jahren, als eine Seuche den Westflügel leerräumte, wurden sie geradezu schmerzhaft saubergehalten, alle Körperfalten mit der Wurzelbürste gereinigt und desinfiziert. Doc und Warze behaupteten immer wieder, die Seuche wäre damals mit Absicht hervorgerufen worden, um Platz zu schaffen. Er glaubte es nicht. Warum hätte man ihnen dann alles abgenommen, worin sich Bakterien ansiedeln konnten, sogar die Uhren und Zähne?

Wenn man sie doch nur sterben ließe. Es wäre so leicht: eines Abends eine Überdosis Schlafmittel. Ein barmherziger Akt. Man schläft friedlich ein, um nie wieder aufzuwachen. Sie hatten auch darüber debattiert, nicht, ob sie es wollten, darüber waren sie sich einig, aber ob sie es wissen wollten, wenn es soweit war. Er war der einzige, der es wissen wollte. Bewußt sterben. Wie Mutter, die sich eines Tages hingelegt hatte zum Sterben. In das Bett, in dem Vater gestorben war.

»Nu bin ick bald bi die, Vadder«, hatte sie gesagt und leise ihren Lieblingschoral angestimmt: »So nimm denn meine Hände und führe mich ...«

Er hatte es auch versucht, vergeblich. Vielleicht war es leichter zu sterben, wenn man an einen Gott glaubte und an ein Leben nach dem Tode? Er hatte um seinen Tod gebeten, hatte angeboten, es ihnen schriftlich zu geben. Auch Tötung auf Verlangen sei strafbar, sagte Schwester Mathilde. »Soll ich etwa deinetwegen in den Knast gehen, Opa?«

Nicht anders Oberarzt Wenniger.

»Ja, das ist ein ungelöstes Problem«, hatte Wenniger gesagt, ihm dabei in die Augen gesehen, nachdenklich genickt und seine Hand gedrückt, »aber selbst wenn ich wollte ...« Dann hob er die Hände zu einer Geste der Hilflosigkeit.

Für ein paar tausend Mark, behauptete Pille, sei

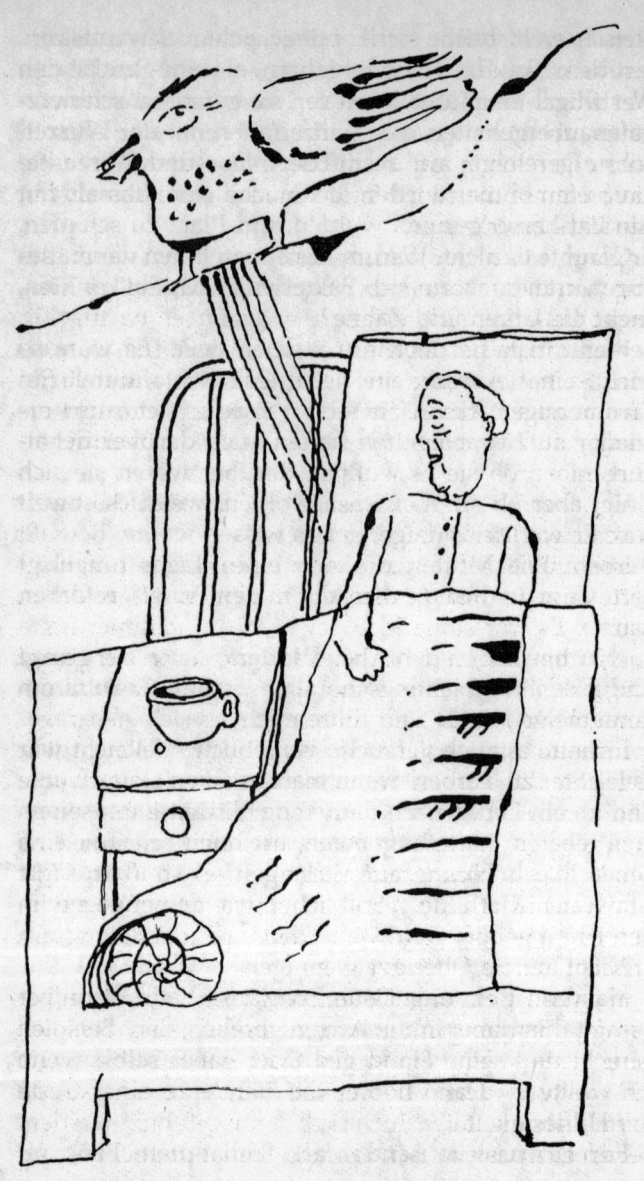

Schwester Mathilde sicher bereit, einem da zu helfen. Ihr Risiko, in den Knast zu gehen, sei doch gleich Null. Wer würde eine Obduktion verlangen, wenn einer von ihnen an Herzversagen stürbe? Nicht einmal sein Sohn. Der schon gar nicht. Gunnar seufzte. Er hatte nicht einmal die fünf Mark, um sich eine Ausfahrt in den Park zu erkaufen.

Cong Miau würde es umsonst tun, wenn sie nur dürfte, dachte er, aber Schwester Mathilde? Vielleicht ließe sie sich erweichen, wenn er hartnäckig genug darum bat. Immer wieder. Bitten, flehen, weinen. So hatte Warze sie herumgekriegt, einen Brief für ihn zu schreiben. So weit würde er sich nicht erniedrigen. Nicht zu betteln war alles, was ihm geblieben war.

Er preßte die Lippen zusammen, um nicht laut aufzuschreien. Die Würde des Alters!

Die Zähne hatten sie sich wiedererkämpft. Erhungert. Gunnar pumpte sich auf vor Stolz, als er daran dachte. Es war seine Idee gewesen! Ihr Zimmer hatte damit angefangen, am Abend machte schon der ganze Flügel den Hungerstreik mit, am nächsten Tag das gesamte Heim, weiß der Teufel, wie es sich herumgesprochen hatte, vielleicht durch die Viets? Am dritten Tag gab die Direktion nach, und sie bekamen die Zähne nicht nur zu den Mahlzeiten. Die Uhren bekamen sie nicht wieder. »Wozu braucht ihr noch eine Uhr?« Pille schlug vor, weiter zu streiken. Wozu. Mit Uhr war nichts gebessert. Man starrte nur immer wieder auf das Zifferblatt, auf den unendlich langsam kriechenden Sekundenzeiger.

Ja, wenn Zeit eine Bedeutung hätte. Um eine bestimmte Sendung im Radio zu hören, zum Beispiel. Aber sie besaßen kein Radio. Oder gar Fernseher, wie Pille es von den VIP-Heimen behauptete. Aber da sollte man angeblich auch täglich ausgefahren werden, gebadet, massiert; Mahlzeiten zum Aussuchen, am

Nachmittag Kaffee und Kuchen, sogar Bier zum Abendbrot...

Hier gab es keine Zeit mehr. Ihre Tage bestanden aus Dämmern und Schwatzen und Warten. Irgendwann wurde es hell, kamen die Viets, machten sauber, richteten die Betten, schrubbten sie ab – Gunnar hoffte jeden Tag, daß Cong Miau zu ihm käme. Sie hieß Meo, aber sie nannten sie Cong Miau: das Kätzchen. Sie hatte zarte Hände und immer ein Lächeln in den Augen. Und ihr Lachen! Er erfand jedesmal etwas, um sie zum Lachen zu bringen. Oder damit sie sich länger bei ihm aufhalten mußte. Eine Falte im Laken, eine angeblich wunde Stelle im Nacken – er war sicher, daß sie ihn durchschaute, aber sie ließ es sich nicht anmerken, sah nach, und er spürte noch einmal, wenn auch nur für Sekunden, ihre Finger. Wenn Cong Miau das Essen brächte, würde auch er sich füttern lassen.

Das Rumpeln des Essenwagens auf dem Flur war das einzige Geräusch, das von draußen hereindrang. Das Essen ihr Kalender: Milchreis hieß Montag, Nudeln mit Gulasch Dienstag... heute war Freitag, Stampfkartoffeln mit Kalbsragout. Er war froh gewesen, daß man ihn in ein Zimmer legte, dessen Fenster zum Park ging, doch seit er sich nicht mehr allein aufrichten konnte, hatte er nichts mehr davon, im Gegenteil, hier konnte man nicht einmal hören, wenn ein Auto kam, rätseln, was das wohl bedeutete, ein Neuzugang? Besuch? Oder der Leichenwagen?

Er schien verdammt, alle zu überleben. Warum hatte er nicht Schluß gemacht, solange er dazu noch in der Lage gewesen war? Seit Jahren hatte er es sich vorgenommen, Tabletten gesammelt – diese unsinnige Hoffnung, es würde schon noch eine Weile gut gehen, nur noch einmal den Frühling erleben... Und die Hoffnung auf einen barmherzigen Tod, wie ihn Henner hatte: Skat spielen, ein paar Bier trinken, sich ins Bett legen, friedlich einschlafen und nie wieder aufwachen.

Oder Kalle. Kalle war in sein Auto gestiegen, fühlte sich plötzlich schlapp, rutschte auf den Beifahrersitz und sagte zu seiner Frau, sie solle lieber fahren. Als sie hinter dem Lenkrad saß und ihn fragte, wohin zuerst, war er schon tot.

Er hatte alle seine Freunde überlebt, seine Frau, seine Söhne. Manchmal sprach er mit ihnen, meistens aber mit Lina. Nicht nur, was er gerade dachte, wie er sich fühlte; da war so vieles, was er ihr hätte sagen müssen, als sie noch lebte, vor allem, daß er sie liebte. Als er sich zum erstenmal dabei ertappte, daß er mit Lina sprach, war er erschrocken; jetzt war es zu einer lieben Angewohnheit geworden. Er sprach nur in Gedanken mit ihr, bewegte höchstens stumm die Lippen, da Pille auf jede seiner Regungen reagierte. Die anderen nicht. Warze und Doc waren ziemlich schwerhörig, und die beiden Neuen verdämmerten fast den ganzen Tag, wurden nur munter, wenn jemand das Zimmer betrat. Und wenn das Licht gelöscht wurde.

Oft, vor allem in den Minuten zwischen Schlafen und Wachen, hatte er Visionen, glaubte seine Söhne zu hören, so deutlich, als stünden sie neben seinem Bett. In diesen Visionen waren Mark und Andreas nie älter als zehn oder zwölf, meistens noch Vorschulkinder, krochen unter seine Bettdecke, und er sollte ihnen eine Geschichte erzählen. Oder er spürte einen Frauenkörper an seiner Haut und rätselte, wer das war, seine Frau oder Lina – Phantome. Wie der Phantomschmerz, den ein Amputierter noch jahrelang fühlt, obwohl sein Bein schon längst nicht mehr da ist. Er genoß diese Minuten, stellte sich schlafend, um die Vision ungestört weiterzuspinnen, sich zu erinnern.

Die Erinnerungen konnte niemand ihm nehmen.

Früher hatte er gedacht, es sei eine Gnade, wenn man verblödete, wenn die Arterienverkalkung so zuschlug, daß man nichts mehr mitbekam, schon gar nicht, wie sehr man die anderen mit seiner Blödheit nervte, aber wer wußte schon, was in einem verkalkten Gehirn vor sich ging? Vielleicht war es wie bei einem, der sein Hirn mit Drogen zerstört hatte, durch eine Überdosis LSD zum Beispiel, und nur noch eine Vision, ein Bild, ein Gedanke kreiste auf einer unendlichen Schleife durch die wenigen intakten Ganglien, und wenn es den Armen hart traf, war es ein Horrortrip, ein Schrecken ohne Ende.

Nein, er war froh, daß er noch klar im Kopf war. Er mußte nicht verdämmern wie andere, konnte die Vergangenheit beschwören, Varianten seines Lebens ausdenken. Was wäre gewesen, wenn damals... Pille hatte ihn ermuntert, es aufzuschreiben. »Mann, Gunnar, deine Phantasie. Das sind doch Bombenromane, Bestseller sind das.«

Auch dafür war es zu spät, die Finger versagten den Dienst; ein, zwei Zeilen, dann glitt der Kugelschreiber ihm aus der Hand. Nun besaß er nicht einmal mehr den Kugelschreiber, hätte bitten müssen, ihn zu bekommen, um einen Brief zu schreiben, wem?

Aber erzählen konnte er. Wenn das Licht gelöscht war, erzählte er jeden Abend Geschichten, und die anderen hörten atemlos zu. Nein, schweratmig, vor allem Doc mit seinem asthmatischen Geröchel. Aber gespannt. Wie Kinder, denen der Vater vor dem Einschlafen ein Märchen erzählt. Mit Märchen hatte es angefangen; als ihm keines mehr einfiel, hatte er eines erfunden. Inzwischen könnte er ein eigenes Märchenbuch füllen. Auch Erinnerungen gab er von sich – und was er angeblich alles erlebt hatte! Niemand äußerte auch nur den geringsten Zweifel, obwohl sie doch wußten, daß er nur Ingenieur in einem Chemiewerk gewesen war, nie Kosmonaut. Pille hörte am liebsten Weltraumabenteuer. Für ihn hatte er Cun-O erfunden, den unerschrockenen Ritter des Weltalls, der überall für Gerechtigkeit sorgte, wie im Märchen den Guten half und die Bösen bestrafte. Jetzt war Cun-O auf dem

Sirius, um den achtbeinigen Kelucken zu helfen, die von einem grausamen Tyrannen unterdrückt wurden.

Er mußte die Geschichte bald zu einem Ende bringen; er konnte Pille doch nicht in der Ungewißheit lassen, ob es Cun-O gelang, nein, wie es Cun-O gelang, den Tyrannen mit seiner allmächtigen Geheimpolizei zu besiegen. Cun-O mußte sie mit irgendeinem Trick dazu bringen, ihn ins All zu verfolgen, und sie dort mit einer Nihilationsbombe zu Staub zersprengen. Er mußte sich aufopfern, sich selbst mitvernichten, um den Kelucken zu helfen. Ein würdiger Tod…

Die Tür ging auf, das knarrende Geräusch schreckte Pille auf. »Was is'n?«

»Der Sandmann«, antwortete Schwester Mathilde mit kindischer, aufgesetzter Fröhlichkeit, »der Sandmann ist da.«

Gunnars Bett stand der Tür am nächsten, zu ihm kam sie immer zuerst. Sie stellte das Tablett auf den Nachttisch, hob seinen Kopf an, drehte das Kissen um, strich es glatt, griff zur Pillenschachtel.

»Kann ich mal wieder 'ne richtige haben?« bat Gunnar. »Ich werde immer so schnell wieder wach, und dann lieg ich die ganze Nacht und grübele…«

Schwester Mathilde holte ihre Kladde hervor, blätterte, dann nickte sie ihm zu.

»Ja, Opa. Ist ja schon sieben Tage her.«

Er hätte sie erwürgen können für dieses ›Opa‹. Na warte, dachte er.

Sie paßte auf, daß er die weiße Tablette auf die Zunge legte und den Becher an die Lippen setzte. Gunnar tat, als müsse er würgen. Sie wartete, bis er den Becher leergetrunken hatte und ihn ihr mit einem erleichterten Seufzen zurückgab, den Mund aufsperrte, um zu zeigen, daß die Tablette verschwunden war.

Sie hatte keine Ahnung, daß er in dem Augenblick, da er scheinbar würgte, die Tablette mit der Zunge

599

zwischen Gaumen und Zahnprothese schob und daß er sie bei einem vorgetäuschten Hüsteln in die Hand spuckte, sobald Mathilde sich Pille zuwandte.

Nachdem sie das Licht gelöscht und das Zimmer verlassen hatte, zog er die Schublade seines Nachttisches auf, in der nichts als ein wenig Zellstoff und die Schale für seine Prothese war. Im Schutz der Dunkelheit schraubte er leise den Knauf ab und legte die Tablette in den dicken, hohlen Kugelknauf. Neunzehn hatte er jetzt. Zehn sollten ausreichen, aber er wollte die doppelte Dosis. Sicher war sicher. Er schmunzelte zufrieden.

Noch sieben Tage.

*Lisa Goldstein · USA*

# LETZTE NACHRICHTEN

Stevens und Gorce saßen in der Hotelbar und sahen fern. Helena Johnsons Gesicht füllte beinahe den ganzen Bildschirm aus. Schnee trieb über ihr Gesicht, bedeckte dann das ganze Bild, und fünf oder sechs Leute in der Bar erhoben ihre Stimmen. Der Barmixer schaltete schnell den Kanal um, und Helena Johnsons Gesicht erschien wieder, gesendet von derselben Station.

Sie hatte den Reportern erzählt, daß sie vierundachtzig Jahre alt sei, aber Stevens dachte, daß sie älter aussah. Ihr Gesicht war mit einem weichen Flaum bedeckt, ihre rechte Wange war übersät mit leberfarbenen Altersflecken und das Weiß eines Auges war gelb wie ein Eidotter geworden. Die Friseure hatten ihr Haar mit einem vollen, kräftigen Weiß gefärbt, Stevens erinnerte sich jedoch noch aus früheren Interviews, daß es matt-grau gewesen war, und daß eine Menge davon schon ausgefallen war.

»Ich lebte lange Zeit nur zu Hause«, sagte Helena Johnson mit ihrer schwachen, kratzigen Stimme. Die Reporter saßen an der Bar oder durch den Raum verstreut an runden Tischen und schauten sie gespannt an. Die Bar, die vom Hotel ›Lobby Lounge‹ genannt wurde, war einst elegant gewesen, aber zwei Monate konstanter Belagerung durch die Reporter hatten sie in etwas gänzlich anderes verwandelt. Zigarettenstummel waren auf dem reichlich verzierten Teppich zertreten worden, Drinks waren verschüttet worden, Gläser waren zerbrochen. »Nun, da war die Depression, wie Sie wissen, und ich konnte nicht hinausgehen«, sagte die alte Frau. »Und man dachte damals, daß Mädchen nicht selbständig leben konnten – nur leichte Mädchen lebten alleine. Mein Vater war entlassen worden, und ich bekam einen Job als Stenotypistin. Ich war froh, ihn zu bekommen. Ich versorgte meine Familie zwei Jahre lang, ganz alleine.«

Sie hielt für einen Moment inne, nicht fortfahren wollend, oder nicht dazu fähig. Die Kamera fuhr zurück, um sie zu zeigen, wie sie auf ihrem Bett saß, und schwenkte dann zu dem kleinen Pulk von Reportern, der in ihrem Hotelzimmer stand. Stevens sah sich selber, Gorce und den Rest von ihnen. Er erinnerte sich daran, wie gespannt er gewesen war, wie besorgt er gewesen war, daß sie ihn nicht aufrufen könnte. Einer der Reporter hob seine Hand.

»Ja, Mr. … Mr. …«, sagte Helena Johnson.

»Schau dir das an«, sagte Stevens in der Bar. »Sie ist zu allem auch noch senil. Wie kann sie nach zwei Monaten seinen Namen vergessen?«

»Schhh«, sagte Gorce.

»Capelli, Ma'am«, sagte der Reporter. »Ich habe mich gefragt, wie Sie sich fühlten, als Sie Ihre Familie versorgten. Machte es Sie nicht stolz?«

»Einspruch«, sagte Gorce in der Bar. »Er legt dem Zeugen etwas in den Mund.«

»Schhh«, sagte Stevens.

»Nun, sicher war ich stolz«, sagte Helena Johnson. »Ich brachte außerdem meinen jüngeren Bruder durch das College. Nach zwei Jahren mußte er jedoch aufhören, weil ich meinen Job verlor.«

Ihr Benehmen war ausgeglichen, geradezu königlich. Sie erinnerte Stevens an nichts so sehr, wie an Queen Victoria. Und dennoch hatte sie noch nicht einmal die Grundschule beendet. »Sieh sie an«, sagte er voller Abscheu. Er hob sein Glas zu einem Toast. »Das ist die Frau, die die Welt retten soll.«

Niemand wußte, wie die Außerirdischen Helena Johnson ausgewählt hatten. Einen Monat nachdem sie mit ihren runden Schiffen, die wie Goldmünzen aussahen, über den sieben größten Städten der Welt erschienen waren, hatten sie Radiofrequenzen blockiert und ihre Bedingungen für ein Treffen bekannt gegeben. Ein Schiff würde außerhalb von Los Angeles landen, und nur zwanzig Reportern würde es gestattet sein, an Bord zu kommen.

Die erste Überraschung für Steven war, daß sie humanoid aussahen, oder zumindest ziemlich menschlich. (Nach dem Treffen sollten Wissenschaftler endlos über Androiden, Hologramme und parallele Biologie spekulieren.) Stevens saß auf einem gewöhnlichen Klappstuhl und schaute genau zu, als der Außerirdische hinauf zur Front des Raumes ging. In seiner Nähe sah er Reporter, die sich nach Anhaltspunkten für die Technologie der Außerirdischen umschauten, aber der Raum war, bis auf die Stühle, kahl, und aus etwas gemacht, das Stahl hätte sein können.

»Guten Tag«, sagte der Außerirdische. Seine Stimme klang verstärkt, aber Stevens sah nirgends ein Mikrophon. »Hallo. Wir sind eure Richter. Wir haben euch ausgewählt und haben euch bedürftig vorgefunden. Einige von uns waren der Ansicht, daß ihr sofort zerstört werden solltet. Wir haben uns dazu entschlossen, das nicht zu tun. Wir haben einen Repräsentanten eurer Spezies gefunden. Sie wird die Entscheidung treffen. Um Mitternacht am Silvesterabend wird sie euch sagen, ob ihr leben oder sterben sollt.«

Niemand sprach. Dann sprang eine junge Frau, das dünne schwarze Haar streng zurückgebürstet, von ihrem Sitz auf. Es war das erste Mal, daß Stevens Gorce persönlich sah, obwohl er über sie von seinen Kollegen gehört hatte. Er hielt unwillkürlich den Atem an. »Warum fühlen Sie sich dazu berechtigt, über uns Gericht zu halten?« fragte sie. Ihre Stimme war ruhig.

»Keine Fragen«, sagte der Außerirdische. »Wir werden ihnen den Namen der Frau nennen, die sie vertreten wird. Ihr Name ist Helena Johnson. Sie lebt in Phoenix, Arizona. Und da gibt es noch etwas. Brian Capelli, würden Sie bitte aufstehen?«

Capelli stand. Sein Gesicht war weiß wie sein Hemd. Der Außerirdische machte keine Bewegung, die Stevens wahrnehmen konnte, aber plötzlich war da ein scharfes Geräusch, wie eine Fehlzündung, und Capellis Stuhl ging in Flammen auf. Capelli stöhnte ein wenig, schien dann zu erkennen, wo er sich befand, und hielt inne.

»Wir haben Macht, und wir werden sie benutzen«, sagte der Außerirdische.

Wie zu erwarten, wurde Helena Johnson, nachdem jede Staats- und Bundesorganisation mobilisiert worden war, um nach ihr zu suchen, innerhalb von zwei Stunden gefunden. Sie lebte in einem staatlich geförderten Sanatorium. Sie schlief, als der FBI-Agent sie fand, und als sie aufwachte, schien sie unfähig, die einfachsten Fragen zu beantworten. »Wie ist Ihr Name?« fragte der Agent. Helena Johnson gab keine Anzeichen, daß sie ihn gehört hatte.

Aber nach einem Monat schien sie die Situation als ihre Verpflichtung akzeptiert zu haben. Die Regierung brachte sie in dem besten Hotel in Washington unter und mietete Krankenschwestern, Friseure, Maniküren und Begleiter. Sie hatte ein Geschwür am Bein, um das man sich in dem Sanatorium nie gekümmert hatte, und die Regierung schickte einen hochbezahlten Spezialisten, um es von ihm behandeln zu lassen. Ein anderer Spezialist entdeckte, daß sie gar nicht so verwirrt war, sondern vielmehr schwerhörig, und sie wurde mit einer Hörhilfe ausgerüstet.

Sie gab den zwanzig Reportern täglich Interviews,

überprüfte die Bänder danach, und löschte alles, was ihr nicht gefiel. Die Welt entdeckte zu ihrem Entsetzen, daß Helena Johnsons Leben kein leichtes gewesen war, und alles mögliche wurde getan, um es einfacher zu machen. Die Fernsehprogramme wurden nur noch für ein Publikum zugeschnitten, das aus einem Menschen bestand: die Sender strahlten immer wieder ›Die Nußknacker-Suite‹ aus, weil sie sich erinnerte, als Kind das Ballett gesehen zu haben. Tageszeitungen verbannten Nachrichten über Verbrechen und Kriege aus ihrer Berichterstattung – Verbrechen und Kriege waren tatsächlich beinahe verschwunden – und brachten Schlagzeilen über die Zahl an adoptierten Kindern. Sie erhielt im Durchschnitt zehntausend Briefe am Tag: Die meisten von ihnen kamen mit einem Geschenk und etwa ein Drittel waren Heiratsanträge.

»Meine Mitarbeiterin Doris sagte mir, daß der Chef niemanden entlassen würde, der ihm ... ah ... nun, gefällig wäre«, sagte Helena Johnson. »Sie wissen, was ich meine. Aber ich sagte mir, daß ich lieber verhungern würde. Aber dann, am nächsten Tag, dachte ich, nun, das bist nicht nur du, der auf das Geld angewiesen ist, das du verdienst. Da sind meine Eltern und mein Bruder, den ich durch das College brachte – habe ich Ihnen davon erzählt? –, und ich entschied, daß ich es tun würde, wenn er mich fragen würde. Ich schäme mich nicht, Ihnen zu erzählen, daß es das war, was ich dachte.« Die Kamera schwenkte abermals zu den Reportern. Die meisten von ihnen nickten verständnisvoll. »So wurde ich am nächsten Tag in sein Büro gerufen. Ich wurde alleine gerufen, und so dachte ich, nun passiert es. Normalerweise, wenn er jemanden feuerte, rief er ihn zusammen mit anderen zu sich. Er stand hinter seinem Schreibtisch – ich sehe es vor mir, als wenn es gestern gewesen wäre –, und er öffnete den Mund, um etwas zu sagen. Dann schüttelte er den Kopf, wie ich jetzt, und

sagte: ›Vergiß es, Mädchen, geh nach Hause. Du bist zu häßlich.‹«

»Ich frage mich, ob dieser Bursche noch lebt«, sagte Stevens in der Bar.

»Ich hoffe um seinetwillen, daß er tot ist.«

»Ins Grab gegangen, niemals wissend, daß er die Welt mit nur einem Satz verdammt hat.«

»Sie scheint darüber nicht allzu verbittert zu sein.«

»Wer weiß schon, wonach sie scheint? Wer weiß, was sie denkt? Schau sie dir an – sie sieht aus wie die Katze, die den Kanarienvogel gefressen hat. Sie spielt das Spiel mit all ihren Kräften.«

»Ich heiratete zu Beginn des Krieges«, sagte Helena Johnson. »Der Zweite Weltkrieg war das. Ich war dreißig, ein wenig alt für diese Tage. Mein Mann lernte drüben in Europa eine dieser weiblichen Soldaten kennen, eine dieser WAC's, und verließ mich wegen ihr. Verließ mich und unseren kleinen Sohn.«

»War es damals, als Sie wieder Ihren Mädchennamen annahmen?« fragte Gorce.

»Ja, und das ist eine ziemlich indiskrete Frage, junge Dame«, sagte Helena Johnson.

»Ich sehe nicht, warum«, sagte Stevens in der Bar.

»Weil sie über sich selber sprechen möchte, deshalb«, sagte Gorce.

»Der Name meines Mannes war Furnival«, sagte Helena Johnson. »Ist das nicht ein schrecklicher Name? Ich nahm meinen Mädchennamen wieder an, sobald ich von ihm und dieser WAC gehört hatte. Man sagte mir, daß er jetzt tot sei. Gestorben 1979. Ich verlor seine Spur vor langer Zeit.«

»Und dann mußten Sie Ihr Baby ganz alleine aufziehen«, sagte Gorce.

»Das ist richtig, das mußte ich«, sagte Helena Johnson und lächelte sie an. »Und er verließ mich ebenfalls, sobald er einen Job bekommen konnte. Er war um die siebzehn. Siebzehn, das ist richtig.«

»Haben Sie ihn schon gefunden?« fragte Stevens in der Bar.

»Sie sind seiner Spur bis zu diesem Wohnwagencamp in Florida gefolgt«, sagte Gorce. »Er verließ Sie letzten April, und seitdem haben Sie es nicht geschafft, ihn ausfindig zu machen. Womöglich auf der Flucht.«

»Das wärst du auch.«

»Ich weiß nicht. Das könnte genau das sein, was sie braucht, eine rührende Wiedervereinigung mit dem verlorenen Sohn. Würde im Fernsehen großartig wirken.«

»Der verlorene Sohn hat ein Strafregister, so lang wie dein Arm – tätliche Beleidigung, bewaffneter Überfall und Einbruch ...«

»Glaubst du, die Regierung wird ihm dafür Straferlaß gewähren?«

»Vielleicht.«

»Auf dem Bildschirm ging das Interview dem Ende entgegen. »Irgend etwas, das Sie uns noch sagen möchten, Miss Johnson?« fragte der gemietete Begleiter.

»Nein, ich fühle mich ein wenig müde«, sagte sie. »Oh, ich möchte noch jemandem danken – wie war doch noch sein Name? Ach du meine Güte, ich kann mich nicht daran erinnern. Ein junger Mann in Texas, der mir diesen Ring schickte.« Sie hielt ihren Handrücken vor die Kamera. Das Licht fing sich in dem Diamanten, und er funkelte. »Vielen, vielen Dank.«

Ihr Gesicht wurde ausgeblendet. Der Nachspann ging über in den ›Tanz der Zuckerplätzchenfeen‹ und mehrere Leute in der Bar murrten laut. Der Barmixer drehte den Ton leise und drehte ihn dann für die Spätnachrichten wieder auf.

»Guten Abend«, sagte der Nachrichtensprecher. »Unser heutiger Hauptbericht beschäftigt sich mit dem täglichen Interview mit Helena Johnson. Während des Verlaufs des Interviews sprach Miss Johnson wieder einmal über ihre Kindheit und das Aufwachsen während der Depression, über ihre Ehe und ihren Sohn. Sie sagte folgendes über ihren Mann.«

»Gütiger Gott, sie ist die langweiligste Frau auf der Welt!« sagte Stevens.

»Warum müssen wir dieses Geschwätz noch einmal durchstehen?«

»Du weißt warum«, sagte Gorce. »Vielleicht schaut sie zu.«

»In anderen Nachrichten berichtete die Regierung, daß die Zahl der Überlebenden des Feuer-Bombardements auf Denver bei zwei liegt«, sagte der Nachrichtensprecher. »Bei den Überlebenden ist ein stabiler Zustand zu verzeichnen. Beide haben Verbrennungen an über fünfzig Prozent ihrer Körper. Der Beginn der Hauttransplantation ist für morgen angesetzt.«

»Gott, war das töricht«, sagte Gorce. »Ich frage mich, wessen Idee es war, das Schiff anzugreifen.«

»Nun, wie, zur Hölle, sollen wir das wissen? Alles, was wir sie haben machen sehen, war das Verbrennen eines Stuhls, und jeder Fachmann für Spezialeffekte hätte das machen können. Was, wenn sie nur geblufft hätten?«

»Und jetzt wissen wir es«, sagte Gorce.

»Jetzt wissen wir's.«

»Aus Regierungskreisen verlautete, daß es keine Atombomben waren«, sagte der Sprecher. »Es ist kein radioaktiver Fall-Out nachzuweisen. Miss Johnson hat beiden Überlebenden ein Telegramm geschickt, in dem sie ihre besten Wünsche für eine schnelle Genesung ausspricht.«

»Wie prima von ihr«, sagte Stevens.

»Komm, hör auf damit«, sagte Gorce. »Sie ist gar nicht so schlimm.«

»Sie ist ein Scheusal. Sie hat mich die letzten drei Tage nicht einmal aufgerufen, und weißt du warum? Weil ich sie versehentlich Ms genannt habe.«

»Ich habe Mitleid mit ihr. Sie hatte ein hartes Leben.«

»Sicher hast du das – sie mag dich. Schau dir doch nur die Art an, wie sie dich heute während des ganzen Interviews angestrahlt hat. Aber ich schätze, du hast recht. Schätze sie war alleine. Sie war nur ein Jahr verheiratet, bevor ihr Mann einberufen wurde.«

»Ich meine nicht nur die Ehe…«

»Nun hör schon auf, mir diesen feministischen Blick zuzuwerfen«, sagte Stevens, obwohl Gorces fester Blick sich in Wirklichkeit nicht verändert hatte. »Du weißt, was ich meine. Wenn sie nicht verheiratet sind, dann machen sie normalerweise Karriere, irgend etwas, an dem sie interessiert sind. Wie du. Aber die Frau hatte überhaupt nichts.«

»Warst du jemals verheiratet, Stevens?«

»Nein.« Er schaute sie an, überrascht über die Frage. »Beziehungen entwickeln sich nie zu meinen Gunsten. Zuviel unterwegs, schätze ich. Was ist mit dir?«

»Nein«, sagte sie.

Auf dem Bildschirm faßte ein Wissenschaftler den letzten Versuch, mit den Schiffen zu kommunizieren, zusammen, und dann endeten die Nachrichten. »Es folgt nun ›Cinderella‹«, sagte der Ansager.

»Cinderella!« sagte Stevens angeekelt. »Kommt schon, Jungs, Sie kann unmöglich so spät noch wach sein.«

»Schhh.«

»Was – du glaubst, sie könnte mich hören? Sie befindet sich auf der obersten Etage.«

Der Barmixer schaltete den Fernseher aus. Stevens und Gorce bestellten eine weitere Runde. »Weißt du, woran ich gedacht habe?« sagte Gorce. »Hast du dir Gedanken über die Außerirdischen gemacht? Ich meine, so richtig nachgedacht?«

»Sicher«, sagte Stevens. »Wie jeder in Amerika. Ich

habe sogar eine neue Theorie. Ich wette, es ist ein Test.«

»Ein was?«

»Ein Test. Es macht nichts aus, welche Wahl das alte Weib trifft, ob sie uns zerstört sehen will oder nicht. Es ist ein Laborexperiment. Sie beobachten uns, um zu sehen, wie wir uns unter Druck verhalten. Wenn wir es richtig machen, wenn wir nicht alle durchdrehen, werden wir gebeten, einer Art galaktischen Föderation beizutreten.«

Sie sagte für eine Weile gar nichts. Das schwache Licht in der Bar ließ ihr Gesicht bläßlich aussehen und verdunkelte die Höhlen um ihre Augen. »Hast du jemals Comic-Bücher gelesen, als du ein Kind warst, Stevens?«

»Heh? Nein.«

»Das ist es, was sich immer in den Comic-Büchern herausstellt. Eine Art Test. All diese seltsamen Sachen passieren – vielleicht stirbt sogar der Superheld –, aber am Ende wird alles wieder normal. Weil die Kinder, die die Comic-Bücher lesen, es nicht mögen, wenn sich die Sachen zu sehr verändern. Die einzige Erklärung, mit der die Autoren aufwarten, ist immer, daß alles nur ein Test gewesen ist. Aber ich glaube nicht, daß diese Tests außerhalb von Comic-Büchern passieren.«

»Okay, wie sieht dann deine Theorie aus?«

»Nun, denk darüber nach, was hier passiert. Diese Burschen haben sich zum Jüngsten Gericht niedergelassen, Richter, Geschworene und Henker, alles zugleich. Sicher, sie haben die alte Frau ausgewählt, aber das ist ja gerade der Punkt – ›sie wählten sie aus‹. Sie wissen vielleicht, wie sie wählen wird, oder sie ahnen es zumindest. Was sind das für Leute, die so etwas machen?«

»Ich weiß es nicht.«

»Ganz schön sadistische Leute, würde ich sagen. Wenn es so etwas wie eine galaktische Föderation gäbe, würde man uns beobachten, und nur mit uns Kontakt aufnehmen, wenn wir bereit wären? Ich meine, wir waren auf dem besten Weg, uns selber in die Luft zu sprengen, ohne jedwede Hilfe von außen. Vielleicht reisen diese Leute durch die Galaxis und haben ihren Spaß daran, die hilflosen Rassen zu beobachten, wie sie sich für Monate verkriechen, bevor jemand die endgültige Entscheidung trifft. Diese Außerirdischen sind vielleicht Gesetzlose, irgendeine Art Verräter. Sie sind so unmoralisch, daß keine galaktische Föderation sie haben will.«

»Das ist ein erfreulicher Gedanke.«

Gorce schaute sich um. »Hey, wo ist Nichols?«

»Ich weiß nicht. Er sagte heute morgen etwas von ...«

»Was?«

»Er wollte versuchen, mit ihr alleine zu sprechen.«

»Das kann er nicht machen.«

»Da hast du verdammt recht, das kann er gar nicht. Schau dir all die Sicherheitsbeamten an, die sie hier herum postiert haben.«

»Nein, ich meine, er kann keine Geschichte bekommen, die der Rest von uns nicht hat. Wir müssen nach oben.«

»Vergiß es.«

»Komm schon, wir können mal hineinschauen, für einen Besuch oder sowas. Um Karten zu spielen. Sie wird sich freuen, uns zu sehen.«

»Du bist verrückt.«

»Na gut, dann bleib hier. Ich werde hinaufgehen und mit ihr sprechen. Sie wird nichts dagegen haben – sie mag mich.«

»Gorce ...«

Gorce stand auf. »Gorce, mach das nicht! Um Gottes willen – ›Melissa‹!«

Er hätte sich nicht an ihren Vornamen erinnert, wenn sie nicht gegenseitig miteinander Interviews für ihre Fernsehstationen gemacht hätten. »Hier ist Melissa Gorce mit einem Bericht aus Washington«, hatte sie gesagt, und er hatte gedacht, daß er es mit einem Namen wie dem ihren nie aufnehmen konnte. Allein ihn zu gebrauchen schien schon zu wirken. Sie hielt inne, und das verrückte Leuchten in ihren Augen verschwand. »Okay«, sagte sie. »Vielleicht hast du recht.«

Am nächsten Tag, beim täglichen Interview, stellte Stevens fest, wie recht er gehabt hatte. Die Anzahl der FBI-Wachen war verdoppelt worden, und als seine Identität überprüft und er schließlich eingelassen worden war, sah er, daß Nichols fort war.

»Er hat heute nacht versucht, in ihr Zimmer zu gelangen«, sagte Capelli. »Die Wachen sagten, daß sie nach ihren Waffen gegriffen hätten, als es diesen grellen Lichtblitz gab. Er war bis zur Unkenntlichkeit verbrannt – sie mußten sein Gebiß überprüfen, um sicherzugehen, daß er es war.«

»Er ist denverisiert worden«, sagte ein anderer Reporter und versuchte zu lachen.

»Er wollte Selbstmord begehen, wenn ihr mich fragt«, sagte Capelli. Seine Hände zitterten.

»Siehst du?« konnte Stevens nicht widerstehen, zu Gorce zu sagen. »Siehst du, was ich meine?«

Die zwei Kameramänner beendeten das Aufbauen, und Helena Johnsons Begleiter erteilte ihnen das Wort für Fragen. Niemand brachte den toten Reporter zur Sprache, und Helena Johnson erwähnte ihn ebenfalls nicht; vielleicht, dachte Stevens, weiß sie gar nichts davon. Zu Stevens Erleichterung rief sie ihn das erste Mal seit vier Tagen auf.

»Ich habe mich gefragt«, sagte er, »wie Sie ihre Zeit verbringen. Was haben Sie für Hobbies, Miss Johnson?«

Sie lächelte ihn beinahe kokett an. Er war überrascht darüber, wieviel Haß er in diesem Moment für sie empfand. »Oh, ich bin beschäftigt«, sagte sie. »Ich sehe meine Post durch, obwohl ich natürlich keine Zeit habe, all meine Briefe zu beantworten. Und ich sehe fern, ich schaue mir Videobänder an, die die Leute mir schicken, ich lasse mein Haar machen … ich genieße besonders die Mahlzeiten, obwohl es eine Menge Eßbares gibt, das mein Magen nicht verträgt. Wissen Sie, ich habe letzte Woche zum ersten Mal in meinem Leben Hummer gegessen.«

Gorce hat recht, dachte er. Sie mag es, über sich selber zu sprechen. Wenn sie die Silvesternacht überlebten, sollte er in Kontakt mit Gorce bleiben – sie war eine intelligente Frau.

Jemand stellte Helena Johnson eine Frage über ihren Vater, und die alte Frau leierte weiter. Sie hat uns diese Geschichte schon erzählt, dachte Stevens. Es folgten noch ein paar Fragen, dann hob Gorce die Hand. Helena Johnson lächelte sie an. »Ja, meine Liebste?«

»Was halten Sie von den Außerirdischen, Miss Johnson?«

»Gorce!« flüsterte Capelli hinter ihr. Die anderen Reporter dachten, daß Capelli seine Nerven wohl in der ersten Pressekonferenz verloren hatte, als sein Stuhl hinter ihm in Flammen aufgegangen war.

»Ich nehme an, daß ich Ihnen dankbar bin«, sagte Helena Johnson. »Ohne Sie wäre ich noch immer in diesem schrecklichen Altersheim.«

»Aber was denken Sie über die Art, in der sie uns beeinflussen? Die Art, mit der sie für uns Entscheidungen treffen wollen?«

Capelli war nicht der einzige Reporter, der bei dieser Frage sichtlich nervös wurde. Stevens fühlte, daß er sie nur zu gerne erwürgt hätte.

»Ich weiß es nicht, meine Liebe. Sie meinen, daß sie uns sagen wollen, was wir tun sollen?«

»Man will Ihnen sagen, was Sie tun sollen. Man will, daß Sie eine Wahl treffen.«

»Oh, es macht mir nichts aus, eine Wahl zu treffen. Tatsache ist...«

Oh, Herr, dachte Stevens. Sie sagt es uns genau jetzt.

Der Begleiter trat vor. »Unsere Stunde mit Miss Johnson ist beinahe vorüber«, sagte er sanft. »Möchten Sie noch etwas sagen, Miss Johnson?«

»Ja, das möchte ich«, sagte die alte Frau. »Ich möchte sagen – ach du liebe Zeit, ich habe es vergessen.«

Der Begleiter ging zum Pult und brachte ihr ein Stück Papier. »Oh, ja, stimmt«, sagte Helena Johnson, auf das Blatt schauend. »Ich wollte jedem sagen, mir keine Weihnachtsgeschenke zu schicken. Ich weiß, daß eine Menge Leute sich gefragt haben, was sie mir schenken könnten, und ich möchte ihnen nur sagen, daß ich alles habe, was ich brauche.«

Und so gebt statt dessen Spenden an die Wohlfahrt, dachte Stevens, aber Helena Johnson schien nichts mehr sagen zu wollen. Unterließ sie es, die Wohlfahrt zu erwähnen, weil sie wußte, daß es in wenigen Wochen keine Wohlfahrtsinstitute oder irgend etwas anderes mehr geben würde? Es war erstaunlich, wie paranoid sie alle geworden waren, wie sie die kleinste Geste dieser Frau analysierten.

Der Begleiter brachte sie aus dem Raum. Die Reporter gingen hinunter, um vor dem Hotel eine kurze Zusammenfassung des Interviews für ihre Sender aufzunehmen. Oben, so wußte Stevens, schauten Helena Johnson und die Kameramänner das gesamte Interview durch und schnitten die Teile hinaus, in denen sie glaubte, zu alt, zu verletzlich oder zu unsicher auszusehen.

Das Interview und Nichols Tod bedrückten ihn. Die alte Dame hatte ihnen all die Zeit keine Hoffnung gegeben. Was würde er in ein paar Wochen machen? Wenn sie nein sagen würde, würde er wahrscheinlich eine Auswahl an Sonderberichten haben. Aber wenn sie ja sagen würde, würde er aus verkohlten Knochen und Asche bestehen, wie der arme Nichols, wie all die Leute in Denver. Gott, was für eine fürchterliche Art zu sterben. Sie mußte nein sagen, sie mußte.

Am Silvesterabend sah jeder entweder fern, betrank sich, oder machte beides. Die letzte Show würde live gesendet. Stevens hatte ein Beruhigungsmittel für das letzte Interview genommen, und er wußte, daß er nicht der einzige war. Auf keinem Sender hatte es in den letzten fünf Stunden Werbung gegeben; wenn die alte Dame nein sagen würde, so hatte Stevens gehört, würde es alle drei Minuten Werbung geben.

Sie wurden ein letztes Mal in ihr Zimmer gelassen, exakt um Mitternacht. »Hallo«, sagte Helena Johnson, sie alle anlächelnd. Der Geruch von Angst war sehr stark.

»Ich bin von den Außerirdischen auserwählt worden, um über die Zukunft der Erde zu entscheiden«, sagte sie. Ich verstehe nicht, warum ausgerechnet ich auserwählt worden bin, und nicht irgendein anderer. Aber ich habe die Verantwortung sehr ernst genommen, und ich fühle, daß ich gewissenhaft gewesen bin bei der Erfüllung meiner Pflicht.«

Komm schon zur Sache, dachte Stevens. Ja oder nein.

»Ich muß sagen, daß ich meinen Aufenthalt hier im Hotel genossen habe«, sagte sie. »Aber mir ist schon klar, daß Sie alle mich in Wirklichkeit für schrecklich dumm halten.« O Gott, dachte Stevens. Jetzt kommt's. Die Rache der alten Dame. »Ich weiß sehr gut, daß keiner von Ihnen an mir interessiert war, an Helena Hope Johnson. Wenn die Außerirdischen mich nicht auserwählt hätten, wäre ich jetzt wahrscheinlich noch in dem Sanatorium, wenn nicht gar durch Vernachlässigung schon gestorben. Mein Bein würde dauernd schmerzen, und die Schwestern würden denken, ich sei senil, weil ich nicht auf ihre Fragen reagiere, die sie mir stellen.

So dachte ich zuerst, daß ich ja sagen sollte. Ja, die Erde hat es verdient, zerstört zu werden, weil die Menschen grausam und selbstsüchtig sind. Sie sind freundlich, wenn irgend etwas dabei für sie herausspringt. Und manchmal noch nicht einmal dann. Warum, denken Sie, ist mein Sohn nicht gekommen, um mich zu besuchen?« Das gelbe Auge war mit Tränen gefüllt.

Oh, verdammt, dachte Stevens. Ich wußte, es würde dazu kommen. Er hatte gehört, daß ihr Sohn tot war, getötet bei einer Schlägerei in einem Lokal.

»Aber dann erinnerte ich mich daran, was diese junge Dame gesagt hatte«, fuhr Helena Johnson fort. »Miss Gorce. Sie fragte mich, was ich davon hielte, daß die Außerirdischen sich in unser Leben einmischen, in mein Leben. Nun, ich dachte darüber nach, und mir gefiel das Ergebnis nicht, zu dem ich gelangte. Sie haben kein Recht zu entscheiden, ob wir leben oder sterben werden, wer auch immer sie sind. Mein ganzes Leben lang haben andere Menschen für mich Entscheidungen getroffen, meine Eltern, meine Lehrer, meine Vorgesetzten. Aber das ist nun alles vorüber. Meine Antwort ist – *keine* Antwort. Ich werde ihnen *keine* Antwort geben.«

Für einen langen Moment bewegte sich niemand. Dann kam einer der Agenten, die außerhalb postiert waren, ins Zimmer gestürzt. »Die Schiffe ziehen ab!« sagte er. »Sie fliegen fort!«

Plötzlich jubelte alles. Stevens umarmte Gorce, umarmte Capelli, umarmte den FBI-Agenten. Die Reporter hoben Gorce hoch und warfen sie in die Luft, bis sie ihnen zubrüllte, sie sollten damit aufhören. Ich hoffe, die Kameras haben das alles im Visier, dachte Stevens. Das ist großartiges Fernsehen.

Die Reporter, nun ruhiger, kamen herüber zu

Helena Johnson, um ihr zu danken. Stevens sah Gorce, wie sie die alte Frau vorsichtig auf die Wangen küßte. »Sie gehen jetzt besser«, sagte der Begleiter. »Sie wird so leicht müde.«

Einer nach dem anderen gingen die Reporter hinunter zur Bar. Helena Johnson und Gorce blieben allein zurück. Stevens ging nach draußen und wartete vor der Tür. Er wollte Gorce sagen, daß sie gut daran getan hatte, diese Frage zu stellen.

Gorce schien erfreut, ihn zu sehen, als sie herauskam. »Worüber wollte sie mit dir sprechen?« fragte er.

»Sie wollte mich als Ghostwriter für ihre Autobiographie.«

Stevens lachte. »Niemand wird sie lesen«, sagte er. »Wie die Dinge liegen, wissen wir viel zu viel über sie.«

»Das macht nichts – sie haben ihr schon einen Millionen-Dollar-Vertrag gegeben.«

»So, und was hast du gesagt?«

»Nun, sie hat mir zehn Prozent angeboten. Was denkst du, was ich gesagt habe? Ich habe ja gesagt.«

»Glückwunsch«, sagte er und freute sich mit ihr. Draußen hörte er Polizeisirenen und etwas, das sich wie Feuerwerk anhörte.

»Danke«, sagte sie. »Möchtest du i-i-irgendwohin ausgehen und feiern?«

Er sah sie überrascht an. Er hatte sie vorher noch nie stottern hören. Sie sah nicht schlecht aus, dachte er, aber zu knochig, und ihr Kinn und ihre Stirn waren zu lang. Sie mußte ihren Job durch ihren verrückten Mut und ihren scharfen, gesunden Menschenverstand bekommen haben, denn sie sah sicherlich nicht aus wie ein hartgesottener Fernsehreporter. »Tut mir leid«, sagte er. »Ich habe meiner Freundin gesagt, daß ich sie anrufen würde, wenn die ganze Sache vorüber ist.«

»Oh. Du hast mir nie erzählt, daß du eine Freundin hast.«

»Ja, das stimmt, das kam nie zur Sprache«, sagte er. »Bis dann, Gorce.«

Sie sah ihn lange an. »Mein lieber Stevens, du solltest wirklich ein bißchen netter zu mir sein«, sagte sie. »Was, wenn das Los der Außerirdischen das nächste Mal auf mich fällt?«

Originaltitel: ›MIDNIGHT NEWS‹ • Copyright © 1990 by Davis Publications, Inc. • Erstmals erschienen in ›Isaac Asimov's Science Fiction Magazine‹, März 1990 • Mit freundlicher Genehmigung der Autorin und Uwe Luserke, Literarische Agentur, Stuttgart • Copyright © 1994 der deutschen Übersetzung by Wilhelm Heyne Verlag, München • Aus dem Amerikanischen übersetzt von Tom Linckens • Illustriert von Manfred Lafrentz

# Top Secret

Die geheimen historischen Aktivitäten des Heiligen Stuhls
mittels der von Leonardo da Vinci erfundenen Zeitmaschine

06/4327

Witzig, pfiffig, geistreich und
frech:

Carl Amerys Longseller in
neuem Gewand als Sonder-
ausgabe

Wilhelm Heyne Verlag
München

HEYNE
BÜCHER

## Endlich ist er wieder da!

## Bill, der galaktische Held

Er ist der perfekte Sternenkrieger, der beste Mann für diesen
Job, den man sich nur vorstellen kann: Er hat nämlich zwei
rechte Arme - was in jeder Hinsicht enorm praktisch ist -, und
er hat sich ein paar ungeheuer eindrucksvolle Hauer implan-
tieren lassen, vor denen seine Gegner erzittern. Sein Name ist
Corporal Bill, und er gilt als der unbestrittene Held der gesamten Galaxis.

Ein interstellarer Spaß von und mit dem Bestseller-Autor
HARRY HARRISON
Mit Cover-Illustrationen von Andreas Reiner

**Der unglaubliche Beginn**
06/5171

**Die Welt der Roboter-Sklaven**
06/5172

**Die Welt der eßbaren Gehirne**
(mit Robert Sheckley)
06/5173

Weitere Romane in Vorbereitung

Wilhelm Heyne Verlag
München

# DAVID WINGROVE

Die Chronik des Chung Kuo
Nach dem Untergang der westlichen Zivilisation der
Aufstieg Chinas zur Weltherrschaft

Im 22. Jahrhundert ist die Welt der Hung Mao, der »Westmenschen«, vergangen. Das große Reich der Han, der Chinesen, ist wiedererstanden. Chung Kuo, das Reich der Mitte, umspannt die ganze Erde. Sieben gewaltige Städte, Hunderte von Ebenen hoch, überwölben die Kontinente, um die riesigen Bevölkerungsmassen zu beherbergen. Sieben T'ang, Kaiser von gottgleicher Macht, herrschen über sie.

Wilhelm Heyne Verlag
München

# Ein genialer Geheimplan

Die USA hatten einen genialen Geheimplan: mit Zeitmaschinen Spezialisten 5 Millionen Jahre in die Vergangenheit zu schicken, um den Arabern vor ihrer Zeit das Öl abzupumpen und mit Pipelines in andere Lagerstätten zu verfrachten. Das Fatale war nur: Niemand konnte wirklich die Folgen eines solchen Eingriffs kalkulieren. Wie würde unsere Gegenwart aussehen, wenn der Coup gelänge? Hätte es dann die Welt, wie wir sie kennen, überhaupt je gegeben?

Wolfgang Jeschke
**Der letzte Tag der Schöpfung**
06/4200

Wilhelm Heyne Verlag
München